Ida Spix

Die zerbrochenen Flöten
Jadefisch und Motecuzoma

Zum Andenken an Reginald Danielewski,
meinen geliebten Vater,
der mich beim Schreiben begleitet hat.

Die zerbrochenen Flöten

Jadefisch und Motecuzoma

Historischer Roman
von
Ida Spix

Impressum

Die zerbrochenen Flöten, Ida Spix
TraumFänger Verlag Hohenthann, 2021
ISBN 978-3-941485-92-1
Lektorat: Michael Krämer
Satz und Layout: Janis Sonnberger, merkMal Verlag
Druck und Bindung: CPI - Clausen & Bosse, Leck
Titelbild: Benjamín Orozco
1. Auflage Oktober 2021
Copyright by TraumFänger Verlag GmbH & Co. Buchhandels KG,
Hohenthann
Printed in Germany

Inhalt

Die Erwählung _____ 7

Die Höhle des Toltekenkönigs _____ 45

Maisblüte _____ 89

Die Entführung _____ 114

Das Jadeherz _____ 133

Die Zeit des hundeköpfigen Gottes _____ 160

Die Stadt der Grünfederschlange _____ 188

Die dreizehn Unglückstage des Windes __ 226

Das blaue und das gelbe Wasser _____ 257

Die Ankunft des Gesandten _____ 274

Glänzender Adler _____ 320

Das Ultimatum _____ 334

Toxcatl _____ 348

Personen, Orte, Begriffe _____ 389

Erstes Kapitel

Die Erwählung

1

Die Musik erhob sich wie ein Vogel. Mit schrillem Ruf, leicht federnd, sprang sie ab und zog dann kraftvoll immer höher. Als sie genügend Raum gewonnen hatte, hielt sie inne. Sie trug sich selbst, sie schwebte schwerelos. Dann stieg sie wieder. Sie begann zu oszillieren. Sie stieg, sie ließ sich fallen, stieg und fiel und fing sich wieder und drängte doch unbeirrt weiter empor, hin zu dem einen Ton aus Schatten und Licht, der wie kein anderer die Gegenwart des willkürlichen Gottes Tezcatlipoca, Rauchender Spiegel, verkündet. Jadefisch ließ die Finger auf der Blumenflöte tanzen. Mühelos umkreiste er den Ton, die dunkle Mitte, wo der Gott Tezcatlipoca wohnte. Eins-Affe sah die runde, modellierte Blüte wippen, das schmale Rohr, auf dem sie saß, und dachte an den süßen Duft der weißen Winde, der berauschte und betörte, und an die dunklen, runden Samen, durch die der Mensch zu der Gottheit gelangte. Das war der Augenblick! Der Ton erklang. Eins-Affe schloss die Augen. ‚O Nacht, die eine neue Sonne hütet, in Demut nehmen wir unser Schicksal entgegen. Vernichte uns nicht!'
Beinahe schmerzhaft vibrierte ihm dieser Ton im Bauch; endlich, endlich verschob er sich ins Helle. ‚Licht, Erneuerung!', dachte Eins-Affe. Er vernahm Flügelschlagen, und unter seinen Augenlidern zeichnete sich ein makelloser, bläulich schimmernder Reiher ab: Der Gott war ihm in Tiergestalt erschienen. Die Flöte sang jetzt noch höher, das dunkle Motiv wie am Himmel spiegelnd. Dann, plötzlich, stürzte sie ab. Die Spannung löste sich in einer Kadenz falscher Töne. Der blaue Reiher floh.

Eins-Affe öffnete enttäuscht die Augen. Warum konnte sein begabtester Schüler das Blumenlied des Gottes Tezcatlipoca nicht fehlerlos spielen?

Die übrigen neun Schüler, die mit gekreuzten Füßen vor ihm saßen, taten unbeteiligt. Hinter ihnen stand der alte Priester-Weise, der Eins-Affe unterstützte. Während Eins-Affe ihnen die Melodien und die Technik des Flötenspiels beibrachte, kümmerte Sternfinder sich um ihre geistige Führung. Gleich würde er Jadefisch mit dem Agavendorn stechen, um dessen Fleisch zu lehren, was sein Verstand anscheinend nicht begriff.

Doch dies geschah nicht. Sternfinder ließ den Stachel sinken und ging in die Hocke, um die Geste des Erdessens zu vollziehen. Dafür legte er zwei Finger seiner rechten Hand erst auf den Boden, dann auf die Lippen. Eins-Affe machte es ihm unwillkürlich nach, obgleich er noch nicht sehen konnte, wen Sternfinder da grüßte. Auch die Schüler rollten kopfüber.

Nur der ungeschickte Spieler blieb stehen. Beschämt und wütend auf sich selbst bohrte er die Blicke in den Boden.

Schritte näherten sich von der Seite. „Der Große Sprecher", „unser geliebter Herrscher ...", raunte es im Saal.

Jadefischs Schläfen pochten: ‚Mo-tecu-zo-ma, Der-Wie-Ein-Herr-Zürnt'!

Der König auf dem Jaguarthron in der Metropole Mexiko-Tenochtitlan! Der das aztekische Bündnis anführte, mit dessen Hilfe er nun schon fast die ganze Welt beherrschte. Cemanahuac, die Welt im Ring des Wassers, erstreckte sich vom Seenland im Ring der Berge bis an die Meere im Osten und Westen. Tief im Süden und Südosten verloren sich die Wege in geheimnisvollen Regenwäldern, wo die Mayavölker wohnten, im Norden schließlich grenzte sie an dürre, karge Steppen, über die allein der Wind und wilde Jäger streiften. Und über das gewaltige Gebiet dazwischen gebot Motecuzoma! Nur wenige wagten es, ihm zu trotzen. Und dieser Mann war höchstpersönlich im Haus der Blasinstrumente erschienen. Er war gekommen, um den besten Flötenspieler zu bestimmen, jenen, der durch ein ganzes Sonnenjahr hindurch den Gott Tezcatlipoca verkörpern durfte. Bald jährte sich Sein Festtag, da Er sterben und sich durch den Tod erneuern würde. Ein Abbild würde ausgerufen werden, damit der wiedergeborene Gott erkennbar unter den Menschen weilte. Es würde Seine Blumenflöte spielen, geliebt, gefeiert und verehrt, um schließlich als Tezcatlipoca selbst zu sterben und in das Haus der Sonne zu gehen.

Der Herrscher hatte, ohne sein Gefolge, hinter einem der bemalten Pfeiler des Wandelganges zwischen Haus und Innenhof gelauscht. Die ungeheuerliche Zerstörung des anfänglich so gut gespielten Liedes berührte ihn wie ein Sakrileg. Drohend kam er aus der Deckung.

Dem unglücklichen Jadefisch setzte der Herzschlag aus. Sein Gehirn wurde so leer wie eine Schale, aus der das Wasser gelaufen ist. Die Flöte glitt ihm aus der Hand, und als sie auf den Boden fiel, gab sie einen letzten, unpassenden Ton ab.

„So willst du unsern Gott erfreuen?" In Motecuzomas Stimme kämpften Zorn und Spott.

Jadefisch schwieg. Musste er ausgerechnet dem Großen Sprecher missfallen? Dieser ahndete selbst kleine Fehler unerbittlich. Jadefisch schoss durch den Kopf, was man sich über Motecuzoma erzählte: ‚Sein Leben hat verwirkt, wer seinen Zorn erregt, wer seine Pflicht verletzt, wer ihm nicht ehrerbietig dient, wer seinen Blick zu ihm erhebt.' Und Jadefisch hatte nicht nur seine Ohren beleidigt. Anstatt ihn mit dem Gruß des Erdessens zu ehren, stand er noch immer wie erstarrt.

Der Herrscher fixierte ihn. Da wusste Jadefisch plötzlich, was er sich schuldig war. Er hob das Haupt, um dem Unheil zu begegnen. Motecuzomas hagere Gestalt ragte vor ihm auf wie eine Opferfahne. Beinahe hätte er sich noch beirren lassen, als er die blaugrüne Tilma sah: Einzig der Große Sprecher trug einen Umhang in der Farbe des Lebens! Dann das Türkisdiadem mit der Dreiecksspitze! Aber Jadefisch hielt stand. Seine Tage waren ohnehin gezählt. Wie jeder seiner neun Gefährten hier war er nur ein Mensch, der sterben musste, ein Opfersklave, dessen Herz ein Gott erheischte, wenn nicht erst morgen, dann schon heute.

Motecuzoma atmete tief, Zorn blähte ihm die Nasenflügel: Ein Großer Sprecher spiegelte sich in den Pupillen eines andern! Ein Opfersklave, den man auf dem Schlachtfeld gefangen hatte, der Sohn eines

Feindes, starrte ihn an! Er hatte Mühe, sich zu beherrschen. Auf keinen Fall durfte er das Gesicht verlieren. Was sollte er tun? Unwillkürlich glitt sein Blick zum Priester-Weisen. Sternfinder war ein Wissender, der die verborgenen Dinge erforschte, ein ernsthaft Suchender, der jede Mühe auf sich nahm. Dafür zuerst und dann natürlich auch für ein entsagungsreiches Leben nach den Tempelregeln hatte ihm Tezcatlipoca einen klaren, beweglichen Geist und ein vollkommenes Herz verliehen; es hieß von ihm, er gliche einer Fackel ohne Rauch. Motecuzoma suchte gerne Rat bei ihm. Schon normalisierte sich sein Atem, nur die Daunenfeder an seinem Nasenschmuck zitterte noch. Sternfinder ließ die Blicke auf dem Sklaven ruhen.

Auch Motecuzoma sah den Sklaven wieder an, der in einem schlichten Lendenschurz aus Agavefasern barfuß, aber immer noch erhobenen Hauptes vor ihm stand. Wer war er, dass er das wagte? Für einen kurzen, seltsamen Moment durchforschte der Herrscher die Augen seines Gegenübers. Die Iris glich poliertem Bernstein, in den der filigrane Flügel eines Falters eingeschlossen war. Dort war keine Auflehnung zu finden, eher ungläubige Überraschung und ... Neugier. Die Augen allein auf den Sklaven gerichtet, stand der Priester-Weise auf, führte sich zwei Finger an die Lippen, um schließlich, mit derselben Hand, einen Bogen bis zum Kopf des Sklaven zu beschreiben. Motecuzoma verstand. Wer würde es wagen, den Großen Sprecher anzuschauen, wenn nicht jener, den die Gottheit erwählt hatte? Ihn und keinen anderen hatte Tezcatlipoca zu Seinem Abbild bestimmt. Darum deutete Motecuzoma nun seinerseits die Geste des Erdessens an, vor dem Gott, der in dem Opfersklaven leben würde.

Jadefisch glaubte zu träumen. Der Große Sprecher erhöhte ihn? Oder verhöhnte er ihn womöglich? Vergebens bemühte sich Jadefisch, in seinen Augen zu lesen. Die glänzten dunkel wie Obsidian und gaben keine Gefühle preis. Sein Antlitz blieb glatt wie ein Spiegel. Darin eine Raubvogelnase mit einem kristallenen Stäbchen sowie ein schmaler Mund mit goldenem Plättchen an der Unterlippe. An seinem Kinn ein dünner, schwarzer Bart, den nur ein Herrscher tragen durfte.

In diesem Augenblick berührte der Priester-Weise Jadefisch mit dem Agavendorn. In Jadefisch kam Bewegung: Er gab den Gruß des

Herrschers zurück. Die Ordnung der Dinge war wiederhergestellt. Motecuzoma besann sich, dass das künftige Abbild des Tezcatlipoca noch der Schüler des Liedmeisters Eins-Affe war.
„Wie heißt du vollständig?"
„Zwölf-Bewegung Jadefisch."
In seinem Rücken flüsterte es: „Totecuiyo."
Das hieß ‚Unser Herr' und war eine der Anreden der Ehrerbietung, die man dem Herrscher zollte. „Totecuiyo", wiederholte Jadefisch.
„In welchem Jahr schickten die Götter dich auf die Welt?"
„Im Jahr Fünf Haus, vor 21 Jahren, Totecuiyo."
„Wohin schickten sie dich?"
„Nach Cholollan."
„Die Stadt der Grünfederschlange. Wer ist dein Vater?"
„Der verehrte Herr Nachtjaguar."
„Einer eurer sechs Gebieter. Und deine Mutter?"
„Die verehrte Frau Erdsonne, die Tochter des Hüters-Der-Erde."
„Eines eurer beiden Hohenpriester. Ist sie die Hauptgemahlin deines Vaters?"
„Sie ist seine Erste Hauptgemahlin."
„Mögest du dich ihrer beider als Abbild des Tezcatlipoca würdig erweisen!" Damit drehte Motecuzoma sich um und verließ das Haus der Blasinstrumente.
Jadefisch fühlte sich benommen. Er hob die Flöte auf und wischte sie mit den Händen ab, die Befehle des Liedmeisters erwartend. Aber da kam nichts. Eins-Affe wirkte ein wenig entrückt, er strahlte wie der volle Mond. Der Priester-Weise legte Jadefisch die Hand auf die Schulter:
„Du kennst nun die Macht von Tezcatlipoca. Mache dich leer, damit der Gott in dich eintreten kann. Dann wirst du Ruhm erlangen, mehr Ruhm als deine Brüder, die auf dem Schlachtfeld für die Götter starben. Du wirst Gott selbst sein. Durch dich wird sich unser Herr erneuern."

In den folgenden Tagen trieb Jadefisch wie ein Boot auf einem aufgewühlten Fluss, umhergeworfen von den Wellen der Gefühle, bald oben auf dem Kamm, in dem Geglitzer des grünen Wassers und des

Sonnenlichts, bald unten vor den Mündern schwarzer Strudel, die sich gierig öffneten, wenn über ihm die Gischt zusammenschlug: der Ruhm und sein Preis.

Jadefisch hatte es inzwischen begriffen: Er sollte das neue Abbild sein! Er frohlockte – Ruhm und Ehre, Pracht und Glanz und – fiel dann wie der Ton, den er nicht hatte halten können, aus der Höhe: Tod! Tod hieß das Ende seines Jahres. Das Herz, ausgerissen! Der Kopf, an den Schläfen durchbohrt und auf ein rundes Holz gezogen, gereiht in die Schädelwand vor dem Tempel. Er konnte nur noch daran denken. Scham befiel ihn, denn wenn dies so blieb, dann würde er das Blumenlied nie richtig spielen.

Doch das musste er, er hatte keine Wahl. Ihm war der Tod bestimmt, seitdem er in Gefangenschaft geraten war, diesem Schicksal konnte er sich nicht einmal durch die Flucht entziehen. Jeder Gefangene aus der Adelsschicht gehörte den Göttern. Wohin Jadefisch auch ginge, und wäre es zurück in seine Heimatstadt, würde er sein Leben dennoch auf dem Opferstein verlieren. Warum also hatte er ein Herz, das sich nicht fügte? Warum, bei all der Mühe, die er sich gab, verspielte er sich?

Zum Glück für ihn gab es nicht nur die Flöte. Eins-Affe und der Priester-Weise führten ihn behutsam in die Rolle eines Gottesabbildes ein. Jadefisch übte die Tänze des Tezcatlipoca, er lernte lange Tabakspfeifen zu rauchen, gelbe Blumensträuße in der Luft zu schwenken, und währenddessen malte er sich sein künftiges Leben als Gottesabbild aus. Die aztekische Metropole erwartete ihn! Auf ihrer Insel im Schilf, in den Binsen, im mittleren der flachen Seen des Hochtals von Mexiko mit seinen Wäldern, Feldern und Gärten, erhob sie sich, bewundert und gefürchtet, so weit der Wind die Kunde von ihr trug, und Jadefisch würde sie sehen! Würde nach Lust und Laune die Straßen entlang der Kanäle durchstreifen. Menschen würde er begegnen, die weder Priester noch Wächter waren, die ihrem Tagewerk nachgingen. Mädchen, die sich in den Hüften wiegten, wenn sie, mit bunten Bändern im Haar und den noch leeren Körben auf dem Rücken, früh zum Marktplatz zogen, lachend, taufrisch.

„Du präsentierst dich wie ein Kolibri, der eine Blüte voll Nektar umschwirrt!", rügte der Priester-Weise. Jadefisch schluckte. Er hatte der

keusche Jüngling zu sein. Erst am Ende seines Jahres würde er Liebesfreuden genießen. Wenigstens musste er nicht auch noch fasten wie ein Priester, tröstete sich Jadefisch. Immerhin erhielt er bisweilen scharf gewürzten, roten Kakao mit Honig und Vanille und durfte den süßen Saft, der sich im Herzen der Agave sammelt, trinken.
Auch den vergorenen, den säuerlichen, der verboten war? Wäre nicht der Flötenunterricht gewesen, Jadefisch wäre noch gänzlich in das Luftreich der Träume entschwebt. Aber die Blumenflöte schien, so klein sie war, so himmelhoch sie sang, die alte Erde anzuziehen. Dann taumelten die Töne, suchten, wie an den Abgrund gedrängt, ihr Gleichgewicht zu erhalten. Sie stürzten, sie zerschellten. Immer an derselben Stelle. Eins-Affe nannte sie den magischen Ort der Verwandlung, den dunkel-hellen Ton des Übergangs von Nacht zu Tag, von Tod zu Leben. Wenn Jadefisch ihn spielte und Eins-Affe selbstvergessen die Augen schloss, erfasste ihn Jubel: Er gefiel Tezcatlipoca! Der Gott verlieh ihm mittels der Musik Zaubermacht über die Menschen. Doch auf dem Gipfel des Triumphes krampfte sich sein Herz zusammen, und er verspielte sich. Der von Eins-Affe ersehnte Ton, er war der Tod, nichts als der Tod, den man ihm auferlegte. Der Ton fiel und fiel in den Abgrund hinein, ging ganz und gar zuschanden. Unweigerlich öffnete Eins-Affe dann enttäuscht die Augen, stach der Priester-Weise Jadefisch mit dem Agavendorn.
Jadefisch musste sich mehr bemühen. Es war undenkbar, dass er versagte. Dass er sich selbst, sein Elternhaus und seine Heimatstadt verächtlich machte.
Er hatte nicht mehr sehr viel Zeit. Schon war man im Monat des Großen Wachens. Dann brachen die zwanzig Tage von Toxcatl, dem Dürre-Monat, an, in dem man allerorten das Fest des Tezcatlipoca beging; bis dahin musste Jadefisch das Blumenlied beherrschen.
Draußen ging das amtierende Abbild des Tezcatlipoca mit seiner Blumenflöte einher. Manchmal hörte Jadefisch die durch vieles Üben vertraute Melodie. Er lauschte dann auf jedes Detail: die Dauer eines Tons, Vibrato, Tempo, Stimmung.
Einmal betrat jener andere den Raum. Während Eins-Affe und der Priester-Weise sich vor ihm verneigten, beobachtete Jadefisch ihn aus

den Augenwinkeln. Der andere, der das bemerkte, setzte die Flöte ab. Jadefisch senkte die Lider und wiederholte den Gruß des Erdessens wie vor dem Großen Sprecher. Der andere kam näher. „Du also bist der Auserwählte, der mir nachfolgen wird. Nenne mir deinen Namen!"

„Jadefisch, Ehrwürdiger", antwortete dieser. „Darf ich den deinen wissen?"

Das schwarz bemalte Antlitz vor ihm wurde undurchdringlich und hoheitsvoll. „Als Mensch trug ich den Namen eines Kriegers aus Tlaxcallan. Jetzt bin ich das Abbild des Tezcatlipoca! Was das bedeutet, wirst du bald erfahren." Er begann, um Jadefisch herumzutanzen. Aus einer unbegreiflichen göttlichen Laune heraus steckte er ihm das Ende seiner Pfeife in den Mund. „Du musst tief einatmen", raunte er ihm zu, „das führt dich in ein anderes Land." Dazu ließ er die goldenen Schellen an den Waden klingeln.

Jadefisch zog kräftig an dem langen Rohr. Kaum hatte er den Rauch verschluckt, als ihm flau und schwindlig wurde. Der andere beugte sich über ihn. „Du wirst dich leicht wie eine Wolke fühlen." Dann verließ er den Raum so unverhofft, wie er gekommen war. Nur die Musik hing mit dem Tabakrauch noch eine Weile in der Luft.

Eins-Affe riss seinen Schüler aus den Gedanken. „Übe weiter, Jadefisch!"

Dieser sammelte sich. „Bin ich denn würdig, jetzt, nach dem ehrwürdigen Abbild, zu spielen?"

Eins-Affe schien nicht verstehen zu wollen. „Wie solltest du nicht würdig sein? Du bist der Erwählte ..." Plötzlich aber strahlte er. „Du wirst spielen wie der Gott persönlich – so wie es immer ist."

„Glaubst du, ich werde es zustandebringen?"

„Darum musst du Tezcatlipoca bitten. Es ist Sein Blumenlied." Er und der Priester-Weise tauschten einen Blick. „Wenn du dein Schicksal annimmst, wird Er dich erhören."

Jadefisch senkte beschämt den Kopf: Sie hatten seine Feigheit erkannt.

„Furcht ist kein Makel", tröstete der Priester-Weise. „So wenig wie es ein Verdienst ist, sich das Leben leicht zu machen, indem man seine Bestimmung vergisst."

„Was meinst du?"
„Den Schicksalston, an dem du scheiterst. Die meisten überspielen ihn."
„Sie lassen ihn aus?"
„Keineswegs, sie spielen ihn korrekt. Aber sie geben sich nicht hin. Wie mit Schmetterlingsfüßen tippen sie ihn an und sind wieder weg."
„Das Abbild, das soeben hier war, hat den Ton doch gut getroffen."
„Mit jener Leichtigkeit, die ihm die schwarze Götterfarbe gibt."
Eins-Affe nahm den anderen in Schutz: „Er ist ein ausgezeichneter Spieler."
„Es gibt nichts an ihm auszusetzen", bestätigte der Priester-Weise.
„Auch du kannst so spielen, Jadefisch. Du musst dich nur erinnern."
„Erinnern? Woran?"
„An deine Heimat, an Cholollan. Die Stadt der Grünfederschlange steht inmitten wogender Felder wie ein blühender Baum. Vögel zwitschern in den Zweigen, die Luft ist von ihren Stimmen erfüllt. Im Hause deines Vaters ist überall Musik."

Der Priester-Weise hatte recht. Die Musik war immer dagewesen. Sie wob in den Räumen, sie drang aus jeder Ritze im Stein, sie lebte in allen Dingen. Jadefisch fand sich auf der Stelle in seine Kindheit zurückversetzt. Bilder schoben sich vor seine Augen wie in einem Traum; die Zeit schien darin aufgehoben. Was war, wird sein, es *ist*, doch seltsam losgelöst vom Träumer. Ist er der kleine Knabe? Vier, fünf Jahre ist er alt, er spielt mit anderen Kindern im Hof. Am Brunnen singt das Amselhähnchen mit den gelben Flügelbinden. Die alte Magnolie duftet, und der Gärtner pflückt die großen weiß-rosa Blüten, fröhlich singend: ‚Heut abend gibt der König ein Fest! Er hat die Krieger eingeladen.' Der rote Sonnenball sinkt hinter das Dach, das Licht wird honigfarben. Es folgen die kurze Dämmerung, der frische Wind, die kühle Nacht. Der Ruf der großen Trommel! Der Knabe huscht in den Festsaal, versteckt sich hinter dem Räuchergefäß. Seine Haut berührt Ton, der schwingt und summt, durch alle Poren dringt. Es surrt und pfeift! Die Luft vibriert! Unter ihm der Boden ist ein Tier; er hat ein Herz, das rhythmisch schlägt, und auch der Knabe hat ein

Herz, etwas in der Brust, das sich bewegt, ihm in den Hals springt. Herz, *mein* Herz, denkt er verwundert. Es macht Musik, es antwortet dem Boden und der Luft und dem Räuchergefäß, an dem er vorbeilugt. Nun sieht er es: Inmitten des Saales lodern zwei Feuer. Sie leuchten einen Baldachin aus Magnolienblüten an und den darunter sitzenden Vater. Neben ihm hocken zwei Onkel. Der ältere schlägt eine Trommel, sie kennt der Knabe schon. Sie ist so groß wie er, hat ein Gesicht mit einer Nase und zwei Augen und einem scharf gezackten Mund. Sie ist mit einer Tierhaut bespannt. Der Onkel schlägt sie mit Handballen und Fingern. Wie aber heißt das Instrument des jüngeren Onkels? Es sieht wie eine Walze zum Maismahlen aus. Oben treffen sich zwei lange Hölzer in der Mitte, die wippen, wenn der Schlegel sie trifft. Ein Holz klingt dunkel und das andere hell.

„Die Zungentrommel!", flüstert jemand neben ihm.

„Painal!"

Das ist der große Bruder des Knaben. Er ist schon zehn; stolz zählt er alle Instrumente auf, die Pfeifen und Flöten aus Ton, aus Holz, aus Rohr und aus verzierten Knochen, die Rasseln, Schellen, sogar Schrapknochen und Schneckentrompeten, die gar nicht dabei sind.

„Schildkrötenpanzer", erfährt der Kleine, „spielt man mit Hirschgeweihen und – psst, die Krieger tanzen!" Sie erheben sich von ihren Matten und stürzen sich, wie Vögel kreischend, in den Raum zwischen den Feuern. Sie wirbeln im Kreis, besingen gellend ihre Ruhmestaten. Ein Halbbruder der Knaben ist schon dabei. Sein Haar ist auf der linken Seite kurzgeschnitten, denn er, Sechs-Tod Feuerpfeil, hat seinen ersten Feldzug bestanden, seinen ersten Feind gefangen. Für ihn gibt der Vater das Fest. Sechs-Tod Feuerpfeil trägt einen schmucken Umhang aus Entenfedern und ein weißes Band im Schopf. Er hält sich einen großen, runden Prunkschild vor die Brust und stößt ein Kurzschwert in die Luft.

„Wir wollen schwören, Fisch!"

„Au ja!", freut sich der Kleine. „Wir schwören. Und was?"

„Dass wir Ruhm erlangen!"

„Wie Feuerpfeil?"

„Wie er, im Blumenkrieg."

„Kämpfte er mit Blumen?"

„Nein doch, das heißt nur so. Ein Blumenkrieg ist, wenn man Feinde fangen geht."
„Wie fängt man Feinde?"
„Man packt sie am Schopf."
„Und wer sind die Feinde?"
„Die Azteken. Das sind wilde Krieger, die hinter dem Gebirge leben, hinter der Weißen Frau und dem Rauchenden Berg."
„Dem Popopel?"
„Dem Po-po-ca-te-petl, Fisch."
„Was machen die Azteken?"
„Sie überfallen fremde Städte, damit die ihren Königen Tribut bezahlen. Aber in unsere Stadt kommen sie nicht!"
„Weil wir sie vorher fangen?"
„Weil sie nicht dürfen, Fisch. Das haben unsere und ihre Könige vor langer Zeit so ausgemacht. Wir treffen uns mit ihnen in einem Tal weit vor der Stadt. Dort – und nirgendwo anders – kämpfen die Heere gegeneinander."
„Passiert das oft?"
„Ich glaube schon. Die Azteken haben einen neuen König; er heißt Motecuzoma, und der hat uns gleich zu einem Blumenkrieg eingeladen."
„Und – haben wir gewonnen?"
„Klar."
Der Kleine freut sich. „Gewinnen wir immer?"
„Na ja, manchmal auch nicht."
„Und wenn die Azteken gewinnen?"
„Dann kehren sie zufrieden in ihre eigenen Städte zurück, mit all unseren Kriegern, die sie gefangen haben."
„Und wir?"
„Wir auch. Wir nehmen unsere Gefangenen und gehen nach Hause."
„Wie nach einem Ballspiel?"
„Ganz genau."
Der Kleine lacht. Er kann noch nicht erfassen, wovon die Rede ist. Ein Spiel! Feuerpfeil hat daran teilgenommen und ist ein Held. Das möchte er auch sein. Die beiden Jungen schwören. Sie werden in den Blumenkrieg ziehen, um als Helden zurückzukehren. „Auch wir

werden hier tanzen!"', verspricht der Große dem Kleinen.
Die Bilder hielten an, als hätte der Betrachter die letzte Seite eines gemalten Faltbuches umgeklappt. Jadefisch war wieder in der Gegenwart. ‚Ach, mein Bruder', musste er denken. Paínal hatte sein Wort gehalten. Sein Name bedeutete Der-Schnelle-Läufer. Immer war er zuerst im Ziel. Früh hatte er gelernt, die Waffen zu führen, früh seinen Mut bewiesen. Von Mal zu Mal war er in der Achtung des Vaters und der älteren Krieger gewachsen.

Weitere Bilder kamen. Jadefisch half seinem Bruder, seinen ersten Helm aufzusetzen; der war aus Holz, mit Stoff überzogen und mit schillernden Federn besetzt – dem Kopf eines Berglöwen täuschend ähnlich. Aus dem Fang eines Pumas schaute Paínals Gesicht hervor, und seine Bernsteinaugen verwandelten sich in die Lichter des Raubtiers. Ihm konnte nichts passieren! Er kehrte als gefeierter Sieger zurück. Ja, er tanzte um das Feuer! Bald erhielt Paínal sein erstes Kommando, und Jadefisch, der noch zur Tempelschule ging, trug ihm den Proviant und auch das Kurzschwert mit den scharfen Seitenklingen aus Obsidian. Kämpfen durfte er noch nicht. Er wurde auf einen Ausguck geschickt, um der Schlacht aus sicherer Entfernung zuzusehen. Zum ersten Mal! Unter dem Getöse der Feldmusik und dem Geheul der Krieger rückten die Heere aufeinander zu. Zuerst die Bogenschützen, dann die Speerwerfer und Steinschleuderer. Nahkämpfer mit Schilden, Schwertern, Lanzen prallten aufeinander. In dem Gewirr der Leiber, wo war da Paínal?
Jadefisch unterschied weder Freund noch Feind in dem wogenden Meer, aus dem die Federbanner der Anführer ragten. Erst mit der Zeit erkannte er die Signale von einem Hügel schräg gegenüber: die Standarte seines Vaters! Nach ihr richteten sich die kleineren Banner der Truppenführer. So entdeckte Jadefisch schließlich erst seinen Halbbruder Sechs-Tod Feuerpfeil und dann Paínal, gegen drei Gegner ankämpfend. Wäre Sechs-Tod Feuerpfeil ihm nicht zu Hilfe geeilt, Paínal wäre unterlegen gewesen. So aber nahmen die beiden gemeinsam, nachdem der dritte geflohen war, zwei feindliche Krieger gefangen. Jadefisch verlor sie aus den Augen. Wie ein Strudel war die Schlacht; er glaubte, eine Spindel zu sehen, riesengroß, die sich auf

dem Felde drehte, Freund und Feind mit sich riss. Einmal aber blieb sie stehen. Jadefisch sah nur noch eine bunt getupfte Blumenwiese, und alles war still.

Die Blumen waren die Krieger, die verwundet oder tot auf dem Talgrund lagen. Jadefisch half bei der Bergung und fand auch Paínal: erschlagen. In seiner Kriegerrüstung aus wattiertem, dicht mit Federn überzogenem Stoff klaffte ein langer Riss an der Seite, und daraus sickerte dunkles Blut.

Jadefisch wurde still wie ein Teich ohne Frösche und Vögel. Sein Vater nahm ihn in den Festsaal mit. Sechs-Tod Feuerpfeil sprang um das Feuer und pries Paínals Taten. Dann übernahm der Vater. Wie ein verletzter Vogel taumelnd, bald flatternd, bald die Flügel ausgestreckt, unverhofft hochschnellend und wieder fallend, sang er sein Klagelied. Immer wieder fiel Paínals Name – dumpf oder schrill, gedehnt, verzerrt, geweint, geschrien, dann hell und klar: Der tote Blumenkrieger war im Haus der Sonne. Er begleitete das Gestirn auf dessen Reise über den Himmel. Nun sang der Vater melodisch. Paínals Name perlte ihm von den Lippen wie Tau, und Jadefisch sah ihn leuchten wie den grünen Stein des Lebens.

Er lächelte unmerklich. Dann wurde ihm bewusst, dass er nicht in Chololan war. Und anders als sein Bruder war er auch kein großer Krieger. Nach dem Tod Paínals hatte sich der Vater nicht mehr gern am Blumenkrieg beteiligt. Zwar wurde Jadefisch gut ausgebildet, aber er zog in keine Schlacht; sein Vater, der König, erlaubte es nicht. Nachtjaguar willigte erst ein, als es sich nicht mehr schickte, dass sein jüngster Sohn, der einstige Erbe seines Thrones, ohne Meriten war. Und Jadefisch war losgestürmt, er hatte jeden guten Rat in den Wind geschlagen, selbst den Befehl des Truppenführers Sechs-Tod Feuerpfeil, auf ihn zu warten. Er wollte seinen ersten Feind allein, ohne fremde Hilfe, fangen! Als Sieger mit den Kriegern um das Feuer tanzen! Doch dieser Traum endete jäh. Ein Azteke zerrte Jadefisch am Schopf in sein Lager. Nie würde Jadefisch den Applaus vergessen, den jener von seinen Leuten dafür erhielt. Er fühlte sich wie ein Versager, obwohl Gefangenschaft an sich doch nicht als Schande galt. Die Götter selbst, hieß es, wählten ihre Opfer. Ob sie den Tod nun auf dem Schlachtfeld oder auf dem Opferstein gewährten – die Ehre war dieselbe.

Sie konnte aber, wie der alte Priester-Weise Sternfinder gesagt hatte, noch größer sein, wenn man als Abbild einer Gottheit starb. Das wurde Jadefisch langsam bewusst. Er stand seinem Bruder Paínal in nichts nach. Er war in Tenochtitlan, um den Gott Tezcatlipoca zu verkörpern, um Seine Musik zu spielen. Deshalb würde auch sein Name bald wie ein Edelstein erstrahlen. Sein Vater würde um das Feuer tanzen. ‚Mein Sohn Jadefisch, der als Abbild des Tezcatlipoca ins Haus der Sonne gegangen ist', würde er singen. Jadefisch war ganz ein Teil der Seinen, er hatte seinen Platz in ihren Herzen. Ein unsichtbares Seil verband ihn mit ihnen, das ihn halten würde, wenn er am Abgrund den Tritt verlor. Plötzlich schoss ihm das Blut in den Kopf: Er hatte sich vor dem Großen Sprecher Mexiko-Tenochtitlans blamiert! Jadefisch spannte die Muskeln wie ein Tier zum Sprung. Besser als jedes Abbild vor ihm würde er spielen, damit Motecuzoma jene schändliche Begebenheit vergaß!

2

Der Große Sprecher dachte indes ganz und gar nicht abschätzig von Jadefisch. Zwar war noch nie ein Spieler ausgezeichnet worden, der das Blumenlied Tezcatlipocas ruinierte, doch sah er darin eine Fügung. Hatte Jadefisch nicht wunderbar gespielt, bis ihn der Gott hatte straucheln lassen? Und warum? Doch nur, um ihm, Motecuzoma, einen Wink zu geben – denn Jadefisch war ein Geschenk.
Sein Vater war Motecuzomas letzter ernstzunehmender Widersacher in der Stadt der Grünfederschlange. Hartnäckig weigerte Nachtjaguar sich, dem aztekischen Bund beizutreten, stellte sich lieber den verlustreichen Blumenkriegen, auf denen Motecuzoma eben deshalb gnadenlos bestand. Vor einem Menschenalter hatte man den Vertrag darüber ausgehandelt. Er sicherte die Opfer für die Götter, aber auch die Unabhängigkeit der Mitgliedsstaaten; Motecuzoma dachte hier

vor allem an das nördlich von Cholollan liegende Tlaxcallan, dann auch noch an das kleine Huexotzinco, das wie ein Adlerhorst im Bergmassiv des Popocatepetl saß. Motecuzoma durfte diese Gegner nicht erobern, sie ihrerseits sich ihm nicht unterwerfen.
Nun sollte Jadefisch Motecuzomas Lockvogel sein. Nachtjaguar würde seinen Sohn als Abbild des Tezcatlipoca in ganzer Pracht erleben wollen. Und wenn er erst in Tenochtitlan war, konnte er sich den Gesprächen kaum entziehen, die Motecuzoma den Königen von Cholollan anbot.
Nachtjaguar war früher oder später ohnehin gezwungen zu verhandeln. Er brauchte sein geschrumpftes Heer neuerdings zum Schutz der Stadt. Tlaxcallan, der größte und stärkste der Blumenkriegsstaaten, strebte nach der Herrschaft über seine Nachbarn. Es nutzte jede Schwäche aus – und was für eine fette Beute wäre die Stadt der Grünfederschlange!

Ein anderer, ein kalter Wind begann zu wehen. Nicht nur Nachtjaguar wappnete sich. Motecuzoma witterte darin die Chance seines Lebens: *ein* Reich, von ihm allein regiert! Wenn sich die Gegner stritten, konnte er sie einzeln unter seine Herrschaft zwingen. Zuerst den schwächsten und dabei doch angesehensten: Cholollan.
Motecuzoma kam ins Träumen. Was für eine Stadt das war! Cholollan war fast so alt wie die Welt. Es hütete das Erbe zweier alter Reiche, die längst zu Staub zerfallen waren. Das erste, ältere bestand nur noch in Träumen fort. In ihm hatte es noch Riesen gegeben, und es war dunkel gewesen, bis zwei Götter als Leuchten an den Himmel gestiegen waren. Das war in der großen Stadt der Götter, in Teotihuacan, geschehen. Motecuzoma kannte jene beiden gewaltigen Hügel, auf denen einst die Götter ihre Scheiterhaufen errichtet hatten, um sich durch die Kraft des Feuers in Sonne und Mond zu verwandeln. Immer, wenn er sein Orakel dort aufsuchte, maß er sie mit den Blicken ab, erklomm er ihre Hänge im Geist. Einmal hatte er sie selbst erstiegen, um eine Opfergabe dort niederzulegen. Seither stellte er sich vor, dass in ihrem Innern Pyramidenstümpfe steckten.
Auch in Cholollan gab es eine solche Pyramide, den „Von Menschenhand Gemachten Berg". Längst hatte dichtes Buschwerk ihn besie-

delt, so dass er wie ein natürlicher Hügel aussah. Es hieß, die Riesen hätten ihn errichtet. Und eine Quelle sollte dort entspringen, die dem, der aus ihr trank, ein langes Leben schenkte.

Von dem zweiten und jüngeren Reich, dem der Tolteken, bewahrte Cholollan noch weitaus mehr, denn kein Geringerer als der große Gott Quetzalcoatl, der Herr Grünfeder-Schlange, war in der Stadt gewesen und hatte ihr sein Erbe hinterlassen. Einst hatte er über die Tolteken geherrscht und ihre Metropole Tollan zum Inbegriff aller erstrebenswerten Dinge gemacht. Das Kunsthandwerk, die Schrift, die Religionsausübung, die Art, wie man regierte, wie man baute – alles ging auf ihn zurück. Das Reich von Tollan blühte und gedieh, solange Quetzalcoatl darüber wachte. Doch wie die Menschen hatten auch die Götter Feinde. Eines Tages tauchte darum folgerichtig der Gegenspieler des Quetzalcoatl auf: Tezcatlipoca, Rauchender Spiegel. Dieser wandte seine schwarzen Zauberkünste an. Quetzalcoatl fiel auf ihn herein, ließ sich austricksen, verführen, betrügen, und am Ende floh er aus Scham. In weitem Bogen südwärts ziehend gelangte er zunächst zu dem Von Menschenhand Gemachten Berg. Man hieß ihn dort willkommen, man setzte ihn auf seine Matte, seinen Thron, begann, ihm eine neue Pyramide zu errichten – vergebens: Er regierte nicht. Sein Feind, Tezcatlipoca, fand ihn tief im Innern, und er floh erneut. Es trieb ihn ohne Rast und Ruhe immer weiter, bis zum Rand der Welt und zum Schluss aufs Meer hinaus.

Hinter seinem Rücken zerfiel das Toltekenreich. Dürre, Hunger, Kriege verheerten das Land. Die Städte fielen eine nach der andern. Der Palast des Quetzalcoatl in Tollan wurde zur Ruine, wo der Wind um dächerlose Säulen pfiff. Nur Cholollan, die Schöne, konnte sich halten. Quetzalcoatl hatte, als er ging, der Stadt ein paar Reliquien gegeben, die seine göttlichen Kräfte enthielten, und diese schützten sie. Motecuzoma hatte die Reliquien noch nie gesehen. Sie wurden von Cholollans Priestern an geheimem Ort verwahrt und nur alljährlich einmal auf die neue Pyramide des Quetzalcoatl getragen. Dann erhob sich immer der Wind. Der Gott in seiner Tiergestalt flog durch den Himmel, die Schuppen taufrisch glänzend und mit der Saat für die Felder beladen. Schon sah Motecuzoma sich dort oben stehen als der

Eine Sprecher der Welt im Ring des Wassers. ‚O Herr des Neuen Reiches von Cemanahuac', sagten die Hohepriester. Motecuzoma hörte es rascheln, als würden sie schon das Bündel mit den Reliquien enthüllen.

„O Totecuiyo, mein Enkel ..."

„Was gibt es, mein Vater?" Vor Motecuzoma kauerte sein alter Diener. Die Gegenwart verlangte ihr Recht.

„Der Herr-Des-Schwarzen-Hauses, der als zweiten Titel den eines Fürsten-Priesters führt, der Herr Opossum wartet draußen."

Motecuzoma war alarmiert: Wenn Opossum ungerufen und in Person erschien, dann war etwas Bedeutsames geschehen. Sein Gehörsinn schärfte sich; Opossum pflegte nur zu flüstern.

„Die Wasserhäuser sind zurückgekommen, Totecuiyo."

„Dieselben wie im letzten Jahr?"

„An ihren Masten blähen sich die gleichen weißen Planen mit dem roten Kreuz des Himmels. Aber es sind diesmal mehr: Elf Schiffe kamen die Küste herauf. Ihre Besatzung ist in Xicalanco, noch bei den Maya, an Land gegangen. Es kam zu einem wüsten Gefecht, bei dem die Fremden obsiegten. Der Mayafürst hat sie mit Geschenken versöhnt, so dass sie weiterfuhren."

„Wo sind sie gelandet?"

„In der Provinz der Totonaken."

„Wer führt sie an?"

„Ein Mann mit einem aschefarbenen Gesicht und einer Narbe an der Unterlippe, von seinem dichten Bart nicht ganz verdeckt – und er begann sofort, nach dir zu fragen."

„Wer ist er?"

„Ein Fürst vom anderen Ufer des Meeres."

Motecuzoma spürte den Boden unter sich wanken. Er hörte nicht mehr, was Opossum ihm weiter zu berichten hatte. Er dachte nur noch eins: Quetzalcoatl. Kam Er jetzt vom Meer zurück?

Wenig später schickte ihm der Diener den Tributeinnehmer. Dieser hatte, wie im Vorjahr, Bilder von den Fremden malen lassen. Der Herrscher erblickte die gleichen bärtigen Krieger mit der hellen Haut, die von Kopf bis Fuß in dicken Kleidern steckten, die Helme,

Harnische und lange, glatte Schwerter ohne Seitenklingen trugen. Aber diesmal waren da noch ungeheuerliche Kreaturen mit zwei Leibern, Doppelwesen, deren Unterhälfte großen Hirschen und deren Oberhälfte Männern glichen! Er sah ein Rohr auf einem Gestell, und der Tributeinnehmer schwor, dass dieses Ding runde Steine spie – fähig, Bäume zu zerfetzen! Zweifellos besaß der Gott mächtige Waffen und Zaubertiere. Motecuzoma schauderte bei dem Gedanken, dass er Ihn durch seine Pläne mit der Stadt der Grünfederschlange selbst herbeigerufen haben mochte.

Quetzalcoatl schien ihm aber nicht zu zürnen, denn Er machte ihm Geschenke. Es waren wundersame Dinge, wie er sie nie zuvor gesehen hatte. Tiefrote Perlenschnüre funkelten ihn an. Dann kam ein Thron mit runden Seitenlehnen, in dem er kaum die Füße kreuzen konnte, der aber höher als der seine war. Ein roter Stoffhut, weich wie Moos – der hatte einen goldenen Schmuckbesatz mit einer verwirrenden Kampfszene darauf. Motecuzoma konnte umso weniger damit beginnen, als er noch einen Helm erhielt, den er mit Goldstaub füllen sollte. Verlangte der Gott Tribut von ihm?

Der Herrscher brauchte eine Rückversicherung bezüglich der Natur des Fremden. Er ließ die klügsten Priester rufen. Kaum hatten sie den Saal betreten, stieg er von seinem Thronpodest, um ihnen die seltsamen Gaben zu zeigen.

„Was seht ihr?"

„Totecuiyo …" Die Priester wirkten irritiert. Sie sahen einen Thron aus Holz, sie sahen lange Perlenschnüre, einen Hut und einen Helm.

„Betrachtet alles ganz genau! Saht ihr jemals einen solchen Thron? Wer könnte höher als ich selbst sitzen?"

„Sicher will dich jemand ehren", versuchten sie sich. „Ja, man möchte dich erhöhen."

Motecuzoma sah sich unwillkürlich auf der Pyramide des Quetzalcoatl in Cholollan. „Was haltet ihr von diesen Perlen?" fragte er hastig.

„Roter Bergkristall?", mutmaßte einer.

„Saht ihr je dergleichen?"

Die Priester schüttelten die Köpfe. „Was für eine Kostbarkeit!"

„Erlaubst du, Totecuiyo?", wagte der Priester-Weise Sternfinder sich

vor. Motecuzoma nickte. Der Priester-Weise griff sich eine Schnur heraus und ließ sie durch die Finger gleiten. „Die Perlen sind fast so leicht wie Korallen. Sie sind nicht aus Bergkristall."
„Woraus dann?"
„Das Material ist mir unbekannt."
„Dann ist es Blendwerk, Zauberei!", befand Sternfinders Vorgesetzter. Als Oberpriester des Tezcatlipoca besaß Yaopol, Großer Feind, in religiösen Fragen eine beinahe schon göttliche Autorität. Alles starrte auf die Hände mit den Perlen. Wenn Sternfinder nun eine Krankheit befiel?
„Der würdige Yaopol-tzin hat hoffentlich nicht recht", sagte Motecuzoma verstimmt. „Auch ich habe diese Perlen berührt." Nun war er es, dem man verstohlen auf die Hände schaute.
Der älteste Priester rettete die Situation. „Seht doch, seht doch die Farbe der Perlen! Wie das Morgenrot! Wie der Löffelreiherfedersitz der Sonne! Totecuiyo, woher kommen die Geschenke?"
„Aus dem Osten." Motecuzomas Spannung wuchs. Er sprach nun von den Wasserhäusern von jenseits des Meeres.
„Ein anderes Ufer?" Die Priester legten sich ungläubig die Hand auf den Mund. Dann begannen sie zu deklamieren.
„Die Welt ist von Wasser umgeben ..."
„Wie ein Schildkrötenpanzer ragt sie aus dem endlosen Meer ..."
„Das nur der Himmel begrenzt."
„In der Ferne türmen sich die Wassermassen zu einer unermesslichen Wand ..."
„Auf der die Himmelsschichten aufliegen."
„Wer von dort kommt ..."
„Ist ein Gott."
Motecuzoma ließ sich verleiten. „Ja! Unser Herr Quetzalcoatl ist zurückgekehrt!"
Als Erster fasste sich der Oberpriester. „Wie willst du Ihn empfangen, Totecuiyo?"
„Mit einem Schatz, der seinesgleichen sucht. Die besten Kunsthandwerker haben ihn erschaffen: Zeremonialwaffen, Brustpanzer, Schilde. Goldene Meeresschnecken, künstliche Vögel aus echten Federn, deren Kiele in Gold gefasst sind, mit goldenen Füßen, Schnäbeln und

Augen, die sich der Gott in den Kopfputz steckt. Federmäntel, Baumwollstoffe, hauchdünn und mit Kaninchenhaar durchwirkt, verziert mit Quetzalcoatls Symbolen. Als Krönung zwei Kalenderräder, ein goldenes mit der Sonne, ein silbernes mit dem Mond."

„Gibst du kein Buch mit, Totecuiyo?"

„O doch, das älteste, das wir von unserm Herrn bewahren. Und dann", Motecuzoma senkte die Stimme, als wolle er ein Geheimnis weitergeben. „Seht ihr den Helm bei den Geschenken? Ihn wünscht der Gott bis an den Rand mit Gold gefüllt zurück."

„Wozu braucht ein Gott einen Helm voll Götterdreck?", entfuhr es dem Priester-Weisen Sternfinder.

„Ja, wozu?", bestärkte ihn der Oberpriester. „Braucht Er nicht vor allem Opferherzen?"

„Er wird auch sie erhalten. Yaopol-tzin, du begleitest die Gesandtschaft und nimmst Opfersklaven mit." Motecuzoma wollte die Beratung schließen, aber Sternfinder räusperte sich:

„Totecuiyo, Unser Herr! Wie zeigt sich uns der Fremde? Trägt er die Vogelmaske des Quetzalcoatl? Seinen Hut aus Jaguarfell? Sein Wind-Emblem, das man aus einer Meeresschnecke schneidet?"

„Er trägt nichts dergleichen."

„Wie kannst du dir dann sicher sein, dass er es ist?"

Alle starrten Sternfinder an.

„Er wird sich zu erkennen geben", sagte Motecuzoma schließlich.

„Wie soll dies geschehen?"

„Was rätst du mir?"

„Prüfe ihn! Vier Göttertrachten lass ihm übergeben."

Motecuzoma nickte. „Vier verschiedene."

„O Totecuiyo, deine Voraussicht bezeugt deine Weisheit. Möge der Ankömmling wählen. Die Welt ist vielleicht größer als wir ahnen."

Motecuzoma behielt die Verwunderung ob dieser letzten Äußerung Sternfinders für sich. Ruhiger, als er sie empfangen hatte, entließ er die Priester. Er begann zu hoffen, dass der Fremde doch nicht Quetzalcoatl war.

Die königliche Trägerkarawane war der prachtvollste Zug, der Tenochtitlan je verlassen hatte. Fünf mal zwanzig Männer gingen unter der Last der Geschenke, und doppelt so viele schleppten in ihren Kraxen den Proviant. Dazu kamen etliche Priester sowie ein Heer von Dienern für die fremden Gäste. Alles wurde gesichert von einem Begleitschutz – vorn und hinten. Meldeboten, die den Verantwortlichen über alles auf dem Laufenden hielten – etwa, wenn Träger erkrankten, so dass er in der nächsten Stadt Ersatz für sie beschaffen musste. An Tlacotl, Speerschaft, hing alles. Er war erst Ende zwanzig, doch schon seit längerem die rechte Hand des Herrn Opossum, seinem einstigen Lehrer der Politik und Geheimdiplomatie. Opossum war Motecuzomas Emissär, der die Geschenke überreichen sollte. Als Herr-Des-Schwarzen-Hauses reiste er in einer Sänfte mit einem Baldachin und verhängten Seitenwänden. In die eingewirkten Blumen und Schmetterlinge auf dunklem Grund hatte er Gucklöcher einarbeiten lassen. ‚Schau, aber lass dich nicht durchschauen!', dachte Tlacotl, der nie auf die Idee verfallen wäre, dergleichen auch nur anzudeuten. Allerdings war Opossum mit lichtempfindlichen Augen geschlagen, seit er bei der letzten Sonnenfinsternis auf die verdunkelte Scheibe am Himmel gestarrt hatte. Nur wenn der Zug die Sonne im Rücken hatte, ließ Opossum die Vorhänge aufschlagen. Dann ertönte ein warnender Pfiff. Ein Diener rannte nach Wasser, während die anderen die großen Fächer für ihren Herrn zu bewegen begannen. Kam die Sonne dann wieder von vorn, wurden die Vorhänge erneut geschlossen.

Die Reise dauerte sechs Tage; Tlacotl hörte bald auf, an Opossum zu denken. Er dachte nicht einmal mehr an die fremden Gäste. Sie würden denen gleichen, die er vor einem Jahr gesehen hatte. Zügig führte er die Karawane am Popocatepetl vorbei, umging ebenso zügig die Stadt der Grünfederschlange, so dass er nach drei Tagen den größten Markt der Region erreichte, wo Proviant und ausgeruhte Träger zu besorgen waren, und zog, den Freistaat Tlaxcallan zur Linken und vor sich den Sternenberg – den höchsten Gipfel, den er kannte – weiter in östlicher Richtung. Die Ortschaften wurden rarer. Tlaxcallan wurde immer kleiner, vom Sternenberg sah er nur noch den weißen Kegel, der auf den Wolken zu schweben schien: Der Abstieg ins Tiefland begann. Tlacotls Zeitgefühl schwand, während die Landschaft ein unwirkliches Gepräge annahm. Hatte der Menschenwurm eben einen Bergkamm erklommen, auf einem Weg aus Sand und Geröll, vorbei an dornigen Büschen, grauen, staubigen Zypressen und riesigen Säulenkakteen, schob er sich bald schon, Glied für Glied, den meerwärts abfallenden Hang hinab, wo üppiger Nebelwald ihn aufnahm. Ohrenbetäubender Lärm, verursacht von Vögeln und Affen, drang aus dichtem Blattwerk und hinter fransigen Moosflechten hervor. Es wurde immer heißer, und die feuchte Luft legte sich auf die Lungen. Tlacotl wollte Rast einlegen lassen, als Opossum sein verschwitztes Haupt durch den Vorhang steckte.

„Wir sollten heute noch eine Stadt erreichen. Hier möchte ich nicht übernachten."

Tlacotl musste die Leute antreiben, doch eine Stadt erreichten sie nicht. Immerhin wich der Nebelwald vor kultiviertem Land zurück. Kakaopflanzungen, Baumwollsträucher unter Kapokbäumen rückten ins Bild, an Palmen rankende Vanille-Orchideen mit Knospen, Blüten und Früchten in den Achseln fleischiger Blätter. Schwarze Blumen nannte man sie, obgleich die grünlich-gelbe Schönheit nicht einen dunklen Tupfen vorwies. Erst wenn sie welkte, wenn die einer Vulva ähnliche Blüte in sich zusammenfiel, färbte sie sich braun bis violett. Es blieb ein Auge, der Fruchtknoten, stehen, um eine zunächst grüne und dann schwarze Schote voll des köstlichsten Marks auszubilden.

Am nächsten Mittag erreichten sie ihr Ziel. Tlacotl führte den Zug durch eine ausladende Schleife zum Meer hinab, die gleißende Wasserfläche zur Rechten, um Opossum zu schonen. Schon kamen die Palmhütten der Fremden in Sicht, und Opossum ließ vorn den Vorhang aufschlagen. Schon kündigte sich auch der Tributeinnehmer an. Opossum stieg aus der Sänfte. Feierlich schritten der Herr-Des-Schwarzen-Hauses und der Tributeinnehmer, jeder mit einem Strauß bunter Blumen, ins Lager der Fremden. Hinter ihnen gingen die Priester. Tlacotl folgte mit der Trägerkarawane.

Vor der größten Palmhütte hielten sie an. Davor saß der Anführer der Fremden in einem hohen, runden Stuhl. Von ihm mochten gefährliche Kräfte ausgehen. Um sie zu bannen, steckten die Priester das Kopalharz in ihren Räucherlöffeln in Brand, und der Fremde versank mit seiner ganzen Umgebung in den weißen, süßlich duftenden Schwaden.

Sobald diese sich verzogen, tauchte zunächst ein runder Hut mit Feder und einer breiten Krempe auf, dann eine gerade Nase, ein bärtiges, huldvolles Antlitz, schließlich ein schwarzer Überwurf mit güldenen Schleifen, darüber eine Kette mit einem ovalen Goldanhänger, den Tlacotl von seinem Standort aus nicht gut erkennen konnte. Es mochte sich um ein Vogelei handeln, denn für ein Schlangenei erschien er ihm zu groß.

„Was hat er nur alles an?", fragten sich die Priester, die sich von Tlacotl die Göttertrachten geben ließen. „Er ist gekleidet, als gelte es, sich vor den kalten Winden des Totenreichs zu schützen." Tlacotl musste lächeln. Unter dem Überwurf trug der Fremde ein dickes Wams mit langen Ärmeln bis an die Handgelenke. Leib und Schenkel waren von einer Haut aus Stoff umspannt, selbst seine Füße steckten in geschlossenen Schuhen mit kniehohen Röhren.

Die Priester, in luftigen Sandalen und Hemden, nahmen die Trachten entgegen, um den Fremden zu prüfen.

„Wartet noch", sagte Tlacotl. „Der Herr-Des-Schwarzen-Hauses muss ihn zuerst begrüßen."

„Ja, und?", wunderte sich der Oberpriester des Tezcatlipoca. „Wir müssen da sein, wenn er fertig ist."

„Das kann dauern, Yaopol-tzin. Der Gott nimmt seine Rede nicht direkt entgegen. Dafür hat er zwei Zungen – eine Frau und einen Mann."

„Er braucht Dolmetscher?"

„So sieht es aus."

Im Vergleich zum Vorjahr hatte sich die Verständigung etwas gebessert. Damals hatte man nur mit Händen und Füßen geredet. Tlacotl brachte sich weiter nach vorn. Die Priester beorderte er je zwei und zwei an seine Flanken. Auch der Fremde hielt nun eine Rede. Der Dolmetscher – ein Mann mit seltsam blauen Augen in einem braungebrannten Gesicht und mit den langen, wirren Haaren eines fastenden Priesters – öffnete den Mund.

„Was sagt er?", fragte der Oberpriester.

Tlacotl zuckte die Achseln. Es hörte sich nach einer Maya-Sprache an, die er nicht verstand.

Die Frau übernahm das Reden. Sie trug nach Landessitte eine ärmellose Bluse über ihrem Wickelrock.

„Mein Gebieter fühlt sich geehrt", sagte sie in korrektem Nahuatl zum Herrn-Des-Schwarzen-Hauses. „Motecuzoma ist ein großzügiger Fürst, der einen Gast zu empfangen weiß."

Opossum verneigte sich.

Tlacotl winkte den Dienern zu. Tücher wurden vor dem Fremden ausgebreitet. „Die Kalenderräder, schnell!"

Sofort erschienen die kreisrunden Scheiben, gefolgt von Tieren aus Silber und Gold. Die Augen des Gastes erstrahlten. Seinen Mund umspielte ein Lächeln; sein Antlitz wurde heller mit jedem neuen Stück, das die Diener platzierten.

Tlacotl gab das Zeichen für den Einsatz der Schneckentrompete. Ein dunkler, weittragender Ton erschallte. Vier Priester schritten in die Mitte und legten die Tanztrachten der Götter aus.

Der Fremde lächelte noch immer, doch er schien nicht zu begreifen. Unentschieden glitten seine Blicke von der Türkismaske des Feuergottes zu der regengrünen Federkrone, dann zu dem kegelförmigen, mit Sternen besetzten Nachthelm des Tezcatlipoca und wieder zurück, bis sie endlich an der Vogelmaske mit dem goldenen, bezahnten Schnabel haften blieben, die Quetzalcoatl gehörte.

Die Priester setzten sie ihm auf. Sie schälten ihn aus seiner dicken Kleidung und legten ihm das Hemd mit roter Borte und das goldene Wind-Emblem an. Zwischen den Schenkeln zogen sie ihm den göttlichen Prunkschurz hindurch und befestigten an seiner Hüfte den runden Spiegel aus Obsidian, in dem die Götter die Welt erkennen.

Da wurden die Priester von Ehrfurcht erfasst, erblickten sie doch ihren Herrn Quetzalcoatl. Ihm musste geopfert werden. Ohne zu zögern begannen sie, sich mit Agavendornen zu stechen und das Blut auf Papierstreifen tropfen zu lassen. Diese legten sie in eine Schale, die sie vor Quetzalcoatl auf den Boden stellten.

Sie waren im Begriff, sich demütig zurückzuziehen, als der Gott, der bislang keine Regung gezeigt hatte, ganz plötzlich ergrimmte. „Waren dies all eure Geschenke?"

Nur der Oberpriester des Tezcatlipoca besaß den Mut zu einer Antwort: „Erheischt unser Herr ein menschliches Herz?"
Der Gott gab keine Antwort. Der Oberpriester versprach ihm ein Herz.
Der Gott erhob die Hand. „Deines etwa?" Der Mann zu seiner Rechten zog ein langes Schwert und setzte es dem Oberpriester an die Brust.
„Wie du es wünschst", erwiderte dieser mit belegter Stimme.
Der Gott lachte verächtlich. „Diese Rolle spiele ich nicht!" Dann riss er sich die Maske ab. „Deine Götter sind alle falsch. Sie betrügen dich. Du darfst für sie nicht töten!"
Der Oberpriester vereiste. „Wer bist du, dass du so redest?"
„Ein Freund, der euch wohlgesonnen ist. Ich wurde entsandt, um euren Großen Sprecher zu treffen."
„Was willst du von ihm?"
„Ihm vom wahren Gott berichten."
Neben den Oberpriester trat der Herr-Des-Schwarzen-Hauses. „Wen soll ich dem Großen Sprecher denn melden?"
„Den Abgesandten des Großen Sprechers des Landes Caxtillan."
„Hast du auch einen Namen?"
„Don Fernando Cortés."
„Ton Pelnanto", sagte die Frau.
„Und du?"
„Marina."
„Malina? Malin-tzin?"
„So nennt mich mein Herr. Eigentlich heiße ich Ce Malinalli."
Das hieß Eins-Drehgras und bedeutete den Tag, an dem sie geboren war.
„Malin-tzin", zischte der Oberpriester, dem der Zusammenhang entgangen war. Noch zu aufgewühlt von dem unerhörten Vorfall eben, war er ganz auf den Fremden fixiert. „Der Gesandte heißt also Malin-tzin: Der-Die-Dinge-Verdreht."
„Wer ist der Mann zu seiner rechten Seite?", fragte der Herr-Des-Schwarzen-Hauses weiter. „Mir ist, als hätte ich ihn schon einmal gesehen."
Der Gesandte stellte vor: „Pedro de Alvarado."

Er war ein ausnehmend schöner Mann mit gelben Haaren. Darum nannte Tlacotl ihn Tonatiu, „Sonne". Er hatte im vergangenen Sommer mit den Totonaken getanzt. Während Tlacotl noch daran dachte, dankte der Gesandte für die Geschenke und lud den Herrn-Des-Schwarzen-Hauses in sein Wasserhaus ein.

„Ich werde deine Gegengabe an Land erwarten", erklärte Opossum. Der Gesandte, damit nicht zufrieden, erhob sich von seinem Sitz. Lächelnd fasste er den Emissär am Arm. Sonne trat neben den Tributeinnehmer, auch Tlacotl und die Priester erhielten unverhoffte Begleiter.

„Ich fühle mich geehrt", sagte Opossum notgedrungen und ließ sich von dem Fremden zu einem großen Boot am Ufer führen. Dieses war, anders als die Einbäume Mexikos, aus Planken zusammengefügt und viele Male breiter als diese. Opossum stieg ein, erhobenen Hauptes, aber mit gesenkten Lidern, um von den Wellen nicht geblendet zu werden. Das Boot legte ab in Richtung der Wasserhäuser, die ein Stück weit entfernt auf dem Meer zu sehen waren.

„Jenes ist es!", rief der Gesandte. Stolz wies er auf das Schiff in der Mitte, es war das einzige mit einer wehenden Fahne am höchsten Mast. Tlacotl erkannte ein blaues Kreuz und etliche Punkte, welche beim Näherkommen zu gebogenen Linien wurden.

„Amicisequamurcrucem, etsinosfidem ..." deklamierte der Gesandte, ohne dass eine Übersetzung gefolgt wäre. Der Oberpriester hielt die Äußerung für einen Zauberspruch. „O schwarzer Gott", stieß er zwischen den Zähnen hervor und meinte damit Tezcatlipoca, „mach, dass Malin-tzin das Blut in den Adern verklumpt!"

Das Ruderboot erreichte das Schiff mit der Fahne und wurde hochgezogen. Oben führte der Gesandte seine unfreiwilligen Gäste herum. Tlacotl sah ein großes hölzernes Rad mit Speichen, das man drehen konnte, und hohe Masten voller Seile, von denen gefaltete Planen hingen. Wenn diese Planen ausgespannt waren wie Vogelschwingen, wusste er, setzte der Wind das Schiff in Bewegung. Er sah auch lange Rohre, die über die Brüstung schauten. Doch über all dies staunte er weniger als über die enormen Ausmaße des Wasserhauses. Tlacotls gesamte Verwandtschaft – und die füllte leicht ein ganzes Dorf – hätte sich hier einrichten können.

Der Gesandte streckte den Arm aus. „Von dort sind wir gekommen!" Opossum fühlte sich genötigt, mit ihm auf das gleißende Meer zu schauen. „Ich erkenne nichts", erklärte er wahrheitsgemäß.
„Nichts als Wasser", sagte der Gesandte. „Den größten Teil der Reise begleiten nicht einmal Vögel das Schiff, und dennoch liegt jenseits Caxtillans Küste."
Dann sagte er, dass er unbesiegbar wäre. „Seht nur meine Macht!" Er legte seine Hand auf eins der dicken Rohre auf der Brüstung und gab einen Befehl. Dann trat er ein Stück zur Seite. Der Mann, der schon die ganze Zeit dabeigestanden hatte, entzündete nun einen langen Span und schob ihn von hinten ins Rohr. Tlacotl hörte es zischen und puffen, das Rohr vibrierte, und dann schoss eine Kugel donnernd aus der Mündung. Unter Tlacotl erbebten die Planken. Er verlor das Gleichgewicht, er hatte Angst wie nie zuvor im Leben. Dazu noch der Gestank nach faulen Eiern! Das Rohr schien wie ein großes, wildes Tier gefurzt zu haben. Naserümpfend stand Tlacotl auf und klopfte sich den Umhang ab. Er sondierte die Umgebung: Wo waren die anderen?

Opossum klammerte sich an die Brüstung. Mit weit aufgerissenen Augen starrte er der Kugel nach, die gerade tosend ins Wasser fiel. Andere aus seinem Gefolge hielten sich die Ohren zu. Nur dem Oberpriester war keine Furcht anzusehen. Als sich der Qualm verzogen hatte, baute er sich vor dem Fremden auf:

„Malin-tzin! Du magst sehr viel Macht besitzen. Doch du bist gar nichts vor Tezcatlipoca. Wenn Unser Herr die Erde beben lässt, hört niemand mehr deine Feuertrompete."

Der Gesandte lächelte nur. Er ließ Geschenke für den Großen Sprecher bringen: seltsame Kleidungsstücke aus Stoff, Schnüre blauer Perlen und einen wie Zahnschmelz schimmernden Kelch. Abermals bat er um Audienz bei Motecuzoma. Er könne anders nicht mehr vor seinen eigenen Herrscher treten. Dann entließ er seine Gäste.

Opossum wäre beim Einsteigen ins Boot beinahe fehlgetreten. Er konnte kaum noch etwas sehen. Das Meer bestand aus Licht – aus Licht, das in den Augen schmerzte.

Die Rückkehr der Gesandtschaft vollzog sich heimlich, in der Nacht, wie die eines Handelszuges – aber nicht, um sich vor Neid und Missgunst abzuschirmen, sondern weil der Herr-Des-Schwarzen-Hauses sich der dürftigen Gaben des Fremden schämte. Barfuß und in einem Überwurf aus rauem Agavenstoff trat er vor den Großen Sprecher – er, ein Kronratsmitglied! Er wirkte mitgenommen. Seine Augen waren entzündet, er blinzelte und schien zu frieren. Ihm blieben alle Worte in der Kehle stecken, so dass der Oberpriester ihm die Stimme leihen musste. Hätte Opossum nicht durch Gesten jedes Wort bezeugt, Motecuzoma hätte nicht ein einziges davon geglaubt. Der Fremde, dem er mit Ehrfurcht begegnet war, schmähte die Götter! Jener Fernando Cortés Malin-tzin war ein falscher Quetzalcoatl – zu schwach, die Maske des Gottes zu tragen, zu schwach, ein Opfer entgegenzunehmen.

„Er pflegt nur weißes, süßes Brot zu essen, das so leicht wie Maisstroh ist – auch gedörrtes Obst und Fleisch", erklärte der Oberpriester. „O Totecuiyo, er ist nur ein Mensch. Wiewohl ein böser, eine üble Menscheneule. Ohne Grund hat er dem Herrn-Des-Schwarzen-Hauses eine Krankheit angehext. Und, Totecuiyo, er verachtet unsere Sitten. Er ist nicht würdig, dass du ihn empfängst."

„Ist es denn üblich, den Gesandten eines fernen Landes abzuweisen?"

„Würdest du je einen Boten entsenden, der sich derart befremdlich benimmt? Jener Mann verursacht Lärm! Er hat schreckliche Feuertrompeten. Wenn er aus ihnen schießen lässt, dröhnt es wie Donner in den Bergen, und es blitzt dazu! Das schreckt die kleinen Leute auf. Sie werden noch die Flucht ergreifen, ihre Felder brachliegen lassen."

„Übertreibst du nicht?"

„Es wäre besser, wenn er wieder dorthin führe, von wo er kam."

„Nach ... Caxtillan?" Dem Großen Sprecher fiel Sternfinders Vermutung ein. „Glaubst auch du, Yaopol-tzin, an eine andere Küste, die nicht der Himmel ist?"

„Ich maße mir nicht an zu spekulieren. Eines aber weiß ich sicher, Totecuiyo: Jenem Malin-tzin kannst du nicht trauen. Hüte dich vor ihm!"

Motecuzoma folgte dem Rat des Oberpriesters und brach den Kontakt zu dem Fremden ab.

3

Jadefisch erfuhr davon nicht das Geringste. Er konzentrierte sich ganz auf die Musik und spielte endlich makellos, er beherrschte das Blumenlied des Tezcatlipoca. Dennoch stimmte etwas nicht. „Gutes Handwerk", lobte Eins-Affe, aber er schloss die Augen nicht mehr. Jadefisch war nicht zufrieden. Er wusste, dass er unter seinen Möglichkeiten blieb.
„Spotte nur! Vor meiner Erwählung habe ich besser gespielt."
„Deine Flöte könnte klingen, als käme sie aus dem dreizehnten Himmel."
„Dann hast du die Augen geschlossen."
„Und du verspieltest dich."
„Wie soll ich besser werden, wenn du mir das Zeichen nicht gibst?"
Eins-Affe nickte, tat ihm aber den Gefallen nicht. Jadefisch begann zu provozieren. Er flötete bald falsch, bald richtig, bald schlecht, bald gut, manchmal hinreißend – und beobachtete dabei Eins-Affe aus den Augenwinkeln. Es war lächerlich. Sie hatten beide Angst, der Lehrer wie der Schüler – Eins-Affe vor einem Rückfall Jadefischs und dieser davor, nicht weiterzukommen. Jadefisch fand einfach nicht heraus, wann er Eins-Affe betörte. Seine Willkür brachte ihn dabei allmählich von der überlieferten Weise ab. Ein eigener Gestaltungswille regte sich in Jadefisch und ließ ihn mit dem Muster spielen, das Tezcatlipoca den ehrwürdigen Vorfahren enthüllt hatte.
Der Priester-Weise beschloss einzugreifen. „Du darfst die Melodie nicht ändern."
„Ich versuche lediglich, ihr Leben einzuhauchen."
„Das vermagst du nur, wenn dich Tezcatlipoca leitet. Allein Sein Atem darf sich in der Blumenflöte bewegen."
Jadefischs Brauen gingen nach oben. „Sternfinder, das verstehe ich nicht."
„Die Macht des Blumenliedes kommt von unserm Herrn Tezcatlipo-

ca. Er ist es, der damit die Menschen bezaubert – nicht du."
„Aber ..."
„Du bist nur Sein Gefäß. Mach dich leer, damit Tezcatlipoca in dich eintreten kann."
Jadefisch legte die Flöte zur Seite. „Wozu bemühe ich mich eigentlich, wenn Ihm die leere Hülle genügt?"
„Jadefisch! Willst du Tezcatlipocas Nähe nicht? Seine Süße, Seinen wunderbaren Duft der kleinen weißen Puffmaisblüte?"
Jadefisch besann sich. „Doch, natürlich."
„Dann öffne dich. Mach dich leer."
„Wie, Sternfinder? Soll ich alles, was ich bin, vergessen?"
Sternfinder betrachtete Jadefisch besorgt. Eine dunkle Kraft schien ihn anzutreiben. Das Blumenlied des Tezcatlipoca wurde seit undenklichen Zeiten unverändert weitergegeben. Warum genügte es Jadefisch nicht, es so gut wie möglich zu spielen? Was bewog ihn, vom Muster abzuweichen? Er durfte sich Tezcatlipoca nicht entgegenstellen, noch sich mit Ihm identifizieren. Sonst würde ihn der Gott wie eine Eierschale zerbrechen.
„Wie hast du als Tempelschüler deine Skorpione gefangen?"
„Meine Skorpione?" Jadefisch verzog angewidert das Gesicht. Die Knaben wurden nachts hinausgeschickt, um giftige Tiere zu sammeln. Die Priester brauchten sie für ihre schwarze Götterfarbe. Damit würde man auch Jadefisch bald bemalen.
„Wie konntest du sie fangen, Jadefisch?"
„Wie man es mich lehrte, Sternfinder."
„Dachtest du dabei an deine Lehrer? Deine Freunde? Deine Feinde?"
„Gewiss nicht."
„Dachtest du, dass du gestochen werden, dass du gar sterben könntest?"
„Ich weiß nicht mehr. Ich glaube, ich habe an gar nichts gedacht."
„Nur der Skorpion ist da. Er kriecht über den Boden. Er bewegt seine Scheren. Du, Jadefisch, bist nicht da. Deine Hände funktionieren ohne dich. Dein Geist ist leer wie das Gefäß für deine Beute."
Fing Jadefisch an zu begreifen? Er sah den Priester-Weisen aufmerksam an.
„Nur der Skorpion ist da", wiederholte dieser monoton. „Er kriecht,

er bewegt seine Scheren." Endlich entspannte sich Jadefisch. Hatte er verstanden? Nun, in gewisser Weise. Jadefisch erinnerte den Skorpion und über ihm die feuchte Hand des Kindes. Woran dachte der Stachelbewehrte? Dass er gefangen, ja, zerstoßen werden könnte? Er tanzte, sein kopfwärts gebogener Schwanz mit dem Giftstachel zuckte im Takt, und seine Scheren wippten. Er behexte den ängstlichen Jäger, der seinen Bewegungen folgte, bis er ganz benommen war. Gegriffen hat ihn dann Ayo, Jadefischs Freund. Irgendjemand, irgendetwas rettete ihn immer.

Irgendetwas lag auch in der Luft. Die Menschen schienen auf etwas zu warten. Das mochte der erste Regenfall sein. Wenn jetzt kein Wasser kam, verdorrten die Saaten. Auf dem Weg zum Unterricht begegnete Jadefisch nun den Armen der Stadt, die sich vor dem Palast einfanden. Motecuzoma öffnete für sie den Speicher. Das tat er immer um die Jahreszeit, sobald der Hunger seine Fratze zeigte. Der Regen also. Unterschwellig aber spürte Jadefisch weitere Zeichen des Wandels. Eins-Affe, der um die Mittagszeit gern ein Nickerchen machte, blieb seit ein paar Tagen hellwach, und der Priester-Weise war nicht mehr immer bei der Sache. Neuerdings vergaß er, Jadefisch zu stechen, und ließ zu guter Letzt den Agavendorn im Priesterhaus liegen.

Auch der Amtsvorgänger hatte sich verändert. Einmal traf Jadefisch ihn auf der Straße. Flöte spielend kam er daher. Aber er glitzerte und glänzte nicht wie früher, trug keine goldenen Schellen mehr. Die schwarze Bemalung fehlte, sein Haar fiel nicht mehr lose herab, sondern war hochgesteckt wie bei einem verdienstvollen Krieger. Oh – und Mädchen hatte er bei sich. Als er Jadefisch erkannte, blieb er orakelnd vor ihm stehen. „Merkwürdige Dinge geschehen. Fremde sind an der Küste erschienen. Du wirst Unglaubliches erleben." Dazu vernahm Jadefisch das irritierende Lachen der Frauen. Das Gottesabbild trieb wohl Schabernack mit ihm. Oder doch nicht?

Schließlich kam der große Festtag des Tezcatlipoca, an dem Sein Erwählter Tenochtitlan verließ. In einem bunt bemalten Boot paddelte man ihn südwärts über den See, um ihn an einem leeren Strand aus Muschelschalen abzusetzen. Von dort aus wanderte er auf die kleine, rote Tempelpyramide des Tezcatlipoca zu. Feierlich erstieg er sie, seine hellen Flöten spielend. Dabei zerbrach er eine nach der anderen und warf die Stücke in die auf dem Platz versammelte Menge. Ein Leuchten ging von ihm aus, das mit jeder Stufe wuchs. Als er die Plattform mit dem Heiligtum betrat, war er ganz von Licht umflossen. So empfingen ihn die Priester, so malte Jadefisch es sich aus, denn er sah ihn gar nicht wirklich. Er befand sich noch im Inneren der Pyramide. Gedämpfte Stimmen drangen zu ihm. Die erregte Menge riss sich um die Reliquien. Immer, wenn Flötenteile niederfielen, johlte sie auf. Das Flötenspiel war auch zu hören, je höher das göttliche Abbild kam, desto reiner und schöner. Schließlich aber verstummte es. Ein Klagegesang erhob sich, schwoll an, verebbte in Schweigen. Der Gott war tot. Die Priester hatten ihm das Herz herausgeschnitten und boten es, damit das Leben fortbestand, der Sonne und dem Kreuz des Windes dar. Es zuckte noch; dem auf die Innentreppe gekauerten Lauscher pochte es in den Ohren. Seine Wahrnehmung setzte aus – er wurde auf die Plattform geschoben. Hinter der Statue des Tezcatlipoca kam er heraus. Der Priester führte ihn weiter, an der Opferschale mit dem Blut des anderen vorbei. Nun stand er oben auf der Pyramide als der erneuerte, der durch das Opfer verjüngte Gott, und wurde vom Volk bejubelt.

Deutlich zeichnete sich das Schicksal vor Jadefisch ab. Es hatte die klaren Konturen des mexikanischen Hochtals, das sich an diesem strahlenden Tag erstmals seinen Blicken auftat.

Er sah den grünen Ring der Berge, die Felder und Haine an ihrem Fuß und tief im Tal die langgestreckte Seenplatte mit ihren kleinen, bewohnten Inseln und den Wassergärten um diese herum. Wie funkelte die Wasserfläche! Wie herrlich schmückte sie das Perlenband der Uferstädte! Und im mittleren der Seen thronte stolz die Metropole Mexico-Tenochtitlan auf ihrer großen, befestigten Insel. Ihre hohen Tempelpyramiden ragten in den Himmel.

Jadefisch blickte nach oben. Dort saß die blaue Himmelsblüte mit dem gelben Pollen, und das Abbild aus Tlaxcallan flog als Kolibri in sie hinein. Jadefisch spürte den Sog, der von ihr ausging. Auch ihm würde die Sonne ihre Macht aufzwingen. Sie übte Gewalt aus, weil sie ohne Blut nicht leben konnte. Was aber wären wir ohne sie? Benommen von ihrer Hitze schloss er die Augen. Das pulsierende Zentrum blieb als dunkler Fleck auf seiner Netzhaut zurück.

Voller Ehrerbietung brachte man Jadefisch nach Tenochtitlan zurück. War das dieselbe Stadt, die er am Morgen verlassen hatte? Das Licht war auf dem Rückzug, so kurz vor Sonnenuntergang eroberten Schatten die Häuser.

Die Pyramide des Tezcatlipoca erhob sich im Südosten des Tempelbezirks auf einem großen, von Arkaden umsäumten Hof. Man geleitete Jadefisch durch den Wandelgang des Priesterhauses, und plötzlich stand sie riesig da! Unwillkürlich duckte er sich. Ihre vier Terrassenkörper türmten sich auf wie ein Ungeheuer. Zum Glück wurden gerade die Fackeln entzündet. Das Rückgrat jenes Tiers war nur die Treppenrampe, sein aufgesperrtes Maul nur die gezackte Mauerkrone auf dem Heiligtum. Jadefisch zieh sich der Torheit. Wie konnte er so kindisch sein?

Aus der Pyramide trat der Oberpriester. „Ixiptla-tzin!"

Ehrwürdiges Abbild? Natürlich. Jadefisch sammelte sich und grüßte zurück.

„Ixiptla-tzin, du wirst die Nacht im Heiligtum verbringen."

Die unpersönliche Stimme ließ Jadefisch frösteln. Er sah in ein basaltenes Gesicht, in dem die Augen eines Jaguars glühten. Und sehnige Hände hatte der Oberpriester – Hände, die ein Opfermesser zu führen verstanden.

Jadefischs Blicke flohen seitwärts am Oberpriester vorbei. Da entdeckten sie Eins-Affe. Auch er gehörte dem Tempel an, und er, der als Lehrer immer so ernsthaft gewesen war, zog hinter dem Rücken des Oberpriesters eine flüchtige Grimasse, grotesk vom Fackelschein verzerrt. Jadefischs Mundwinkel zuckten. Der Oberpriester bemerkte den Kampf zwischen Lachen und Ernst im Antlitz des Gottesabbilds. „Tezcatlipocas unzählige Eigenschaften färben auf seine Diener ab", tadelte er Eins-Affe. „Sternfinder ist auch hier", sagte er dann unerwartet mild zu Jadefisch. „Du kannst ihn alles fragen."

In die Pyramide war zu ebener Erde ein Raum mit einer kleinen Hin-

terkammer eingelassen. Dort fand Jadefisch den Priester-Weisen, beleuchtet von einem Feuergefäß.
„Sternfinder!"
„Ixiptla-tzin!"
„Bin ich jetzt wirklich ... Tezcatlipoca?"
„Du bist Sein Abbild, Sein Ixiptla – die Haut, in die Er schlüpft, so oft Er will."
„Und was ist mit ... Jadefisch?"
„Es gibt ihn noch. Aber er sollte sich ruhig verhalten."
„Und wenn der Gott nicht in mir ist?"
„Lässt du es niemanden merken."

Jadefisch dachte an den Ixiptla aus Tlaxcallan. Ob sich dieser wohl mit oder ohne Tezcatlipoca dem Tod überantwortet hatte? Er fühlte sich wieder auf jenen Tempel versetzt. Er hörte wieder das Klagen der Menge und ihren Jubel, als er vorgetreten war. Den tosenden, nicht enden wollenden Beifall, und plötzlich verspürte er Wut. Den Azteken war es einerlei, ob Tezcatlipoca ihn beseelte! Ihnen genügte ein Als Ob. Eine Flut von Bildern schlug über Jadefisch zusammen. Da war die kleine, rote Pyramide des Gottes ... die Sonne beschien die Stufen, die eine Gestalt emporschritt und dem Volk die zerbrochenen Flöten zuwarf, während sie das Blumenlied des Tezcatlipoca zerfetzte. Sie spielte es so gräulich falsch, dass niemand es je würde vergessen können. Unten stand die Menge, verständnislos schweigend und unbeweglich wie eine Wand. Niemand stritt um die entweihten Überreste einstigen Wohlklangs.
„Was ist dir?"
Jadefisch saß mit zusammengekniffenen Augen und geballten Fäusten da. Der Priester-Weise rüttelte ihn. „Der Gott ist oft sehr weit von uns entfernt. Aber am Tag des Opfers wird Tezcatlipoca dich vollständig erfüllen."
Der Priester-Weise erinnerte Jadefisch daran, dass es der Gott war, der starb. Jadefisch brauchte keine Angst zu haben. „Das wirst du verstehen, wenn du bei der Statue gewesen bist. Dann erfährst du die göttliche Kraft. Wenn du zurückkommst, gibt man dir Tezcatlipocas Insignien und Seine Kleider. Du wirst mit Seiner Farbe bemalt, die

dir die Furcht nimmt, und des Nachts wirst du in Seinem Quell, dem Schwarzen Wasser, baden. Nun geh nach oben in Sein Heiligtum."

Jadefisch zog sich dorthin zurück. Nur ihm, Tezcatlipocas Priestern und dem Herrscher war es erlaubt, sich in dem Raum mit der Statue aufzuhalten. Sie war ein Meisterwerk der Kunst. In *einem* Stück war sie aus einem Block von makellosem, schwarzem Obsidian gehauen worden und hatte feurige Augen aus blauen Türkisen. Sie stand auf einem steinernen Altar, so dass der Eintretende zu ihr aufschauen musste. Vor ihr brannte in einer Schale ein ewiges Feuer. Erst nach geraumer Zeit, als seine Augen sich an das Halbdunkel gewöhnt hatten, bemerkte Jadefisch, dass die Figur auch prachtvoll geschmückt und gekleidet war. Goldene Ohrringe und ein kristallener Lippenpflock mit einer zarten blauen Feder darin zierten das Antlitz, Reifen und Schellen die Hände und Füße. Ein fein gewirkter Netzumhang aus weißen und schwarzen Fäden umspielte den Leib und hob dabei den funkenden Türkis des Bauchnabels hervor. Am eindrucksvollsten aber waren die herrlichen Schwanzfedern eines weißen Reihers, die dem Gott im Haarknoten steckten.

Ja, Tezcatlipoca war der Inbegriff männlicher Schönheit. Ihm hierin zu gleichen, war eine der Aufgaben Seines Ixiptla. Scheu betrachtete Jadefisch das glänzende Antlitz. Er erschrak vor den strahlenden Türkisaugen, die die Welt in Brand setzen konnten. Rasch wandte er den Blick von ihnen ab – doch nur, um in der Hand des Gottes den dunklen Spiegel zu entdecken, der in der Mitte durchbohrt war. Darin sah Tezcatlipoca den verborgenen Grund der Dinge; er blickte mit dem Spiegel, wie man sagte, in das Innere von Holz und Stein, Er erkannte alles, was verhüllt war – auch die Menschenherzen. Jede Tat, selbst jeder Gedanke und jeder Zweifel, fing sich in dem Spiegel aus schwarzem Obsidian, und dann brachte Tezcatlipoca alles, das Gute wie das Böse, ans Licht. Er sorgte dafür, dass sich alles manifestierte. Der Gedanke musste weitergesponnen, der Zweifel erhärtet werden. Gutes wie Böses musste gelebt werden, und wenn es böse war, verdarb der Gott den Schuldigen gnadenlos.

Jadefisch begann zu zittern. ‚Oh, dass ich nicht in Seinem Spiegel bin, dass ich nichts denke, fühle, will und frage, was Ihm nicht gefällt.'

Er sank auf den Steinfußboden. Wenn nun die Statue sich bewegte? Wenn sie den Fuß hob, wenn dabei die goldenen Schellen aneinanderschlugen? Wenn sie den Arm ausstreckte und dabei die Schmucksteine zu klingeln begannen? Schauer jagten Jadefisch über den Rücken. Wie gern wäre er geflohen, aber draußen standen Wächter. ‚Oh, dass ich nichts Unrechtes in mir habe!' wünschte er sich. ‚Dass ich niemals wieder einen falschen Ton erzeuge!' Die heilige Flamme knisterte, und Tezcatlipoca schwieg. Was sah Er in Seinem Spiegel? Bloß jetzt nichts fragen, nichts fühlen, nichts denken, nichts wollen. Damit nicht irgendetwas in Jadefischs Herzen Seinen Zorn heraufbeschwor. Endlich verfiel er in einen unruhigen Halbschlaf, aus dem er immer wieder aufschreckte. Er sah sich Körbe und Kisten ausleeren. Mit fahrigen Bewegungen stieß er Gefäße um, in denen sich zu seinem Entsetzen immer noch Dinge befanden. Erst am nächsten Morgen wurde der Träumer von dieser erschöpfenden Arbeit befreit.

Der Priester-Weise Sternfinder und Yaopol, der Oberpriester, führten ihn in den Königspalast. Der Große Sprecher saß auf dem mit einer hohen Rückenlehne versehenen Thron, der zugleich sein Richterstuhl war. Auch er war ein Abbild des Gottes, auch er verkörperte in dieser Welt Tezcatlipoca.

Die Einkleidung eines Ixiptla nahm er seit siebzehn Jahren vor, er musste sich darauf schon lange nicht mehr konzentrieren. Aber diesmal war es anders. Jadefisch war der Sohn seines Widersachers Nachtjaguar. Er gab Motecuzoma das Gefühl, etwas falsch zu machen.

Die Priester nahmen Jadefisch den Umhang ab. Nackt stand er vor dem Großen Sprecher, der ihn, dem Ritual folgend, mit „mein geliebter Gott" anredete. Zum Glück sieht ihn so niemals eine meiner Töchter, musste er denken. Das irritierte ihn noch mehr. Er sollte Jadefisch in Tezcatlipoca verwandeln und wusste plötzlich nicht mehr, wie. Neben dem Thron lagen die Sachen. Motecuzomas Blick fiel auf die lange, kostbar verzierte Schambinde. Er ließ sie sich geben, um den Ixiptla zu bekleiden. Was starrte ihm der Oberpriester dabei auf die Hand? Motecuzoma wurde klar, dass er die Reihenfolge der rituellen Handlungen vertauscht hatte. Er hätte zuerst die Gesichtsbemalung vornehmen müssen, hätte dem Ixiptla die schwarze Farbe des Fastens und der Enthaltsamkeit auftragen müssen. Ein solcher Fehler war ihm noch nie unterlaufen. Scheinbar gelassen machte er sich an das Auftragen der Farbe. Dann folgte die Haartracht. Er kämmte das lange Haar eines Jünglings, der sich noch nicht im Kampf ausgezeichnet hatte, und klebte die mit Harz bestrichenen Adlerdaunen, das Zeichen des späteren Opfers, hinein. Motecuzoma gewann die Sicherheit zurück. Beim Anlegen des Schmuckes halfen ihm die beiden Priester. Nacheinander reichten sie ihm Armbänder und Ketten, die goldenen Ohrgehänge, den weißen, aus einer Meeresschnecke geschnittenen Lippenpflock und zum Schluss den kristallenen Stab mit der Feder, den er dem Abbild durch die Nasenscheidewand zog. Er setzte ihm den Kranz aus weißen Puffmaisblüten aufs Haupt, warf ihm den schwarz-weißen Netzmantel um, band ihm je zwanzig goldene Schellen um die Waden und hüllte seine Füße in Sandalen aus Jaguarfell. Er machte keinen weiteren Fehler mehr in der Reihenfolge. Befriedigt betrachtete er sein Werk. Das Abbild des Gottes sah prachtvoll aus. Es konnte in die Welt entlassen werden. Motecuzoma klatschte in die Hände. Acht junge Männer erschienen – vier Krieger, vier Priester. Sie schworen, dem neuen Abbild zu dienen – auf Schritt und Tritt, bei Tag und Nacht.

Jadefisch fing an, sich stark zu fühlen. Kurz nachdem der Herrscher ihm die Götterfarbe aufgetragen hatte, intensivierte sich seine Wahrnehmung der Dinge. Als er mit seinem stattlichen Gefolge den Palast verließ, spürte er eine kleine Sonne im Bauch. Sie wärmte, ohne zu verbrennen. Aus der harten Straße wurde federnder Wiesenboden. Die Luft durchschwirrten Kolibris, das Wasser des Kanals entlang der Königlichen Prachtallee glitzerte in allen Farben. Die Menschen, die ihm dort entgegenkamen, liebten ihn, er liebte sie. Er war jung und schön und fühlte sich zu allem fähig. So also war es, wenn man ein Gott wurde. Dann wandelte sich das dunkle Schicksal in etwas wunderbar Verheißungsvolles. Der blaue Himmel war ein Kelch der Freude, der ihm zuteil werden würde, wenn der Tag des Opfers sich jährte. Gelöst nahm er sein Amt auf. Zuerst besuchte er die große Doppelpyramide, die dem Kriegsgott Huitzilopochtli und dem Regengott Tlaloc gewidmet war und sich – nur einen Pfeilschuss weit von seinem eigenen Tempel entfernt – mit ihren beiden Heiligtümern hoch über die anderen Bauten erhob. Nach seinem Aufstieg über steile 114 Stufen stand er atemlos dort oben, mit einem Rauschen in den Ohren und einem Schwindelgefühl im Kopf. Erst konnte er kaum etwas sehen, doch dann hob sich der Schleier von den Augen, und da lag die Stadt zu seinen Füßen! Tenochtitlan! Ein riesiger Bienenstock, durch hohe Dammstraßen und Aquädukte in Viertel geteilt und dem Festland verbunden, schwamm, Wabe an Wabe, auf der Lagune. Wie viele Häuser mochte es in jeder Himmelsrichtung geben? Zwei mal achttausend – oder noch mehr? Berauscht zog er die Flöte hervor und blies in die vier Winde hinaus.

Zweites Kapitel

Die Höhle des Toltekenkönigs

4

„Ich habe keinen Thronerben mehr!", fauchte Nachtjaguar.
Der Unterhändler blieb gelassen. „Hast du keinen Sohn mehr, o Herr?"
„Keinen, dem ein König seine Tochter geben würde. Seine Mutter ist nur die Tochter eines kleinen Fürsten. Er kann niemals den Königstitel tragen."
„Die Zeiten ändern sich. Abstammung ist für meinen Herrn nicht halb so wichtig wie die Befähigung im Krieg. Und Sechs-Tod Feuerpfeil ist tapfer – ein Mann, der viele Gefangene nahm, ein Feldherr, der die Stadt zu schützen vermag."
„Er dient mir, nicht deinem Herrn."
„Indem er dir dient, dient er ihm."
„Mein Sohn hat schon eine Hauptgemahlin und ist frei, die zweite selbst zu wählen."
„Du hast also nichts dagegen?"
„Was bewegt deinen König? Seit wann ist er mir wohlgesonnen?"
„Er möchte sich mit dir verbünden."
„Will er Cholollan so billig erwerben?"
„Er will keinen Krieg mit dir."
„Warst du schon bei den anderen fünf Sprechern?"
„Mein Herr will erst dein Herz ergründen. Du bist es, der Cholollans Unabhängigkeit bewahrt. Wenn du dich seinem Wunsch verschließt, braucht er die anderen erst gar nicht zu fragen."
Nachtjaguar fühlte sich bedrängt. Ein Nein würde die Spannungen mit Tlaxcallan verstärken, ein Ja – die mit dem aztekischen Bund. Er musste Zeit gewinnen. „Was sagen eure anderen drei Herrscher?"

Wie Cholollan wurde auch Tlaxcallan nicht nur von einem Herrscher regiert. Vor jeder wichtigen Entscheidung in Tlaxcallan trat der Rat der vier Könige zusammen, und dies geschah noch nicht einmal im Palast desjenigen, der den Unterhändler zu Nachtjaguar geschickt hatte. Dieser, Maxixca, war nur der Zweite im Rang. Sein Wort war es nicht, das bei Entscheidungen den Ausschlag gab.

Der Unterhändler überging die Anspielung zunächst. „Das Heiraten steht jedem frei", äußerte er obenhin, ließ dann aber doch wieder eine Klinge aufblitzen, als spräche er in Wahrheit vom Krieg. „Wäre mein Herr mit dir verbündet, wer würde dann noch gierig auf Cholollan schielen? Wer würde es wagen, euch anzugreifen?"

Der Zweite von Tlaxcallan galt als Draufgänger, der zu Extremen neigte und – so befürchtete Nachtjaguar – durchaus bereit war, geltendes Recht zu brechen. Der Blumenkriegsvertrag verbot ihm jeden Angriff auf Cholollan, doch würde er sich daran halten? Es sah so aus, als wäre er mit seiner Stellung nicht zufrieden. Er griff nach mehr Macht, als ihm zustand. Nachtjaguar wollte nicht in sein Ränkespiel verwickelt werden, doch es erschien ihm auch nicht klug, ihn abzuweisen.

„Ich schicke Sechs-Tod Feuerpfeil als meinen Gesandten an den Hof deines Herrn, des Herrschers Maxixca-tzin. Dann wird sich die Gelegenheit ergeben, dass mein Sohn das Mädchen sieht."

Der tlaxcaltekische Unterhändler verbeugte sich. „Deine Weisheit sei gepriesen." Als er fort war, atmete Nachtjaguar auf.

Er kam aber nicht dazu, die Angelegenheit zu überdenken, denn der nächste Besucher wurde bereits gemeldet. Seitdem die Fremden im Lande waren, schien es Boten vom Himmel zu regnen: von den Totonaken an der Küste, den Otomi von der Nordwestgrenze Tlaxcallans, den Tlaxcalteken selbst – so wie der letzte eben – und jetzt schon wieder einer von dort, wie die Kordel um seine Stirn verriet.

„Was führt dich zu mir?", fragte Nachtjaguar mürrisch.

„Mein Herr will dir Ehre erweisen", näselte der Bote.

Nachtjaguar konnte den Dialekt Tlaxcallans nicht mehr hören. „Mir werden dauernd Töchter angeboten. Welcher der vier Könige hat dich geschickt?"

„Keiner." Der Bote legte erst das Stirnband, dann den Umhang ab.

Zum Vorschein kam ein zweiter, heller, mit Augenmusterborte. „Zu deinen Diensten. Tlacotl aus Tenochtitlan!"
Nachtjaguar ließ sich die Überraschung nicht anmerken. „Was wünscht Motecuzoma?"
„Nichts."
„Dann kannst du ja wieder gehen."
„Der Große Sprecher hat deinen Sohn Jadefisch erhöht. Er ist das Abbild des Tezcatlipoca!"
Nachtjaguar wich das Blut aus dem Kopf. Tlacotl sprach von Ehre, von der Würde, die sein Sohn ausstrahlte, von der Erhabenheit seiner Person und der Vollkommenheit seines Flötenspiels. „Du wirst doch kommen?", hörte er es säuseln.
Motecuzoma mutete ihm zu, das Opfer anzusehen? Nachtjaguar begann sich zu wehren. „Warum schickt er dich schon jetzt? In einem Jahr kann viel geschehen." Er würde sich mit Tlaxcallan verbünden, dachte er hasserfüllt.
„Nicht doch", sagte Tlacotl. „Du sollst Jadefisch in aller Pracht erleben. Du kannst ihn sehen, mit ihm sprechen. Motecuzoma gibt dir eine Residenz, damit du nach Belieben kommen und gehen kannst. Schließlich bist du der verehrte Vater unseres Gottesabbildes."
„Das hat es noch nie gegeben."
„Die Zeiten ändern sich."
„Du bist der Zweite, der mir das sagt." Nachtjaguar ließ alle Vorsicht außer Acht. Ein aberwitziger Wunsch erhellte wie ein Blitz die Dunkelheit, in der er lebte, seitdem er keinen Thronerben mehr hatte. Konnte er Jadefisch zurückgewinnen? Er sagte zu, gleichzeitig seine Schwäche verfluchend.

Jadefisch fand sich in seiner Rolle nicht zurecht. Er spürte nie die göttliche Präsenz Tezcatlipocas. Umso mehr litt er darunter, dass er nur noch „Ixiptla-tzin", „Sein verehrtes Abbild", hieß. Als hätte er selbst keine Persönlichkeit. Sein Menschenname schien bedeutungslos, so wie auch sein Gesicht bedeutungslos war, unkenntlich unter der schwarzen Bemalung. Jeden Tag erwachte er in einem Lattenkäfig. Zum Schlafen schloss man ihn immer ein – wohl, damit er sich nicht, die Müdigkeit seiner Wächter ausnutzend, aus Tenochtitlan entfernte. Oder damit er den Tag als glücklichen Gegensatz zu jenem ihm auferlegten nächtlichen Leiden feierte, damit er Freude, Heiterkeit und Zuversicht ausstrahlte, wenn er – endlich wieder frei – durch die Stadt ziehen durfte.

Vorher wurde er noch bemalt und geputzt. Manchmal kamen Würdenträger, um ihn zu ehren, sie spendeten ihm Blumen, Tabak, feine Speisen und Kakao. Der nachts ein Sklave war, saß ihnen tags als Gott der Götter gegenüber, angetan mit seinem ganzen Schmuck, mit dem Türkis im Nabel, mit den weißen Puffmaisblumen auf dem Haupt und seinem Antlitz, schwarz und glänzend wie die Statue im Heiligtum.

Jeweils durch einen anderen Ausgang verließ er täglich den Tempelbezirk, ohne dass er sich viel bei der Reihenfolge dachte.

„Er ist durch die Pforte des Schilfrohrs gegangen, in Richtung Osten", meldete sein Gefolge dem Oberpriester. Tags darauf: „Nach Norden, durch das Tor der Spiegelschlange!" – „Durchs Westtor am Alten Königspalast!" – Zu guter Letzt: „Nach Süden! Durch die Adlerpforte!"

Der Oberpriester zeigte sich erfreut. „Er hat den ersten Kreis vollendet."

Jadefisch begann zu variieren. Wenigstens sollten seine Wege nicht vorhersehbar sein. Aber auch damit war der Oberpriester offenbar zufrieden. Nun hieß es: „Wahrlich, Tezcatlipoca geht, wo es Ihm beliebt." Daraus schloss Jadefisch, dass er tatsächlich tun und lassen konnte, was er wollte. Und so wanderte er bald unbekümmert kreuz und quer durch Tenochtitlan, spazierte sogar in die Häuser hinein und wurde überall freundlich empfangen: Seine Person verlieh einem Raum eine besondere Weihe. Er verweilte aber nicht. Es zog ihn immer weiter, fort aus dem Zentrum mit den Residenzen der Fürsten und Würdenträger, hinein in die Siedlungsbezirke des Volkes, das – nach Verwandtschaft und Beruf geordnet – um kleine Plätze lebte, wo sich jeweils ein Tempel für den Schutzgott der Gemeinde, ein Amtshaus und eine Kriegerschule befanden. Und weiter, immer weiter. Zehn Tage war er erst im Amt, als er auf seiner rastlosen Wanderung an den Rand der Lagune gelangte. Es war unsicheres Gelände, das hätte Jadefisch sich sagen können. Aus der soliden Straße war ein verschlammter Trampelpfad geworden, das Schwemmland rechts und links zur Brutstatt für Myriaden Mücken, die über jedem Moderloch tanzten. Für einen kurzen Augenblick erwog er wirklich, umzukehren, dann aber hörte er das Teichhuhn im Ried. Ein altvertrautes Rauschen drang ihm ins Ohr, das sich mit jedem Schritt verstärkte: Der Wind strich durch das hohe, gelbe Schilf, in dem das Teichhuhn sich versteckte. Jadefisch sog den fauligen Geruch des Sumpfes ein und ging noch schneller. Der Boden schmatzte gierig unter seinen Füßen, zog ihn bald knöcheltief hinein. Aber es gab kein Halten. Jadefisch schlug sich zum Ufer durch, setzte sich auf einen Stein und ahmte mit der Flöte das Teichhuhn nach, wie einst als Knabe im Bruch bei Cholollan. Allmählich glitt er dabei in die alten Melodien seiner Heimat über. Das lockte einen Halsband-Taucher und einen Mann in einem Boot voll Schilf herbei. Der Halsband-Taucher linste aus schwarz umringten Augen neugierig auf den Flötenspieler, der Mann erschrak und ließ die Stake fahren. Als er das Gottesabbild grüßen wollte, kenterte auch noch der Kahn. Der Vogel tauchte fort, der Mann, im grünen Algenwasser, drehte schimpfend sein Kanu um, fischte die Stake aus dem Schilf, durchstocherte mit ihr den Schlick nach dem verlorenen Schneidemesser, fluchte: „Schurke! Übeltäter! Was fällt dir ein? Da beug ich mich vor dir nieder, und so vergiltst du es mir!"

Jadefisch lachte schallend. „Mach dich nur lustig über deinen treuen Diener!"

Der Mann kam an Land gewatet, das Kanu mit sich ziehend, und wurde von Jadefischs Wächtern gestellt.

„Was passt dir nicht?"

„Ich habe mein ganzes Schilfrohr verloren."

„Du bist selbst schuld!"

„Wenn ich keine Matten flechte, haben meine Kinder nichts zu essen."

Jadefisch schlug das Gewissen. Er löste einen Stein aus einer Kette. Jetzt erschrak der Mattenflechter wieder. „Ja ... Ja ... Jade zu besitzen ist verboten."

„Natürlich." Jadefisch gab ihm stattdessen eine goldene Perle. „Die

kannst du auf dem Markt versetzen."
„Ich bin arm. Leicht kann man glauben, dass ich sie gestohlen hätte."
„Dann kaufe ich den Mais für dich." Er schickte sich an, zum Marktplatz zu gehen, aber das Gefolge hielt ihn zurück: Der Himmel schwärzte sich. Es wurde dunkel wie zur Nacht. Frösche fingen an zu quaken, und ein verwirrter Rohrdump stimmte seinen Balzgesang an, so dass man vermeinte, eine tief gestimmte Zungentrommel zu hören.
Da war die Wetterfront auch schon heran. Wohl dem, der jetzt ein Obdach hatte. Das Spitzdach einer Pfahlhütte lugte durchs Schilf. Der Mattenflechter nahm die Beine in die Hand, und Jadefisch besann sich nicht lange. Kaum war er in Sicherheit, als sich der Himmel wütend auf die Erde stürzte. Der letzte im Gefolge wurde, noch auf der Stiege zur Hütte hinauf, bis auf die Haut durchnässt.

Drinnen herrschte Dämmerlicht. Schattenhafte Wesen hockten eng aneinandergedrängt um die Feuerstelle. Eine alte Frau rührte die Asche zwischen den drei Herdsteinen auf. Die Glut schlug einen Funken, und der Funke nährte eine Flamme. Die Frau setzte eine Tonpfanne darüber. Es gab nur diese eine, wie überhaupt der ganze Hausrat mehr als spärlich war. Ein Topf, von dem der Henkel abgebrochen war, ein abgenutzter Maismahlstein mit seiner Walze und ein paar Kürbisschalen. Eine Steinaxt. Weiter nichts. Die alte Frau griff in den Topf. Schlug in den Händen einen Klumpen Teig zu einem Fladen, den sie auf die Pfanne warf. Dann schaute sie auf. „Ixiptla-tzin ..." Sie entblößte die zwei Zähne, die sie noch besaß, und begann, den göttlichen Besucher in den höchsten Tönen zu preisen. Er habe den Regen zurückgebracht!
Der Wasserspiegel würde steigen, das Schilf neue Schösslinge treiben, die Fische würden laichen, die Vögel Eier legen, die Tomaten in ihrem Wassergarten, dem Pfahlbeet im See, die würden dick und rot. Und sie, sie würde ihr Elend vergessen, denn sie war Tezcatlipoca begegnet. Jadefisch lächelte verlegen. Das Mütterchen löste das Entschädigungsproblem, es hatte keine Scheu, ein Stückchen Jade anzunehmen, geschweige denn eine goldene Perle. Glücklicherweise endete der Regen bald, und Jadefisch konnte die Hütte verlassen.

Die kleine Tochter des Mattenflechters zeigte ihm einen begehbaren Weg. Plappernd führte sie ihn erst ans Ufer, wo ihr Vater seinen Kahn an einem Steg vertäute, dann über einen Knüppeldamm durchs Ried auf die feste Straße zurück.

Im Tempel löste seine Rückkehr nicht die gewohnte Freude aus. Der Ixiptla glänzte nicht! Nicht nur waren die Sandalen und die goldenen Schellen schmutzverkrustet, der Dreck war ihm die Beine hoch bis an den Saum des Umhangs gespritzt! Auch das Gefolge hatte anscheinend ein Schlammbad genommen. Der Oberpriester wurde geholt. Schwer atmend begutachtete er die Zurückgekehrten. „Dort hinein!" Das Gefolge wurde ins Priesterhaus getrieben. Zu Jadefisch sagte er beherrscht: „Sie haben dich nicht gut behütet, verzeih, Ixiptla-tzin." Später – das Gefolge hatte wohl inzwischen das Abenteuer gebeichtet – rügte ihn der Priester-Weise: „Gefällt es dir, die Leute zu erschrecken?"

„Gehören diese Hütten nicht zu eurer Stadt?"

„Die Leute sind es nicht gewohnt, dass ein Ixiptla bis zu ihnen kommt. Schon gar nicht, dass er sich im Schilf versteckt."

„Willst du dem Gott den Weg vorschreiben?" Jadefisch erschrak ein wenig vor sich, denn Tezcatlipoca hatte nicht mit ihm im Schilf gesessen. Oder doch? Was wollte denn der Priester-Weise anderes von ihm hören? Dieser wurde leiser: Das verehrte Gottesabbild möge auf sein Äußeres achten, wenn es sich in jene Gegend verirrte. Hörte der göttliche Schützling seinem besorgten Hüter noch zu? In seinem schwarzen Antlitz zuckte kein Muskel. Innerlich aber schämte er sich.

Der Ausflug zum fauligen Schilfwasser wiederholte sich vorerst nicht. In Tenochtitlan trafen jetzt aus allen Richtungen des Himmels Tributzüge aus den Provinzen ein. Dieses Schauspiel wollte Jadefisch sich nicht entgehen lassen. Vom Tanzplatz vor dem Singhaus aus sah er die Karawanen zum Schatzhaus ziehen.

„Über die Königliche Prachtallee!", prahlte einer im Gefolge. „Zum Palast der Zwanzig Tore meines verehrten Oheims, des Großen Sprechers!"

Tzompan, Schädelwand. Der spielte sich gern als Neffe des Herrschers auf.

Im Gefolge begann man zu tuscheln. „Ob der Ixiptla das Schatzhaus beehrt?"

„Ob er dem Schatzverwalter zuwinkt?"

Schädelwand, der sich missachtet fühlte, rümpfte die Nase: „Pah! Was ist so Besonderes an einem Schatzverwalter?"

„Dass es deines *geliebten Oheims* Schatzverwalter ist!" Wie Coxcox, Goldfasan, das sagte! So übertrieben weihevoll. Schädelwand ballte die Fäuste. ‚Ho', dachte Jadefisch, ‚der braucht nicht viel, um in die Luft zu gehen.' Und Goldfasan? Der war ein Schalk. Wie spöttisch seine Augen blitzten!

„Du willst gleich deinen Herrscherneffenhals riskieren?"

„Sag das noch mal!"

„Wenn uns deinetwegen der Ixiptla entflieht, dann nehmen sie dich!"

„Nein, dich!"

„Weil du Motecuzomas vierhundertster Neffe bist?"

Schädelwand senkte die Stirn und preschte auf Goldfasan los. Der ließ ihn ins Leere laufen. Die andern im Gefolge feixten. Schließlich mischte sich ein Diener ein: „Gebt endlich Frieden, sonst nimmt man euch beide!" Das einte die Streitenden auf der Stelle. Ehe man es sich versah, standen die vier Krieger-Wächter gegen die vier Priester-Diener, vier stolze Schöpfe, im Nacken mit weißen Bändern gebunden, gegen vier geschorene Häupter! Jadefisch lachte auf. Ihn überkam die Lust auf einen Streich. Er entfernte sich ein Stück von ihnen, um dann laut auszurufen: „Halloho! Habt ihr schon mal den Wind gefangen?" Damit rannte er davon. Der verdutzten Wachmannschaft gelang es nicht, ihn aufzuhalten. Er lief mit flatterndem Gewand vor ihnen her und blieb erst auf dem großen Innenhof des Schatzhauses stehen, wo er ein Spottlied blies.

Das geschäftige Treiben hörte jäh auf. Die Träger, die Schreiber, die Tributeinsammler verharrten in der Bewegung. Der Schatzverwalter unter der schattigen Federstandarte blickte verärgert auf – weshalb wurde ihm nichts mehr angesagt, weshalb kratzte der Holzpinsel seines Gehilfen nicht mehr über das Papier, wer pfiff da bei der Arbeit? – O Gott, der Ixiptla!

Ein Diener öffnete ein kleines, kugeliges Gefäß mit Holzkohleglut, um für den Ixiptla eine Tabakspfeife anzuzünden. Dieser nahm einen tiefen Zug, wobei er den Rauch verschluckte und durch die Nasenlöcher wieder austreten ließ. Dann begab er sich in eines der Speicherhäuser. Der gleichermaßen geschmeichelte wie besorgte Schatzverwalter schloss sich ihm an. Wahrlich war Tezcatlipoca, der schurkische Spötter, in ihn gefahren. Musste er mit seiner Pfeife ausgerechnet in das Lager für die Baumwollstoffe gehen?

Dem Ixiptla lag nichts daran, die bunten Decken und die vielen verschieden großen Webstücke zu inspizieren, aus denen man die Umhänge nähte. Hätte er nicht den Blick auf seiner Hand gespürt, er wäre bald gelangweilt umgekehrt. Der Schatzverwalter starrte ängstlich auf den Pfeifenkopf, in dem es glomm. Vor einem Stapel Decken mit weißen Schneckenhäusern auf rotem Grund paffte der Ixiptla frech die kunstvollsten Kringel. Der arme Schatzverwalter beugte sich zu Boden – jederzeit bereit, den Funken auszulöschen, während er zum wiederholten Mal die Geste des Erdessens vollzog.

Als der Ixiptla dann auch noch die Papierabteilung betrat, verlor der Schatzverwalter die Nerven. „Unser Papier! Unser weißes und braunes Papier!"

Wer interessierte sich für rohes, unbemaltes Papier? In hohen Stapeln wurde es gehortet.

„Wir dienen damit den Göttern. Wir fertigen ihre Kleider daraus, wir schneiden die Opferfähnchen ... und stellen sie vor die Götterbilder ...Wir schmücken die Opfersklaven damit ..." Durch das leise, ehrfürchtige Sprechen beruhigte sich der Schatzverwalter ein wenig. Dem Ixiptla hingegen wurde unwohl. Er stellte sich die Berge von Papier zu Streifen geschnitten als Zeichen des Todes vor.

„Nehmt ihr es nicht auch für Faltbücher und Schriftrollen?", fragte er, um sich abzulenken.

Geflissentlich nickte der Schatzverwalter. „Die Papiermacher schälen die Feigenbäume. Mit ihren schweren Bastklopfern schlagen sie die Rinde breit – bum, bum, bum ..."

„Bum, bum, bum ...", echote Jadefisch. Was machte er hier? Warum starrte ihm der Schatzverwalter auf die Finger? Funken sprühten aus dem Pfeifenkopf. Verlegen lächelnd trat er sie aus.

Wieder im Freien gesellte er sich zu einer kleinen Abordnung aus einer entfernten Provinz, die vor kurzem eingetroffen sein musste. Da er weder flötete noch rauchte noch sonst etwas tat, schaute bald alles auf den aztekischen Tributeinnehmer, der gelangweilt auf dem Platz neben seinem Schreiber stand. Wie der Ixiptla hielt er als Zeichen der Vornehmheit in der Hand einen Blumenstrauß, an dem er bisweilen roch. Endlich kam der Schatzverwalter aus dem Speicherhaus. Der Tributeinnehmer durfte sich nähern. Begrüßungen wurden ausgetauscht, ein Diener brachte eine Schriftrolle; dann wurden die Listen verglichen.

„Vierhundert rot gestreifte Decken ..."

„Vierhundert schwarz gestreifte Decken ..."

„Ein Quetzalfeder-Kriegeranzug ..."

Die Träger liefen mit den Lasten auf dem Rücken in die angewiesenen Häuser. Kaum war alles verstaut, kam der nächste Zug.

„Achttausend Bündel Pfeile ..."

Jadefisch gähnte. Da kam ein Läufer in den Hof geeilt. „Die Provinz der Totonaken, hoher Herr ..."

„Kannst du nicht warten, bis du dran bist?"

Der staubbedeckte Bote senkte den Kopf. „Es kommen keine Tribute."

„Was? Habt ihr euch etwa von den Regengottpriestern erwischen lassen?"

Goldfasan, der Schalk, stieß Schädelwand an. „Gleich kommt ein desolater Haufen, den man vermöbelt und ausgeraubt hat."

„Bestimmt nicht! Schon lange hat sich keiner mehr erdreistet, das Eigentum des Großen Sprechers anzutasten."

„Deines geliebten Oheims geschätzte Tribute! Was für ein Jammer! Die Regengottpriester bessern damit ihr Einkommen auf, der Herrscher selbst erlaubt es ihnen nach altem Recht."

Dass sich Schädelwand nicht auf Goldfasan stürzte, lag am Gebrüll des Schatzverwalters. „Konnten diese Trottel keinen Bogen um die Regengottpriester machen?"

„Es ist viel schlimmer, hoher Herr!" Wie eine aufgescheuchte Pute scharrte der Läufer mit dem Fuß und flüsterte dabei dem Schatzverwalter etwas zu.

„Was sagst du?", schrie der Schatzverwalter. „Festgesetzt? In der Provinz der Totonaken? Die Tributeinnehmer? Alle fünf? Wie soll ich das dem Herrscher beibringen?" Er zog die Schultern hoch. „Nun gut, ich habe nichts damit zu tun. Ich schicke erst mal einen Boten – oder soll ich mich lieber selbst darum kümmern? Ich muss allerdings zuvor die letzte Sendung fertigmachen. Wo war ich stehengeblieben?"

„Zweihundert Traggestelle ...", wiederholte der hilfreiche Schreiber, der neben seinem Herrn gewartet hatte.

„Siehst du", triumphierte Schädelwand, „die Regengottpriester haben den Tributeinnehmern kein Haar gekrümmt."

„Nein, nur die Totonaken. Das ist nicht der Rede wert."

Es gab nur eine Antwort auf eine Rebellion. Der Ixiptla stimmte ein Kriegslied an und verließ das Schatzhaus in Richtung Adlertor. Dort, an der Südpforte des Tempelbezirks, befand sich das nächste der vier Speerhäuser der Stadt; er musste nur wieder auf die Prachtallee hinaus und dann noch ein paar Schritte bis ans Ende gehen.

Schon von weitem erblickte er das Speerhaus, das sich klotzig rechts und links der Pforte aus der Mauer erhob. Jadefisch blieb auf dem Vorplatz bei der Skulptur des Adlers stehen und blickte hinüber. Noch war es still. Noch schliefen die Kurzschwerter, Lanzen, und Schilde, die Pfeile, die Bögen, die Speere, die Schleudern, Fangnetze, Morgensterne – doch nicht mehr lange, und es nahte ihr Gebieter. Der hieß Tepehua, Herr der Berge, und er war, wie Schädelwand erklärte, ein Halbbruder des Großen Sprechers. Er sah vorsorglich nach dem Rechten, sicher würde er schon bald die Waffen an die Krieger verteilen. Jedoch zu Jadefischs Verwunderung geschah dies nicht, weder jetzt noch in den nächsten Tagen.

„Will dein geliebter Oheim nicht Vergeltung üben?", fragte Jadefisch mit dem spöttischen Unterton, den er Goldfasan abgelauscht hatte.

„Der Große Sprecher kümmert sich doch nicht um Kleinigkeiten", sagte Schädelwand pikiert, „schon gar nicht vor dem Fest der Regengötter."

Er übertrieb natürlich. Ein Fest beanspruchte Motecuzoma mehr als eine Rebellion! Unglaublich! Schwankend zwischen Spott und Staunen ließ sich Jadefisch erzählen, wie der Große Sprecher auf die Doppelpyramide gestiegen war, um mit den Priestern um Regen zu fasten.

Und währenddessen zitterten die Totonaken vor Motecuzomas aufgespartem Zorn.

„Das ehrwürdige Gottesabbild wird wissen, dass der Große Sprecher nur mit dem Finger schnippen muss, damit die Totonaken sich besinnen", fuhr Schädelwand fort. Jadefisch wurde es langsam zu viel. Seine Blicke tasteten die Prachtallee nach Abwechslung ab. Goldfasan reckte grienend den Hals.

„Was gibt es?", wunderte sich Schädelwand.

„Nun, was siehst du?"

„Da eilen zwei Boten über die Prachtallee."

„Ich würde eher sagen, sie schleichen. So schlappe Läufer – was für eine Schande!"

Jadefisch drehte sich um. Die beiden Läufer blieben keuchend stehen, um ihr Haar zu richten, denn aus den Knoten über dem Scheitel hatten sich Strähnen gelöst.

„Siehst du auch, was ich sehe?", fragte Schädelwand zurück. „Steinpfeilerfrisuren? Gemusterte Baumwollmäntel? Ich will blind sein, wenn das nicht unsere Tributeinnehmer sind!"

Er kannte natürlich auch einen von ihnen. „Das war es!", trumpfte er nun auf. „Der Totonaken-Häuptling ist bestimmt schon hingerichtet worden. Zwei Schergen haben ihn mit einer Baumwollschnur erdrosselt."

„Das hat er sich gefallen lassen?"

„Ixiptla-tzin, was sollte er tun? Hinter den Schergen standen ja die Krieger aus unserer Garnison."

„So einfach ist das?"

„Meistens", sagte Schädelwand.

Jadefisch zog sich der Hals zusammen. Er warf einen Blick auf Goldfasan. Der widersprach nicht, sondern seine Augen glänzten vor Bewunderung. Wie mächtig Motecuzoma war!

Immer unwiderstehlicher zog es Jadefisch zum Königspalast. Bislang hatte er die Nähe des Großen Sprechers gemieden, hatte nur ein einziges Mal von der Pyramide des Tezcatlipoca in Richtung Süden auf die Palastanlagen geschaut. Was aber hatte er zu befürchten? Jadefisch begann, um den Palast zu streichen. Hier saß, im ersten Stock über der Marmortreppe, der Große Sprecher auf dem Jaguarthron und hielt die ganze Welt am Faden. Alles drehte sich um ihn.

5

Die Regensonne hat die Macht ergriffen. Luft wird zu Wasser, Boden zu einem Laichgrund für Frösche und Kröten. Fische schwimmen durch die Straßen, springen die Stufen zum Thronsaal empor; auch er versinkt in der aquatischen Welt, Motecuzoma braucht dringend Kiemen – wo, bei den Göttern, bleibt der Diener?
„Totecuiyo?"
Na endlich. Aber weshalb hörte er den Diener so gedämpft, als ob er Stöpsel in den Ohren hätte? Viel zu langsam tauchte er aus den Fluten seines Traumes auf. Er schnappte nach Luft, ihn fror. Der Diener legte ihm einen Mantel um und stellte ein Feuerbecken auf. Über ihm prügelte der Regen das Dach.
„Bring noch sechs Papageienfedermäntel, mein Vater, von der Farbe des Feuers, mehr gelb als rot." Die Könige Cholollans, die er zu geheimen Verhandlungen eingeladen hatte, erholten sich in ihrer Residenz. Zu der Zeit, da die frühe Nachmittagssonne sich von den Wolken verschlucken ließ, hatten sie in Sänften mit falschen Emblemen die Brücke der Festung Xoloc passiert. Als sie ausgestiegen waren, hatte schon der Regen sie umsponnen. Unmöglich, dass ein Unbefugter sie erkannt haben könnte.
Der Diener kam wieder. Er schlug einen Vorhang hinter dem Thron zur Seite, und Motecuzoma schlüpfte durch die geheime Tür in den angrenzenden Saal, wo er neben Schilden, Fächern und Geschmeide auch die sechs Federmäntel vorfand. Er kontrollierte noch einmal alles und schritt zufrieden den Kreis der Sitze ab.
Am Abend empfing er die Gäste. „Meine älteren Brüder, ihr seid in eure Stadt gekommen – auf eure Matte, euren Thron." Er überreichte die Geschenke und bewunderte wortreich die ihren. Unvergleichliches Geschirr für seine Tafel, orangefarben und mit mythischen Szenen kunstreich bemalt, schimmerte im Fackelschein. „Was für

eine Augenweide! Die Stadt der Grünfederschlange hat ihren Ruf zu Recht. Sie wird noch mehr Prestige erlangen – und meine älteren Brüder mit ihr."

Links neben ihm raschelte Temic, der Herr Traum aus Cholollan-Am-Markt, erfreut mit seinem Federmantel. Nachtjaguar, der den Sitz zu seiner Rechten, angeblich um den Ältesten zu ehren, ausgeschlagen hatte, lächelte undefinierbar von gegenüber. Die Übrigen interessierten nicht.

Der Diener stellte einen Krug und sieben hohe Becher mit Trinkrohren vor Motecuzoma; der Gastgeber füllte sie eigenhändig. „Herz und Blut!" Der rote, scharf gewürzte Schaum aus der frischen Kakaobohne zerging auf der Zunge. „Malt euch ein neues Reich aus – das wiedergeborene Reich der Tolteken, ein blühendes Land, von Eintracht regiert", begann Motecuzoma, nachdem sie das Getränk genossen hatten. Er redete die Könige Cholollans um ihren Verstand, damit sie unbedingt dazugehören wollten. Er ließ das neue Reich erstrahlen; er säte Mais, der fünfmal trug, er pflanzte Bäume, die bis in den Himmel wuchsen, und baute goldene Städte ohne Festungsringe. Seine Gäste ließen sich verlocken.

„Was müssen wir dafür bezahlen?", fragte Temic, der nicht nur der ranghöchste Sprecher der sechs, sondern auch der Oberste der Kaufmannschaft Cholollans war.

„Nichts", sagte Motecuzoma betont. „Wir haben euch ja nicht erobert, und für einen freiwilligen Beitritt fordert der aztekische Bund niemals Tribut."

„Nur freiwillige Geschenke", stichelte der Sprecher links neben Nachtjaguar. Nachtjaguar selbst blieb unbeteiligt.

„Das ist so üblich", rügte Temic. „Ich habe kein Problem damit. Wir werden schließlich alle davon profitieren."

„Ach, sind wir schon beigetreten?", gab die spitze Zunge zurück.

„Welchen Nutzen würden wir denn daraus ziehen?", fragte Nachtjaguar.

Motecuzoma schwieg gewichtig. Die sechs sahen ihn erwartungsvoll an. „Ist Cholollan nicht die Stadt der Grünfederschlange?", begann er endlich salbungsvoll. „Befolgen wir nicht alle seit jeher die

Gesetze, die sie uns gab? Wie sollte sie da nicht die heilige Stadt unseres Reiches sein?"

„Ist sie das nicht längst?", meldete sich der Älteste rechts neben Motecuzoma.

„Das würde niemand leugnen, zieht sie doch das ganze Jahr hindurch Scharen von Pilgern an. Allerdings war sie dereinst auch anerkannt als Ort der Fürstenweihen. Mit dem geheiligten Adlerknochen haben eure beiden Hohenpriester selbst den Mächtigsten der Welt die Nasenscheidewand durchbohrt und ihnen den Herrscherschmuck eingesetzt. So soll es wieder sein."

Nachtjaguar und Temic tauschten einen Blick. „So viel Macht willst du uns geben?", fragte für sie die spitze Zunge.

„Das ist mein Wille. Ich werde eure Hohepriester anerkennen."

„Ach, meinst du: sie ernennen?"

Motecuzoma fühlte sich durchschaut. „Welchen Einfluss hätte ich wohl? Wählt ihr nicht stets die ältesten Priester? Ich werde dies gewiss nicht ändern."

Damit schienen alle zufrieden. Temic kam auf den Handel zu sprechen. „Welche Privilegien lässt du unseren Pochteken, die mit ihren Tauschwaren bis an die Meeresküsten und in die Wälder der Maya ziehen?"

„Du fürchtest, Tenochtitlan will den Fernhandel allein kontrollieren?"

„Ihr habt nur wenigen Städten Fernhandelsrechte verliehen."

„Wir brauchen ein zweites Zentrum jenseits des Popocatepetl: Cholollan."

In Temics Augen glimmte es. „Und den großen Markt in Tepeyacac lässt du fallen?"

„Sollte ich so unbedacht sein?"

„Tepeyacac war nichts weiter als ein Dorf, bevor ihr es erobert habt."

„Heute gehen alle Waren aus dem Süden und Osten über diesen Markt. Auch Händler aus Cholollan sind dorthin gezogen."

„Uns kommt das nicht zugute. Sie zahlen bei uns keine Marktsteuern mehr."

„Ihr tauscht nicht etwa billig ein? Federn, Steine, Silber, Gold – was immer ihr benötigt, um euren edlen Schmuck zu schaffen, den ihr dann teuer weiterverkauft? Ihr werdet jenen Markt sehr brauchen, wenn ihr noch reicher werden wollt. Wird man nicht bald überall nach Gegenständen der Verehrung lechzen? Reliquien aus der heiligen Stadt ... Und überhaupt: Was willst du auf dem ohnehin schon überfüllten Platz am Tempel des Quetzalcoatl noch alles unterbringen? Vielleicht den großen Vogelmarkt?"

Temic lachte. „Um das Gekreisch der Aras reiße ich mich nicht." Der Scheinkampf war vorüber.

Allerdings lag die Entscheidung nicht allein bei Temic. Die Könige mussten sich einig sein. Und sie wussten, was Cholollan wert war. Motecuzoma musste jedem einen Wunsch erfüllen. Nur Nachtjaguar hielt sich zurück. Er allein schien nichts zu fordern, und das beunruhigte Motecuzoma.

„Was willst du außer unserem Beitritt haben?"

„Was sollte ich haben wollen, Nachtjaguar?"

„Den Festungsberg vor unserer Stadt?"

„Um euch zu schützen, mein älterer Bruder."

„Nicht um Tlaxcallan anzugreifen?"

„Nein. Wir verletzen den Vertrag über den Blumenkrieg nicht."

„Wir haben schon zu viele Menschen durch die Blumenkriege verloren."

Das also war es. Motecuzoma atmete auf. „Die Zeit der Blumenkriege ist vorbei, jetzt sind wir Glieder eines Reiches." Er hatte diesen Part geübt wie ein Sänger sein Lied.

Nachtjaguar war aber noch nicht fertig. „Es geht die Rede, dass die Fremden, die bei den Totonaken sind, andere Götter verehren als wir – Götter, die keine Herzen begehren."

„Sie ziehen sich auch kein Blut aus den Ohren", wusste Temic zu berichten. „Lediglich räuchern sie und erniedrigen sich, indem sie niederknien. Wie ihre Götter davon leben können, begreife ich nicht."

„Fast alle meine Söhne habe ich schon den Göttern gegeben", sagte Nachtjaguar schlicht.

Also hatte er noch einen. Einen, der dem Vater auf den Thron folgen würde. Motecuzoma erwog im Stillen, ihm eine Tochter zur Frau zu geben.

„Jadefisch, mein Jüngster, ist Ixiptla."

„Er ist der letzte Tezcatlipoca aus der Stadt der Grünfederschlange. Sein Name wird niemals vergessen werden."
Motecuzoma wurde unbehaglich. Nachtjaguar sah ihn unverwandt an. Fast gehörte es sich nicht, dass er die Augen so lange auf ihn gerichtet hielt. Er forderte doch nicht ... nein, das war ganz unmöglich. Die wenigen Gefangenen der Blumenkriege, die noch keiner Gottheit versprochen waren, konnte Motecuzoma vielleicht gehen lassen – nicht aber jene anderen, und einen Ixiptla schon gar nicht.
„Der Gott der Götter hat ihn erwählt, Er-Durch-Den-Wir-Leben. Du kannst überaus stolz auf ihn sein."
Nachtjaguars Gesicht erstarrte zu einer höflichen Maske. Motecuzoma wusste nicht, was er tun sollte. Temic sprang in die Bresche. Er fing an, Tezcatlipocas Namen aufzuzählen. Als er bei Er-Der-Seinen-Spott-Mit-Uns-Treibt angekommen war, hatte Nachtjaguar die Sprache wiedergefunden: „Er ist auch Der-Feind-Auf-Beiden-Seiten." So gab er zu verstehen, dass er sich dem Beitritt versperrte.
Aber Motecuzoma gab noch nicht auf. Er beschloss, seinen Gegner auf dem kochenden Boden der Ehre zu stellen. Leise seufzend bot er an: „Sollte dein Herz es wünschen, dass ich wegen Jadefisch mit Tezcatlipoca rede?"
Nachtjaguar sprang auf. „Du willst einen unbescholtenen Krieger entehren?!! So hat man uns noch nie beleidigt!"
„Willst du Jadefisch nicht wiederhaben?"
„Ich habe nichts dergleichen verlangt!"
„Dann habe ich dich falsch verstanden. Sag mir also, was du willst!"
Nachtjaguar setzte sich wieder. „Nichts! Ich will überhaupt nichts von dir!"
Die Verhandlungen waren gescheitert.
„Wir sollten morgen weiterreden", schlug der Älteste noch vor.
„Wozu?" Temic, der Herr Traum, sah die Dinge, wie sie waren. „Nachtjaguar ist stur. Selbst wenn die ganze Erde bebt, wird er sich nicht von seinem Platz bewegen. Ich reise ab."
Motecuzoma verbarg seinen Ärger. Ruhig sah er Nachtjaguar an. „Du kannst dich immer noch entscheiden." Dann lud er die Gäste zu einem Bankett.

Wie eine Hummel summte es ihm in den Ohren: Der Große Sprecher gibt ein Fest! Heut Nacht im Haus der Wolkenschlangen. Er wusste es von Schädelwand. Der hatte mal wieder einen gekannt – einen Musiker des Hoforchesters.

„Was spielt er für ein Instrument?"

„Die Zungentrommel, Ixiptla-tzin."

Jadefisch gab sich desinteressiert. Insgeheim jedoch zog es ihn dorthin. Sogar Könige wurden erwartet, und dass Schädelwand nicht wusste, wer sie waren, reizte ihn umso mehr. Auch das Gefolge schien darauf zu brennen. Goldfasan stellte allerlei Mutmaßungen über den Ablauf des Festes an.

„Was glaubst du, Schädelwand: Wird dein geliebter Oheim heute eher einen Alligator oder eine Boa servieren?"

„Da müssen wir in der Küche nachfragen, ich kenne den Koch."

„Natürlich." Goldfasan griente. „Ist das nicht unter deiner Würde?"

„Es ist eine Ehre, dem Großen Sprecher dienen zu dürfen. Noch der geringste seiner Sklaven ist von Adel."

„Dennoch wagst nicht einmal du, des Herrschers Neffe, dich ungeladen ins Haus der Wolkenschlangen."

Das durfte nur der Ixiptla. Verstohlen sahen sie ihn an. Endlich ließ Jadefisch sich herab. „Von mir aus. Wenn es euch glücklich macht."

Er ging jedoch nicht gleich dorthin, sondern geduldete sich bis weit nach Einbruch der Nacht. Erst als der Mond so klein und gelb wie ein halber Maisfladen über dem Adlertor stand, machte er sich auf den Weg. Wer hätte sich heute verlaufen können? Auch ohne Schädelwand hätte Jadefisch das Haus der Wolkenschlangen unter den Palastgebäuden leicht herausgefunden, denn die Trommeln hörte man von weitem.

Als er eintraf, ging es schon hoch her. Im Festsaal hing eine Wolke aus säuerlichem Atem und Rauch. Am Feuer tanzten schöne Frauen. Motecuzomas Gäste standen, saßen oder lagen überall im Raum. Jadefisch erkannte Tepehua, den Herrn des Speerhauses, wieder.

„Wer ist der Würdenträger neben ihm?"

Schädelwand stellte vor: „Atlixca, Erster des Kriegsrats und Herr des Richterhauses! Und da ist sogar der Cihuacoatl, die Weibliche Schlange!"

Das Amt eines Cihuacoatl gab es in Jadefischs Heimatstadt nicht. Man erzählte sich dort, dass sein Träger so etwas wie ein Kanzler und des Großen Sprechers Stellvertreter sei. „Das also ist der zweite Mann des aztekischen Bundes?", spekulierte Jadefisch. Schädelwand bejahte. „So wie du sagst, Ixiptla-tzin. Er empfängt seine Autorität von der Erdgöttin und kommt gleich nach dem Großen Sprecher."

„Schädelwand übertreibt mal wieder", sagte Goldfasan. „Er hat in den anderen Städten nichts zu sagen, denn die Macht des Cihuacoatls ist auf Tenochtitlan begrenzt."

„Aber nicht mehr lange!"

„Noch wird das Bündnis vom Dreifachen Thron regiert."

„Willst du sagen, mein verehrter Oheim ..."

„Ist einer von dreien."

„Das glaubst du ja wohl selbst nicht!"

„Er ist der Erste unter Gleichen."

„Dein Glück!"

„Wo sind denn die anderen beiden Großen Sprecher?", fragte Jadefisch.

Schädelwand zuckte die Achseln. „Sie sind wohl nicht hier. Bei dem König von Tlacopan ist das auch kein Wunder. Der Tepaneken-Fürst ist hochbetagt. Jedoch Cacama? – Aber halt, da ist er ..."

Die Frauen hörten auf zu tanzen, und der König von Tetzcoco, der zweiten Hauptstadt des Bundes, die am östlichen Seeufer lag, sprang zwischen die Feuer. Nun tanzte er zum Schlag der Trommeln. Er war jung, der Herr Cacama, 25 Jahre vielleicht. Im Nacken wippten ihm zwei bunte Federquasten. Sein geölter Körper glänzte wie ein Otterfell.

„Der erste Neffe deines geliebten Oheims", stichelte Goldfasan.

Schädelwand reagierte nicht. Ein zweiter Mann sprang zu Cacama, sang eine weitere Strophe. Ihm floss über Haupt und Rücken ein funkensprühender, blaugrüner Kamm: Federn des Quetzalvogels, die das Feuer reflektierten. Es war die höchste Kriegsauszeichnung, die ein Mann erlangen konnte.

„Mein Oheim Cuitlahua, der Herr der Stadt Itztapalapan!"

„Du bist hier wohl mit jedem verwandt?", stichelte Goldfasan weiter.

„Meine Mutter ist Motecuzomas Schwester."

„Dann wirst du sicher selbst einmal König."

Schädelwand betrachtete Goldfasan kalt. „Ich werde in Xochimilco, der Blumenstadt, regieren."

„Meinen Glückwunsch", sagte Goldfasan. „Hoffentlich erkennt dich unser Cihuacoatl auch an."

Schädelwand griff Goldfasan am Schulterknoten. „Hüte dich!" Dann stieß er ihn zurück. Die beiden anderen Wächter schritten ein. Einer packte Goldfasan, der andere Schädelwand.

Jadefisch beachtete sie nicht. Die Trommeln wurden lauter und schneller, Rasseln, Pfeifen, Flöten fielen ein. Die Sänger kreischten auf wie Möwen. Sie schienen jetzt um das Feuer zu fliegen, sie schienen mehr zu sein als zwei – ein ganzer Schwarm im Sturzflug auf die Beute, während das niederbrennende Feuer gespenstische Schatten erzeugte. „Owaja!" schrie Cacama. „Owaja!" rief Cuitlahua. Damit endete der Tanz. Der Saal applaudierte.

Es wurde immer heißer und dunkler. Die Fackeln an den Wänden und die Feuerbecken in der Mitte spendeten nur noch wenig Licht. Die nächsten Sänger waren kaum mehr auszumachen. Motecuzoma, hieß es, tanze, wohingegen andere meinten, er sitze unter seinem Baldachin. Die letzte Flamme sank in sich zusammen. Nur Holzkohle, halb von Asche bedeckt, glomm noch im Becken. Der Tänzer, wenn es ihn gab, zog sich zurück, und eine Zungentrommel – rrrattatick – fuhr wirbelnd auf.

Ein Schatten trat in die Mitte. „Einer unserer Feinde ...", flüsterte Schädelwand, der sich beruhigt hatte, Jadefisch zu, „... vielleicht einer der vier Herrscher von Tlaxcallan. Niemand soll ihn erkennen." Der feindliche König begann seinen Tanz. Wie er um das Glutbecken sprang! Etwas an ihm zog Jadefisch an. Er schob sich weiter nach vorne. Als der unbekannte König zu singen begann, setzte ihm der Herzschlag aus. Er kannte die Stimme, er kannte das Lied. Am Ende der Strophe fiel er unwillkürlich ein. Der andere verlor für einen Flügelschlag den Rhythmus, sang dann wie getrieben weiter, und Jadefisch antwortete wieder, diesmal aus einer anderen Richtung. Während dies eine Weile so ging, entfernte er sich im Dunkeln allmählich von seinem Gefolge.

Schließlich stieß er am Rand des Kreises beinah mit dem Sänger zusammen.
„Jadefisch?"
„Vater?"
„Du hier? Hat Motecuzoma dich holen lassen?" Der Vater hörte es sich erstaunt, beglückt und auch ein bisschen aufgebracht an. Doch just in dem Moment wurde eine Kienfackel entzündet. Feuerschein strich über die beiden hin und beleuchtete ihre Gesichter.
„Ixiptla-tzin, Ixiptla-tzin!" Die Umstehenden warfen sich nieder.
„Ich hätte es wissen müssen", sagte Nachtjaguar dumpf. „Du bist ja das Abbild des Gottes." Auch er vollzog die Geste des Erdessens. Jadefisch, den dieser Anblick zutiefst schmerzte, stand wie versteinert.
„Wer wagt es, eine Fackel zu entzünden?"
Alle Köpfe gingen in die Richtung, aus der die Stimme des Herrschers kam, der selbst noch immer im Dunkeln saß. Jadefisch machte sich das geistesgegenwärtig zunutze. Rasch zog er seinen Vater aus dem Fackelkegel. Dann erkundigte er sich leise nach seinem Befinden und nach der Lage in Cholollan.
„Motecuzoma will sich unsere Stadt einverleiben. Er hat viel, sehr viel, geboten – sogar das eine, dies jedoch auf eine Weise, dass ich es nicht annehmen kann", presste Nachtjaguar mühsam heraus. „Ich weigere mich, seinem Bündnis beizutreten."
„Und die anderen?"
„Sind gespalten. Temic wird mich hassen."
„Fürchtest du nicht, dass Motecuzoma uns angreifen wird? Temic kann die Stadt an ihn verraten."
„Dazu ist dein Onkel zu vernünftig. Und zu loyal. Außerdem kann sich Motecuzoma diesen Krieg nicht leisten. Sein Stern beginnt zu sinken." Jetzt sprach Nachtjaguar fest und bestimmend. „Höre: Der Große Sprecher von Tetzcoco hat einen unzufriedenen Bruder. Dieser, Prinz Ixtlilxochitl, Vanilleblume, hält sich für den legitimen Herrscher. Er meint, Motecuzoma habe ihn um sein Thronrecht betrogen. Vor drei Jahren lehnte er sich gegen die Königswahl auf. Da das Bündnis ihn nicht schlagen konnte oder wollte, wurde das Reich von Cacama geteilt. Vanilleblume regiert über den Norden. Aber er erstrebt noch immer Tetzcocos Thron. Er sammelt Verbündete gegen

Motecuzoma. Schon rebellieren die Totonaken. Ihr beleibter König leitet den Aufstand von seiner Felsenburg aus."
„Er wurde nicht hingerichtet?"
„Dafür ist Motecuzomas Besatzung nicht stark genug, und in der Regenzeit wird er kein Heer zur Küste schicken. Zudem werden die Totonaken von fremden, bärtigen Kriegern beschützt. Ihre Waffen sind Donner und Blitz."
„Woher sollten solche Krieger kommen?"
„Aus dem Meer des Morgensterns."
Nachtjaguar wollte noch etwas dazu sagen, besann sich aber anders. „Da kommen Motecuzomas Spione. Sie bewegen sich so linkisch, dass selbst ein Blinder sie bemerkt. Mit kleinen, runden Räucherschalen leuchten sie den Gästen ins Gesicht. Sie sind nur noch wenige Schritte entfernt." Er wandte sich zum Gehen. Sein Sohn hielt ihn zurück. Er löste einen Stein aus einer Kette. „Gib das meiner Mutter." Nachtjaguar öffnete die Hand, ächzte plötzlich wie ein Baum im Wind: „Davon wird sie auch nicht froh. Und ich ..."
Das schwache Licht der Räucherschalen glitt über Nachtjaguar. Es streifte Jadefischs Füße. Es fiel auf das schwarze Schlangenmuster auf den Sandalen des Ixiptla! „Was erlaubt ihr euch?", rief dieser, den Erbosten spielend. Während die Spione betreten ihre Lampen sinken ließen, entschwand Nachtjaguar.
Der Ixiptla nahm seine Flöte und spielte das Blumenlied des Tezcatlipoca. Gleich wurde es still. Die Feuer in der Mitte des Saales wurden wieder entfacht. Auf seinem Sitz unter dem Baldachin war Motecuzoma zu sehen.
Jadefisch drängte es nach draußen. Er musste auf der Stelle an die frische Luft. Den Ausgang suchend gelangte er an eine Wand, an die jemand immer wieder mit der Stirn anrannte. Ein anderer stand dabei und deklamierte Verse. „Sie sind im Land der Götter", sagte Schädelwand, der den Ixiptla aufgespürt hatte. Eine Schale machte die Runde. Schädelwand griff dort hinein und hielt einen bräunlichen Pilz in die Höhe. „Das Fleisch der Götter, Ixiptla-tzin." Auch die anderen nahmen sich Pilze. Doch Schädelwand aß nichts davon, er würde den Ixiptla nicht entfliehen lassen. Als Jadefisch das sah, verzehrte er die seinen ohne Honig mit Hut und Stiel. Sie bissen im Hals. Ihm

wurde heiß und alles um ihn gläsern. Die Menschen und die Dinge, selbst die Luft, begannen zu irisieren, und sein Vater war wieder da. Auch er war von einer Aura umgeben, er trug ein überirdisch schönes Jaguarfell von sattem Gelb, von dichtem Schwarz – so intensiv, dass Jadefisch hätte weinen mögen. Mit ausgestreckten Armen rückwärts gehend rief der Vater: „Jadefisch, folge mir!" Das Echo war in seinem Kopf, als er am nächsten Tag in seinem Saal im Priesterhaus erwachte.

Eine quälende Unruhe bemächtigte sich seiner. Er dachte an Vanilleblume, den Rebellen. Cholollan musste unbedingt zu dessen Kriegsbund stoßen und die Feindschaft mit Tlaxcallan überwinden. Vanilleblume brauchte jeden Mann. Es war nicht gut, nur abzuwarten, sonst würde Cholollans Freiheit den Tag nicht überdauern, an dem Vanilleblume den Sieg errang und seine Mitstreiter belohnte. Nachtjaguars Sohn bekam glänzende Augen. Sein Herz schlug schneller – so, als gäbe es für ihn noch etwas zu wollen.

6

Nachtjaguar war nicht im Unrecht – weder, was Vanilleblume, noch was die Rebellion der Totonaken betraf. Boten von Vanilleblume waren bei deren König gewesen – und nicht nur das. Im Lager der Fremden waren zwei Krieger vom Volk der Otomi aufgetaucht, die man an ihren um die Stirn gewundenen Steinschleudern erkannte. Sie hatten einen Krieger vom Range eines Cuachic eskortiert, eines Geschorenen, der zwanzig Heldentaten vollbracht hat und keinerlei Gefahren scheut. Der hielt sich hinter einer Standarte verborgen, aber einmal hatte man kurzzeitig eine Kopfhälfte gesehen – die Glatze, auf dem Scheitel mit einem imposanten Kamm gekrönt, der wie der eines Baumleguans aussah, die Haare zu langen Stacheln frisiert, und, wie man ahnen konnte, mit Cochinille rot gefärbt. Wenn dies stimmte, war der Mann, der sich da im fahlen Dämmerlicht zu dem fremden Gesandten schlich, Vanilleblume höchstpersönlich. Motecuzoma ging im Thronsaal unruhig auf und ab: Was suchte sein missratener Neffe bei dem Fremden? Er nutzte aus, dass derzeit jeder zu dem Fremden kam, der einen Anspruch auf Tribut aus der Region besaß. Auch Cacama hatte eine Gesandtschaft bei ihm, und Motecuzoma hatte den Herrn des Schwarzen Hauses geschickt, um für die Freilassung der Tributeinnehmer zu danken, die der Fremde bewirkt hatte. Er wollte immer noch nach Tenochtitlan kommen und trug dem Großen Sprecher auf diese Weise seine Freundschaft an. Gleichzeitig bat er um Verschonung der Rebellen. Frieden also, dachte der Herrscher.

Eigentlich hatte der totonakische König, der ob seiner Leibesfülle einfach nur „der Dicke" hieß, ja den Tod verdient. Motecuzoma stellte ihn sich vor; nichts an ihm erinnerte auch nur entfernt an einen Krieger, und sein Wille war möglicherweise so weich wie sein Fleisch. Eine Frist von achtzig Tagen konnte Motecuzoma ihm gewähren, ohne das Gesicht zu verlieren. Der Dicke würde ihm die Füße küssen, ihm die doppelten Tribute schicken, wenn Motecuzoma ihm verzieh. Einstweilen allerdings saß er in seiner Felsenburg, einstweilen baute der fremde Gesandte am Meer eine Festung mit Mauern und Türmen.

Krieg also. Motecuzoma hatte die engsten Verbündeten konsultiert und mehr als eine Meinung gehört. Der Dreifache Thron war zu keinem Beschluss gelangt. Niemand konnte den Fremden einschätzen. Cacama von Tetzcoco wünschte mit ihm Frieden, der alte König von Tlacopan wollte lavieren. „Was verschlägt es? Gib dem Dicken doch die achtzig Tage, inzwischen spalten wir ihm seine neuen Freunde ab." Dagegen war kaum etwas einzuwenden. Die kleinen Könige der Uferstädte, die Motecuzoma noch hinzugezogen hatte, waren auch für eine Zwischenlösung. Nur einer, sein jüngerer Bruder Cuitlahua, forderte eindringlich Krieg. Wenn Motecuzoma in Richtung Saalausgang schritt, hörte er die Stimme von Cacama – Frieden –, und wenn er umgekehrt den Thron im Blickfeld hatte, die seines Bruders – Krieg.

Draußen wartete der Feldherr Atlixca; immer, wenn die Türvorhänge sich fast unmerklich bewegten, wie von einem Lufthauch angeblasen, entsann er sich dessen. Schließlich wurde ihm das heimliche

Spähen des Dieners zu viel.

„Schick ihn herein, mein Vater."

Motecuzoma nahm auf dem Jaguarthron Platz. Seinem Vetter Atlixca unterstanden die Angriffstruppen. Er durfte im Palast Sandalen tragen. Auf diese fixierte sich Motecuzoma während der Begrüßung. Sie waren schlicht für seine hohe Stellung: einfach gebunden, unverziert, zweckmäßig wie die des einfachen Kriegers. Darin verriet sich Atlixcas Vater, der Große Sprecher Ahuízotl, Motecuzomas Amtsvorgänger. Er, König Otter, hatte sich in jeder Lage auf das Kurzschwert verlassen, und Atlixca schlug ihm nach. Motecuzoma erlaubte ihm aufzustehen.

„Feldherr Atlixca-tzin, ein neues Wasserhaus ist angekommen. Seinem Bauch entstiegen sechzig bärtige Männer und einige Hirsche des Landes Caxtillan. Und kaum war die Verstärkung eingetroffen, da fuhr ein Schiff von der Küste fort."

„Um noch mehr bärtige Krieger zu holen?"

„Wer weiß. Der fremde Gesandte ließ inzwischen die meisten Wasserhäuser zerstören."

„Hat er vom Rauschpilz gegessen?"

„O Atlixca-tzin, er war bei Trost. Er ließ die Ladung bergen, er weidete die Schiffe förmlich aus und ließ Masten, Planen, Taue, alle Dinge aus Metall und Holz ins Trockne schaffen. Es sieht so aus, als ob er bleiben wollte."

„Totecuiyo, unsere Krieger sind bereit."

„Ich werde mich daran erinnern."

„Wünschst du nicht, dass ich sie an die Küste führe?"

„Der Dreifache Thron setzt auf Diplomatie."

„Dann kann der Fremde ungehindert weiter Schaden stiften. Er hat doch den Dicken aufgewiegelt!"

„Vielleicht ist es auch umgekehrt. Der Dicke könnte ihn erwartet haben. Es waren ja schon einmal Fremde da. Der Herr des Schwarzen Hauses hat einen davon wiedererkannt."

„Totecuiyo, ist das nicht egal? Der Dicke muss begreifen, wer der Herr im Hause ist – und auch der Fremde muss es wissen."

„Darum wirst du deine Krieger jetzt in der Regenzeit trainieren. Du musst immer marschbereit sein."

„Totecuiyo." Rückwärts gehend entfernte sich Atlixca, und der Herrscher nahm seine Wanderung wieder auf. Auf und Ab. Ab und auf. Auf und ab und auf, ab, auf. Niemand wagte es, ihn zu stören.

7

Tags darauf begehrte ein sonderbarer Mensch Audienz beim Großen Sprecher. Sechs Finger hatte er an jeder Hand, an jedem Fuß sechs Zehen. War er ein Bote der Unterwelt? Vorsorglich begab sich Motecuzoma zu den Schwarzen Häusern. So hieß die Höhere Schule für Söhne und Neffen des Großen Sprechers und des Cihuacoatl, der Weiblichen Schlange. Sie stand am Tempel der Erdgöttin, die mit dem Totenland und überhaupt mit dunklen Dingen und allem Geheimnisvollen verbunden war. Hier hatte Motecuzoma einen stillen Raum, der ihm angemessen schien, solch einen Gast zu empfangen. Er überquerte den Innenhof der Schwarzen Häuser und betrat das mit blauschwarzen Wandbehängen ausgekleidete Gemach. Noch hörte er den Brunnen plätschern. Er ließ ein Feuerbecken in seine Nähe rücken und, sobald die Flamme kräftig brannte, den Mann mit den sechs Fingern rufen.

Der kam lautlos wie ein Geist heran, denn seine Schritte wurden von den dichten Federteppichen verschluckt. Noch als er sich niederwarf, vernahm Motecuzoma nicht das leiseste Geräusch.

Der Fremde durfte sich erheben. „Was führt dich zu mir?"

„Totecuiyo, hast du nicht Befehl erlassen, dass ein jeder – ob Mann, ob Frau, ob Kind – dich aufzusuchen habe, der etwas Ungewöhnliches bemerkt? Namentlich Traumdeuter, Wahrsager und Zauberer, die das Verborgene kennen?"

„Wohl sehe ich, dass du dergleichen in einem Sack auf dem Rücken trägst. Doch hüte dich, mir Trug zu enthüllen."

„Ich heiße Uhu und bin der Erste Magier am Hof meines Herrn."

„Dass du mir ja keine Menscheneule bist, die sich der Schwarzen

Kunst schuldig macht. Woher kommst du?"
„Ich bin aus der Stadt Tetzcoco gebürtig, wo eine eigene Strafkammer sich mit solchen Leuten beschäftigt." Der Magier zog ein Blatt Papier hervor, auf dem Cacamas Namenszeichen, ein Maiskolben, prangte.
„Was schickt mir mein Neffe?"
Der Bote nahm den Sack von der Schulter und zog ein längliches Etwas heraus. „Dies gehört dir. Du allein vermagst seine Bedeutung zu ermessen. Streck deine Hände aus, o Herrscher!"
Dies tat Motecuzoma. Die Gabe wurde ihm in beide Hände gelegt. Steifes Gefieder streifte seine Haut. Sprachlos blickte er auf ein totes Purpurhuhn mit violettem Kopf und Bauch und einem leuchtend grünen Rücken.
Der Magier schwenkte eine Kürbisrassel. „Es ist ein ganz besonderes Purpurhuhn, o Herrscher, eines mit einem göttlichen Zeichen, denn an der Stirn trägt es den Zauberspiegel."
Motecuzoma erkannte ein blaues Oval, und darin flammte plötzlich der Widerschein des Feuers.
„Wenn du es wünschst, wirst du darin den Himmel und die Sterne sehen – die Zukunft, Totecuiyo."
„Woher hast du den Spiegelvogel?"
„Ich fand ihn im Schilf, o Herrscher. Nachdem ich das Zeichen entdeckt hatte, zeigte ich es meinem Herrn. Er wurde grau wie der Nebel im Sumpf und sprach, dass es alleine dir gebühre, es zu deuten."
„Lass mich das Zeichen sehen!"
Der Zauberer ließ etwas in das Feuerbecken rieseln. Ein weißer Ball explodierte, darauf verbreitete sich ein herber, betörender Duft. Es wurde taghell um Motecuzoma.
„Der Spiegel gleicht dem nächtlichen Himmel. Aus seiner Tiefe kommen Lichter. Sie treiben heran, sie fallen wie Sterne. Siehst du sie, Totecuiyo?"
Motecuzoma schaute in den Spiegel. Kleine Punkte rasten auf ihn zu, die immer größer wurden, bis sie die Form von Sternen hatten.
„Sie kommen, o Motecuzoma-tzin, sie kommen! Sie fallen über uns her!"
Gebannt starrte Motecuzoma auf den Kopf des Vogels, den er noch

immer in den Händen hielt. Schwindel erfasste ihn. „Es sind die Sterndämonen."

„Nicht die Sterndämonen! Sieh genau hin, Totecuiyo! Die fremden Zauberwesen sind es."

Der Herrscher sah Männer auf riesigen Hirschen. Sie rasten über das Land.

„Krieger der Totonaken sind mit ihnen."

Motecuzoma sah auch sie.

„Krieger aus Tlaxcallan folgen."

Motecuzoma sah Männer mit Tierhelmen, Schilden und Speeren im Spiegel.

„All jene kommen, die nicht unter deiner Herrschaft leben wollen."

„Wer führt sie?"

„Ein entrechteter Prinz."

Im Spiegel formte sich ein Antlitz, stolz, unbeugsam, auf dem Haupt ein roter Kamm, wie das Urbild eines Kriegers, ja des Krieges selbst: Vanilleblume!

„Hat Cacama es wie ich gesehen?"

„Cacama? Nein." Der Magier lachte. „Es ist Vanilleblume, der mich zu dir schickt."

„Dann bist du eine Menscheneule." Motecuzoma wollte seine Wachen rufen, aber er brachte keinen Ton heraus, er konnte nicht einmal die Hand bewegen. Der Magier schwenkte eine zweite Rassel, die wie eine Klapperschlange klang. Das Geräusch nahm Motecuzoma den Willen. Er starrte wie gebannt in den Spiegel. Dort wälzte sich ein Heer heran! Die fremden Männer auf den großen Hirschen bildeten die Spitze. Sie zogen in Tenochtitlan ein. Sie schossen aus ihren Feuertrompeten und setzten die Pyramiden in Brand.

„Krieg! Tenochtitlan wird zuschanden werden! Es wird wie das Toltekenreich in Rauch und Asche untergehen!"

Dem Herrscher glitt der Spiegelvogel aus den Händen. Was für ein böser Atem von der Menscheneule ausging!

„Der Pfeil hat sein Ziel gefunden", sagte die Menscheneule. Hilflos sah Motecuzoma an, wie sie sich bückte und in ihrem Sack das Zaubertier verstaute. Motecuzoma sank zusammen. Er nahm noch wahr, dass vorn am Ausgang seine Wachen ihre Lanzen kreuzten: Ohne sein Wort gelangte auch eine Menscheneule nicht hinaus.

Motecuzoma war in tiefen Schlaf gefallen. Nichts und niemandem gelang es, ihn zu wecken. Er wälzte sich auf seinem Lager und phantasierte wie im Fieber. Ein Name hallte durch die Träume: Huemac. So hieß der Toltekenkönig, dessen Reich untergegangen war. Am Abgrund stehend hatte er sich selbst den Tod gegeben. Motecuzomas Seele reiste in die Höhle, wo jener Selbstmord geschehen war. Sie irrte durch Gänge, Gewölbe und Grüfte, bis des Huemac Wächter sie stellten. Fürchterliche Schwerter wuchsen aus dem Boden, stachen von der Decke herab, verwehrten ihr den Weg zu Huemac, Hueeemaac, Eeemaaac. Motecuzomas Fieber stieg. Die Ärzte wussten nicht mehr weiter.

Nun spross die Sorge wie ein Giftkraut auf. Im Tempel des Tezcatlipoca versammelten sich morgens mehr Würdenträger als sonst zur Huldigung des Ixiptla. Sie saßen niedergeschlagen vor ihm und wagten schließlich gar, ihn anzureden. „Was sollen wir tun, Ixiptla-tzin? Fremde Krieger sind im Land, und der Große Sprecher schläft. Wer wird die Stadt beschützen?"
Jadefisch verbarg die Überraschung hinter einer halb entrückten Göttermiene. Sein Vater hatte also Recht: Motecuzomas Stern begann zu sinken.
„Er erteilt nur noch Befehle, die keinen Sinn ergeben. So müssen seine verwachsenen Zwerge die Höhle des Toltekenkönigs aufsuchen und Opfergaben niederlegen. Er schickt sie immer wieder."
„Und, gehen sie?"
„Ixiptla-tzin, wie sollten sie nicht? Es genügt, dass unser Herrscher die Lippen bewegt."
„Spricht er nicht im Fieber?"
„Er ist der Große Sprecher!"
„Selbstverständlich. Aber sagt – nimmt der Toltekenkönig seine Opfergaben an?"
Die Würdenträger schluckten. „Ist es nicht so?"
„Seid unbesorgt. Jedoch, erlangt Motecuzoma seine Gunst?"
Der Priester-Weise schaltete sich ein. „Der Toltekenkönig weist ihn

ab, damit er weiterlebt."
„Gut gesprochen!"
Auf die Runde fiel ein Schatten. Der Oberpriester! Jadefisch fühlte sich ertappt. „Ich bete Tag und Nacht für seine Genesung", sagte der Oberpriester. „Wie geht es ihm? Du warst an seinem Lager, Sternfinder."
„Es sind zu viele Ärzte um ihn – Wahrsager, Traumdeuter, Zauberpriester, sogar Schamanen mit ihrem Tamtam."
„Hilft gar nichts?"
„Nein."
„Die Menscheneule, die den Zauber bewirkte, muss ihn auch aufheben!"
„Sie weigert sich."
In die Würdenträger kam Bewegung. Der Übeltäter wurde verflucht.
„Wenn ich den in die Finger kriege!", drohte Atlixca, Herr des Richterhauses. „Seinetwegen warte ich vergeblich auf den Marschbefehl!" Dabei schielte er auf den Ixiptla, in dem er wohl vor allem einen Kriegsgott sah. Sollte dieser ihn ins Feld beordern? ‚Atlixca, ich befehle dir ...' Der verwirrte Jadefisch begann zu lachen. Lag das an der Gesichtsbemalung? Er wollte die Menscheneule sehen.
Die Würdenträger blickten zu Boden. Das Gottesabbild lachte noch einmal. Wie war die Welt so heiter! Welch himmlischen Duft verströmte der Blumenstrauß, den Atlixca – oder wer war es gewesen? – ihm gespendet hatte! Solche große bunte Blüten! Oh, er verdiente, dafür die göttliche Musik zu vernehmen. Welche Flöte sollte er benutzen? Er hatte in jeder Hand eine. Der Priester-Weise nahm ihm eine Flöte ab und führte ihn hinaus.

Auch die Würdenträger gingen. Der Priester-Weise hatte vor, sich seinen Büchern zu widmen, aber der Oberpriester hielt ihn zurück.
„Der Ixiptla macht mir Sorgen."
„Weswegen?"
„Erschien es dir nicht auch, als habe er den Rausch nur vorgetäuscht? Zu lange lauschte er mit unbewegter Miene, zu plötzlich sprang er wie ein Clown von seinem Sitz. Er foppt uns, Sternfinder."
„Durch ihn spricht Tezcatlipoca."

„Ja! Tezcatlipoca lässt ihn seine göttlichen Sandalen in ein Schmutzloch setzen. Ins Schatzhaus schickt Er ihn mit angesteckter Pfeife! Jetzt sendet Er ihn zu der Menscheneule – und wer weiß, zu welchem Zweck!"
„Er, Der Seinen Spott Mit Uns Treibt."
„Der Ixiptla soll nicht die dunkle, sondern die helle Seite des Tezcatlipoca verkörpern. Freundlich, gefällig soll er sein – ein Gott, dem wir vertrauen können, der Regeln folgt, der tut, was nützt." Der Oberpriester seufzte. „Sternfinder, du allein kannst ihn dazu bewegen."
„Wie werde ich dem Gott gebieten?!"
„Verstärke die Wirkung der Götterfarbe. Gib mehr von den zermahlenen Samen der weißen Acker-Winde hinein."
Darum also war der Oberpriester heute so gesprächig. Der Priester-Weise wiegte das Haupt. „Wenn er zu viel davon bekommt, dann wird er einer Gliederpuppe gleichen. Er wird dumm und stumpf, als würde seine Götterfarbe nicht mehr leuchten."
„Das darf natürlich nicht geschehen. Normalerweise macht die Acker-Winde sanft. Sie hat noch jedem Abbild geholfen, seine Bürde zu tragen. Finde die beste Dosierung heraus! Keineswegs darf der Ixiptla unser Ritual verletzen."
Der Oberpriester kannte sich selbst sehr gut mit den heiligen Pflanzen aus. Er würde die Farbe alleine bereiten, fiele es ihm nicht so schwer, die Samen abzuzählen. Seine Augen veränderten sich. Er konnte immer weiter in die Ferne sehen, indes die kleinen Dinge nahe bei ihm mehr und mehr verschwammen. Er brauchte also den Priester-Weisen.
„Ich werde nichts tun, was ihm schadet", bekräftigte dieser.
„Du bist es, der ihn durch sein Jahr geleitet. Bedenke, dass ihm noch mehr Bedeutung zuwächst, falls der Herrscher nicht gesundet."
Der Priester-Weise antwortete vage. Er wollte nicht den Grund für ein Zerwürfnis legen.

Indessen streifte Jadefisch um das Gefängnis. „Wartet hier!", befahl er dem Gefolge. „Drinnen ist es eng, leicht kann einer durch die Latten fingern."
„Was sollte ihm das nützen?" fragte Goldfasan.

„Etwas Tabak, etwas Glut. Er legt ein Feuer, und man wird sie alle retten müssen – Diebe, Räuber, Mörder, unkeusche Priester, Händler, die kleine Kinder in die Sklaverei verkauften, Ehebrecher, vielleicht sogar Spione, Geheimnisverräter, auch jene Menscheneule, die den Anschlag auf den Großen Sprecher verübte."

„Und du, Ixiptla-tzin, willst dich allein zu jenen begeben?"

„Niemand wird wagen, mich zu berühren."

Jadefisch betrat das Gefängnis. Wo hielt man die Menscheneule fest? Das schummrige Haus war voll mit Leuten jeden Standes. Im letzten der niedrigen Lattenverschläge fand er den Schwarzmagier schließlich. Er hatte wirklich etwas Eulenhaftes, wie er da auf dem Steinfußboden hockte, klein und grau und reglos, doch mit wachen Augen, die den Besucher taxierten.

„Was verschafft mir die Ehre? Kann ich dir von Nutzen sein?"

„Du? Mir?"

„Ich besitze viele Fähigkeiten." Der Magier legte gleich drei Finger auf die Lippen und spreizte die anderen ab. Jadefisch blickte verstohlen auf die Hand. Hinter dem kleinen Finger stand noch einer, kurz und knubbelig, zur Seite ab.

„Nur Flughäute habe ich nicht", sagte der Gefangene schmunzelnd.

„Es heißt, die Zauberer flögen jede Nacht an die Grenzen der Welt."

„Auf den Schwingen des Windes."

„Weshalb bist du dann noch hier?"

„Hat man mich nicht meiner Hilfsmittel beraubt?"

„Wo sind sie?"

Die Menscheneule wies auf eine Bank an der Wand gegenüber. „In dem Sack dort drüben."

Jadefisch holte ihn. „Lass sehen. Ein ausgestopfter Vogel. Eine Rassel. Pülverchen und Pflanzensamen."

„Farbiger Salpeter, Bärlappsporen und Anis."

„Lässt sich damit Verwirrung stiften?"

Die Menscheneule grinste breit. „Streu es ins Feuer, Ixiptla-tzin."

„Was davon brauchst du, um dich in die Luft zu schwingen?"

„Nur den Vogel."

„Leuchtet ein."

„Er hat die Größe meines Kopfes."

„Dann passt er ja nicht durch die Stäbe." Während Jadefisch dies sagte, löste er von außen schon den Riegel.

Der Magier spielte mit den Fingern in der Luft. Im Gefängnis erhob sich Geschrei: „Mich auch, Ixiptla-tzin, auch mich!"

„Wer von euch sitzt unschuldig hier?"

„Ich!"

„Ich!"

„Ich!"

Das ganze Haus begann zu toben. Rasch schob Jadefisch den Vogel durch den Spalt und stellte sich davor, so dass die herbeieilenden Wärter nichts sahen. Die schlugen mit Stöcken gegen die Stäbe. Auch zu der Menscheneule kam einer.

„Was brüllst du so?"

„Was, ich? Ich kriege kaum den Mund auf, bring mir endlich Wasser!"

„Zauber dir welches!"

„Ich hex dir gleich was an!"

„Warte nur, bis der Große Sprecher erwacht. Dann lässt er dich in Stücke hacken oder den Boden deines Käfigs mit scharfen Schneiden übersäen."

„Er hat nicht mehr die Kraft, dergleichen zu befehlen."

„Du wagst es noch, ihn zu verspotten? Die Kehle möge dir verdorren!"

„Welch nobler Wunsch", ließ Jadefisch sich vernehmen.

„Verzeih, Ixiptla-tzin. Ich war in Sorge um Motecuzoma." Der Wärter beugte sich zu Boden.

„Du gehst auf der Stelle Wasser holen! Und zwar für jeden hier!"

„Jjjawohl, Ixiptla-tzin."

„Ein bisschen plötzlich!"

Der verschreckte Wärter sprang auf und pfiff seine Mannschaft zusammen.

Jadefisch verlor keine Zeit. Er zog auch den zweiten Riegel heraus.

„Solltest du je in Bedrängnis kommen – oder jemand, der dir nahesteht", flötete die Menscheneule, „geh in die Stadt Otompan, in den Palast Vanilleblumes, und frag nach Uhu, der den Spiegelvogel fand."

„Wo liegt Otompan?"

„Du paddelst nach Norden über die Lagune, durchquerst die enge Stelle, die dem dünnen Hals eines Flaschenkürbisses gleicht, und fährst in die oberen Seen hinauf, bis zur Höhe der Sandspinneninsel Xaltocan. Dort biegst du nach Osten. Vom Ufer aus wanderst du weiter der aufgehenden Sonne entgegen." Der Magier nestelte an seinem Gürtel. Er gab Jadefisch einen vertrockneten Vogelfuß. „Diese Klauen einer Eule haben mich bis heute beschützt. Sie können sogar unsichtbar machen. Wer sie mir bringt, dem schulde ich mein Leben."

Jadefisch versteckte das Pfand in der Verzierung der linken Sandale. Er erhob sich. Die anderen Insassen riefen nach ihm. Damit sie ihn nicht zu früh verrieten, öffnete er im Vorübergehen wahllos die Türen. Dann begab er sich nach draußen, um das Durcheinander zu betrachten. Während die Flüchtenden mit den Wasserträgern zusammenstießen, drückte sich der Magier an der Wand um das Hofgeviert.

„Warum hast du das getan?", fragte Goldfasan.

„Weil Tezcatlipoca die Unschuldigen schützt."

„Was – die haben alle nichts verbrochen?" Goldfasan lachte. „Fehlte nur, dass du auch die Menscheneule ..."

„Die Menscheneule!" Schädelwand stürzte los und stolperte aber über Jadefischs Bein.

„Ixiptla-tzin! Ich wollte doch nur ..."

„Tezcatlipoca ins Handwerk pfuschen?"

Schädelwand fügte sich, in seinem Stolz verletzt. Was war das nur für ein Ixiptla?

Dasselbe fragte sich der Oberpriester, der den Ixiptla starr vor Wut empfing.

„Den Gott bewegt die Lust auf üble Streiche. Darf man den Grund erfahren?"

Jadefisch erschrak. War er zu weit gegangen? Er setzte eine ernste Miene auf. „Yaopol-tzin, der Ruf des Großen Sprechers war gefährdet. Ich habe ihn nur wiederhergestellt."

„Das ist ja lächerlich!"

„Lächerlich ist, dass ein kleiner, grauer Magier dem Großen Sprecher etwas anhaben kann."
Der Oberpriester schluckte. „So habe ich das noch gar nicht betrachtet." Er verneigte sich.
Der Priester-Weise tat ein Übriges, ihn zu besänftigen. „Wenn du doch im Hof der Schwarzen Häuser deine Flöte spielen wolltest?"
Jadefisch begriff, dass es nicht gut war, abzulehnen.

Das Erste, was Motecuzoma durch die Mauern des Schlafes vernahm, war leise Musik. Er wähnte sich jetzt auf dem Weg zum toten König Huemac. Sehnsüchtig folgte er den Tönen. Aber dann verstummte die Musik, und Huemac war noch immer nicht zu sehen. Er lauschte, ob nicht wenigstens ein Echo in den Gängen hallte – aber nichts. Man narrte ihn!
Er wurde langsam ungehalten. Anstatt des Huemac kamen seine Ärzte. Sie bebliesen ihn mit Rauch. Sie strichen ihm mit Kräuterbüscheln über den Leib. Sie machten ihm Wickel. Das Fieber sank, er hörte auf, im Traum zu reden. Endlich erwachte er.
„Lasst mich mit ihm allein", sagte eine vertraute Stimme.
„Sternfinder?" Er blinzelte. Vom Licht, das in den Raum fiel, taten ihm sogar die Wimpern weh.
Der Priester-Weise hielt ihm eine Schale an die Lippen. „Du bist die Mutter und der Vater Tenochtitlans. Du musst zu Kräften kommen."
Die Medizin schmeckte bitter. „Was fehlt mir, Sternfinder?"
„Du wurdest Opfer eines bösen Zaubers."
„Der Magier mit dem Spiegelvogel ..." Die Bilder des Krieges kehrten zurück, die Männer auf den Hirschen, die Feuertrompeten, das Heer des Küstenlandes, das Heer von Tlaxcallan, das Heer von Vanilleblume. Motecuzoma sank auf das Lager. Er schloss die Augen und dachte an Huemac. Die Höhle des Toltekenkönigs leuchtete ihm golden durch die Nacht.

8

Jadefisch strich wieder am Schilfrand der Lagune umher. Die Last des Amtes fiel von seinen Schultern, wenn er den Wind im Nacken spürte. Er ertappte sich dabei, dass er die Wasserfläche nach der Sandspinneninsel absuchte, die Wegbeschreibung des Schwarzmagiers im Ohr. ‚Dort biegst du nach Osten. Vom Ufer aus wanderst du weiter der aufgehenden Sonne entgegen – nach Otompan, zu Vanilleblume. Ein Wesen, winzig klein, das er nicht sehen konnte, fiepte ihm ins Ohr: „Tezcatlipoca ist nicht wirklich in dich eingetreten. Du bist nur ein einfacher Mensch!" Nun rief ihn, wie im Pilzrausch, auch sein Vater wieder: ‚Jadefisch, folge mir!' Er fing an, sich einzureden, Nachtjaguar beordere ihn zu Vanilleblume – weshalb hatte er ihm sonst von ihm erzählt? – und wusste dabei doch, dass seine Flucht ihn nur entehren würde. Er hoffte gegen jegliche Vernunft, einen Handel mit dem Schicksal abzuschließen – einen Aufschub, sei er noch so kurz, herauszuschinden, während er im Kampf sein Leben erneut den Göttern anböte. Wenn er sich dabei bewährte, wäre seine Schande dann nicht ausgelöscht? Er würde um das Feuer tanzend seine Ruhmestaten besingen. Er würde heiraten, er würde König werden! Das Leben schillerte in allen Farben, und das Wesen fiepte: ‚Worauf wartest du?'
Auf den Neumond, dachte Jadefisch. Am Abend, auf dem Rückweg in die Stadt, hörte er den Rohrdump balzen. Er saugte Wasser an, das er dann aus dem Halse pumpte, ein heller wechselte mit einem dunklen Ton, als spielte in der Ferne eine Zungentrommel, re-dim, re-dom. Und dort im Schilf, wo die Rohrdommel stand, war da nicht nahebei ein Steg? Und an dem Steg, lag da nicht auch des Mattenflechters Boot vertäut?

Der Mond nahm ab. Er wurde wie ein Schilfblatt, schmal und dünn, dann wie ein Baumwollfaden; dann kam die Nacht, da er verschwunden war.
Im Hof des Priesterhauses schürte der Tempelwirtschafter das Feuer.

Er schüttete Glut in das Becken im Säulengang und streute Pinienspäne darüber. Er blies die Glut an, bis die Flamme zischte. Er schichtete Holzscheite auf. Die Flamme knisterte und leckte mit ihrer roten Zunge. Als sie schon ein wenig gelb geworden war, ging er mit seiner Glutpfanne weiter, gefolgt von einem kleinen Priesterschüler, der ihm die Scheite trug. Er würde noch ein Feuer anzünden – vor dem Eingang in die Pyramide. Jadefisch fiel jenes Zauberpulver ein, das er der Menscheneule abgenommen hatte, und als der Tempelwirtschafter mit dem Novizen zurückgekehrt war, erhob er sich.

„Ich gehe ins Heiligtum."

Die Wächter folgten ihm bis vor die Pyramide. Während sie am Eingang blieben, stieg er die Innentreppe empor. Oben entfernte er das Fußband mit den Schellen. Dann schlich er sich wieder hinunter. Er hörte, wie das Feuer das Öl der Pinienscheite trank. Es hatte an Kraft gewonnen. Es brannte hell und gelb, es beleuchtete die Wächter, indes der Türsturz über Jadefisch einen dichten Schatten warf. Zügig tauchte Jadefisch dort ein. Sie konnten ihn im Dunkeln nicht sehen, als er seine Hand ausstreckte und die Bärlappsporen ins Feuerbecken warf. Ei, wie es zischte, wie es knallte! Ein weißer Ball stieg auf, und die Wächter wurden wie erwartet davon in Bann gezogen. Jadefisch verlor keine Zeit. Er hielt sich dicht an den Wänden, umwandelte unhörbar die Säulen des Priesterhauses, erreichte die Umfassungsmauer des Heiligen Bezirks und schlüpfte durch die Pforte des Schilfrohrs hinaus.

Wie gut kam ihm jetzt seine Ortskenntnis zupass! Er lauschte in die Nacht, um die Rohrdommel zu orten, dann lief er los. Nach einer Weile aber hörte er es hinter sich keuchen. Rasch trat er hinter einen Busch. Ein Mann mit einer Fackel kam gerannt. Und weil er stehen blieb, fiel Licht auf ihn, und Jadefisch erkannte seinen Wächter Schädelwand. Der war ihm nachgesetzt! Der wollte ihn offenbar ergreifen! Suchend fing er an, die Gegend abzuleuchten. Dabei kam er dem Busch, unter dem Jadefisch sich versteckte, gefährlich nahe. Geistesgegenwärtig warf Jadefisch einen Kiesel auf den Weg. Das lenkte Schädelwand kurzzeitig ab. Der Flüchtling rollte sich die Böschung des Kanals hinab und warf dann einen weiteren Stein ins

Wasser. Platsch! Wieder suchte Schädelwand an der falschen Stelle, und während Jadefisch sich an den Boden presste, arbeitete sich der Verfolger den Kanal weiter unten in Richtung der Strömung entlang. Die Fackel hüpfte unstet wie ein Irrlicht durch die Dunkelheit, und als sie klein genug war, robbte Jadefisch wieder auf den Weg und rannte, was das Zeug hielt, zu dem Steg im Schilf. Re-dim, re-dom, so wie der Rohrdump rief, schlug ihm der Puls.

Zum Glück fand er dort das Boot. Er löste die Leine und sprang hinein. Sich besinnend wickelte er noch einen Jadestein in ein Stück Stoff und warf ihn als Bezahlung für den Bootsbesitzer auf den Steg. Dann stieß er ab. Rau krächzend flatterte die Rohrdommel auf. Jadefisch bemerkte den gedrungenen Schatten auf dem Wasser. Damit hatte er nicht gerechnet. Es lag Licht auf der Lagune! Sie glich einem dunklen Spiegel, und der Himmel – mondlos, aber voller Sterne – glühte gnadenlos darin. Tezcatlipoca! Hatte der Gott den Flüchtling entdeckt? Nicht lange auch, und Jadefisch vermeinte, einen zweiten Paddelschlag zu hören, der wie ein Echo seinem folgte: Schädelwand? Der hatte sich einen Einbaum besorgt und fuhr wütend hinter ihm her. Aber auch vor ihm lauerten Gefahren: Ein Pfahlbeet ragte vor ihm auf, mindestens 100 Schritte breit. Obwohl es an allen vier Seiten durch Bäume im Seegrund verankert war, fürchtete er plötzlich doch, dass es sich losreißen könnte. Und dahinter drängten sich weitere Wassergärten.

Ein ganzes Heer versperrte ihm den Weg! Aber Jadefisch wollte sich Schädelwand auf keinen Fall ergeben. Lieber floh er zwischen die gespenstischen Parzellen, aus deren Randgehölz es wie mit dürren Knochenfingern nach ihm griff, und wo das Wasser zwischen schlangenhaften Wurzeln gluckste, die seinem Einbaum nachstellten. Nur Weiden, Pappeln, Sumpfzypressen, sagte er sich tapfer; aber immer, wenn ihn feuchtes Blattwerk streifte, zuckte er zusammen. Und Schädelwand verfolgte ihn noch immer. Wie sein Herzschlag raste hinter ihm das Paddel. Er glaubte, Schädelwands Atem zu spüren. Da vertraute Jadefisch sich einem Baumgreis an, dessen Zweige wie ein Dach in die Fahrrinne hingen. Er glitt dahinter, und Schädelwand fuhr weiter. Jadefisch wartete eine Zeit lang, dann wagte er sich aus der Deckung hervor. Er musste das offene Wasser gewinnen. Er erinnerte sich, dass er die Wassergärten schon vom Ufer aus gesehen hatte. Sie lagen wie auf Schnüre gezogen, im rechten Winkel trafen sich die Kanäle zwischen ihnen; er brauchte weiter nichts, als geradeaus zu paddeln. So gelangte er hinaus. Und Schädelwand? Wo war er? Jadefisch begann zu zählen. Die Furcht ließ nach. Als er bei zwanzig angekommen war, hatte er sich ganz beruhigt. Die Strömung trug ihn, was ihm half, Kraft zu sparen. Die Wellen schienen geradezu im Gleichklang mit ihm zu sein – so stark, wie sie ihn mit sich zogen. Er spürte Wind im Rücken; der wühlte den See auf, denn seine Ohren vernahmen ein lauter werdendes Glucksen und Plätschern, als schlüge Wasser gegen einen Wall. Dann sah er den Rücken einer Echse: der Dammweg nach der Tepaneken-Stadt Tlacopan! Nun hieß es gegensteuern, sonst würde er gegen die Mauer prallen. Endlich ließ die Gegenströmung nach.

Und da Jadefisch nicht wusste, wo im Damm die Schleusen waren, peilte er notgedrungen das Westufer an. Dann musste er eben dort in Ufernähe einen Fahrweg finden oder notfalls sogar an Land gehen und den See zu Fuß umrunden. Seine Position auf der Lagune konnte er nicht genau bestimmen. Ganz dem glücklichen Zufall musste er sich überantworten. Nicht denken, nicht bangen, fahren sollst du, sagte er sich.

Er war indes nicht allein auf dem Wasser. Ein zweites, größeres Boot hatte in direkter Richtung nach Westen von Tenochtitlan abgelegt. Zwei Männer saßen darin – der eine hinten, ruhig und kraftvoll steuernd, der andere vorn, in sich versunken. Er fuhr zum Stelldichein mit einem Toten. Er wollte in die Höhle des Toltekenkönigs Huemac, in der dieser bestattet war. Der unglückliche Huemac hatte vergebens auf seine Truppen gewartet, während die Gegner ihm den Rückweg abschnitten. Um ihnen nicht in die Hände zu fallen, nahm Huemac sich am Ende das Leben. Wie war er sich des Untergangs seines Reiches gewiss geworden? Welche Zeichen hatte er gesehen? Motecuzoma war entschlossen, den Geist des Toten zu beschwören. Beschied er ihm Unheil, wollte er ihn bitten, ihn mit sich in sein Land des Überflusses und der Sicherheit zu nehmen. Zu diesem Zwecke führte er einen kleinen goldenen Krug mit sich, welcher einen Aufguss aus dem berauschenden und bisweilen tödlichen Stechapfel enthielt. Er war so sehr mit sich beschäftigt, dass er nichts um sich her bemerkte.

Auch Jadefisch bemerkte nichts. Die Wellen, die von rechts an seinen Einbaum schlugen, schob er auf eine natürliche Strömung, das leise Plätschern, das er hörte, auf sein eigenes Paddel. Fast wäre er dem anderen, größeren Boot in die Seite gefahren. Aber der Gegenüber hielt ihn mit seinem Paddel auf Distanz. „Wer da?"

Jadefisch schwieg. Wenigstens gehörte diese Stimme nicht Schädelwand. Wem aber dann? Jadefisch erkannte lediglich Konturen. Ein Mann stand aufgerichtet hinten im Boot, und vor ihm saß noch jemand. Oben – dort, wo dessen Kopf, die Stirn war – blitzte ein Stern. Jetzt machte Jadefisch eine Dreiecksform aus: das königliche Diadem! Zu allem Unglück bückte sich der Paddler nach einer Leuchte.

„Unser Ixiptla!" Der Paddler verneigte sich. Der Herrscher rührte sich nicht.

Jadefisch musste die Situation in den Griff bekommen, sonst war er verloren.

„Totecuiyo, o Herrscher!" begann er, noch tastend nach den Worten, die ihn ins Recht setzen sollten – denn etwas stimmte hier nicht mit dem Großen Sprecher, so viel war klar. Was trieb diesen, nahezu alleine, bei Nacht auf den See? Und ihn selbst? Jadefisch trat die Flucht nach vorne an. „Unser Gott Tezcatlipoca, der alles sieht, dem nichts verborgen bleibt, hat mich dir nachgeschickt. Er trug mir auf, dich deiner Pflichten zu gemahnen." Sagte er das wirklich? Wagte er es, so mit dem mächtigsten Mann der Welt im Ring des Wassers zu reden? „O mein geliebter Herrscher!", mäßigte er sich. „Du gehörst in deine Stadt, auf deinen Thron." Was sollte er sonst noch sagen?

Überraschend kam Motecuzoma ihm zu Hilfe. „Sahst du die Höhle des Toltekenkönigs leuchten?"

Jadefisch bejahte. „O Motecuzoma-tzin, du kommst zu spät. Vor kurzer Zeit noch stand sie wie ein Berg aus purem Gold, jetzt ist sie Fels und Erde. Kehre um!"

„Zuerst will ich meine Opfergaben niederlegen. Und du sollst mit mir kommen."

So fuhren sie also Boot an Boot über die Lagune und gingen schließlich irgendwo an Land, der Leibwächter erkundete den Weg. Argwöhnisch beobachtete der Herrscher seinen unfreiwilligen Begleiter. Wohin könnte er wollen, wenn nicht nach Chololan? Wählte er den Umweg, um die Verfolger zu täuschen? Oder zog es ihn etwa nach Norden?

„Dort drüben", der Herrscher deutete in jene Richtung, „liegt Otompan. Dort hat Vanilleblume sich verschanzt. Weil er ein paar Dörfer erobert hat, bildet er sich ein, das aztekische Bündnis schlagen zu können."

„Er hat von Tag zu Tag mehr Krieger", wagte Jadefisch zu sagen.

„Wenn sie merken, dass sie keinen Ruhm erlangen können, wird er sie wieder verlieren."

Jadefisch entgegnete nichts. Er wartete auf eine günstige Gelegenheit, dem Herrscher zu entkommen. Wenn Motecuzoma doch nicht ständig den Blick auf ihn gerichtet hielte, so dass er das Weiße des Augapfels sah! Wenn sie doch endlich die Höhle erreichten, so dass er sich vielleicht im Labyrinth der Gänge absetzen könnte!

Der Felsen öffnete sich über einer Wasserader. Der Herrscher füllte ein kleines Gefäß mit weißem Kopal und stellte es als Opfergabe am Eingang ab. Sobald der Duft aufstieg, hieß er den Ixiptla vorangehen, den Leibwächter sich am Eingang postieren.

Sie wateten bachauf. Die Fackeln fraßen kleine Löcher in die Schwärze, so dass man erkannte, wo der schmale Raum sich weitete und trockener Grund begann. Bevor Motecuzoma aber weiter in die Höhle eindrang, hielt er Jadefisch die Fackel vors Gesicht. Und das war fleckig! Im Kopfputz fehlten etliche der angeklebten Adlerdaunen, allerdings trug der Ixiptla seine Göttertracht. Er schien so weit in Ordnung zu sein. Bis das abwärts gleitende Licht seine Waden enthüllte. Oben, auf der Erde, hätte Motecuzoma wegen der fehlenden Schellen gezürnt. Die Höhle aber war eine Spiegelwelt. Bei den Toten waren alle Dinge ins Gegenteil verkehrt. War nicht auch Motecuzomas königlicher Umhang eine Täuschung? Verbarg er nicht den Deserteur, der seine Stadt im Stich ließ? Der vor dem Schicksal floh, das ihm bestimmt war? Kein Mensch, schon gar nicht er, durfte so etwas tun. Schweigend betrachtete er den Ixiptla. Nach geraumer Zeit sagte er: „Wir sind beide Abbilder Tezcatlipocas. Ich regiere an Seiner statt und übe Seine Gerechtigkeit aus. Du verkörperst den Sinn hinter den Dingen. Vor mir hat man Angst, denn ich halte die Ordnung dieser Welt aufrecht. Dich liebt man, weil du nichts forderst. Du gehst einher mit Flöten und Blumen und kündest von der anderen Welt, in die du bald eingehen wirst und aus der heraus die hiesige in Wirklichkeit lebt. Auch ich würde es vorziehen, die hellere Seite des Gottes zu sein. Es ist nicht leicht, Verantwortung für so viele Menschen zu tragen."

Jadefisch wusste keine Entgegnung. Motecuzoma fuhr fort: „Was weißt du von König Huemac?"

„Er hat sein Reich verloren."

„Gewiss. Aber warum?"

„Darüber gibt es viele Geschichten. Man sagt, dass er ungehörige Wünsche hegte. Auch sagt man, er habe den Krieg gegen die Stämme des Nordens verloren, weil sein Reich schwach und zerstritten war."

Motecuzomas Blick glitt über das kleine, längliche Goldgefäß an seinem Gürtel. Jadefisch sah es im Fackelschein aufblitzen. Eine dunkle Ahnung ergriff ihn. Wie redete man mit einem Toten? Wieder musste er daran denken, dass Motecuzoma ohne Gefolge hier war.

„Gib mir das Gefäß, das du am Gürtel trägst, o Herrscher. Ich werde es für dich bewahren, während du mit dem Toten sprichst. Unser Gott Tezcatlipoca hat dich auf den Thron gesetzt, Er allein wird dich abberufen."

Schweigend händigte Motecuzoma ihm die goldene Kalebasse aus. Während das Gefäß mit einer knappen Bewegung zu ihm kam, spürte Jadefisch zum ersten Mal, was es hieß, Macht über jemanden zu haben. Er streckte die Hand aus, und das Gefäß wurde ihm hineingegeben.

Der Weg zu Huemacs Höhlengrab führte durch lange, unebene Gänge. An manchen Stellen tropfte Wasser von der Decke und sickerte von der Wand auf den Boden. Schritt für Schritt wurde Jadefisch in Huemacs böse Geschichte gezogen: Auf dem Marktplatz gegenüber dem Palast saß ein Pfefferschotenhändler, der niemand anders als

Tezcatlipoca war, und entzweite die Tolteken. Er zeigte ihnen eine Puppe, einen kleinen Kriegsgott aus Holz, stellte ihn auf seine Hand und ließ ihn tanzen. Die Leute rasten vor Begeisterung. Jeder wollte dieses Schauspiel sehen. Sie trampelten einander nieder, denn jeder wollte vorn beim Puppenspieler sein. Am selben Tag begann der Krieg, dem König Huemac zum Opfer fiel. Motecuzoma sollte Gleiches widerfahren, wünschte Jadefisch.
Da glitt er auf dem feuchten Kalkgestein aus. Er stürzte unsanft und blieb liegen wie eine Gliederpuppe, unfähig aufzustehen. Ein Schmerz, so grausam, dass er jede andere Empfindung auslöschte, durchbohrte ihm den linken Fuß. Die Feuerklinge schnitt bis in den Knochen, und sein Aufschrei hallte in der Höhle wider. Dann sah er die schwarze Statue Tezcatlipocas. Der Gott nahm Jadefisch und setzte ihn auf seine Hand. Ohne Gnade zwang Er ihn zu tanzen. Jadefisch mühte sich ab. Er hüpfte auf einem Bein und kroch auf allen vieren. „Ist das dein Kriegstanz?", höhnte der Gott. „Du willst in Vanilleblumes Kriegen deine Schuld bei mir begleichen?" Tezcatlipocas Stimme klang wie ein Erdbeben: „Höre! An Motecuzomas Seite kehrst du nach Tenochtitlan zurück und spielst meine Flöten!"

Was anschließend geschah, konnte Jadefisch sich später nicht erinnern. Motecuzoma ließ ihn zurück und drang allein in jenen Teil der Höhle vor, in dem sich Huemacs Grab befand. Gelang es ihm, den Geist des Toten zu beschwören? Jadefisch wurde nicht Zeuge.
Er wurde vom Schrei eines Reihers geweckt. Er lag im Boot des Großen Sprechers mit einem dicken Wickel um den Knöchel. Im Licht der Sonne nahmen die Dinge wieder Gestalt an. Durch die Wimpern blinzelnd erkannte er Motecuzoma, der ihn betrachtete. Die Miene des Königs wurde hoheitsvoll, als er sich davon überzeugte, dass der Ixiptla das Bewusstsein wiedererlangt hatte. Er erteilte einen Befehl. Paddel tauchten ins Wasser.
„Wie geht es deinem Fuß, Ixiptla-tzin?", erkundigte sich Motecuzoma mit einem leicht spöttischen Unterton. „Wahrlich hat Unser Herr dich zu Seinem Abbild gemacht!"
Damit spielte er auf die Geschichte an, bei der Tezcatlipoca im Kampf mit dem Erdungeheuer den linken Fuß verloren hatte. Wahrlich,

dachte Jadefisch. Er konnte, hätte er es auch gewollt, an seiner Auserwähltheit nicht mehr zweifeln. Er war das Abbild des Rauchenden Spiegels.

Drittes Kapitel

Maisblüte

9

Der Große Sprecher machte Tezcatlipoca ein reiches Geschenk. Er spendete Ihm eine Opferschale aus grünem Jade und Seinem Abbild neue Schellen und einen neuen Puffmaisblumenschmuck. Zudem, welch Ironie, ein königliches Boot, damit – trotz des gestauchten Fußes – die Blumenflöte weiterhin zu hören wäre. Es war aus dem Stamm einer Zypresse gehauen, gelb und schwarz bemalt und vorn mit dem geschnitzten Emblem des Tezcatlipoca, dem runden Spiegel, versehen, aus dem eine Rauchfahne tritt. Daneben prangte, kleiner, Motecuzomas Namenszeichen: ein Diadem mit Dreiecksspitze. Jeder sollte sehen, dass der Große Sprecher die Gunst des Gottes mehr denn je besaß.

Strahlend schwebte er in seiner Sänfte auf den Schultern von acht Fürsten in den Tempelhof. Der Oberpriester ließ den Weg vor ihm fegen und ging ihm dann zum Heiligtum voraus. Er stieg die verwinkelten Stufen der Innentreppe hinauf, half seinem König durch die Luke und führte ihn vor den Altar. Dort glänzte schon die neue Opferschale im matten Licht des ewigen Feuers. Der Oberpriester weihte sie, dann ließ er Motecuzoma allein. Seine Schritte hallten auf der Treppe nach.

Motecuzoma lauschte, bis nichts mehr zu hören war. Er ging noch einmal hinter den Altar, um sich zu vergewissern, dass niemand sonst dort war. Dann warf er sich vor der Statue nieder. „O Tezcatlipoca, Lebensspender, Herr des Nah und Bei! Ich bin nicht würdig, dass Du mich erhörst!", begann er wie gewöhnlich sein Gebet. „Bestrafe mich für meine Verbrechen, stoße mich vom Thron, denn ich bin unfähig, den Staat zu lenken." Auch das sagte er immer. Er mach-

te sich klein, um den Willkürlichen günstig zu stimmen, bevor er Ihm sein Blutopfer darbrachte. Mit einem Jadedorn durchstach er sich die Waden, fing das Blut mit Papier auf, setze darauf eine Kugel aus Zacate-Gras, steckte den blutigen Stachel hinein und legte das Ganze auf den Altar. „O Herr der Welt! Der Du im Himmel, auf der Erde und in der Unterwelt gleichzeitig weilst! Ich bin fürwahr vor Dir erschienen. Ich bin der Jaguar mit Deinem Fang und Deinen Krallen. Ich übe Deine Gerechtigkeit aus."
Als er aber hätte dazusetzen müssen, ‚Ich bin Deine Flöte, ich bin das Instrument, durch das Dein Wille sich kundtut', geriet er ins Stocken. War das noch so? „Du hast mich auf dem Thron belassen, aber ich, ich tauge nicht mehr zum Regieren. Ich bringe überhaupt nichts mehr zustande", sagte er tonlos. „Nicht einmal die junge Reiherfeder will ich sehen, die mich sonst mit einem irren Glück erfüllte. Bei ihr fühle ich mich nicht wie der geplagte Herrscher eines Reiches, das ich mit starker Hand und nach den geltenden Gesetzen zu regieren habe, sondern frei und unbeschwert. Ich pflegte bei ihr einzuschlafen. Und jetzt? Ich bräuchte nur ein Wort zu sagen, aber wozu." Motecuzoma unterbrach sich, denn damit durfte er den Gott nicht behelligen. Ohnehin wusste Er alles. Dennoch sprach er weiter, um sich zu sammeln. „Meine Zweite Hauptgemahlin möchte wissen, ob ich schon Heiratspläne für unsere jüngste Tochter habe. Natürlich will sie hören, dass dem nicht so ist. Unsere Maisblüte ist erst fünfzehn, sie hat noch drei, vier Jahre Zeit. So lange möchte Quetzalmatte sie behalten. Trotzdem spricht sie bereits von einem möglichen Schwiegersohn. Es ist der junge Schädelwand. Der ist Wächter im Gefolge des Ixiptla, ein Kronprinz, und er hat noch keine Frau. Maisblüte wäre seine Erste Hauptgemahlin. Sie bliebe ganz in unserer Nähe, denn den Palast in Xochimilco kann man fast zu Fuß erreichen. Allerdings ..." Motecuzoma stockte wieder. Ein Windhauch berührte ihn, und der konnte nur von der Statue kommen! Von der Gottheit selbst! „O mein Herr Tezcatlipoca, es geschehe, was Du willst. Schädelwands Vater ist mir immer ein loyaler Freund gewesen. Welche Gründe hätte ich, seine Brautwerber abzuweisen? Waren meine Mühen um Chollollan nicht vergebens? Nachtjaguar verweigert sich." Motecuzoma atmete hörbar: „Nachtjaguar! Ausgerechnet sein pflichtvergessener Sohn muss-

te mich meiner Pflichten erinnern! Wenn ich doch wüsste, wie ich sie erfüllen soll." Ein Funkenregen sprühte über die Statue hin. Sie glitzerte wie der gestirnte Himmel. Motecuzoma wandte den Blick ab. „Vergib mir meinen Unmut. Die Welt gerät aus den Fugen, seitdem die Fremden im Lande sind. O mein Herr Tezcatlipoca, was soll ich ihretwegen unternehmen? Wenn Du mir doch enthüllen wolltest, was Du in Deinem Spiegel siehst. Welche Zukunft wirst Du der Stadt, dem Land bereiten?" Der Betende hielt inne, um zu horchen, aber Tezcatlipoca schwieg. „Sprich doch zu mir, o Herr des Nah und Bei", bat er nach einer Weile, als er die Stille nicht mehr ertrug. „Versage mir nicht Deinen Beistand, gib mir meine Kraft zurück!" Motecuzoma blickte wieder auf. Tezcatlipoca schwieg noch immer. Nun erlosch auch noch der Funkentanz. Motecuzoma ging zum Altar und fütterte die ewige Flamme. Hell loderte sie auf. Sie ließ die neue Opferschale nur so leuchten. Der blanke Jade reflektierte sein Gesicht. Er sah sich selbst in die Augen. Jedoch, da war ein zweites Augenpaar, ein dunkles Antlitz! Er war nicht allein!

Motecuzoma starrte auf das Jadegefäß. Sein eigenes Gesicht verschwamm dabei allmählich, das andere wurde immer klarer: der Ixiptla! Wollte Tezcatlipoca durch Sein Abbild sprechen? Der Herrscher war so überrascht, dass er nicht einmal fragte, wie der Ixiptla, der nur humpeln konnte, so unbemerkt hierhergekommen war.

Jadefisch erging es ähnlich. Auch er hatte sich allein gewähnt. Am frühen Morgen hatte man ihn die Pyramide hinaufgetragen, ihn aber über den Besuch des Großen Sprechers wohl vergessen. Er war eingenickt und erst durch die Gebetsworte wieder erwacht. Er hatte gehofft, nicht aufzufallen, doch jetzt verriet ihn sein Spiegelbild.
Er musste wieder einmal improvisieren. „Totecuiyo?"
„Du schon wieder?" Motecuzoma hatte sich gefasst.
„Ich habe immer noch deine goldene Kalebasse. Sie gehört mir nicht."
„Gibst du sie mir wieder?"
Der Ixiptla gab sie ihm. Motecuzoma öffnete sie und ließ das Gift im heiligen Feuer verzischen. „Dem Schicksal kann man nicht entfliehen."

Er half dem Ixiptla zum Ausgang, der auf die Plattform führte. Dort schlug er den schweren Vorhang auf, der das Heiligtum von der Vorhalle abtrennte. Das Gefolge des Ixiptla war sogleich zur Stelle. Der Ixiptla wurde vorsichtig wieder heruntergetragen; Motecuzoma schloss sich an. Er schritt die achtzig Stufen der Pyramide würdevoll hinab und wurde vom Oberpriester empfangen, der sich die Augen rieb.

Fortan musste der Ixiptla täglich mit Motecuzoma speisen, der Große Sprecher bedurfte seiner Gegenwart. In ihm war die Kraft, die er brauchte.

Jadefisch genoss die Privilegien, die das mit sich brachte. Der Herrscher ließ ihm, bis er wieder laufen konnte, seine eigene Sänfte schicken. Wenn man ihn hineinhob, stellte er sich vor, er sei selbst der Große Sprecher und begebe sich in seinen eigenen Palast. Er war darin von Schönheit umgeben. Breite, flache Dächer lagen auf bemalten Säulen, um die der Wind säuselte – meist nur ein Hauch, der in den Galerien zirkulierte und von dort aus in die Säle wehte. Drinnen duftete die Deckentäfelung nach fernen Wäldern, und das rote, gemaserte Holz spiegelte sich unten im Steinmosaik. In den Federteppichen entlang der Wände schienen sich Vögel zu verstecken. Mit den Sälen wechselten die Farben. Am Ende traf er aber immer auf den Wandschirm mit den geschnitzten, goldbeschlagenen Göttermasken, hinter dem der echte Hausherr saß. Dann musste er für ihn die Flöte spielen. Er wurde aus der Sänfte gehoben und neben Motecuzoma platziert, der sein Gefolge fortzuschicken pflegte.

Anmutige Frauen bedienten sie. Zwei, auf den Fersen sitzend, hielten Auffangschalen unter seine Hände, eine dritte ließ aus einem Tonkrug Wasser plätschern; es liebkoste seine Haut, perlte vom Handrücken über die Finger. Eine vierte schließlich reichte ihm ein weißes Tuch, das er langsam, fast zögerlich entgegennahm.

Inzwischen erschienen noch mehr Mädchen. Diese deckten die Tafel weiß ein und trugen kostbares Geschirr aus Jadefischs Heimatstadt auf. In Schüsseln auf Wärmpfannen dampften die leckersten Speisen, und die Mädchen brachten ihm von allem. Damit sie öfter kamen und gingen, ließ er sich jeweils wenig vorlegen. Leider wohnten auch immer vier alte Ratgeber des Herrschers dem Zeremoniell des Mittagsmahls bei. Steif wie Stöcke standen sie da, die Augen stur geradeaus gerichtet, aber sicher registrierten sie alles, denn wenn Motecuzoma ihnen ein Gericht reichen wollte, dankten sie ihm schon, bevor er die Hand bewegte. Sicherlich bemerkten sie auch jede Regung des Ixiptla. Sie gingen erst, wenn nach dem Essen die Akrobaten und die Zauberkünstler zur Unterhaltung des Herrschers auftraten. Um diese Zeit wiederholte sich das Händewaschen. Dann wurde dem Ixiptla wieder ein Tuch entgegengehalten, und diesmal pflegte er zu zögern, bis das Mädchen seine Hände in den weißen Stoff einhüllte. Motecuzoma bemerkte nie etwas dazu. Er ließ die Pfeifen anzünden – lange, vergoldete Röhren, mit feinem Tabak und duftendem Balsam gestopft – und war bald nicht mehr zu sprechen. Auch Jadefisch mochte die Mischung. Doch anders als der Große Sprecher schlief er nach dem Genuss nicht ein. Er schaute den Mädchen nach, die sich entfernten. Ob eine davon wohl Motecuzomas Tochter war?

10

Die Weberschiffchen schwebten hin und her. Leiser Singsang erfüllte die Arbeitsstube im Haus der Frauen des Herrschers.
„Motecuzoma speist schon wieder mit dem Ixiptla."
„Das tut er doch täglich."
„Spielt der Ixiptla eigentlich noch Flöte? Bekommt man ihn noch in der Stadt zu sehen?"
„Schscht ... Was glaubt ihr denn."
„Gestern habe ich ihn gesehen, als ich vom Marktplatz kam."
„Nein ... erzähle!"
Im Raum wurde es still. Die Frauen und Mädchen wandten sich derjenigen unter ihnen zu, die dem Ixiptla begegnet war.
„Ich sah ihn von der Brücke aus. Er kam in seinem Boot dahergefahren."
„Hat er die Flöte gespielt?"

„Gewiss doch. Dazu ist er ja da."
„Hat er mit seinen Blumen gewedelt?"
„Als ob er dafür geboren wäre."
„Und hat er auch geraucht?"
„Wie der Popocatepetl."
„Du übertreibst."
„Ihr hättet seine Tabakspfeife sehen sollen. So lang wie mein Arm." Zur Verdeutlichung streckte die Erzählerin ihren Arm aus. Die anderen kicherten und fingen an zu tuscheln.
„Und wie sah er aus?"
„Wie soll er ausgesehen haben? Wie unser Herr Tezcatlipoca."
„Das versteht sich. Aber was hatte er an?"
„Na, was schon. Seinen Netzumhang mit der braunen Baumwollborte. Der Goldschmuck glänzte an ihm wie die Sonne."
„Und natürlich konntest du nicht in die Sonne gucken. Du musstest den Blick abwenden, weil du geblendet warst."
Die Runde wandte sich der Spötterin zu. Aber die Erzählerin wusste sich zu verteidigen: „Reiherfeder ist nur neidisch. Wer wagt es, einen Gott zu betrachten? Die Leute werfen sich vor ihm in den Staub. Reiherfeder hat das natürlich nicht nötig. Sie blickt ihm geradewegs ins Gesicht."
„Warum auch nicht. Er ist ja nicht hässlich." Die beiden Frauen musterten einander.
„Schscht ... werdet ihr euch wohl benehmen?", fiel eine dritte ein. „Habt ihr die Ermahnungen der Alten vergessen?"
„O meine Tochter, tu dies nicht, tu jenes nicht, bleib im Haus, geh nicht alleine auf die Straße, mach, was man dir sagt. Fege den Boden, mahle den Mais, spinne den Faden, webe den Stoff, sprich leise, sei dezent, sitz still, steh nicht zur Unzeit auf, geh langsam und gemessenen Schrittes, sei auf deinen Ruf bedacht!", zitierte Reiherfeder die endlosen Litaneien. In den Augen der Weberinnen glitzerte und in ihren Kehlen gluckste es vor unterdrücktem Lachen. „O meine Tochter, pflege deine Schönheit, bade dreimal täglich, schmücke und kleide dich sorgfältig, lerne anmutig zu tanzen, damit du gefällst! Aber wenn dich ein Mann anspricht, so antworte nicht!" Reiherfeder hob die Stimme etwas. „Auf gar keinen Fall darfst du ihm in die Augen

schauen! Damit ruinierst du deinen Ruf, denn damit nimmt seinen Anfang jedes Übel des Herzens. Bleibe sittsam, meine Tochter, schau niemals einem Mann in die Augen!"

„Ja, Reiherfeder, der Ixiptla kommt dafür wirklich nicht in Frage", sagte jene, die ihm begegnet war, um wieder ins Zentrum der Aufmerksamkeit zu rücken. „Er lebt fast wie ein Priester, der keine Frau berühren darf. Erst einen Monat vor dem Fest wird er vermählt – mit vier jungen Schönheiten, die allesamt Abbilder von Göttinnen sind."

„Der Arme!" Reiherfeder lachte. „Nur zwanzig Tage hat er was von ihnen. Wie kann man einem Gott derartige Vorschriften machen?"

„Wer sagt, dass du die Religion verstehen musst? Befolgen sollst du sie. Die Priester haben lange darüber nachgedacht und sind durch den Beistand der Götter zu ebendiesen Vorschriften gekommen, die du für unsinnig hältst."

„Ich halte sie nicht für unsinnig. Mir tut nur der Ixiptla leid. Und überhaupt: Könnt ihr euch vorstellen, dass Tezcatlipoca sich davon beeindrucken ließe? Als sich der Gott bei den Tolteken aufhielt, war er nicht besonders keusch. Es geht die Mär, er sei als Pfefferschotenhändler vor den Palast gezogen. Dort soll er seine Ware feilgeboten haben, splitterfasernackt wie ein Huaxteke."

„Die Tochter des Herrschers hat ihn gesehen ..."

„Und wurde schon von seinem Anblick schwanger. Der König musste sie mit ihm vermählen, weil sie nicht anders zu kurieren war."

„Und das war der Anfang vom Ende. Der göttliche Schwiegersohn hat das ganze Reich in den Abgrund gestürzt."

Wieder lachte Reiherfeder. „Eine solche Gefahr hält man sich besser vom Leib."

„Und wer hat der Tochter des Königs erlaubt, den Pfefferschotenhändler anzuschauen?"

„O meine Tochter", deklamierte Reiherfeder, „schau niemals einen Mann an!" Dabei schob sie ihre Hüften nach vorn.

Während der ganzen Zeit saß Unsere Maisblüte still über ihrer Arbeit. Von einer Tochter Motecuzomas erwartete man ein in jeder Hinsicht tadelloses Benehmen. Sie kam den Erwartungen nach, indem sie die würdevolle Zurückhaltung ihrer Mutter imitierte. Das trug ihr Anerkennung ein, aber keine engeren Freundinnen. Sie saß wie in einem Wassertropfen, nach außen sichtbar, doch durch eine durchsichtige Hülle von den anderen getrennt. Während jede sie in Gedanken versunken wähnte, war Unsere Maisblüte indes ganz Ohr. Sie ließ sich nichts von dem Gesagten entgehen. Was davon Eindruck auf sie machte, nahm sie in ihre Seele hinein, umhegte es mit ihren Gedanken und schmückte es mit ihrer Phantasie. Auf diese Weise spielte es kaum eine Rolle, dass sie nicht so recht wusste, wovon eigentlich die Rede war. Sie brauchte nichts zu fragen, denn irgendwo in ihrem Innern lagen die Antworten.

Was war mit dem Ixiptla, dass sie es wagten, so daherzureden? Vor einem Monat noch hatten sie einen Feldherrn interessant gefunden, und davor war einer aus dem Königlichen Rat Mode gewesen. Den Feldherrn hatte es inzwischen in die Provinz verschlagen. Einer, über den sie hier geredet hatten, war sogar – und das war etwa ein halbes Sonnenjahr her – hingerichtet worden. Wenn die Frauen sich langweilten, machten sie irgendjemanden zum Spielball ihrer Fantasie und zogen sich gegenseitig damit auf. Was den Ixiptla betraf, verstießen sie allerdings gegen mehr als ein Gesetz. Der Ixiptla war ein Gott. Wenn der Große Sprecher, ihr Vater, ihn häufig einlud, so gab es nicht den geringsten Grund, sich deshalb respektlos zu verhalten. Sie mussten sich wirklich sehr langweilen. Nur eines gefiel Maisblüte, obwohl sie es kaum wagte, sich dies einzugestehen – und das war der Unernst, mit dem Reiherfeder den Regeln des guten Benehmens begegnete. Wer sie befolgte, lebte ein sicheres, aber kein aufregendes Leben. Alles stand von Anfang an fest, alles ergab sich ohne persönliches Zutun.

Bis jetzt hatte Maisblüte nicht einmal geahnt, dass sie sich im Geist verweigern konnte. Als sie dies dachte, empfand ein Teil von ihr Schuld und Furcht. Sie war doch ein gutgezogenes Mädchen. Ihr hatte man nie viele Vorhaltungen machen müssen. All die Ermahnungsreden, über die Reiherfeder sich lustig machte, hielt man ihr mehr zur wohlmeinenden Vorbeugung. Langweilig waren sie trotzdem. Maisblüte fühlte sich plötzlich Reiherfeder verbunden. Sie lächelte sie an. Von fern hörte man eine Flöte.

Maisblüte fing an, über ihr Leben nachzudenken. Ganz gewiss hatte sie keinen Grund zur Klage. Es fehlte ihr an nichts. Sie besaß schöne

Kleider und wundervollen Schmuck. Man setzte ihr erlesene Speisen vor, sie durfte sich in ihres Vaters Gärten ergehen, und jedermann war freundlich zu ihr. Ihre Mutter liebte sie und, sie war sich dessen sicher, auch ihr Vater, wenn er es auch nicht offen zeigte. Er hatte sehr, sehr viele Kinder, die er zu bestimmten Zeiten versammelte, um sich über ihre Entwicklung, ihre Erfolge und Fehler berichten zu lassen. Er lobte und tadelte sie, wie sie es verdient hatten, und war darin, so fand Maisblüte, immer gerecht. Dann traten die Kinder einzeln mit kleinen Geschenken vor ihn hin, und er bedankte sich dafür mit seiner leisen, melodischen Stimme.

Wenn Maisblüte ihm ihre Webarbeiten überreichte, sagte er jedes Mal, wie gut sie ihm gefielen und dass sie immer besser würden. „Die Götter waren sehr freundlich zu mir, dass sie dich mir gegeben haben. Du bist ein Juwel, die Freude meiner Tage." In seine Augen trat ein milder Honigglanz, den Maisblüte durch die gesenkten Wimpern spürte. Sie durfte es jetzt wagen, den Blick zu ihm zu erheben, sich in seinen Pupillen zu spiegeln. Und sie verspürte den Wunsch, dem Bild zu gleichen, das ihr Vater sich von ihr machte. Einmal sagte er zu ihr: „Du wirst immer schöner, Maisblüte. Bald wirst du so schön wie deine Mutter an ihrem Hochzeitstag sein."
Ja, ihr Vater liebte sie. Was also konnte sie sich wünschen? Auch für ihre Zukunft war gesorgt. Ihre älteren Schwestern hatte ihr Vater mit Königen und Statthaltern vermählt. Sie hatten geräumige Gemächer und eine zahlreiche Dienerschaft. Auch Maisblüte würde die Hauptgemahlin eines Prinzen oder Königs werden. Noch hatte sie ja Zeit – es sei denn, die Familie des Zukünftigen würde sie früher erbitten, um sie bis zur Hochzeit unter ihrer Obhut zu halten. Davor fürchtete Maisblüte sich, aber warum nur?
„Nun schaut euch Unsere Maisblüte an! Sicher wird man ihr bald eine lange, ernst gemeinte Rede halten." Das Mädchen reagierte nicht. Die Stimme wurde lauter. „Habt ihr Maisblüte schon einmal müßig gesehen? O meine Tochter, halte nie die Hände still." Maisblüte kam aus ihren Gedanken zu sich und nahm die Arbeit wieder auf. Aber sie wollte ihr nicht recht gelingen. Sie machte beim Weben der Ornamente Fehler, die ihr sonst nicht unterliefen.

„Ich glaube, sie fühlt sich nicht wohl", sagte Reiherfeder. „Ich werde mit ihr in den Garten gehen."

Reiherfeder ergriff jede Gelegenheit, den Raum zu verlassen. Um wie viel angenehmer war es doch, unter Blumen und Bäumen und dem Gesang der Vögel spazieren zu gehen. Sie band sich den Webrahmen von der Hüfte und ging zu Maisblüte hinüber. Ohne zu fragen nahm sie sie bei der Hand und führte sie hinaus.

Sie gingen lange schweigend nebeneinander her, bis Reiherfeder endlich das Wort an die Jüngere richtete. Mit leiser Wehmut erzählte sie ihr von den Lustgärten ihres Vaters. Sie musste Heimweh haben, denn sie war noch nicht sehr lange in Tenochtitlan.

„Möchtest du nach Tetzcoco zurück?"

„Zu Cacama?" Reiherfeder lachte, und dieses Lachen klang nicht glücklich. Mochte sie ihren Bruder nicht? Er war es, der sie Motecuzoma zur Nebenfrau gegeben hatte. Reichte ihr das nicht? Wäre sie stattdessen lieber die Hauptgemahlin eines kleinen Fürsten? Hatte ihr Vater, der vor vier Jahren verstorben war, anderes für sie geplant gehabt?

„Cacama tat doch sicher, was dein Vater wünschte?" fragte Maisblüte durch die Blume.

„Als mein Vater starb, war ich kaum älter als du. Er hatte mich noch nicht vergeben. Er plante auch nichts für Vanilleblume, obwohl wir beide Kinder seiner Hauptgemahlin sind. Darum führt Vanilleblume jetzt Krieg gegen Cacama."

„Dazu hat er kein Recht. Er wurde nicht gewählt."

„Nein. Aber er ist frei – ein wildes, unbezähmbares Tier! Und er ist klug, sein Geist geht unbekannte Wege. Er wird Cacama überlisten."

„Ist Cacama nicht so klug wie er?"

„Cacama hält sich immer an die Regeln."

„Und du?"

„Als ich noch in Tetzcoco war, hat man mir immer nachspioniert. Ob ich Vanilleblume etwa Nachrichten schicke oder Nachrichten von ihm weitertrage. Hier kann ich endlich wieder atmen. Dein Vater ist sehr gut zu mir."

„Vielleicht nimmt er dich mit in seine Gartenresidenz. Ich hörte, dass er sich erholen will. Dann könntest du die Wasserspiele sehen, die

dereinst dein Großvater für meinen anlegen ließ. Du wärest in vertrauter Atmosphäre."
„Du bist sehr aufmerksam. Aber daraus wird wohl nichts. Dein Vater verlangt kaum noch nach mir. Wie anders war er früher, bevor die Menscheneule kam. Jetzt verbringt er ganze Nächte im Tempel vor den Götterbildern und denkt über das Schicksal nach. Wenn er jemanden mitnimmt, dann den Ixiptla."
„Den Ixiptla?"
„Er ist das Abbild des Tezcatlipoca, der alles sieht und alles weiß."
„Muss er denn nicht in Tenochtitlan bleiben?"
„Daran habe ich gar nicht gedacht. Man kann sich den Großen Sprecher schon nicht mehr ohne ihn vorstellen."
„Sag, Reiherfeder", wagte sich Maisblüte vor, „hast du ihn schon im Palast gesehen? Ich höre immer nur die Flöte."
„Oft genug. Er wird doch jeden Tag geholt."
Maisblüte blieb stehen. „Und wie sieht er aus?"
Die andere lachte. „Jetzt fängst du auch noch davon an! Das ewige Weben bekommt uns nicht. Klick, klack, klick, klack, Verstand zerhackt."
„Was ist denn so schlimm daran? Am Ende hast du ihn gar nicht gesehen, wie du behauptest."
„Was habe ich behauptet?"
„Dass der Ixiptla nicht hässlich ist."
Reiherfeder lachte sie aus. „Hast du noch nie gehört, was ein Ixiptla nicht an sich haben soll? Also: Er darf keine Hakennase und kein Glubschauge haben, keine Beulen im Gesicht und keinen Kopf, so eckig wie ein Vogelkäfig. Keine Schlangenzähne, keinen schiefen Hals, keinen Hängebauch. Der Nabel darf nicht hervortreten, der Hintern nicht schlottern. Nicht zu dick und nicht zu dünn, nicht zu lang und nicht zu kurz, gänzlich ohne Makel soll er sein. Man schaut darauf, dass er nicht schielt, nicht lispelt oder stottert, und dass er ..."
„Hör auf! Das reicht. Wer denkt sich denn so etwas aus? Hast du schon jemals ein solches Schreckgespenst gesehen?"
„So viele Vorzüge kommen selten zusammen. Sie sind eher überall verstreut. Aber der Ixiptla hat gar nichts davon abbekommen."
„Und was hat er abbekommen? Gibt es denn gar nichts Schönes?"

„Hm ..." Reiherfeder überlegte: „Es heißt, er dürfe keine gelben Zähne haben; ich glaube, sie verlangen solche wie Meerschneckengehäuse. Jetzt weißt du's. Er hat blendend weiße Zähne."
Was ließ sich darauf antworten? Zum Glück für Maisblüte ertönte die Schneckentrompete vom Haupttempel. Es war Zeit, sich auf den Tanzunterricht im Singhaus vorzubereiten.
„Husch!", sagte Reiherfeder. „Du musst dich beeilen."
Sie gingen zurück, und wie zu Anfang schwiegen sie.

Motecuzoma zog sich tatsächlich in seine Gartenresidenz zurück – allein. Im Palast ging das Leben unterdessen fast unverändert weiter. Zwar fanden keine Gerichtsverhandlungen statt, die seinen Vorsitz erfordert hätten, auch der Kronrat trat nicht zusammen, aber dennoch versammelten sich die Adligen allmorgendlich, um auf Befehle des Herrschers zu warten, der unverhofft zurückkehren konnte. Die Pagen hüteten die Durchgänge zwischen den Sälen, die Tänzer und Hofmusiker saßen in ihren Räumen. Nicht einmal die Traumdeuter, Kalenderpriester, Zauberer und Wahrsager wagten es fernzubleiben. Natürlich kamen auch die Vorsteher der Siedlungsbezirke, um vom Obersten Tributeinnehmer und Organisator der öffentlichen Arbeiten ihre Aufträge entgegenzunehmen: zwanzig Männer zum Kanalbau, vierzig, um den Tempel des Kriegsgottes Huitzilopochtli neu zu kalken. Ihrer aller Fußsohlen huschten leise über den mit Matten ausgelegten Boden. In der Küche wurden die Speisen zubereitet wie sonst. Auch in den Privatgemächern, den Räumen der Frauen, war alles wie gewohnt. Vielleicht waren die Stimmen etwas lauter, gab es mehr Bewegung in den Galerien. Dennoch: Die Atmosphäre war gespannt. Es wurde weniger gescherzt, dafür umso genauer beobachtet. Die Weberinnen ließen kurze Blicke aus den Augenwinkeln blitzen. Sie bildeten Gruppen und gingen öfter als gewöhnlich in den Garten oder verschwanden in ihren Bädern und Gemächern. Aber die spürbarste Veränderung war, dass man die Flöte des Ixiptla nicht mehr hörte. Nie zuvor war ein Abbild des Tezcatlipoca derart häufig im Palast gewesen. Durch seine Abwesenheit wurde nur der normale Zustand wiederhergestellt, doch Maisblüte machte dies unruhig. In ihr träumte es. Es war, als webe sich ein Muster ganz von selbst.

Schuss und Kette griffen ineinander wie von Geisterhand. Sie hatte nichts damit zu tun. Das Muster offenbarte sich noch nicht. Es nahm erst Gestalt an, als sie eines schönen Tages von ihrer Dachterrasse aus die Blumenflöte hörte. Sie kam vom Tempel des Tezcatlipoca. Der Ixiptla zog in die Stadt! Er konnte wieder laufen! Maisblüte sah ihn an der Spitze des Gefolges. Er wandte sich zum Adlertor, als wollte er direkten Weges zu ihr. Dicht hinter der Umfassungsmauer des Tempelbezirks befanden sich ja die Gemächer, die sie mit ihrer Mutter, den Halbschwestern und deren Müttern bewohnte. Leider ging der Ixiptla dann doch am Adlertor vorbei. Er streifte weiter an der Südmauer entlang – hinter den Tempeln, die dort standen – und war bald nur noch ein winziger Punkt.

Er würde aber wiederkommen. Am Abend kehrte er gewiss zurück, um schon am nächsten Morgen wieder seinen Rundgang anzutreten. Maisblüte ging nun immer auf die Dachterrasse, und wenn er erschien, dann pochte ihr Herz. Sie sprach mit niemandem darüber, denn es lag etwas Unrechtes darin. Längst war ihr Vater zurückgekehrt, längst konnte man die Flöte wieder im Palast vernehmen.

Nie war der Sommer so verlockend gewesen. Nachmittags pflegte es zu regnen, morgens aber spannte sich ein wolkenloser, blauer Himmel über die Welt. Wie gern wäre Maisblüte jetzt draußen gewesen! Es gefiel ihr nicht, immer eingeschlossen im königlichen Palast zu sein. Nur wenn ihr Vater sie mitnahm, was kaum je geschah, sah sie ein wenig von der Welt da draußen. Sie träumte davon, über den See zu fahren, der randvoll mit Wasser war, ja, wie ein Vogel frei darüber hin zu fliegen. Dann wieder, über Land zu laufen, durch ein Feld mit gelbem, rotem oder blauem Mais – oder durch Rispen von Amaranth. Wie gerne würde sie auf einem Hügel sitzen, den Wind im offenen Haar. Wie aber sollte dies geschehen? Ließ man sie je allein auch nur in den Garten? Immer gingen ihre Mutter oder eine Tante mit ihr, seltener die Konkubinen ihres Vaters, falls die Mutter es erlaubte. Ja, Maisblüte kannte nicht einmal ihre eigene Stadt. Tenochtitlan bestand für sie nur aus dem Palastgelände, dem Tempelbezirk und dem großen Markt im eingemeindeten Tlatelolco. Von den Nachbarstädten kannte sie kaum mehr als die Namen. Einmal hatte sie zusammen mit der Mutter ihre Schwester in Tlacopan besuchen dürfen, die mit dem Kronprinzen verheiratet war, einige Male war sie in ihres Vaters Gartenresidenz gewesen. Noch niemals in Tetzcoco, noch nie in Xochimilco, der Blumenstadt am gleichnamigen See. Sie konnte diese Städte vom Dach aus sehen. Sie glitzerten im Sonnenschein, sie leuchteten geheimnisvoll unter dem Mond, und hinter ihnen gab es noch mehr Städte, die sich in der Ferne verloren.

Maisblüte konnte nur von ihnen träumen. War sie nicht dazu auf die Welt gekommen? Auf der Erde lebte man nicht wirklich, hatte sie singen gehört, man träumte hier nur. Und so fabulierte sie sich die Welt zusammen. Sie baute sie aus den Geschichten, die man ihr erzählte, und bevölkerte sie mit teils realen, teils erfundenen Gestalten, während sie in ihres Vaters Zoo spazieren ging. Dort lebten in Häusern mit Freigehegen Tiere aus der ganzen Welt. Es gab Hirsch-Schlangen, die Rehkitze fraßen, lebende Baumstämme mit rissiger Rinde, durch deren zahnbewehrte Rachen man in das Innere der Erde sah, Greife, die sich bis zur Sonne schwingen würden, ließe man sie frei.

„Wie lange willst du noch hier stehen?"

Der dösende Jaguar langweilte Tante Ilama. Das Mädchen wäre auch längst fortgegangen, hätte man nicht von fern das Flötenspiel des Ixiptla vernommen. Maisblüte lächelte. „Es ist ein *weißer* Jaguar."

„Ja, nun."

„Es ist ein Zaubertier", half Reiherfeder. „Es heißt, der Große Sprecher könne die Gestalt eines weißen Jaguars annehmen."

„Aber doch nicht die von diesem hier."

„Woher willst du das wissen?"

„Lass uns zu den Vögeln gehen."

Das Haus der Vögel aus dem Regenwald lag in der Nähe der königlichen Frauengemächer. Ging es dorthin, dann war der schöne Ausflug bald vorbei. Hilfesuchend blickte sie zu Reiherfeder.

„Die Vööögel", sagte diese, „das gefällt mir gut. Motecuzoma hat zwei neue Falken."

„Was? Dann müssen wir ja ..."

„Dort entlang." Reiherfeder wies in die entgegengesetzte Richtung.

„Gehen wir die Falken besuchen", rief Maisblüte fröhlich.

Reiherfeder zwinkerte verschmitzt. „Wir kommen an den Schlangen vorbei."
Tante Ilama hatte Angst vor Schlangen.
„Dort ist ja die Korallenschlange!", rief Reiherfeder aus.
Maisblüte fing den Ball. „*Die* Korallenschlange?"
Tante Ilama wurde unruhig. Die Freundinnen erzählten, wie die Schlange einmal aus ihrem Käfig entwichen war.
„In ihrer ganzen bunten Pracht, lang ausgestreckt, geschwind ..."
„Mit ihrem Schuppenleib die Erde reibend, den Dreieckskopf am Boden, züngelnd."
„Und der Wärter hinterher!"
„Davon habe ich ja gar nichts gehört", sagte die Tante bange.
„Das wurde auch geheimgehalten", erklärte Maisblüte frech. „Sonst wäre eine Panik ausgebrochen. Nicht umsonst heißt die Korallenschlange auch Todesschlange. Stellt euch vor, sie hätte jemanden gebissen. Keine Rettung! Aus, vorbei, in einem einzigen Moment."
Tante Ilama riss Mund und Augen auf. „Man stirbt?"
Maisblüte nickte. „Man wird gelähmt. Und dann verschlingt die Schlange einen. Sie reißt ihr Maul auf und frisst einen auf."
Die arme Tante ergriff die Flucht. „Ich werde bei den Papageien auf euch warten."
Die Freundinnen hielten sich die Hand vor den Mund, um nicht laut loszulachen. Reiherfeder puffte Maisblüte in die Seite. „Weißt du, was die Korallenschlange frisst?"
„Was frisst sie?"
„Einen kleinen Vogel, ein Opossum, eine Maus. Willst du sie sehen? Sie ist wunderschön."
Sie gingen zu dem Gehege. „Hör mal", wechselte Reiherfeder das Thema, „der Ixiptla muss hier ganz in der Nähe sein." Sie zog Maisblüte fort in die Richtung, aus der das Flötenspiel kam. Aber die Jüngere sträubte sich. Wie angewurzelt blieb sie bei der Korallenschlange stehen und begann, deren leuchtend rote Ringe zu zählen. Dann die dünnen grünen und weißen Streifen dazwischen. Schwarze Punkte tanzten auf der Haut der Schlange wie dunkle, funkelnde Sterne.
Die Flöte verstummte. Dafür hörte Maisblüte hinter ihrem Rücken

Schellen klingeln. Sie schaute auf das eingerollte Tier, das in der Sonne glänzte.

„Eine Korallenschlange."

Maisblüte genoss den Schauer, den ihr die Stimme hinter ihr verursachte.

„Wie schön sie ist", flüsterte sie träumerisch.

„Die Mädchen der Huaxteken tragen sie als Schmuck um den Hals."

„Gefällt dir das?"

„Du würdest hinreißend aussehen. Leider gibt es nur dieses eine Exemplar. Wenn es entwischt, dann kann es niemand mehr bewundern. Außerdem ist es gefährlich, und du bist so genauso schön."

Sie schwankte – nur ein wenig, nach hinten –, setzte aber sogleich einen Fuß zurück, um das Gleichgewicht wiederzufinden. Das wäre nicht nötig gewesen, denn der Ixiptla trat vor, um sie zu stützen. Er legte ihr die Hände auf die Schultern. Seine Finger übten einen wohligen Druck aus. Maisblüte schloss die Augen und legte unwillkürlich den Kopf in den Nacken. Seine Hand wanderte langsam zu ihrem Hals. Sie legte ihre Hand auf seine.

„Wie heißt du?"

„Unsere Maisblüte."

„Ach", er hörte es sich erstaunt an, „Motecuzomas Töchterchen?"

Langsam dämmerte ihr, wie verfänglich die Situation war. Wo steckte nur Reiherfeder?

„Schau mich an, Maisblüte", bat der Ixiptla.

Es war unvorstellbar, dass nur sie beide hier waren – ganz ohne Begleitung. „Wer würde dem Abbild eines Gottes etwas verweigern", sagte sie schließlich leise. Sie entwand sich seinem Griff und drehte sich halb. Augenblicklich fuhr ihr der Schreck in die Glieder. Sein Antlitz war voll dicker, schwarzer Farbe! Sie wich zurück.

„Ich wollte dich nicht erschrecken. Ich mag die Farbe auch nicht."

Sie lächelte zaghaft.

Der Ixiptla nahm die Flöte zur Hand. „Mein Gefolge hat mich gefunden." Er fing an zu spielen und sprang seinem Gefolge entgegen. Dann rief er: „Wo bleibt ihr denn? Ich habe euch schon vermisst."

Maisblüte spürte eine Hand auf dem Arm. „Na, hat er weiße Zähne?" Reiherfeder musste die ganze Zeit über in der Nähe gewesen sein. „Sorge dich nicht. Dass der Ixiptla hier war, verheißt dir Glück. Und deine Tante hat nichts mitbekommen."

Maisblüte kehrte, wann immer sie konnte, an den Ort des verbotenen Geschehens zurück.

„Was findest du an der Korallenschlange?", wunderte sich ihre Mutter.

„Ist es wahr, dass die Huaxteken-Mädchen sie sich um den Hals legen?", fragte Maisblüte naiv.

„Das sollte mich nicht wundern. Irgendwas müssen sie ja anziehen." Maisblüte lief dunkel an. Was folgte, war die längste Standpauke ihres jungen Lebens. Sie sollte in sich gehen, fasten und vor dem Hausaltar einen Dorn durch ihre Zunge ziehen. Damit war das Ganze jedoch nicht ausgestanden. Maisblütes Mutter befragte alle Frauen, die ihre Tochter in letzter Zeit begleitet hatten. Natürlich wusste keine etwas, und Reiherfeder setzte sie auf eine falsche Fährte. Die Schuldigen saßen in der Webstube, daran konnte sie nicht zweifeln. Aber sie mussten unbenannt bleiben – denn wer entsann sich je der Quelle all des Tratsches, der dort ausgebrütet wurde?

Seitdem verbrachte Maisblüte nicht mehr so viel Zeit mit dem Weben, sondern wurde in der Küche unterwiesen. Sie erlernte die Zubereitungsarten für Fisch und Fleisch, für scharfe Soßen, süße Früchte und vor allem den anregenden Kakao, den man lange in Wasser einweichen, zerreiben und schaumig schlagen musste, dem man Maispulver und Gewürze zusetzte und den man dann, mit einem Trinkrohr versehen, in kostbaren Bechern servierte. Dieser Trank galt als Glücklichmacher, der dunkle Gedanken vertrieb. Die Bohnen kamen von weither aus den tropischen Gebieten an den Meeresküsten und waren so wertvoll, dass nur Adlige und Fernkaufleute sie genießen durften. Maisblüte schmeckte der Kakao. Bald verstand sie sich auf die richtige Zugabe von grünem Chilipfeffer und Vanille.

„Geh in deines Vaters Büchersaal!", befahl ihr eines Tages die Köchin. „Bring dem Großen Sprecher und seinem Gast, dem Ixiptla, eine Erfrischung."

Maisblüte rührte sich nicht. Das konnte sie nur träumen.

„Worauf wartest du?"

Maisblüte stellte zwei goldene Becher und einen bauchigen Krug mit dem schäumenden Getränk auf ein Tablett und schritt damit langsam aus dem Küchenhaus über den Hof und in den Säulengang, zu dem sich große, ausgemalte Räume auftaten, bis sie den Büchersaal gefunden hatte. Pagen traten vor ihr zur Seite, aber das bemerkte sie kaum. An einem niedrigen Tisch saßen der Große Sprecher und der Ixiptla über einer Bilderhandschrift mit bunten Göttertrachten. Sie waren in ihr Studium so versunken, dass sie das eintretende Mädchen zuerst nicht bemerkten. Maisblüte blieb stehen. Motecuzoma trug ein blaues Gewand mit einem weißen Meeresschneckenmuster und sein goldenes Diadem mit den eingelegten Türkisen. Der Ixiptla war in seinen Netzumhang gehüllt und wie bei ihrer ersten Begegnung über und über mit Schmuck behangen. Sicher war er wieder schwarz bemalt, aber Maisblüte hielt sich an die Regeln und schaute ihm nicht ins Gesicht. Sie fasste sich. Sie sprach die Grußformeln und stellte das Tablett ab.

„Danke, meine Tochter", sagte Motecuzoma, noch während sie ihm eingoss. Als sie dem Ixiptla den duftenden Kakao einschenkte, spürte sie sein Augenpaar auf sich gerichtet und dann eine leichte, wie unwillkürliche Berührung seiner Hand. Maisblüte bekam eine Gänsehaut, riskierte aber keinen Blick. Erst als sie halb hinter ihren Vater zurückgetreten war, schlug sie für einen kurzen Moment die Wimpern hoch. Zwei bernsteinfarbene Augen lächelten sie an.

Fortan suchte sie die Nähe des Ixiptla. Einmal mischte sie sich mittags unter die Mädchen, die bei Tisch den Herrscher bedienten, wurde aber fortgeschickt. Dann wieder gab sie vor, ein Bad zu nehmen, und schlich sich heimlich in die Gärten. Wo sich Wege kreuzten und die Chancen, ihn zu finden, größer waren, blieb sie stehen, und manchmal sah sie ihn. Er lächelte ihr zu, mied aber die Begegnung. Kurz bevor er sie erreichte, bog er zur Seite ab, um bald aus einer anderen Richtung auf sie zuzukommen. Dann begann das Spiel von vorn.

Reiherfeder, die ein Auge auf sie hatte, fing sie auf dem Rückweg ab. „Du lauerst dem Ixiptla auf wie eine Unheilsgöttin", sagte sie ihr. Maisblüte lachte nur. „Wie? Und das sagst ausgerechnet du?"

Reiherfeder ließ sich nicht beirren. „Du bist unvorsichtig. Wenn man dich draußen allein erwischt, wird es dir schlecht ergehen – umso mehr, als du Motecuzomas Tochter bist."
Maisblüte erschrak. „Du verrätst mich doch nicht?"
Die Freundin nahm sie in den Arm. „Maisblüte, die andern merken, dass du dich verliebt hast. Sie wissen nur nicht, in wen. Und wenn sie es erfahren, ist auch er gefährdet."
„Wie das? Er ist doch der Ixiptla!"
„Eben darum. Er verliert, wenn es entdeckt wird, seinen Status als Gottesabbild. Zwar ist ihm der Tod gewiss, aber noch erlangt er dafür das freudvolle Leben im Haus der Sonne."
Das traf Maisblüte wie eine Klinge in den Bauch: Dem Ixiptla war ja der Tod bestimmt! Die Opferpriester würden ihn töten, am Festtag des Tezcatlipoca! Sie stand wie versteinert, unfähig, sich zu rühren.
„Dich wird man vermählen", sagte Reiherfeder. „Er ist dann schon nicht mehr da. Die Liebe ist ein Traum. Du wirst schon bald daraus erwachen."
„Und wenn nicht? Wenn ich nun nicht daraus erwache? Ich kann nicht verhindern, dass ich träume."
„Maisblüte, du verstehst mich ganz genau."
Reiherfeder hatte recht. Aber Maisblütes Innerstes lehnte sich auf. Der Ixiptla war ein junger Mann Anfang zwanzig. Er war der Sohn eines Fürsten von Chollolan, jener berühmten Stadt der Kunsthandwerker und Händler, die unter dem Schutz des Gottes Quetzalcoatl erblüht war. Und obwohl ihr Vater eine Residenz dort hatte, die er bezog, wenn er Quetzalcoatl huldigen wollte, führte er Blumenkriege gegen Chollolan. Maisblüte verstand das plötzlich nicht mehr.
„Warum müssen wir so leben? War es immer so?"
„Es gibt ein Land, das Ursprungsland", erzählte Reiherfeder, „wo die Götter uns erschufen; das soll ein wunderbarer Ort gewesen sein. Es gab keine Not, und der Krieg war auch noch nicht erfunden. Die Erdgötter lebten dort von Blumen und Früchten. Aber dann verdarben sie alles. Sie taten etwas, das verboten war, und mussten vor dem Zorn der Himmelsgötter fliehen."
„Was taten sie Schlimmes?"
„Du musst wissen, dass ein Baum dort steht, welcher den obersten

Schöpfern, dem Herrn und der Frau Zwei-Gott, gehört. Seine Wurzel reichen in die Unterwelt hinab und seine Krone hinauf bis in den dreizehnten Himmel. Dieser Baum blüht in vier Farben und verströmt dabei einen betörenden Duft."

„Und? Was passierte?"

„Er kam irgendwie zu Schaden. Zwei Götter haben etwas von ihm abgebrochen, eine Blüte oder gleich einen ganzen Zweig."

„Und dann?"

„Der Baum begann zu bluten, und dieses Blut vermischte sich mit dem Wasser, das die Wurzeln aus der Erde ansaugten. Das, was getrennt sein sollte, kam zusammen. Die Zeit entstand, mit ihr der Krieg, und seither ist die Welt so, wie sie ist."

„Man sagt uns, dass wir Opfer bringen müssen, damit die Welt nicht untergeht. Aber das wird trotzdem geschehen. An einem Tag, den niemand kennt, heißt es, wird die Erde beben und alles vernichten. Kann man bis dahin nicht glücklich sein?"

Reiherfeder schüttelte den Kopf. „Ich habe dich gewarnt."

„Wie viel Zeit bleibt, Reiherfeder?"

„Was meinst du?"

„Bis wann spielt der Ixiptla seine Flöte?"

„Bis der Monat Toxcatl zu Ende geht."

„Wann ist das?"

Reiherfeder zählte die verbleibenden Monate ab. „Fünfzehn Mal zwanzig Tage! Und dazu die fünf unheilvollen Tage, die nicht zählen."

„Das macht ... dreihundertfünf!"

„Und die willst du ihm noch verkürzen?"

Maisblüte sah es schließlich ein. Sie brachte den Ixiptla in Gefahr, wenn sie ihn weiter aufsuchte. Darum beschloss sie, ihre Liebe zu begraben. Doch die Blumenflöte machte ihren Vorsatz immer wieder zunichte. Die Töne tanzten wie auf einem Sonnenstrahl herein, der sie umfing und wärmte. Viel zu schnell verklangen sie wieder, verkroch sich das Licht und ließ die Dinge grau und gleichgültig zurück. Quetzalmatte indes machte sich Sorgen. Ihre Tochter hatte sich verändert. Sie schien bedrückt und brütete oft lange vor sich hin. Vielleicht stimmte etwas nicht mit ihrem Tonalli, dem Seelenschmetterling. Ein Kalenderpriester wurde bestellt. Es war derselbe alte Mann, der von den höchsten Göttern Maisblütes Seelenschmetterling erbeten hatte.

Er brachte einen Magier mit, und Quetzalmatte war alarmiert. „Ist es so schlimm?"

„Der Seelenschmetterling geht gern auf Reisen, besonders nachts, doch auch am Tag, wenn sein Besitzer zu träumen scheint. Er kann dabei abhanden kommen, und wird er nicht gefunden, stirbt der Mensch."

„O, Weiser..." Quetzalmatte rang die Hände.

„Wir brauchen einen Hof, in den viel Sonne fällt", meldete der Magier sich zu Wort.

Quetzalmatte ging voraus. Der Magier ließ die Blicke schweifen. Auf einem Flecken ohne Schatten breitete er eine Matte aus und stellte einen großen, runden Topf darauf.

„Schöpft mir klares Wasser hinein."

Quetzalmattes Dienerinnen liefen herbei. Sobald sie fertig waren, winkte der Magier Maisblüte näher.

„Setz dich. Beuge dich über den Rand." Seine Sprüche murmelnd, studierte der Magier ihr Spiegelbild. Es war klar und deutlich zu erkennen. Maisblüte rührte sich nicht, ihr Bild im Wasser verwackelte nicht. „Ihr Seelenschmetterling ist da!", verkündete der Magier laut.

„Gedankt sei dem Lebensspender!", rief Maisblütes Mutter.

„Oh, ihr Seelenschmetterling ist nicht nur da, er ist auch sehr vital", beteuerte der Magier. „Ihr Spiegelbild leuchtet nur so."

Quetzalmatte entlohnte ihn reichlich. Nachdem der Magier verabschiedet war, zog sich der Kalenderpriester mit Mutter und Tochter unter den Säulengang des Hofes zurück. Er legte ein Buch vor sich auf die Matte. Nachdem er ein Gebet verrichtet hatte, faltete er es auf. Lange Reihen von Symbolen mit Zahlen waren da zu sehen, auch Reihen mit Götterbildern und solche mit Vögeln. Der Kalenderpriester setzte seinen Zeigefinger dort mitten hinein. „Sieben Blume!" Eine stilisierte Blume mit sieben kleinen Kreisen an der Seite war zu erkennen. „Kind, an diesem Tag hat deine Hebamme dich gebadet.

Rein wie eine Quetzalfeder, wie ein Jadestein, wurdest du zur Sonne hochgehalten, und der Seelenschmetterling, der von den Göttern kommt, gelangte durch die Fontanelle in deinen Kopf. Du hütest ihn doch, wie es sich gehört?" Maisblüte zuckte zusammen. Sie sah den Weisen ängstlich an. Dieser tippte wieder auf die Blume: „Dies ist dein Tageszeichen, das dein Schicksal bestimmt."
„Was bedeutet es?", fragte Quetzalmatte.
„Die an diesem Tag geboren sind, verstehen sich auf die Kunst der Bildermalerei, des Stickens und des Webens. Xochiquetzal, die junge Göttin der Erde und des Mondes, beschützt sie, solange sie ihr dienen, wie es sich gehört. Maisblüte, du hast doch immer deine Fastenzeit gehalten?"
Das Mädchen bejahte erleichtert. „Zwanzig Tage vor dem Eintreten des Tages Sieben Blume."
„Wie es deinem Alter gemäß ist." Der Kalenderpriester wollte die Sitzung schließen, aber Quetzalmatte genügte das nicht. „Dieses Zeichen Sieben Blume fällt nach zwei Seiten", erläuterte der Alte widerstrebend. „Viele Zeichen bringen Gutes *und* Böses. Es kommt auf den Menschen an, was er daraus macht. Noch das Beste lässt sich verderben, so wie selbst das Übelste fast immer verbessert werden kann."
Sein Blick verlor sich in der Ferne, als er seine Ermahnung wiederholte: Maisblüte möge nur immer brav fasten, räuchern, am Tage Sieben Blume die vorgeschriebenen Wachteln opfern und die Göttin um ein reines Leben bitten.
„Und wenn sie ihr Fasten bricht?"
„Dann wird sich die Göttin über sie lustig machen. Es geht ihr nichts mehr von der Hand, und man wird sie auf Abwegen ertappen."
Der Kalenderpriester wechselte einen Blick mit der besorgten Mutter – die Tochter des Herrschers sei nicht denselben Gefahren ausgesetzt wie eine berufsmäßige Stickerin oder Weberin. Sie solle sich nur an die Göttin wenden und ihr immer rechtzeitig beichten. Dann werde sie von ihren Verfehlungen gereinigt und ihr Seelenschmetterling unbeschadet bleiben.

Quetzalmatte gab sich zufrieden. Im Nachhinein beschlich Maisblüte die Ahnung, der Kalenderpriester habe das eine oder andere von seinem Wissen zurückgehalten. Sie erzählte Reiherfeder, wie sich der gute Mann wie ein Wurm gewunden hatte. Die Freundin lachte laut und erinnerte Maisblüte daran, dass Xochiquetzal schließlich auch die Göttin der Liebe war.

Das Buch der Tageszeichen hinterließ einen bleibenden Eindruck in Maisblütes empfänglichem Gemüt. Was mochte der Kalenderpriester noch alles aus den Zeichen lesen? Die Deutungen schienen nicht so eindeutig festgelegt zu sein wie die Gebote ihrer Mutter. Sie schillerten in vielen Farben, ließen Wege offen. Maisblüte wollte alles in Erfahrung bringen, was in jenen Büchern stand. Vielleicht würde sie in ihnen etwas finden, was ihrem Leben Sinn verlieh. Das Webmuster des göttlichen Willens erkennen. Was forderten die Götter wirklich? Aber Maisblüte konnte nicht sehr viel lesen. Nur einige Namen von Menschen und Städten, die Zahlen und die zwanzig Tageszeichen hatte man ihr beigebracht. Der Ixiptla, ja, der konnte lesen. Maisblütes Brüder studierten die Schrift in der Tempelschule, aber kaum ein Mädchen wurde je erschöpfend darin unterwiesen. Nur wenige Frauen hatten den Beruf des Bilderschriftmalers erlernt, und noch weniger übten ihn aus.

Nachdem sie einige Zeit mit sich zu Rate gegangen war, bat sie ihre Mutter: „Ich möchte Bilderschriftenmalerin werden."

Quetzalmatte fiel aus allen Wolken. „Wie kommst du darauf?"

„Der Kalenderpriester sagte, dass die Schreibkunst zu den Gaben meines Tageszeichens zählt."

„Ebenso wie das Weben. Das passt besser zu einer Frau."

„Reiherfeder versteht sich auf beides."

„So. Ich will dir mal was sagen. Reiherfeder ist nur eine Nebenfrau. Sie hat weniger Pflichten, als du einmal haben wirst. Als Erste Hauptgemahlin eines Königs, die du werden sollst, ist dir ein großer Hausstand anvertraut. Du musst die Dienerschaft kontrollieren; jede Arbeit, die du aufträgst, musst du selbst beherrschen. Das ist der Grund, weshalb du gerade in der Küche lernst. Dir wird auch später nicht viel Zeit für irgendwelche Bilderschriften bleiben."

„Heißt das, ich darf es in der Freizeit lernen?"

„Was liegt dir nur daran?"

Maisblüte sprach nun von dem Buch, das ihr Vater und der Ixiptla

betrachtet hatten. Sie schwärmte von den satten Farben, bewunderte die klaren Linien, den einfachen, majestätischen Stil. Schließlich fragte sie, ob es den Großen Sprecher beschämen oder ehren würde, wenn seine Tochter sich auf solche Dinge verstünde.
Quetzalmatte wurde nachdenklich. Maisblüte schien es ernst zu sein. Ihre Augen glänzten, wenn sie von den Büchern sprach. Vielleicht erhielt sie dadurch ihren Frohsinn wieder. Und überhaupt: Reiherfeder war in der Bilderschrift geschult. Sollten die Töchter von Tenochtitlan denen von Tetzcoco in irgendetwas nachstehen? Mochte Reiherfeder es ihr also beibringen. Dann musste man Maisblüte nicht in die Tempelschule geben.
Motecuzoma stimmte auch sofort zu. Mochte Maisblüte die Schriften studieren. Er fand nichts Unrechtes darin. Das Mädchen dankte ihm mit einer langen, blumenreichen Rede und mit Sonne in den Augen. Sie liebte ihren Vater, und für Motecuzoma war dies ein großes Geschenk.

Jadefisch durchstreifte unterdessen jeden Tag allein die Gärten und den Zoo. Zum Herrscher durfte sein Gefolge ihn nicht begleiten, und sobald Motecuzoma seine Mittagsruhe hielt, kam Jadefisch hinter dem Wandschirm hervor und schlüpfte durch die Säulengänge. Es war still um diese Stunde. Motecuzomas Frauen und Töchter gingen um die Zeit gewöhnlich nicht aus; nur eine würde vielleicht dort sein – Maisblüte, ebenfalls allein, ohne Dienerinnen. Er hoffte insgeheim, sie aufzuspüren, er durfte sie nur nicht erschrecken. Sie war wie ein Schmetterling, der sich am Wegrand sonnte und entschweben würde, wenn er zu nahe käme. Wann war er ihr zuletzt begegnet? Es war schon viel zu lange her, und sooft er auch die Wege abging, er fand sie nicht. Mochte sie ihn denn nicht mehr? Oder war sie krank, war man ihr auf die Schliche gekommen und sperrte sie ein? Was, wenn sie sich am Ende gar nicht mehr in Tenochtitlan befand? Das belauschte Gebet fiel ihm ein: Motecuzoma wollte sie vermählen. Argwöhnisch schielte er auf Schädelwand. Hatte dessen Vater etwa schon die Brautwerber geschickt? Aber Schädelwand war nichts anzumerken – und was würde er nicht prahlen, wüsste er davon! Jadefisch beneidete ihn. Dieser Aufschneider würde sie ganz unverdient erhalten!

Sie fiel ihm einfach zu. So wie das wunderbare Leben, seines Vaters Thron, der Glanz, der Ruhm.

Viertes Kapitel

Die Entführung

11

Ein Drittel eines Sonnenjahres war seit der Ankunft des Gesandten vergangen. Er lagerte noch bei den Totonaken, wo er seine Festung ausbaute und sein letztes taugliches Schiff mit Motecuzomas Geschenken belud. Am Tag darauf hielt dieses seine Flügel in den Wind, um fortzusegeln, der fernen Heimat der Fremden entgegen. Der Gesandte selbst blieb, wo er war; er konnte nicht zurück, denn schließlich hatte er die anderen Schiffe zerstört. Er musste auf Gedeih und Verderb sein Ziel erreichen.
Seine Männer starrten von gezimmerten Türmen aufs Meer hinaus. Sie saßen fest in einem Land, das sie nicht kannten, auf die Gastfreundschaft des Totonaken-Königs angewiesen, während ihr Anführer unerschütterlich auf Motecuzomas Einladung hoffte. Als diese auch nach Wochen nicht erging, verlor er schließlich die Geduld und brach mit dem Großteil seiner Leute ins Landesinnere auf. Die Totonaken zeigten ihm die Wege, schleppten ihm die Feuertrompeten und den Proviant. Über aufgeweichte Straßen zog der Heerwurm, unter feinem Regen durch die schwüle, heiße Luft des Küstenlandes hinauf in die rauen Berge – und der Gesandte zog, auf einer falben Hirschkuh seines Landes sitzend, mit einem kleinen Spähtrupp voraus. Wenn er in eine Ortschaft kam, lud er sich bei deren Fürsten ein und fragte nach Gold.

Motecuzoma merkte rasch, dass der Fremde die Hauptwege mied. Die Küste aufwärts, Richtung Norden, lag eine aztekische Garnison, von Süden führte die Heerstraße zur Hauptstadt der Totonaken herab. Dieser folgte der Gesandte kaum mehr als einen Steinwurf weit und schlug dann eilig einen Hasenhaken nach Westen. Ein Vogel könnte diese Strecke auf gerader Linie bis nach Tenochtitlan fliegen; es sah so aus, als hätte der Gesandte es plötzlich sehr eilig, dorthin zu gelangen. Allerdings führte der Weg über den Freistaat Tlaxcallan, der Motecuzomas stärkster Blumenkriegsgegner war. Der Gesandte hatte dessen Königen vorsorglich ein Geschenk geschickt, darunter eine rote Kappe, wie sie auch Motecuzoma schon von ihm erhalten hatte, und ein langes, metallenes Schwert. Motecuzoma dachte an die schwarze Prophezeiung der Menscheneule: Wollte sich der Fremde mit Tlaxcallan verbünden? Würde ihr vereintes Heer dann gegen Tenochtitlan ziehen? Mit unbewegter Miene, aber sorgenvollem Herzen lauschte der Große Sprecher seinen Spähern: Der Fremde zog den Grenzwall entlang, der Fremde passierte den Grenzwall, der Fremde drang durch den Grenzwall in Tlaxcallan ein. Aber niemand begrüßte ihn. Mit Erleichterung vernahm Motecuzoma, dass der Fremde in Tlaxcallan nicht wohlgelitten war. Ein Kriegstrupp zeigte sich, und als der Fremde dennoch weiterzog, kam es zu einem kleinen Scharmützel. Der Fremde revanchierte sich, indem er nachts schutzlose Bergdörfer überfiel.

Daraufhin wurde er auf der Hochebene von dem Feldherrn Xicotencatl dem Jüngeren gestellt. Dieser, Herr von Xicotenco, Bei-Den-Bienenkörben, war für seine Tapferkeit berühmt; Motecuzoma hatte mehr als eine Schlacht gegen ihn verloren. Jetzt attackierten seine Krieger – ohne Zahl und wehrhaft wie die Bienen – den Fremden. Dieser aber widerstand. Eine Vierhundertschaft nach der andern warf ihm Xicotencatl der Jüngere entgegen, frische, ausgeruhte Kämpfer; doch jedes Mal zersprengten die Männer auf den Hirschen ihre Reihen, schlugen die Feuertrompeten Breschen. Nie war eine Schlacht so laut gewesen.

Zum Kriegsgeschrei der Tlaxcalteken addierten sich der Donner der Geschütze und das Knallen hohler Stäbe, aus denen kleine Kugeln sausten. Auch seltsam waagerecht gehaltene Bogen, die auf Balken montiert zu sein schienen, setzte der Gesandte ein. Von ihren Sehnen schnellten kurze metallene Pfeile und Bolzen, welche die Schilde der Krieger durchschlugen. Trotzdem, dachte Motecuzoma, musste der Eindringling verlieren. Wenn er seine Munition verschossen hatte, würden seine Kräfte erlahmen. Xicotencatl der Jüngere ging dazu über, ihn zu belagern. Sich knapp außerhalb der Waffenreichweite haltend, provozierte er ihn. Er zermürbte ihn allmählich, um ihn am Ende mit der geballten Kraft seines Heeres zu überrennen. Ungeduldig wartete Motecuzoma auf die Siegesnachricht. Wie lange dauerte das noch? Warum zögerte Xicotencatl der Jüngere?

Motecuzoma musste handeln. Er ging wieder in den Tempel. Aber Tezcatlipoca sprach noch immer nicht zu ihm. Darum ließ er Sein Abbild in den Thronsaal rufen und einen zweiten Sitz aufstellen. Während er wartete, studierte er die dunklen Tupfen des darauf liegenden Jaguarfells, bis sie ihm vor den Augen tanzten, und als der Ixiptla Platz nahm, wurde die ganze Tierhaut lebendig. Motecuzoma spürte die gefährliche Präsenz Tezcatlipocas.

„Es heißt, ein Ixiptla sei weise", begann er. „Tezcatlipoca erleuchte ihn, enthülle ihm Verborgenes, sagt man."

„So wie dem Großen Sprecher."

„Er ist ein Gaukler. Manchmal zeigt Er falsche Bilder, die von den wahren schwer zu unterscheiden sind."

Jadefisch begriff, dass er die Rolle des Gottesabbildes jetzt gefahrlos ausnutzen konnte. Er spürte dieselbe Macht über Motecuzoma wie in der Höhle des Toltekenkönigs. Vielleicht konnte er seinen Vater Nachtjaguar unterstützen, indem er den aztekischen Großen Sprecher verunsicherte. Er ging zum Angriff über: „Bilder, wie sie dir die Menscheneule zeigte?"

Motecuzoma brauste auf: „Vanilleblumes unverschämter Bote!"

„Du fragst dich, was die Bilder bedeuten. Gewiss ist, dass du Feinde hast – nicht, was du gegen sie vermagst. Schon sind die fremden Krieger in Tlaxcallan – oder soll ich sagen, noch?"

Woher kam die Bosheit des Ixiptla? In Motecuzoma regte sich Widerstand. „Der fremde Gesandte will mich besuchen. Er ist nur deshalb noch in Tlaxcallan, weil man ihn nicht ziehen lässt."

„Weißt du denn nicht, was er von dir will?"

„Was es auch sein mag, er wird es mir sagen."

„Fürchtest du die Fremden nicht?"

„Sie sind sterblich, und auch ihre Tiere sind es. Xicotencatl der Jüngere, der gegen sie kämpft, hat den Kopf eines der Hirsche erbeutet. Er

hat eine Stange quer durch ihn hindurchgebohrt – so wie durch jeden anderen Schädel seiner Feinde – und in die Schädelwand gesteckt."
„Ein Missverständnis, Totecuiyo. Zeigte dir die Menscheneule nicht, dass die Tlaxcalteken sich mit ihm verbünden werden?"
„Warum überfallen sie ihn dann?"
„Sie wollen wissen, wie stark er ist."
„Das haben sie herausgefunden. Dennoch lassen sie nicht von ihm ab."
„Vielleicht ist es ein Scheinkrieg, Totecuiyo. Die Herren der vier Teile von Tlaxcala müssen ihrem Volk erklären, weshalb sie sich mit einem Unbekannten gegen dich verbünden. Ein paar Scharmützel mag das wohl noch kosten."
„Glaubst du das?"
„Ich weiß es, Totecuiyo. Und ich weiß auch, dass sich bald die ganze Welt im Ring des Wassers gegen dich erheben wird."
„Dasselbe suggerierte die Menscheneule mir." Motecuzomas Schultern schnellten nach hinten, als ob er eine Last abwürfe. Dann sagte er bestimmt: „Doch das sind nur Vanilleblumes Wünsche, vielleicht sein Kriegsplan gegen mich."
„Wenn er Erfolg hat, was wirst du tun?"
„Wenn er Erfolg hat, wird die Welt an allen Ecken brennen. Tlaxcallan wird sich stärker fühlen als jemals zuvor. Und die Stadt der Grünfederschlange, so nahebei, kann sehr leicht zwischen die Fronten geraten. Wo wird Nachtjaguar dann stehen?"
Als der Ixiptla schwieg, fuhr er fort. „Du wolltest wissen, was ich unternehmen werde." Er rief seinen Diener. „Der Feldherr Atlixca soll kommen." Dann, wieder an den Ixiptla gerichtet: „Ich habe eine gute Festung vor Chololan, zwei Tagesmärsche für ein Heer und einen halben Tag für einen Läufer. Es wird Zeit, die Truppen aufzufüllen."
Der Ixiptla blinzelte. „Du willst Chololan ... angreifen?"
„Habe ich das je getan?"
Das musste der Ixiptla verneinen.
„Habe ich die Stadt der Grünfederschlange nicht stets vor Übergriffen geschützt?"
Das bejahte der Ixiptla widerwillig.
Der Erste des Kriegsrats wurde gemeldet. „Totecuiyo?" Langsam

näherte er sich. Stockte, als er den Ixiptla erkannte, grüßte verwirrt.

„Atlixca-tzin! Unser Herr Tezcatlipoca hat geruht, mich über die Gefahren aufzuklären, denen wir begegnen müssen. Führe vierhundert Elitekrieger in unsere Festung in dem Tal, wo wir die Blumenkriege führen. Auch schaffe mir zweitausend Männer aus den Südprovinzen dorthin."

„Auf der Stelle, Totecuiyo!" Atlixca lebte richtig auf. Endlich kam der ersehnte Marschbefehl. „Gegen den Fremden oder gegen Tlaxcallan?"

„Was hältst du von dem Kriegsspiel dort unten? Wer gewinnt?"

„Wer kann das wissen, Totecuiyo. Xicotencatl der Jüngere soll vor den Rat der vier Könige zitiert worden sein. Jedenfalls hält er die Völker im Korb. Seine Bienen haben keinen Stachel."

„Wer sagt das?"

„Tlacotl, die rechte Hand des Herrn-Des-Schwarzen-Hauses. Und er hat Recht. Das Ganze stinkt zum Himmel, Totecuiyo."

„Das meint auch der Ixiptla. Atlixca-tzin, was rätst du mir?"

„Totecuiyo, die zweitausend Krieger aus den Südprovinzen reichen vielleicht nicht."

„Das ist mehr, als du wahrscheinlich zusammenbekommst. Die Erntezeit beginnt, da kannst du keine Bauern von den Feldern holen. Davon abgesehen weißt du ganz genau, wie lange so ein Truppenaufmarsch dauert. Inzwischen kann sich vieles ändern. Operiere möglichst unauffällig. Ach, übrigens, wann hast du Tlacotl getroffen?"

„Eben gerade, auf dem Weg zu dir."

Nun wurde Tlacotl gerufen. Und er bestätigte, was Atlixca angedeutet hatte: Die vier Könige Tlaxcallans wollten mit den Fremden Frieden schließen. Nur Xicotencatl der Jüngere war dagegen. Er widersetzte sich damit den Wünschen seines Vaters, des Ersten der Vier, für den er schon die meisten Amtsgeschäfte versah.

„Xicotencatl der Jüngere ist nicht nur der größte Feldherr, den Tlaxcallan hat. Er regiert schon an der Seite seines greisen Vaters, dem er sicher bald auch formal auf den Thron folgen wird. Noch bemüht er sich, die andern umzustimmen, doch seine Stellung wird er nicht riskieren", führte Tlacotl aus.

Motecuzoma nickte. „Geh zurück. Nimm aus dem Schatzhaus, was du an Geschenken brauchst – vor allem Gold. Der-Herr-Des-Schwarzen-Hauses muss ein Bündnis zwischen Tlaxcallan und dem fremden Gesandten verhindern."
„Und wenn dies nicht gelingt? Was tust du dann?", fragte der Ixiptla später, als er mit dem Großen Sprecher wieder alleine war.
Die Antwort kam so prompt wie unergiebig: „Ist dir das nicht klar?"

Nein, absolut nicht. Als Mensch war der Ixiptla nie ein großer Krieger gewesen. Bei seiner ersten und einzigen Schlacht war er aufs Feld gestürmt, ohne nach links und rechts zu sehen. Das Blut hatte ihm in den Ohren gerauscht, die Stimme übertönend, die ihn zurückpfiff: ‚Jadefisch! Kehr auf der Stelle um!' Sechs-Tod Feuerpfeil, dem Neuling zum Schutz an die Seite gestellt, packte ihn am wehenden Schopf. „Sei froh, dass ich es bin!" Er grinste. „Dein Trupp ist da drüben!" Er schob Jadefisch zu den vier jungen Kriegern, mit denen zusammen er kämpfen sollte. ‚Mach unserm Vater Ehre', hörte Jadefisch noch, dann raste er schon wieder los, diesmal auf Befehl. Er kämpfte vielleicht gar nicht schlecht. Sein Trupp nahm einen Azteken gefangen. Aber Jadefisch übersah das Rückzugssignal. Es wurden so viele Fahnen geschwenkt! Die von Sechs-Tod Feuerpfeil zeigte noch nach vorne, als das große Banner auf dem Feldherrenhügel, das mit Dem Von Menschenhand Gemachten Berg, schon hinter die Linien wies. Dann schrie Sechs-Tod Feuerpfeil: „Bleib stehen! Warte!" Aber Jadefisch war taub und blind. Das war *die* Gelegenheit, allein einen Feind zu fangen! Er stürmte wieder los – allein, ohne seinen Trupp. Und wieder griff man ihn am Schopf, doch diesmal war es ein feindlicher Krieger.
Jadefisch war verwirrt: Die Stadt der Grünfederschlange, Tlaxcallan, der Fremde: Wohin wies Motecuzomas Banner? Das Schlimmste für ihn aber war, dass er selbst den Großen Sprecher dazu angestiftet hatte. Was war nur schiefgelaufen? Mit der Erinnerung an die Menscheneule hatte er ihn schwächen wollen, damit er leichter zu besiegen wäre. Motecuzoma aber hatte das Schwert an den Klingen gegriffen, es ihm entwunden und umgedreht. Er richtete es gegen seine Feinde – so wie immer. Mehr noch: Er erschien ihm stärker als zuvor.

Von dem schwarzen Zauber genesen, hatte er seine Schwäche abgestreift wie eine Schlangenhaut.

Jadefisch konnte sich glücklich schätzen, dass der Große Sprecher ihm nicht zürnte. Er stieg sogar in seiner Gunst. Motecuzoma forderte ihn auf, ihn nach Belieben zu besuchen, und Jadefisch, der nichts riskieren wollte, geizte nicht mit seiner Gegenwart. Er hielt sich nun häufig im Thronsaal auf, wo Motecuzoma seine Pläne Schritt für Schritt in die Tat umsetzte. Doch so sehr sich Jadefisch bemühte, er durchschaute sie immer noch nicht. Darum versuchte er, ihn aus der Reserve zu locken.

„Warum schickst du kein großes Heer? Allein schon Tenochtitlan hat acht Divisionen, mehr als jede andere Stadt."

„Was, vierundsechzigtausend Krieger?" Motecuzoma lachte. „Und dazu noch zwanzigtausend Träger für den Proviant? Ixiptla-tzin, Tezcatlipoca lässt dich Phantasiegebilde sehen."

„Deine Stadt ist unabhängig von der Feldwirtschaft."

„Und das sagt einer, der sich in den Wassergärten verfahren hat. Der jeden Tag an den schmalen Feldern bei den Häusern vorbeiläuft."

„Das ist nicht dasselbe wie ein ausgedehnter Acker."

„Da hast du recht. Dennoch käme unsere Wirtschaft zum Erliegen."

„Ihr ernährt euch überwiegend von Tributen und vom Handel."

„Für den das Handwerk produziert. Ich will dir sagen, was ich habe: Achthundert Adler und Jaguare, 200 Geschorene, 13.000 junge Krieger zwischen 18 und 22, die in den Junggesellenhäusern leben, aber um diese Jahreszeit fast alle ihren Vätern helfen, und im gleichen Alter etwa 1200 Tempelschüler. Zusätzlich zählt der Adel noch 6000 Mann, ich hätte allerdings dann nicht einmal mehr einen Gärtner. Ich müsste noch 4000 Mann in den Stadtvierteln ausheben – dann hätte ich so viele Krieger, wie allein die Stadt der Grünfederschlange zu ihrer Verteidigung aufbieten kann."

„Warum greifst du nicht auf das aztekische Bündnis zurück? Würde dir Cacama von Tetzcoco keine Krieger geben?"

Motecuzoma antwortete nicht.

Jadefisch drehte sich der Kopf. Zweitausend Krieger waren viel zu wenige, um eine große Stadt wie Chololan einzuschüchtern, geschweige denn Tlaxcallan und die Fremden. Was wollte Motecuzo-

ma mit ihnen? Etwa nur einen Blumenkrieg?
Der Große Sprecher ließ sich eine Karte bringen. Darauf dehnte sich die Welt maisgelb und schier endlos aus. Nur an den Rändern strahlten andere Farben. Und in der Mitte! Dort schlug ein großes, rotes Herz. Motecuzoma setzte seinen Finger darauf. „Tlaxcallan!"
„Wo hat denn der Maler Cholollan gelassen?" fragte Jadefisch beklommen.
„Hier am Südrand von Tlaxcallan." Das war nur ein kleiner Fleck, so, als hätte der Pinsel getropft.
„Und die Festung?"
„Hier." Motecuzomas Finger wanderte auf gerader Linie noch tiefer nach Süden. „Hier liegt das Tal, wo wir die Blumenkriege führen, und hier, am Südzugang, unsere Festung."
„Zusammen hätten deine Blumenkriegsgegner an die achtzigtausend Krieger."
„Auch nur im Verteidigungsfall. Dennoch: Es gefällt mir nicht. Nachtjaguar muss sich entscheiden."
Jadefisch war mit dieser Antwort so schlau wie zuvor. Er sah nicht, wie Motecuzoma seinen Vater gewinnen wollte. Vollends verwirrte es ihn, dass er der Stadt der Grünfederschlange auch noch Krieger anbot. Es handelte sich um jene vierhundert, die Atlixca in die Festung führte. Was bezweckte er damit?
Die Frage war Jadefisch wohl ins Gesicht gemalt, denn Motecuzoma sagte: „Du siehst so zweifelnd aus."
„Ich fürchte, Nachtjaguar wird deine Krieger nicht haben wollen."
„Dann vielleicht Temic."

12

Schon bald erwies sich, dass sie beide recht behielten. Motecuzomas Abgesandter war fünf Tage fort, als ein verkleideter Eilbote erschien. Er warf sich vor dem Großen Sprecher nieder.
„Cholollan, die Stadt der Grünfederschlange, bittet um Schutz!"
Ayo? Träumte Jadefisch? Ausgerechnet Schmuckamsel, sein bester

Freund, musste diese Nachricht überbringen?
Motecuzoma gelang es kaum, seine Befriedigung zu verbergen.
„Totecuiyo..." Der Bote blickte scheu auf den Ixiptla.
„Ich habe vor ihm nichts zu verbergen", sagte Motecuzoma.
Der Bote legte seinen schlichten Umhang ab. Zum Vorschein kam ein dunkler Baumwollmantel mit einer gelben, gemusterten Borte. „Ich bin Ayocuan, der Sohn des Sprechers von Cholollan – Am Markt."
Motecuzoma war auf der Hut. „Sprichst du nur für Temic?"
„Der Rat hat sich gespalten, Totecuiyo. Drei unserer Könige verhandeln mit Tlaxcallan – heimlich, ohne den Rat zu fragen. Sie geben vor, sie wollten nur die Lage klären, der Fremden wegen, Totecuiyo; aber ihre Gesandten gehen in Tlaxcallan ein und aus, als ob sie schon Verbündete wären."
„Wer führt die Verräter?"
„Nachtjaguar."
„Und dein Vater, auf der anderen Seite, will sich nun mit uns verbünden?"
„Das ist sein Wille. Er lässt dir dies hier übergeben." Ayo nahm ein verschnürtes Bündel aus seinem Umhang, öffnete es und breitete vor Motecuzoma eine prächtig gearbeitete goldene Halskette aus. Ihre Mitte zierte ein großer Grünjadestein, in den das Schneckenemblem des Gottes Quetzalcoatl geschnitten war.
Motecuzoma strich fast zärtlich mit den Fingern darüber. „Einmalig! So wie eure Stadt. Nun, deine Reise war beschwerlich. Du hast dich abgemüht, jetzt ruh dich aus. Wir werden morgen weiterreden."
Ayo zog sich zurück. Der Große Sprecher blieb mit dem Schmuckstück in den Händen sitzen.
Der Ixiptla sah ihn an. Wie stolz er vor ihm saß! Als ginge die Weltachse durch ihn hindurch. Er ahnte, dass er jetzt das Blumenlied des Tezcatlipoca hören wollte. Was blieb dem Flötenspieler übrig? Er spielte wie im Haus der Blasinstrumente am Tag der Erwählung. Und die Musik stieg auf wie eine Sonne, erst leise, dann immer mächtiger werdend. Alle Dinge, selbst die Luft im Saal, ließ sie in Glanz erstrahlen. Motecuzoma ließ sich aufwärtstragen, hin zu dem Ton aus Schatten und Licht, ins Herz des Blumenliedes. Wie Eins-Affe damals schloss auch er die Augen, und Jadefisch kam aus dem

Konzept. Er wusste plötzlich nicht mehr, wie die Spannung aufzulösen war. Um sich nicht wieder zu blamieren, spielte er die Folge abermals. Alles – nur kein falscher Ton! Und noch einmal. Motecuzoma wirkte entrückt, er schien gefangen von der um das Zentrum taumelnden Musik. Verwundert begriff es der Spieler. Er lächelte, und dann entlockte er der Flöte ein paar Töne, die nicht zum Blumenlied gehörten.

Noch höher sang die Flöte. Die Sonne fing an zu pulsieren. Motecuzoma segelte direkt in den dreizehnten Himmel hinein. Er öffnete die Augen erst, als der Ixiptla wieder in die Vorschrift fand und ihn zur Erde zurückbrachte. Jadefisch umtänzelte ihn, wobei er sich von ihm entfernte, während er die Melodie ausklingen ließ.
Es hielt ihn nicht länger im Thronsaal. Er zog zum Haus der Gesandten, das sich nahe der Tiergehege neben der Residenz der Könige des Bundes befand.
„Ayo, Ayo", modulierte die Flöte den Ruf des Schmuckamselhahns, mit dem die Freunde sich früher verabredet hatten. Prompt kam Antwort. „Fisch!"
Der Ixiptla trat ein. Erschreckt setzte Ayo zur Geste des Erdessens an.
„Lass das!" sagte Jadefisch. „Der Gott ist nicht in mir."
Ayo war nicht allein im Zimmer. Gerade wurde ihm Kakao eingeschenkt. Als das Mädchen aufschaute, flatterte diesem das Herz in den Hals. Jadefisch wurde übermütig. Er leckte sich zwei Finger nass und wischte sich ein wenig schwarze Farbe von der Wange. Der Anstrich bekam Spuren von menschlicher Haut.
„Oh ...", stotterte das Mädchen. „Ich wusste nicht ... ich hole einen Becher für dich." Bei ihrer Flucht nach draußen hätte sie den Ixiptla fast umgerannt.
„Maisblüte, Motecuzomas Tochter. Vielleicht ändert er seine Pläne, und du hast Glück. Der Große Sprecher und dein Vater schulden sich ein Zeichen ihres Bundes."
Ayo schluckte. „Mir scheint, dass eher du der Auserwählte bist."
„Ich bin das Abbild des Tezcatlipoca. In elf Monaten ist sein Fest."
Ayo versuchte, seinen Freund zu trösten. „Wir spielen beide eine Rolle. Deine ist ehrenvoller als meine. Aber wie kommt es, dass dir

der Große Sprecher vertraut?"
„Er weiß nicht, dass ich hier bin."
„Du hast es früher schon verstanden, Menschen für dich einzunehmen. Du hast die Streiche ausgeheckt, und ich bekam die Strafe."
„Dein Vater war nicht so nachsichtig wie meiner. Weißt du, wie es ihm geht?"
„Unsere Väter reden nicht mehr miteinander."
„Weiß Nachtjaguar von deiner Mission?"
Der Freund schwieg beredt. Dann sagte er entschlossen: „Jadefisch, die Tage unserer Unabhängigkeit sind vorbei. Wir müssen zwischen zwei Mächten wählen. Du kennst doch Tenochtitlan inzwischen: Ist es nicht die Feste des Himmels, die niemand erschüttern kann?"
„So singen die aztekischen Poeten."
„Welche Stadt könnte mächtiger sein? Dagegen ist Tlaxcallan nichts weiter als ein Geierfelsen, über und über bekleckert mit weißer Vogelschei..."
Ayo unterbrach sich, denn Maisblüte kam mit dem Trinkbecher wieder. Sie stellte ihn ab und sah den Ixiptla noch immer mit dem hellen Streifen im Gesicht.
„Der Ixiptla hat sich in einen wilden Krieger vom Volk der Otomi verwandelt", spottete Ayo.
Maisblüte vergaß ihre Erziehung. „Ihr wisst nicht, wie er sich zurückverwandeln kann, nicht wahr?"
Dabei war das so einfach. Man brauchte nur die restliche Farbe gleichmäßig im Gesicht zu verreiben. Sie ließ sich dabei Zeit. Die Götter musste man sorgsam behandeln. Das respektierte auch Jadefischs Freund. Er legte sich zwei Finger auf die Lippen – das Zeichen der Verschwiegenheit – und schlich sich aus dem Zimmer.
Jadefisch überließ sich der sanften Behandlung. Ein warmes Glücksgefühl stieg in ihm auf. Es brachte ihn um den Verstand. Er verlagerte sein Gewicht ein wenig nach vorn, damit ihre Brüste unter dem Hemd ihn streiften. Sie lächelte ihn an. „Du meine Sonne", sagte er und küsste sie. Diesem Impuls hatte er schon vor dem Käfig der Korallenschlange kaum widerstehen können.
„Was ist das eigentlich für eine Schmiere in deinem Gesicht?", flüsterte das Mädchen.

„Weiß nicht", log er, „nichts Besonderes."
Jedenfalls ließ sie sich schwer entfernen. Ein dünner Film blieb auf der Haut zurück. Die Farbe schmeckte auch nicht, aber Maisblüte hatte sich in den Kopf gesetzt, Jadefisch ganz davon zu befreien. Lange ertrug er das nicht mehr. Schon hatte er die Hände überall. Sie wand sich wie ein Vögelchen. Dann, wie schon einmal, entschlüpfte sie ihm. Über das Feuerbecken hinweg blickten sie sich an.
„Maisblüte ...", lockte er.
Im gleichen Moment pfiff ein Häher: Ayo verkündete Gefahr. Jadefisch sprang um das Feuerbecken, packte das Mädchen und verschwand mit ihm hinter dem Wandschirm im hinteren Teil des Gemachs.

Ayo betrat mit jemandem das Zimmer. „Wo hast du ihn zuletzt gesehen?"
„Vor dem Thronsaal. Er war beim Großen Sprecher, meinem verehrten Oheim."
Schädelwand! Jadefisch hätte beinah aufgelacht.
„Ach", sagte Ayo, „ich wusste ja nicht ..."
„Ja, ich bin mit ihm verwandt!"
Ayo grinste. „Bin ich auch."
„Was, du?"
„Na klar. Mit *meinem* Onkel."
„Und das ist ... Motecuzoma?"
Ayo rollte mit den Augen. „Nicht, dass ich wüsste. Aber ich war kürzlich bei ihm."
„Was? Da hättest du ihn aber sehen müssen."
„Stell dir vor."
„Wo ist er hingegangen?"
„Nirgendwohin."
„Das ist nicht möglich."
„Wenn ich es doch sage! Er entließ mich und blieb selbst auf dem Jaguarthron."
„Ach so. Ich meinte aber den Ixiptla."
„Woher soll ich das wissen? Schließlich hast du die ganze Zeit nur von deinem *Oheim* gesprochen."

Endlich merkte Schädelwand, dass Ayo ihn zum Besten hielt. „Nun", sagte er verschnupft, „du scheinst abgelenkt zu sein. Erwartest du Besuch?"

„Wieso?"

„Zwei Becher stehen hier, aber nur einer ist gefüllt."

Das Paar hinter dem Wandschirm hielt den Atem an.

„Ich hatte gewisse Absichten", redete Ayo sich heraus.

„Es sieht so aus, als sei in deinem Zimmer ein Vogel gerupft worden."

Ayo lachte irritiert. „Wie bitte, Schädelwand? Du hast nicht etwa vom Rauschpilz gegessen?"

„Sieh selbst! Das ist eine Adlerdaune." Schädelwand hob etwas auf.

„Ja, wirklich. Das ist eine Adlerdaune."

„Da liegt noch eine. Merkwürdig. Eine trockene Puffmaisblüte. Nur im Ausputz des Ixiptla ist all dies vereint."

Die zwei hinter dem Wandschirm sahen sich erschrocken an. Würde Schädelwand es wagen, den Sohn des Sprechers von Cholollan – Am Markt in einen Skandal zu verwickeln? Reglos hielt sich das Paar umschlungen. Jede Bewegung konnte sie verraten.

Zum Glück blieb Ayo souverän. Durch eine kleine Schmeichelei versöhnte er Schädelwand wieder. „Es ist eine große Ehre, Wächter des Ixiptla zu sein. Wie hast du sie dir verdient?"

„Ich durchlief die Kriegsausbildung an der besten Tempelschule und habe aus jedem Feldzug einen Gefangenen mitgebracht. Darum darf ich den Ixiptla behüten und muss in meinem letzten Jahr nicht mehr in der Schule glucken."

„Du gehst noch in die Tempelschule?"

„Nicht wirklich. Nur das Entlassungsritual ist noch nicht vollzogen worden."

„Aha, du hast noch keine Frau."

„Mein Vater soll endlich Brautwerber schicken. Meine Mutter ist Motecuzomas Schwester. Sie hat eine ihrer Nichten für mich auserkoren."

Jadefisch ballte die Fäuste und drückte Maisblüte noch fester an sich.

„Gefällt sie dir?", erkundigte sich Ayo.

„Mir kann nichts Besseres widerfahren als eine Tochter des Großen

Sprechers. Zudem ist sie wunderschön, eben fünfzehn, ein Juwel. Ich beneide jeden Jungen, mit dem sie im Singhaus die Tänze einübt."
„Das ist völlig ungefährlich", sagte Ayo mokant. „Nur Söhne und Töchter des Volkes dürfen sich im Singhaus verloben. Du hast nichts zu befürchten."
Maisblüte und Jadefisch verbissen sich das Lachen.
Schädelwand seufzte: „Leider zögert mein Vater."
„Meiner spreizt sich auch schon eine Weile. Seitdem wir mit Motecuzoma verhandeln, sind die Heiraten in den Fürstenhäusern fast zum Erliegen gekommen."
„Ach, daher weht der Wind! Er will nicht abgewiesen werden."
„Tröste dich. Du wirst schon eine Frau erhalten. Natürlich nur, wenn der Ixiptla dir nicht entfleucht. Vielleicht solltest du ihn suchen. Er ist bestimmt schon lange weg, in irgendeinem anderen Zimmer, oder gar – wer kann das wissen? – ganz allein in der Stadt. Schädelwand, er wandert ohne sein Gefolge draußen umher, während du bei mir kostbare Zeit vergeudest."
„Oh!" sagte Schädelwand.
„Ich will dir helfen, ihn zu finden. Schließlich ist er aus meiner Stadt."
Endlich! Ayo lotste Schädelwand hinaus.
Maisblüte entfuhr ein Seufzer. „Wir müssen deine Federn aufsammeln, bevor jemand anders sie an sich nimmt."
Jadefisch untersuchte den Fußboden, konnte aber nichts finden. Auch auf dem Tischchen lag nichts. Schädelwand musste die verräterischen Zeichen eingesteckt haben. „Komm", drängte er, „du musst verschwinden."
„Noch nicht. Es geht nicht an, dass jemand mehr von dir besitzt als ich." Während sie das sagte, zupfte sie ihm eine Adlerdaune und zwei Puffmaisblüten ab. „Anmalen muss ich dich auch."
„Das mache ich selbst. Lauf jetzt!" Er hielt ihre Hände fest und schob sie zur Türöffnung hin. Plötzlich sah er, wie sich der Vorhang bewegte. Erschreckt sprang er zurück. Seine Fußschellen klingelten. Die eintretende Person kümmerte sich indes gar nicht um ihn.
„Maisblüte!", hörte er sie leise und vorwurfsvoll sagen. „Hier also steckst du. Deine Mutter sucht dich schon. Die Oberköchin kann was erleben, wenn Quetzalmatte je erfährt, dass sie dich mit einer Diene-

rin verwechselt hat."

„Wie das? Sie hat mich doch hierher geschickt."

„Sie ahnte nicht, dass du es bist. Schließlich hattest du dich abgemeldet, wolltest angeblich in die Bibliothek."

„Ich hatte was vergessen und bin noch mal zurückgegangen."

„Und jetzt bist du ganz schwarz im Gesicht." Reiherfeder kicherte.

„Am besten gehst du gleich ins Bad." Reiherfeder zog die Königstochter mit sich fort.

Der Ixiptla versteckte sich wieder hinter dem Wandschirm. Hatte Reiherfeder ihn bemerkt? Mit etwas Holzkohle schwärzte er sich das Gesicht, griff nach der Flöte und verließ das Gemach.

Nach wenigen Schritten begegnete er Schädelwand und Ayo wieder. Ihn packte die Spottlust. Er pflanzte sich vor Schädelwand auf und spielte etwas übertrieben Weihevolles. Der andere grüßte ehrerbietig, doch im Weitergehen spürte Jadefisch seinen Blick im Rücken. Frech griff er sich ins lange Haar, löste ein paar Adlerdaunen und schüttelte sie mit einer raschen Bewegung des Kopfes heraus. Dann betrat er mehrere Gemächer, spielte überall die Flöte und hinterließ weitere irreführende Spuren.

13

Dem Großen Sprecher war die Politik Nachtjaguars ein Dorn im Auge. Er wollte Cholollan ganz! Er würde sich nicht mit der Hälfte begnügen. Ihm waren jedoch die Hände gebunden. Nachtjaguar war kein Unterkönig, dem er befehlen konnte – es sei denn, er bräche den Vertrag über den Blumenkrieg. Das aber würde einen Schatten auf ihn werfen, wenn er die Pyramide der Grünfederschlange erstieg. Er musste sich etwas einfallen lassen.

Vorsichtig forschte er den chololtekischen Gesandten aus. Diesmal war der Ixiptla nicht dabei. „Es schmerzt mich, dass Nachtjaguar Chololans Einheit aufs Spiel setzt. Was treibt ihn dazu, Ayocuantzin?"

Der Befragte horchte auf. „Wer kann wissen, was in seinem Herzen vorgeht? Nachtjaguar gleicht dem abnehmenden Mond. Er lässt den Palast und den Garten verfallen."
„Seinen Palast im Südosten der Stadt?"
„Den seines Thronerben im Zentrum." Ayo stand noch unter dem Eindruck des unverhofften Treffens mit seinem Freund. Das allzu menschliche Verhalten des Ixiptla hatte ihn verwirrt. Mit aller Gewalt klammerte er sich an die religiösen Gebote, aber das Wissen der Alten kam ihm plötzlich unwirklich vor. Jadefisch war kein Gott. Das schien auch das Mädchen, Motecuzomas Tochter, zu sehen. „Nachtjaguar hat keinen rechtmäßigen Thronerben mehr – nur noch Söhne von Nebenfrauen", sagte er unverblümt.
Warum hatte Motecuzoma das nicht gewusst? Er überspielte seine Irritation. „Ist denn kein einziger davon geeignet?"
„Sechs-Tod Feuerpfeil vielleicht, aber seine Mutter ist nur die Tochter eines kleinen Fürsten, ebenso wie seine Gemahlin."
„Ich kann ihm eine Tochter geben, die seinen Rang erhöht."
„Das würdest du tun? O Herrscher, wir stehen tief in deiner Schuld. Alles könnte sich zum Guten wenden, wäre da nicht noch ..."
„Was noch, Ayocuan-tzin?"
„Das Herz, Totecuiyo, das Herz."
Motecuzoma war wie vom Donner gerührt. So also sah man das in der Stadt der Grünfederschlange. Sein Gegenüber schien zu jung, um dergleichen schon zu wissen. Er musste es irgendwo aufgeschnappt haben – vielleicht von seinem Vater, seiner Mutter, einem Alten, der im Hause lebte, einem Diener. Motecuzoma erinnerte sich an das Fest, das er gegeben hatte: Vater und Sohn am Feuer. Er hätte Jadefisch gehen lassen – das hätte er doch? Nachtjaguar hatte nicht darum gebeten, sondern war ohne Abschied abgereist.
„Ayocuan-tzin, man hat mir berichtet, dass der Ixiptla dich aufgesucht habe. Was wollte er?"
„Ein Ixiptla schuldet keine Rechenschaft, o großer Herr. Er wandelte flötespielend durchs Haus der Gesandten."
Motecuzoma hüllte sich in hoheitsvolles Schweigen, das darauf angelegt war, Furcht in dem jungen Gesandten zu wecken. Unterdessen zählte er. „Niemand kennt die Wege unseres Gottes Tezcatlipo-

ca", sagte er, als er bei zwanzig angekommen war. „Dein Vater, der Sprecher von Cholollan – Am Markt, kann mir einen Dienst erweisen."

„Das ehrt ihn."

Ayo verneigte sich. Bevor er ging, ließ ihm der Große Sprecher noch ein Geschenk für Temic übergeben.

Drei Tage später war Motecuzomas Sohn Chimalpopoca, Glänzt-Mit-Dem-Schild, zuerst bei Temic, dann bei Nachtjaguar. Dieser aber ließ sich verleugnen. Er hatte die Stirn, ihn warten zu lassen – einen Abgesandten des Großen Sprechers! Zwei Tage lang geduldete sich Glänzt-Mit-Dem-Schild, dann schob er den Saaldiener zur Seite und marschierte geradewegs zum Thron, auf dem, welch Wunder, der doch abwesende Herr Nachtjaguar jedem sein Gehör lieh, der ihn sprechen wollte. Jedem – nur ihm nicht.

„Oh, man hat mir gar nichts mitgeteilt", wahrte er wenigstens den Schein. „Warum kommst du nicht verkleidet?"

„Verkleidet geht man nur zu Feinden."

„Du bist hier falsch. Geh in den Palast auf der anderen Straßenseite."

„Bist du nicht der Herr Nachtjaguar?"

Nachtjaguar nickte. „Und ich bin schon zeitlebens Motecuzomas Feind."

„Auch Temic ist sein Feind gewesen."

„Ich bin nicht Temics Affe."

„Die Stadt der Grünfederschlange sollte sich nicht in Fraktionen spalten."

Nachtjaguar betrachtete Glänzt-Mit-Dem-Schild. Er war nicht viel älter als Jadefisch. Er sah gewandt aus, seine Beine waren sehnig. Er war ein guter Läufer, sicher auch ein guter Krieger. Und er sah Motecuzoma ähnlich – zu ähnlich, um jetzt einzulenken. Er schickte ihn weg, ohne ihn anzuhören. Er hatte Dringlicheres vor.

Sechs-Tod Feuerpfeil war auf dem Rückweg aus Tlaxcallan. Wenn er das Mädchen von dort wollte, bitte. Er würde für ihn die Brautwerber schicken. Was blieb ihm auch übrig? Feuerpfeils Reise war eine reine Formalität; sie half Nachtjaguar, das Gesicht zu wahren. Vielleicht winkte seinem Sohn, der sein Erster Feldherr war, ja tatsächlich mehr als jenes kleine Fürstentum, das ihm von seinen Schwiegereltern zufallen würde. Schon verwaltete er es und bewies dabei, dass er es auch verstand, den Besitz zu mehren. Er hatte wirklich gute Gaben – im Krieg so wie im wirtschaftlichen Leben. Da kam er; er sah Jadefisch recht ähnlich, die Nase war nur kräftiger gebogen, der Mund war härter und das Kinn prägnanter.

„Nun?"

„Sie ist wirklich eine Tochter des Zweiten, eine Tochter von Maxixca, wenn auch ihre Mutter nur eine Nebenfrau ist."

„Und? Hast du etwas für sie übrig?"

„Es gibt an ihr nichts auszusetzen. Sie ist sogar recht hübsch."

„In deinen Augen leuchtet nichts."

„Muss es das denn? Für eine Allianz?"

„Sie hat Rechte, Feuerpfeil. Du musst sie ihrem Rang gemäß behandeln."

„Bereitet dir das Sorgen? Sperrt sich etwas in dir gegen dieses Bündnis?"

„Ich darf gar nicht daran denken. Doch was bleibt uns schon?"

„Die andere Seite. Wahrscheinlich hätten wir auch mehr davon."

„Erkläre dich genauer, Sohn."

„Die Azteken haben drei Große Sprecher und noch viele andere hohe Fürsten. Deren Töchter würden wie ein bunter Vogelschwarm bei uns einfliegen. Selbst Motecuzoma, wird gemunkelt, will eine Tochter nach Chololan geben. Und, bist du nicht der wichtigste von allen? An deinem Ja liegt Motecuzoma viel."

„Ich habe eben seinen Boten abgewiesen."

„Er ist noch hier, bei Temic."

„Dein Ehrgeiz ist noch größer als ich ahnte."

„Schon gut. Ich tue das, was du verlangst."

Nachtjaguar sah seinen Blick. Er war gerade auf ein Ziel gerichtet, gebündelt, nicht wie der von Jadefisch, der oft ins Weite schweifte, der die Dinge im Herzen bewegte, auch wenn sie ihm keinen Nutzen verhießen.

Nachtjaguar wechselte das Thema. „Hast du jene Fremden gesehen?"

„Nein. Sie haben ihr Feldlager noch nicht verlassen. Aber ich sah den

Kopf des getöteten Hirschs. Kein Gehörn, doch starke Zähne ..."

Am Saaleingang rumorte es. „Herr, o Herr!" Nachtjaguars Wache stürzte herein. „Zwei Diener vom Gericht!"

„Auf Befehl von Temic! Nachtjaguar, du sollst uns begleiten!"

„Was liegt an?" fragte Nachtjaguar ruhig.

„Du wirst des Verrats bezichtigt."

„Wer hat das Heiraten untersagt?" Nachtjaguar lachte gezwungen.

„Du kannst dich vor Gericht erklären."

Nachtjaguar stieß sein Zepter auf den Boden. „Temic kann auf die nächste Ratsversammlung warten. Ich gehe nirgendwohin!"

Die Schergen sahen sich unsicher an.

„Gibt es Probleme?", rief es vom Eingang her. Temics Krieger drangen ein. Sechs-Tod Feuerpfeil ging in Kampfposition; da er aber unbewaffnet war, wurde er überwältigt.

„Lasst ihn in Ruhe!", sagte Nachtjaguar. „Er war auf meinen Wunsch hin in Tlaxcallan."

Er willigte nun ein, die Schergen zu begleiten. Sechs-Tod Feuerpfeil wurde wieder freigelassen.

Nachtjaguar erhob sich vom Thron. Er durchquerte den Saal und ging gemessenen Schrittes die Freitreppe seines Palastes hinab. Unten aber erwartete ihn die nächste Überraschung.

Motecuzomas Abgesandter trat ihm in den Weg. „Benötigst du Hilfe? Mir scheint, du bist hier nicht mehr sicher." Sein Gefolge enttarnte sich. Zwanzig Jaguarkrieger schlugen die Häscher in die Flucht, umringten Nachtjaguar und drängten ihn in seine eigene Sänfte. Hurtig hoben sie sie auf und trugen sie zum Hoftor hinaus, nur von den Flüchen Sechs-Tod Feuerpfeils verfolgt.

Fünftes Kapitel

Das Jadeherz

14

Der Oberpriester saß schon seit dem Morgen in der Hinterkammer im Tempel des Tezcatlipoca und dachte über den Ixiptla nach. Noch niemals hatte er ein solches Gottesabbild erlebt. Dessen Vorgänger hatten sich an jeden noch so kleinen Schritt im Ritual gehalten, waren stets gesetzt und würdevoll gewesen. Darum hatten sie Tezcatlipoca angezogen, Ihn zur Güte überredet, so dass man durch sie das göttliche Wohlwollen spürte. Sie, die früheren Gefäße des Gottes, waren dem Oberpriester vertraut. Er hatte sich auf sie verlassen können. Dieser aber, der Ixiptla aus Chollolan, kam vom Wege ab; gleichwohl erschien er ihm gerade deshalb beängstigend göttlich. Aus dem Innern eines Berges hatte er den Großen Sprecher zurückgeholt! Er hatte Stück für Stück die Kraft des Herrschers erneuert. Jeder schuldete ihm dafür den untertänigsten Dank. Allerdings gingen seine Wohltaten offenbar immer mit einem Fehltritt einher. Wer wusste, ob dadurch nicht die dunkle Seite des Tezcatlipoca angesprochen wurde? Wie ließe es sich sonst erklären, dass der Ixiptla jene Menscheneule freigelassen hatte? Auch seinem undurchsichtigen Treiben im Haus der Gesandten, von dem ihm Schädelwand berichtet hatte, war bisher nichts Gutes gefolgt.
Zweifellos, Tezcatlipoca war nicht nur ein Schöpfer und Lebensspender, Er war zugleich auch ein Zerstörer, ein Säer von Zwietracht, der allgegenwärtig und unsichtbar durch die Welt der Menschen ging. Im Kopf des Oberpriesters begann es zu knistern: Ein gefährliches Feuer war dieser Ixiptla.
Das musste der Große Sprecher erfahren. Motecuzoma hatte sich angesagt, um über bedeutsame Dinge zu reden. Gegen Mittag erschien er mit dem Priester-Weisen, und er war so freundlich, ihn,

den Oberpriester, zu dem Gespräch hinzuzuziehen. Zu dritt saßen sie jetzt in dem kleinen Raum, in dem der Priester-Weise den neuen Ixiptla empfangen und in sein Amt eingeführt hatte. Der Oberpriester konnte sich keinen besser geeigneten Ort für ein so schwerwiegendes Gespräch vorstellen. Er rückte das tönerne Feuergefäß genau in die Mitte, fütterte die Flamme und begann, vorsichtig die Worte wägend. Er sprach über Tezcatlipoca, gab zu bedenken, wie sehr die Welt von Seinem Wohlwollen abhing. Jeden konnte der willkürliche Gott erhöhen oder vernichten. Nach Gutdünken wählte Er sich Seine Gefäße und zerbrach sie, wann und wie es Ihm beliebte.

Der Herrscher lauschte, das Feuer tanzte auf dem Fächer vor seinem Gesicht. „Wie häufig ist es schon geschehen, dass ein Ixiptla ausgetauscht werden musste?" erkundigte er sich. Er hatte die Anspielung also verstanden.

„Ich erinnere mich nur an einen einzigen Fall. Das Abbild starb an einer Krankheit."

„Aber vorher war es gesund?"

„Hätten wir es sonst ausgewählt?"

Der Priester-Weise bestätigte, dass das Abbild einem bösen Fieber erlegen war, das auch andere Menschen dahingerafft hatte.

„Wie wurde Ersatz geschaffen?"

„Tezcatlipoca erhielt ein neues Gefäß."

„Vor oder nach dem Tod des Abbilds?"

„Vorher. Es wäre ein großes Unglück, sollte ein Ixiptla sterben, ehe der Gott ihn verlassen hat."

„Gab es deswegen Gerüchte?"

„Das Volk unterscheidet nicht zwischen den Abbildern, gleichen sie in ihrem Ausputz doch einander wie ein Ei dem andern."

„Du hast Tezcatlipoca schon zu unserem Ixiptla befragt?"

Motecuzoma ließ keine innere Beteiligung erkennen. Es ging ihm einzig um das Erfüllen des göttlichen Willens. Der Oberpriester wurde unvorsichtig. „Noch nicht, Totecuiyo. Doch wenn du es wünschst, soll es geschehen."

„Ich lasse es dich wissen, wenn ich mich dazu entschließe", sagte Motecuzoma. Er hatte erfahren, was er wissen wollte: Ein Ixiptla war ersetzbar. Der Oberpriester würde bei dem Tausch behilflich sein. Es

war nicht seine Angelegenheit zu prüfen, was dann mit dem Abbild geschah. Motecuzoma entließ ihn zu seinen Pflichten, während er selbst noch mit dem Priester-Weisen in der Hinterkammer blieb.
Der Oberpriester ging. Aus irgendeinem dunklen Grund hatte er aber den Beutel vergessen, in dem er sein Kopalharz verwahrte. Er konnte für Tezcatlipoca nicht räuchern! Er kehrte zurück, wagte es dann aber doch nicht, den Herrscher im Gespräch zu stören. Unschlüssig blieb er stehen.
„Wie willst du das machen?", hörte er den Priester-Weisen fragen.
Der Oberpriester trat näher, sich unsichtbar im Schatten haltend.
„Ich muss den Preis erhöhen. Und wenn er akzeptiert, wird Tenochtitlan im Glanz der toltekischen Ahnen erstrahlen."
Der Oberpriester begann, sich seiner Neugier zu schämen. Da holte der Große Sprecher den Beistand des Weisen ein, bevor er seine Pläne in die Tat umsetzte. Und er, der Oberpriester, versäumte den Dienst an Tezcatlipoca!
Der Priester-Weise sprach weiter. „Du bist dir sicher, dass er die Stadt der Grünfederschlange unserem Städtebund zuführen wird?"
„Er wäre der Vierte. Und die restlichen zwei werden folgen."
„Und der Preis?"
„Höre: Nachtjaguar hat einen Sohn, der sein einziger Thronerbe ist."
Der Große Sprecher machte eine bedeutungsvolle Pause. Der Lauscher im Schatten brachte es nun doch nicht fertig, den Platz zu verlassen, an dem er so interessante Dinge erfuhr.
„Höre, Sternfinder", wiederholte Motecuzoma, „Dieser Sohn wurde im letzten Blumenkrieg von uns gefangen. Nachtjaguar gibt es nicht zu, aber er will ihn zurück."
Schweigen trat ein. Erst nach geraumer Zeit sagte der Priester-Weise bestimmt: „Befrage dein Herz um eine andere Lösung!"
„Die Stadt ist in zwei Lager gespalten", erklärte der Herrscher. „Eine Fraktion führt Nachtjaguar. Er will einen Pakt mit Tlaxcallan schließen. Und in Tlaxcallan sind die Fremden. Ihre Gegenwart verschiebt das ohnehin fragile Gleichgewicht der Mächte. Die Zeichen verdichten sich, dass eine große Allianz gegen uns entsteht."
„Daraus kann ein böser Krieg erwachsen, Totecuiyo. Wie jener, der das alte Reich der Tolteken zerstörte."

„Du liest in meinem Herzen, Sternfinder. Doch mit der Stadt der Grünfederschlange gewinnen wir nicht nur auf einen Schlag sehr viele Krieger, sondern auch ihr enormes Prestige. Unsere Provinzen werden es sich zweimal überlegen, ob sie von uns abfallen wollen."
„Und darum brauchst du den Ixiptla."
Dem Lauscher stockte der Atem. Er horchte in die Stille wie eine Eule.
„Der Ixiptla ist der besagte Sohn Nachtjaguars."
„Du kannst ihn nicht gehen lassen", sagte der Priester-Weise.
„Ich muss", beharrte Motecuzoma.
„Glaubst du, Nachtjaguar will einen Thronfolger, den die Gottheit verworfen hat?"
„Verworfen?"
„Einen, der Ihm nicht mehr lieb ist."
Motecuzoma gab noch nicht auf. „Du bist ein weiser Mann, Sternfinder. Wie kann ich ihn entlassen, ohne seine Ehre zu verletzen?"
Gar nicht, hätte der Oberpriester beinah ausgerufen. Er verschluckte sich fast daran.
„Wir opfern den Göttern immer das, was uns am wertvollsten ist", antwortete der Priester-Weise, „demnach ist der Ixiptla das beste Opfer für Tezcatlipoca."
Der Herrscher legte den Fächer aus der Hand und zwang den Priester-Weisen, ihm in die Augen zu sehen. „Der Ixiptla könnte ein Symbol für das neue Reich sein."
Der Priester-Weise atmete langsam und hörbar aus, als habe ihn etwas bedrückt, das nun entwich. „Ja", stimmte er dann für den Oberpriester völlig unerwartet zu. Er senkte die Stimme. Der Oberpriester musste sich sehr anstrengen, um ihn zu verstehen. „Es ist dir also ernst damit; das wollte ich nur wissen, Totecuiyo. Hast du daran gedacht, dass dieses neue Reich auch unsere Beziehung zum Göttlichen erneuern kann? Du musst wirklich sehr viel bieten."
Motecuzoma beugte sich vor. „Dein ganzes Leben lang versuchst du schon, den Sinn hinter den Dingen zu erkennen. Sag mir, was du weißt, Sternfinder."
Der Priester-Weise neigte sich ebenfalls nach vorn. „Das Herz, das wir den Göttern geben, ist eine Kostbarkeit. Es ist ein Edelstein, ein

unbefleckter Grünjadestein ..."
„Das Herz ist ein Jadestein, gewiss", bestätigte Motecuzoma.
„Der Mensch, den wir den Göttern geben, ist ein grüner Jadestein."
„So sagt man."
„Grünen Jade findet Tezcatlipoca auf dem Opferstein ..."
„Du meinst ...", flüsterte Motecuzoma, „ein Jadestein ist das Herz, das Tezcatlipoca fordert?"
Der Priester-Weise schloss die Augen. „Am Anfang genügten den Göttern Blumen und Früchte."
Der Oberpriester spürte, wie der Boden unter seinen Füßen ins Wanken geriet. Sie wollten den Göttern die Speise verweigern, die sie am besten nährte, die sie erhielt und verjüngte. Den roten Lebenssaft wollten sie ihnen entziehen!
Motecuzoma schien noch einen Rest seines alten Pflichtgefühls zu besitzen. „Wie können wir wissen, ob das der Wille Tezcatlipocas ist? Der Anfang liegt sehr lange zurück."
„Wir müssen uns darauf besinnen", murmelte der Priester-Weise. „Wir müssen wieder dort beginnen."
„Mit einem neuen, ungemein ehrwürdigen Zeremoniell."
„Überlege es dir gut, o Herrscher", sagte der Priester-Weise. „Kaum einer wird auf deiner Seite sein. Du musst sie vor vollendete Tatsachen stellen. Lass in der Stadt der Grünfederschlange vor aller Augen ein Wunder eintreten. Der Ixiptla wird die Tempelpyramide emporsteigen, aber ein Herz aus grünem Jade wird schließlich auf dem Opferstein liegen."
. „Ein rotes Herz verwandelt sich in Jade, und der Ixiptla erhält ein neues Leben."
„Dann lass auch die Gefangenen gehen, die du noch in Gewahrsam hast."
„Du meinst ..."
„Das wird dieses würdevolle Opfer noch mehr adeln."
„Seit wann denkst du schon so, Sternfinder?"
„Seitdem ich glaube, dass die Welt vor allem Frieden braucht."
„Ich danke dir. Ich habe nur noch eine Frage – ich habe sie dir früher schon einmal gestellt."
„Nicht diese", wehrte sich der Priester-Weise.

Motecuzoma beharrte. „Du warntest mich vor Widerständen. Einer muss auf meiner Seite sein – ein Hohepriester, der sein Amt für seine Weisheit und Tugend erhält."

„Wir haben unsere beiden Hohepriester."

„Wann sahst du zuletzt den des Regengottes?"

Die beiden schwiegen. Der Hohepriester des Regengottes Tlaloc war hinfällig geworden. Seine Lebenskraft versickerte mit jedem Wassertropfen in der Erde. Es würde wohl sein letzter Sommer sein.

„Du darfst nicht ablehnen, Sternfinder", schloss Motecuzoma. „Ich weiß keinen besseren Mann für das Amt."

Der Oberpriester zog sich zurück. Doch am Tempeleingang hätten ihn die Wachen des Herrschers gesehen. Darum drückte er sich an der Wand entlang bis in die äußerste Ecke im großen Innenraum der Pyramide. Hier trafen sich alle Schatten. Hastig entfernte er eine Matte und den darunter liegenden lockeren Stein. Dann kroch er rückwärts in den geheimen Gang, wobei er nicht vergaß, den Stein wieder einzupassen.

15

Während der Oberpriester sich heimlich davonstahl, wartete Jadefisch gelangweilt vor der Pyramide auf Motecuzoma. Der Herrscher kam und kam nicht wieder heraus! Wie gut, dass wenigstens der Liedmeister Eins-Affe auf dem Weg zu seinen Schülern kurz vorbeischaute. Jadefisch versuchte, ihn in ein Gespräch zu verwickeln, aber Eins-Affe hatte keine Zeit.

„Wolltest du nicht in die Stadt?", erinnerte er seinen einstigen Schüler. „Dein Gefolge wartet."

„Und wenn der Große Sprecher nach mir verlangt?"

Jadefisch hatte keine Lust auf seinen Rundgang. Er wollte lieber in der Nähe der Palastanlagen bleiben, denn dort war irgendwo Maisblüte zu finden. Er sehnte sich nach ihrem Lächeln, nach der Berührung ihrer Haut. Wenn Motecuzoma aus der Hinterkammer kam, konnte er ihn zurückbegleiten und hernach in den königlichen Gärten verschwinden. Vielleicht lockte er das Mädchen mit der Flöte an.

„Der Herrscher ist noch immer mit dem Priester-Weisen in der Kammer", sagte Eins-Affe. „Das kann bis heute Abend dauern." Er machte ein komisches Gesicht. Aber der Ixiptla beachtete es nicht. Eine unverhoffte Bewegung im Tempelinnern lenkte ihn ab.

„War da nicht eben jemand? Etwas hat sich bewegt!"

„Das ehrwürdige Abbild wird mir verzeihen", lachte Eins-Affe. „Das war bestimmt dein eigener Schatten!"

„Nein, nein", beharrte Jadefisch, „mein Schatten zeichnet sich auf dem Pflaster des Hofes ab, nicht an der Wand zur inneren Kammer. Da ist jemand!" Er steckte den Kopf durch die gekreuzten Speere der Wachen, die ihm nur träge den Eingang freigaben, und betrat die Pyramide. Da war wirklich etwas! Etwas schleifte wie Stein über Stein und rollte wie Kiesel in einen Schacht. Dann verstummten die Geräusche. Aber er konnte niemanden entdecken und ging wieder hinaus.

„Vielleicht solltest du jetzt wirklich gehen", riet Eins-Affe.

„Wolltest du mir nicht einen deiner Tricks zeigen?"

Eins-Affe fühlte sich geschmeichelt. „Was soll ich dir beibringen? Du kannst doch alles."

„Ich habe dich neulich so eigenartige Töne spielen hören – so dunkel und dumpf, als kämen sie aus dem Innern eines Berges. Und es vibrierte auch noch. Wie machst du das?"

„Ich habe meine Flöte in einen Topf gesteckt."

„Das glaube ich dir nicht. Dabei kommt nichts zustande."

„Es hat auch grausam genug geklungen."

„Du schwindelst, Eins-Affe."

„Der Boden des Topfes war natürlich durchbohrt. Weißt du, manchmal langweilt es mich, immer dasselbe zu tun."

„Was sagt denn der gestrenge Oberpriester dazu?"

„Glaubst du, ich lasse mich von ihm erwischen? Aber du …", Eins-Affe mimte den Traurigen, „du kannst mit diesem Trick gar nichts beginnen. Du kannst nicht vor den Leuten durch einen Topf blasen."

Sie brachen in lautes Gelächter aus. Eins-Affe wurde immer ausgelassener. „Willst du etwas Lustiges erleben?"

Er sah Jadefisch aufmunternd an. „Komm mit. Ich habe einen nach-

lässigen Schüler, der stets vergisst, seine Flöte zu putzen."
„Und?"
„Ich habe einen Streifen Papier ins Rohr gestopft."
Nur zu gern ging Jadefisch mit. Es versprach eine willkommene Abwechslung und zögerte zugleich den Rundgang hinaus. Er winkte sein Gefolge herbei und schloss sich Eins-Affe an.
Als sie auf der Höhe des Ballspielplatzes angelangt waren, wo sie spätestens nach rechts zur Tempelschule abbiegen mussten, kam ihnen der Oberpriester entgegen.
„Seit wann gehörst du zum Gefolge des Ixiptla?", fuhr er den Liedmeister an. „Mach, dass du zu deinen Schülern kommst!"
Was war denn los? War es keine Ehre mehr, das Gottesabbild begleiten zu dürfen? Das Dasein wurde immer ungemütlicher. Eins-Affe sprang erschrocken davon.
„Der hat es aber eilig!", meinte Goldfasan.
„Wer würde sich nicht sputen, um dem Zorn des Oberpriesters zu entrinnen?"
„Ixiptla-tzin, ich meine nicht Eins-Affe. Es ist der würdige Yaopoltzin. Auf der Woge seiner Wut rauscht er dahin."
Jadefisch drehte sich um. Tatsächlich, da entschwand der Oberpriester bereits hinter den Mauern des Ballspielplatzes.
Der Vorfall hatte ihm die Lust auf einen Streich verdorben. „Lasst uns zum Marktplatz gehen", schlug er vor.
„Auf nach Tlatelolco!", rief Goldfasan begeistert.

Natürlich, dachte Jadefisch, der eigentlich einen kleinen Platz ganz in der Nähe anvisierte; es zog sein Gefolge zum schönsten und größten Markt der ganzen Region, der – umgeben von Arkaden – im heiligen Bezirk der Handelsmetropole Tlatelolco lag. Unzählige Menschen besuchten ihn tagtäglich, um einzutauschen, was das Herz begehrte. Allerdings war er auch reichlich weit entfernt. Wenn Jadefisch einwilligte, dann konnte er den Nachmittag in Motecuzomas Gärten abschreiben. Aber Goldfasans Hochstimmung steckte Jadefisch an. Hatte er nicht in der Frühe ein buntes Völkchen ausziehen sehen? Junge Frauen, Kinder, alte Weiber waren dem Königspalast entströmt. Sie trugen bunte, geflochtene Körbe, und an ihren Gürteln hingen kleine Lederbeutel, in denen sicher Kakaobohnen steckten. Damit konnte man bezahlen, wenn man nicht gegen Baumwolldecken oder Federkiele voller Goldstaub tauschen wollte. Sie strebten dem Markt zu, kein Zweifel. Vielleicht war ja auch Maisblüte dort? Jadefisch hatte es plötzlich sehr eilig. „Worauf wartet ihr? Tlalelolco wird nicht zu euch kommen!" Schon lief er los, nach Norden über den Damm, der Tenochtitlan mit der Schwesterstadt Tlatelolco verband.

Jadefisch betrat den Markt durch die Arkaden des Marktgerichtes und ließ sich von Goldfasan zu den Gassen der Schmuckverkäufer führen. Wo sonst vermutete man ein Mädchen? Jedoch, solange Jadefisch auch um die einladenden Stände strich – kein bekanntes Gesicht wollte sich zeigen. Vergeblich setzte er die Flöte an die Lippen; Maisblüte stellte sich nicht ein. Goldfasan erwarb ein Geschenk, dann zogen sie durch die Marktreihen weiter. Allerdings kamen sie ungewöhnlich langsam voran, weil sich die Leute vor dem Gottesabbild niederwarfen. Da hieß es abwarten, bis sie sich wieder erhoben und den Durchgang freimachten. Der Ixiptla hörte auf zu spielen. Sein Gefolge schuf ihm eine Gasse, durch die er unbehelligt abziehen konnte. Enttäuscht, weil Maisblüte sich nicht finden lassen wollte, strebte er dem Marktausgang zu. Warum hatte er sich auch vom Palast weglocken lassen?

Plötzlich empfand er den Platz als zu riesig, die Vielzahl der Stände verwirrend, die Ruhe und Ordnung bedrückend. Fort hier!, dachte er – da fiel sein Blick auf einen Stand mit Amuletten, Zaubersteinen und allerlei getrocknetem Getier: Leguane, Schlangen, Gürteltiere – sogar ein kleiner Alligator mit aufgesperrtem Rachen war dabei. Und Vögel, immer wieder Vögel. Wie sie dort ausgebreitet lagen, die gefiederten Juwelen des Regenwaldes ebenso wie die bunten Bewohner der näheren Umgebung – sie alle verhießen ihrem Besitzer exquisite Liebesfreuden. Mit ihrer Hilfe konnte man das Glück erlangen, Rivalen abschrecken und die Angebetete, solange man es wünschte, an sich fesseln. Der Vogel verlieh einem eine magische Anziehungskraft. Besonders der kleine, farbenfrohe Kolibri. Besaß man einen Kolibri, konnte in Liebesdingen nichts misslingen. Um etwas mehr darüber zu erfahren, schickte der Ixiptla Goldfasan vor. Während dieser die Aufmerksamkeit des Verkäufers auf sich zog, hielt er sich im Hintergrund und belauschte unerkannt das ganze Gespräch.

„Ein weiblicher Vogel für einen Mann, ein männlicher Vogel für eine Frau", erklärte der Händler bereitwillig. „Er wird nach allen Regeln der Kunst präpariert. Man stopft ihn aus mit wohlriechenden Kräutern und weißem Kopal, auch ein Edelstein wird ihm eingefügt. Er wird mit roten Korallenschnüren umwunden und abermals mit Steinen geschmückt; auch Gold darf dabei sein. Die Zauberformeln werden über ihn gesprochen, wenn er ein letztes Mal in den Rauch gehalten wird – die Formeln, die der Käufer erfährt, die nur für ihn bestimmt sind.

Ein Mann trägt ihn am Gürtel seines Schurzes, in einem Lederbeutel, o Herr, und eine Frau, wenn sie Mut hat, im Haar. Die meisten allerdings verbergen ihren kleinen Helfer. Das Amulett ist darum nicht weniger wirksam, o Herr. Möchtest du einen? Ich präpariere ihn für dich. Komm in zwei Tagen wieder, und er ist dein. Ein kleiner, feiner Kolibri. Schau, ist der nicht ganz entzückend?" Beflissen zeigte der Händler auf einen braun gesprenkelten Winzling.

„Macht er auch unsichtbar?". Der Ixiptla fand die Vorstellung, sich ein solches Amulett zuzulegen, reizvoll.

„Nun ja, Herr", wand sich der Verkäufer, „das ist nicht leicht zu erreichen. Aber ein großer Zauberer – einer, der sich verwandeln kann – weiß vielleicht Rat."

„Einer, der selbst die Gestalt des Windes annehmen kann?" Der Ixiptla trat hinter Goldfasan hervor.

Eilig vollzog der Händler die Geste des Erdessens. „Unser Gott treibt seinen Spott mit mir." Plötzlich kam eine bekannte Gestalt an den Stand. Welch glücklicher Zufall! Wenn das nicht Reiherfeder war, Maisblütes Freundin!

Reiherfeder deutete die Geste des Erdessens an. Dann wandte sie sich an den Händler. „Hast du meinen Auftrag fertig?" Während der Mann sich niederbückte, raunte Jadefisch ihr zu: „Zieht es dich mit deiner Freundin nicht mehr zur Korallenschlange?"

„Sollte es das?"

„Unbedingt."

„Morgen Nachmittag?"

Er nickte glücklich, während Reiherfeders Blicke an ihm vorbei zu Goldfasan glitten.

Der Händler fischte aus seinen Schätzen ein kleines Bündel heraus. Es war mit roten Korallenschnüren umwickelt, und oben schaute ein bläulich schillerndes Köpfchen mit dem langen gebogenen Schnabel des Kolibris heraus. Anstelle der Augen glitzerten Türkise. „Ist er dir recht?"

Reiherfeder nickte. Sie fuhr mit der Hand leicht darüber hin. Der Händler nahm das Bündel wieder an sich und steckte es in einen Hirschlederbeutel.

„Geh dort hinüber!", wies er seine Kundin an. „Meine Frau wird dich die Sprüche lehren."

Reiherfeder verabschiedete sich. „Ich wünschte, das Abbild unseres Gottes würde etwas spielen."

Wenn er sich nicht täuschte, dann näherten sich ihre Begleiterinnen. Also tat er ihr den Gefallen, sie von ihr abzulenken. Was ging es sie an, dass Reiherfeder sich ein Liebesamulett machen ließ?

„Ja, so ein Amulett entfaltet unweigerlich seine Wirkung", hörte er den Händler im Fortgehen die Ware preisen. „Es macht jeden – ob Mann – ob Frau, unwiderstehlich."

„Nicht einmal Götter können sich entziehen", sagte Schädelwand. Jadefisch erschrak: Hatte Schädelwand etwas gemerkt?

Goldfasan kam ihm zu Hilfe: „Tu nicht so! Du schielst die ganze Zeit schon nach den Amuletten."

„Du etwa nicht?"

Goldfasan grinste. „Ich bezaubere meine Freundin mit anderen Dingen."

„Ich hab auch keines nötig."

„Wirklich nicht? Was tust du, wenn man dich verehelicht? Willst du deine Braut dann nicht betören?"

„Hört auf zu streiten!", befahl der Ixiptla.

Sie gingen weiter, von dem Amulett war keine Rede mehr. Jadefisch vergaß die Sorge. Morgen würde er Maisblüte sehen! Sie würde doch kommen? Ein Tag nur trennte ihn von ihr, doch wie lang ein Tag sein konnte! Behäbig wie ein Faultier bewegte sich die Sonne voran, während er doch unablässig in Bewegung war. Es hielt ihn nirgends länger als es dauerte, die Trinkschale für ihn zu füllen. Längst war er auf seinem Rundgang ans Ende der Stadt und zurückgewandert, hatte ein ums andere Mal das Zentrum mit dem Palast umkreist, und die Sonne stand noch nicht einmal über dem Adlertor.

Er hielt es nicht mehr aus. Er gab vor, den Herrscher zu besuchen, und schickte sein Gefolge in die Wartehalle des Palastes, indes er sich selbst in die Gärten schlich. Nahe den Schlangengehegen kroch er hinter einen Busch.

Endlich erschien Reiherfeder, allerdings allein. Sicher wollte sie sich zuerst vergewissern, ob die Luft rein war. Jadefisch raschelte in den Zweigen. Reiherfeder verstand. In einem günstigen Moment huschte sie ebenfalls hinter den Busch. „Das ist ja ein reizendes Nest", sagte sie zur Begrüßung.

Er dankte ihr für ihr Kommen und fragte gleich anschließend nach Maisblüte.

„Maisblüte?"

„Ich dachte ..." Er war zu enttäuscht, um den Satz zu beenden.

„Was glaubst du denn?" Reiherfeder lachte ihn aus. „Ihre Mutter hütet sie wie ihren Augapfel. Maisblüte darf nirgends hingehen."

„Weiß sie Bescheid?"

„Sie kriegt nichts aus ihr heraus. Deshalb sperrt sie das arme Kind ja ein."

„Lässt sie sie denn nie allein?"

„Doch, schon. Aber dann darf niemand zu ihr."

„Und was passiert – nachts?" Er traute sich kaum, diese Frage zu stellen. Aber je mehr Widerstände sich auftürmten, umso dringlicher wurde sein Wunsch, Maisblüte zu sehen.

„Ei, da haben wir wohl einen, der über Mauern klettert und heimlich in die Gemächer der Töchter des Großen Sprechers eindringt", rügte Reiherfeder und beschrieb im gleichen Atemzug die Lage von Maisblütes Schlafgemach. „Doch untersteh dich! Wenn du auch nur daran denkst, hast du schon die Schnur um den Hals. Zwar bist du das Abbild des Tezcatlipoca, aber retten wird dich das nicht. Ein anderer wird für dich weiterflöten. Und Maisblüte ..."

„Nie täte ich etwas, was sie in Gefahr bringt", fiel Jadefisch ihr ins Wort.

„Das wollte ich hören." Reiherfeder schwieg bedeutungsvoll. Jadefisch wagte nicht, ihr weitere Fragen zu stellen. Schließlich rückte sie mit einem Vorschlag heraus. „Maisblüte bemüht sich redlich, dich zu vergessen. Jedoch ist sie darin nicht sehr erfolgreich. Manchmal geht sie auf die Terrasse ihres Gemachs und schaut hinüber zum Tempel des Tezcatlipoca. Das geschieht frühmorgens, wenn du den Tempel verlässt. Sie wird dir ein Zeichen geben. Demnächst muss ihre Mutter sich zum Fasten zurückziehen. Ihr Kalenderzeichen, ihr Geburtstag, tritt ein."

„Was für ein Zeichen?"

„Du liebe Güte! Spiel deine Flöte und pass auf, ob Maisblüte nicht anfängt, auf der Terrasse ihren Papagei zu füttern, wenn du vorbeigehst."

„Und dann?"

„Dann komm in die Bibliothek. Dort erfährst du alles Weitere."

Jadefisch betrachtete Reiherfeder von der Seite. Sie war schön, und sie verströmte einen aufregenden Duft. Sie saßen so dicht beieinander, dass sich ihre Körper fast berührten. Wie schwer war es doch, das Keuschheitsgebot zu befolgen. Er rückte ein wenig von ihr ab.

„Du hast nicht etwa Angst vor mir?", sagte Reiherfeder scherzhaft und rückte nach.

„Ich bin das Abbild des Tezcatlipoca!"

„Daran hättest du denken sollen, bevor du Maisblüte betört hast."

Er murmelte etwas Unverständliches.

„Schscht ..." Sein Gefolge hatte die Wartehalle verlassen und durchstreifte auf der Suche nach ihm die Gärten. Die Mannschaft hatte sich geteilt und schwärmte überall umher. Goldfasan und Schädelwand näherten sich dem Versteck und blieben schließlich davor stehen.

„Wir sollten auch dahinterschauen", sagte Schädelwand.

„Dann müssten wir aber alles durchkämmen, während er vielleicht ja doch bei deinem *Oheim* ist. Wir postieren uns am besten an der Straße vor dem Palast. Dann muss er nicht erst lange nach uns Ausschau halten, wenn der Herrscher ihn entlässt." Sie gingen wieder.

„Der junge Krieger gefällt mir."

„Welcher?" Jadefisch war verwirrt.

„Der nicht ganz so eifrig nach dir sucht."

„Goldfasan?"

„So also heißt er, Goldfasan." Reiherfeder spähte ihm durch die Zweige nach.

„Er hat eine Freundin." Jadefisch durchströmte eine plötzliche, ihm selbst völlig unverständliche Eifersucht.

„Ein Mann ist wie ein Truthahn", sagte Reiherfeder. „Er schart so viele Hennen um sich, wie er kriegen kann."

. „Glaubst du?"

„Ja. Und die meisten hat Motecuzoma."

Jadefisch musste lachen. Reiherfeder hatte wohl vor gar nichts Respekt. „Immerhin ist er der Große Sprecher."

. „Und was haben wir Frauen davon?"

„Hast du Grund zur Klage?"

Reiherfeder gab darauf keine Antwort. „Er ist weg."

Ihm wurde klar, dass sie Goldfasan meinte. „Hast du etwa seinetwegen das Amulett bestellt?"

„Wer sagt denn, dass ich diesen Zaubervogel für mich haben will?"

Er biss sich auf die Zunge, denn es kamen Leute vorbei. Als sie außer Hörweite waren, fragte er: „Hast du ihn ihr schon gegeben?"

„Wem?" Reiherfeder stellte sich dumm.

„Maisblüte."

„Wo denkst du hin. Stell dir vor, ihre Mutter findet ihn."

„Du hast ihn also noch?"

„Ich habe ihn noch."

„Aber er ist für sie bestimmt?"

„Was geht das dich an? Vielleicht, vielleicht auch nicht."

Jadefisch schwieg betreten. Reiherfeder wurde wieder freundlich: „Meinst du, dass Maisblüte ein Liebesamulett nötig hat?"

Das konnte er verneinen. Sie war selbst ein lebendes Zauberbündel.

„Die Liebe kann man nicht erzwingen. Sie muss freiwillig sein, sonst ist sie nichts wert."

Er verstand gar nichts mehr: „Warum hast du dann den Zaubervogel gekauft?"

„Na, für alle Fälle", sagte Reiherfeder spitzzüngig.

Es war an der Zeit, das Versteck zu verlassen. Leicht konnte man Reiherfeder vermissen. Jadefisch wagte sich zuerst ins Freie, dann schlich sich Reiherfeder davon. Während sie schon wieder glücklich in ihren Gemächern war, hörte man noch seine Flöte.

Selten waren seine Gefühle so zwiespältig gewesen. In seinem Herzen wechselten Hochstimmung und Traurigkeit. Maisblüte liebte ihn, nur haben konnte er sie nicht. Selbst wenn er unbemerkt zu ihr gelangte, war dies nur für einen Augenblick.
Seine Verwirrung folgte ihm bis in die Träume. Er sah einen Unbekannten vor dem Tempel stehen – mit einem Speer, wie ihn Motecuzomas Leibwache hatte, und einer perfekten Steinpfeilerfrisur, ein geehrter Kriegsanführer. Der ging in die Pyramide und stieß den Speer in einen Stein. Nach dem Erwachen dachte Jadefisch noch lange daran. Der Traum irritierte ihn, denn er hatte kein Ende; er sah nicht, wie er weiterging. Es zog ihn an den Ort des Traumes, wo er herumzustöbern begann, ohne indes etwas zu finden. Was suchte er auch? Er strich an den vier Wänden der Pyramide entlang, außen wie innen – nur um festzustellen, dass sie festgefügt und ohne Löcher waren, nirgends von einem Speer durchbohrt. So gelangte er auch in den Winkel, aus dem vor ein paar Tagen die seltsamen Geräusche gekommen waren. Hier waren die Quader am dicksten.
„Was tut unser Herr?", wunderte sich das Gefolge. „Sucht er den Eingang zur Unterwelt?"
Eins-Affe trat hinzu. „Schon möglich. In dieser Ecke befindet sich der Eingang zur Gruft. Priester, die ins Paradies der Regengötter eingingen, sind dort bestattet."
„Wie kann ein Priester des Tezcatlipoca dorthin gelangen?", fragte Schädelwand.
„Auch wir können ertrinken. Der Blitz kann uns erschlagen, vor allem aber rufen uns die heiligen Pflanzen, die der Regen sprießen lässt. Zwei Oberpriester, die vor dem würdigen Yaopol-tzin unseren Tempel gehütet haben, liegen dort unten in ihren Kammern."
Jadefisch spitzte die Ohren. „Führe mich dorthin, Eins-Affe!"
„Ixiptla-tzin, wohl darf ein Gott die Totenruhe stören, jedoch ein Mensch? Der Oberpriester wird es mir verargen."
„Dann öffne nur den Eingang. Bereite mir eine Fackel, damit ich nicht falle."

Eins-Affe zog dieselbe Matte fort wie zuvor der Oberpriester, entfernte dieselbe steinerne Platte. Eine Treppe wurde sichtbar, und Jadefisch schritt langsam hinab.
Ihn empfing eine künstliche Höhle. Unwillkürlich duckte er sich. Auf den massiven Felsenquadern lastete die Pyramide wie ein Berg. Rechter Hand war eine Nische in die Wand gehauen, und darin stand eine Figur mit dem fleischlosen Antlitz des Totengottes und starrte Jadefisch aus leeren Augenhöhlen an. Aber ein Gott empfand keine Furcht. Tapfer ging der Ixiptla an dem schrecklichen Grabwächter vorbei. Der Rauch der Fackel zog nach oben, das Feuer brannte ruhig und nur mäßig. Er ging an der ersten Grabkammer vorbei, doch an der zweiten schlug die Flamme unerwartet aus. Sie bleckte nach den Ritzen, und da sah er, dass der Türstein die Öffnung nicht vollständig verschloss. Auch lief unten auf dem Boden eine Schleifspur durch den Staub. Jemand war in der Kammer gewesen! Sie barg ein Geheimnis!

Jadefisch kehrte zunächst zu Eins-Affe zurück, dem er die Beobachtung verschwieg, absolvierte seinen obligaten Rundgang und begab sich am Nachmittag nach oben ins Heiligtum. Während sein Gefolge auf dem Tempelhof stand, band er sich die Schellen von den Füßen, schlich die Innentreppe wieder hinab und tastete sich an der Wand entlang zur Gruft, mit laut klopfendem Herzen, in der Hand ein fest verschlossenes Gefäß. Erst unten in der Gruft nahm er den Deckel ab, entzündete an der darin befindlichen Glut eine Fackel und wandte sich jener verdächtigen Grabkammer zu, um ihr Geheimnis zu lüften. Entschlossen stemmte er sich gegen den Stein. Und der gab leichter nach, als er erwartet hatte. Er leuchtete in die Kammer hinein. Das Licht glitt über einen gemalten Fries, der in halber Höhe die Wände umzog. Jadefisch sah verblasste Bilder des immergrünen Paradieses der Regengötter. Auf dem Boden aber, in der Mitte, lag ein Skelett. Eine dunkle Maske mit eingelegten Türkisen bedeckte den Vorderschädel. Tezcatlipoca!
Rasch zog der Eindringling die Fackel von den Gebeinen fort. Der Lichtkegel floh zur gegenüberliegenden Wand, und dort – unterhalb des gemalten Frieses, der einen Busch mit den gelblich-weißen Trich-

terblüten des Stechapfels zeigte – sah er plötzlich die Umrisse eines Quaders heller und deutlicher als die der anderen Steine. Neugierig, in achtungsvoller Entfernung von dem Skelett sich haltend, wagte er sich dort hinüber, um den Quader abzutasten. Dieser ließ sich bewegen und in eine Höhlung drücken. Die Fackel brannte heller. Ihr Rauch wurde durch die Öffnung gesogen, und Jadefisch, jegliche Gefahr vergessend, kroch hinterher. In die Rückseite des Steines waren zwei Mulden geschlagen. Er griff hinein und drückte den Stein zurück in die Öffnung.

Erschöpft blieb er dahinter hocken, während ihm die Fackel eine Nische wies, etwa vier Schritte breit und fünf Schritte lang, die rechts vor ihm zu einem Tunnel wurde. Den Helden erfasste Beklemmung. Der Gang war der Schlund eines lauernden Tieres, bereit, ihn zu verschlingen! Doch war er bis hierher gelangt, musste er auch weiter. Er kroch in den Tunnel. Seine Fackel beschien Lehm, Sand und rohes Gestein. Er hörte einen Kiesel von der Decke fallen, und plötzlich war es ihm, als wirbelten die scharfen Messer der Unterwelt hinter ihm her. Besinnungslos vor Furcht stürzte er davon. Dann fiel er über eine Treppenstufe und fand den Weg ans Tageslicht. Vorsorglich löschte er die Fackel, bevor er den Ausstieg wagte. Es war dasselbe Spiel. Nur lag oben kein Stein, sondern ein hölzerner Deckel, von einem Flechtwerk aus Zweigen kaschiert.

Lauter Vogelgesang schlug ihm entgegen. Er sah ein Stück graublauen Himmel durch das Gebüsch. Noch war es hell, wenn auch die Sonne schon tief stand. Verwundert stellte er fest, dass er sich, obschon nahe der Umfassungsmauer des Tempelbezirks, nur einen Pfeilschuss weit von jenem verlockenden Gebäude befand, in dem Maisblüte wohnte. Eine stabile Pfeifenwinde rankte dort empor.

16

Maisblütes Papagei begann zu kreischen. Sie trat auf die Terrasse hinaus, um nach ihm zu schauen. Es raschelte im Buschwerk gegenüber – sicher ein Aguti , nichts, was das Geschrei rechtfertigen konnte. „Nene", versprach sie dem nervösen Vogel, „morgen Früh bekommst du eine Rispe Amaranth." Sie lächelte in sich hinein. Ihre Mutter hatte sich zum Fasten zurückgezogen; endlich konnte Maisblüte dem Ixiptla das vereinbarte Zeichen geben, endlich würde sie ihn wiedersehen. Ein wenig bange war ihr aber zumute. Hoffentlich ging alles gut, machte Reiherfeder keinen Fehler. Die Freundin kannte geheime Wege aus dem Palast der Frauen hinaus, sie verstand sich mit den Wächtern ebenso wie mit dem Dienstgefolge. Dennoch konnte etwas ruchbar werden, und einer Tochter des Großen Sprechers wurde nicht das Geringste verziehen. Und dem Ixiptla, der dem Gott gehörte?

Im Grunde sah Maisblüte ein, dass sie sich besinnen musste – doch ging das Herz dann nicht zugrunde? Etwas in ihr hatte längst entschieden. Unterstand sie nicht durch ihr Kalenderzeichen Sieben Blume der Liebesgöttin? Wie dürfte sie es wagen, deren Gaben zurückzuweisen? Versonnen ging Maisblüte ins Zimmer zurück und öffnete die Schmuckschatulle.

Wenig später betrat Quetzalmatte, die ein jeder noch vor dem Altar in ihren Gemächern wähnte, unerwartet das Zimmer der Tochter. Ein unbestimmtes Gefühl hatte die besorgte Mutter getrieben, sich mit den Bußübungen für die Götter ihres Tageszeichens zu beeilen. Als sie Maisblüte ruhig auf ihrer Matte sitzend vorfand, fühlte sie sich erleichtert. Das Mädchen war anscheinend im Begriff, sich zur Nachtruhe fertig zu machen. Sie war dabei, ihr Haar zu lösen. Neben ihr lagen ihre Kämme und Bürsten, ihr Handspiegel aus poliertem Pyrit und ein Tiegel mit einer wohlriechenden Salbe. Sicher machte sie sich übertriebene Sorgen. Sie wollte sich leise zurückziehen und ließ sachte den Vorhang zurückgleiten, als diese tierische Wärme sie überfiel, gegen die sie machtlos war. Sie musste ihr Kind in die Arme schließen. Wer wusste schon, wie lange sie dies noch würde tun können. Ihre ältere Tochter war bereits verheiratet und lebte in der Stadt ihres königlichen Gatten. Ihren Sohn Chimalpopoca, Glänzt-Mit-Dem-Schild, Botschafter des Großen Sprechers, sah sie nur selten. Der Gedanke, auch Maisblüte vielleicht bald hergeben zu müssen, war mehr, als sie ertragen konnte. Motecuzoma sprach bereits davon. Maisblüte wusste nicht, wie ihr geschah, als ihre Mutter sie an sich presste. Was war passiert?

„Ich wollte dir nur gute Nacht sagen", erklärte die Mutter. Sie fing an, sie zu kämmen, strich ihr das Haar aus der Stirn. Dabei fiel ihr Blick auf Maisblütes Schmuckdose neben ihrem Spiegel. Es war zu spät, sie mit dem Deckel zu verschließen. Zwei weiße, getrocknete Blüten und eine Adlerdaune nahmen einen unverständlich wichtigen Platz genau in der Mitte ein. Die Mutter schüttelte den Kopf. Sie schaute in das dunkel angelaufene Gesicht des Mädchens. Dann traf sie der Blitz der Erkenntnis. Diese Dinge gehörten zum Ausputz des Ixiptla.

„Woher hast du diese Dinge?"

Nun, Maisblüte hatte sie gefunden.

„Gefunden? Das soll ich dir glauben? Ist der Ixiptla etwa eine Streublume oder ein mausernder Adler?"

Trotz aller Bedrängnis musste Maisblüte lachen. Ihr fiel ein, was Schädelwand zu Ayo gesagt hatte, während sie und der Ixiptla sich hinter dem Wandschirm verborgen hielten. „Meinst du, ich habe ihn gerupft?", rutschte es ihr heraus. Sie senkte den Kopf und entschuldigte sich. Dann blickte sie zu ihrer Mutter auf, entschlossen, alles abzuleugnen. „Ich habe diese Dinge gefunden. Es sind Reliquien unseres Gottes."

„Gewiss." Aber noch gab sich die Mutter nicht geschlagen. „War nicht auch ein goldenes Glöckchen dabei?"

„Nein. Fehlt ihm denn eines?"

Maisblüte erhielt eine Ohrfeige. Oh, wie hilfreich konnten Ohrfeigen sein. Sie wünschte sich, ihre Mutter würde damit fortfahren, denn dann hörte sie auf, sie so peinlich zu verhören. Aber stattdessen bekam Maisblüte Bußübungen verordnet. „Beichte deine Verfehlungen der Göttin deines Tageszeichens, damit sie deine Seele reinigt."

Das wollte Maisblüte tun. Mochte die Liebesgöttin ihr erklären, was sie von ihr verlangte. Sie hatte ihr die verbotene Neigung eingepflanzt. Die Mutter warf noch einen Blick auf den aus Blüten und Feder bestehenden Schatz und verabschiedete sich. „Deine Reliquien solltest du besser verbergen."

In dem Moment wurde der Vorhang zu Seite geschlagen. Hastig schloss Quetzalmatte die Dose. Motecuzoma! Er wollte seine Tochter sehen. Als er erfahren hatte, dass ihre Mutter sich bei ihr befand, war er selbst gegangen. Die rasche Handbewegung hatte er bemerkt.

„Was hast du da? Lass sehen!" Motecuzoma, misstrauisch wie ein Tier im Busch, streckte die Hand aus. Maisblüte wagte nicht, ihn anzusehen. Während er sich hoheitsvoll auf die Matte setzte, öffnete er die Dose. Durch die Wimpern sah Maisblüte, wie er zwischen zwei Fingern die Adlerdaune zwirbelte. „Woher hast du das?", fragte er sanft.

Maisblüte fing an zu weinen. Sie konnte nicht antworten. Seine Gemahlin setzte ihn von allem in Kenntnis, verriet aber mit keinem Wort, dass sie die Geschichte nicht glaubte. Motecuzoma allerdings war besser unterrichtet und reimte sich einiges zusammen. „Dergleichen wurde kürzlich überall im Haus der Gesandten gefunden."

„Ich brachte Kakao dorthin", gab Maisblüte zu.

„Den der Gesandte aus Cholollan aus zwei Bechern trinken sollte?"

Die Mutter fiel aus allen Wolken. „Wie konnte die Oberköchin es wagen, die Tochter des Großen Sprechers allein dorthin zu schicken?"

„Hat sie?" fragte Motecuzoma.

Sie hatte nicht. ‚Kakao für den Gesandten aus Cholollan!' hörte Maisblüte sie wieder. Der Ixiptla stammte von dort! Ohne nachzudenken hatte Maisblüte sich das Tablett geschnappt.

„Eine musste ja gehen!", rechtfertigte sie sich. „Es soll nicht heißen, dass man die Tochter des Großen Sprechers eigens auffordern muss."

„Nun", sagte Motecuzoma, den Vorfall übergehend „auch dem Ixiptla gefiel es, ins Haus der Gesandten zu gehen – wohl, um sich dort die Daunen aus dem Haar zu schütteln. Wer kann das begreifen? Er streute seine Blüten aus, und du hast sie mitgenommen." Seine Stimme klang sanft und melodisch wie immer – ein wenig traurig vielleicht. Er klatschte in die Hände. Es erschien ein Diener, dem er Feder und Blüten zeigte, wobei er ihm etwas ins Ohr flüsterte. Der Diener nickte und verschwand. Als er wiederkam, nahm Motecuzoma aus seiner Hand ein winziges goldenes Döschen, auf dem das Tageszeichen Sieben Blume eingraviert war. „Dort tu deinen Schatz hinein!", sagte er lächelnd zu seiner Tochter.

Maisblüte hatte allen Grund, der Liebesgöttin zu danken. Die Eltern ließen sie allein. Die Mutter drehte sich im Fortgehen noch einmal erleichtert nach ihr um. Schon manche Königstochter hatte geringerer Verfehlungen wegen ihr junges Leben verwirkt, aber Motecuzoma schien es gar nicht zu kümmern, dass Maisblüte auf verbotenen Pfaden wandelte. War er dabei, einen Skandal zu vertuschen? „Wir sollten Unsere Maisblüte bald verheiraten, auch wenn sie noch recht jung ist", bot sie ihm an. Viele Mädchen heirateten erst um das zwanzigste Lebensjahr, und ihre Tochter war noch nicht mal sechzehn. Motecuzoma, von ihrer schnellen Einwilligung überrascht, dankte ihr. „Du verstehst mich."
Sie sah ihn von der Seite an. Was plante er?

Am nächsten Morgen erschien ein Bote des Herrschers im Priesterhaus. „Der Große Sprecher bittet den Ixiptla mit seinem Gefolge in den Gerichtssaal."
Stille. Die Priester sahen verunsichert aus. Hatte der Ixiptla wieder einmal den rechten Weg verlassen? „Möge der Gott Gefallen an seinem Handeln finden", grollte der Oberpriester. Nur der Priester-Weise schien nicht beunruhigt zu sein.
Jadefisch kämpfte gegen die Angst. War Motecuzoma seinem Treiben auf die Spur gekommen? Hatte Reiherfeder ihn verraten? Er ging hinaus und blickte zur Terrasse: Maisblüte stand nicht dort, das ersehnte Zeichen blieb immer noch aus.
Den königlichen Gerichtssaal betrat er zum ersten Mal. Das war nicht der gewöhnliche Anhörungsraum, in dem die Richter seit Tagesanbruch die anstehenden Fälle verhandelten, sondern der erhabene, göttliche Ort, an dem der Große Sprecher über Leben und Tod entschied – an dem er, wie man sagte, die Krallen und den Fang des Tezcatlipoca verkörperte.
Der Herrscher saß auf seinem mit Jaguarfellen ausgekleideten Thron, zu dem drei Stufen führten, und schien darauf zu wachsen, je näher der Ixiptla mit seinem Gefolge kam.
Am Fuße des Podestes stand ein Mann in einem ockergelben Umhang, den das Labyrinth-Muster schmückte, rot und groß und einsam in der Mitte seines Rückens, schwarz und wiederkehrend am

Rand verlaufend. Das war die Kleidung, die Nachtjaguar bei Audienzen im Thronsaal trug. Fast wäre Jadefisch die Flöte aus der Hand gefallen, als er seinen Vater erkannte. Verwirrt suchte er Zuflucht bei den heiligen Objekten der Rechtsprechung: einem Totenschädel aus Alabaster und einem goldenen Köcher. Was ging hier vor sich? Was maßte Motecuzoma sich an?

Motecuzoma nahm einen Pfeil heraus: „Spiele, Ixiptla-tzin!" Jadefischs Hände zitterten ein wenig, als er die Blumenflöte an die Lippen setzte.

Nachtjaguar kniff die Augen zusammen, ein Ausdruck des Schmerzes. In Motecuzomas Hand wippte der Pfeil auf und ab. „Tezcatlipoca verlangt von mir, dass ich regiere", sagte er, als der Ixiptla geendet hatte. Sein Pfeil, jetzt unbewegt, zeigte mit der Spitze auf Nachtjaguar, und sein Antlitz, mit gelber Farbe bemalt, wirkte wie eine aus Goldblech getriebene Maske. Nach einer Spanne, in der man bis zwanzig zählen konnte, bewegten sich seine Lippen erneut. „Aber der Gott fordert nicht, dass ich über dich richte." Er ließ den Pfeil zurück in den Köcher gleiten. „Lass uns einen Ausflug machen, eine Vergnügungsfahrt auf der Lagune. Die Seen sind vom Sommerregen satt und spiegeln alle Farben. Ich habe schon die Boote schmücken lassen. Ein Blumenbaldachin wird uns die Sonne und die Blicke der Leute fernhalten. Der Ixiptla wird spielen. Seine Anwesenheit wird uns besänftigen." Motecuzoma erhob sich und bot Nachtjaguar den Arm. Dieser wurde von ihm aus dem Saal geführt wie ein Fürst des aztekischen Bundes.

Sie begaben sich zur Anlegestelle. „Wähle einen Wächter aus, dem du vertraust", sagte Motecuzoma zu Jadefisch, denn für das ganze Gefolge war selbst der prunkvolle Einbaum des Herrschers zu klein. Jadefisch wählte Goldfasan.

Sie stiegen ein. Zwei Stühle – reich bemalt, mit gleich hohen Sitzflächen und Rückenlehnen – standen nebeneinander, halb verhüllt von einem Blumenbaldachin. Die Girlanden wurden zurückgeschlagen, und die Fürsten nahmen Platz. Der Ixiptla setzte sich hinter den Paddler im Bug, und Goldfasan ergriff die Stake. Auch hinten tauchten Paddel ins Wasser.

Der Einbaum legte ab – und mit ihm eine ganze Flotte. „Die höchsten Würdenträger Tenochtitlans!" Der Große Sprecher stellte sie von ferne vor, beginnend mit dem Cihuacoatl. Sie waren alle da, sie schwenkten ihre Blumen und deuteten den Gruß des Erdessens an. „Mein Sohn Glänzt-Mit-Dem-Schild, mein Gesandter", endete der Große Sprecher. „Er hat dich auf deiner Reise begleitet." Das sagte er in einem Ton, als sei Nachtjaguar freiwillig hier.

Die Kanus der Würdenträger fuhren noch ein Weilchen vor dem königlichen Einbaum her und gaben dann den Weg für eine zweite Flotte frei.

„Sieh an, dort kommen meine Frauen – meine zweite Hauptgemahlin mit meiner Tochter." Motecuzoma war sichtlich stolz auf sie. Er tat nichts, um den Eindruck zu verwischen, er habe die Begrüßung durch die Würdenträger inszeniert, um seine Tochter vorzustellen. Maisblüte saß zwischen ihrer Mutter und Reiherfeder. Leider hielt sie sich einen Fächer vor ihr schönes Gesicht. Dann nahm sie ihn zur Seite und lächelte. Die Flöte des Ixiptla bekam einen eigenen Willen und sang ein Liebeslied, das hier außer ihm nur Nachtjaguar kannte. Motecuzoma mochte etwas ahnen, denn er sagte laut zu seinem Gast: „Es fehlt nur noch, dass der Ixiptla das Lied vom Raub der Xochiquetzal spielt." Tezcatlipoca hatte sie einst entführt und zur Göttin der Liebe gemacht.

„Der Ixiptla", rügte sein Vater, „spielt, was er will?"

„Unser Gottesabbild ist in jeder Hinsicht ungewöhnlich, Nachtjaguar", erwiderte Motecuzoma. „Selbst die sakralen Hymnen spielt der Ixiptla anders, als es überliefert wurde. Ich kann nicht leugnen, dass es mir gefällt. Aber der Oberpriester, der würdige Yaopol-tzin, ist stark der Tradition verhaftet. Wie ein Geier nährt er sich vom Tod."

Die Könige überließen sich ihren Gedanken. Der Einbaum des Großen Sprechers kreuzte auf der Lagune. Die Sonne wärmte, ohne zu brennen. Die Paddel der Mannschaft bewegten sich gleichmäßig und fast unhörbar, nur die Wellen plätscherten leise gegen das Boot. Ein großer gelber Schmetterling setzte sich dem Ixiptla auf die Schulter, faltete zweimal die Flügel auf und zu, schwirrte fort, begann zu tanzen. Er schwebte auf einem Sonnenstrahl in den Blumenbaldachin und setzte sich den Königen zu Füßen.

„Tezcatlipoca fordert ein besonderes Opfer", sagte Motecuzoma ungeschminkt. „Er erheischt das Herz eines zu seinem Abbild bestimmten Prinzen. Aber kein rotes, schlagendes Herz, sondern eines aus reinem, grünem Jade, o Nachtjaguar, denn Tezcatlipoca wünscht, sich mit seinem Bruder Quetzalcoatl zu vereinen."

Der Ixiptla hörte auf zu spielen, und sein Vater schaute auf die ausgebreiteten Flügel des Falters. „Wer soll ihn auf das Opfer vorbereiten?", fragte er schließlich.

„Der künftige Hohepriester des Regengottes, der Priester-Weise Sternfinder."

„Ist der Priester-Weise Sternfinder auch dazu ausersehen, das Opfer darzubringen?"

„Ich selbst werde es darbringen. In deiner Stadt, auf der Pyramide des Quetzalcoatl. Dort wird das neue Reich geboren, am Tag Eins Erdungeheuer."

„Du hast es eilig. Soll das Jahr nicht vollendet werden?"

„Wünschst du es?"

„Soll das Jadeherz Tezcatlipoca und Quetzalcoatl vorbehalten bleiben?"

„Das Jadeherz bedeutet Frieden, jeder kann es wählen. Es löst die alten Opferkulte ab, denn es verkörpert die Einheit des neuen Reiches."

Die Zeit schien stillzustehen. Es war, als ob die Sonne wie zu Stein erstarrt am Himmel hinge. Beide blickten sie zu ihr empor. Würde sie herunterfallen, wenn man ihr keine Herzen mehr gab?

„Wenn du es wünschst, so rede mit dem Priester-Weisen", bot Motecuzoma an.

„Es ist schon gut", sagte Nachtjaguar. „Ein Jadeherz also. Der Prinz kann keine größere Ehre erlangen."

Der gelbe Schmetterling richtete seine Fühler auf und klappte die Flügel zusammen.

„Bis zu Eins Erdungeheuer ist es noch eine Weile hin, o Motecuzomatzin. Was bietest du als Zeichen deines Willens, das man auch in Cholollan sieht?"

„Mein Sohn wird mit dir gehen. Sobald die Götter aber das Jadeherz empfangen haben, gebe ich dem auserwählten Prinzen meine Tochter."

„Die Tochter des Einen Sprechers von Cemanahuac ist mir willkommen. Ich werde sie hüten wie mein eigenes Kind und möchte sie so bald wie möglich bei mir haben, damit sie noch vor der Hochzeit in die Traditionen meines Hauses eingeweiht werden kann."

„Sie soll auf den Zug deiner Brautwerber verzichten?"

„Sie wird eine heilige Hochzeit feiern. Was mehr könnte sie sich wünschen?"

„Sie soll sich selbst entscheiden."

Der gelbe Schmetterling flatterte auf und entschwebte durch den offenen Baldachin auf die Lagune. Motecuzoma hieß die Bootsmannschaft wenden. Der königliche Einbaum wurde auf einen Kreisbogen gebracht und nach einer halben Drehung angehalten.

Von vorn schwammen die Kanus der Frauen wie bunte Papageienenten heran. Dabei öffnete sich ihre Formation zu einer Blüte oder einem Fächer.

Das Boot der Zweiten Hauptgemahlin Motecuzomas hielt auf den Bug des königlichen Schiffes zu, wurde aber durch die Strömung abgetrieben. Während es neben dem Rumpf des Einbaums nach hinten schoss, warf Reiherfeder unter lautem Gelächter etwas über die Bordwand. Es mochte für den Herrscher bestimmt sein, rollte aber Goldfasan vor die Füße. Dieser bückte sich danach. Für einen Augenblick unschlüssig, stand er mit einer weißen Zapotefrucht da, bevor er hineinbiss. Reiherfeder aber erntete einen strengen Blick von Quetzalmatte.

Inzwischen hatte Motecuzomas Bootsführer das Tau des kleineren Einbaums ergriffen. Der Große Sprecher trat unter dem Baldachin hervor. Erschrocken warf Goldfasan die Frucht ins Wasser. Zum Glück für ihn hatte Motecuzoma nur Augen für seine Frauen. Er nahm ihren Gruß entgegen und half dann seiner Tochter ins Boot, die er sofort unter den Baldachin führte.

„Begrüße den Sprecher Nachtjaguar, den Vater des Ixiptla."

Maisblüte schlug die Wimpern auf und schenkte beiden Königen ein strahlendes Lächeln, während ihr Herzschlag aussetzte, als sie verstand.

„Nachtjaguar ist hier, um dich für seinen Sohn Jadefisch zu erbitten."
Maisblüte nickte. In ihre Augen trat ein feuchter, schimmernder Glanz, und sie musste blinzeln. Motecuzoma winkte einem Diener. Eine Matte wurde ausgerollt. Nachdem das Mädchen Platz genommen hatte, stellte ihr Vater ihr die entscheidende Frage, die sie mit einem schlichten Ja beantwortete.

„Und willst du in der Stadt der Grünfederschlange auf deinen Bräutigam warten?"

Wieder sagte Maisblüte: „Ja."

Die Könige wirkten zufrieden, Nachtjaguar ein wenig mehr als ihr Vater.

Der Große Sprecher gebot einen Kurs nach Süden. Das Boot drehte. Noch sah man links in einiger Entfernung den Deich, der den östlichen Teil des Tetzcocosees von der Region um die Inselstadt trennte, um diese vor Hochwasser zu schützen. Während der Deich langsam dem Blickfeld entschwand, kam zur rechten Seite der lange Dammweg näher, der Tenochtitlan sowohl mit der untersten Stadt am westlichen Ufer als auch mit der Landzunge zwischen der Lagune und den südlichen Seen verband. Wo er sich gabelte, stand die Festung Xoloc. Der Einbaum durchfuhr eine Schleuse und fuhr aus der brackigen Lagune in die ein wenig höher gelegenen Süßwasserseen ein. Bald kam die Blumenstadt Xochimilco in Sicht, wo einmal Schädelwand regieren sollte. Jadefisch fühlte sich befreit, als sie sie in einiger Entfernung passiert hatten und in den See von Chalco einfuhren.

Maisblüte wurde gestattet, sich umzuwenden. Sie sah den Umhang des Ixiptla in der Brise flattern und umfing ihn von hinten mit lockenden Blicken. Er begann, sich zum Lied seiner Flöte zu wiegen. Vor ihm, in gerader Linie mit dem Bug, erhob sich mächtig der Vulkan. Maisblüte kannte ihn nicht anders als mit einem schneebedeckten Kegel. Jetzt aber war er von einer unansehnlichen grauen Ascheschicht überzogen, denn seinem Krater entquollen unablässig dicke Schwaden.

„Der Popocatepetl raucht, seitdem die fremden Krieger unser Land betreten haben", sagte Motecuzoma.

„Es heißt, ihr Anführer wolle dich sehen."

„Er ist dabei, sich mit Tlaxcallan zu verbünden. Schon hat er sich mit dessen vier Königen getroffen."
„Wer weiß, was diese ihm von dir berichtet haben."
„Meine Gesandtschaft ließ nichts unversucht, ihn aus Tlaxcallan fortzulocken."
„Möglicherweise kommt er ja auch zu uns, vielleicht am Tag Eins Erdungeheuer."
„Dann erlebt er die Gründung des Reiches. Er sieht mich und kann wieder nach Caxtillan fahren."
Zufrieden lehnten sich die Könige in ihren Stühlen zurück und ließen sich von den Wellen schaukeln.
Als sie das Ende der Seenkette erreicht hatten, liefen das Boot des Herrschers und das seines Sohnes den Steg an. Nur die beiden Könige und der Gesandte des Großen Sprechers gingen an Land. Motecuzoma winkte zwei Fürsten, die zur Begrüßung erschienen waren und sich noch abseits hielten. Sie geleiteten Nachtjaguar und Glänzt-Mit-Dem-Schild zu Motecuzomas Residenz. Der Große Sprecher selbst begab sich zu seinem Einbaum zurück. Dort angekommen, griff er nach einer Blumengirlande neben seinem Sitz.
„Überall achtet man meine Befehle", sprach er, die Girlande drehend, zum Ixiptla, der – neben Maisblüte im Bug stehend – seinem Vater nachschaute. Er gab dem Ixiptla das Blumengewinde. „Ich brauche es nicht, wirf es ins Wasser!"
Als Jadefisch es in den Fingern spürte, durchlief es ihn eiskalt. Es war auf eine feste Schnur gezogen. Hätte sein Vater das Bündnis mit dem Großen Sprecher nicht geschlossen, hätte er die Residenz nicht lebend verlassen.

Sechstes Kapitel

Die Zeit des hundeköpfigen Gottes

17

Wenige Tage später trat die Stadt der Grünfederschlange dem aztekischen Bündnis bei. Doch es kam auch zu einem Pakt von Tlaxcallan mit dem Fremden. Motecuzoma, der von beidem unmittelbar nacheinander erfuhr, hatte das Gefühl, dass die Ereignisse sich überschlugen. Um einen Ruhepunkt zu finden, stieg er auf die Dachterrasse seines Palastes. Von dort oben überblickte er den Ostteil der Lagune, auf der die Boote ohne Hast und mit der Leichtigkeit von weißen Wolken vorbeizuziehen pflegten. Aber er sah nur ein großes Durcheinander, ein Getümmel sondergleichen, und hörte Lärm aus vielen hunderttausend Kehlen. Kein Boot, nicht einmal Wasser, war zu sehen – dafür Flügel, Hälse, Schnäbel, flatternd, drängelnd, klappernd, schlingend. Pelikane, Kormorane, Reiher, Löffler, Enten, Gänse stürzten scharenweise aus dem Himmel. Die Zugvögel kamen! Sie schienen so viel zahlreicher zu sein als letztes Jahr, ja, überhaupt als je zuvor. So große Schwärme hatte er noch nie erlebt, sie verdunkelten die Sonne. Vögel, die hier sonst im Laufe eines Monats eingeflogen waren, kamen wohl an einem Tag.
Und er, Motecuzoma, fing an, auf der Terrasse hin und her zu laufen, immer schneller – so, als müsste er irgendwohin. Er besann sich, sog die Luft ein, ließ sie seinen ganzen Körper füllen und dann langsam durch den Mund entweichen. Er stand jetzt auf dem linken Flügel des Palastes, an der Kreuzung zur Prachtallee, über die sich gerade ein würdevoller Zug bewegte. Er erkannte Ayo, den Sohn des Sprechers von Chollollan – Am Markt: Die sechsköpfige Gesandtschaft aus der Stadt der Grünfederschlange war da! Sie waren keine Fein-

de mehr, die sich verbargen; im Gegenteil, sie zeigten sich im vollen Licht. Auch Glänzt-Mit-Dem-Schild war unter ihnen; Motecuzoma ahnte, dass er Maisblüte abholen wollte.

Er empfing die Abgesandten. Besonders wohlgefällig ruhten seine Blicke auf dem Sohn Nachtjaguars. Sechs-Tod Feuerpfeil galt als fähiger Truppenführer, und er gedachte, ihm eine Nichte, die er in seinem Haus erzog, zur zweiten Frau zu geben. Er bewahrte aber Schweigen darüber. Sechs-Tod Feuerpfeil mochte sich zunächst allein umsehen, was natürlich auch für die übrigen Botschafter galt. Also lud er sie am nächsten Abend ins Haus der Wolkenschlangen ein, wo er wie unabsichtlich seine Töchter und die der Ratsleute präsentierte.

Sechs-Tod Feuerpfeil benahm sich sehr diskret. Obwohl die Mädchen nach ihm schielten – in seinem Federumhang leuchtete er wie ein roter Ara –, hielt er sich mit Blicken zurück. Nur einmal blickte er einem Mädchen ins Gesicht. Dies geschah, als der Ixiptla mutwillig wie der Wind ins Festgeschehen stieß. Die Mädchen, bis auf eine, unterbrachen ihren Tanz, um ihn zu grüßen. Dem Ixiptla zugewandt deutete sie den Gruß nur an. Jemand nannte ihren Namen. Ayo, der Sohn des Sprechers von Chololan – Am Markt, lächelte wissend.

Sechs-Tod Feuerpfeil plusterte sich auf. Der Ixiptla blieb Maisblüte gegenüber stehen und genoss jede Bewegung. Andere Gäste, die schon vor ihm dortgewesen waren, hatten ihm ehrerbietig Platz gemacht, und auch Ayo und Glänzt-Mit-Dem-Schild traten noch etwas zurück. Einzig Sechs-Tod Feuerpfeil wich keinen Schritt. Er starrte dem Ixiptla in den Nacken.

Als er sich endlich abwenden wollte – vielleicht, um sich anderen Gästen zuzugesellen –, trat ihm der Ixiptla gegenüber. Sie wechselten einige Worte, dann zog der Ixiptla weiter. Um Mitternacht verließ er das Fest. Der Herrscher ließ die Feuer niederbrennen und schickte die Mädchen fort; die Gäste zerstreuten sich.

Der Oberpriester lauschte in die Nacht. Endlich gab die letzte Trommel im Haus der Wolkenschlangen Ruhe, er hörte nur noch sein wütendes Herz. Die Stadt der Grünfederschlange, die heilige Stadt der Welt im Ring des Wassers, gab sich für einen Frevel her! Oder

täuschten Motecuzoma und Nachtjaguar die anderen fünf Sprecher und auch die beiden Hohepriester, wollten sie, dem Rat des Priester-Weisen folgend, vor vollendete Tatsachen stellen? Dieser Gedanke erleichterte ihn. Es war noch nicht zu spät. Er könnte ihnen einen Boten schicken, die Dinge nähmen ihren Lauf.
Sein Herz schlug wieder ruhig. „Wie benahm sich der Ixiptla heute?", fragte er Schädelwand aus reiner Routine.
„Das Übliche", antwortete dieser. „Er führte uns ins Haus der Wolkenschlangen und brachte das ganze Fest durcheinander."
„Was?"
„Na ja, nicht lange, nur für einen Augenblick. Genau genommen brachte er nur ein Mädchen aus dem Takt, damit aber auch die Gäste, denn die schielten gleich nach ihr. Er baute sich ihr gegenüber auf, so dicht am Feuer, dass es ihm fast den Netzumhang versengte. Und sie, sie hat ihn angelächelt! Sie hat ihm ins Gesicht gesehen!"
„Unerhört! Wer ist das Mädchen? Etwa Motecuzomas Tochter?"
„Ja, Maisblüte, ausgerechnet sie!"
„Was ereiferst du dich so? War sie etwa dir versprochen?"
„Meine Mutter wollte es, doch ihre Pläne blieben stecken. Jetzt kriegt sie einer der Gesandten oder einer von Cholollans Fürsten."
„Was für eine Schande, ein Prinz wie du ist plötzlich nicht mehr gut genug. – Und was tat der Ixiptla?"
„Er griente wie ein Honigkuchen, als er endlich zu uns kam."
„So respektlos sprichst du von ihm?"
„Ich sage nur, was ich gesehen habe. Wäre es nicht ganz unmöglich, würde ich schwören, dass sie sich kennen."
Der Oberpriester seufzte. „Er ist doch noch im Heiligtum?"
„Hast du ihn denn herabkommen sehen?"

Der Oberpriester ging in die Pyramide und stieg die Innentreppe empor. Die Schritte hämmerten in seinem Kopf: Der Ixiptla weiß es! Er ist in Motecuzomas Pläne eingeweiht! Er verwahrt sich nicht dagegen! Er hat keine Ehre! Was für ein Skandal! Der Oberpriester hörte das Gerede jetzt schon, es würde den Ruf von Tenochtitlan beflecken, die Stadt der Grünfederschlange besudeln, vielleicht die ganze Welt vergiften. Er hielt inne: Sollte nicht auch er diskret verfahren? Er

musste keinen Boten schicken. Heimlich wie der Herrscher konnte er ans Werk gehen, die Lösung lag so nah.
Im Heiligtum war es stockfinster. Der Ixiptla hatte kein Holz nachgelegt. Schlief er etwa? Der Oberpriester tastete sich zum Altar, rührte in der Asche und blies die Flamme an. Dann spähte er nach dem Ixiptla – nichts! Leise schlich er hinter den Altar, bückte sich sogar darunter – wieder nichts. Er griff sich eine Fackel, leuchtete in jeden Winkel. Wo war der Ixiptla? Schließlich zog er entnervt den Vorhang vor dem Heiligtum auf, doch auch die Vorhalle war menschenleer. Der Mond beschien die Außentreppe, an deren Fuß zwei Krieger Wache hielten, und an der Innentreppe stand Schädelwand. Der Ixiptla konnte nicht entwichen sein. Wahrscheinlich hielt er ihn zum Narren. Ja, er hockte irgendwo und amüsierte sich auf seine Kosten. Oder wollte Tezcatlipoca ...? Der Oberpriester zog es vor, nicht weiterzudenken. Schleunigst verrichtete er sein Gebet und verließ den Ort. Dass der Ixiptla die Gestalt des Nachtwinds angenommen hatte, behielt er für sich.

Jadefisch umklammerte den stärksten Ast der Pfeifenwinde. Unter ihm raschelte es, sicher ein Nachttier. Tapfer kletterte er höher. Gleich musste er die Terrasse erreicht haben. Er federte sich ab und ließ sich hinter den kleinen Mauervorsprung rollen. Vier Mal rief er wie ein Käuzchen. „Wenn das Käuzchen ruft, bin ich bei dir", hatte er Maisblüte zugeflüstert – vor kurzem erst, im Haus der Wolkenschlangen, als Motecuzoma die Mädchen entließ. Flach an den Boden gedrückt wartete er, aber nichts tat sich. Er rief noch einmal. Endlich bewegte sich der Vorhang. Er ahnte, mehr als er sie sah, die Hand, die ihm winkte.
„Maisblüte!" Er wollte sie küssen, sie aber entzog sich ihm.
„Bist du bei Trost?", schalt sie leise.
„Sprich weiter", bat er, „schelte mich. Dann kann ich deine süße Stimme hören."
„Wenn man dich hier findet ..."
„Kein Mensch hat mich gesehen."
„Wenn man dich hört ..."
„Ich habe meine Schellen entfernt."

„Hast du den Verstand verloren?"
„Du hast ihn mir geraubt." Wieder wollte er sie küssen.
„Du machst mich doch ganz schwarz."
„Du wirst nicht schwarz. Ich habe die Farbe abgewaschen."
„Ich sollte dich fortschicken, Jadefisch ..." Er zog sie an sich. Sie ließ es geschehen. „Wir werden noch alles verderben", flüsterte sie.
„Was denn verderben?", fragte er zurück. „Alles ist beschlossen. Es sind nicht einmal sechzig Tage, bis man uns offiziell vereint."
„Dann sollten wir ..."
„Noch warten? Ach, du reist bald ab, dann können wir uns nicht mehr sehen."
Ihre Lippen fanden sich. Die Welt hörte auf zu existieren. Sie waren das göttliche Paar am Anfang der Schöpfung. Was konnte geschehen?

Der Oberpriester befand sich immer noch im Tempelhof. Der Schreck saß ihm noch in den Gliedern. Er fürchtete sich abergläubisch davor, den Streifen Mondlicht vor ihm auf dem Pflaster zu überqueren. Was sollte er auch im Priesterhaus? An Schlaf war nicht zu denken. Er würde sich doch nur von einer Seite auf die andere wälzen. Diese Nacht, sie hieß Neun Leguan, gehörte den Dämonen. Sie unterstand Xolotl, dem hundeköpfigen Gott, der die Tore der Unterwelt öffnen konnte. Schon witterte er eine Luftbewegung: Wirbelte da ein Messer auf ihn zu?
„Yaopol-tzin ..."
„Sternfinder?" Der Oberpriester fasste sich. „Was tust du hier? Beobachtest du nicht den roten Stern? Ist er denn schon untergegangen?"
„Er ist noch am südlichen Himmel zu sehen."
„Warum hast du dann deinen Posten auf dem Haupttempel verlassen?"
„Der Hohepriester des Regens ..."
„Geht es ihm schlechter?"
„Er ist tot."
Im Kopf des Oberpriesters begann es zu rattern. Sternfinder sollte sein Nachfolger sein! „Was für ein Unglück. Wissen es die anderen schon?"

„Noch nicht. Ich bin zuerst zu dir gekommen."

„Recht getan. Lass uns das Weitere besprechen." Er wusste plötzlich, was Tezcatlipoca wollte. Darum führte er den Priester-Weisen in die Pyramide. Dort herrschte tiefe Stille, denn Schädelwand, der drinnen Wache halten sollte, war auf der Innentreppe eingenickt.

„Hast du noch Blumenwasser?"

Sie gingen in das kleine Nebengelass. Der Oberpriester leuchtete mit einer Fackel, während Sternfinder ein paar Samen zerrieb und Wasser aufgoss. Nachdem die Flüssigkeit gezogen hatte, seihte er sie durch ein Tuch. Er säuberte den Arbeitsplatz, umfasste den vollen Topf mit den Armen und folgte dem Oberpriester.

Schädelwand schlief immer noch, als der Oberpriester die Platte über dem Eingang zur Gruft entfernte und sich an den Abstieg machte. Der Priester-Weise kam nur langsam nach – vielleicht, weil das Gefäß mit dem Blumenwasser so schwer war. Unten blieb er vor dem tönernen Skelett des Grabwächters stehen, dessen leere Augenhöhlen im Schein der Fackel rötlich glommen.

„Die Nacht des Unheils", flüsterte der Oberpriester. „Der hundsköpfige Gott versteckt die Sonne in der Unterwelt. Und, wer weiß, vielleicht holt er nicht nur den Hohepriester, sondern auch noch den Großen Sprecher."

Das Wasser im Topf begann zu schwappen.

„Beruhige dich nur, Sternfinder. Wir können dafür sorgen, dass dies nicht geschieht. Zunächst aber will ich die Luke verschließen. Sonst fällt noch jemand hier hinein."

Der Priester-Weise musste ihm leuchten. Mit einem leisen Knirschen rastete die Luke ein, dann tappten beider Sohlen zum zweiten Mal über die Stufen. Herzschlag, dröhnend in den Ohren. Atemlosigkeit. Wie weiter?

Der Priester-Weise steckte die Fackel in die Faust des Totengottes. Sie setzten sich. Der Oberpriester goss das Blumenwasser in die Schalen und sog den süßlichen Duft ein. Sie tranken. Erst nachdem sie sich die Lippen abgewischt hatten, kam der Oberpriester auf sein Anliegen zu sprechen. Gespannt lauschte der Priester-Weise: Weshalb holte der hundsköpfige Gott den Großen Sprecher?

„Tatsächlich, Motecuzoma schwebt in großer Gefahr. Er ist womöglich immer noch krank vom schwarzen Bann der Menscheneule, ist nicht genesen, wie wir alle dachten. Sieh her!" Der Oberpriester drehte die Trinkschale um. Ein dünner Strahl des Blumenwassers floss heraus, der sofort abriss – dann noch zwei, drei Tropfen. „Seine Kraft hat ihn verlassen. Darum vergisst er seiner Pflichten, verliert er sich in Wünschen und Träumen."

„Was träumt er denn, Yaopol-tzin?"

Der Oberpriester fuhr mit dem Finger den Rand der Schale entlang. „Träume der Vergangenheit, Träume einer Zukunft, die für diese Welt nicht taugen. Neblige Träume einer sonnenlosen Zeit."

Das Ursprungsland, dachte der Priester-Weise. Diese Überlieferung war heilig, und der Große Sprecher hatte jedes Recht der Welt, davon zu träumen.

Aber der Oberpriester begab sich nicht auf ein Gelände, auf dem der Priester-Weise ihm überlegen war. Er beschwor stattdessen die Sonne. Die Fünfte Sonne, die an einem Tag Vier Bewegung für immer untergehen würde. Die man, um dies hinauszuzögern, mit Blut ernährte.

„Es heißt, du habest niemals auch nur einer Wachtel den Hals umgedreht."

Der Priester-Weise wappnete sich. „Ich opfere lieber mein eigenes Blut."

„Dein Jade-Wasser. Darin warst du immer vorbildlich, tatsächlich. Genügt das aber?"

Dem Priester-Weisen wurde kalt. Er dachte an sein Gespräch mit dem Herrscher. Wie hatte der Oberpriester davon erfahren? Er schaute auf den noch fast vollen Topf mit dem Blumenwasser. Dessen Genuss konnte ihm nicht so viel Wissen verschafft haben, wie er zu besitzen schien. Es war viel zu niedrig dosiert, um jetzt schon mehr als eine leichte Bewusstseinstrübung in ihm hervorzurufen – falls überhaupt. Da er das nun aber wusste – was bezweckte er?

„Du bist ein Ratgeber des Großen Sprechers, dessen Pflicht es ist, Sonne und Erde zu erhalten. Das ist eine schwere Last. Du musst ihm helfen, sie zu tragen – nicht, sie abzuwerfen."

„Was erwartest du von mir?"

„Sag ihm, dass du dich geirrt hast."

„Ich bin der Wahrheit verpflichtet."
„So ist es." Der Oberpriester füllte die Schalen erneut. „Was ließ Tezcatlipoca dich schauen? Wie führte Er dich in Versuchung, Er-Der-Seinen-Spott-Mit-Uns-Treibt?"
„Hielt Er mich zum Narren?"
„Vielleicht."
Der Priester-Weise sammelte sich. „Welchen Sternen hast du je geopfert?"
„Den Plejaden und dem Großen Stern, der Venus."
„Niemals dem kleinen roten Stern?"
„Den du entdeckt hast? Nie."
„Ich auch nicht. Dennoch zieht er seine Bahn, fällt nicht herab."
„Was willst du damit sagen?"
„Er braucht kein Blut, Yaopol-tzin – so wenig wie der Mond, die Venus und die Sonne."
Sehr alte Menschen wurden manchmal wieder wie kleine Kinder. Darum protestierte der Oberpriester verhalten, sprach zu dem Priester-Weisen wie zu einem Kind. „Die Götter haben sich in sie verwandelt, am Anfang, als die Welt noch dunkel war. Sie haben sich in Brand gesetzt, um uns zu leuchten. Wenn wir nicht opfern, werden sie erlöschen. Dann bleibt die Sonne kraftlos stehen, der Große Stern schießt Pfeile auf den König, und die Dämonen zerfleischen die Welt."
„So habe ich selbst auch lange gedacht. Ich fürchtete mich vor den Sternen wie vor wilden Tieren."
„Dennoch widmest du dich ihnen dein Leben lang?"
„Sie sollten mich wenigstens nicht aus dem Hinterhalt überfallen. Ich war eben ein törichtes Kind. Heute bin ich ein törichter Alter, der glaubt, dass die Himmelskörper ohne uns existieren. Tezcatlipoca, Der-Sich-Selbst-Erfand, machte sie alle – so wie auch uns. Wie sollte Er von uns abhängen?"
„Das liegt am Austausch der Kräfte. Wir geben zurück, was wir schulden."
„Wir schulden Ihm Ehrfurcht, und wir schmücken Sein Bildnis mit Blumen. Wir wachen, fasten und wir stechen uns für Ihn. Wir suchen Seine Weisheit. Wenn wir sterben, gehen wir zu Ihm. Kam es dir nie-

mals in den Sinn, dass es unrecht ist, zu töten?"
„Warum lässt Er uns gewähren?"
„Wer weiß. Wer kennt schon Seine Wege."
Das leuchtete dem Oberpriester ein. Überhaupt erhellte sich sein Geist auf eine nie geahnte Weise.
Das Ursprungsland, von baumwollweißer, weicher Dämmerung umhüllt, nahm ihn gefangen. Dort gab es Berge, voll mit Wild, und Gewässer, voll mit Fisch, Wälder, Auen, fette Wiesen. Wäre dort eine Sonne aufgegangen, sie hätte sich allein, ohne Opferherzen, bewegt. Konnte man wieder dorthin gelangen? Auf dem Kreisbogen der Zeit vorwärtsschreitend, erschaute er vor sich den Blühenden Baum, bei dem die Götter friedlich saßen. Eine junge Göttin tanzte, von feinem Dunst umschleiert, auf den Blumenfeldern. Der Oberpriester spürte Honig auf der Zunge und einen beschämenden Schauer der Lust.
Das konnte er nicht akzeptieren!
Er sah ein Trugbild, unbeständig wie ein Regenbogen, der verblasste und zerging. Die Welt im Ring des Wassers hatte ihre Sonne! Und diese besaß ein starkes Gebiss mit mahlenden Zähnen und eine Zunge, scharf wie ein Opfermesser. Groll stieg in ihm auf. Er ärgerte sich, dass er sich von dem Priester-Weisen hatte täuschen lassen. Auch anderen mochte das widerfahren, wenn er erst Hohepriester war. Eingelullt von sanften Worten, eingewickelt in das Hirngespinst eines alten Mannes, dem Tezcatlipoca den Verstand verwirrte, würden sie ihre Pflicht vergessen wie der Große Sprecher. Tatsächlich, der Priester-Weise brachte die Welt in Gefahr.
„Wenn Motecuzoma sich besinnt, was wirst du machen?", fragte er ihn hinterhältig. „Du bist dann deines Lebens nicht mehr sicher. Er ist launisch wie Tezcatlipoca. Er wird dich töten, Sternfinder."
„Mag sein. Der Große Sprecher tut, was ihm beliebt."
„Wirst du dich nicht retten wollen?"
„Ich bin alt, mein Auftrag ist erfüllt."
„Wenn du es so siehst ..." Der Oberpriester setzte die Trinkschale ab. „Dennoch – es würde mich erleichtern, wenn du von dem Fluchtweg wüsstest. Komm!"
Der Oberpriester wandte sich nach rechts zu den Grabkammern.
„Du glaubst, du kennst in unserm Tempel jeden Stein. Nun sage mir,

was tust du in der Stunde der Gefahr? Versteckst du dich dann in der Gruft? Versteckst du dich in dieser Kammer? Glaubst du, man findet dich hier nicht?"

Sternfinder sagte nichts.

„Falsch!", rief der Oberpriester aus. „Ein jeder weiß von dieser Gruft. Sieh selbst, wie leicht ich diesen Stein zur Seite drücke." Er öffnete die Tür zu der an der Wand gelegenen Kammer und hieß den Priester-Weisen hineinleuchten. „Hier ruht mein alter Lehrer, jener Tempelvorsteher, der uns alle gerettet hat."

„Wie kannst du seine Ruhe stören?"

„In der Stunde der Gefahr tut Rettung not. Und hier ist sie. Der Baumeister hat an alles gedacht. Ein Gang ins Freie! Zum letzten Male wurde er benutzt, als König Tizoc seine Schergen sandte."

„Was sollte ihn dazu bewogen haben?"

„Sein Unglück, Sternfinder. Er verlor seine Schlachten. Die Götter gaben ihm nur schwache Siege, die kaum Gefangene brachten. Er glaubte darum wohl, man hielte ihn nicht mehr für wert, im Namen des Tezcatlipoca zu regieren. Er fürchtete in seinem Wahn, es werde schon für sein Ableben gebetet. Ich war ein kleiner Priesterschüler von zehn, elf Jahren zu der Zeit und brachte gerade eine Ladung Reisig, als die Schergen kamen. Ich lief hinein und sagte es dem Tempelvorsteher. Rasch packte er mich und eilte mit mir hinunter in die Gruft. Er brachte mich durch den geheimen Tunnel in Sicherheit."

„Ich kann mich nicht daran erinnern, obwohl ich älter bin als du."

„Du warst schon damals ein berühmter Mann und lehrtest in der Priesterschule den Lauf der Gestirne. In jener Nacht hast du den kleinen roten Stern entdeckt."

„Wiederentdeckt, Yaopol-tzin, nichts weiter – altes Wissen, das vergessen war."

„Wie dem auch sei, ich weiß es so genau, weil du an jenem grauen Morgen nach durchwachter Nacht durch uns hindurchgegangen bist. Wir standen frierend vor dem Tempel, und du sahst uns an wie einen Spuk. Ich sprang zur Seite, aber mit dem Tempelvorsteher bist du zusammengestoßen."

An der Geschichte ließ sich nicht deuteln. Sie war genau so passiert. Der Priester-Weise schüttelte den Kopf. „Ich hatte das Erscheinen eines Sterns errechnet, nach einem alten Buch, wusste aber nicht, dass es der kleine rote war. Erst in der Nacht, als unser Tempelvorsteher mit dir vor König Tizoc floh, fand ich die Lösung."

„Auch der Tempelvorsteher fand eine Lösung. Er war ja seines Lebens nicht mehr sicher. Du warst noch auf dem Ausguck, als er als Zauberer verkleidet zu Tizoc ging. Der König erkannte ihn dennoch, glaubte aber, dass er einen Toten vor sich haben müsse. Der Tempelvorsteher hatte leichtes Spiel mit ihm."

„Wie hat er ihn getötet?"

„Das sage ich dir gleich. Erst aber müssen wir die Grabkammer durchqueren. Leuchte uns!"

Die Fackel zitterte über die Wände. „Dorthin, in die Ecke, wo du das Bild des Stechapfelbuschs siehst." Der Oberpriester hatte keine Schwierigkeiten, den Eingang zum Tunnel zu finden. Als würde er Alltägliches verrichten, öffnete er ihn und kletterte hindurch.

„Du musst leise sein. Ich führe dich jetzt durch den Tunnel. Er geht zu Motecuzomas Palast. Damals, zu Tizocs Zeiten, war das Gelände unbebaut. Heute befinden sich dort die Gemächer der Frauen und Töchter des Herrschers. Wir werden in einem kleinen Unterstand herauskommen. Dort ist kein Weg, nur ein schmaler Pfad schlängelt sich durch die Büsche."

„Und unterwegs dorthin willst du mir die Geschichte zu Ende erzählen?" Sternfinder wäre am liebsten wieder umgekehrt.

„Wer diesen Tunnel kennt, erfährt auch sein Geheimnis", flüsterte der Oberpriester. „In jener Nacht wurde alles gelöst, das Rätsel um den Himmelsstern und Tizocs Leben. Der König begriff am Ende, dass er keinen Geist vor sich sah. Er senkte sein Haupt und sprach: „Tezcatlipoca hat mich zerstört. Ich bin zu nichts nütze. Nicht einmal ein Kind wie dieses – er meinte mich – fürchtet mich noch."

„Du warst dabei? Du hast als Kind an einem Königsmord mitwirken müssen?"

„Wenn du nicht kommen willst, gib mir die Fackel."

Der Priester-Weise reichte sie ihm durch.

„Jetzt zeige ich dir, wie du diesen Stein bewegen kannst. Du willst ja nicht, dass die Verfolger deinen Fluchtweg finden."

Der Priester-Weise reagierte nicht. Er hockte vor dem Durchgang,

ohne sich zu rühren. Der Oberpriester schloss die Verbindung zwischen ihnen. Der Stein war wieder, wo er hingehörte; der Priester-Weise hätte gehen, sich durch die Finsternis der Gruft zur Treppe tasten können. Der Oberpriester horchte, klopfte an den Stein. Er hörte eine dünne Stimme:
„Yaopol-tzin? Wo bist du?"
„Wo schon – hier hinten." Er verschob den Stein erneut. „Wo bleibst du, Sternfinder?"
Im Fackellicht erschien der Oberpriester so wie immer, der alte Mann beruhigte sich. Er ergriff die ausgestreckte Hand und ließ sich durch die Öffnung helfen.
„Nun verschließe du das Loch", sagte der Oberpriester und beleuchtete die Griffe am Rücken des Steins. Der Priester-Weise passte ihn ein.
„Wie ging es nun mit Tizoc weiter?"
„Er bat selbst um den Becher Gift, den der Tempelvorsteher ihm mischte."
„Und du? Was hattest du zu tun?"
„Ich musste ihm den Becher reichen."
„Und der König leerte ihn?"
„Er ergab sich in sein Schicksal."
Der Priester-Weise wich zurück. „Warum erzählst du mir das alles?"
Der Oberpriester wandte sich dem Tunnel zu. „Wir müssen gehen."
Geh du nur, dachte der Priester-Weise. Irgendwo war der bewegliche Stein, er musste die Griffe finden.
Der Oberpriester kehrte um.

18

Die Zeit ist in der Nacht gefangen. Magische Fesseln halten sie nieder, sie kann einfach nicht weitergehen. Sie liegt, ein Alligator ohne Zähne, in einem ausgetrockneten Fluss. Wahnhaft täuscht sie eine Macht vor, die sie noch nicht hat. Beharrt darauf, es tage, sagt, die

Sonne gehe auf. Doch das kann nur die Nachtsonne sein. Siehst du, auf den bleichen Strahlen des Mondes segelt eine Fledermaus zu uns herein, das ist wunderbar; es sagt uns, dass die Zeit uns angelogen hat. Halt mich fester, lass mich nicht los.

Aber auch Maisblüte wusste, dass die Zeit das Fangnetz aus Dunkelheit abstreifen, sich windend und sich biegend durch die Maschen schlüpfen würde. Noch vor dem Morgen musste Jadefisch wieder im Tempel sein. Wenn die Schneckentrompete erschallte und der Oberpriester ins Heiligtum ging, musste er bei der Statue sitzen.

Maisblüte war im Grunde viel zu träge, um jetzt aufzustehen. Ihr Körper hatte sich in eine schwere Mameifrucht verwandelt. Sie rollte hinter Jadefisch auf die Terrasse, wo ihr Papagei auf seiner Stange schlief. Als sie vorbeikam, lüpfte er die Flügel, piepste leise, träumte weiter.

Jadefisch ließ sich geschwind an der Pfeifenwinde herunter und schlug sich ins Gebüsch. Er musste sich sputen. Da bemerkte er ein leises Rascheln, das nicht von ihm selber kam. Wie angewurzelt blieb Jadefisch stehen: Wer war da? Aber dann sah er den Andern im fahlen Licht: Es war ein Fuchs, der zu des Herrschers Ententeichen schnürte. Er schien ihm zuzuzwinkern. Du und ich ... Jadefisch war wohl in einer seltsamen Verfassung, denn er wünschte dem Räuber Glück. Sich selbst hielt er plötzlich für unbesiegbar.

Im Tunnel sank ihm indes bald der Mut. Absolute Finsternis umgab ihn hier. Wie ein Blinder musste er das Glutgefäß ertasten, an dem er seine auf dem Hinweg schon halb abgebrannte Fackel wieder entfachte. Er fand die Wandnische mit seinen Sachen. Da waren der Netzumhang, den er sich um die Schulter warf, das Blumengewinde, Schmuck und Federn, auch ein Spiegel aus Pyrit. Während sein Pulsschlag sich normalisierte, rußte er sich das Gesicht. Geschafft. Tezcatlipoca starrte ihm entgegen – jedoch verschwommen, nebulös und unbeständig, Schatten ineinander-, auseinanderfließend. Endlich trat das Antlitz deutlicher hervor – und ach, es war nicht ganz vollkommen; es wirkte stumpf, schien blass an manchen Stellen, wie getüpfelt. Jadefisch begann es auszubessern, hastig, mit kreisenden Bewegungen der Hand – umsonst, es wurde nur noch schlimmer.

Dann ging auch noch die Fackel aus. Er konnte nichts mehr sehen.
Er lauschte in den Gang hinein, der ihm auf einmal gefährlich vorkam, so, als läge dort ein wildes Tier auf der Lauer – bereit, ihn, den Gesetzesbrecher, zu verschlingen. Unwillkürlich begann er zu beten. Wenn Tezcatlipoca ihn nur unbeschadet entkommen ließe, dann würde er sich künftig wie ein ordentliches Abbild des Gottes benehmen.
Jadefisch tastete sich links die Wand entlang. Schon kam Bewegung in das Ungeheuer. Sand und Kiesel rieselten herab, Erde verfing sich in Jadefischs Haar. Dann stolperte er gegen etwas Weiches, fing sich im Fallen auf und landete an einer Mauer. Seine Finger ertasteten die Mulden im Stein ... die Griffe! Jadefisch verschob die Platte und kroch vom Tunnel in die Gruft. Gerettet!
Wie viel Zeit mochte vergangen sein, seitdem er Maisblüte verlassen hatte? Der Weg zur Oberwelt war lang und schwer zu finden. Er trat noch einmal gegen einen Gegenstand; es scheppterte, dann stand er mit dem Fuß in einer Pfütze. Endlich fand er die Treppe.
Als er sich aus der Luke zwängte, nahm er einen grauen Streifen wahr – das morgendliche Zwielicht sickerte ein, und da erhob sich eine menschliche Gestalt: der Oberpriester! Als ob er hier auf ihn gewartet hätte. Jadefisch sank schon der Mut, seltsamerweise aber fing der Oberpriester an zu schlottern, als er den Ixiptla erkannte – so, als befiele ihn große Furcht.

Der Ixiptla ging ins Priesterhaus, um sich neu bemalen zu lassen, aber Sternfinder war nicht da.
Eins-Affe übernahm. „Wenn du den Kopf ein wenig gerader halten wolltest..."
Jadefischs Kopf kippte ständig zur Seite, oder sein Kinn sank auf die Brust.
„Was tust du nachts, Ixiptla-tzin? So, wie du aussiehst, bist du irgendwo herumgekrochen."
„Was?"
„Du hast sicher wüst geträumt. Kein Wunder. Die ganze Nacht im Heiligtum. Noch dazu *diese* Nacht."
„Was ist damit?"

„Hörst du die Pauke vom Haupttempel nicht? Der Hohepriester ist gestorben."

„Welcher?" Jadefisch war plötzlich hellwach.

„Der des Regengottes. Ich sage dir, das wird ein turbulenter Tag. Schon ist der Herrscher drüben in der Doppelpyramide."

„Mit dem Priester-Weisen?"

Eins-Affe zuckte die Achseln. „Schon möglich. Sternfinder ist jetzt Nacht für Nacht auf seinem Ausguck auf der Doppelpyramide. Er wird gleich dageblieben sein."

„Wer hat denn dann die Farbe bereitet?"

„Meine Wenigkeit. Ich sehe manchmal zu, wenn er sie rührt. Erde, Ruß, Skorpione und der Runde."

„Der Runde?"

„Weiße Acker-Winde. Ihre Samen sitzen in einer kleinen, runden Kapsel. Sie ist glatt und dünn, zerbröselt wie ein dürres Blatt in den Fingern. Sternfinder nimmt sie nicht immer – und wenn, dann nicht viel."

„Wie viel hast du genommen?"

„Nichts. Hauptsache, deine Farbe glänzt wieder."

Jadefisch dachte an das überstandene Abenteuer. Er durfte sich nie wieder so durch sein Äußeres verraten. „Was sorgt denn für den Glanz?"

Eins-Affe grinste. „Ich glaube, der Skorpion. Und ein bisschen Glimmerpulver."

„Kommt das auch in die Farbe für die Priester?"

„Sicher. Du kannst zusehen, weil ich auch für sie noch gleich die Farbe mache. Es ist nämlich nichts mehr da."

Eins-Affe führte den Ixiptla in den Speicher. Es roch nach allem, was die Erde bot. Mais in vielen Farben, braune und gesprenkelte Bohnen, Pfefferschoten, rote, grüne, spitze, breite Kürbisse von jeder Form und Größe. Aus bauchigen Gefäßen duftete Räucherharz, und von der Decke hingen Tabakblätter und würzige Kräuter. „Achtung!" Eins-Affe kniff die Augen zu und zog die Nase kraus – es half nichts, die pikante Mischung explodierte. Auch Jadefisch musste niesen. Fast zeitgleich hörte man ein klackendes Geräusch, als fiele einige Schritte entfernt eine Eichel zu Boden. Es kam aus der Ecke der heiligen Pflanzen. Eins-Affe steuerte dorthin, weil er ja Ackerwinde für die Farbe brauchte. Dort machte sich aber schon jemand zu schaffen. Er wurde von Körben und Netzen verdeckt, die sich an ihrer Aufhängung drehten. Eines der Netze geriet in stärkere Schwingung.

„Wer hat dir erlaubt, hier einzudringen?", polterte der Oberpriester, der zuerst nur Eins-Affe sah.

„Einer muss doch die Farbe bereiten", druckste dieser. „Der Priester-Weise ist heute anderweitig beschäftigt, und ich nahm an, du selbst ..."

„Zerbrich du dir nicht meinen Kopf."

„*Ich* habe es befohlen", sagte Jadefisch.

„Ixiptla-tzin ..." Der Oberpriester wurde fromm. „Dann ist ja alles gut. Es ist nur so, dass sich nicht jeder bei den heiligen Pflanzen bedienen darf. Sie sind schließlich nicht ungefährlich."

Er drückte Eins-Affe seinen Korb in die Hand. Sie gingen. Jadefisch sah sich noch einmal um. Auf dem gestampften Boden lag kein Stäubchen, doch dort, wo der Oberpriester gestanden hatte, entdeckte er eine grünliche, stachlige Kapsel. Er hob sie auf und steckte sie ein. Im Priesterhaus zeigte er sie Eins-Affe. „Stechapfel", sagte dieser. Daraus machte man das Blumenwasser, mit dem der Oberpriester zu Tezcatlipoca reiste, wenn er Seines Rates bedurfte, und so dachten sie sich weiter nichts dabei.

Die Zeit verrann. Eins-Affe bereitete die Farbe, die diensthabenden Priester bemalten sich, dann ermahnte sie der Oberpriester, als würde er sie lange Zeit alleinlassen und nicht nur die paar Schritte bis zum Haupttempel gehen, um seine Trauer zu bekunden.

„Kann ich mich auf euch verlassen?"

„Wie auf dich selbst, Yaopol-tzin."

„Dass ihr mir alles gewissenhaft tut! Alles muss in der Ordnung sein. Haus, Hof, Tempel sauber gefegt, Feuerholz gestapelt, frisches Wasser für Tezcatlipocas Blumen herbeigeschafft, Agavedornen und Papier vor den Götterbildern im Priesterhaus ausgelegt. Wenn Besuch kommt, soll er sie mit eurem Blut getränkt in euren Opferbündeln

sehen. Betet für den Hohepriester, der gestorben ist. – Eins-Affe, sind die Musikinstrumente poliert?"
„Wie werden sie nicht ..."
„Einmal mehr wird wohl nicht schaden. – Ixiptla-tzin, ich wünschte, Tezcatlipoca zeigte sich dem Volk."
Jadefisch tat ihm den Gefallen. Er blieb jedoch nicht lange in der Stadt. Er umrundete nur einmal das Tempelgeviert, zog dann an der Schlangenmauer entlang und flugs durch die Pforte des Schilfrohrs zurück.
Bei der Doppelpyramide herrschte Hochbetrieb. Man brachte Opfergaben und Geschenke in den Tempelhof. Gegen Mittag kam der Große Sprecher von seiner Unterredung mit dem jetzt einzigen Hohepriester, dem des Kriegsgottes Huitzilopochtli. Er winkte den Ixiptla heran. Auch der Oberpriester, der im Hof gestanden hatte, kam herbei.
„Schaff mir den Priester-Weisen herbei!"
„Auf der Stelle, Totecuiyo." Der Oberpriester eilte davon.
Als sie den Tempel erreichten, war der Priester-Weise aber nicht da. Motecuzoma wollte daraufhin den Besuch verschieben.
„Er wird schon kommen", riet der Oberpriester, „immerhin steht frischer Kräutertee auf der Bank." Er ging in das kleine Nebengelass, wo Eins-Affe die Farbe zubereitet hatte, und brachte einen hohen, irdenen Krug. Er hielt seine Nase darüber. „So lieblich, wie es duftet, kann nur Sternfinder ihn zubereitet haben."

Der Herrscher ließ sich überreden und begab sich mit dem Oberpriester in die Hinterkammer. Dort begab er sich auf den für ihn vorbereiteten Sitz, während der Oberpriester hantierte: Er zündete die Fackeln am Eingang an und stellte ein Räuchergefäß bei Motecuzoma auf. Dann brachte er den Inhalt zum Schwelen. Jadefisch, der sich am Eingang hielt, beobachtete Yaopols Schatten an der Wand. Der Oberpriester ließ noch etwas auf das Duftharz rieseln – etwas, das dem süßen Aroma Würze zufügte. Jadefisch sog es ein. Wie angenehm und belebend es roch! Wie es den Geist befreite! Auch dem Herrscher schien es zu gefallen. Er entspannte sich. Alle Ungeduld fiel von ihm ab, und auf sein Antlitz trat ein träumerisches Lächeln.

Jadefisch vergaß die Zeit. Er begann sich leicht zu fühlen. Er war dabei, die Bodenhaftung zu verlieren, als ihn, im letzten Augenblick, jemand am Umhang herunterzog. Eins-Affe, schwitzend, außer Atem, lugte an ihm vorbei in die Hinterkammer.
„Der Priester-Weise ist nicht aufzufinden! Wir haben überall gesucht."
„Dann sucht ihn weiter!", brummte der Oberpriester.
„Ixiptla-tzin, der Herrscher sieht ja so entrückt aus", flüsterte Eins-Affe.
„Der Oberpriester aber nicht", kicherte Jadefisch.
„Der sitzt auch nicht im Rauch." Eins-Affe zog den Ixiptla nach draußen. „Hier stimmt was nicht."
Jadefisch, der von dem Duft nur wenig eingeatmet hatte, kam an der frischen Luft rasch wieder zu sich. „Wir dürfen Motecuzoma nicht alleine lassen."
„Wenn du mich nicht verrätst ... geh auf die Seite, wo der Oberpriester sitzt und atme flach. Ich suche weiter nach dem Priester-Weisen."
„Warst du schon unten in der Gruft?"
Sie trennten sich. Jadefisch postierte Goldfasan und Schädelwand vor der Pyramide und ging wieder hinein. Eins-Affe hatte recht: Der Rauch umwölkte nur den Herrscher, zog über ihn zum Ausgang ab, während der Oberpriester kaum oder gar nichts davon einatmete. Jadefisch ging an ihm vorbei und rückte das Räuchergefäß aus der Gefahrenzone.
Der Oberpriester rührte sich. „Wir sollten nicht mehr auf den Priester-Weisen warten, Totecuiyo."
Motecuzoma nickte. Der Oberpriester teilte zwei Trinkschalen aus, eine für den Herrscher und eine für sich.
„Mir auch!", verlangte der Ixiptla.
Der Oberpriester reichte ihm die Schale, die an sich dem Priester-Weisen vorbehalten war. Dann griff er nach dem Tontopf, aber der Ixiptla war schneller. Was mochte das für ein Gebräu sein? Ihm fiel die grüne Kapsel ein. Stechapfel war in allen Teilen giftig. Jedem Kind wurde eingeschärft, nur ja nichts davon in den Mund zu stecken. Wenn nun der Oberpriester ...? Der Ixiptla füllte ihm die Schale.
„Trink, Yaopol-tzin!"

Der Oberpriester wehrte ab. „Es gebührt mir nicht, vor euch zu trinken." Aber auch der Herrscher sagte: „Trink!" Dem Oberpriester blieb nichts weiter übrig. Er setzte seine Schale an die Lippen und begann zu schlucken. Hatte Jadefisch ihn zu Unrecht verdächtigt? Oder gab es einen Trick? Schon forderte der Herrscher seinen Teil. „Gieß mir schon ein!" Der Oberpriester setzte die noch halbvolle Schale ab und wischte sich den Mund mit einem Tuch. Jadefisch beobachtete ihn aus den Augenwinkeln: Er schien auf etwas herumzukauen, das er dann rasch hinunterschluckte.
Motecuzoma wurde ungeduldig. „Worauf wartest du?"
Der Ixiptla ließ den Tontopf fallen. Im selben Augenblick begriff er, dass es ein Fehler war. Man würde nun nichts mehr beweisen können. Der Oberpriester tupfte sich mit dem Tuch die Stirn. Dann beugte er sich vor. Er zitterte ein wenig, wirkte fahrig, als er die Scherben auflas und dabei wie unabsichtlich auch noch die eigene Schale umstieß, während der Ixiptla den Herrscher ins Freie brachte.

19

Eins-Affe fand zwei Kürbisschalen und die Scherben eines Topfes in der Gruft. Eine angekohlte Fackel lag vor dem Eingang zur äußeren Kammer, und vor deren Öffnung war eine breite Schleifspur zu sehen. Es zog empfindlich durch einen Spalt. Eins-Affe sträubten sich die Haare. Er stolperte die Treppe hinauf.
„Hast du den Priester-Weisen gefunden?"
Jadefisch war fast der Einzige, der bei der Suche half. Die anderen Priester standen um den Herrscher und den Oberpriester, die lethargisch an der Tempelmauer lehnten. Motecuzoma schien zu träumen, der Gotteshüter krank zu sein. Er war so weiß wie Kalk, und es gelang ihm nicht, alleine aufzustehen. Jemand stützte ihn, doch seine Knie knickten ein.
Nachdem das nun so war, fand Jadefisch den Mut, sich an der Spitze des Gefolges in den geheimen Gang zu wagen. Es musste sein! Er

ahnte immer deutlicher, dass er den Priester-Weisen dort entdecken würde. Dessen Körper war das Weiche, an das er in der Nacht gestoßen war!

„Öffnet!"

Ängstlich blickte das Gefolge ihn an. Als Erster traute Schädelwand sich in die Kammer. „Hier ist nur ein Skelett und weiter keiner."
Jadefisch ließ es nicht gelten. „Irgendwo muss er ja sein. Leuchtet, klopft die Wände ab!" Schließlich tat er so, als ob er etwas sähe. „Zieht hier nicht Rauch ab? Durch die Mauer? Schädelwand, stemm dich dagegen!" Wie zu erwarten gab die Platte nach, und Schädelwand, der damit nicht gerechnet hatte, stolperte hinterher.
Der alte Mann wurde in einer Nische hinter dem Eingang gefunden. Sein Haar war blutverklebt, aber sein Körper noch warm, und er atmete schwach. Vorsichtig wurde er geborgen und in den Hof gebracht. Die Priesterschaft zog einen Ring um ihn und flehte stumm den göttlichen Beistand auf ihn herab.
„Er braucht Hilfe", sagte Eins-Affe.
Ein heilkundiger Priester nahm sich seiner an. Er rasierte die verletzte Stelle und wusch die Wunde mit einem Kräutersud aus. Skeptisch wiegte er das Haupt: „Ich kann nicht sehr viel für ihn tun. Im Fleisch stecken Knochensplitter. Der Schädel ist an einer Stelle eingedrückt. Ein Spezialist sollte sich seiner annehmen, ein Chirurg wie Sieben-Regen."
„Ja, Sieben-Regen!" riefen die Umstehenden aus, „wenn einer ihn noch retten kann, dann er." Sie blickten scheu zum Großen Sprecher. Der Ixiptla trat an ihn heran. „Lass deinen Leibarzt rufen, Totecuiyo." Der Angesprochene reagierte nicht. „Holt Motecuzomas Leibarzt Sieben-Regen!", befahl der Ixiptla.

Es dauerte nicht lange, bis dieser mit zwei Helfern erschien. Er war ein kräftiger Mann in der Blüte seiner Jahre. Mit gezielten Blicken prüfte er die Lage: Drei Menschen brauchten seine Dienste. Er ließ sich frisches Wasser bringen, streute eine Prise Salz hinein und ließ es Motecuzoma und dem Oberpriester einflößen. Dann wandte er sich dem Verletzten zu.
„Ich brauche absolute Ruhe."

Die Priester zogen sich sofort zurück. Der Meister winkte seinen Schülern – jungen ausgebildeten Ärzten, die allerlei Gerätschaften auspackten. Sie legten Messer, Schaber, Meißel und Pinzetten in einer Reihe aus und stellten auch etliche Töpfe dahinter, deren Inhalt von pflanzlichen Produkten bis hin zu Siedesalz reichte. In eine leere Schale taten sie das abgeschnittene Haar des Priester-Weisen.

„Jemand muss den Kopf des Priester-Weisen halten." Rasch sprang Jadefisch hinzu.

„Das ist nichts für einen Gott", sagte Sieben-Regen. „Sonst glaubt der Priester-Weise, falls er erwacht, er sei bereits im Totenland. Aber deine lautlose Gegenwart", sein Blick glitt über die Blumenflöte, „trägt sicher zum guten Gelingen bei."

Inzwischen bettete einer der Ärzte den Hinterkopf des Priester-Weisen in seine Hände und stützte mit den Daumen dessen Unterkiefer. Der zweite ging ins Priesterhaus und kam nach kurzer Zeit mit einer Kalebasse wieder.

„Solche Verletzungen bekomme ich nach jedem Feldzug zu sehen", erklärte Sieben-Regen. „Allerdings stammt diese hier von einer Fackel. Das Haar ist angesengt. Ich erkenne drei kleine Löcher, wie von Astauswüchsen geschlagen, und zwei Knochensplitter. Dazwischen ist der Schädel eingedrückt." Sieben-Regen machte eine ernste Miene. „Wenn ich den Priester-Weisen retten soll, muss ich den Schädel öffnen."

„Du musst ihn aufbohren? Er ist betagt. Wird er das überstehen?", fragte Jadefisch besorgt.

„Er hat großes Glück gehabt. Durch einen Zufall scheint er dem Schlimmsten entgangen zu sein. Er stolperte oder duckte sich. So erwischte es ihn seitlich, weil er schon im Fallen begriffen war. Hier an der Seite ist die Haut der Arme abgeschürft, seitlich am Knie entstand ein Bluterguss. Hätte ihn die Fackel mit voller Wucht getroffen – hier, wo die Schädelhälften zusammengewachsen sind –, käme jede Hilfe zu spät."

Mit einem Sud aus dem fleischigen Blatt der Agave wusch Sieben-Regen sich die Hände und säuberte anschließend die entzündete Wunde mit warmem Harn. Noch einmal betrachtete er Beschaffenheit und Lage der Knochensplitter. Dann bat er die Göttin der Ärzte-

schaft um ihren Beistand und begann mit der Operation. In großem Umkreis um die Wunde schnitt er die Kopfhaut ein und löste sie vorsichtig vom Knochen. Wo die Splitter steckten, ritzte er sie abermals, um jene gefährlich beweglichen Knochenteile nicht mit abzureißen. Während er die Kopfhaut langsam über den Schädel zog, betupfte der zweite Arzt die Wunde mit einem blutstillenden Pflanzenextrakt.
„Er öffnet die Augen", flüsterte er erfreut.
„Der plötzliche Schmerz lässt ihn zu sich kommen", erklärte Sieben-Regen.
Aber der Priester-Weise schloss die Augen wieder. Der Arzt arbeitete schnell und geschickt. Nach kurzer Zeit hatte er den Schädel über dem linken Ohr freigelegt. Jadefisch erkannte jetzt die kleinen Löcher und die eingedrückte Stelle, von der Sieben-Regen gesprochen hatte. Feine Risse liefen dort hindurch. Auch von den Löchern gingen solche Linien aus. Am Rand des größten hing lose ein dreieckiger Knochensplitter. Der andere befand sich etwa drei Fingerbreit unterhalb der Scheitellinie an der Schnittstelle mehrerer Risse. Sorgfältig untersuchte der Arzt die Bruchlinien. Mit schwarzer Farbe markierte er zwei konzentrische Kreise, von denen der äußere fast so groß war wie die Innenfläche einer Hand.
„Messer!"
Der Arzt, der ihm assistierte, reichte ihm ein kleines Messer mit einer dünnen Obsidianklinge. Damit ritzte Sieben-Regen den äußeren Kreis ein.
„Schaber!"
An der Rille ansetzend, begann er mit der eigentlichen Arbeit. Er trug die Knochensubstanz zwischen den beiden Kreisen ab. Oben nahm er weniger, unten, am inneren Kreis, mehr davon weg, und bald entstand vor den Augen des staunenden Jadefisch ein nach unten zu schmaler werdender Ring. Dabei prüfte Sieben-Regen immer wieder die Stärke des Knochens. Schließlich schützte nur noch eine hauchdünne Schicht das Gehirn.
„Meißel!"
Jadefisch hielt den Atem an. Der Operateur empfing ein längliches Gerät mit einer dünnen, abgestumpften Spitze und ein graziles Hämmerchen aus den Händen seines Assistenten. „Beobachte ihn

genau", gebot er diesem. „Wenn seine Augäpfel unter den Lidern zu rollen beginnen, gib mir ein Zeichen."

Sieben-Regen setzte den Meißel in den Ring. Nur leicht berührte er ihn mit dem Hämmerchen. Er blickte zu seinem Assistenten. Er führte einen zweiten, leichten Schlag aus. Der Assistent nickte. Der Meister setzte den Meißel auf einen anderen Punkt im Ring und betätigte das Hämmerchen. Dann blickte er wieder zum Assistenten. So ging es fort, bis er am Ausgangspunkt angelangt war.

„Agavensaft!"

Sieben-Regen tunkte ein Blatt in die Flüssigkeit und entfernte damit sorgfältig den Knochenstaub, bevor er den gelösten Teil vom Schädel des Priester-Weisen anhob. Wie er es genau machte, war nicht zu sehen. Er balancierte plötzlich eine Scheibe in den Fingern.

Abermals stockte Jadefisch der Atem. Er sah Sternfinders Hirn, von einer dünnen Haut bedeckt. Lebte hier sein wunderbarer Seelenschmetterling?

„Pinzette!"

Sieben-Regen hatte einen winzigen Splitter entdeckt, der in der Hirnhaut steckte. Vorsichtig zog er ihn heraus und betupfte die Stelle mit etwas Agavensud. Danach schob er den Hautlappen wieder über die offene Stelle. Noch einmal reinigte er alles, bevor er die Kopfschwarte darüberzog. Er ließ sich eine Nadel geben und heftete die Schwarte mit einem Haar des Priester-Weisen an.

„Agavenherz!"

Der Assistent reichte ihm einen Topf mit einem vorgewärmten, gelbgrünen Agavenherzen. Sieben-Regen drückte es an die verletzte Stelle und presste es aus. Den Pflanzenrest drückte er an.

„Kräuterbrei! Salz! Pflanzenasche!"

Der Meister verknetete diese Substanzen, schlug sie in ein sauberes Tuch ein und band es über dem Agavenherzen fest.

„Pfeifenwindenblüte!"

Sieben-Regen nahm die große, rote Blüte aus der Hand des Helfers entgegen. Er schob sie unter den Verband, einen Zauberspruch murmelnd. War der Seelenschmetterling entflohen, lockte ihn die Blüte wieder an. Während seine Helfer den Patienten von Blut und Wundsekreten reinigten, wickelte Sieben-Regen die herausoperierten Knochenteile und das zuvor entfernte Haar in ein Tuch und ließ es zu den Sachen des Priester-Weisen legen. Dann stimmte er eine Danksagung an die Göttin der Ärzteschaft an.

Die Operation hatte den ganzen Nachmittag gedauert. Die Sonne war am Singhaus vorbeigewandert und würde bald sinken. Inzwischen hatte sich der Große Sprecher von den gefährlichen Dämpfen erholt. Er öffnete die Augen. Wo war er? Was er erblickte, stimmte nicht mit der Wirklichkeit überein. Wo war all die Herrlichkeit? Wo war das erhebende Gefühl, das ihn soeben noch getragen hatte? Warum stand er nicht mehr oben auf der Pyramide des Quetzalcoatl in der Stadt der Grünfederschlange, sondern saß hier unten im Staub? Indem er aber die Menschen um sich herum wiedererkannte, begann er zu begreifen, dass er geträumt haben musste. Das Gefühl des Verlustes wich dem der Freude, denn sein Traum war wahrhaft königlich gewesen. Er fühlte sich vom Gott der Götter ausgezeichnet, und das verdankte er dem Oberpriester.
Sieben-Regen kam auf ihn zu. Was machte sein Leibarzt hier? War etwas passiert?
„Er hat Sternfinder gerettet", flüsterte jemand ihm ins Ohr. Der Ixiptla!
„Der Priester-Weise braucht jetzt einen friedlichen Ort", sagte Sieben-Regen. „Im Schatten dieses Tempels wird er nicht genesen."
Im Schatten *dieses* Tempels? Was wollte das besagen?
„Totecuiyo", drängte der Ixiptla, „Sternfinder sollte in Sieben-Regens Obhut bleiben. Gib ihm einen Raum in deinem Palast."
Motecuzoma veranlasste dies. Er war nun vollends wach und sah insofern klar, als dass der Priester-Weise Opfer eines Anschlags war – nur nicht, durch wen und weswegen. Er ließ die Gegenstände holen, die Eins-Affe in der Gruft gefunden hatte. Auf die Scherben machte er sich keinen Reim, wohl aber auf die Fackel. Sie besaß drei dicke Astauswüchse. Sieben-Regen nickte: „Das passt."

Die anderen Priester näherten sich wieder, verstärkt durch zugelaufenes Volk. Sie waren immer noch fassungslos. Als sie nun aber den Gegenstand sahen, mit dem der Priester-Weise niedergeschlagen worden war, wich ihre Bestürzung hilfloser Wut: Einige schrien: „Wer hat das gemacht?! Man sollte seinen Kopf zwischen zwei Steinen zerquetschen!"

„Ja", riefen andere, „Dort steht sein Richter, der Große Sprecher, der die Krallen und der Fang Tezcatlipocas ist! Sternfinder lebt und wird ihm sagen, wen er ergreifen muss!"

„Wenn er zu Bewusstsein kommt. Wenn aber nicht?"

„Oder wenn er ihn nicht kennt?"

„Oh, dieser Schuft!" Die Menge stieß Verwünschungen aus.

„Er wird gefasst", versprach der Herrscher, wobei er auf den Ixiptla wies. „Der Ixiptla hat Sternfinder aus der Gruft befreit, weil unser Herr Tezcatlipoca ihn geleitet hat. Er wird auch dafür sorgen, dass der Täter sich verrät."

Nie war der Ixiptla den Menschen göttlicher erschienen. Es gab keinen Unterschied zwischen ihm und Tezcatlipoca. „Ein Hoch auf den Ixiptla!", riefen sie. „Ein Hoch auch auf den Großen Sprecher, der ihn uns gab!"

Motecuzoma musste Jadefisch nicht bitten, nun das Blumenlied zu spielen. Die Musik besänftigte die Menge, die Menschen fühlten sich beschützt, und ihre Verwirrung lichtete sich.

Als sie gegangen waren, trat der Hüter-Aller-Götter auf den Plan. Ihm unterstanden sämtliche Tempel und das Gericht der Priesterschaft. Er hatte versteckt in der Menge gelauscht. Besonnen, wie er war, lenkte er das Interesse auf die Kürbisschalen und das zerbrochene Gefäß. „Kann es kein Unfall sein? Ein Ritual ist unten in der Gruft vollzogen worden. Sternfinder und ein zweiter Priester wollten mit den Göttern sprechen – und einer, der Täter, ist durchgedreht?"

„Wie das?"

„Das liegt an der Macht der heiligen Pflanzen."

Sieben-Regen schüttelte den Kopf. „Das kommt schon vor. Aber hier trifft es nicht zu. Der Priester-Weise ist nüchtern gewesen. Sein Atem roch normal, die Haut war nicht verfärbt."

„Sein Rausch kann schon vorbeigewesen sein."

„Und was ist mit dem Täter? Der müsste ganz von Sinnen sein. Man hätte ihn gefunden, um sich beißend wie ein Tier."

„Er wird geflohen sein."

„Fehlt denn ein Priester?" Motecuzoma musste jede Spur verfolgen.
„Der würdige Yaopol-tzin soll es uns sagen", riet der Hüter-Aller-Götter.
Dem Oberpriester gehorchten seine Beine wieder. Er schwankte langsam näher – wie jemand, der auf einem Seil balanciert – und erlangte dabei Schritt für Schritt das Gleichgewicht zurück. Nein, es fehlte keiner seiner Priester. Er konnte auch nicht sagen, wer den Priester-Weisen zuletzt gesehen hatte. Er selbst hatte ihm erlaubt, auf seinen Sternenausguck zu gehen. Das war am Abend, weit vor Mitternacht, gewesen.
„Später bist du ihm nicht mehr begegnet?"
„Nein."
Das genügte dem Hüter-Aller-Götter. Aber der Ixiptla bohrte tiefer, um den Herrscher auf den Oberpriester aufmerksam zu machen, ohne sein eigenes verbotenes Abenteuer beichten zu müssen. „Tatsächlich nicht? Was hast du zwischen Mitternacht und Tagesanbruch gemacht?"
„Das Gleiche könnte ich dich fragen." Der Oberpriester und der Ixiptla maßen sich mit Blicken. Motecuzoma gab vor, das nicht zu bemerken, während der Hüter-Aller-Götter, eine rasche Klärung witternd, das Gefolge des Ixiptla rief. Doch man erfuhr nichts Ungewöhnliches. Der Ixiptla sei im Heiligtum gewesen, davon habe sich der Oberpriester persönlich überzeugt.
„Wann war das?"
„Nach Mitternacht, der Mond stand noch im Süden", sagte Schädelwand. „Dann ging der würdige Yaopol-tzin ins Priesterhaus."
„Du hast das gesehen?"
„Nein, mir wurde kalt, da habe ich mich in der Pyramide auf die Innentreppe gesetzt."
„Ich sah ihn auch nicht", sagte Goldfasan, „dafür jedoch den Priester-Weisen. Der würdige Yaopol-tzin wird ihm begegnet sein."
„Das bin ich nicht!" verwahrte sich der Oberpriester. „Und überhaupt, es war stockdunkel. Wie kannst du irgendjemanden gesehen haben?" Er funkelte Goldfasan böse an.
„Der Mond hat hell geschienen."
„Ach."

„Ein Streifen Mondlicht fiel auf den Platz vor dem Priesterhaus. Da ist er durchgelaufen."

„Ich aber nicht."

„Das hat Goldfasan auch nicht behauptet", sagte der Hüter-Aller-Götter. „Also: Hast du ihn gesehen?"

„Nein."

„Du weißt doch, dass wir auch Sternfinder noch befragen?" Der Hüter-Aller-Götter ließ nicht locker. Aber der Oberpriester gab nichts zu. Motecuzoma griff schließlich ein. „Schädelwand, mein Neffe, hast du jemanden in die Pyramide kommen sehen, den würdigen Yaopol-tzin, den Priester-Weisen oder irgendeinen andern?"

„Niemanden, Totecuiyo."

„Bist du ganz sicher?"

„Von der Innentreppe habe ich den Eingang im Blick. Dort brennt immer eine Fackel, so dass man jeden Eintretenden sieht."

„Du hast auch nichts gehört? Kein Reiben eines Mörsers? Kein Plätschern von Wasser? Kein Knirschen einer Bodenplatte, die man bewegt?"

„Ich habe nur ein Käuzchen gehört."

Der Oberpriester triumphierte. „Du bist nicht etwa eingeschlafen?"

„Wie werde ich!"

So kamen sie nicht weiter. Der Herrscher taxierte den Oberpriester mit einem kurzen, eisigen Blick und wandte sich dann an den Hüter-Aller-Götter. „Befrage die übrigen Priester", ordnete er an. „Vielleicht hat einer von ihnen etwas bemerkt – etwa, ob dem Priester-Weisen jemand folgte. Der Täter kann von außen kommen – ein Irrer, der ihm nachgeschlichen ist, eine Menscheneule. Der Priester-Weise, der die Pyramide kennt, floh in den Tunnel, der Andere folgte. Dabei ging ein Gefäß zu Bruch, das man vor Tagen dort vergessen hatte oder das dort immer steht. Tragt zusammen, was ihr findet, aber diskret. Der Tempel des Tezcatlipoca ist durch die schlimme Tat genug geschädigt worden, wir brauchen nicht noch falsche Anschuldigungen." Der Hüter-Aller-Götter nickte überrascht, der Oberpriester nickte befriedigt.

Jadefisch verstand überhaupt nichts mehr. Warum ließ der Große Sprecher den Oberpriester entkommen? Er wollte Motecuzoma noch ein Zeichen geben, ihm sagen, was er von der Sache hielt, aber dieser hatte es sehr eilig, in den Palast zurückzukehren. Die kleine Gruppe löste sich auf. Sieben-Regen ging zu seinem Patienten. Der Hüter-Aller-Götter begab sich mit dem Oberpriester ins Priesterhaus. Jadefisch, der keine Lust verspürte, der sinnlosen Befragung beizuwohnen, entfloh in die Stadt.

„Er muss ihn doch gesehen haben", wiederholte Goldfasan, der immer noch mit jenem Streifen Mondlicht beschäftigt war.

„Da hast du dir 'ne schöne Suppe eingebrockt", sagte Schädelwand.

Jadefisch wurde flau im Magen. Auch er – ja, er vor allem – war verloren. Er zögerte die Rückkehr hinaus. Immer, wenn er zu den Tempeln sah, auf denen jetzt bei Nacht die Feuer brannten, wähnte er, der Oberpriester erwarte ihn schon.

Siebtes Kapitel

Die Stadt der Grünfederschlange

20

Tlacotl saß in der Wartehalle. Im Feuerbecken knisterte die Flamme. Sie brannte ruhig und ohne Rauch und wurde langsam immer kleiner. Schließlich fiel sie in sich zusammen. An den verkohlten Scheiten nagte nur noch die Glut. Der Wartende sog den letzten würzigen Atem einer Tanne ein. Der Diener, dessen Amt es war, das Feuer zu nähren, blieb aus. Jedenfalls hörte Tlacotl ihn nicht, als er auf nackten Sohlen kam, um Holz nachzulegen. Selbst dies geschah fast lautlos. Er rührte in der Asche, fachte die Glut an, belebte die Flamme wieder. Dabei beobachtete er Tlacotl verstohlen.

„Der Große Sprecher, sagt man, weilt schon in seinen Frauengemächern. Man erzählt sich im Palast, dass seine Zweite Hauptgemahlin für den Hochzeitszug der Tochter packen lässt."

Das sollte heißen: Motecuzoma war nicht mehr zu sprechen.

„Kürzlich war ein Kalenderpriester hier, der wird den Reisetag festgesetzt haben."

„Zehn Schlange", bestätigte Tlacotl. Eein günstiges Datum."

Was für ein übler Tag war dagegen der heutige gewesen. In der Nacht zuvor war Tlacotl aus Tlaxcallan kommend in der Hauptstadt eingetroffen. Er hatte noch den letzten Teil des Festes im Haus der Wolkenschlangen erlebt, weil er dem Herrscher pflichtbewusst Bericht erstatten wollte. Der hatte ihn kurz angehört und sich dann wieder den Gästen gewidmet. Er solle morgen wiederkommen. Seither hatte Tlacotl ihn einmal flüchtig aus der Ferne gesehen – auf dem Weg zur Doppelpyramide und dann, tief schlafend, im Tempelhof des Tezcatlipoca. Er hatte glücklich ausgesehen und war nur schwer erwacht.

Anschließend hatte er nicht viel geregelt. Den Fall des Anschlags auf den Priester-Weisen hatte er im Grunde sich selbst überlassen. In den Palast zurückgekehrt, hatte der Cihuacoatl mit dem Staatsbegräbnis für den Hohepriester betraut und sonst keinen Menschen empfangen. Die Würdenträger waren sämtlich ins Haus des Cihuacoatl gewechselt; der Saal war leer – bis auf Tlacotl eben. Aber niemand wagte es, die rechte Hand des Herrn-des-Schwarzen-Hauses fortzuschicken. Der alte Diener legte ihm schließlich eine Decke um und rückte ihm das Feuerbecken näher.

Wohlige Wärme durchströmte ihn. Er entsann sich, weshalb er gekommen war, und begann, seinen Bericht zu rekapitulieren. Der Fremde hatte den Herrn-Des-Schwarzen-Hauses in die Hauptstadt von Tlaxcallan mitgenommen, wo Xicotencatl der Ältere, der Erste der vier Könige, residierte. Tlacotl sah dessen auf einem Hügel erbauten Palast und über dem Portal den Kriegsgott von Tlaxcallan mit dem doppelköpfigen Hirsch. Zwei Feuerschlangen zischen rechts und links die Säulen hinab, auf denen sich die Flammen spiegeln, da springen plötzlich Krieger aus der Mauer, einer packt Tlacotl am Schopf! Er schreckte hoch: der Diener. „Folge mir zum Großen Sprecher!"

Na endlich! Womit sollte Tlacotl beginnen? Motecuzoma wusste alles schon in groben Zügen. Jetzt kam es auf die Feinheiten an.
Der Erste der vier Könige empfängt den Gesandten des Landes Caxtillan. Gestützt auf seine Diener lauscht er dessen Schritten im Säulengang, bis sie verhallt sind. Dann öffnet er die weißen Augen. Die Welt ist für ihn eine Folie aus wasserfleckigem Papier, die klare Bilderschrift von einst längst unlesbar geworden. Der Fremde versteht. Er gibt die letzte Deckung auf – den einen Schritt, der zwischen ihnen ist –, lässt sich von dem Blinden abtasten. Tlacotl beschäftigte vor allem die Ruhe, mit der dies geschehen war. Gleichmäßig waren die Finger Xicotencatls des Älteren über das Antlitz des Fremden geglitten. Anschließend hatte der alte König genickt. Wie selbstverständlich hatte er den Fremden angenommen.
Auch Motecuzoma nickte. „Wie viele Frauen hat er ihm gegeben?"
„Dreihundert, Totecuiyo. Sklavinnen die meisten, im Krieg erbeutet

oder auf dem Markt erworben, deren Los das Opfer ist – er und die anderen Könige der vier Teile Tlaxcallans."

„Sind Töchter oder Nichten der Herrscher darunter?"

„Mehrere, Totecuiyo. Wie Schmetterlinge sammelten sie sich um die jüngste Tochter des Ersten der Vier."

Tlacotl hatte nur noch sie gesehen. Der Feldherr Xicotencatl der Jüngere war ihr mit den Blicken gefolgt. ‚Meine Schwester', hatte er geflüstert, ‚Siegel.' Sie war für den Gesandten bestimmt. Als sie ihm zugeführt worden war, hatte Tlacotl sich abgewendet. Seine Blicke waren durch den Saal geflohen. Die Wände weiß, kein Federteppich, keine Stofftapete, nichts, woran er sich festhalten konnte. Schließlich hatte ihn dann eine Schnitzfigur gerettet: eine Frau mit ihrem Kind in den Armen, welche die Fremden dort aufgestellt hatten. Aber das behielt er für sich.

Motecuzoma fragte weiter: „Hast du das Zusammenknoten der Umhänge gesehen?"

„Die Hochzeit wurde nach Art der Fremden begangen."

„Erzähle!"

„Die Männer aus Caxtillan haben einen Saal für ihre Götter. Er wird beherrscht von einem hohen Kreuz, das nicht das Kreuz der Winde ist. Darin scheint ihr Gott zu leben. Davor steht ein Holzaltar und nahebei ein Wasserbecken."

„Ja, aber was trug sich nun zu?"

„Der Priester, der bis auf einen Haarkranz kahlgeschoren ist, schritt zum Wasserbecken. Dabei wippte ihm der braune Mantel auf den festen, allseits geschlossenen Schuhen. Der Gesandte schob ihm zuerst Siegel, die Tochter des alten Königs, zu. Der Gotteshüter beugte ihren Nacken über das Becken und sprenkelte ihr Wasser aufs Haupt. Fast, als ob sie ihren Seelenschmetterling empfinge! Zum Abschluss malte er ein unsichtbares Kreuz auf ihre Stirn und sprach eine unverständliche Formel. Der Gesandte rief: ‚Luisa!' Dann ging er zu Siegel, nahm sie bei der Hand."

„Sie hat einen neuen Namen erhalten?"

Tlacotl bejahte. Er begriff es erst jetzt.

„Und, hat sich der Gesandte dann mit ihr auf die Matte gesetzt?"

„Nein, Totecuiyo. Er behielt sie nicht bei sich. Er gab sie an den Ersten

seiner Krieger, den Herrn Sonne, weiter!"
„Er hat sie zurückgewiesen? Unerhört!"
„Siegel senkte ihren Kopf, während Xicotencatl der Jüngere den Platz bei seinem Vater verließ. Seine Halsschlagader klopfte, die kleinen Narben an Kinn und Wangen wurden feuerrot. Doch der Gesandte blieb ganz ruhig. Er sprach ihn an, und seine Zungen übersetzen: ‚Ich habe in der Heimat eine Frau. Mein Glaube untersagt mir eine zweite. Aber Pedro de Alvarado, den ihr Sonne nennt, ist unvermählt. Er ist mein Bruder und mein erster Kriegshäuptling, ein Heerführer wie du. Er wird deine Schwester immer gut behandeln.'"
„Und Xicotencatl der Jüngere?"
„Stand wie ein Fels. Bis sich der Gesandte an seinen Vater wandte."
„Schluckte der alte König die Kröte?"
„Ihm liegt sehr viel an diesem Bündnis, und sobald er in den Wechsel eingewilligt hatte, erhob Siegel wieder das Haupt. Sie beschwichtigte ihren Bruder und strahlte den neuen Bräutigam an."
„Sieh an. Sie hat den Konflikt im Keim erstickt."
„Ja. Xicotencatl der Jüngere ließ sich sogar von Sonne umarmen."
„Nun ist auch er mit den Fremden verbündet."
„Das meint auch Opossum, der Herr-des-Schwarzen-Hauses. Jedoch, es kommt noch schlimmer."
„Vanilleblume, der Rebell ..."
„Er kam als Gast von Maxixca, dem Zweiten der Vier. Er protzte mit dem roten Leguankamm und außerdem, als stünde es ihm zu, mit dem blau-schwarz gewürfelten Umhang der Herrscher von Tetzcoco. Wir spürten seinen spöttischen Blick. Als wir den Saal verließen, trat Vanilleblume uns in den Weg. ‚Ihr traut euch ganz allein hierher? Mitten unter eure Feinde? Ach richtig, ihr seid eingeladen. Noch andere hat man hier erwartet, aus der Stadt der Grünfederschlange – aber die, die zeigen sich nicht.'
‚Man hat auf sie verzichten müssen?', fragte Opossum scheinheilig zurück.
‚Ich gratuliere meinem intriganten Onkel', rief Vanilleblume da, ‚Nachtjaguar hat sich ködern lassen. Aber ob es ihm bekommt?' Dabei schielte er zum Zweiten der Vier. Der schob das Kinn vor und ballte die Faust."

Motecuzoma ließ keinerlei Sorge erkennen. Scheinbar unbeteiligt saß er auf dem Thron, als kümmerte ihn weder Vanilleblume noch der Zweite der Vier. Tlacotl räusperte sich. „O Motecuzoma-tzin, o Herrscher ..."
„Hast du noch etwas zu berichten?"
„O Totecuiyo, deine Tochter sollte noch nicht nach Cholollan reisen."
„Was? Du hast die Stirn, mir ungebeten Rat zu erteilen?" Motecuzoma betrachtete Tlacotl düster. „Du meinst, ich solle vertragsbrüchig werden, die Stadt der Grünfederschlange aufgeben?"

So zerbrechlich war Motecuzomas Bündnis mit Nachtjaguar? Es gab keinen Spielraum für Veränderungen? „Wollt ihr nicht beide Ruhm und Glanz? Wollt ihr nicht beide jene Hochzeit in Tlaxcallan in den Schatten stellen?", hörte Tlacotl sich sagen. Anstatt sich vor dem erzürnten Herrscher niederzuwerfen, preschte er weiter vor.
Da Motecuzoma schwieg, blieb Tlacotl nichts weiter übrig, als ihm einen Plan zu entwerfen. Er hatte aber keinen. „Totecuiyo", riet er ins Blaue, „jeder fürchtet den Jähzorn von Maxixca, dem Zweiten der Vier. Nachtjaguar hat ihn brüskiert. Er wird selbst nicht wünschen, dass du ihm jetzt deine Tochter schickst. Zumal Maisblüte zuerst dem Hohepriester, ihrem verehrten Großonkel, das letzte Geleit geben muss."
„Maisblüte?" Motecuzomas Miene verdüsterte sich weiter. „Wieso glaubst du, dass sie die Braut ist?"
„Sechs-Tod Feuerpfeil, im Haus der Wolkenschlangen, stand mit geschwellter Brust vor ihr."
„Sooo. Du weißt auch schon, wer der Bräutigam ist."
„Ist er es nicht? O Totecuiyo, der Ixiptla ..."
Das hätte Tlacotl nicht sagen sollen. Ihm stand nicht zu, Vermutungen zu äußern, schon gar nicht über Dinge, die der Große Sprecher geheimhalten wollte. Er hatte ihn dazu gebracht, sich zu verraten. Wieder suchte Tlacotl die Rettung in der Flucht nach vorn. „O Totecuiyo, sagte er so nüchtern, wie er konnte, „Dir gebührt eine neue, höhere Krone, deren Dreiecksblatt noch mehr Türkise zieren, und eine noch imposantere Königsstandarte."
Motecuzoma starrte ihn an.

Tlacotl fühlte sich von einer ungeahnten Kraft emporgetragen.
„Ich sehe hinter deinem Thron ein kostbares Gestirn aufgehen. Die Schwanzfedern des Quetzalvogels haben nicht nur vergoldete Kiele – nein, sie stecken in sie verlängernden, goldenen Schäften. Die Illusion einer blaugrünen Sonne, die das Haupt des Einen Sprechers von Cemanahuac umstrahlt ..."
„Du schmeichelst mir? Wie kannst du dich erdreisten!"
„Dein Plan beflügelt mich. Nur ein großer Herrscher kann sich daranwagen."
„Nun, wenn das so ist! Eine neue Krone also und eine neue Federstandarte. Hast du eigentlich schon den Rang eines Uferherrn?"
Das war ein Wortspiel. Die Standarte nannte man den Federschmuck des Küstenvolkes. Vor vielen Jahren hatte Motecuzomas Amtsvorgänger sie von einem Kriegszug mitgebracht. Aber hinter Motecuzomas ironischer Frage steckte noch mehr. Den Titel hatte nämlich Tlacotls legendärer Großvater geführt – vor seinem kometenhaften Aufstieg zum ersten und größten Cihuacoatl, den Tenochtitlan je besessen hatte. Er hatte dieses Amt begründet, er war der unersetzliche Berater dreier Großer Sprecher gewesen – er, Tlacaelel, mächtig wie die Herrscher selber, die in seinem Schatten standen. Gegen ihn war Tlacotl nur ein Knabe. Ihm wurde heiß vor Scham, weil er Anlass zu dem Vergleich gegeben hatte.
„Ich wollte nicht anmaßend sein, Totecuiyo."
„Vielleicht bist du dem großen Tlacaelel ähnlich, vielleicht lebt ein Teil von ihm in dir. Ich könnte jemanden wie ihn gebrauchen. Der Herr-des-Schwarzen-Hauses, Opossum, meint, es könnte etwas aus dir werden." Der Große Sprecher rief den Diener. „Einen ockerfarbenen Umhang mit der Wasserborte, wie ihn ein Uferherr trägt!"
Tlacotl konnte es nicht fassen. Er hatte keine Kriegstat dafür vollbracht und wurde dennoch ausgezeichnet?
„Du bist dem fremden Gesandten begegnet, du hast dich in das Land unserer Feinde gewagt wie ein Krieger, der seinen Brustkorb und seinen Schädel nicht liebt. Du hast für mich dein Leben in Gefahr gebracht. Und du dienst mir gut mit deinen Augen, deinen Ohren, deinen Füßen und deinem wachen Geist."
Der neue Uferherr dankte verwirrt.

Er war indes nicht so verwirrt, dass er nicht wusste, was er jetzt zu tun hatte: Er musste den Ixiptla dem Zugriff des Oberpriesters entziehen. Die Blumenflöte kreiste um die Tempel, und sooft der Spieler auch zurückwich, geriet er doch – von einem unsichtbaren Seil gezogen – immer näher.

Schließlich trat er aus dem Schatten der Gebäude. Gegenüber, im Eingang des Priesterhauses, wartete der Oberpriester. Der Ixiptla hielt in Armeslänge vor ihm an, der Oberpriester schalt ihn: „Kommst du endlich?"

Jetzt löste Tlacotl sich von der Säule, hinter der er sich verborgen hatte. „Ixiptla-tzin! Der Hofarzt Sieben-Regen bittet dich ans Krankenbett des Priester-Weisen. – Yaopol-tzin, du hast doch nichts dagegen?"

Der Oberpriester gab sich keine Blöße. Tlacotl führte den Ixiptla über verschlungene Wege in einen abgeschiedenen Hof. Dort hieß er das Gefolge warten und ging mit dem Ixiptla in einen der Räume.

„Wo ist denn der Priester-Weise?"

„Nebenan. Dies ist dein Saal, in dem du vorerst wohnen sollst."

„Verletzt das nicht das Tempelritual?"

„Das spielt wohl kaum noch eine Rolle." Auf den überraschten Blick des Ixiptla ergänzte Tlacotl, er wisse Bescheid. Der Ixiptla schilderte ihm daraufhin, was sich im Tempel zugetragen hatte. Tlacotl pfiff: „Ei schau, da haben wir vielleicht noch einen Mordversuch am Großen Sprecher."

„Weiß es der Herrscher? Kann er ihn nicht ergreifen lassen?"

„Das wäre ungeschickt. Der Oberpriester ist ein mächtiger Mann. Er unterhält Beziehungen bis in die höchsten Kreise."

„Du meinst, er hat bereits ..."

„Jemanden eingeweiht? Wer weiß? Ein Vertrauter könnte ihn schützen."

„Motecuzoma hat ihm zu viel Zeit gelassen."

„Zeit lassen müssen, denn sonst hätte er geredet, sein Erlauschtes offenbart. So aber kauft sein Schweigen das des Großen Sprechers."

„Er soll der gerechten Strafe entgehen? Weiter Schaden stiften dürfen?"

„Davor wird er sich hüten. Er ist schlau. Es wird nicht leicht sein, ihn zu fangen."

Der Ixiptla lächelte zum ersten Mal. Tlacotl gab ihn in die Obhut Sieben-Regens, dann rollte er sich in eine Decke und schlief auf der Stelle ein.

Am Morgen nahm er den Ixiptla mit in den Palast. Der Große Sprecher hatte seine zweite Hauptgemahlin, Maisblüte und zwei Schreiber versammelt. Er wollte die Mitgift der Tochter festsetzen. Er überschrieb ihr Ländereien mit hörigen Bauern. In doppelter Ausführung zogen die Schreiber die Umrisse der Äcker und darunter jeweils ein Rechteck mit den Maßangaben der Flächen. In einer dritten Reihe vermerkten sie die Zahl der hörigen Bauern. Motecuzoma prüfte die Dokumente und setzte sein Siegel darunter. Indigoblau glänzte das Antlitz des Kriegsgottes Huitzilopochtlis auf dem weißen Amatepapier. Von ihrer Mutter erhielt Maisblüte die Abgaben eines Dorfes in Chalco. Darunter malte Quetzalmatte ihren Namen, ein Geflecht aus grünen Federn. Der Große Sprecher beglaubigte auch diese Urkunde mit seinem Siegel und ließ dann beide Rollen in einer geschnitzten Lade verwahren. Die Doppel gab er Tlacotl für Nachtjaguar mit. Maisblüte suchte fieberhaft die Worte der Dankesrede zusammen. Motecuzoma wehrte ab: Die Tochter erhielt noch etliche Truhen voller Gewänder und Geschmeide.

Tlacotl ging ins Speicherhaus, wo er sich eine goldene Trommel aushändigen ließ. Dann stieß er zu den Gesandten aus Cholollan, um sie in ihre Heimat zurückzubegleiten.

„Wo bleibt Glänzt-Mit-Dem-Schild?", fragte Sechs-Tod Feuerpfeil.

„Soll er nicht seine Schwester bringen?"

„Später", wehrte Tlacotl ab. „Der Hohepriester ..."

„Natürlich. Und für wen ist die goldene Trommel?"

„Für deinen verehrten Vater, den Herrn Nachtjaguar."

Sechs-Tod Feuerpfeil nickte befriedigt.

Auch Maisblüte sah Tlacotl mit der goldenen Trommel. Sie flanierte mit der Mutter über den Hof, um die Gesandten abziehen zu sehen. Vage ahnte sie, dass jene Trommel der Grund für die Verzögerung ihrer eigenen Abreise war. „Wer erhält sie?", fragte auch sie.

„Nachtjaguar", sagte Quetzalmatte. „Sie verleiht ihm den militärischen Oberbefehl."

„Was wird geschehen?"

„Nichts, weswegen du dich sorgen müsstest."

Quetzalmatte sagte es obenhin. Es waren nur noch wenige Tage, bis man im ganzen Land erfuhr, dass die Stadt der Grünfederschlange dem aztekischen Bund angehörte. Das machte sie unantastbar, hatte Motecuzoma ihr erklärt.

„Und warum reise ich dann nicht?"

„Nun, der Ixiptla selbst wird dich entführen, so wie Tezcatlipoca einst die Liebesgöttin raubte. Das wird ein Hochzeitszug, wie ihn die Welt noch nicht gesehen hat! Der Tag der Hochzeit bleibt unverändert."

Es waren keine sechzig Tage mehr bis zu Eins-Erdungeheuer; Maisblüte zählte jeden einzelnen davon. Elf-Tod, Zwölf-Hirsch – schon legte man den Hohepriester in die Gruft. Der Regengott Tlaloc sollte ihn holen, ihn in seinem immergrünen Land aufnehmen – und der Ixiptla spielte dazu. Jeden Tag sah sie ihn wieder. Dreizehn-Kaninchen, Eins-Wasser, Zwei-Hund ... Auf dem Marktplatz pflegte er sich einzustellen, wenn sie mit ihrer Mutter und ihrer Freundin Reiherfeder nach Dingen für den Hausstand Ausschau hielt. Sie besaß zwar alles längst im Überfluss – jedoch, es mochte dies und jenes fehlen, ein Tuch, ein Federquast, ein Korb, ein Fächer. Was sie reizvoll fand, das drehte sie nach allen Seiten und zog, meist ohne es zu kaufen, weiter, immer der Musik der Blumenflöte nach. Quetzalmatte durchschaute sie, ließ aber zu, dass sie Jadefisch fand. Sie duldete sogar, dass sie dann stehenblieb und seiner Weise lauschte, obwohl dies eine sehr verräterische Folge war, die jeden Tag um einen Ton abnahm, als tilge er die Zeit, die ihn und sie noch trennte. Was für ein seltenes Glück sie doch hatte!

Maisblüte ging bei alldem wie eine Schlafwandlerin durch die Welt.

„Sie nimmt mich gar nicht wahr", klagte Quetzalmatte. „Sie ist schon weg, ist jetzt schon in Cholollan."

„Eifersüchtig?", fragte Reiherfeder.

„Was – ich? Auf wen denn?", gab Maisblüte zurück.

„Da hast du's", lachte Quetzalmatte.
„Was ist denn?", wunderte Maisblüte sich, reimte sich schließlich aber doch den Grund für das Gelächter zusammen. „O Mutter", sagte sie, „so gern ich nach Cholollan gehe, ich wünschte doch, ich könnte noch ein wenig länger hier bei dir in Tenochtitlan bleiben."
„Also, die Höflichkeit hast du doch nicht verlernt."
Quetzalmatte konnte sich denken, dass dieser Wunsch nur insofern bestand, als der Ixiptla ebenfalls hier weilte. Allerdings – ein wenig sonderbar mochte ihr schon zumute sein. Quetzalmatte hatte selbst die Heimat nie verlassen müssen. Sie war nur aus dem Palast ihres inzwischen verstorbenen Vaters, des Vorgängers des jetzigen Cihuacoatl, zum jungen Feldherrn Motecuzoma gezogen und später, als er Großer Sprecher war, mit ihm in seinen Königspalast. Ihre Mutter, die noch lebte, konnte sie allzeit besuchen. Maisblüte aber ging in die Fremde. Auch wenn es für sie nur drei Reisetage waren – alles, was sich jenseits des Popocatepetl befand, erschien Quetzalmatte unermesslich weit entfernt. Sie fürchtete, dass sie die Tochter niemals wiedersehen würde, und angesichts dieser Sorge war es wohl gerecht, dass auch diese wenigstens ein bisschen Angst verspürte.
Reiherfeder neckte sie. „Maisblüte, weißt du, wie der Erdgeborene heißt?"
„Welcher Erdgeborene denn?"
„Na der, den wir erst gestern in der Bilderhandschrift aus Cholollan betrachtet haben. Der im Adlerbalg, der aus einem Erdloch stieg, um sich wie Bohne, Mais und Kürbis wuchernd fortzupflanzen – der produktive Urahn deines Jadefisch. Viermal vierhundert Jahre – dicke Bücher voller Namen wirst du pauken müssen, denn auch des Erdgeborenen Nachkommenschaft gedieh vortrefflich ..."
„Reiherfeder!"
„Ja?"
„Jadefischs Vorfahren kamen erst später. Das hat mir Glänzt-mit-dem-Schild gesagt. Aus dem Wolkenlande sind sie zugezogen."
„Lass mich raten. Das sind die, die von den Bäumen abstammen. Deren Herkunft reicht womöglich noch weiter zurück."
„Nein. Aber wir können ja fragen." Das schlaue Mädchen wandte sich zu dem Hofgeviert, wo man den Priester-Weisen pflegte und

wo auch der Ixiptla derzeit wohnte. Reiherfeder lachte, Quetzalmatte schüttelte ungläubig den Kopf. Sie spitzte die Ohren, ob die Flöte nicht schon wieder zu hören sei – was aber nicht der Fall war. Sie gingen also den Kranken besuchen. Und dann sah Quetzalmatte die Bescherung: Der Ixiptla hielt bei ihm Wache, das Gesicht voll schwarzer Farbe. „Hüte dich, mein Kind! Noch ist er das Abbild des Gottes", appellierte sie an die Reste von Maisblütes Vernunft.
Maisblüte trat an das Krankenlager. Sie beugte sich über Sternfinders Stirn. „Er schläft", flüsterte sie. „Er schläft sich gesund."
Jetzt schaute der Ixiptla auf. „Wie kannst du das wissen?" fragte er leise. „Er ist bewusstlos, er hat hohes Fieber. Tage und Nächte ringt er mit dem Tod."
„Jetzt ist er ruhig."
„Sieben-Regen macht ihm Kräuterwickel."
Maisblüte entdeckte die Schale am Kopfende des Lagers. Sie nahm dem Priester-Weisen das trockene Tuch von der Stirn, um es mit dem Pflanzensud zu tränken. Der Ixiptla mochte dieselbe Idee verfolgen. In der Schale berührten sich ihre Hände. Quetzalmatte räusperte sich, und Reiherfeder zog die beiden auf. „Ihr seid mir schöne Krankenpfleger. Der arme alte Mann wird euretwegen noch umkommen." Maisblüte holte, zögerlich, den Lappen aus der Schale, drückte ihn aus und legte ihn dem Priester-Weisen auf die Stirn.
„Sag, Ixiptla-tzin, wie sieht deine Stadt aus?"
„Sie liegt wie eine bunte Meeresschnecke in einem Ozean aus Mais, der wogt im ewig säuselnden Wind und streckt, wohin man schaut, die vollen Hände aus."
„Und sag, Ixiptla-tzin, der Palast deines Vaters?"
„Steht in der Nähe des südlichen Tors. Darin gibt es einen Hof mit einer knorrigen Magnolie, in der eine Schmuckamsel lebt."
„Und unser Haus?"
„Duftet nach dem Harz der Wälder. Es hat eine Dachterrasse, die man an der Brüstung mit dem Tanzstabmuster erkennt. Wenn die Sonne sinkt, wird es ganz golden. Du siehst von oben auf die Gärten und das Schlangen-Aquädukt, blau-rot-gelb das Haupt und weiß die Zähne, grün und ocker die Schuppen des sich windenden Leibes."
„Glänzt-Mit-Dem-Schild sagt, dass es gerade neu bemalt wird. Und

er sagt auch, dass dein Vater einen Brunnen setzen lässt. Mit einem Relief aus blühenden Maispflanzen, das um die Brunnenschale läuft, und einem Fisch als Wasserspeier."
„Ist das wahr?"
„Jetzt reicht es aber!" Sie hatten ihre Hände wieder in der Schale. Der Ixiptla lächelte Quetzalmatte entschuldigend an. Er erhob sich, wagte es sogar – nun ja, er war ein Gott –, Maisblüte an der Hand zu ihr zu bringen. Dann überreichte er ihr auch noch seine Blumen, die er doch unterwegs zu schwenken hatte. Was sollte sie nun damit tun? Aus diesem Strauß duftete Tezcatlipoca. Ihr blieb nichts weiter übrig, als ihn auf ihren Hausaltar zu stellen, und von dort verschwand er Stück für Stück. Binnen eines Tages schrumpfte er bis auf den letzten Stängel, während ihre Tochter kam und ging. Nicht, dass gar keine Blumen mehr in der Vase stünden. Es waren neue, eine andere Sorte. Der Strauß des Ixiptla aber fand sich bald in alter Pracht in Maisblütes Zimmer zum Trocknen an die Wand gehängt.

Unterdessen hatte sich der Oberpriester von seiner Niederlage erholt. Kein Zufall, nein, Tezcatlipoca höchstpersönlich hatte ihn scheitern lassen. Doch es war glimpflich abgegangen. Er durfte weiterleben. Der Gott stieß ihn nicht in den Schmutz – ihn so wenig wie den Großen Sprecher, den Er, ihm gleich, gewähren ließ. Was bezweckte Tezcatlipoca? ‚Sieh und staune!', schien Er Seinem Hüter zu bedeuten. ‚Sieh und fürchte dich!'
Das tat der Oberpriester. Nichts entging ihm. Nicht, dass Maisblüte noch nicht reiste, nicht, dass der Ixiptla für sie Flöte spielte. Er verführte sie! Tezcatlipoca und des Großen Sprechers Tochter! Der Oberpriester sah darin ein böses Omen. Dergleichen war schon früher geschehen – in alter Zeit, und es war übel ausgegangen. Finster, voller Sorge, hockte er im Heiligtum. „Herr, geruhe doch zu mir zu sprechen!" flehte er die Statue an. Die stand stumm und unbeweglich. Aber schließlich, als er längst das Zeitgefühl verloren hatte, wurde er gerufen:
„Yaopol!" Ganz leise klang die Stimme, wie ein Wassertropfen, der in seinem Innern fiel – und dennoch machtvoll, unerbittlich. Zitternd warf er sich zu Boden. „Herr! Was befiehlst Du mir?"

Nichts. Der Oberpriester war von dem langen Warten so erschöpft, dass sich seine Augen schlossen.

„Yaopol!"

Der Angesprochene fuhr hoch. Ihm war, als habe er Schilf in der Brust, und darin säuselte die Stimme: ‚Sieh, wie sie tanzen!', hörte er flüstern. ‚Auf der Brücke über der Schlucht.'

„Welche Brücke, welche Schlucht?"

„Mach die Augen auf!"

Der Oberpriester fand sich in eine Bergwelt versetzt. Er stand auf einem schroffen Felsen, und unter ihm, im gähnenden Schlund, schäumte ein Fluss durch ein steiniges Bett. In einiger Entfernung war Musik zu hören. Im Näherkommen sah der Oberpriester eine Brücke, und auf der Brücke stand ein Trommler.

„Des Königs Schwiegersohn! Huemac weiß nicht, wer er wirklich ist."

Huemac! Herrscher der Tolteken! Der Oberpriester wusste endlich, wo er war: Er war in der Vergangenheit gelandet, ihm wurde der Untergang eines Reiches gezeigt. Wie sie alle kamen, als Tezcatlipoca spielte! Die Jugend der Tolteken strömte herbei, um sich in wildem Tanz zu drehen. Die jungen Mädchen und die jungen Krieger wirkten schwerelos. Dann, plötzlich, brach die Brücke ein, und alle stürzten wie schwere Steine in den Fluss. Wenige entkamen. Der Oberpriester sah sie noch am Abhang stehen, sich wenden nach der Stadt, um dann erneut der göttlichen Musik zu folgen. Das böse Spiel begann von vorn. Die ganze Jugend Tollans wurde so vernichtet.

„Das ist noch gar nichts", frohlockte die Stimme.

Dem Oberpriester wurde die Kehle heiß und trocken. Er griff nach der Schale neben sich, doch es gelang ihm kaum zu schlucken. Das Wasser floss ihm aus dem Mund heraus, denn er wusste, was jetzt kam. Schon sah er Ihn, Tezcatlipoca, auf dem Marktplatz sitzen. Kleine, geschnitzte Götterfiguren ließ Er auf Seinem Handrücken tanzen. Die Leute rannten, um das zu sehen, Hals über Kopf sich vorwärts stoßend, einander niedertrampelnd. Als schon viele tot auf dem Marktplatz lagen, schrie der Gott: ‚Was für ein Unheil! Schlagt den unheimlichen Puppenspieler doch tot!' Da hatten alle Steine in den

Händen. Der Oberpriester hörte es wie Hagel prasseln, hell auf das Pflaster, dumpf auf das Fleisch. Der Kopf des Puppenspielers platzte, sein Brustkorb splitterte wie Holz. Aber von dem Leichnam ging alsbald ein widerlicher Aasgestank aus. Er verpestete die Luft, das Wasser und das Land. Tezcatlipoca, der doch tot schien, jubelte von überall: „Hurra!"

Dem Oberpriester wurde übel. Er fiel mit dem Gesicht vornüber in die Kürbisschale. Tezcatlipocas Stimme schwoll wie der Fluss zur Regenzeit, sie überflutete den Oberpriester. „Ich schieße eine weiße" – dem Oberpriester drang Wasser in Nase und Mund – „Wei-he! Vom Him..." – er schluckte – „vom Himmel fällt ein großer Op..." – der Oberpriester kämpfte sich frei und spuckte – „Op-fer-stein," – in den Ohren hatte er jetzt Stöpsel – „aller Maaais wüürd büüüt-ter." Der Oberpriester hörte, wie Tezcatlipoca lachte. „Ühr" – von hinten – „ühr" – von vorn. Dann war die Stimme klar und deutlich: „Ihr seid selbst schuld, dass ihr zugrunde geht! Habt ihr das Unheil doch an euch herangelassen!" Der Oberpriester, endgültig wach, trocknete sich das Gesicht und wischte den Boden um die Trinkschale auf.

„Gibt es nichts, Dich umzustimmen? Willst Du das ganze Volk vernichten?"

Die Statue schwieg. Der Oberpriester überlegte: Was hieß es denn, das Unheil *nicht* an sich heranzulassen? Ihm Einhalt gebieten? Hatte er das nicht vergeblich versucht? Er verließ das Heiligtum, um von der Plattform nach Süden zu spähen. Und wenn er die Worte anders betonte? Was hieße es, das Unheil nicht an *sich* heranzulassen? Wenn das Unheil sich nun *anderswo* entlüde? „Sieh hin und staune", hörte er wieder.

Schon schien sich in der Ferne etwas anzubahnen, vielleicht in der Stadt der Grünfederschlange. Im Speerhaus war Bewegung: Der Herr Tepehua gab Waffen aus – Waffen an achttausend Mann! Die Ersten brachen schon in Richtung Süden auf; kein Zweifel, sie zogen ins Blumenkriegstal. Der Oberpriester überlegte: Man würde Gottesträger brauchen. Er ging die Reihen seiner Untergebenen durch, und als er den Geeigneten gefunden hatte, räucherte er ein kleines, hölzernes Bildnis von Tezcatlipoca an, hüllte es in ein Jaguarfell und schnallte es dem Träger auf den Rücken. Ganz bedächtig tat er das, und währenddessen erzählte er ihm die Geschichten vom Untergang der alten Tolteken.

21

Die Stadt der Grünfederschlange lag in tiefem Schlaf. Nur im Ratssaal brannten noch die Feuer und warfen stumme Heere an die Wand. Immer neue Schattenkrieger fielen unermüdlich übereinander her. Temic, der Herr Traum, starrte Nachtjaguar an. „Du musst irre sein. Motecuzomas goldene Trommel hat dich kriegstrunken gemacht."
„Die Boten aus Tlaxcallan haben mein Haus unversehrt verlassen."
„Wer war es dann?", schrie Atlixca. „Wer hat ihnen die Gesichtshaut abgezogen und die Hände abgehackt?!"
„Beruhige dich", sagte der Herr-des-Schwarzen-Hauses.
Atlixca fuhr herum. „Du machst mir Spaß, Opossum! Ich habe nicht genügend Krieger! Die Verstärkung ist noch nicht hier!"
„Denk doch mal nach."
„Ach, richtig! Du bist nicht nur Motecuzomas Abgesandter, der es nicht schafft, den Fremden zu kaufen, du hast auch noch das Kommando über den Festungsberg vor der Stadt. Und ich? Ich bin ja bloß der Erste des Kriegsrats. Ich habe nur ein paar lumpige Krieger im Blumenkriegstal, ich kann hier sowieso nichts ausrichten."
Temic wollte schlichten. „Nachtjaguar hat den Oberbefehl."
„Das ist ihm gleich zu Kopf gestiegen!"
Opossum schüttelte den Kopf. Tlacotl kam ihm zu Hilfe. „Keiner hier will Krieg mit Tlaxcallan."
„Und warum stehen wir dann kurz davor? Was hat Nachtjaguar dazu getrieben ..."
Jetzt verlor auch Sechs-Tod Feuerpfeil die Beherrschung. „Hörst du schlecht? Mein Vater hat nicht ..."
Tlacotl ging dazwischen. „Schluss! Das Ganze ist nur ein Gerücht, das in Tlaxcallan verbreitet wird. Ein kleiner Spitzel trug es uns zu."

„Meinst du, es ist nicht wahr?!"
„Wer weiß? Dahinter mag Vanilleblume stecken, der böse Geist des Zweiten der Vier."
Die Streithähne setzten sich – verblüfft, erleichtert. Langsam kehrte Ruhe ein, und mit der Ruhe kam die Klarheit.
„Kannst du es beweisen?", fragte Temic.
„Nein."
„Was nützt es uns dann? Wir müssen uns wappnen. Schon liegt am Fluss ein feindliches Heer."
„Sechstausend Krieger und der Fremde", bestätigte Nachtjaguar.
„Der Fremde will die Stadt besuchen", sagte Opossum. „Die Tlaxcalteken begleiten ihn nur. Sie werden den Grenzfluss nicht überschreiten."
„Meinst du?" Atlixca war nicht überzeugt.
„Und wenn schon", sagte Sechs-Tod Feuerpfeil, „mit den sechstausend werden wir leicht fertig."
„Kein Tlaxcalteke darf in die Stadt!", erklärte Temic.
„Wir dürfen uns nicht provozieren lassen", riet Opossum. „Der fremde Gast soll sich hier sicher fühlen. Wir müssen ihn auf unsere Seite ziehen. Und außerdem: Solange er hier weilt, wird sich Tlaxcallans Heer nicht rühren. Die Könige der vier Teile wollen ihren Freund ja nicht gefährden."
Temic nickte. „Gut."
„Der Fremde wird durch das Nordtor einziehen. Wer bewacht es?"
„Mein Sohn Sechs-Tod Feuerpfeil", sagte Nachtjaguar.
„Der Fremde sollte rechts und links der Straße nur harmlose Bauern bei der Ernte sehen."
Sechs-Tod Feuerpfeil grinste. „Geht klar."
„Ich meinte: echte Bauern."
„Und die Krieger?"
„Sollen die Gäste in die Stadt einholen. Aber ohne Waffen."
„Was ist deine Rolle?", fragte Sechs-Tod Feuerpfeil.
„Ein bisschen Hokuspokus auf dem Festungsberg. Ich habe dort vierhundert Krieger. Bleibt alles ruhig, werden sie wie Kolibris in Kältestarre sein, der Fremde wird sie nicht zu sehen bekommen. Sollten sich die Tlaxcalteken aber rühren, werden sie von Tag zu Tag

mehr. Als könnte ich mir Truppen aus dem Umhang zaubern."
„Du meinst *meine* Krieger", unterbrach Atlixca.
„Zehn Vierhundertschaften. Die schleusen wir allmählich auf den Festungsberg."
„Du träumst. Ich habe ja nur halb so viele."
„Wir ziehen die Kräfte näher heran, während die Verstärkung nachrückt."
„Und was behalte ich?"
„Sechstausend. So viele, wie am Grenzfluss liegen."
„*Jetzt* liegen. Ich hätte lieber mehr."
„Motecuzoma kann keine Truppen aus dem Boden stampfen."
„Er muss."
„Ich gehe zu ihm", bot Tlacotl an.
„Versuch es", sagte Atlixca. „Bring, was du kriegst, zum Felsen mit dem Wasserfall. Er liegt auf halber Strecke zwischen unserer Festung und der Stadt."
Opossum äußerte Bedenken. „Dort willst du die Truppen sammeln und keine in der Festung lassen? Kannst du sie am Felsen so verstecken, dass der Gegner sie nicht bemerkt?"
„Du glaubst, ich hocke wie ein Moorhuhn im Tal?"
„Du lauerst wie ein Puma im Versteck! Im Ernstfall wirst du das Verderben auf die Feinde bringen."
„Ich möchte lieber näher ran. Die Krieger an den Grenzfluss führen oder wenigstens an den Stadttoren postieren. Ich kenne die Tlaxcalteken. Die sind schon aufgestachelt. Wenn sie uns nicht sehen, schnappen sie noch vollends über."
„Und was erzählst du Motecuzoma, sollten sie deinetwegen die Nerven verlieren?"
„Dass ich sie über den Fluss zurückgejagt habe!"
Nachtjaguar schlug auf die goldene Trommel. „Wir sollten eines nach dem andern machen. Die Lage darf nicht eskalieren. Erst einmal muss der Fremde sicher in die Stadt und Motecuzomas Heer hier eingetroffen sein. Und wir selbst haben auch noch Krieger." Er schaute seinen Sohn an. „Du überwachst den Feind auf Schritt und Tritt!"
Sechs-Tod Feuerpfeil legte sich ins Zeug. „Keine Maus huscht unge-

sehen in die Stadt, gegen meinen Willen fliegt kein Vogel über den Wall. Ich höre es, wenn ein Tlaxcalteke am Grenzfluss hustet."

„Du hältst Kontakt mit jedem – mit mir, mit Temic und mit Atlixca im Tal, auch mit Opossum oder seinem Stellvertreter auf dem Festungsberg."

„Ihr werdet alles fast im selben Augenblick erfahren wie ich selbst."

„Du hältst die Krieger immer kampfbereit."

„Bei Tag und Nacht."

„Und bist doch auf der Hut?"

„Das ist mein Amt und meine Natur."

Damit zeigten sich alle zufrieden.

Am nächsten Mittag kam der Fremde. Mit Trommeln, Pfeifen und Trompeten zog ihm die ganze Stadt entgegen. Die Menge wogte um ihn wie ein Blumenmeer, und er, auf seinem Hirschen sitzend, tanzte über ihren Köpfen wie ein Boot auf den Wellen. Kurz vor der Stadt hielt alles an. Der Fremde stieg von seinem Tier, und schwarz bemalte Priester schwenkten vor ihm ihre Räucherlöffel. Dann hielt Temic die Begrüßungsrede, lang und glänzend, reich an würdevollen Formeln und erhabenen Metaphern, die der Fremde gnädig über sich ergehen ließ. Die Rede dauerte schon ohne dessen beide Zungen lange genug; dann endlich kam die Reihe an den Fremden, und er stellte sich vor. Sein Name laute Fernando Cortes – Eins-Gras hatte keine Schwierigkeiten mehr, das auszusprechen, aber die Menge konnte nichts damit beginnen. „Malin-tzin", raunte einer. So hieß zwar die Frau, doch was machte das schon. Ihr Herr sei der Gesandte seines Großen Sprechers in Caxtillan, war zu hören, er käme in Frieden, wolle Gutes tun in der Stadt der Grünfederschlange und auch sonst im Lande. Daraufhin reckte er den Arm mit seinem langen Schwert gen Himmel. Sein starker Gott, der droben wohne, sei sein Zeuge und werde ihn allzeit beschützen. In seinen eben noch so sanften Augen begann es zu flackern. Er sei unbesiegbar. Wer denn?, fragte sich die Menge – der Gesandte oder dessen Gott?

Nachtjaguar berührte ganz leicht die goldene Trommel. „Auch unsere Götter sind mächtig, Malin-tzin. Mit Feuer und Wasser vernichtet Quetzalcoatl, die Grünfederschlange, einen jeden, der uns angreifen will."

„Wer sollte dies wollen?"

„Du kommst aus Tlaxcallan, wo unsere ärgsten Feinde wohnen."

„Ich bringe euch den Frieden. Ihr sollt alle Freunde werden – Tlaxcallan, die Stadt der Grünfederschlange und die Azteken."

„Wir verneigen uns vor deinen Worten." Nachtjaguar und Temic nahmen den Gast in die Mitte und geleiteten ihn durch das Nordtor bis zur Pyramide der Grünfederschlange. Von dort aus zeigten sie ihm die Gebäude gegenüber: die Versammlungshalle der Krieger, das Gericht, das Haus des Rates, Temics Palast, dazwischen sein Quartier, das Haus der Gesandten, in dessen großem Innenhof er bald verschwand mit seinem kleinen Heer und den vierhundert Trägern, die ihm die Totonaken mitgegeben hatten. Von der Pyramide aus beobachteten Priester, wie seine Männer die Panzer und die Decken von den Hirschen nahmen. Die Tiere wurden im Kreis geführt, am Brunnen getränkt und an die Säulen der Wandelgänge gebunden. Ruhe kehrte ein.

Auch tags darauf war kaum etwas von den Gästen zu sehen. Sie hielten sich in ihrem Quartier auf. Nur der Gesandte selbst und fünf, die immer um ihn waren, darunter der Herr Sonne mit den gelben Haaren, besichtigten die Stadt. Sie erstiegen den von Menschenhand Gemachten Berg, von wo aus der Gesandte die Häuser und die Pyramiden zählte, so weit er damit kam, und ergingen sich dann in den Straßen und auf dem Markt. In ihrer Unterkunft blieb alles friedlich; nur die gefleckten Hunde überschlugen sich mit einem wilden, in den Ohren schmerzenden Gebell, und die Riesenhirsche stießen hin und wieder ihr seltsames Gelächter aus. Die Diener, die das Essen brachten, hatten Angst vor ihnen, bis sie merkten, dass sie keine Menschenfresser, sondern wie die kleinen Hirsche in den Wäldern ihrer Heimat mit pflanzlicher Nahrung zufrieden waren.

Die Tlaxcalteken am Grenzfluss fischten oder dösten und wuchsen nicht an Zahl. Opossum behielt wohl recht: Die Anwesenheit des Fremden schützte die Stadt. Der Herr-des-Schwarzen-Hauses riet, ihn zu hofieren, und stellte sich mit neuen Schätzen bei ihm ein, wobei er vorgab, aus Tenochtitlan zu kommen, direkt vom Großen

Sprecher – und nicht, wie es die Wahrheit war, vom nahe gelegenen Festungsberg. Er bezog mit der aztekischen Gesandtschaft ein paar Räume in Temics Palast, kehrte aber abends heimlich zur Truppe zurück. Die zweitausend Krieger, von Atlixca in den Südprovinzen rekrutiert, waren oben angekommen, Motecuzomas Division hatte die Festung am Eingang des Blumenkriegstales erreicht, und ihre ersten beiden Regimenter zogen im Schutz der Bergausläufer weiter hinein. An ihrer Spitze ging der Gottesträger, den der Oberpriester ausgewählt hatte. Er erzählte schreckliche Geschichten von einer Katastrophe der Vergangenheit, die sich wiederholen werde, aber niemand hörte darauf. Nicht einmal Opossum, der ihn mit den restlichen zweitausend Kriegern, die Atlixca widerwillig schickte, schließlich auf dem Festungsberg empfing, gab etwas auf sein Gerede. Die Krieger machten sich über ihn lustig. Der Tod, an den hier keiner glaubte, sprang wie ein Clown um die Lagerfeuer.
Auch Sechs-Tod Feuerpfeil bekam davon Wind: Ein aztekischer Gottesträger machte sich zum Gespött der Truppe. Aber es gefiel ihm nicht, dass irgendjemand, sei er auch ein armer Irrer, der Heimatstadt das Ende prophezeite. Er rauschte auf den Festungsberg: „Wer untergräbt uns die Moral? Unterbinde das!"
Opossum führte ihn zum Gottesträger. Der saß vor seiner Hütte, von Kriegern umringt.
„Was verstehst du schon vom Krieg?", rief einer.
„Dass er die Götter nährt", erwiderte der Priester. „Und das ist es, was Tezcatlipoca will. Er will die Herzen aller Seiner Auserwählten."
„Das ist uns ungeheuer neu." Die Krieger lachten.
„Ihr versteht mich nicht. Tezcatlipoca hat den Untergang der Stadt der Grünfederschlange beschlossen. Ihr ergeht es wie der Hauptstadt der Tolteken. Sie heißt nicht umsonst nach ihr, heißt Tollan."
„Gestern hieß sie noch Chololan."
„Tollan Cholollan, ja."
„Tollan Cholollan", echoten die Krieger.
„Das Lachen wird euch schon vergehen!"
„Du fürchtest dich wohl vor den Tlaxcalteken?"
„Nein, aber davor, dass Tezcatlipoca des Herrschers Tochter freit."
Sechs-Tod Feuerpfeil reichte es jetzt. „Dein Verstand ist so wirr wie

dein Haar. Du machst deinem Tempel Schande."

Der Gottesträger blickte den Feldherrn ungerührt an. „Der Oberpriester sah das Zeichen, und auch du wirst es begreifen."

„Ich begreife nur, dass du uns schadest."

„Er erzählt nur Mythen und Legenden", sagte Opossum.

„Nein, er redet das Unheil herbei. Er soll es lassen", beharrte Sechs-Tod Feuerpfeil.

„Verstopf dir ruhig die Ohren", sprach der Gottesträger, „das ändert nichts."

„Sperr ihn ein!", verlangte Sechs-Tod Feuerpfeil vom Kommandanten des Festungsberges.

Opossum weigerte sich. „Wenn ich das tue, fängt man noch an, dem Gerede zu glauben."

Der Feldherr ging, verärgert. Sein Weg führte ihn durch das Westtor zurück. Er überquerte den Markt, um zu seinen Wachen am Nordtor zu gelangen. Dabei kam er an dem Palast vorbei, den Nachtjaguar renovieren ließ. Er betrat ihn, wanderte gedankenlos durch die Säle, in denen es nach Farbe roch, und fand sich schließlich unverhofft im Hof vor einem Brunnen wieder. Das um die Schale laufende Relief wurde von der Abendsonne angestrahlt. Er sah, gestochen scharf, den noch umhüllten Mais mit seinen langen, dünnen Fäden, die Blätter, die Stängel, die Ähren-Blüten, ähnlich denen von Gras und Schilf. Die Pflanzen fassten sich zum Reigen, in seiner Erinnerung tanzte das Mädchen, doch dann drängte sich ein Schatten zwischen ihn und sie, und da war er, der Jüngere, der sie betörte. ‚Tezcatlipoca freit des Herrschers Tochter', hörte er den Gottesträger wieder. ‚So ein Unfug', schalt er sich. Jadefisch war als Ixiptla der Opfertod bestimmt, er mochte sich sein Jahr vertreiben, wie er wollte. Wie zur Bestätigung suchte Sechs-Tod Feuerpfeil den Wasserspeier. Das würde wohl ein Schädel sein – oder auch ein Rohr, so wie ein Pfeil geformt, jedoch, da war nichts an der Stelle, wo er hingehörte.

Er ging in die Werkstatt des Brunnenbauers. Der Steinmetz war über die Arbeit gebeugt. Im letzten Licht des Tages blies er feinen Staub von einer Skulptur. Als er den Eintretenden erkannte, verhüllte er sie rasch. „Feierabend. – Was führt dich zu mir, Herr?"

„Man sagte mir, mein Vater sei hier." Er schielte dabei auf das Tuch, doch blieb die Form darunter vage.

„Der Herr Nachtjaguar ist lange fort."

„Nun denn." Sechs-Tod Feuerpfeil ging wieder hinaus. Er tat, als würde er den Hof verlassen, kehrte aber gleich wieder zurück. Es war nicht schwer, sich zu verbergen. Der Abfall lagerte in einer Ecke, und er drückte sich wie ein Dieb an einen gesprungenen Marmorblock. Er musste zum Glück nicht lange ausharren. Bald kam der Steinmetz aus der Werkstatt, und Sechs-Tod Feuerpfeil schlüpfte hinein. Er tastete sich durch die Dunkelheit, bis er das Tuch in den Fingern spürte. Er zog es fort. Erst konnte er es mit den Händen nicht ertasten.

Was er berührte, ergab keinen Sinn. Es hatte einen länglichen Körper, bogenförmig und doch irgendwie gewunden, dabei geschuppt wie eine Schlange. Es hatte Kämme auf dem Rücken und einen gegabelten Schwanz wie ein Fisch. Ein Fisch? Ein Fisch! Da war der Kopf, er hatte sogar Kiemen! Er hatte ein breites, wulstiges Maul!

Sechs-Tod Feuerpfeil lachte, kurz und abgehackt. Nachtjaguar betrog ihn! Wie hatte er je glauben können, er wäre ihm nur halb so lieb wie Jadefisch. Immer hatte er ihn vorgezogen. Er, der Ältere, der Adlerkrieger, der fähige Feldherr, blickte in den Mond! Er war nicht gut genug für Motecuzomas Tochter, nicht gut genug für einen Thron! Das hatte er von seiner Treue! Er heulte auf und warf sich auf den Wasserspeier. Doch der steckte mit dem Bauch noch im Block, war zu massiv, um nachzugeben. Wie von Sinnen trommelte er auf ihn ein, aber der Basalt schlug ihm nur die Fingerknöchel auf und trug nicht den kleinsten Kratzer davon. „Sei´s drum!" Er leckte sich das Blut ab und drosch dem Fisch die Faust ins Maul.

Etwa um dieselbe Zeit trafen sich Nachtjaguar und Temic im Wachhaus am Nordtor. Sechs-Tod Feuerpfeils Krieger hatten einen feindlichen Späher gefangen. Der war wie eine Schlange durchs hohe Gras geglitten.

„Wo ist mein Sohn?" fragte Nachtjaguar.

Die Wächter wussten es nicht.

Nachtjaguar und Temic setzten sich. Der Gefangene wurde gebracht.

Er sagte aus, er habe nach dem Fremden sehen sollen, weiter nichts. In dem Moment kam Sechs-Tod Feuerpfeil herbei.

„Wo habt ihr ihn erwischt?"

„Er wollte eben einen Baum vor der Stadtmauer erklimmen."

„Fällt den Baum, gleich morgen früh! Wo ist der Zweite?"

„Welcher Zweite? Er war allein."

„Dann habe ich mich mit dem Nachtgespenst geprügelt." Sechs-Tod Feuerpfeil zeigte die lädierte Hand vor. „Jemand kam mir in die Quere, der das Losungswort nicht kannte. Ich wollte ihm gerade eine verpassen, da duckte er sich weg, und ich habe im Dunkeln die Mauer erwischt."

„Ich dachte, keine Maus kommt ungesehen in die Stadt?", stichelte Temic.

„Vielleicht wollte sie ja raus. Einer von den Trägern des Gesandten, ein Totonake von der Küste oder ein verkappter Tlaxcalteke – wer weiß? Wie dem auch sei, er darf nicht über den Fluss." Der Feldherr schickte ein paar Krieger aus. „Kommt mir ja nicht ohne ihn wieder!"

„Was willst du mit dem Gefangenen machen?", fragte Temic.

„Ihn zurückschicken", riet Nachtjaguar.

„Ach", sagte Sechs-Tod Feuerpfeil düster. „Da ist mir wohl etwas entgangen. Seit wann gehören denn Gefangene nicht mehr den Göttern?"

Nachtjaguar zog die Brauen hoch.

„Du wirst dir etwas dabei denken", lenkte Sechs-Tod Feuerpfeil ein. Eine dunkle Kraft bemächtigte sich seiner. Er schaute den Gefangenen an, der ein paar Schritt entfernt immer noch vor den Königen stand, dann wieder Nachtjaguar. „Du hast jetzt die Gelegenheit zu tun, was man dir in Tlaxcallan unterstellt."

Nachtjaguar antwortete nicht. Der Gefangene begann zu zittern.

„Was soll das?", protestierte Temic. „Wo du doch weißt, wie angespannt die Lage ist?"

„Die Tlaxcalteken nutzen unsere Sanftmut nur aus. Ihnen muss die Lust vergehen, bei uns einzudringen", erklärte Sechs-Tod Feuerpfeil.

„Schluss damit!", sagte Nachtjaguar.

„Ist es nicht dein Wille, o Herr?"

Nachtjaguar wandte sich an den Gefangenen. „Wir krümmen dir

kein Haar. Du wirst deinen Leuten übergeben. Wir wünschen keinen Krieg. Wir achten unseren Gast, den Gesandten, der euer und auch unser Freund sein will. Sag das deinem Herrn."
Sechs-Tod Feuerpfeil rief seine Wachen. „Ihr habt meinen Vater gehört. Holt eine Eskorte und dem Gefangenen etwas zu essen."
Die Wächter liefen los, Nachtjaguar und Temic gingen hinaus, um die Eskorte zu erwarten. Sechs-Tod Feuerpfeil blieb einen Augenblick mit dem Gefangenen allein. „Mein Vater ist ein Narr. Ich will Maxixca-tzin, den Zweiten eurer vier Könige, treffen. Morgen Nacht an der Biegung des Flusses."

Am nächsten Nachmittag erklärte der Gesandte, dass er die Stadt verlassen wolle. Er löste damit Verwunderung aus, war er doch überall sonst sehr viel länger zu Gast gewesen. Ganze vier Tage weilte er erst hier und wollte doch schon wieder fort – Hals über Kopf, als würde er fliehen. Seine Weiterreise dulde keinen Aufschub, ließ er sagen. Vergeblich versuchte Opossum, der davon zuerst erfuhr, ihn zum Bleiben zu bewegen. Er probierte sein gesamtes Rüstzeug an ihm aus, von den soliden Gründen bis zu den Spinnenfäden der Erfindung, doch ließ der Fremde sich von ersteren so wenig überzeugen, wie er an letzteren kleben blieb. Er schluckte nicht einmal den goldenen Köder, der in Gestalt einer riesigen Truhe angeblich auf dem Weg zu ihm war. Zwar besserte sich seine Laune wieder, die während des Gespräches beträchtliche Einbußen erlitten hatte, doch zog es ihn nun umso schneller fort, dem anvisierten Schatz entgegen. Er nahm sogar in Kauf, ihn zu verpassen, und stellte sich gar vor, man trüge ihm die Truhe auf einer Sänfte nach.
„Dann werde ich dich also dem Großen Sprecher melden lassen", sagte Opossum entnervt. „In sechs Tagen ist der Bote mit der Antwort zurück; bis dahin wirst du dich gedulden müssen."
„Hält man mich fest?"
„Willst du wieder nach Tlaxcallan?"
„Ich will nach Tenochtitlan weiterreisen. Ich brauche Proviant und Träger und zweitausend Krieger aus der Stadt der Grünfederschlange."
Opossum lächelte fein. „Hat der Herr noch weitere Wünsche?"

Der Fremde lächelte zurück. „Ich werde es dich wissen lassen."
Opossum verbarg seinen Ärger.
Nachtjaguar berief den Kriegsrat ein, aber viel war nicht zu klären. Atlixca war nicht zugegen; er kam so schnell nicht aus dem Tal, und Opossum riet, den Fremden in Frieden ziehen zu lassen. Ein Schuss aus einer Feuertrompete – aus Verwirrung oder Furcht ausgelöst – konnte großes Unheil bewirken. Ihr Donner rief vielleicht die Tlaxcalteken auf den Plan – schneller, als sie es selber beabsichtigt hatten. Wie leicht konnten sich die Kräfte zu Ungunsten der Stadt verschieben!
Nachtjaguar und Temic stimmten dem zu. Daran änderte auch das Eintreffen eines Boten aus Tenochtitlan nichts. Glänzt-Mit-Dem-Schild kündigte neue Truppen an; allein der Himmel wusste, woher der Große Sprecher sie nahm. Dass sie aber noch vier Tage brauchen würden, führte ihnen allen noch einmal vor Augen, wie wichtig es jetzt war, die Ruhe zu bewahren.

Dann ging es ans Organisieren. Opossum bestieg seine Sänfte und ließ sich auf den Festungsberg bringen. Nachtjaguar suchte Träger und Krieger für den Fremden aus und ließ in den Küchen die Herdfeuer anzünden. Sobald man die steinernen Walzen über die Maismahlsteine reiben hörte, begaben er und Temic sich mit der Antwort zu dem Fremden. Sechs-Tod Feuerpfeil, der denselben Weg zum Nordtor hatte, begleitete sie.
Es wurde dunkel, und der Fremde hatte sich mit seinen Leuten in seinem ummauerten Hof eingeschlossen. Er empfing die Abordnung mürrisch, wurde aber freundlicher, sobald er in den ausgestreckten Händen die ihm zugedachten Gaben glitzern sah. Er revanchierte sich mit jenen leichten Perlenketten, wie sie zuerst der Große Sprecher von ihm erhalten hatte, und lud die Könige und Würdenträger zum Abschied in den Ratssaal ein.
„Wir bedauern, dass du uns verlässt", erklärte Temic.
„Ganz meinerseits. Ich bin euch sehr zu Dank verpflichtet. Wir werden gute Reden austauschen, werden unsere Freundschaft besiegeln."
Die Männer des Gesandten putzten an ihren Feuertrompeten he-

rum, den großen, dicken Röhren im Hof sowie den kleinen hohlen Stöcken. Als Nachtjaguar hinter Temic durch das Hoftor auf die Straße trat, richtete einer seine Waffe auf ihn. Sechs-Tod Feuerpfeil, der ganz am Ende ging, bemerkte es an dem verzerrten Schatten, den das Rohr im Fackelschein aufs Pflaster warf.
Nachtjaguar hatte es nicht gesehen. Sechs-Tod Feuerpfeil müsste es ihm sagen, aber in ihm schwelte noch die Wut. Ihm tat die Hand weh, die er sich an der Skulptur zerschlagen hatte – und das verhinderte, dass er auch nur das Mindeste vergab.

Sie trennten sich. Die Könige gingen jeder in seinen Palast. Sechs-Tod Feuerpfeil schaute Nachtjaguar nach. Für einen Augenblick kam es ihm vor, als wäre alles nur ein Traum. Was wollte er tun? Wollte er sich wirklich mit Maxixca treffen? Noch hatte er einen geachteten Namen. Noch vertraute man ihm. Während er das dachte, setzte er sich in Bewegung. Er ging zum Nordtor, ging zu seinen Kriegern. Die meldeten ihm Unruhe im feindlichen Lager. Späher sprachen von grauen Gestalten, die wie Dunstschleier an den Bergen jenseits des Grenzflusses hingen. Das mochte Gaukelei der Nacht sein oder ein verstecktes Heer. Er musste es genau erkunden, sonst stand er vor Nachtjaguar nur als furchtsamer Junge da. Er ging zum Fluss hinunter. Das war der Ort, an dem das Schicksal wie ein Feuersteinmesser aus dem Schoß der Dunkelheit wuchs.
Ein Messer zum Durchtrennen einer Fessel, seines Bandes mit dem Vaterhaus. So war er also tödlich entschlossen? Während er die Späher in den Uferbüschen mit Kriegern aus seinem Gefolge verstärkte, bis kein einziger mehr bei ihm war, näherte er sich der Biegung des Flusses. Er sagte sich, dass er nicht weitergehen musste. Er musste nicht bis zu der kleinen Senke, die ihn dem Blickfeld der Seinen entzog. Umkehren konnte er, jawohl, aber während er das dachte, hatte er sie schon erreicht. Er stolperte hinein fast wie in eine Grube und stach sich an dem Dornakazienbusch in der Mulde. Um ihn herum war Nebel, dick wie Baumwollflocken, der die ganze Senke füllte.
„Ablösung", sagte er dem unsichtbaren Späher, der irgendwo da drinnen hockte.
Er blieb allein. Ihm wurde unbehaglich, er hatte sein Leben lang ehr-

lich gekämpft, er hatte sein Gesicht niemals verborgen. Und Maxixca ließ ihn warten! Er spürte plötzlich das Bedürfnis, seine Hände in den Busch zu krallen oder seinen Namen in den Wind zu schreien. ‚Ich bin Sechs-Tod Feuerpfeil! Komm raus, du Pisser! Hol dir Prügel ab!' Aber er tat es nicht. Er lauschte auf den Fluss, der an das Ufer schwappte, seltsam träge, er hätte ihn sich reißender gewünscht, seiner Friedlosigkeit angemessen – und nun schien er nicht in der Lage zu sein, auch nur ein Insekt zu ertränken! Und er? Saß nutzlos hier herum. Am besten, er stünde auf und ginge.

Doch dem Gewässer war Verwandlung eigen. Es rauschte auf, begann zu gurgeln. An den unbewachsenen Stellen, wo kein Gebüsch den Dunst festhielt, teilten sich die Nebelschwaden und schweiften auf den Fluss. Dort lösten sie sich auf, als hätte es sie nie gegeben.

Jetzt sah er das Spiel der Wellen. Die trugen Mond- und Sternenlicht wie Diademe, und Finger aus der Finsternis griffen danach. Auf und ab, auf und ab, Feldherr oder König. So mochte das endlos gehen, und alles war nur eitler Tand.

Maxixca, der Zweite der vier Könige, schien wirklich nicht zu kommen. Fast war der Wartende froh darüber. Er konnte gehen, ehe es zu spät sein würde. Er sah zum andern Ufer hinüber. Mannshoher Mais stand wie ein Schild. Felder, noch nicht abgeerntet, stiegen von den Bergausläufern der Matlalcueye, der Grüngewandeten, herab. Auch von dem langen Bergrücken zur Linken zog sich solch ein Gürtel zum Fluss. Der Feldherr nickte ahnungsvoll. Er erhob sich. Er war schließlich kein Verräter.

„Natürlich nicht."

Wer war das? Hatte er denn laut gedacht?

„Die Geschichte schreiben die Sieger."

„Was für eine Binsenweisheit", sagte er dem Mann, der schon seit wer weiß wann hier dicht bei ihm im Buschwerk saß.

Der feuchte Baumwollnebel, der in den Zweigen hing, ließ jenen Anderen nur schemenhaft erkennen. Das Gesicht von Maxixca, das Sechs-Tod Feuerpfeil als kantig definieren würde, wirkte glatt, beinahe ebenmäßig, denn die breiten Wangenknochen und das harte Kinn waren wie in Watte gepackt. Auch die Stimme. Sie schien mit dem Fluss zu plätschern, leise mit den Wellen zu flüstern. „Alles geht

ganz mühelos ... Du musst lauschen und nichts hören, du musst schauen und nichts sehen, du musst reden und nichts sagen ..."
„Und du hältst dich an die Regeln?"
„Ein Blitz wird in den Tempel einschlagen. Das Strohdach brennt – und weiter nichts."
„Der Stadt, dem Volk wird nichts geschehen? Du forderst nur das Siegeszeichen?"
„Wie es üblich ist. So werden wir Verbündete werden."
„Und das Heer im Mais?"
„Und Motecuzomas Truppen, die sich durch die Täler und auf die Berge schleichen?"
Wie er ‚Motecuzoma' sagte! So hatte er Maxixca nie zischen gehört. Sechs-Tod Feuerpfeil schöpfte Verdacht. Mit wem redete er eigentlich? „Das Heer schützt nur die Grenzen von Tlaxcallan", setzte der hinzu, der jedenfalls nicht der Zweite der vier Könige war. „Das Heer hält nur Motecuzomas Krieger fern. Nur ein kleiner Teil zieht in die Stadt, den Sieg zu feiern. Sonst heißt es noch, wir hätten nicht gekämpft."
„Das will ich von Maxixca-tzin selbst hören."
„Sei nicht töricht. Du musst dir sein Vertrauen erst wieder verdienen. Und deinen angestammten Herrschersitz."
Jetzt wusste er, wen er vor sich hatte. Der Gegenüber schloss von seinen Wünschen auf die des Feldherrn Sechs-Tod Feuerpfeil. Ein Thron, ein Thron – nichts weiter. Er kam nicht auf die Idee, man könnte noch etwas begehren.
Vanilleblume flüsterte weiter. „Nachtjaguars Thron wird dir zufallen, falls es irgendeinen Sinn ergibt, nur einer von sechs kleinen Fürsten zu sein, anstatt die ganze Stadt zu regieren."
„Die ganze?"
„Warum so bescheiden? Ein großer Dienst bringt großen Lohn. Und das ist erst der Anfang ..."
„Wovon?"
„Benutze deine Fantasie. Was wünschst du dir? Was es auch ist, es lässt sich regeln."
„Alles?"
„Wenn es nicht der Mond vom Himmel ist."

Nur ein Mädchen, dachte Sechs-Tod Feuerpfeil. „Sag mir erst, was du von mir erwartest."

„Nur, dass du uns und deiner Stadt verlustreiche Kämpfe ersparst. Dass du verhinderst, dass sich die Azteken in unsere Angelegenheiten einmischen. Dann wird es nur die Könige treffen, allen voran den Herrscher mit der goldenen Trommel, Nachtjaguar ... Lass ihn in den Ratssaal gehen und den Gesandten auf die Reise schicken ... "

„Wie wollt ihr seiner habhaft werden?"

„Das lass unsere Sorge sein."

Vanilleblume säuselte wie der Wind in den Zweigen, und Sechs-Tod Feuerpfeil lauschte mit ihm zugeneigtem Kopf. Er musste ja nicht tun, was er von ihm verlangte. Er konnte seine Krieger immer noch an den richtigen Stellen postieren, er konnte noch rechtzeitig die Stadt alarmieren, Atlixca aus dem Tal und die Truppen vom Festungsberg rufen. Er konnte... Aber würde er auch?

22

Tlacotl zog mit zweitausend Mann die zerklüfteten Ostausläufer des Popocatepetl entlang. Es war das letzte Regiment, das Motecuzoma ihm noch geben konnte. Das letzte Regiment aus Tenochtitlan, um genau zu sein, denn er hatte zusätzliche Truppen vom Dreibund angefordert. Tlacotl hoffte, dass diese rasch nachfolgen würden. Sie würden natürlich die bequemere Heer- und Handelsstraße nehmen – den weiten Bogen, der sie zunächst nach Süden, auf den Weg ins Tiefland, dann nach Osten und zuletzt wieder aufwärts nach Norden führte. In den kleinen Städten auf der Route konnten sie noch Krieger rekrutieren und neuen Proviant aufnehmen. Aber Tlacotl scheute den Umweg. Er wollte keine Zeit verlieren und die Stafettenläufer mit den Nachrichten abfangen. Darum kämpfte er sich seit drei Tagen über steile, bewaldete Kämme und abgrundtiefe Wildwasserschluchten, in die nur selten ein Sonnenstrahl fiel.

Der Fremde wollte die Stadt verlassen, die er doch eben erst betreten hatte – heute schon, an einem Tag Dreizehn-Erdungeheuer. Gestern hatte Tlacotl es erfahren, er hatte eben die Schlucht des Huitzilac-Baches, des Kolibriwassers, passiert. Tlacotl ahnte nichts Gutes. Er hatte ein rascheres Marschtempo befohlen. Auch jetzt rannten Eilboten an ihm vorbei: Die Träger und die Krieger, die den Fremden begleiten sollten, hatten sich im Tempelhof des Quetzalcoatl versammelt. Der Fremde selber und die Könige und Fürsten waren in den Ratssaal gegangen. Die Tlaxcalteken, hieß es, verhielten sich ruhig. Das war natürlich schon etwas her, und Tlacotl hoffte auf den nächsten Boten. Es kam aber keiner. In ihm verstärkte sich das schlechte Vorgefühl. Er ließ durch die Zugführer Kakaokuchen verteilen und ordnete einen Eilmarsch an.

Endlich kam der nächste Bote um die Kurve. Das war ein Irrer – mit wirrem, aufgelöstem Haar, der abrupt vor Tlacotl stoppte.

„Der fremde Gesandte ... Cholollan ... die Stadt der Grünfederschlange ... erobert."

Das glaubte Tlacotl nicht.

Der Bote fasste sich. „Der Fremde hat die Stadt von innen angegriffen. Der Tempel brennt, und aus Tlaxcallan wälzt sich ein riesiges Heer heran. Unsere Verbindung mit Cholollan ist unterbrochen, auch die mit dem Festungsberg."

Tlacotl unterstellte seine Krieger dem Anführer der ersten Vierhundertschaft und eilte mit einem Spähtrupp voraus. So erreichte er das Blumenkriegstal noch bei Tag. Es erschien ihm irritierend friedlich. Kaum ein Posten war zu sehen. Falls hier Krieger waren, hatte Atlixca sie sehr gut versteckt. Ein Blick nach Norden verriet ihm, warum. Dort begann das Land von Huexotzinco, dessen Könige sich kürzlich mit Tlaxcallan verbündet hatten. Die hatten in dem Felsgeklüfte oberhalb des Tals und auf dem Pass des Messerwindes, der darüberführte, ihre Spähernester.

Tlacotl hielt sich am Waldsaum. Links stand der Felsen mit dem Wasserfall, steil und unbezwingbar. Er sah aus, als hätte ihn noch nie ein Mensch betreten. Die goldene Sonne tropfte von den Klippen in den Bach an seinem Fuß und ließ den Sand am Grund wie Perlen glänzen.

Tlacotl fand Atlixca oben auf dem Felsplateau in einer von Gestein und Latschenkiefern geschützten Mulde. Sie blickten schweigend nach Nordosten. Dort stand, verdeckt von Hügeln, der Festungsberg, und dahinter, wo die Stadt sein musste, stieg Rauch zum Himmel.

Tlacotl atmete geräuschvoll: „Warum hast du nicht eingegriffen?"

Atlixca lachte bitter. „Kann ich dir sagen. Ich war zu weit weg."

„Du hattest doch fast einen Tag Zeit, um vorzurücken."

„Das wollte ich auch. Als ich gestern von dem angekündigten Abzug des Fremden erfuhr, schickte ich eine Nachricht zu Nachtjaguar. Aber der Kriegsrat hatte längst beschlossen, dass sich nur der Wind in den Blättern bewegen darf. Dahinter steckt natürlich Opossum. Der ließ mich sogar kontrollieren! Er schickte mir noch extra einen Boten in der Nacht. ‚Atlixca' – der Feldherr imitierte Opossums säuselnde Stimme – ‚rühr dich nicht von der Stelle. Das könnte zu Komplikationen führen.' Er beteuerte, am Fluss sei alles ruhig. Erst wenn der Fremde weg sei, könnte sich die Lage ändern. Er rechnete mir aus, dass die vom Fluss und ich etwa genauso lange nach Chololaln brauchen. Als ob ich das nicht selber wüsste. Auch morgens kam noch einer. Der hat mir gemeldet, man verabschiede nun den Gesandten – mit dem üblichen Tamtam, dem Geschwätz, den Pfeifen, Rasseln, Trommeln und so weiter. Und bei den Tlaxcalteken wäre es immer noch still. Dabei hatten die schon in der Nacht den Festungsberg umzingelt, und die da oben merkten es nicht! Ich erfuhr es auch erst heute Mittag. Während ich noch glaubte, die Verabschiedung ziehe sich hin, hat der Gesandte die Könige Chollollans im Ratssaal festgesetzt und dann den Tempel des Quetzalcoatl in Brand gesteckt. Die Tlaxcalteken fielen in Chololaln ein, und jetzt ist es zu spät."

„Die Stadt verteidigt sich doch sicher."

„Mag sein. Es gibt aber keinen Oberbefehl. Niemand koordiniert die Krieger."

„Nachtjaguar ist mit in den Ratssaal gegangen?"

„Leider. Er war so dämlich."

„Was ist mit Sechs-Tod Feuerpfeil?"

„Steht auf verlorenem Posten. Das ganze Heer von Tlaxcallan, fünf Divisionen stark, wälzt sich heran. Das hat am frühen Nachmittag sein letzter Bote gemeldet. Meine Späher haben es bestätigt. 40 000

Mann! Spätestens morgen Früh werden die letzten Haufen über Cholollan herfallen."

Tlacotl blieb das Wort im Halse stecken. Die Sonne sandte ihre letzten schrägen Strahlen auf den Felsen und stürzte jäh ab.

„Wir müssen den Kontakt zum Festungsberg herstellen ", sagte Tlacotl nach einer Weile. „Gibst du mir Rückendeckung?"

„Ich habe meine Krieger da drüben." Atlixca wies zur nordöstlichen Ecke des Tals. Dort verschmolz ein großer Steinbruch mit den Wäldern vor dem Festungsberg.

Tlacotl ließ sich zwei Decken bringen, die er zerschnitt, dazu eine Schnur und etwas Papier. Aus diesen Dingen fertigte er sich einen Kopfschmuck, wie ihn die Kriegsanführer von Tlaxcallan trugen.

Sie gingen. In tiefer Nacht erreichten sie ihr Ziel. Atlixca holte seine besten Krieger, und dann glitt Tlacotl wie eine Schlange ins kühle Gras der Nacht. Hinter ihm stand der schützende Wald – vor ihm, schon in der Ebene, der Festungsberg. Dazwischen die feindlichen Linien. Halbrechts davon die Stadt und über ihr ein roter Schild. Kein Stern. Nur ein Stück Mond schaute knochenbleich vom Himmel. Der Wind trieb Rauchwolken über das Land.

Vom Wald schrie eine Schleiereule – das vereinbarte Zeichen. Tlacotl spannte jeden Muskel an. Bald war Rasseln und Pfeifen zu hören, als bräche eine Horde Dämonen aus dem Wald. Dann vernahm er Hilferufe. Er presste sich flach an den Boden. Tlaxcaltekische Krieger rannten an ihm vorbei, um ihre vermeintlichen Brüder zu retten. Tlacotl rannte los. Fast wäre er mit einem Tlaxcalteken zusammengestoßen.

„Ihr Dummköpfe", rief er im Dialekt von Tlaxcallan, „das ist ein Hinterhalt, um uns herauszulocken. Wir müssen näher an den Berg!"

Der Tlaxcalteke folgte ihm. Bald hatte Tlacotl einen ganzen Trupp hinter sich. Auf seinem Hinterkopf wippte die blumenartige Quaste, um sein Haar trug er das rot-weiße Kordelband des tlaxcaltekischen Kriegsanführers. Wenn sie etwas von ihm sahen, dann das.

„Schwärmt aus!" befahl Tlacotl den Tlaxcalteken, als sie den Fuß des Berges erreichten.

„Auf sie!", rief es oben. Tlacotl wurde ergriffen und gab sich zu erkennen.

„Wo ist der Herr-des-Schwarzen-Hauses?", fragte er den Erstbesten. Der setzte ihn ins Bild.

Opossum stand auf dem höchsten Felsvorsprung des Berges und starrte auf die brennende Stadt. Ein Viertel nach dem andern ging in Flammen auf. Das Feuer türmte sich bis an den Himmel und warf ihm seinen Widerschein in die Augen. Es gelang ihm nicht, sich abzuschirmen. Wenn er die Augen schloss, erschien das böse Licht ihm noch viel greller, unerträglich stark. Es fraß sich durch bis in sein Hirn.

Er legte seinen Umhang des Herrn-des-Schwarzen-Hauses ab. „Ich habe versagt."

„Wir sind verraten worden", sagte Tlacotl von hinten, „vielleicht von Sechs-Tod Feuerpfeil. Er hätte sehr viel früher bemerken müssen, dass die Tlaxcalteken ihre Truppen nachzogen. Stattdessen überbrachten seine Meldeboten Falschnachrichten."

„Ich hätte es erkennen müssen." Opossum trat auf die Klippe.

Vorsichtig schlich sich Tlacotl näher an ihn heran. Der mit den Ohren einer Fledermaus Begabte ortete ihn dennoch. Tlacotl griff ins Leere. Er hörte nur noch Opossums letzten, verzerrten Schrei.

Jetzt musste Tlacotl die Führung übernehmen, denn Opossums Stellvertreter wagte keine Auseinandersetzung mit den Tlaxcalteken.

„Wir müssen den Herrn-des-Schwarzen-Hauses bergen, wir müssen unsere Botschafter holen", drang er in den Mann, der lethargisch vor seiner Grashütte saß.

„Was kann ich da machen?", kam es zurück.

„Motecuzoma wird dir alle Ehrenzeichen aberkennen", herrschte Tlacotl ihn an.

Der Stellvertreter zuckte nicht einmal zusammen. „Was kann ich dafür? Dies hier ist das Werk Tezcatlipocas. Frag den Gottesträger."

Der hockte vor einem kleinen Erdaltar, den er für Tezcatlipoca aufgeschüttet hatte, und erzählte seine Geschichte. Tlacotl trat zu den Kriegern, die an seinen Lippen hingen. Als könnte er ihnen das Unheil erklären. Der Wind drehte sich. Qualm kam von der Stadt herüber, und der Erzähler musste husten. Tlacotl sagte giftig: „Der Oberpriester kann zufrieden mit dir sein." Dann störte er die Krieger auf.

„Geht schlafen! Im Morgengrauen brechen wir durch!"
Auch Tlacotl legte sich aufs Ohr. Wo er gestanden hatte, fiel er in tiefen, traumlosen Schlaf.

Unterdessen stellte Atlixca seine Krieger auf. Die tapferen Geschorenen rückten wie eine Wand nach vorn, bis an den Rand des tlaxcaltekischen Lagers vor dem Festungsberg. Da standen sie, die Häupter mit den Leguankämmen drohend aufgerichtet, die Kurzschwerter mit beiden Händen gefasst – bereit, die Gegner abzumähen, an den Flanken gedeckt von Kriegern mit Jaguarhelmen und Federanzügen, die das getupftes Fell der Raubkatze imitierten. Beim ersten Tagesschimmer blies ein Trompeter eine große Meeresschnecke in Richtung des Berges. Von dort kam Antwort wie ein Echo. Der Feldherr Atlixca trat vor seine Krieger.
Zur gleichen Zeit trieb Tlacotl die Eingeschlossenen vom Berg, allen voran den Gottesträger. Der hatte schließlich für Beistand zu sorgen. Er schnallte ihm sein Bündel auf den Rücken und versetzte ihm einen Stoß. Der Gottesträger kam ins Trudeln; er musste rennen, wollte er nicht stürzen, und fuhr am Fuß des Berges wie ein Boot auf Grund. Der Tlaxcalteke vor ihm wich zur Seite, überrumpelt, nicht begreifend, was der Spuk bedeuten sollte. Niemand legte Hand an ihn. Auch die Krieger hinter ihm wurden nicht angegriffen. Ein Signal rief die Feinde zu ihrer Standarte.
Tlacotl blinzelte: Das war der ausgestopfte Silberreiher des Ersten der vier Könige. War also dessen Feldherr, Xicotencatl der Jüngere, da? Der Kommandant gab seinen Kriegern Zeichen, sich zurückzuhalten, und Tlacotl tat dasselbe.
Der Mann, den er aus der Entfernung nicht erkennen konnte, bewegte sich auf Atlixca zu. Beim Gehen wippten ihm an Kopf und Rücken lange, grüne Quetzalfedern. Das war sein Kriegsschmuck, und es war der gleiche, den auch Atlixca trug.
„Was willst du?", fragte Xicotencatl der Jüngere.
„Deinen Arsch in Pfeffersoße."
Der Andere frotzelte. „Ich habe dich vermisst. Wo warst du so lange?"
Tlacotl eilte von der Seite herbei. Den Kriegern, die ihm den Weg ver-

treten wollten, winkte Xicotencatl der Jüngere ab. „Ich sehe, du bist aufgestiegen – ein Uferherr. Du wirst es noch weit bringen."
„Fürs Erste reicht es, wenn ich in die Stadt gelange."
„Was, jetzt?"
„Ich will Motecuzomas Botschafter holen, tot oder lebendig."
„Dann musst du zum Gesandten gehen, dem Herrn mit dem unaussprechlichen Namen."
„Du hinderst mich nicht?"
„Ich gebe dir Geleit."
Xicotencatl der Jüngere führte Tlacotl und sein Gefolge quer durch sein Lager auf die klaffende Wunde des Nordtores zu. Je näher sie ihm kamen, umso mehr biss die rußige Luft in die Augen, ja, sie schien selbst zu brennen. Tlacotl schützte sich, so gut es ging, mit einem Federfächer.
Er blickte in Richtung des Grenzflusses hinüber. Auf den kahlen Feldern trieben die Tlaxcalteken die Gefangenen zusammen. Auch vor dem Nordtor hockten Menschen. Tlacotl wurde mitten durch sie hindurchgeführt. Quer durch die stieren Blicke der Männer, die stumme Verzweiflung der Mütter, das Wimmern der Kinder. Manche krallten ihre Finger in die Erde, um einen Halt zu finden, andere wiegten ihre Oberkörper hin und her oder schienen versteinert zu sein.
Das Tor war aufgerissen wie ein Schlund. Auf der anderen Seite glommen Schutthaufen vor sich hin, verkohlte Dachgerippe staken heraus. Wände und Pfeiler trugen den verrauchten Himmel, hier und da noch Reste einer Dachterrasse, durch deren Gebälk sich Schwelbrände fraßen. Und überall Tote.
In den Straßen grölten die Sieger. Gierige Männer mit verschmierter Kriegsbemalung rissen die letzten Stücke aus dem Kadaver der Stadt.
Dann erreichten sie das Zentrum, den Markt mit der Pyramide des Quetzalcoatl. Tlacotl hätte sich fast übergeben. Der Platz war übersät mit Leichen. Das waren wohl die Träger und Krieger, die der Fremde sich erbeten hatte. Abgeschlagene Glieder, Köpfe, aufgeschlitzte Bäuche. Der Gestank des Todes zwang ihn, rasch zu gehen. Am Rand entlang. Vor dem ausgebrannten Ratsgebäude entdeckte er Nachtjaguar mit einer klaffenden Wunde im Rücken.

Xicotencatl der Jüngere führte ihn an dem Toten vorbei in das Haus des Gesandten, das als einziges noch stand.

Tlacotls Erscheinen im Hof stiftete so viel Verwunderung wie Verwirrung. Während das bärtige Gefolge des Gesandten neugierig näherrückte, wichen die einfachen tlaxcaltekischen Krieger auf den Befehl ihres Feldherrn zurück.

Das Ganze dauerte vielleicht so lange, wie die Krähe zum Überfliegen des Innenhofs braucht. Diese kurze Zeit genügte einem Jungen, aus dem Versteck zu kriechen und zu Tlacotl zu flüchten. Tlacotl meinte, ihn schon einmal gesehen zu haben.

„Du hast dich hier die ganze Zeit versteckt? Weißt du, ob unsere Botschafter leben?"

Der Junge nickte. Er wies auf eine Säule. „Sie sind in dem Raum dahinter."

„Was hast du noch gesehen?"

„Den Herrn Sechs-Tod Feuerpfeil. Er kam zu dem Gesandten geschlichen. Ein Fürst aus Tlaxcallan war auch dabei, ein anderer als …" Der Junge wagte nicht weiterzusprechen.

„Das ist der Feldherr Xicotencatl der Jüngere. War er es?"

Der Junge schüttelte den Kopf und drückte sich ängstlich an Tlacotl.

„Nimmst du mich mit? Nach Tenochtitlan? Ich kann dir dienen."

Tlacotl nickte unkonzentriert. Der Gesandte nahte, wie ein Alligator von Kopf bis Fuß gepanzert.

„Was führt dich zu mir?"

Tlacotl legte keinen Wert auf Höflichkeit. „Gib sofort unsere Botschafter frei!" Er ging an dem verdutzten Fremden vorbei zu dem von dem Jungen bezeichneten Saal. Dort waren sie tatsächlich – gefesselt, aber unversehrt.

Der fremde Gesandte war ihm gefolgt. „Ich habe sie nur vor Schaden bewahrt. Du solltest mir dankbar sein."

„Was ist mit den Fürsten der Stadt geschehen, deren Gast du gewesen bist?"

„Sie waren nicht so glücklich. Der Saal, in dem ich sie verwahrte, fing Feuer. Ich habe sie nicht retten können – leider."

„Er lügt", sagte der Junge. „Er hat das Feuer selbst gelegt. Ich habe es gesehen."

Das hörte auch Xicotencatl der Jüngere. „Ist das wahr?"
Der Junge nickte tapfer. Xicotencatls Narben liefen an.
Der Gesandte hatte in der Zwischenzeit die Botschafter ins Freie bringen lassen. „Ich hoffe, ihr vergeltet mir meine Güte."
„Ihm das Gold und uns den Jade", sagte Xicotencatl der Jüngere.
„Nun", sagte Tlacotl angewidert. Er zog aus seinem Umhang eine Kette aus einer Kupfer-Legierung, die mit einer Pflanzensäure so bearbeitet war, dass sie glänzte wie reines Gold.
Die Botschafter wurden entlassen.
In dem Moment kam Maxixca, der Zweite der vier Könige von Tlaxcallan. Er sah Tlacotl an wie eine lästige Fliege und befahl Xicotencatl den Jüngeren zur Truppe.
Dieser musterte ihn. „Ich habe dem Uferherrn Tlaco-tzin freies Geleit versprochen."
„Dann soll er sich beeilen. Er soll die Stadt nach Süden verlassen. Ich will hier keine Azteken sehen."
Xicotencatl der Jüngere brachte Tlacotl wieder auf den entweihten Tempelplatz hinaus. Dort lag noch immer Nachtjaguar über der goldenen Trommel. Tlacotl ließ ihn bergen. Xicotencatl sagte nichts.
Der südöstliche Palast war leicht auszumachen. Die Standarte mit dem Von Menschenhand Gemachten Berg wehte über einem intakten Gebäude. Der große Hof war voller Menschen. Flüchtlinge aus den anderen Vierteln hatten hier Schutz gesucht. Nachtjaguars Witwe ließ sie versorgen und spendete Trost. Erdsonne war klein und resolut. Sie schien mit ihren Augen, ihren Händen und ihrer Stimme überall zugleich zu sein. Sie verteilte Baumwolldecken aus dem Speicher, während sie quer über den Hof Anordnungen gab. Als sie den tlaxcaltekischen Feldherrn sah, stellte sie sich mit den Armen in den Hüften vor ihn hin: „Wann pfeift ihr eure Horden zurück? Wir haben schon gestern kapituliert."
Dann erkannte sie Tlacotl und begriff, weswegen er kam.
„Wir sind wohl nicht mehr Teil der aztekischen Föderation", sagte sie bedauernd. „Der Große Sprecher ist nicht mehr an den Vertrag gebunden."
„Er wird sich bedenken", gab Tlacotl zurück. „Es sieht so aus, als sei kein legitimer Herrscher und kein Prinz hier noch am Leben. Jadefisch könnte der einzige sein."

„Ich danke dir, doch mach mir keine Hoffnung." Erdsonne setzte sich neben den Leichnam ihres Mannes und zog sich das Schultertuch über den Kopf.
Sechs-Tod Feuerpfeil ließ sich nicht blicken.
Tlacotl verabschiedete sich. Am Abend aber – er hatte schon die Stadt verlassen – kam der Junge in sein Lager. Erdsonne hatte ihm einen Korb gepackt, darin lagen auch der Ehevertrag, der Maisblütes Mitgift regelte, und ein Schriftstück über Jadefischs Erbe.
Tlacotl seufzte. Vielleicht hätte er doch schweigen sollen. Der Oberpriester würde Motecuzomas Rückkehr zu den religiösen Traditionen fordern. Wenn der Herrscher sich ihm beugte, was dann? Er durfte seine Kräfte nicht in Kämpfen in der eigenen Stadt verschleißen. Ein großer Krieg zog auf, und an ihm – an Motecuzoma – hing jetzt das Schicksal der ganzen Welt im Ring des Wassers. Da war ein kleiner Mensch nur ein Blatt im Wind.

Zwei Tage später kehrte Tlacotl nach Tenochtitlan zurück. Vor dem Palast war Volk versammelt. Menschen aller Schichten wollten den Großen Sprecher sehen; der sollte ihnen sagen, dass sie böse träumten, dass die Katastrophe in Chololla n nicht geschehen war.
Im Palast war alles so wie draußen. Tlacotl wurde durch verstopfte Gänge in den Thronsaal geführt, wo er seinen Bericht abgab. Motecuzoma hörte wie versteinert zu. Er ließ ein Abbild von Opossum schnitzen, damit man ihn bestatten konnte, und machte Tlacotl zum neuen Herrn-Des-Schwarzen-Hauses. Dann ging er zum Volk hinaus. Jadefisch spielte die Blumenflöte. Er spielte irgendetwas – ein Klagelied für Nachtjaguar, eines für die Stadt der Grünfederschlange. Er brachte einen Stein zum Weinen. Seine Finger auf dem Instrument schienen ohne sein Zutun zu gehen – wie Zweige einer Trauerweide, die der Wind bewegt.

Achtes Kapitel

Die dreizehn Unglückstage des Windes

23

Der Priester-Weise saß in der Sonne. Er war noch sehr wacklig auf den Beinen, aber er strebte ans Licht und hatte sich in einem Lehnstuhl zwischen die Dahlien tragen lassen. In Decken eingewickelt hörte er die Vögel zwitschern und die Bienen summen.

Nachdenklich betrachtete ihn Jadefisch. Sternfinder hatte das Gedächtnis verloren. Er konnte sich an nichts erinnern. Aber vielleicht war das ein Segen. Jadefisch hatte weniger Glück. Er wusste, dass der Hochzeitsbrunnen zerstört und mit ihm seine Zukunft ausgelöscht war. Ihm tat die Sonne, die der Priester-Weise suchte, weh.

Er ging ins Haus. Dort wurde seit drei Tagen noch ein Mensch gepflegt, einer, der sterben würde – Ayo, Jadefischs Freund. Ayo war wie ein Dämon in der Stadt erschienen.

Jadefisch hatte ihn zunächst nicht erkannt, denn er war durch violette Brandwunden und Blasen im Gesicht entstellt. In seinen Augen flackerte es fiebrig. Er konnte kaum etwas berichten – nicht einmal, wie er entkommen war. Er wurde Sieben-Regen anvertraut, doch dieser konnte nur noch lindern. Das Fieber stieg, die Wunden sonderten übelriechende Sekrete ab. Als Jadefisch jetzt an sein Lager trat, weichte Sieben-Regen gerade die Verbände ab, und da sah er das faulige Fleisch. Fragend schaute er zu Sieben-Regen, doch dieser schüttelte bedauernd den Kopf.

Dann ließ er ihn mit Ayo allein. Ayo atmete flach durch den offenen Mund. Seine Lippen waren aufgesprungen. Jadefisch gab ihm zu trinken. Er schluckte kraftlos, aber plötzlich bäumte er sich auf und spuckte Blut. Anschließend ging sein kurzer Atem immer schneller, als flatterte ein kleiner Vogel in seiner Brust. Jadefisch blieb bis zum Ende bei ihm – bis ihm war, als habe er einen Amselhahn mit gelben Flügeln aus Ayos Mund herausfliegen sehen. Dann holte er Sieben-Regen und kehrte zum Priester-Weisen zurück.

Die Sonne war gewandert, der alte Mann im Halbschatten eingenickt. Jadefisch setzte sich so leise, wie er konnte. Dennoch hörte der Genesende es. Er öffnete die Augen und schaute auf die Glöckchen an Jadefischs Waden: „Ein Goldglockenvogel."
„Werde ich vielleicht", sagte Jadefisch. „Wenn ich tot bin, werde ich einer."
Sternfinder wiederholte: „Ein Goldglockenvogel, der in den Blumen singt."
Jadefisch nickte düster. Er hatte kein Recht mehr auf sein Leben. All das Unheil war vielleicht nur eingetreten, weil er nicht zum Opfer bereit gewesen war.
„Sternfinder?"
„Jadefisch?"
„Ist es recht, dass Tezcatlipoca ein Herz aus Jade erhalten soll?"
„Tezcatlipoca?"
„Ja."
„Wer ist das?"
„Der Gott, dem du dientest. Der Herr des Nah und Bei."
„Weshalb fragst du?"
„Wegen Cholollan."
„Cholollan? Was ist das?" Sternfinder wiegte das Haupt. „Cholollan", wiederholte er verwundert. Er holte alles aus den Tiefen seines Gedächtnisses hervor wie aus einem zugeschütteten Brunnen. „Ta-Moan-chan, das Haus der Vogelschlange."
„Ja", rief Jadefisch leise, „das der Grünfederschlange! Cholollan ist die Stadt Quetzalcoatls."
Sternfinder strahlte. „Ein guter Ort."
„Er wurde zerstört."
„Das ist das Schicksal des Guten."
„Der Große Sprecher will Tezcatlipoca ein Herz aus Jade opfern."
„Was soll dieser Tezcatlipoca damit?"

„O Priester-Weiser, dann zürnt Er uns also – dann verlangt Er ein echtes Herz."

„Wie das? Hat er selbst keines?"

„Er ist unser Herr, den wir erhalten müssen."

„Wenn er ein Herz hat, braucht er kein zweites."

Jadefisch fühlte sich beruhigt, obwohl er sich nicht sicher war, ob ihn der Priester-Weise überhaupt verstanden hatte. Er schien mit ihm auf eine vom geordneten Weltganzen eigentümlich losgelöste, doch immer noch gültige Weise zu kommunizieren. Jadefisch blieb bei ihm sitzen.

Am frühen Nachmittag erschien der Oberpriester im Hof. Sternfinder fröstelte plötzlich. Zögernd bot der Oberpriester ihm den Arm, aber Sternfinder nahm ihn nicht.

„Kennst du mich nicht mehr?", fragte der Oberpriester.

„Muss ich dich kennen?" Sternfinder schaute ihm auf die rechte Hand. Der Oberpriester ertrug es nicht und versteckte sie hinter dem Rücken.

„Wenn du mir aus der Sonne gehen wolltest ..."

Der Oberpriester trat zur Seite. Inzwischen war Sieben-Regen zur Stelle. „Der Priester-Weise Sternfinder bedarf der Ruhe."

„Selbstverständlich." Der unerwünschte Besucher murmelte einen Abschiedsgruß und suchte nach dem Grund für sein Hiersein. „Ixiptla-tzin! Komm mit mir, dein Platz ist im Tempel."

Jadefischs Gefolge rückte näher, allen voran Schädelwand. Es fing an, ihn einzuschließen. Nur Goldfasan weigerte sich. „Ist es Motecuzomas Wille?" Aber der Oberpriester beachtete ihn nicht. Er befahl dem restlichen Gefolge, den Ixiptla in die Mitte zu nehmen.

Wenig später saß er auf der Steinbank in dem kleinen Nebengelass, bereitete der Oberpriester ihm die Götterfarbe. Warum er, der Nahes nicht gut sah? Konnte nicht Eins-Affe wenigstens die Samen zählen? Wieder war es Goldfasan, der fragte.

„Eins-Affe erteilt seinen Unterricht", beschied ihn der Oberpriester. „Ich kann nicht auf ihn warten. – Und du, verschwinde hier!" Er schickte Goldfasan hinaus. Dann schüttete er noch mehr Samen in den Mörser. „Furchtbare Dinge sind geschehen, aber der Große Sprecher verschließt sich den Gründen. Er hat kein Ohr für Tezcatlipoca."

„Er fastet, o Oberpriester", sagte Goldfasan von draußen.

Der Stößel knirschte unangenehm. „Möge er erleuchtet werden. Ich fürchte aber, dass der Gott, den er verärgert hat, ihn in die Irre führt. Wenn er sich nicht zu seiner Pflicht bekehrt, sich nicht von seinen Illusionen reinigt, wird es uns wie Cholollan ergehen." Der Oberpriester stellte sich vor Jadefisch hin: „Tenochtitlan wird gezeichnet werden wie der Sohn des Sprechers von Cholollan – Am Markt."

„Er ist tot, Yaopol-tzin."

Der Oberpriester schloss den Mund. Er tat das Pulver aus dem Mörser in einen Topf und goss Wasser darauf. Rührte um, ließ es stehen und schwieg immer noch, starrte hinein, bis sich die Trübung klärte und er das am Boden abgesetzte Pulver sah. Dann seihte er die Flüssigkeit durch ein Tuch in eine Kalebasse. Den Rest verrührte er mit schwarzer Paste aus einem zweiten Topf.

„Wehe uns!" Er fing an, die Götterfarbe im Antlitz des Ixiptla zu verteilen. „Wenn uns Tezcatlipoca nicht verschont, werden wir alle sterben."

„Auch du, Yaopol-tzin?"

„Die fremden Krieger werden uns in Stücke hacken. Sie werden unsere Frauen schwängern, und diese werden Monstren gebären: Kinder mit Hirschköpfen und Hufen statt Füßen!"

Jadefisch drehte sich der Magen um. „Trink hiervon", riet der Oberpriester. Er öffnete die frisch gefüllte Kalebasse, und Jadefisch schluckte ohne nachzudenken. „Es hat unserem Gott gefallen, Cholollan zu zerstören. Er hat den Großen Sprecher verlassen. Geh, verkünde es mit deiner Flöte!"

Draußen überfiel ihn die Sonne. Sie blendete ihn, so dass er die Orientierung verlor. Ohne sein Gefolge wäre er völlig hilflos gewesen. Seine Krieger dirigierten ihn durch ein Labyrinth von Wegen, seine Diener stützten ihn und spendeten ihm süßliches Wasser mit einem bitteren Beigeschmack.

Motecuzoma wusste nichts von dem Geschehen. Er hatte sich seinen Zweifeln gestellt und fastete in dem lange gemiedenen nachtschwarzen Raum, in dem die Menscheneule ihn heimgesucht hatte. Alles schien ihm wie an jenem Tag. Schon als er eingetreten war, hatte er den bösen Zauber wieder gespürt. Er hatte sich bei der alten Feuerstelle niedergelassen, hatte mit den Händen Asche auf seinem Gesicht verrieben. Eine Schwinge hatte ihn berührt, die seither unsichtbar und unheilbringend um ihn schwebte. Jetzt ließ er die kalte Asche durch die Finger rieseln, und da war ihm wieder, als rauschte ein Flügel auf.

‚Das ist die Nacht, der Wind.'

Wer raunte da? Motecuzoma konnte kaum die Hand vor Augen sehen. Er horchte.

‚Der Wind ist in dein Herz gestoßen und hat dir alle Gedanken verwirrt. Es geschah, als deine Läufer aus Cholollan kamen mit ihren aufgelösten Frisuren und mit der Asche deines Traums vom Neuen Reich.'

„Ein Tag Eins Wind."

‚Auch das noch, ja. *Der* Tag hat ohnehin nur böse Eigenschaften, er bringt nichts als Unheil hervor. Es werden Hagelwerfer geboren, die dir deine Saaten zertrümmern, Zauberer, die deinen Seelenschmetterling in eine Puppe locken, um ihn zu töten. Haare und Fingernägel werden sie dir stehlen, und sie werden sie verbrennen, und dann wird man dir in der Unterwelt das Herz auffressen.'

„Ich werde sie vorher unschädlich machen."

‚Eheh, eheh ächzt der Wind. Er setzt die rote Vogelmaske auf und bläst und bläst gegen alles an, was auf der Erde dein ist. Er faucht im Herd, facht Brände an, treibt Rauch und Asche um. Er zerrt an deinen Häusern, er entwurzelt deine Haine, wirft hohe Bäume wie Spielzeug umher. Das Buch des Lebens wird dir aus der Hand gerissen, darin du maltest mit der roten und der schwarzen Farbe. Alles wird dir weggenommen: Räuber brachen in dein Haus ein!'

So war es. Motecuzoma saß wie betäubt. Er hörte auf, mit sich selber zu sprechen.

Von ferne klagte die Blumenflöte. Oder bildete er sich das nur ein? Schon waren die Töne wieder verklungen. Sicher saß der Ixiptla in seinem Quartier, so wie auch der Oberpriester still im Tempel blieb, geduldig darauf wartend, dass Motecuzoma sich ihm beugen würde. Drei Boten hatte er ihm schon geschickt, dreimal nach dem Got-

tesabbild fragen lassen. Beim vierten Male war er selbst erschienen, in der großen Ratsversammlung. Wie er dagestanden hatte! Alle Stirnen klebten längst am Boden, aber er blieb gerade wie ein Speer. Motecuzoma las die Forderung aus jeder Faser seines Körpers: ‚Gib mir den Ixiptla wieder!'
„Nein!" rief Motecuzoma jetzt gegen die schwarzen Federbehänge. Aber diese dämpften seine Stimme, so dass die Zweifel lauter wurden.
‚Willst du das Zeichen leugnen?'
„Welches Zeichen?"
‚Das Tezcatlipoca dir mit Rauch und Feuer an den Himmel malte. Er will kein Jadeherz, Er will ein echtes!'
„So? Ich bin schuld, dass Cholollan zerstört ist?"
‚Reicht es dir nicht? Denk an die Menscheneule!'
Motecuzoma wurde eiskalt. Ihm war, als stünde der Schwarzmagier vor ihm. Er nahm die Hände auf den Rücken, damit Vanilleblumes Bote ihm dieses Mal das Purpurhuhn nicht übergeben konnte. Er wollte das steife Gefieder nicht berühren, sich nicht zwingen lassen, in den Spiegel auf dem Kopf des Vogels zu blicken. Sonst würde er am Ende dem Zauber verfallen, würde glauben, dass seine Feinde tatsächlich in Tenochtitlan einfielen.
‚Wenn du nicht nachgibst, wird es geschehen', beharrte die Stimme in Motecuzomas Innern, die bis in die letzte Schwingung der des Oberpriesters glich.
„Wenn ich dir willfahre, wird sich der Feind in Luft auflösen?" Motecuzoma lachte auf. Er hatte keine Zeit für diese Logik. Er musste sehr realen Feinden wehren. Noch lag Atlixca mit den Kriegern im Tal; zwar reichte seine Streitmacht nicht gegen das vereinte Heer Tlaxcallans und des Fremden, doch sollte dieses Cholollan verlassen, um in aztekisches Gebiet vorzudringen, vorbei am Felsen mit dem Wasserfall, dann schon. Die Armee des Feindes würde dann auch kleiner sein. Schließlich würden die vier Könige von Tlaxcallan ihr eigenes Land nicht unbeschützt lassen. Motecuzoma dachte an die Gebirgsausläufer zwischen Tlaxcallan und dem östlichen Teilgebiet des aztekischen Bundes, das sein Neffe Cacama regierte: Er, der Große Sprecher von Tetzcoco, schickte vorsorglich eine bedrohliche Streitmacht

dorthin. Motecuzoma hatte ferner, um den Feind noch mehr zu täuschen, von Atlixca zwei Vierhundertschaften abgezogen. Die wirbelten den Staub von zwanzig Divisionen auf, während Atlixca selber mit der Hauptmacht im Hinterhalt lag. Das Tal war für die Schlacht geschaffen. Der Fremde konnte nicht entkommen.

‚Glaubst du? Und wenn der Plan trotz allem misslingt? Der kleinste Fehler kann ihn ruinieren wie ein falscher Ton ein gutes Lied.'

„Ein falscher Ton?"

‚Hörst du die Blumenflöte nicht?'

In der Tat, da war sie wieder. Und sie war nahe, kam aus dem Hof. Jemand blies mit aller Kraft in eine Flöte, so dass der Ton sich überschlug, es pfiff wie Wind in leeren Kalebassen. Er brachte keine Melodie zustande.

‚Höre! Der Ixiptla zerstört das Blumenlied des Gottes! Tezcatlipoca lässt es zu, so wie Er deinen Traum zerstörte.'

Motecuzoma lauschte auf das Instrument – es klang trotz allem noch vertraut, es war die Blumenflöte!

‚Hat der Gott auch dich verlassen?'

Motecuzoma konnte darauf nichts erwidern. Wenn es nun tatsächlich so war? Er zog den Federmantel enger um die Schultern. Doch das unsägliche Getute störte ihn bei seiner Selbstbefragung. War das wirklich der Ixiptla? Er wollte sich Gewissheit verschaffen. „Wer malträtiert da meine Ohren?", rief er ungehalten.

Der Diener sah nach: Es war der Ixiptla.

„Bring ihn zu mir!"

Aber der Diener kehrte unverrichteter Dinge zurück. Der Ixiptla hatte sich geweigert, das Haus zu betreten, und gleich darauf fluchtartig den Hof verlassen.

Seltsamerweise ärgerte Motecuzoma das nicht. Seine Aufmerksamkeit verlagerte sich. Er wollte wissen, was der Oberpriester machte. Ein Spitzel wurde in den Tempel geschickt, ein unscheinbarer Mann mit einer Opfergabe. Er hatte Glück und wurde eingelassen. Obwohl das Priesterhaus sonst Außenstehenden verschlossen blieb, konnte er sich ungehindert dort bewegen. Seine Auskünfte beunruhigten Motecuzoma. Eigentümliches ging vor. Der große Saal, in dem die

Götterbilder standen, war verwaist. Zwar lagen Opferbündel vor ihnen, die Bälle aus Zacate-Gras, in denen die mit Blut bestrichenen Agavestacheln steckten, zwar qualmte hier und da Kopal in einer Schale, jedoch saß niemand, heilige Worte sprechend, davor. Alle Priester hatten sich im Innenhof versammelt. Ihre schwarz bemalten Gesichter waren zur Arkade erhoben, wo der Oberpriester stand und die Geschichte von Chollans Untergang erzählte wie eine Legende aus uralter Zeit. Als wäre der Stadt der Grünfederschlange der Tod vorherbestimmt gewesen und, was wirklich böse war, als werde sich dergleichen bald auch hier, in Mexico-Tenochtitlan, ereignen. Alle Vorzeichen der letzten Jahre addierte der Redner auf:
Er begann mit jenem furchterregenden Kometen mit dem Feuerschweif, der vor ein paar Jahren über das dunkle Firmament gezischt war. Dann malte er den weißen Tempel mit den grünen Friesen wieder an den Himmel. Jenes unheimliche Lichterspiel war wochenlang zur Zeit der Abenddämmerung über dem See erschienen und hatte ausgesehen wie das verzerrte, umgekehrte Spiegelbild einer Pyramide, die wie eine Fledermaus kopfüber vom Nachthimmel hing. Wie sich das Volk geängstigt hatte! Die Feuerpyramide drohte, mit entflammtem Dach herabzustürzen!
Als Nächstes war dann die Lagune aufgeschäumt, ganz plötzlich hatte sie gebrodelt wie ein Wassertopf! Und so ging es immer weiter. Der Oberpriester ließ nichts aus. Sogar die Menscheneule mit dem Spiegelvogel reihte er zu jenen Zeichen. Schlussendlich hielt er inne und wölbte seine Hand ums Ohr. Es war nicht nötig, dass er etwas dazu sagte, denn der Ixiptla geisterte noch immer durch die Stadt, entweihte immer noch Tezcatlipocas Blumenlied.
Ein Zeichen zu viel, dachte Motecuzoma. Kam der Oberpriester seinem Herrscher in die Quere?
Es wurde Zeit, ihm das Handwerk zu legen. Die Zweifel, die ihn eben noch gepeinigt hatten, verstummten.
Der Herrscher sandte einen Boten ins Richterhaus. Eine tödliche Girlande sollte dem Widersacher die Luft abschnüren. Unruhig wartete er auf die Schergen. Die Zeit erschien ihm ungebührlich lang. Im Dunkel um ihn dehnte sie sich aus, entrollte sich wie eine Riesenschlange, die kein Ende nahm.

Endlich kamen seine Schergen. „Totecuiyo ..." Sie drucksten, und er spürte ihre Angst. Der Oberpriester war – es wunderte ihn nicht einmal – am Leben! Er hatte sich ins Heiligtum zurückgezogen, und die Schergen fürchteten die Macht des Gottes. Motecuzoma musste sie erst zwingen, dort hineinzugehen. Seine Ungeduld wuchs. Er ahnte, dass sie abermals versagen würden.

Als sie kamen, sagten sie denn auch, dass sie den Oberpriester nicht gefunden hätten. Im Heiligtum sei nur ein Vogel gewesen – ein Truthahn oder ein weißer Reiher. Motecuzoma hätte beinahe gelacht. Der Oberpriester nahm Tezcatlipocas Tiergestalten an. Demnächst würde er sich wohl in einen Jaguar, ein Stinktier oder sonst etwas verwandeln. Motecuzoma kannte das. Die Schergen wollten ihm Bedenkzeit geben, so dass, falls ihn der Zorn verließe, er das Gesicht wahren konnte. Er ließ sich auf das Spiel ein und entsandte sie erneut.

Aber sie wichen vom Muster ab. Sie kamen ihm mit Unsichtbarem – so unsichtbar wie jene Schwinge, die hier im Dunkeln um ihn strich. Sie sagten ihm, das Heiligtum sei leer gewesen, und wenn nicht, so habe sich der Oberpriester in den Wind verwandelt. Die Statue des Gottes aber habe aus flammenden Augen auf die Eindringlinge geblickt.

„Muss ich etwa selbst gehen?!", herrschte Motecuzoma sie an.

„Das wird wohl nicht nötig sein", sagte vor ihm eine Stimme, die keinem der beiden Schergen gehörte. Motecuzoma erkannte sie sofort. Es war der Oberpriester selbst! Das irritierte den Herrscher ein wenig. Was waren das für Schergen, denen das Opfer unbemerkt folgte! Dann aber sagte er sich, dass sie das Urteil gleich vollstrecken konnten.

„Der Priester-Weise Sternfinder hat das Bewusstsein wiedererlangt", drohte er.

„Wir hörten davon."

Wir? War der Oberpriester nicht allein gekommen?

„Totecuiyo, gibt es etwas, das wir wissen sollten? Worin hat der Oberpriester des Tezcatlipoca gefehlt?"

Das war die Stimme des Hohepriesters! Weshalb hatte man ihn nicht gemeldet? Motecuzoma rief nach dem Diener. „Meine Väter sind ge-

kommen. Mach uns Feuer." Aber nichts tat sich.
„All deine Leute sind im Land des Schlafes", sagte eine dritte Stimme, an der Motecuzoma den Hüter-Aller-Götter erkannte. Sie hatten seine Wachen und sogar die nutzlosen Schergen außer Gefecht gesetzt.

24

Maisblüte stand auf der Terrasse. Seitdem man den Ixiptla in den Tempel geführt hatte, stand sie schon dort. Sie fühlte sich so einsam wie noch nie in ihrem Leben. Quetzalmatte ließ sie nirgendwo hin. Zerstört war die Stadt der Grünfederschlange, die sie nie gesehen hatte, und nun überließ ihr Vater Jadefisch auch noch dem Opfertod. Der Oberpriester hatte ihn in seiner Gewalt. In was für einen Zustand der ihn prompt versetzt hatte! Aufrecht war der Ixiptla in den Tempel gegangen – wie jedoch herausgekommen? Wie betrunken! Nur das Gefolge hielt ihn auf Kurs. Und wie er spielte! Unaussprechlich. Warum nahm ihm niemand die Flöte ab? Jetzt, in der Dämmerung, kam sein Getute von den Tiergehegen her. Maisblüte hielt es nicht mehr aus. Sie ging ins Zimmer, steckte ein paar Kissen unter ihre Decke, damit es so aussah, als ob sie schliefe. Dann schlich sie sich ins Zimmer ihrer Freundin. „Reiherfeder!"
„Was ist?"
„Der Ixiptla – er scheint krank zu sein."
„Ein Wunder wäre das nicht. Er ist aus Cholollan."
„Als ihn der Oberpriester holte, hielt er sich noch gerade."
„Was meinst du?"
„Er wurde irgendwie verändert. Der widerliche Oberpriester ..."
„Lass das keinen hören. Es heißt: der *würdige* Yaopol-tzin!"
Das sollte komisch wirken. Aber Maisblüte dachte nur an Jadefisch.
„Ich will zu ihm."
Reiherfeder schüttelte den Kopf. „Das lass lieber bleiben."
„Man hört ihn von den Tiergehegen."

„Er ist nicht bei sich. Und es schickt sich nicht, um diese Zeit noch auszugehen."

„Dann gehe ich allein."

„Weißt du, was du tust?"

Maisblüte nickte. „Wirst du mir helfen?"

Reiherfeder erhob sich. „Komm mit."

Sie ging mit Maisblüte in die Webstube. Von dort führte ein schmaler Gang hinaus in die Gärten, so dass sie nicht den Innenhof und den bewachten Ausgang passieren mussten. Reiherfeder führte sie auf verschlungenen Pfaden zu den Speicherhäusern und in das langgestreckte Gebäude, in dem der Schatzverwalter die Buchhaltung führte. Es ging in den Westflügel der Königlichen Bibliothek über, von diesem nur durch einen Gang getrennt. Hierher würde heute niemand mehr kommen.

Im letzten der Büchersäle entzündete Reiherfeder ein Feuer in dem großen tönernen Gefäß hinten in der Ecke. „Setz dich, ich suche den Ixiptla." Sie drückte Maisblüte ein Buch in die Hand. Falls man sie hier fand, war das am unverfänglichsten. Zur Vorsicht stellte die Freundin noch einen Wandschirm auf. Dann ließ sie sie allein.

Nach geraumer Zeit kam sie mit dem Ixiptla wieder. Maisblüte vernahm ein leises Geklingel, ein Rascheln, ein Tappen auf Palmblattmatten. Reiherfeders Flüstern: „Komm schon – hier bist du sicher."

Maisblüte rief ihn leise beim Namen. „Jadefisch!" Aber sie erhielt keine Antwort. Er starrte auf die aufgeklappte Seite des Buches. Da waren Städte aufgelistet, und der rote Schein aus dem Feuergefäß zuckte darüber.

Maisblüte entglitt das Buch. „Wo hast du ihn gefunden, Reiherfeder?"

„Er irrte durch die Gänge."

Willenlos im Labyrinth. Wer kannte schon Anfang und Ende der Gänge?

„Ich habe ihn nicht spielen hören, Reiherfeder."

Wer wusste, wo die Löcher auf der Flöte anfingen und wo sie aufhörten – egal, ob er nun oben oder unten begann, eine Melodie ergab sich nicht, er war nur immer irgendwo in einem Lied, so wie er in diesem

Gebäude war, das aussah wie ein Bienenstock, von innen eine Wabe an der andern, und es summte überall, und alle wussten sie, wie sie hier herauskamen, nur er wusste es nicht.
„Und sein Gefolge?"
„Schleicht wie ein Wolfsrudel um den Palast."
Er war es irgendwie losgeworden.
„Hat man euch gesehen?"
„Nein."
Die Flamme knisterte lauter. Nun starrte Jadefisch auf das Räuchergefäß. In den großen Zylinder war ein Gesicht eingeschnitten. Er setzte sich und umfasste die Knie mit den Armen. Das Mädchen zog seinen Kopf an sich. „Jadefisch."
Er ließ sich fallen. „Dein Schoß ist weich." Ihre Hände strichen ihm über Kopf und Rücken. Er schloss die Augen und vergrub den Kopf tiefer in ihr. „Wer bist du?"
Die Flamme in dem Räuchergefäß knisterte. Unruhig fuhr er auf. „Ich habe Durst."
Reiherfeder ging Wasser holen. Maisblüte blieb mit ihm allein.
„Hörst du das Feuer?" Er setzte sich auf und suchte ihren Blick. Sie schlug die Augen nieder. Nur der alte Feuergott hielt seinem Blick stand. Wie er fauchte! Die Flamme sprang ihm aus dem Mund und aus den Augen. Sie teilte sich, glitt über Kinn und Wangen, flackerte als Schatten an der Wand. Maisblüte begann sich zu wiegen. Sie zog ihr Hemd aus, löste ihr Haar. Der Widerschein des Feuers kroch an ihr empor, leckte zwischen ihren Brüsten. Ihre Finger fuhren langsam Jadefischs Rückgrat entlang. Sie umfasste ihn von hinten, band ihm die Glocken von den Waden und wand sich unter seinen Netzumhang.
„Du hast so einen funkelnden Türkis im Nabel ..."
Seine Erstarrung löste sich. Er drang in sie ein. Sie ließ alles mit sich geschehen.
Später raschelte es neben ihnen. Etwas wurde auf den Boden gestellt. Sie hörten Wasser schwappen, Maisblüte stand auf und gab ihm davon. Es war gutes Wasser, nicht solches wie in seiner Kalebasse. Er trank und trank. Langsam kehrte seine Orientierung zurück.
„Ich bin in Tenochtitlan, ich bin der Ixiptla", stammelte er.

„Du bist Jadefisch – ein schöner Name."
„Was habe ich getan?", fragte er bange.
Maisblüte lächelte ihn an. Nackt stand sie neben dem Tongefäß, dessen Flamme leider gleich verlöschen würde. Er hätte nicht gewagt, sie darum zu bitten, aber sie beugte sich darüber, als hätte sie den stummen Wunsch verstanden, und ließ das Feuer wieder erstarken. Ihre Haut fing an zu schimmern wie ein ockergelber Schmetterling. Wenn sie noch so bliebe – nur einen Augenblick.
Ein Zittern ging durch ihren Körper. Sie begann, sich leicht zu wiegen. Sie kam auf ihn zu, erst langsam, dann schneller. Sie entfernte seine Armringe und Ketten. Mit einem feuchten Tuch wusch sie die Farbe von seinem Gesicht. Dann griff sie nach dem Krug, bog ihren Kopf zurück und goss das Wasser über ihren Hals und ihre runden Brüste. Tropfen perlten über ihre Haut. Er leckte sich die Lippen und küsste sie weg. Sie erschauerte, sich enger an ihn schmiegend, und er deckte sie mit seinem Körper zu. Sie war das Leben. Das Gefühl von Schuld fiel von ihm ab.
Die Liebesgöttin Xochiquetzal konnte grausam sein. Nicht jedem gab sie ihre Geschenke, aber wer sie erhielt, der musste ihr dafür etwas verpfänden. Nicht selten war es gar das Leben, denn sie verführte ihre Erwählten, die Verbote zu missachten, sich über das Gesetz zu stellen. Von ihrem Verstand verlassen lebten sie nur dem Augenblick. Maisblüte und Jadefisch mochten dies für einen Wimpernschlag bedenken. Sie hatten aber nicht die Kraft, sich voneinander zu lösen. Viel zu bald würde die Schneckentrompete vom Haupttempel den Morgen verkünden.
Reiherfeder hielt Wache auf dem Gang, wobei sie ihr Gesicht hinter ihrem Fächer verbarg. Da kam der junge Goldfasan daher, der den Ixiptla suchte. Wie ein Wiesel lief er im Haus der Bücher herum. Reiherfeder sah keinen Grund, sich vor ihm zu verstecken. Mit dem Fächer wippend, ihn halb zur Seite ziehend, lockte sie Goldfasan in den Saal.
„Was hast du da für eine Kalebasse?"
„Die des Ixiptla."
„Oh, wird die nicht von seinen priesterlichen Dienern für ihn verwahrt?"

„Ich habe sie an mich genommen. Denn immer, wenn er daraus trank, wurde er mir fremder."

„Was ist denn drin?"

Goldfasan schüttelte die Kalebasse. „Wer kann wissen, was der Oberpriester gemischt hat?"

„Einen Trank aus den heiligen Pflanzen." In dem Gefäß gluckste es verführerisch, und die neugierige Reiherfeder schlug vor, davon zu probieren.

Goldfasan riet ab. „Hast du den Ixiptla nicht gesehen? Wirkte er nicht wie eine Seele auf dem Weg ins Totenland?"

„Doch, schon. Aber dies war nicht von Dauer. Jetzt werden ihm göttliche Freuden zuteil. Wünschst du dir nicht, und sei es nur für einen Augenblick, zu sein wie er – strahlend und unbesiegbar?"

„Es heißt, die göttlichen Pflanzen wirkten unterschiedlich auf die Menschen ..." Zögernd öffnete Goldfasan die Kalebasse und reichte sie Reiherfeder. Abwechselnd tranken sie daraus, und anders als dem Ixiptla wurde ihnen die Welt heiter. Mitten im Dunkeln sahen sie Farben, und so leerten sie die Kalebasse.

Das Gelächter der Berauschten brachte das Paar hinter dem Wandschirm zur Besinnung. Schweren Herzens schwärzte Maisblüte Jadefischs Gesicht mit Ruß. Nachdem sie die Spuren der Liebe beseitigt hatten, schlüpften sie hinaus. Jadefisch brachte das Mädchen sicher auf den Weg zu den Frauengemächern und eilte gleich zurück. Goldfasan war sein Freund. Er wollte ihn nicht verlieren. Und Reiherfeder war zu schön für den Tod. Über den Innenhof erreichte er den Büchersaal, durchquerte ihn und stellte sich in den Durchgang zum Korridor, weil Goldfasan und Reiherfeder nicht auf seine Warnung reagierten.

Plötzlich wurde der Gang vom Licht einer Fackel erhellt, und wie aus dem Nichts erschien Schädelwand. Auch er befand sich auf der Suche nach dem Ixiptla. Das Gefolge hatte sich geteilt, um die Chancen, ihn zu finden, zu erhöhen. Nun war Schädelwand, wie vor ihm Goldfasan, hier aufgetaucht. Und er schien Glück zu haben! Das Licht der Fackel fiel auf den Ixiptla. „Was macht unser Gott im Haus der Bücher?", fragte Schädelwand ziemlich respektlos.

„Was schleicht der unverschämte Schädelwand so früh schon hier herum?"

„Dein Gefolge sucht dich." Schädelwands Blicke glitten über den Ixiptla, die Frisur, den Schmuck, die Kleidung, und hakten sich schließlich am Bauchnabel fest. Motecuzomas Neffe schluckte. Es war zu ungeheuerlich, was er bemerkte: Der Türkis im Nabel des Gottesabbildes fehlte!

Jadefisch spürte noch den Glücksrausch in den Adern. So peinlich die Entdeckung auch war, er verzog den Mund zu einem breiten Grinsen. „Wer weiß. Mag sein, ich habe ihn verschenkt. Ich ahne nicht einmal, wie ich hierher gekommen bin. Das weiß allein der Oberpriester. Geh in den Tempel, Schädelwand. Hol mir einen neuen Stein für meinen Nabel."

Widerwillig machte Schädelwand sich auf den Weg, kehrte aber gleich wieder um. „Was war das? Dort im Saal. Es hört sich an, als ob man sich am Boden wälzt. Frönt man verbotenen Leidenschaften?"

Schädelwand versuchte, einen Blick in den Saal zu erhaschen. Aber er konnte nicht an Jadefisch vorbei, der mit ausgebreiteten Armen in der Türöffnung stand.

„Man soll die Liebe nicht stören."

„So ein Skandal!"

„Nicht wahr?"

„Gleich wird die Dienerschaft sie entdecken. Willst du hier wirklich stehenbleiben, so ganz ohne deinen Stein?"

„Umso schneller solltest du mir einen neuen holen. Der Oberpriester wird dich loben."

Verwirrt zog Schädelwand ab. Jadefisch eilte in den Saal zurück. Reiherfeder schien die Lage zu begreifen und schlich sich fort. Goldfasan aber wehrte sich. Jadefisch musste ihn mit Gewalt in den Hof schaffen. Die verräterische Kalebasse blieb auf dem Boden liegen. Zu spät fiel ihm das auf. Bei seiner Rückkehr waren, alarmiert von Schädelwand, bereits die Palastwächter zur Stelle. Sie untersuchten den Raum, wobei sie die Kalebasse und zu allem Unglück auch noch Reiherfeders Fächer fanden. Dann stieß das um Goldfasan verminderte Gefolge des Ixiptla dazu. Die priesterlichen Diener erkannten die Kalebasse sofort. Schädelwand begann, nach Goldfasan zu suchen, und es dauerte nicht lange, bis er ihn im Innenhof entdeckte. Anstatt sich schleunigst zu entfernen, war er dort eingeschlafen. Während Schädelwand ihn unsanft weckte, spielte Jadefisch Flöte gegen die Angst. Leider waren die verräterischen Funde nicht das einzige Missgeschick. Reiherfeder wurde bei dem Versuch, in ihr Gemach zu gelangen, erwischt. Quetzalmatte, die nach ihrer Tochter sehen wollte, bemerkte eine Gestalt, die in Reiherfeders Zimmer wankte. Sie ging ihr nach. Brauchte Reiherfeder Hilfe? Aber Reiherfeder kicherte, als wäre sie nicht ganz bei Trost. „Was ist dir?", fragte Quetzalmatte. Sie befahl der Dienerschaft, Feuer zu machen. Sobald dies geschehen war, erschien vor ihr ein blasses Gesicht mit darin verschmierten Resten gelber Farbe. Einer der beiden Zöpfe, die verheiratete Frauen über der Stirn zu Hörnern gebundenen trugen, hatte sich aufgelöst, und auch an Reiherfeders Kleidung war manches zu bemängeln. „Bring dich in Ordnung", sagte Quetzalmatte. Dann ging sie ahnungsvoll zu ihrer Tochter. Erst als sie diese schlafend fand, gehüllt in ihre Baumwolldecke, beruhigte sie sich. Maisblütes Gesicht war der offenen Terrasse zugewandt, und Quetzalmatte betrachtete es im Licht des heraufziehenden Tages. Die linke Kopfhälfte ruhte auf dem gebeugten Arm, die linke Hand lag unter dem Kinn, die rechte umfasste den Ellenbogen. Quetzalmatte zuckte zusammen: Die Finger hatten schwarze Kuppen.

25

Motecuzoma war dabei, sich von der Unterredung mit den Priestern zu erholen, als er – wieder einmal – einen Luftzug spürte.
„Was wollt ihr jetzt noch?"
„Totecuiyo ..."
Nein, das waren nicht die Priester. Das war Tlacotl, der neue Herr-Des-Schwarzen-Hauses. Motecuzoma atmete auf.
Tlacotl hatte Wind von den Vorgängen im Tempel des Tezcatlipoca bekommen. Der Ixiptla war nicht zu überhören gewesen, ebenso

wenig sein plötzliches Verstummen. Es war, als hätte ihn die Erde verschluckt. Eine fürchterliche Stille lastete seitdem auf der Stadt. Motecuzoma dachte an die unheilvollen Vorzeichen: Das schlimmste Omen wäre ohne Frage ein unzeitiger, ehrloser Tod des Gottesabbildes. Wenn der Ixiptla wie ein zerbrochenes Gefäß am Straßenrand läge, von Tezcatlipoca zerstört, wenn er von Ihm verlassen und in den Schmutz gestoßen worden wäre. Wie lange konnte dann der Große Sprecher noch an Seiner statt regieren?

„Hat man ihn gefunden?"

„Er ist im Tempel, Totecuiyo. Und er scheint am Leben zu sein."

Motecuzoma fühlte sich für den Moment gerettet. „Was hast du herausgefunden?"

Aber Tlacotl wusste nicht mehr. Sie waren sehr diskret, die Priester.

„Waren sie auch so diskret, als sie gestern zu mir kamen?"

Tlacotl nickte. „Sie ließen jeden glauben, dass sie deine Wünsche bezüglich des Ixiptla hören wollten."

Motecuzoma lachte böse. „Meine Wünsche haben sie nicht im Geringsten interessiert. Aber immerhin – sie wahren den Schein."

„Gibst du ihnen, was sie fordern?"

„Das entscheidet Tezcatlipoca. Ich muss im Heiligtum ein Ritual vollziehen, am Tag Dreizehn Jaguar. Tezcatlipoca soll im Traum zu mir sprechen."

„Wozu fastest du dann hier?"

Motecuzoma lachte wieder auf. „Auch das hat sie nicht interessiert. – Was erzählen die erbärmlichen Schergen?"

„Nichts. Sie haben Angst, dass du sie töten lässt. Sie hocken kreidebleich im Richterhaus, vom Cihuacoatl bewacht."

„Wer weiß noch davon?"

„Die Räte, so sie in der Stadt sind. Der Herr-Des-Speerhauses, der Herr-Des-Blutes, meine Wenigkeit natürlich. Aber, Totecuiyo, sie wissen nur, was sie gesehen haben. Noch rätseln sie und ziehen, wenn, dann falsche Schlüsse."

„Betrifft das auch den Cihuacoatl? Auf welcher Seite steht mein Stellvertreter?"

„Er hält sich bedeckt – wie immer."

Motecuzoma seufzte. „Ich wünschte, Opossum wäre am Leben. Wie

viel hast du von ihm gelernt?"
„Wenn du mir vertraust ... genug."
„Was rätst du mir fürs Erste?"
„Tezcatlipoca muss dir einen Sieg verleihen, dringend."
„Das ist wahr. Die Totonaken ... sie schulden uns noch immer den Tribut. Der Dicke wird uns kennenlernen."
„Wem gibst du den Befehl?"
„Dem Fürsten Cuauhpopoca. Glänzender Adler hat dem Dicken schon im Sommer mein Ultimatum überbracht und langweilt sich jetzt in der Garnison." Motecuzoma erhob sich. „Ich kehre in den Palast zurück."
„Ja, Totecuiyo, quer durch die Stadt!"

Tlacotl führte Motecuzoma aus dem dunklen Raum ans Licht des Tages und richtete ihn würdig her. Bevor er ihm das Diadem aufsetzte, bemalte er sein Antlitz gelb und zog drei schwarze Querstreifen hindurch. So sah er aus wie Tezcatlipoca als Herr der Welt. Er konnte es mit seinen Gegnern aufnehmen.
Die Würdenträger warteten im Hof. Der Cihuacoatl half dem Großen Sprecher in die Sänfte, dann ging es durchs Tor der Spiegelschlange in weitem Bogen um den heiligen Bezirk zum Königspalast. Dort angekommen setzte Motecuzoma sich auf den Jaguarthron und sandte einen Boten mit dem Angriffsbefehl zu Glänzender Adler. Dann ließ er den Ixiptla rufen.
Doch dieser kam nicht. Lediglich erfuhr Motecuzoma, dass er nicht zu sprechen sei, weil er ein Ritual durchführe. Gehorchte man ihm immer noch nicht?! Motecuzoma wurde ungehalten. Er jagte die Boten zum Tempel zurück und schickte ihnen Tlacotl nach.
Aber auch der Herr-Des-Schwarzen-Hauses drang nicht zum Ixiptla vor. Motecuzoma ergab sich ins Warten. So wie er mit den Priestern stand, wollte er nicht auch noch grundlos eine Kulthandlung stören. Er nahm die Amtsgeschäfte auf, während Tlacotl zum Tempel zurückkehrte, um den Ixiptla abzupassen.
Tlacotl hatte gar kein gutes Gefühl. Das Ritual schien sich hinzuziehen, und er fand nichts darüber heraus. Die Gotteshüter sprachen nicht mit ihm. Er spürte nur ihre Blicke im Nacken, mit denen sie ihn

unter den Arkaden des Priesterhauses festhielten. Manchmal huschte einer an ihm vorbei, um zur Pyramide zu spähen, aber keiner verließ den Hof. Tlacotl spitzte die Ohren, ob nicht wenigstens etwas zu hören wäre – eine Flöte, eine Trommel oder ob man vielleicht sänge, doch das einzige Geräusch, das er vernahm, schien von kleinen Steinchen herzurühren, die irgendjemand aufs Pflaster warf. Von seinem Platz aus konnte Tlacotl den Eingang der Pyramide nicht sehen. Darum vertrat er sich die Füße, wandelte den Säulengang entlang. Er entdeckte Schädelwand und noch einen Krieger, die kleine Capulin-Kirschen aßen, deren Kerne sie in hohem Bogen ausspuckten. Dies wurde bald von einem Priester unterbunden. Also wirklich – das gehörte sich nicht! Vor dem Tempel des Tezcatlipoca! Tlacotl grinste.
Auf dem Rückweg kam der beflissene Priester an ihm vorbei. Einen Augenblick lang kehrte er Tlacotl sein Mondgesicht zu. Beinah unhörbar ließ er fallen: „Ich wünschte, dass ich nicht so feige wäre."
„Was geht hier vor, Eins-Affe?"
„Ich habe nichts gesagt – ich bitte dich."
Tlacotl begriff. Er eilte in den Palast zurück.

Motecuzoma besann sich nicht lange. Er begab sich selbst in den Tempel. In der Pyramide konnte er zuerst niemanden entdecken. Er ging den Raum ab. Hinten, auf der Luke zur Gruft, saß ein Priester, und neben ihm lagen Kleider mit den Zeichen eines Wächters des Gottesabbildes. Ein weiterer Gotteshüter bewachte den Eingang zur Hinterkammer.
„Zur Seite!"
Motecuzoma betrat das Nachtreich des Oberpriesters, das kein Feuer, nicht einmal von einem Räuchertopf, erhellte.
„Wer stört das Ritual des Spiegels?!"
„Was will man denn im Dunkeln sehen?"
„Die Wahrheit ist nicht außen, sondern innen."
Die Stimme schien aus der Mitte zu kommen. Doch wo genau war der Verhasste? Allmählich hatte Motecuzoma dunkle Räume satt. Er ließ eine Fackel anzünden. Der Oberpriester nahm Konturen an. Er hatte einen Spiegel in der Hand, den er dem Ixiptla entgegenhielt. Dieser aber schaute gar nicht hinein. Er hockte zitternd da, umklam-

merte die Knie mit den Händen. Die Fingerknöchel waren schon weiß.

„Yaopol-tzin, du wagst es?"

„O Totecuiyo ... der Ixiptla sucht die Wahrheit. Sein Seelenschmetterling weilt nicht in seinem Körper. Ich wache darüber, dass er ohne Schaden zurückkehren kann."

„Auf der Stelle holst du ihn zurück!"

„Gewiss. Doch es wird dauern. Er ist sehr weit fort."

Motecuzomas Blicke fielen auf eine leere Schale. Eine dunkle Stelle am Boden verriet, dass Flüssigkeit verschüttet worden war.

„Was hast du dem Ixiptla eingeflößt?"

„Der heilige Stechapfel öffnet ihm die Augen. Ich tat es nur für dich, o Herrscher. Die Angelegenheit ist heikel. Eine Verletzung deiner ureigensten Rechte, ein Ehebruch, vielleicht auch noch mehr. Mit Goldfasan hatte ich leichtes Spiel, doch der Ixiptla beherrscht die Kunst der Verstellung. Er verschweigt uns etwas, Totecuiyo."

„Wie kommst du darauf?"

„Sieh ihn genau an, Totecuiyo. Als man ihn im Haus der Bücher fand, da war sein Antlitz, das sonst leuchtet, stumpf und das Zentrum seiner Würde – leer."

Motecuzoma ließ die Fackel noch einmal über den Ixiptla gleiten. Tatsächlich, seine Gesichtsbemalung schien allein aus Ruß zu bestehen, und im Nabel steckte kein Türkis. Das durfte nicht wahr sein!

„Wie kam es dazu?"

„Tezcatlipoca will dich warnen. Die Beziehung zwischen Ihm und dir ist ernstlich gestört. Bringe sie in Ordnung, dann wird auch der Ixiptla wieder Gnade vor Ihm finden."

Ein Fehlverhalten des Gottesabbildes fiel auf den Großen Sprecher zurück. Schon gestern hatten ihm die Priester das bedeutet. Anstatt darauf zu bauen, dass er selbst nach reiflichem Bedenken zur Tradition zurückkehren würde – oh, wie nah stand er davor! Wie ähnlich war er ihnen immer noch – anstatt ihm also zu vertrauen, erpressten sie ihn. Oder tat das nur der Oberpriester? Benutzte er die andern, wie er den Ixiptla benutzte? Steckte gar noch mehr dahinter?

Der Ixiptla atmete schnell und unregelmäßig. Motecuzoma ließ nach Sieben-Regen schicken.

Sobald der Hofarzt eingetroffen war, verließ er die Hinterkammer und ging zur Gruft.

„Öffnen!"

Der Oberpriester holte den Gefangenen persönlich heraus. Er hatte ihn am Schopf gepackt und stieß ihn vor Motecuzoma auf den Boden.

„Gib ihm seine Kleider wieder!"

„Wir sollten vor die Pyramide gehen, Totecuiyo."

„Weshalb?"

„Damit du ihn genau betrachten kannst – ihn und den Fächer, den man bei ihm gefunden hat. Einen kostbaren Fächer mit einem Griff aus feinstem Jade, in den eine Feder eingeritzt ist."

Sie gingen vor die Pyramide, und das Unheil nahm seinen Lauf. Motecuzoma öffnete den Fächer. Er erkannte ihn sofort. ‚Nicht Reiherfeder', dachte er hilflos.

Goldfasan stand schlotternd und mit gesenktem Kopf vor ihm. Der Oberpriester riss ihn am Schopf nach hinten. Die gelblichen Flecken in seinem Gesicht tilgten jeden Zweifel: Er war mit einer Frau zusammengewesen.

„Sprich", befahl der Oberpriester, „nenne dem Großen Sprecher den Namen! Oder soll ich es tun?"

Goldfasan schwieg.

Motecuzoma blickte den Oberpriester an. Der kannte den Namen! Wer konnte wissen, was er noch aus ihm und aus dem Ixiptla herausgepresst hatte! Einen Moment lang bewunderte Motecuzoma seinen Gegner. Wie rasch er seinen Vorteil zu nutzen verstand! Aber er missgönnte ihm den Triumph. Der Oberpriester durfte ihm nichts voraushaben!

„Dein Schweigen ist sinnlos", sagte er gewichtig. „Das ist Reiherfeders Fächer."

Der Oberpriester lächelte befriedigt. Jetzt erst wusste er es also. Motecuzoma war ihm ins Netz gegangen.

„Wenn du es wünschst, wird nichts geschehen sein, o Totecuiyo..."

Bot der Oberpriester an, den Skandal zu vertuschen? Stellte er den Herrscher auf die Probe? Moteuczomas Miene wurde undurchdringlich.

„Es wird alles untersucht. Wenn der Ixiptla wieder bei sich ist, soll er ins Haus der Bücher kommen. Du aber rührst dich nicht aus dem Tempel fort, bis ich dich rufen lasse, damit du deine Aussage machst."
Den unglücklichen Goldfasan ließ er ins Gefängnis werfen.

War das wirklich Reiherfeders Fächer? Konnte nicht eine andere Dame etwas täuschend Ähnliches besitzen? Im Grunde wollte er es gar nicht wissen und erst recht nicht, wer sich noch in tiefer Nacht im Saal der Bücher befunden hatte. Wäre nicht der Oberpriester, könnte er den Fall vergessen. So aber konnte er nicht einmal, wie in solchen Fällen sonst, alleine richten. Reiherfeder entstammte dem tetzcokanischen Königsgeschlecht. Er würde einen Boten zu Cacama schicken müssen. Dieser konnte das Obergericht des Dreibundes einschalten – und wenn er seinem Vater glich, würde das Urteil gnadenlos sein. Vorher aber würde er den Fall von allen Seiten beleuchten, er würde ihn abklopfen wie seine Sandalen nach einem Skorpion. Motecuzoma seufzte in sich hinein. Lauerte hier noch eine Gefahr? So wie der Ixiptla ausgesehen hatte ...
Wie meistens, wenn er Sorgen hatte, ging er zu Quetzalmatte. Vielleicht hatte sie etwas bemerkt.
Sie hatte nicht. Sie saß ihm gegenüber, lächelte ihn an, plauderte von belanglosen Dingen, die weder ihn noch sie interessierten, und brachte ihn dazu, sich ihr zu offenbaren, bevor er es merkte. Nun wurde sie ernst. Ihre Augen waren unverwandt auf ihn gerichtet. Es nutzte nichts, ihr auszuweichen. Sie sah ihn mit dem ganzen Körper, sie hatte Augen auf der Haut. Er konnte nichts vor ihr verbergen, sie hingegen gab nichts preis. „Vergiss das Ganze", riet sie schließlich. „Der würdige Yaopol-tzin hat sich wohl mit den heiligen Pflanzen vertan."
„Wenn das so einfach wäre!"
„Hat er seine Kompetenzen überschritten?"
„Das auch. Vor allem aber fand er Reiherfeders Fächer."
„Sie geht oft ins Haus der Bücher. Leicht kann sie ihn vergessen haben."
„Man hätte ihn ihr nachgesandt."

„Ach, richtig – dort herrscht Ordnung."
„Warum schützt du Reiherfeder?"
„Hm, du hast es gar nicht auf den Oberpriester abgesehen?"
„Ich will das Recht nicht beugen. Was ich erfahre, werde ich ahnden."
„Wenn das so ist ..." Quetzalmatte schaute ihn merkwürdig an. Alarmiert drang er in sie: Was wusste sie? Nun erzählte sie ihm, wie sie Reiherfeder angetroffen hatte, schwankend auf dem Gang, verschmiert, berauscht. „Ich habe sie für krank gehalten, ich wusste ja nicht ..."
„Schon gut. Der Oberpriester will mir schaden", lockte er sie weiter aus der Reserve. „Es wäre eine Katastrophe, sollte ein runder, blauer Stein, nicht größer als ein Fingernagel, unverhofft zum Vorschein kommen. Sieh nach, ob Maisblüte nicht einen hat."
„Sie hat viele solcher Türkise. Außerdem, was unterstellst du ihr? Sie hat fest geschlafen. Ich fand sie heute früh auf ihrer Matte – zu der Zeit, da Reiherfeder in ihr Zimmer wankte."
„Kannst du das vor der Erdgöttin beeiden?"
„Aber ja. Mach dir keine Sorgen."
„Warum hat der Ixiptla dann Goldfasan gedeckt? Ich hoffe sehr, der junge Krieger kompromittiert ihn nicht."
„Du meinst, der Oberpriester ..." Quetzalmatte legte sich erschrocken die Hand auf den Mund.
„Ich kann mir keine Schwäche leisten. Oh, dass nicht noch mehr ans Licht gelangen möge, das Strafe erheischt! Dann kann ich niemanden verschonen, wer es auch sei."
„Willst du denn jemanden verschonen? Wo du doch gar nicht weißt, was sich ereignet hat?"
„Weißt du es?" Motecuzoma sah Quetzalmatte an, es war ein ungeschützter Blick, den er sogleich wieder abwandte. Sie erwiderte ihn endlich auf dieselbe Weise.

Motecuzoma musste in Erfahrung bringen, was der Oberpriester wusste, aber leider weilte der Ixiptla immer noch im Stechapfelland. Er selbst war wohl auch etwas geistesabwesend, denn er fand sich plötzlich vor Reiherfeders Gemächern wieder. Verwundert trat er ein. Was suchte er? Reiherfeder war nicht da. Sie nahm ein Bad, wie immer um die Zeit des frühen Nachmittags. Unruhig ging er im Zimmer herum. Er kannte jeden Gegenstand, ihre Kleidertruhen, ihre Spiegel, ihre Kämme, die zahlreichen Schminktöpfchen, die noch zahlreicheren Schmuckdosen – und ihre Fächer. Ängstlich öffnete er einen nach dem andern. Sie waren mit Blumen und Vögeln oder Schmetterlingen bemalt. Einer war darunter, der jenem glich, den man gefunden hatte – nur prangten die Blüten nicht rot, sondern gelb, und die Kolibris, die daran saugten, schimmerten nicht grün, sondern blau. Peinlich berührt schob er den Fächer wieder zusammen.

Sein Blick glitt über ihr Pinselgefäß in Gestalt eines Äffchens. Ein großer Künstler hatte es aus schwarzem Lavaglas herausgemeißelt. Motecuzoma hatte es Reiherfeder geschenkt, weil sie der Bilderschrift mächtig war. Der Affe war das Tier der Schreiber und Künstler. Seine schlanken Hände hielten den oberen Gefäßrand umklammert, und die Malpinsel schauten oben heraus. Sein neugieriges Gesichtchen schob sich zwischen den Ellenbogen hindurch, um das braune und weiße Amatepapier zu betrachten, das vor ihm lag. Reiherfeder pflegte also ihre Fähigkeiten immer noch. Sie brachte ja auch Maisblüte die Bilderschrift bei. Fast war Motecuzoma ihr deshalb wieder gewogen. Seine Neugier lenkte ihn auf ein kleines hirschledernes Faltbuch. Eine rot-gelbe Blume und die blaue Spirale des Atems prangten auf dem Deckel: Das Buch enthielt Lieder, den Blumengesang. Motecuzoma fing an zu blättern. Reiherfeder dichtete auch selbst. Hätte sie sich doch darauf beschränkt! Oder besser: Hätte sie gesponnen und gewebt! Dann müsste er jetzt kein Liebeslied lesen, in dem er seinen Namen nicht fand.

Aber die Arbeit der Frauen war wohl unter ihrer Würde! Ihr Webrahmen lag im hintersten Winkel, und die Körbe mit dem Tierhaar, der gefärbten Baumwolle, den Federn, die hatte sie wahrscheinlich nie aufgemacht. Machte es ihr gar nichts aus, ihn zu verärgern? Gereizt ließ er die Blicke schweifen. Reichlich lange Zeit verbrachte sie im Bad. Oder traute sie sich nicht zurück, weil er hier war? Sein Zorn auf sie legte sich etwas. Hoffte sie darauf, dass er sich entfernte? Sein Zorn verstärkte sich wieder. Er schlug den bunt bemalten Bettvorhang zurück. Er setzte sich, sprang aber gleich wieder auf. Wer konnte wissen, was Reiherfeder im Bad alles machte!

In dem Moment erschien sie. Rasch zog er sich hinter den Vorhang zurück. Er brauchte nichts weiter zu tun, als sich still hinzusetzen und durch das ins Tagpfauenauge eingewebte Loch zu spähen. Reiherfeder ließ sich auf einem Sitzkissen vor ihren Schminktöpfen nieder. Ihre Dienerin tauchte ebenfalls auf. Die beiden tuschelten miteinander. Motecuzoma ärgerte sich. Wie hatte er sich einbilden können, unbemerkt zu bleiben. Reiherfeder drehte ihren Kopf in seine Richtung. Sie lächelte. Dann legte sie ihn in den Nacken und ließ sich kämmen, wobei sie genüsslich die Augen schloss. Die Dienerin zog ihr den Kamm durch das lange schwarze Haar. Wieder tuschelten sie miteinander. Reiherfeder drehte sich zur Seite. Die Dienerin rührte gelben Ocker zusammen und bemalte damit das Gesicht ihrer Herrin. Sie schminkte ihr die Augenlider dunkel und die Lippen rot. Reiherfeder flüsterte ihr etwas ins Ohr. Die Dienerin verschwand. Reiherfeder sah mit ihrem gelben Gesicht aus wie eine der Blumen auf dem Fächer. Sie bewegte sich so natürlich und zeigte keinerlei Hemmung, wie sie ein schlechtes Gewissen erzeugte. Sie wiegte sich in den Hüften. Die weibliche Intuition war ihm noch nie ganz geheuer gewesen.

Er schluckte: Sie zog sich aus. Sie trug nur noch ein Hemd aus Gaze. Sie griff nach dem Fächer. Aus dieser Situation konnte er sich nur noch mit roher Gewalt befreien. „Hast du keine Angst vor mir?", fragte er aggressiv.

Reiherfeder wich zurück. Er drängte sie gegen die Wand. Sie ließ den Fächer fallen. Von dem Aufprall am Boden zuckte er zusammen. Er ließ sie los und floh in seine Gärten. In der Abendsonne schimmerten die letzten Blüten. Sonnenblumen und Tagetes. Gelb. Die anderen Farben löschend.

Während er noch darauf starrte, fiel ein Schatten auf das Beet, an dem er stand. „Totecuiyo, der Ixiptla ..."

„Ist alles vorbereitet?"

Der Herr-Des-Schwarzen-Hauses bejahte. Sie begaben sich ins Haus der Bücher, wo Tlacotl hinter den Wandschirm schlüpfte.

Wenig später betrat der Ixiptla, von Sieben-Regen begleitet, den Saal.

Seine Blicke gingen zum Wandschirm, hinter dem ein Räuchertopf glomm. Einen Moment lang verhielt er den Schritt, dann erst bemerkte er den Großen Sprecher.

„Ixiptla-tzin, ist in diesem Raum alles wie gestern Nacht beschaffen?"

„Alles bis auf den Wandschirm."

„Er stand woanders?"

„Ich konnte, im Eingang stehend, die Galerie zum Hof erkennen."

„Wie das? War es nicht dunkel?"

„Die Luft hat geschimmert wie Brokat – ein Traum, o Totecuiyo. Aber vielleicht täusche ich mich und verdanke dieses Bild in meinem Kopf dem Oberpriester."

„Schädelwand traf dich wach an."

„Das Leuchten hörte auf."

Motecuzoma wandte sich an Sieben-Regen. „Ist so etwas möglich?"

„Die Stechapfel-Pflanze führt den Seelenschmetterling zu den Göttern in den Himmel oder in das Totenreich. Wenn er von dort wiederkommt, überflutet er den Geist mit den Erinnerungen an jene Welt. Nur langsam findet sein Besitzer sich wieder in der Wirklichkeit zurecht. Manchmal gelingt es auch gar nicht. Was aber jenen Übergang betrifft, so ist er wie der Horizont, der Himmel und Erde verbindet. Geträumtes und Wirkliches verschmelzen untrennbar."

„Kannst du das bei der Erdgöttin bezeugen? Falls es sich nicht vermeiden lässt?"

„Gewiss. Und noch eins, Totecuiyo: Der Oberpriester hat dem Ixiptla auch gestern schon ein Rauschmittel gegeben. Nur darum hat er so unsäglich gespielt."

„Wollte er ihn töten?"

„Nein, wahrscheinlich nicht. Aber er darf ihm nichts mehr geben, denn der Ixiptla würde wie ein Blatt im Wind von Ruhelosigkeit getrieben."

„Und die weiße Acker-Winde?"

„Darf er erhalten, aber nur wenig."

Der Große Sprecher blieb mit dem Ixiptla allein. „Was wollte der Oberpriester wissen?"

„Mehr als ihn angeht, Totecuiyo."

Motecuzoma schwieg. Der Ixiptla sah fast so erhaben aus wie an dem Tag, an dem er ihn eingekleidet hatte. Ihm fehlte keine Blüte, keine Feder. Nur das Zentrum seiner Würde war immer noch unbedeckt.
„Was ist mit deinem Nabelstein geschehen?"
„Ich habe ihn verloren." Die Stimme des Ixiptla kratzte. Er hatte plötzlich einen Frosch im Hals.
Motecuzoma kam auf die Geschehnisse der letzten Nacht zu sprechen. Der Ixiptla starrte vor sich auf den Boden und konnte sich an nichts erinnern.
Der Herrscher wurde ungeduldig. „Du hast bei einem Ehebruch assistiert!"
„Tezcatlipoca steh mir bei, wenn das wahr ist", versuchte der Ixiptla, sich herauszureden.
„Du selbst hast es Schädelwand gesagt."
„Ich habe ihn nur aufgezogen."
„Gib dir keine Mühe. Goldfasan hat längst gestanden."
„Ich weiß nur, dass er meine Kalebasse leergetrunken hat und in das Stechapfel-Land reiste."
„Verdiene ich, dass du so mit mir redest?"
„Totecuiyo, vielleicht hat er nur geträumt."
„Wie du! Was träumte dir, Ixiptla-tzin?"
„Der Stechapfel schickte mir wechselnde Bilder. Schon der Oberpriester konnte sie nicht deuten. Er kam mit seinem Katalog der Traumsymbole. Nach jedem einzelnen hat er gefragt."
„Fragte er nach einem Mädchen?"
„Natürlich. ‚Wie hieß sie?', fragte er. ‚Was machte sie mit dir?' Ich antwortete: ‚Sie war eine Göttin, die mich am Ausgang des Stechapfel-Landes empfing und zu den Lebenden brachte."
„So wie es sein sollte. Bist du dir sicher, dass der Oberpriester nichts daraus machen kann?"
„Wie sollte er? Ich führte ihn an der Nase herum."
„Wie mich?"
„Was könnte ich dir sagen, was du nicht weißt?"
„In der Tat. Nun, du hast Glück, dass Unsere Maisblüte friedlich auf ihrer Matte schlief. Dort fand ihre Mutter sie, als sie in der Nacht nach ihr sah. Mehrmals schaute sie nach ihr, und jedes Mal zeichnete

sich ihre Gestalt unter der Decke ab."
Der Ixiptla wirkte erleichtert, gab aber immer noch nichts preis. Motecuzoma war zufrieden.

Maisblüte betete vor dem Altar in ihrem Zimmer. „O Xochiquetzal, sei uns gnädig ..." Sollte sie den Dorn nicht doch durch ihre Zunge ziehen? Aber dann sah alle Welt ihr an, dass etwas nicht stimmte. Es wurde schon genug getuschelt. Ein Wächter des Ixiptla sollte sich den Zorn des Großen Sprechers zugezogen haben, und der Ixiptla selbst – wann hätte es das je gegeben? – ihm peinliche Fragen beantworten müssen. ‚Die Kalebasse des Ixiptla – stellt euch vor, man hat sie im Haus der Bücher gefunden. Sie war bis auf den letzten Tropfen leer!' ‚Was? Er lässt sein Trinkgefäß dort liegen?' Maisblüte hörte wieder ihre resolute Mutter: ‚Zum Glück trägt der Ixiptla seine Kalebasse nicht selbst. Das machen seine Diener für ihn.' Danach hatte keine mehr geredet. Die Frauen hatten ihre Fächer studiert. ‚Wo steckt denn Reiherfeder?' fragte eine. Noch am Nachmittag war sie beneidet worden, weil der Große Sprecher bei ihr gesichtet worden war; jetzt erörterten sie maliziös, weshalb sich die Begünstigte nicht zeigte.
Maisblüte wurde von Furcht erfasst. Noch bezichtigte man Reiherfeder nicht offen des Ehebruchs, noch standen vor ihrem Gemach keine Wachen. Aber irgendwas war im Gange. Quetzalmatte hatte es ihr angedeutet: Im Großen Sprecher war das Raubtier erwacht; er würde richten. Zwar nahm Maisblüte ihrer Freundin übel, dass sie den Großen Sprecher hintergangen hatte. Ihr eigenes und Jadefischs Leben aber hingen an ihrem Schweigen, das vor den Richtern schwer zu wahren war. Reiherfeder musste verschwinden.
Maisblüte suchte ihre Freundin auf. Noch hatte man ihr nicht verboten, deren Zimmer zu betreten. „Reiherfeder?"
Sie erhielt keine Antwort. Reiherfeder kauerte apathisch auf ihrer Matte. Maisblüte setzte sich zu ihr. Sie umarmte sie, aber Reiherfeder entzog sich. „Du musst hier weg", sagte Maisblüte, doch Reiherfeder schüttelte den Kopf.
Ungeachtet dessen fing Maisblüte an, den Fluchtweg zu erklären. Wer würde den grausigen Gang betreten, wo man den alten Priester-

Weisen hatte ermorden wollen? Reiherfeder konnte sich dort eine Zeit lang verbergen. „Du musst fliehen, Reiherfeder!"
Endlich regte sich Reiherfeder. „Wohin denn?"
„Zu deinem Bruder Vanilleblume."
Reiherfeder lachte auf. „Er mag deinen Vater hassen. Aber er ist ein Mann und wird mich verstoßen. Ich habe Schande über ihn gebracht."
Reiherfeder hatte recht. Maisblüte wollte sich damit jedoch nicht abfinden. Ihr kam eine neue, aberwitzige Idee. Reiherfeder sollte verkleidet zum Tempel der Erdgöttin gehen. Einmal im Leben durfte man ihr beichten und war dann frei von jeder Schuld.
Wieder schüttelte die Freundin den Kopf: Es wurde ja schon gegen sie ermittelt. Das hieß, sie würde keinen Einlass finden.
„Es muss doch einen Ausweg geben!"
„Ich fliehe nicht", sagte Reiherfeder, „und ich verrate dich auch nicht."
Maisblüte schämte sich plötzlich. „Hättest du mir nicht geholfen, wäre nichts passiert. Ich werde meinen Vater um dein Leben bitten. Vielleicht ..."
„Sage ihm ja nichts. Was er erfährt, das ahndet er." Reiherfeder versank wieder in sich. Abwesend starrte sie vor sich hin.

Früh am nächsten Tag nahm Maisblüte all ihren Mut zusammen und ging ins Haus der Bücher. Sie ahnte, dass ihr Vater dort war. Er saß auf einer Matte mitten im Raum und schien zu schlafen. Während sie vorgab, ein Buch zu suchen, beobachtete sie ihn verstohlen von der Seite. Sie ließ sich schließlich selbst auf einer Matte im hinteren Teil des Raumes nieder und klappte mehrere Seiten ihres Buches gleichzeitig auf. Blinzelte ihr Vater? Schaute er durch die Wimpern nach ihr? Als er sie rief, fuhr sie zusammen. Tapfer trug sie das Buch zu ihm.
„Verstehst du diese Dinge?", fragte er freundlich.
Maisblüte fühlte sich plötzlich sicher. Ihr Vater liebte sie. „Nicht wirklich", antwortete sie offen. „Reiherfeder soll sie mir erklären."
Vielleicht konnte sie doch etwas für die Freundin tun.
„Reiherfeder!", zürnte Motecuzoma. „Du kommst durch sie noch ins

Gerede. Du gehst nicht mehr zu ihr!"
Maisblüte senkte den Kopf.
„Der Große Sprecher muss ein Vorbild sein. In seinem Hause werden die Gesetze noch strenger befolgt als sonst im Land. Einen jeden darf er begnadigen, nicht aber seinen Sohn, nicht seine Tochter – sonst wird gemunkelt, dass er das Recht beugt." Maisblüte wäre am liebsten im Boden versunken. „Wenn du jemals vom Weg abkommst", drohte er, „muss ich es untersuchen lassen. Und wenn du schuldig bist, dann kann ich dir nicht helfen. Dann trifft dich der Knüppel, der Stein wie jetzt Reiherfeder." Maisblüte schwieg verängstigt. Ihr Vater seufzte. „Cacama wird das nicht gefallen. Der gute Ruf des Königshauses von Tetzcoco wird beschädigt. Doch leider lässt es sich nicht ändern. Der Oberpriester weiß Bescheid."
Maisblüte spürte, dass ihr Vater den Oberpriester hasste. In diesen, nicht in Reiherfeder, sollte er die Krallen schlagen! „Der würdige Yaopol-tzin!", äußerte sie, wobei sie an dem „würdig" etwas würgte, „Er sitzt in seinem Tempel wie eine fette Spinne."
Ihr Vater lachte auf. „So eine Unverschämtheit! Aber so sieht er aus, wie eine fette Spinne! Alles erfährt er, und aus allem saugt er seinen Nutzen."
„Warum züchtigst du nicht *ihn*?"
„Hat *er* denn Ehebruch begangen?"
„Er hat dafür gesorgt, dass er geschah. Mit jenem Gift, das er für den Ixiptla mischte."
Motecuzoma blickte seine Tochter verstehend an. „Darum also", flüsterte er. Dann schien er etwas wegzuwischen. „Doppelt schlimm, dass Reiherfeder davon trank."
„Ist sie denn wirklich schuldig?"
„Leider. Schon, dass sie sich an jenem Ort befand! Und wenn ich es nicht ahnde, werde ich nicht mehr respektiert."
Maisblüte erhielt die Erlaubnis, sich mit dem Buch zurückzuziehen. Sie ging aber nicht. Ihre Stimme war fast nicht zu hören, als sie nach dem Ixiptla fragte.
„Und Jadefisch, ist er auch darin verwickelt?" Sie hielt den Atem an, während sie die Antwort abwartete.
Ihr Vater schaute sie lange an. „Dein Jadefisch vielleicht", sagte er

schließlich. „Das Abbild des Tezcatlipoca – nicht, dass ich wüsste!"
Maisblüte begriff, dass es möglich war, etwas zu wissen und zugleich auch wieder nicht. Solange niemand es ihm deutlich sagte, würde er nicht danach forschen.

Mit ihrem Vater ging nun eine Veränderung vor. Sein Gesicht nahm einen hoheitsvollen Ausdruck an. Die Züge um den Mund wurden hart, und in die Augen trat der Wille, den seine Untertanen gewohnt waren. Zugleich wurde er für jeden, auch für seine Tochter, unnahbar.

Am neunten Tag in der Woche des Windes, einem Tag Neun Hund, saß Motecuzoma über Reiherfeder und Goldfasan zu Gericht. Nur er selbst, der Cihuacoatl und ein Schreiber waren zugegen. Cacama von Tetzcoco hatte ihn um Diskretion gebeten und hielt sich dafür aus dem Fall heraus. Doch er hatte klargestellt, dass die Gesetze auch für seine Halbschwester galten. Motecuzoma verhängte die in solchen Fällen übliche Todesstrafe. Pflichtschuldig malte der Schreiber schwarze Pfeile durch die Namenszeichen der Ehebrecher; dann wartete er, immer noch über den Bogen gebeugt, auf den letzten Teil des Urteils – die Hinrichtungsart. Der Herrscher wählte die mildeste aus.

Am selben Tag noch ließ man Goldfasan ins Badehaus führen. Dort erdrosselte man ihn mit einer Blumengirlande. Zu Reiherfeder begab sich der Cihuacoatl. Er sagte ihr, dass man sie nach Tetzcoco bringen werde. Tatsächlich wurde sie in einer Sänfte zum Hafen getragen und in einen Einbaum gesetzt. Auf der Überfahrt erwürgten zwei Urteilsvollstrecker auch sie mit einer Blumengirlande. Sogar die Dienerschaft wurde getötet, weil sie Reiherfeders Treiben gedeckt haben musste. Die Leichen wurden den Verwandten zur Bestattung übergeben.

Maisblüte konnte den Verlust nicht so einfach überwinden. Sie musste voller Trauer an die Freundin denken. Schließlich verbot die Mutter ihr zu weinen: Reiherfeder habe nichts Besseres verdient. Im gleichen Atemzug gab sie ihr ein verschnürtes Bündel. Es enthielt Reiherfeders Bücher, Farben, Pinsel, ihren wundervollen Affen und einen Stapel Amatepapier.

Neuntes Kapitel

Das blaue und das gelbe Wasser

26

Vier Tage nach dem Tod von Reiherfeder und Goldfasan erinnerten die Priester den Großen Sprecher an das Tempelritual, das sie ihm aufgezwungen hatten. Sie kamen in Begleitung hoher Würdenträger, darunter Tepehua, Motecuzomas Bruder und Herr-Des-Speerhauses. Hatte auch er die Fronten gewechselt? Angeblich wollte er nur die Befehle hören, die den Schutz der Stadt während der Abwesenheit des Herrschers betrafen.
Seiner Abwesenheit! Wie lange sollte das Tempelritual denn dauern? Motecuzoma ahnte, dass es sich länger hinziehen würde, als er verantworten konnte. Ungefährlich für ihn war es auch nicht.
„Wir sollten den Termin verschieben", wehrte er ab. „Ich muss mich um den Fremden kümmern."
Die Gotteshüter wiegten die Häupter. „Das ist wahr. Mehr denn je brauchst du die Gunst Tezcatlipocas. Erneuere deine Bindung an Ihn. Tu es für das Volk, das sich vor dem Gesandten fürchtet."
Motecuzoma ärgerte sich. Sie begriffen nichts! Das Ritual konnte tagelang dauern. Er hatte keine Zeit dafür.
„Heut ist der festgesetzte Tag Dreizehn-Jaguar", beharrten die Priester.
„Kommt später wieder", sagte er brüsk.
„Wie du wünschst", entgegnete der Hohepriester. „Du bist die Mutter und der Vater Tenochtitlans. Du sitzt auf der Matte bei dem blauen und dem gelben Wasser Unseres Herrn."
Vor diesen letzten Worten erschrak Motecuzoma. Das blaue und das gelbe Wasser war ein Symbol für die Reinheit des Herrschers. Vor

seiner Thronbesteigung war er damit gewaschen worden, wenn er es entweihte, würde er sterben. Falls er weiter unrein auf der Matte, auf dem Throne säße, falls er regierte, ohne sich dem Ritual zu stellen, hörte Motecuzoma heraus, würde der Hohepriester in allen Tempeln Tenochtitlans für seinen Tod beten lassen. Unwillkürlich dachte er an den Großen Sprecher Tizoc, den man vergiftet hatte.

„Wird man mir Blumenwasser geben?"

„Das Blumenwasser für die Träume."

„Wann soll ich zu Tezcatlipoca reisen?"

„Sobald die Sonne sinkt. Mach dich bis dahin von den Schlacken deines Körpers frei, damit dich später nichts ablenken kann." Die Priester gaben ihm ein Abführmittel, das er vor ihren Augen nahm, und ließen ihn allein.

Motecuzoma nutzte die verbleibende Zeit, um sich mit dem Herrn-Des-Schwarzen-Hauses zu beraten, der die ganze Unterredung hinter dem Thron versteckt belauscht hatte.

„Gib ihnen, was sie wollen", riet Tlacotl.

„Was? Ich soll mich beugen?"

Tlacotl verzog den Mund zu einem fadendünnen Lächeln. „Was wollen sie denn?"

„Den Ixiptla."

„Nein, einen Traum, und weiter nichts."

„So siehst du das? Indem ich ihnen den Ixiptla wiedergebe, kehre ich in die Wirklichkeit zurück? Damit sie mich am Faden führen können? Andernfalls ..."

„Das wünschen sie, doch sagten sie es dir nicht offen. Sie erlauben dir noch, das Gesicht zu wahren. Doch dabei übersehen sie das Wesentliche, Totecuiyo."

Motecuzomas Miene erhellte sich. „Sprich weiter."

„Das Tempelritual gibt dir die Möglichkeit, Tezcatlipocas Willen durchzusetzen. Indem du, wie die Priester sagen, deine Bindung an den Gott erneuerst, erfährst du alles, was sie selber bindet, und zwar an dich. Die Priester werden Blumenwasser bereiten, damit Tezcatlipoca dir seine Wünsche im Traum offenbart. Niemand wird es wagen, auch nur das mindeste von dem, was du auf diesem Weg erfährst, in Frage zu stellen."

„Du meinst …"

„Gewiss. Gib ihnen ihren Traum. Er schillert wie ein Regenbogen. Alles lässt sich vielfach deuten."

„Und wenn sie nicht zufrieden sind? Wie komme ich zurück von Tezcatlipoca?"

„Mach dir keine Sorgen, was das Blumenwasser betrifft..."

Motecuzoma starrte Tlacotl an. „Das hast du nicht von Opossum gelernt. Ich glaube, dass du so gerissen wie der alte Tlacaelel, dein berühmter Großvater, bist."

„Ich bin nur sein jüngster Enkel."

Am Mittag kamen die Priester wieder, diesmal sogar mit dem Cihuacoatl, der Weiblichen Schlange. Motecuzoma musste ihm die Herrschaft übertragen. Als er seinem Stellvertreter das goldene Diadem aufsetzte, sah er ihm in die Augen: Freund oder Feind? Aber der andere verriet sich nicht.

Motecuzoma musste den Palast verlassen. Er wurde zunächst ins Dampfbad geführt, wo er alles Unreine ausschwitzen musste, danach zur Pyramide des Tezcatlipoca. Dort empfing ihn der Ixiptla mit dem Blumenlied. Er spielte, während man Motecuzoma am ganzen Körper schwarz bemalte, und blieb hernach im Eingang stehen, so als wollte er diesen versiegeln.

Der Große Sprecher schritt zum Heiligtum empor, flankiert vom Hohenpriester und dem Hüter-Aller-Götter, gefolgt vom Hofarzt Sieben-Regen, auf dessen Beisein er bestanden hatte, und einem alten Mann, der seine Träume deuten würde.

Schweigend nahmen sie auf der Steinbank in der Vorhalle Platz und zogen ihre Federmäntel um sich, während Motecuzoma durch den schwarzen Vorhang in den Raum mit der Statue trat.

Erst sah er nichts. Nur etwas wie das rote Ende einer Zigarre glomm ihm entgegen. Es war das Feuer auf dem Altar. Motecuzoma verbeugte sich. Als er sich wieder erhob, drang ihm Kopalduft in die Nase, und er vernahm ein leises Rasseln. Das war der Oberpriester Yaopol, der seine Räucherpfanne über einem Tontopf schwenkte. Durch die Bewegung rollten die kleinen Kugeln im hohlen Griff hin und her. Motecuzoma wartete. Der Oberpriester legte schließlich die Pfanne beiseite und drehte sich um. „Totecuiyo! Es ist alles vorbereitet." Er trat zur Seite, den Blick auf den Altar freigebend, und Motecuzoma nahm den schattenhaften Umriss eines bauchigen Gefäßes wahr, in dem sich das Blumenwasser befand.

„Ist auch kein Unbefugter hier?" Der Herrscher befahl dem Oberpriester, den Raum mit einer Fackel abzuleuchten. Er gab die Richtung an, der Oberpriester ging, beschwichtigende Formeln murmelnd, voraus. Rechts vor der Statue beginnend kroch das Licht die Wände entlang, und als der Kreis vollendet war, hinter dem Altar den Schacht der Innentreppe hinab. Zur Sicherheit ließ Motecuzoma dann auch noch die Luke verschließen. „Wir können beginnen", sagte er endlich.

Der Oberpriester löschte die Fackel. „Dann leg jetzt deine Königswürde ab! Tezcatlipoca wird entscheiden, ob du sie zurückerhältst."

Motecuzoma legte sein Zepter und sein Türkisdiadem vor der Statue Tezcatlipocas nieder. „Ich bin nur ein armer Bauer, dein Sklave, o Herr." Er stieß sich einen spitzen Jadestab durchs Ohrläppchen, fing das Blut auf Papierstreifen auf, er betete und tastete sich anschließend rückwärts bis in die Mitte des Raums, wo er sich auf den Steinboden setzte. Der Oberpriester tat das gleiche.

Motecuzoma musste fasten, in absoluter Stille neben dem verhassten Oberpriester sitzend. Bald hatte er das Zeitgefühl verloren. Von draußen drang kein Lichtstrahl herein, und der Tanz der Flamme auf dem Gottesbildnis und seinem eigenen Diadem narkotisierte ihn allmählich.

Endlich stand der Oberpriester auf, um vor den Altar zu treten. „O Tezcatlipoca, Allgegenwärtiger, o Nacht, o Wind, der Du mit Deinen Blicken das Innere von Holz und Stein durchdringst und das Verborgene in unsern Herzen findest: Du kennst den Großen Sprecher durch und durch. Hat er, auf Deinem Thron, auf Deiner Matte, beim blauen und beim gelben Wasser sitzend, Dich entehrt? Willst Du ihn dafür mit Paralyse, Blindheit oder Fäulnis schlagen? Vielleicht wird er, Motecuzoma, vom Angesicht der Erde verschwinden, wird er zum Herrn des Totenlandes wandern? O dass wir nicht durch ihn zugrunde gehen! Oder findet er Gnade vor Dir? Darf er noch ein kleines Weilchen Deinen Duft und Deine Süße spüren? Was Du wünschst, wird geschehen."

Moteuczoma warf sich nieder. „O dass ich nicht den Zorn des Herrn des Nah und Bei auf mich herab beschworen habe!"

Nun strich der Oberpriester mit den Händen über das Gefäß mit dem Blumenwasser: „O heiliger Stechapfel", flüsterte er, „ein Suchender ist hier! Führe ihn zu unserem Herrn Tezcatlipoca!" Mit einer Verbeugung ergriff er den Topf, hielt ihn weihend in die Höhe und trug ihn an den Bauch gepresst zu Motecuzoma. Stellte ihn auf den Boden, schenkte dem Herrscher eine Schale ein.

Motecuzoma trank, dem Geschmack nachspürend, mit geschlossenen Augen und lachte still in sich hinein. Es war nur klares Wasser in der Schale. Der listige Tlacotl hatte, als der Oberpriester mit der Fackel durch den Raum gegangen war, hinter dessen Rücken den Topf ausgetauscht.

Nun musste nur genügend Zeit verstreichen. Motecuzoma zählte bis vierhundert und ließ den Oberpriester glauben, dass er schliefe. Er hob das Kinn erst wieder von der Brust, als er den Oberpriester flüstern hörte: „Totecuiyo, träumst du noch?"

„O Tlacaelel-tzin, geh noch nicht fort ..."

„Dir ist der alte Tlacaelel erschienen?" Der Oberpriester gab sich erfreut. Er führte ihn zum Durchgang zur Halle, wo Motecuzoma durch den geschlossenen Vorhang sprach, so dass die Priester auf der anderen Seite ihn zwar hörten, aber nicht sahen.

Motecuzoma beschloss, ihnen ein für alle mal klarzumachen, dass er immer noch der Herrscher war. Er hatte sich einen, wie er glaubte, überzeugenden Traum zurechtgelegt, der die Beweggründe für seine Entscheidungen in symbolischer Form enthielt, damit sie ihm nicht nur gehorchen, sondern ihn auch verstehen würden. Dafür musste er den Traum auf mehrere Sitzungen verteilen. Schritt für Schritt würde er sie zu dem erwünschten Moment der Erkenntnis führen und so nach und nach die Glut auslöschen, an der sich der Konflikt sonst immer wieder neu entzünden würde.

„Ich war sehr jung, fast noch ein Kind", begann er tastend. „Mein Vater, Großer Sprecher von Tenochtitlan, hatte einen Krieg verloren. Sein ganzes Heer, dreimal achttausend Mann, vernichtet! Er selber, schwer verwundet, genas nur langsam, wurde nie mehr ganz gesund. Hätte nicht der Cihuacoatl zu ihm gehalten, der kleinste Luftzug hätte ihn vom Thron geweht, auf dem er, nur ein Schatten seiner selbst, noch saß. Der Alte stand ihm bis zu seinem Tode bei. Wir wissen selbstverständlich, dass er vorher starb, aber der Traum hält sich nicht an die Fakten. Ich sah ihn also stehen, schlohweiß das Haar, der Körper dürr, vom Alter ausgemergelt, die Augen wie zwei tiefe Brunnen. Doch als er mich dann ansprach, war seine Stimme jung. Er nannte mich beim Namen. Da wechselte das Bild, und ich, ich war der König."

„Wahrlich warst du bei den Göttern!" rief der Traumdeuter freudig bewegt. „Wo sonst sollte der berühmte Tlacaelel jetzt sein? Ist er doch schon vor langer Zeit gestorben. Und auch dein Vater ist schon lange tot."

„Was für eine gute Nachricht", bemerkte Motecuzoma ironisch.

„Nun", befand der Hohepriester. „Du sahst einen der Gründer des aztekischen Bundes von Angesicht zu Angesicht, doch was geschah dann weiter?"

Motecuzoma durfte keinen Fehler machen. „Nichts."

„Aber du hast im Traum gesprochen", sagte der Oberpriester. ‚Tlacaelel-tzin, geh noch nicht fort.'"

„Yaopol-tzin, ich kann mich nicht daran erinnern."

Merkwürdigerweise befriedigte diese Antwort die Priester. Sie sprachen über Tlacaelel, beriefen sich auf ihn für ihre Zwecke, benutzten ihn, um ihrem Herrscher zu vermitteln, was sie ihm abverlangten.

„Ihn im Traum zu sehen, ist ein gutes Zeichen."

„Er war ein tapferer und weiser Mann, ein großer Krieger, dem man den Ehrennamen Eroberer-Der-Ganzen-Welt verlieh."

„Mehr als einmal hat er uns gerettet, denn stets hat er die Götter ernährt. Sogar mit eigener Hand."

„Er besaß die Kraft, die nötig ist, um oben auf dem Tempel Herzen darzubringen."

„Auch du, Totecuiyo, hast es schon getan."

Das war lange her. Motecuzoma hatte damals einen Tempel eingeweiht.

„Es heißt, der Große Sprecher gehe gestärkt aus diesem Ritual hervor", sagte der Hüter-Aller-Götter.

Der Hohepriester bejahte. „Er berührt das Göttliche, denn das herausgeschnittene Herz hat gewaltige Kräfte. Es verjüngt die Götter, es erneuert die Natur, es erhält den Kosmos im Gleichgewicht. Wenn der Große Sprecher das Herz emporhebt, hält er einen Gott in der Hand."

Motecuzoma erinnerte sich an das erste Mal. Vier Priester hatten den Gefangenen rückwärts auf den Opferstein gedrückt, und er stand mit dem erhobenen Messer da, während sich ihm alles vor den Augen drehte.
Er konzentrierte sich auf die Statuen am Treppenaufgang, und als er sie wieder deutlich sah, stach er zu. Das Blut roch süßlich, machte ihn benommen, und er entsetzte sich vor jenem nassen Klumpen, der sich in seinen Händen wand. Aber er bekam sich unter Kontrolle, und obgleich ihm immer, wenn er persönlich ein Herzopfer darbringen musste, dabei übel wurde, sah man ihm nie etwas an.
„Ein Herz zu opfern ist nicht ungefährlich", hörte er den Oberpriester Yaopol sagen. „Nur auserwählten Priestern und dem Großen Sprecher gelingt es mit dem Beistand der Götter." Der Unerbittliche verlangte doch nicht ... Motecuzoma wehrte sich dagegen. „In meinem Traum war davon nicht die Rede."
„Der alte Tlacaelel rief dich beim Namen. Kannst du dich jetzt erinnern, was er sagte?"
„Er schickte sich wohl an – nein, halt, er gab mir etwas, eine verschnürte Rolle. Ich strich mit den Händen über raues Amate-Papier. Das muss der Augenblick gewesen sein, als Tlacaelel ging und ich erwachte."
„Du hast die Rolle nicht geöffnet?"
„Ich fürchte, nein. Was hat das zu bedeuten?"
Der alte Traumdeuter räusperte sich. „Wolltest du die Bänder aufziehen? Oder wolltest du die Rolle nur verwahren?"
„Aufziehen, denke ich."
„Nun, dann musst du etwas lösen. Ein Rätsel, Totecuiyo, eine Aufgabe wird dir gestellt. Du musst unbedingt noch einmal träumen. Wenn du die Augen schließt, stell dir die Rolle vor. Was ist auf ihr zu sehen?"

Motecuzoma wurde an seinen alten Platz geschickt. Er entzog sich nochmals Blut, er betete und trank die zweite Schale Wasser, gab wieder vor, in Schlaf zu sinken. Als er erneut am Vorhang saß, entrollte er den Priestern eine gelbe Karte.

„Gelb?"

„Unser Land – alles, was wir erobert haben. Es reichte von einem Meer zum andern, von den kargen Steppen im Westen bis zu den dichten Regenwäldern der Maya-Völker. Es gab kein rotes Feindesland, nicht einen Fleck – nichts, was nicht zu uns gehörte. Sogar Tlaxcallan leuchtete golden."

„O Totecuiyo, welche Verheißung!" hauchte der Hüter-Aller-Götter.

„Mir war nicht wohl", sagte Motecuzoma. „Es gab nichts mehr, was ich erobern konnte. Der alte Tlacaelel machte sich darüber lustig. ‚Was denn erobern?', fragte er mich. ‚Vielleicht das Meer? Vielleicht den Himmel? Oder die Unterwelt?'

‚Wie soll ich denn die Götter ernähren? Wenn ich keine Herzen habe?'

‚Kannst du an nichts anderes denken?'" Motecuzoma machte eine absichtsvolle Pause. Gleich fielen die Priester entgeistert ein: „So sprach der alte Tlacaelel? Er, der uns vor dem Untergang bewahrte, indem er die Blumenkriege erfand; dieser Tlacaelel verlangte von dir ..."

„Dass ich mir etwas einfallen lasse." Motecuzoma lauschte: Die Priester schienen ihm den Traum abzukaufen. Darum ließ er sich verleiten, den Hauptteil jetzt schon zu berichten – früher als er geplant hatte.

„Die Szene des Traumes änderte sich", fuhr Motecuzoma also fort. „Eine Flöte war zu hören, und ich stieg mit Tlacaelel die weißen Stufen eines Tempels empor. Oben empfing uns der Ixiptla. Er zerbrach die Blumenflöte, legte sich auf den Opferstein, und Tlacaelel reichte ihm ein Messer. Damit schnitt er sich selbst das Herz aus der Brust. Ein roter Strahl schoss zischend in die Höhe. Wir folgten wie gebannt: Die Blutfontäne stieg bis in den Himmel!"

„O Totecuiyo ...", hörte Motecuzoma durch den Vorhang, „was für ein Traum! Eine große Gnade wurde dir zuteil."

„Ich sehe es noch vor mir", fuhr Motecuzoma fort, „das Blut, das kostbare, das Jadewasser, wurde von der Sonne angesaugt."

„Die Sonne trank es? Totecuiyo ..." Dem Hüter-Aller-Götter blieb die Sprache weg.

„Bis auf den letzten Tropfen saugte sie es ein. Und ich – ich stand nur da, bis Tlacaelel mich in die Rippen stieß: ‚Das Herz!' Da wandte ich mich zum Ixiptla. Ich nahm sein Herz aus seinen Händen und hielt es hoch, damit das Volk es sähe – und da war es aus grüner Jade! Der Ixiptla aber sprang vom Opferstein, ganz unversehrt an Leib und Leben."

Damit, glaubte Motecuzoma, wäre der Konflikt mit den Priestern gelöst. Einem so grandiosen Traumbild war wohl kaum zu widersprechen, und die Autorität des alten Tlacaelel würde das Ihrige tun. Aber er verrechnete sich. Die Priester verstanden alles ganz anders. Im Ixiptla, der das Abbild des Tezcatlipoca war, lebte ja der Gott persönlich. Er besaß die Macht, sich selbst zu töten und wieder zu erstehen. Der Traum galt den verstockten Priestern nur als Symbol für das Geben und Nehmen, auf dem das Leben beruhte.

„Das Herz des Ixiptla ist kostbar wie Jade", erklärte der Oberpriester Yaopol. „Ich bin erleichtert, dass Tezcatlipoca es trotz allem, was geschehen ist, noch annehmen will."

Die anderen Priester bestätigten das. Wie sollte sich Motecuzoma jetzt verhalten? Sie kamen gar nicht auf die Idee, dass er noch immer nicht dachte wie sie. Zum Glück war der Traumdeuter ein ehrlicher Mann. Ihm war nicht entgangen, dass die beiden Szenen des Traumes nicht zusammenpassten. Welche Rolle spielte Tlacaelel? Erst setzte er herab, was er alsbald erhöhte? War er ein gewissenloser Spötter, dem nichts heilig war, oder ein hoffnungsloser Zweifler, der bei dem Versuch, sich zu entscheiden, von einem Extrem ins andere fiel?

Motecuzoma begriff auf der Stelle. „Alles im Traum ist der Träumer", äußerte er spitz.

Die Priester konnten damit allerdings weniger beginnen als er. „Wenn es Tezcatlipoca gefällt, konfrontiert Er dich mit dir selbst", befand der Hohepriester. „So, wie Er in das Innere von Holz und Stein sieht, schaut Er dir auch ins Herz. Vielleicht verwirrt Er dich absichtlich. Bedenke aber, dass Er dir den großen Tlacaelel als Seinen Mittler schickte, vielleicht spricht Er durch ihn. Setze deine Suche fort, dann wirst du Seine Stimme deutlicher vernehmen."

Motecuzoma opferte ein drittes Mal Blut, leerte seine dritte Schale. Forderten die Priester klarere Träume? Unmissverständliche Befehle des Gottes? Wozu war dann aber der Traumdeuter da? Motecuzoma musste vorsichtig sein und beschloss, das Gegenteil zu produzieren. Voller Absicht lieferte er verworrene Bilder.

Dürre Grasbälle fegten über eine Wüstenei, von heißem Sandwind angetrieben. Aber während er davon erzählte, drängten sich Figuren hinein, die er nicht kontrollieren konnte. Der vermeintliche Traum verselbständigte sich, Motecuzoma konnte es nicht verhindern. „Ein versprengter Fernkaufmann, den Umhang schützend um den Kopf gezogen, rief nach seinem Handelszug. Kreuz und quer, bald hier- bald dorthin rennend, floh er letztendlich hinter einen Stein. Seine Lungen brannten, seine Kehle schmerzte. Glücklicherweise fand er eine kleine Pfütze, einen Spalt im Fels, in dem ein wenig Wasser stand. Er robbte sich heran. Da hörte er es zischen. Ein Knäuel von Schlangen wand sich um das Loch, klappernd und züngelnd! Er erschrak gehörig." Motecuzoma unterbrach abrupt. Wurde er zum Spielball seiner Phantasie? Es musste wohl so sein, denn als die Priester nach dem Fortgang fragten, drängten sich ihm noch mehr unerwünschte Bilder von immer größerer Klarheit auf, und es gelang ihm nicht, sie vor den Priestern geheimzuhalten.

„Ein Adler kam auf den Felsen geflogen: ‚Sei auf der Hut, doch weiche nicht!'", hörte Motecuzoma sich sagen.

„Und?"

„Es war die Stimme Tlacaelels!"

„Und?"

„Der weiße Adler, Tlacaelel, schrie: ‚Vernichte dieses Schlangengezücht! Es darf dir nicht den Weg zu deinem Wasser, deinem Berg verwehren!'"

„Das sagte Tlacaelel? Dein Wasser, dein Berg?"

Deine *Stadt*. Gegen seinen Willen war Motecuzoma im Begriff, die Priester anzugreifen. „Ja", gab er zu – was blieb ihm übrig? – „das versteht ihr richtig. Tlacaelel meinte: *deine* Stadt!"

„Was passierte dann?"

„Ich habe mir die Schlangen angesehen. Sie waren schwarz wie fastende Priester. Der Schlangenkönig aber war grün."

„Hatte er Federn?"

Der Hohepriester führte den Titel einer Grünfederschlange. Motecuzoma lenkte ein: „Er verschwand im Leibergewirr."

Sie brauchten einen Kompromiss, wenn sie den offenen Kampf vermeiden wollten.

Der Herrscher bot an, noch einmal zu träumen. Er nahm sich vor, es kurzzumachen. Ein zweiter, wahrhaft großer Traum musste her. Er versuchte sich zu sammeln. Wäre er doch nicht so ausgelaugt! Er hatte schon wer weiß wie lange nichts gegessen, und mit dem Blut, das er sich diesmal aus der Wade zog, schien sich zugleich sein Hirn zu leeren. Ihn schwindelte. In einem Netz aus Dunkelheit gefangen, starrte er auf sein Diadem auf dem Altar und ertappte sich dabei, wie er die blinkenden Türkise darauf zählte. Was wollte er hier? Er hatte einen Feind im Land und vergeudete mit erfundenen Träumen seine Zeit?

Er schreckte hoch: Der Fremde konnte Cholollan verlassen, ohne dass er es erfuhr! Motecuzoma wurde unruhig: Leicht mochte dies und das geschehen! Er erhob sich, ging zum Altar, griff nach dem Diadem. Um ihn wurde es taghell. Etwas hob ihn hoch. Er schwebte, flog wie ein Vogel über die Lagune! War das vielleicht der Traum für die Priester?, fragte er sich noch, während er bereits die Bergausläufer des Popocatepetl überquerte und in das Blumenkriegstal einbog. Da war der Felsen mit dem Wasserfall, da lag Atlixca mit den Kriegern im Versteck. Gleich würde ihm der Gegner in die Falle gehen. Atlixca würde den Gesandten mit seinem ganzen Heer vernichten! Wenn er schon tief im Tale steckte, würde Atlixca ihn umzingeln. Sieg! Die Schlacht erwartend landete der Träumer bei den Latschenkiefern auf dem Felsplateau. Aber unter ihm blieb alles friedlich, und aus der Bergwand gegenüber stieg der Adler, Tlacaelel, mit schrillem Schrei empor zum Pass des Messerwindes, der zwischen dem Popocatepetl und der Weißen Frau hindurch ins Hochtal von Mexiko führte. Durch das raue Huexotzinco, das mit Tlaxcallan verbündet war! Und ausgerechnet dort – durch Eis und Schnee, durch Wind und Wetter, als ahnte er, dass er dort sicher vor Atlixca war – zog der fremde Gesandte entlang! Atlixcas Pfeile blieben traurig in den Köchern, während der Gesandte ihm entkam. Wer konnte diesem Feind etwas anhaben – wer? Der Hufschlag seines Hirsches hallte höhnisch im Gebirge wider, und die Sonne tanzte auf der Silberklinge seines Schwertes, seiner Rüstung, seinem Helm. Von unten war ein Kreuz zu sehen, das gleißte um den Fremden wie ein helles, weißes Licht. Er selbst war gar nicht zu erkennen. Er hatte sich in jenes Kreuz verwandelt wie ein Zauberer in einen Feuerball.

Motecuzoma stöhnte auf: Das durfte er den Priestern nicht erzählen. Wenn sich dieser Traum erfüllte, schwebte das Land in größter Gefahr. Die Priester aber würden ihm die Schuld zuweisen, so wie sie ihm ja auch die Schuld am Untergang Cholollans gaben.

„Was ist dir, Totecuiyo?" fragte der Oberpriester auch schon, neben ihm im Dunkeln lauernd.

„Yaopol-tzin, etwas geschieht mit mir", führte er ihn auf die falsche Fährte. „Mir ist so seltsam, heiß und schwindlig."

„Das liegt am Blumenwasser, Totecuiyo. Die Wirkung steigert sich mit jeder Schale."

„Yaopol-tzin, du hast doch nicht ..."

„Gleich wird es dir besser gehen. Komm, erzähle deinen Traum."

„Ich habe keinen."

„Ach."

Er musste etwas gesehen haben! Der Oberpriester half ihm auf, um ihn am Arm zum Vorhang zu führen. Was sollte er den Priestern nur erzählen? Stockend fing er an: „Ich sah den Gesandten des Landes Caxtillan."

„Der Cholollan zerstört hat?"

„Ihn. Er ritt auf seinem Hirschen einher."

„Ist das alles?"

„Ein Adler jagte eine Schlange."

„Ah!"

Der Traumdeuter sagte: „*Er* ist die Schlange!"

„Der Fremde?", fragte der Hohepriester.

„Wer sonst? Ihn muss der Große Sprecher töten."

„Um das zu wissen, braucht es keinen Traum!" Das war wieder der Oberpriester Yaopol. „Aber wird es ihm gelingen? Ist Tezcatlipoca auch mit ihm? Bisher scheint Unser Herr nur Spott mit ihm zu treiben."

„Er hatte doch schon einen guten Traum", erinnerte der Hohepriester, „den vom Ixiptla und der Blutfontäne."

„Er hat ihn aber nicht begriffen. Darum zürnt Tezcatlipoca, schiebt ihm Wolken vor die Sonne, so dass er immer weniger sieht."

„Es stimmt schon, seine Träume werden immer kürzer und an Bildern ärmer, als würde der Quell der Weisheit versiegen ..."

Die Priester redeten, als wäre Motecuzoma gar nicht zugegen. Er hörte unbeteiligt zu – zu erschöpft um aufzubegehren.

Schließlich aber standen ihre Münder still. Sie gaben ihm noch eine Chance. Der Oberpriester geleitete Motecuzoma zum letzten Mal an seinen Platz. Er reichte ihm den spitzen Jadestab und schüttelte den Wasserkrug. Goss ihm die Kalebasse voll. „Die fünfte Schale wird Tezcatlipocas Willen offenbaren!"

Motecuzoma schloss die Augen. Alles wurde immer schlimmer. Er hatte das Gefühl, dass das Wasser bitter schmeckte, obgleich das doch nicht möglich war. Bevor er einschlief, konnte er noch denken, dass der Fremde vielleicht schon vom Pfad des Messerwindes abgestiegen war. Er hatte den Vulkan im Rücken und ritt zur Senke des Sees von Chalco hinab, wo er an einer Weggabelung hielt. Der eine Weg ging nach der Stadt Iztapalapan, in der Motecuzomas Bruder regierte, und von dort nach Tenochtitlan weiter, der andere nach Tetzcoco hinüber. Wohin wollte der Gesandte? Aus Richtung Tetzcoco hörte man Trommeln. Motecuzoma wurde dorthin entrückt. Er schaute auf Tetzcoco nieder. Im Norden stand Vanilleblume, im Osten färbte sich der Himmel rot. Eine Feuerschlange, aus Tlaxcallan kommend, setzte die ersten Häuser in Brand. Wenn das Tezcatlipocas Wille war? Motecuzoma hüllte sich in Schweigen. Nein, er hatte wieder nichts geträumt.

„Nichts?"

„Nur von Wegen, die sich gabeln."

„Dann gibt es zwei Möglichkeiten", überlegte der Traumdeuter laut.

„Erinnere dich, Totecuiyo. Was sahst du zuletzt?"

„Cacamas Flotte ..." Motecuzoma wusste nicht, wie ihm geschah.

Der Traum spann sich alleine weiter! Er sah den Hafen von Tetzcoco, verstopft von Booten in heilloser Flucht. Und ehe er es sich versah, bekannte er, was er zuvor verschwiegen hatte. Er erzählte alles. Wie der Gesandte auf dem Pass des Messerwindes vor Atlixca floh, wie er zum See von Chalco hinabstieg, wie er an der Wegkreuzung haltend die Lage sondierte. Wie er dann auf Tetzcoco zumarschierte.
„Ich muss dem Fremden diesen Weg abschneiden", endete Motecuzoma. Er musste auf der Stelle hier weg, er musste Truppen an die Kehre des Chalco-Sees legen. Fahrig suchte er den Weg ins Freie – wo stießen die beiden Hälften des Vorhangs zusammen?
Der Oberpriester Yaopol packte ihn am Arm: „Wo willst du hin?"
„Da draußen ist ein Feind – den muss ich stellen."
Der Oberpriester festigte den Griff.
„Hände weg!"
„Hat Tezcatlipoca dir das Diadem zurückgegeben? Ich habe nichts dergleichen bemerkt. Im Gegenteil. Er wird dir alle Städte nacheinander nehmen. So zerstört er dich."
„Soll ich etwa weiterträumen?"
„Nein. Du hattest deine Chance. Jetzt ist kein Blumenwasser mehr da."
Motecuzoma hatte nur noch eine Möglichkeit, je wieder hier herauszukommen. Sein fünfter Traum war noch im Gange, er musste ihn zu Ende träumen ... und seinen Priestern endlich geben, was sie wollten. Der weiße Adler segelte herbei: ‚Gib ihnen doch ihr Opferherz ...' Er nahm Motecuzoma auf den Rücken, und Motecuzoma wagte einen Blick nach unten, doch da sah er sich nur selbst gespiegelt, er sah sich selber in die Augen; es waren Augen, die wie volle Monde auf der Lagune schwammen.
„Er ist in Trance – endlich", hörte er den Oberpriester Yaopol flüstern. Dann stieß der Adler durch die Wolken, und er sah die Sonne unter sich. In ihrem Blumenhofe sangen seine verewigten Brüder, sein Vater, seine Onkel ihre Heldenlieder. Ach, zu schnell rauschte an ihnen der Adler vorbei, schon war er über einem Mischwald aus Eichen und Fichten, schon schwenkte er auf den Gebirgspfad ein, schon kam er an die Gabelung des Weges, wo noch immer der Fremde stand.

„Was siehst du, Totecuiyo?"
„Blendendes Silber: die Hülle des Fremden!"
„Ist er auch drin?"
Motecuzoma näherte sich seinem Gegner. „Die Rüstung öffnet sich wie ein Kokon ... Er kommt heraus, er trägt ... die Tanztracht des Quetzalcoatl ... die rote Vogelmaske mit dem goldenen Schnabel ..."
„Die er selbst für sich ausgewählt hat? Aus den vier Göttertrachten, die du ihm zur Begrüßung schicktest?"
„So ist es. Aber wo ist seine grüne Krone? Wo die majestätische Standarte aus Quetzalfedern?" Motecuzoma hielt im Sprechen inne. Er lauschte einer nur für ihn hörbaren Stimme. „So soll es sein, o Herr", sagte er schließlich. „Ich werde sie ihm überreichen. Ich werde ihn empfangen als das Abbild, den Ixiptla des Quetzalcoatl."
Laut ging der Atem des Hohepriesters: Tezcatlipoca hatte zu guter Letzt doch noch gesprochen! „Ist es auch Tezcatlipocas Wille, dass der Fremde den Tempel Seines Bruders, der Grünfederschlange, hier in Tenochtitlan besteigt? Und willst du, Totecuiyo, das Opfer vollziehen?"
„Ich will!" erklärte Motecuzoma. „Ich werde das Herz des Gesandten, der unsern Herrn Quetzalcoatl verkörpert, in die Adlerschale legen. Ganz Cemanahuac wird es sehen!"
Der Kampf war aber nicht vorüber, denn der Oberpriester Yaopol gab es immer noch nicht zu.

Da kam ganz unerwartet, wie von Tezcatlipoca zum Beweis geschickt, ein Bote auf den Tempel zugerannt: Der Fremde hatte Chololan verlassen. Und er nahm nicht den Weg durch das Blumenkriegstal. Er zog über den Pass des Messerwindes! Nun musste sich der Oberpriester beugen, denn Motecuzoma hatte es im Traum vorausgesehen.
„Yaopol-tzin, das Diadem! Das Zepter! Sofort!" befahl der Hohepriester.
Der Oberpriester Yaopol führte den benommenen Motecuzoma zum Altar. „Es ist der Wille Unseres Herrn, dass du den Fremden empfangen sollst", sagte er widerwillig.
Als Motecuzoma auf die Plattform trat, lohte ihm rot die Sonne ent-

gegen. Im Tempelhof brach Jubel aus. Er nahm es kaum wahr. Er fühlte sich leer.

Motecuzoma hatte drei Tage und Nächte im Heiligtum verbracht. Inzwischen hatte Cihuacoatl den Rat der Könige einberufen. Während sich der Große Sprecher von den Strapazen seiner Reise zu Tezcatlipoca erholte, trafen die letzten Mitglieder ein. Sie füllten ihre Wartezeit mit Reden hinter vorgehaltener Hand. Die Vorstellung, den Fremden in Tenochtitlan zu haben, löste Unbehagen aus. Vor allem einer widersprach: Motecuzomas Bruder Cuitlahua. Er sah Motecuzoma ähnlich. Schnaubend, mit geblähten Nasenflügeln und einer ungebärdigen Locke, die hinter dem rechten Ohr abstand, rief er aus: „Es ist zu riskant!" Doch war es der Wille Tezcatlipocas, und als Motecuzoma erschien, fügte sich auch Cuitlahua ohne ein Wort.

Der Herrscher war sich seiner Sache sicher. Klar und deutlich sprach er von der Bedrohung für Tetzcoco und beorderte auch gleich ein kleines Heer an die östliche Kehre des Chalco-Sees, wo tatsächlich eine Weggabelung war. Atlixca, aus dem Blumenkriegstal kommend, sollte dem Feind den Rückzug abschneiden.

„Nun muss er wirklich zu mir kommen! Zieht ihm entgegen, behängt ihn mit Gold, behandelt ihn wie einen Gott! Ich selber werde ihm den Schmuck Quetzalcoatls geben. Und dann gewinnen wir die Kontrolle über die Welt im Ring des Wassers zurück!"

Damit hatte er bereits begonnen. Glänzender Adler hatte dieser Tage endlich die Totonaken unterworfen. Die Besatzung des fremden Gesandten war aus der Küstenfestung gestürmt, um dem Dicken beizuspringen, aber zum Rückzug gezwungen worden. Dabei hatten sechs bärtige Männer und ein Hirsch des Landes Caxtillan den Tod gefunden. Motecuzoma befahl, ihre Köpfe, den des Hirsches in der Mitte, quer auf eine Stange zu ziehen und an der Grenze zu Tlaxcallan aufzustellen.

Dem Gesandten sollte es ebenso ergehen. Auch stellte Motecuzoma sich vor, dass er das Kreuz, das jener verehrte, in den Tempel für die Götter der unterworfenen Städte bringen würde. Doch trotz seines Hochgefühls ahnte er dunkel, dass ein Sieg ihm weiter nichts als einen kurzen Aufschub vor härteren Kämpfen gewähren mochte. Der

Herrscher jenseits des Meeres würde nach seinem Abgesandten fragen. Neue Schiffe würden kommen, neue Männer mit metallener Haut. Was konnte er dann tun? Motecuzoma dachte an die beiden starken Reiche, die an seines grenzten. Die Beziehungen waren respektvoll, wenn auch nicht immer friedlich gewesen. Gegen die Michuaken im Westen hatte einst sein Vater seinen größten Krieg verloren, und gegen die Zapoteken im Süden hatte er selbst, Motecuzoma, damals noch als Feldherr unter seinem Onkel, nur ein Unentschieden erreicht. Er hatte eine Heirat eingefädelt zwischen den beiden Königshäusern. Es war ein Sohn geboren worden, der zapotekischer Thronerbe war und in Tehuantepec, der Stadt des Jaguars, bereits regierte. Kurzentschlossen rüstete Motecuzoma zwei Gesandtschaften aus. Die erste ging mit üppigen Geschenken westwärts in die Stadt des Kolibris, die andere südwärts in die Stadt des Jaguars. Er suchte ein Bündnis gegen die Fremden.

Als die Gesandtschaften Tenochtitlan verließen, verrichtete der Oberpriester seinen Dienst im Heiligtum. Er hatte geräuchert und sortierte jetzt die Blumen auf dem Altar. Sobald er damit fertig war, trat er zurück. Er stieß an etwas Hartes. Was stand hier herum? Der Oberpriester hob es auf und trug es ans Licht der ewigen Flamme. Es war der Topf, in dem das Blumenwasser für den Herrscher gewesen war. Er schalt sich einen nachlässigen Diener, weil er es nicht schon gestern abgeräumt hatte. Seine Hand glitt um die Wandung. Der Ton war glatt vom vielen Gebrauch, und am unteren Ring befand sich eine winzige Delle. Er fuhr mit dem Finger dort entlang, konnte aber die Delle nicht spüren. Verwundert trug er das Gefäß auf die Tempelplattform hinaus. Er untersuchte es genau. Die Delle war nicht da! Das war nicht das Gefäß, in dem er das Blumenwasser bereitet hatte! Die Welt um ihn herum begann zu wanken: Tezcatlipoca war betrogen worden!

Zehntes Kapitel

Die Ankunft des Gesandten

27

Der Gesandte erreichte Tenochtitlan am Tag Acht Wind im Monat der kostbaren Federn, ein halbes Sonnenjahr nach seiner Landung an der Küste. Er kam über den Dammweg aus Itztapalapan. Von der Pyramide des Tezcatlipoca aus sah Jadefisch das Geglitzer von Helmen, Rüstungen und langen Schwertern. Die Spitze bildeten die Männer auf den geweihlosen Hirschen, von denen er so viel gehört hatte. Sie bewegten sich langsam, und wenn sie die Hufe hoben, blitzte es darunter hervor. Neben ihnen liefen langbeinige, gefleckte Hunde; hinter ihnen marschierten die einfachen Krieger. Dann folgten, von Tlaxcalteken getragen, die Feuertrompeten. Die langen Rohre lagen auf flachen Gestellen. Jadefisch erschrak zutiefst bei ihrem Anblick, obwohl sie schwiegen. Das ganze silberne Heer war still. Der Wind wehte keine Stimme herüber. In der Entfernung wirkten die Krieger, die Tiere und die Waffen auch winzig klein, wie geschnitzte und bemalte Puppen. Und doch hatten sie Cholollan zerstört.

Unaufhaltsam kroch der riesige Wurm auf Tenochtitlan zu, eine bewegliche Brücke nach der anderen passierend. Jadefischs Beklemmung wuchs. Wenn doch Motecuzoma die Brücken fortziehen ließe! Hinter ihm, im Heiligtum, betete der Oberpriester. Fast war es Jadefisch, als hörte er die Stimme durch die Wände: ‚Verschone uns, o Herr, wende die Gefahr von uns ab!'

Tatsächlich kam das Heer zum Stehen. Es staute sich vor Xoloc, jenem steinernen Massiv aus Mauern, Zinnen, Türmen, das wie ein Felsen auf dem Damm aufragte. Zwei gut bewachte Tore – eines in die Stadt hinein, das andere aus ihr hinausgehend – führten hindurch. Es schien so leicht, den Gegner abzuwehren. Aber Jadefisch entdeckte bei der Festung keine Krieger.

Dafür strömten Tenochtitlans Würdenträger durch die Tore, um den Gesandten zu begrüßen. Sie bewarfen ihn mit Blumen, und ein paar Priester räucherten ihn an.

„Der Empfang beginnt!", sagte eine Stimme neben dem Ixiptla. Sie gehörte dem neuen Wächter, der an die Stelle Goldfasans getreten war. Seitdem er da war, brüstete sich Schädelwand wieder öfter mit dem Herrscher.

„Nie wird man je vergessen, wie mein geliebter Oheim, der Große Sprecher, heute seinen Gast empfängt. Alle Könige der Uferstädte schickt er ihm entgegen, und er selbst ..."

Was er noch sagte, ging im Getöse des plötzlich einsetzenden Hoforchesters unter. Eine Trompete aus einem Schneckenhaus erschallte – dunkel, groß und mächtig wie das Meer, dem sie entstammte, worauf zwölf Träger die königliche Sänfte auf ihre Schultern hoben, und als der Zug des Großen Sprechers sich in Bewegung setzte, stürzten sich alle Musikinstrumente der Welt im Ring des Wassers zugleich in die Schlacht.

Jadefisch verließ seinen Platz. Er führte sein Gefolge durchs Adlertor, um sich der feierlichen Prozession anzuschließen, die auf der breiten Prachtallee nach Süden in Richtung Xoloc zog.

Hier wogte ein farbiges Menschenmeer. Viel Volk säumte die Straße, drängte sich auf allen Dächern, um den Großen Sprecher zu sehen. Von den Bäumen entlang der Kanäle spähten Knaben nach ihm aus, Mädchen streuten Blumen auf das Pflaster, und sein riesiges Gefolge schritt würdevoll darüber hinweg. In der Mitte des Zuges aber, hoch über allen Köpfen, schwebte seine goldene Sänfte mit dem Silberhimmel.

In dem Geschiebe ging sogar das Gottesabbild unter, wurde seine Blumenflöte ausgelöscht von der tosenden Musik, sein Gefolge abgetrieben bis auf Schädelwand. Der fuhr wie ein Kriegsboot einher. Er schob sich, mit den Ellenbogen stoßend und mit den Armen rudernd, durch die Wogen, wobei er nach allen Seiten Püffe austeilte. Jadefisch setzte sich in seine Spur, und so, in seiner Fahrrinne folgend, gelangte er bis an die Spitze des Zuges. Vor der letzten Straßenkreuzung vor Xoloc, auf dem Platz beim kleinen Tempel Unserer Großmutter, der alten Erdgöttin Toci, hielt der Festzug an. Gegenüber wartete schon die Vorhut des fremden Heeres.

Drei Hirsche mit ihren Reitern lösten sich aus der Truppe, in der Mitte der Gesandte. Sie überquerten die bewegliche Brücke zwischen Xoloc und der Stadt. Die übrigen Hirschwesen folgten. Die Könige der Uferstädte gingen auf den Gesandten zu, vollzogen einer nach dem andern die Geste des Erdessens vor ihm und geleiteten ihn dann die Straße entlang, dem Großen Sprecher entgegen. Das Heer des Gesandten zog auf den Platz und stellte sich der königlichen Sänfte gegenüber geordnet auf.

Die Musik pausierte. Die Sänfte wurde abgestellt, kostbare Tücher auf dem Boden ausgebreitet, damit Motecuzomas Sandalen vom Staub der Straße unberührt blieben. Die Könige der beiden anderen Hauptstädte des Bundes, Cacama von Tetzcoco und der alte Tepaneken-Fürst von Tlacopan, näherten sich. Motecuzoma in die Mitte nehmend, schritten sie auf den Gesandten zu. Hinter ihnen ging des Herrschers Bruder Cuitlahua mit zwei weiteren Fürsten.

„Der Rechte ist mein Vater!", rief Schädelwand stolz. „Der König von Xochimilco gehört zu den engsten Vertrauten des Großen Sprechers!"

„Motecuzoma hätte besser zwanzig Geschorene im Rücken", sagte Jadefisch.

Schädelwand lächelte. „Hat er das nicht?"

Jetzt sah Jadefisch es auch: Altixca, schon seit gestern wieder in der Stadt, hatte in der Menge seine besten Krieger versteckt.

Der Gesandte und sechs seiner Männer glitten von ihren gepanzerten Tieren und gingen auf die Könige zu, die Dolmetscher folgten, dann standen der Große Sprecher Mexico-Tenochtitlans und der Gesandte des Landes Caxtillan einander gegenüber. Motecuzoma trug den blauen Umhang der toltekischen Ahnen und sein Türkisdiadem, der Gesandte seine metallene Rüstung und einen Helm mit einem Federbusch.

„Bist du Moteczuma?", fragte der Gesandte.

Motecuzoma nickte bejahend. Daraufhin streckte der Gesandte beide Arme aus. Er hängte dem Großen Sprecher eine bunte Kette um! Er wagte es, ihn zu berühren! Ja, er versuchte gar, ihn zu umarmen. Im letzten Augenblick wehrten die Fürsten ihn ab. Der Gesandte machte eine beschwichtigende Geste. Er trat zurück und nahm den Helm ab. Und: Er war kleiner als der Große Sprecher! Jadefisch betrachtete die sechs an seiner Seite. Die waren auch nicht viel höher gewachsen. Nur der Mann zu seiner Rechten überragte seinen Herrn um Hauptenslänge. Er hatte strahlend blaue Augen, einen Bart so gelb wie Mais und einen goldenen Schopf. Das musste wohl der Herr Sonne sein.

Motecuzoma begrüßte die Gäste. Er ließ an sie Gold und Silber verteilen, den Gesandten aber mit Goldketten und duftenden Blumengewinden schmücken, die ein eigens dazu auserwählter Würdenträger aus seiner Hand entgegennahm. Tlacotl, der neue Herr-Des-Schwarzen-Hauses, schlang dem Gesandten Girlanden um den Hals, legte ihm einen Brustschmuck mit dem Emblem des durchgeschnittenen Gewindes der Meeresschnecke an, setzte ihm einen Kranz aus Windgott-Entenfedern aufs Haupt. Stellvertretend für den Herrscher verwandelte er den Gesandten in das Abbild des Gottes Quetzalcoatl. Als er damit fertig war, trat er zurück, damit Motecuzoma das Werk vollenden konnte. Der Große Sprecher höchstpersönlich übergab dem Fremden eine imposante fächerförmige Standarte aus langen grünen Quetzalfedern, die in der Brise wehten.

Jadefisch hielt die Luft an: Motecuzoma nannte den Gesandten „mein geliebter Gott"! So wie er Jadefisch im Thronsaal angeredet hatte, als er ihn zum Ixiptla des Tezcatlipoca gekürt hatte! „Mein Herr Quetzalcoatl!", sagte Motecuzoma zu dem Fremden, während das Volk sich niederwarf.

Im nächsten Augenblick, als der zum Abbild des Quetzalcoatl erhöhte Feind noch staunend auf die Menge schaute, wandte der Große Sprecher sich um. Sein Gefolge öffnete ihm eine Gasse, und schon segelte der königliche Lockvogel mit der funkelnden Sänfte davon. Der Gesandte, vom Herrn-Des-Speerhauses und dem Ersten-Des-Kriegsrats eingeladen, folgte langsam, seine Hirsche durch die vom

Hofstaat ganz und gar verstopfte Straße dirigierend, die wehende Standarte des Quetzalcoatl senkrecht in der Hand, hinter ihm gut 400 Caxtilteken und 2000 tlaxcaltekische Krieger. Schweiß lief ihm in die Augen, denn vom Himmel brannte eine Sonne, heiß genug, um Mensch und Tier in Stein zu verwandeln.

Einmal aber kam auch dieser lange Zug ans Ziel. Vor dem alten Königspalast, in dem einst Motecuzomas Vater regiert hatte, zerstreute sich das Volk. Nur die Gäste und die hohen Würdenträger wurden eingelassen. Zögerte der Gesandte, dort hineinzugehen? Er wartete, bis auch der letzte seiner Leute zu ihm aufgeschlossen hatte, und schickte dann eine Vorhut durchs Tor.

Atlixca, der Erste-Des-Kriegsrats, grinste flüchtig, seinen Arm zum Eingang ausstreckend.

„Nach dir", sagte der Gesandte.

„Der Gott verzichtet auf den Vortritt?"

Jadefisch nutzte die kurze Verwirrung, um vor dem Gesandten durchs Tor zu schlüpfen. Beinahe wäre er dabei mit dem Herrn Sonne zusammengestoßen, der den Gesandten abholen kam.

„Moteczuma …"

„Oh! Wie konnte ich ihn warten lassen? Lass ihm zu Ehren die Truppe antreten!"

Nun zog der Gesandte ein, und Sonne stellte dem Großen Sprecher gegenüber ein zweites Mal die Krieger auf.

Motecuzoma und der Gesandte begegneten sich wieder in der Mitte. Jetzt erst begrüßte der Herrscher den Gast mit einer ausgedehnten Rede, die mit den üblichen Floskeln begann.

„Du hast dich abgemüht, Malin-tzin, du hast dich ermüdet. Du bist in deine Stadt gekommen, auf deine Matte, deinen Thron, den ich für dich gehütet habe …"

Dann erzählte er ihm von der Herkunft seines Volkes aus den Sieben Höhlen, von dessen Wanderschaft in dieses Land und von den Kämpfen, die es dabei durchgestanden hatte – schließlich von den Siegen über seine Widersacher. Mit einem Blick auf die Standarte ließ er fallen: „Mein Onkel, vor mir Großer Sprecher, hat sie im Küstenland erbeutet, und eine ebensolche strahlt seither wie eine grüne Sonne über meinem Thron." Er gab ihm zu verstehen, dass er es war,

Motecuzoma, der über die Welt im Ring des Wassers gebot, und dass er keine Furcht vor ihm empfand, denn er schloss scheinbar wie von ungefähr: „Auch wenn dir meine Feinde etwas anderes berichtet haben: Ich bin aus Fleisch und Blut – genau wie du."

Nun war der Gesandte zur Entgegnung aufgefordert. Durch seine Zungen ließ er holprig sagen, wie sehr er sich freue, in Tenochtitlan zu sein und die Bekanntschaft des Großen Sprechers machen zu dürfen. Eigens dafür sei er von weither über das Meer gereist. Er sei der Abgesandte eines mächtigen Herrschers, des Callox von Caxtillan, von dessen Reich er Kunde bringe und dem er im Gegenzug von den Azteken berichten wolle. Denn vor langer Zeit schon habe Callox von ihnen und von Moteczuma gehört. Seither sei es sein sehnlichster Wunsch, sie als seine Kinder in die Arme zu schließen. Dann ließ er ausrichten, dass Callox von Caxtillan, der von seinem Gott auf den Thron gesetzt worden sei, ihn, den Gesandten, dazu berufen habe, den Azteken von diesem Gott zu erzählen, welcher der einzige und wahre Gott sei. In die Augen des Gesandten trat ein feuriger Glanz. Ein wilder Eifer flackerte auf. Er sei als Freund gekommen, beteuerte er; er wolle den Azteken nur Gutes tun.

„Wir wurden bereits Zeugen deiner Güte", entgegnete Motecuzoma. „Doch es wird spät. Deine Reise war beschwerlich – ruh dich jetzt aus." Er schenkte ihm noch eine feine Kette, deren Glieder Krebsen nachgebildet waren, und führte ihn am Arm in den Palast.

Jadefisch erschrak: Der Herrscher handelte doch wohl nicht unbedacht? Aber da war ja Atlixca mit einem Trupp der tapfersten Krieger. Die gingen hinter ihm und dem Gesandten, während Tepehua sich am Eingang postierte.

Bald herrschte rege Betriebsamkeit. Mit allem, was er hatte, zog der Gesandte ein. Er verteilte seine Leute auf die Räume und verstaute seine Waffen, die glitzernden langen Stöcke und sogar die Feuertrompeten. Nur die Hirsche blieben im Hof.

Jadefisch beäugte sie von weitem. Sie waren an die Säulen eines Wandelgangs gebunden, mit ihren Panzern vor der Brust und ihren Sitzen auf dem Rücken, mit dem befremdlichen Gestänge in den Mäulern, von dem weißer Geifer troff. Ein junger Bursche näherte sich ihnen. Einem schnallte er den Sitz und auch den Harnisch ab, warf ihm eine Decke über und führte ihn an einer langen Leine zum Brunnen im Hof. Dort befreite er ihn auch von dem Gestänge. Jadefisch wagte sich näher heran. Ohne Reiter schien der Hirsch ihm weniger gefährlich. Das Tier trank lange, und der Bursche redete mit ihm. Er klopfte ihm den Hals, rieb ihm das Fell, bis es wie Bernstein glänzte, und führte es dann im Kreis herum. Jadefisch war so in die friedliche Szene vertieft, dass er zunächst nicht bemerkte, wie der Bursche ihm dabei immer näher kam. Als er sich dessen gewahr wurde, war es für einen ehrenvollen Rückzug zu spät. Er wollte ja nicht feige wirken. Tapfer ertrug er das Geräusch der über das Pflaster klappernden Hufe. Und dann stand der Hirsch vor ihm! Er schnaubte aus den großen Nüstern! Jadefisch erstarrte vor Angst, er konnte sich auf keine Weise rühren.

Der junge Caxtilteke lachte freundlich. Er legte seinem Hirsch die Hand ums Maul.

Jadefisch schaffte es aufzuschauen. Der Andere war beinahe noch ein Knabe; er hatte keinen Bart, dafür schwarzes Haar wie ein Azteke.

„Caballo", sagte dieser Bursche jetzt.

„Cahuayo?", wiederholte Jadefisch. War damit der Hirsch gemeint? Der Bursche nickte. „Caballo."

‚Cahuayo' hieß also Hirsch in der Sprache Caxtillans. Jadefisch bestätigte: „Mazatl." Doch gleich bereute er, dass er gesprochen hatte. Sollte er nicht lieber schweigen? Der Caxtilteke war ein Feind. Vielleicht hatte auch er in Cholollan getötet.

„Caballo", sagte wieder der Bursche, und dann wiederholte er das aztekische Wort. Er sagte ‚Mazatl' und lächelte dazu. Er legte dem Hirsch die Hand auf die Nase. Durch Gesten forderte er Jadefisch auf, dasselbe zu tun. Und dieser tat es, ein wenig beklommen. Er streichelte den bernsteinfarbenen Hirsch. Kein Caxtilteke sollte in Jadefisch einen ängstlichen Hasen erblicken. Das Tier schnaubte wieder und stupste ihn an. Wie sanft es das machte! Es schaute ihn aus stillen braunen Augen an, und zwischen diesen Augen trug es einen schönen weißen Stern. Jadefisch berührte ihn. Dann fuhr er mit der Hand seine Nase herunter. Was für weiche Nüstern es hatte!

„Ortega", sagte jetzt der bartlose Fremde und zeigte auf sich.

Oteca? Dieser Name ergab keinen Sinn. Trotzdem sagte Jadefisch: „Ixiptla", mit der Hand seine Brust berührend. Sollte dieser Oteca glauben, dass Jadefisch ihn nicht verstand?
„Ixiptla", gab der andere ohne jede Schwierigkeit zurück und zeigte auf Jadefisch. Dann fing er an, Figuren auf dem Pflaster zu ziehen. Aufmerksam verfolgte Jadefisch die Bewegung des Stöckchens. Der Bursche aus Caxtillan machte einen Kreis und einen Strich, der in den Kreis hineinführte. Nun zeichnete er Rechtecke in den Kreis. „Tenustitan", sagte er. Meinte er die aztekische Hauptstadt? Jadefisch schüttelte den Kopf. Aber er verbesserte den Caxtilteken nicht. Es drängte ihn zu gehen, sich aus der Gegenwart des Feindes zu entfernen. Doch dieser machte eine weitere Zeichnung. Er zog viele wellenförmige Linien und dahinter deutete er einen großen Kasten an „Castilia!", rief er freudig. „Kastilien."
Jadefisch begriff. „Caxtillan."
„Caxtillan", wiederholte Oteca.
„Callox", sagte Jadefisch.
„Carlos. Karl."
Das war der Große Sprecher von Caxtillan. Er saß in dem Palast, den Oteca gezeichnet hatte. Mochte er dort bleiben! Jadefisch beschloss, dass er mit jenem Land nichts zu tun haben wollte. Mochte das Meer die Schiffe von Callox verschlingen!

Der Ixiptla erhob sich. Wo war denn Schädelwand geblieben? Wo Motecuzoma? Der Große Sprecher weilte immer noch bei dem Gesandten im Palast, denn seine Sänfte stand nach wie vor im Hof. Die Könige des Bundes warteten auf ihn.
Endlich kam er mit seinem Gefolge! Tepehua, der noch am Eingang des Palastes stand, stieß zu Atlixca, während die anderen Könige Motecuzoma entgegengingen. Cacama und Cuitlahua boten ihm den Arm, um ihm in die Sänfte zu helfen. Alle zeigten frohe Mienen, weil der Einzug des Gesandten ohne Zwischenfälle abgelaufen war.
Jadefisch besann sich auf seine Rolle als Gottesabbild. Er wollte eben seine Flöte an die Lippen setzen, als der Gesandte in Begleitung des Herrn Sonne den Hof betrat.
„Ortega!"

Der Bursche, mit dem Jadefisch gesprochen hatte, führte den bernsteinfarbenen Hirsch mit dem weißen Stern heran.

„Er soll Motecuzoma gehören!", rief Eins-Gras, die Zunge des Gesandten, laut.

Damit hatte niemand gerechnet. Ungläubig drehte sich der Große Sprecher zu dem Gesandten um. Freude trat in seine Augen, als er den Hirsch erblickte. Lächelnd reichte der Gesandte ihm den Zügel. Seine Krieger applaudierten.

Im selben Augenblick knallte es plötzlich. Es blitzte, und ein Bolzen flog durch die Luft. Drei Hirsche rasten auf die Sänfte zu, vier an das Tor – wie aus dem Nichts. Den Großen Sprechern und den Würdenträgern wurde jeder Fluchtweg abgeschnitten. Von vorne stürmten Lanzenträger auf sie zu, im Rücken hatten sie weitere Reiter. Der Gesandte bemächtigte sich des Großen Sprechers, der gelbhaarige Herr Sonne des Königs von Tezcoco.

Eins-Gras aber, die Dolmetscherin, schrie, man werde die Fürsten beim geringsten Zeichen von Widerstand töten. Fassungslos sah der Ixiptla, wie die fremden Krieger sie gefangen nahmen – sie und noch weitere Könige des Bundes.

Tepehua und Atlixca standen wie versteinert. Dann sagte Atlixca: „Ruf deine Krieger!" Es wäre am Herrn-Des-Speerhauses gewesen, dies zu tun. Aber dieser blickte nur düster vor sich hin. Er wollte Motecuzomas Leben nicht riskieren. Atlixca sah es schließlich ein. Und blieb nicht schließlich auch der Große Sprecher stumm? Seine Augen schauten nur verwundert.

Ungehindert brachte der Gesandte ihn und die anderen Gefangenen in den Palast. Die Könige verschwanden, einer nach dem andern, wie durch die Klappfelsen der Unterwelt.

Die beiden Feldherren schickten sich an, in den Palast zu gehen, bevor man es befehlen konnte. Aber die Reiter hinderten sie, und aus dem Eingang des Palastes schoben sich zwei Feuertrompeten. Schließlich kam der Gesandte wieder. Er forderte durch Eins-Gras, dass sich die höchsten Würdenträger allmorgendlich vor dem Tor einfänden, um seine Befehle entgegenzunehmen. Dann ließ er sie gehen.

Auch der Ixiptla wollte sich entfernen, wurde aber daran gehindert. Zwei Caxtilteken ergriffen ihn. Der eine hielt ihn fest, der andere riss ihm die goldenen Schellen von den Füßen. Der Ixiptla schaute die Krieger wütend an, während Schädelwand sich auf sie stürzte. Aber er kam nicht gegen sie an. Sie hieben mit ihren langen Feuerstöcken auf ihn ein, sie traktierten ihn mit ihren Stiefeln.
Der Gesandte wurde darauf aufmerksam. Er kam mit dem Herrn Sonne herbei, und die Männer ließen von Schädelwand ab. Dafür packte Sonne den Ixiptla an der Schulter. Er drängte ihn zum Eingang des Palastes – hin zu den schrecklichen Feuertrompeten. Dort packte er ihn im Genick und drückte ihm den Kopf nach unten. Er zwang ihn, in die Mündung zu schauen. Er rief etwas, und der Ixiptla hörte es knistern. Dann wurde er zur Seite gerissen. Ein runder Stein flog qualmend aus der Mündung und schlug ins Hofpflaster ein. Der Herr Sonne lachte. Der Ixiptla zitterte an allen Gliedern, als er sich mühsam erhob.
Währenddessen hatte der Gesandte ruhig dabeigestanden. Jetzt brüllte auf sein Zeichen auch die zweite Feuertrompete. Dann gab der Herr Sonne den Ixiptla frei.
Jadefisch klopfte sich den Staub von den Kleidern. Wünsche nach Vergeltung durchzuckten sein Herz.
Doch die Caxtilteken ließen ihn noch immer nicht in Ruhe. „Ixiptla!" Jemand kam ihm nach. Es war Oteca, und er brachte seine Flöte. Sie musste Jadefisch heruntergefallen sein, als Sonne ihn ergriffen hatte. Oteca hatte sie vom Boden aufgehoben. Jadefisch nahm sie höflich entgegen und wischte sie ab.

28

Die großen Feuertrompeten brüllten noch mehrmals. Ihr dumpfer Donner versetzte die Menschen in Todesangst. Geschah in Tenochtitlan jetzt dasselbe wie in Cholollan? Sie verkrochen sich in ihren Häusern, verbarrikadierten die türlosen Eingänge mit Säcken, Feuerholz

und Matten. Die Adlerkrieger aber stürmten in den Palast des Cihuacoatl. Atlixca und der Herr-Des-Speerhauses folgten. „Der Gesandte hat sich im alten Palast auf den Thron von Motecuzomas Vater gesetzt!"
Der Cihuacoatl, als Stellvertreter des Herrschers, ließ den großen Rat einberufen und sandte Boten in die Uferstädte.
Unterdessen begab sich der Ixiptla ins Heiligtum auf der Pyramide, um die Statue Tezcatlipocas zu verhüllen.

Der Oberpriester versorgte die ewige Flamme auf dem Altar. Er legte Kiefernspäne nach und blies die Glut an. Als das Feuer gelb geworden war, schichtete er aromatische Hölzer darüber. Dann nahm er die Räucherpfanne und verbrannte weißen Kopal. Die Statue verschwand in einer Wolke. Er wartete ab, bis Tezcatlipoca den Rauch eingeatmet hatte und er Sein Antlitz wieder sah, bevor er seine Gebete für Motecuzomas Tod fortsetzte. Seit vier Tagen wiederholte er sie – monoton und immer gleich im Wortlaut, die ihnen innewohnende Zaubermacht durch Wiederholung verstärkend. „O Unser Herr, Allgegenwärtiger, o Nacht, o Wind! Der Du in Holz und Stein hineinsiehst, der Du uns von innen hörst und in uns das Verborgene findest: Sieh, wie Motecuzoma sich benimmt. Wie ihn die Macht, der Ruhm, die Ehre, ihm von Dir verliehen, trunken machen. Er wird immer unverschämter. Dornig, voller Stacheln ist sein Herz. Er betrügt Dich! Ohne Ehrfurcht sitzt er auf der Matte, auf dem Thron, bei dem blauen und dem gelben Wasser, mit dem Du, Herr, die Menschen reinwäschst; schamlos entehrt er Dich! Mögest Du einen Anderen zum Großen Sprecher machen! Mögest Du Motecuzoma bestrafen, wenn es Dein Wille ist – ihn mit Paralyse, Blindheit, Fäulnis schlagen. Vielleicht wirst Du ihn ganz vom Angesicht der Erde tilgen, wirst ihn zum Herrn des Totenlandes schicken. Erweise ihm die Gnade, lass seinen Leib, sein Herz dort Ruhe finden. Was Du wünschst, das wird geschehen."
Der Betende hielt inne: Dumpfes Grollen drang durch die Tempelmauern zu ihm. Bebte die Erde? Sie war ein träumender Alligator, eine riesige Echse, die im Schlaf mit dem Schwanz schlug und dabei ganze Häuser einriss. Geschah dies jetzt dem Unwürdigen,

Motecuzoma? „O Tezcatlipoca", hauchte der Oberpriester, „hast Du es etwa schon beschlossen? Stürzt sein Palast? Verschlingt ihn die Unterwelt?" Er lauschte mit den Händen nach den Vibrationen, die der Untergang eines so gewaltigen Gebäudes, wie der Palast es war, so dicht bei seinem Tempel auslösen musste. Indes zitterte unter ihm der Boden nicht, und die Statue vor ihm stand so erhaben da wie immer. Trotzdem setzte sich das Grollen draußen fort, stoßweise wie das Brüllen eines riesigen Jaguars – und dabei doch ganz anders; es hörte sich nach nichts an, was der Oberpriester kannte. Auch kam es nicht von Süden her, sondern von Westen, vom Alten Palast, wo der Gesandte wohnen sollte. Den Oberpriester beschlich ein leises Unbehagen. Für einen kurzen Augenblick war er sich seiner Sache gar nicht mehr so sicher. „Was hast du vor, o Gott?", bat er die Statue aus schwarzem Obsidian. „Mögest Du Deine Stadt, das Volk von Tenochtitlan, doch verschonen! Möge Dein göttlicher Zorn einzig über den Schuldigen kommen!"

Aber wer war er schon? Schicksalsergeben warf er sich vor der Statue nieder und hob das Haupt erst wieder, als jener unheilvolle Donner verstummt war. Der Tempel stand noch. „Hast Du Motecuzoma vernichtet, o Herr?", fragte er in die ihm plötzlich unnatürlich vorkommende Stille.

Er vernahm nur seine eigene, heisere Stimme, hörte nur seinen eigenen Herzschlag in den Ohren trommeln. War er der letzte Mensch auf der Welt? Er wäre jedoch nicht er selbst gewesen, hätte er die Pflicht vergessen. Aus der Missachtung der religiösen Gesetze rührte letztendlich alles Verderben her, und so beschloss er, über ihre Einhaltung noch unerbittlicher zu wachen als bisher. Er legte einen Bogen Papier auf dem Boden aus und platzierte einen kleinen Grasball genau in der Mitte. Feierlich setzte er sich davor. Neben sich stellte er eine Schale mit Agavendornen. Nachdem er den Gott gebeten hatte, sein Opfer anzunehmen, durchstach er sich mit einem Dorn die Zunge. Der brennende Schmerz erfüllte ihn mit Genugtuung. Er, der Oberpriester, vollzog die Opferhandlung, wie es sich gehörte. Er schluckte das Blut nicht herunter, sondern ließ es auf das Papier tropfen. Den Agavendorn steckte er in den Grasball. Dann zog er sich den nächsten Stachel durch die Wunde und steckte auch ihn in die Kugel. So verfuhr er, bis die Schale leer war und die Kugel aussah wie ein zusammengerollter Baumstachler. Tezcatlipoca konnte zufrieden sein. Der Oberpriester wickelte den Baumstachler in das blutige Papier. Er zögerte einen Moment, ehe er sich erhob, um das Opferbündel auf den Altar zu legen. Ihn schwindelte. Sein Kopf fühlte sich leer an. Wenn er nicht Acht gab, würde er zur Seite fallen und das Bewusstsein verlieren. Er sog die verräucherte Luft durch die Nase. Ein Bild stieg ihm auf, leicht und luftig wie ein Hauch – ein Traumgesicht eben, das keine körperliche Entsprechung besaß. Er sah einen grauen Himmel, aus dem der Regen floss, und darunter das Leichenbündel von Motecuzoma. Er wollte diese Vision festhalten, sich alles genau einprägen – vergebens, das Gebilde löste sich auf.

Mühsam stellte sich der Oberpriester auf die noch etwas wackligen Beine und begab sich zum Altar. Er legte sein Bündel neben die heilige Flamme. Später würde er es auf dem Tempelhof vergraben. Er blickte auf. Tezcatlipocas Antlitz schimmerte huldvoll auf ihn herab. Der Oberpriester dankte Ihm für die Vision und schickte sich an, die Endformel zu sprechen: Er musste noch versichern, dass er keine Freude über Motecuzomas Fall verspüre, dass allein das Wohl der Stadt ihn bewogen habe, seinen Tod zu erbitten – aber etwas ließ ihn stocken. Kam da jemand? Hatte Motecuzoma im letzten Moment noch Häscher entsandt? Über Tezcatlipocas Antlitz glitt ein Schatten! „Herr", beeilte sich der Oberpriester, ängstlich auf die Statue schielend, die er plötzlich nur noch als einen stumpfen, kompakten Gegenstand wahrnahm. Sie wirkte wie ein Fremdkörper, ein lebloses Ding. Wie konnte Er da sprechen?

„Yaopol-tzin!"

Der Oberpriester fuhr zusammen. Der Ixiptla!

„Hilf mir, den Überwurf festzumachen!"

Der Oberpriester rührte sich nicht. Der Ixiptla verhüllte die Statue Tezcatlipocas. So war es üblich, wenn der Große Sprecher lebte, aber nicht regierte. Motecuzoma war also nicht tot. Wie aber sollte Yaopol jetzt weiterbeten, wenn er seinen Gott nicht mehr sah?

Tenochtitlan lag wie verlassen. Obgleich die Feuertrompeten jetzt schwiegen, hielt die Furcht das Volk in den Häusern. Es war längst dunkel, dennoch sah man nirgends eine Fackel. Schwarz stand das Tanzhaus, schwarz die Kriegerschule, schwarz das Haus der Adler, das der Jaguare, schwarz und stumm. Nur im Hof vor dem Alten Palast glühten böse Lagerfeuer, umringt von jenen Kriegern aus Tlaxcallan, die mit dem Gesandten gezogen waren, und der Wind trug ihr Kriegslied über die Stadt. Dazwischen hörte man ein schauerliches Heulen und Knurren, ein raues, abgehacktes Gebell: Die gefleckten Hunde des Gesandten zerfleischten die Nacht.

Ein Kind fing an zu weinen. „Schscht ..." Maisblüte spürte, dass die Frauen und Mädchen im Haus noch enger zusammenrückten. Sie selbst stand mit ihrer Mutter oben auf der Dachterrasse und starrte unentwegt zum Alten Palast. Wie konnte man sich drinnen verkriechen! Der Große Sprecher war gefangen oder gar tot – und nicht nur er. Cacama von Tetzcoco und der alte Tepaneken-Fürst teilten sein Schicksal. Nicht nur die Hauptstadt, nein, der ganze Bund war kopflos. „Wo bleiben die Krieger?"

„Sie sind beim Cihuacoatl, bei deinem Onkel Baumleguan." Quetzalmatte legte der Tochter die Hand auf die Schulter. „Komm mit."

Der Palast des Cihuacoatls befand sich neben dem Quartier der Feinde, von diesem nur durch die Hofmauer getrennt. Maisblüte tappte leise, jedes Geräusch vermeidend, neben Quetzalmatte her, ängstlich nach den wilden Hunden lauschend. Alles kam ihr jetzt gefährlich vor – sogar das Wasser im Kanal, denn das fraß Sterne, glucksend und schmatzend. Wo es an den Brückenpfeiler schwappte, dirigierte Quetzalmatte sie nach rechts. Da kam das Tor zum Palast ihres Onkels in Sicht. Maisblüte erschrak: Das Tor war bewacht! „Wer da?" Erleichtert erkannte Maisblüte die Stimme ihres Bruders Glänzt-Mit-Dem-Schild. Sie fühlte sich gleich sicher. Die beiden Frauen durchquerten einen mondhellen Hof, dann ein zweites Tor und wurden schließlich von einem Diener in den Thronsaal des Cihuacoatl geführt.

Zuerst konnten sie nichts sehen. Wenn es draußen dunkel war, so herrschte drinnen tintenschwarze Finsternis. Nur ein wenig kalter Rauch, gelegentliches Hüsteln und das leise Rascheln von Stoff verrieten ihnen, dass Menschen hier waren.

„Kommen sie endlich?"

„Nein, Herr", antwortete der Diener. „Es sind Motecuzomas Zweite Hauptgemahlin, deine verehrte Schwester, und ihre Tochter."

„Was haben Frauen im Rat zu suchen?"

Quetzalmatte entwaffnete ihren mürrischen Bruder mit Leichtigkeit: „Ihr haltet Rat? Verzeihung, aber ihr sitzt hier wie im Bauch eines Berges, als wäre der Feuerbohrer noch nicht erfunden."

Sie sagte es ganz sanft und wie im Scherz. Vielleicht lag es an ihrem Witz, der nicht verletzte, vielleicht auch an der Spannung, die sich kaum noch aushalten ließ; jedenfalls gluckste jemand. Als gärten große Mengen von Agavensaft in einem viel zu kleinen Fass, schäumte das Gelächter über.

Der Cihuacoatl ließ Fackeln anzünden. „Mögen sie denn bleiben." Mutter und Tochter durften sich setzen. Maisblüte schielte zu ihrem Onkel. Sie hatte ihn nur selten gesehen – einmal im letzten Sommer bei der Bootsfahrt auf dem See, dann beim Fest im Haus der Wolkenschlangen, zuletzt von hinten, als er Reiherfeder das Todesurteil überbracht hatte. Er hatte den schwarz-weißen Umhang getragen. Jetzt trug er ihn nicht. Er saß nicht einmal auf dem Adlerthron der Erdgöttin, sondern mit bekümmerter Miene auf einer geflochtenen Matte davor.

Während Maisblüte sich noch fragte, warum, wurden diejenigen gemeldet, die ihr Onkel erwartet hatte:

„Der Hohepriester des Huitzilopochtli! Der Hüter-Aller-Götter! Der Oberpriester des Tezcatlipoca!" Die religiösen Führer Tenochtitlans nahmen rechts neben dem Cihuacoatl Platz.

Und dann, unmittelbar darauf, kam: Jadefisch! An der Spitze des Gefolges trat er in die Mitte des Saals. Es schien, als loderten die Fackeln heller, als wären sie allein für ihn entzündet worden. Maisblüte konnte nicht an sich halten:

„Ixiptla-tzin!"

Ein Ruck durchlief ihn. Er drehte sich zu ihr herum – erschrocken, erstaunt, beglückt in einem –, und in seinen Augen ging die Sonne auf. Während sich alles vor ihm verneigte, blickten sie einander an. Die Zeit stand still. Noch als die ersten Köpfe schon wieder in die Höhe gingen, klammerten sie sich mit Blicken aneinander. Der Cihuacoatl runzelte die Stirn. Ein Muskel zuckte um den Mund des Oberpriesters, und der Hüter-Aller-Götter nickte, als wollte er sagen: ‚Es ist also wahr.'

Quetzalmatte hüstelte warnend. Jadefisch trat die Flucht nach vorne an. „Der Tochter des Großen Sprechers und ihrer verehrten Mutter gebühren bessere Plätze." Er ging zu ihnen hin, nahm Maisblüte bei der Hand und führte sie nach vorn, wo links neben dem Cihuacoatl die Kronräte saßen. Der-Herr-Des-Schwarzen-Hauses rückte hilfsbereit zur Seite. „Sie machen schon genug durch. Jeder soll sie sehen. Vielleicht hilft uns das bei den Entscheidungen, die wir zu fällen haben." So kamen die beiden zwischen ihm und dem Herrn-Des-Speerhauses zum Sitzen. Tlacotl flüsterte Jadefisch noch etwas zu, woraufhin dieser sich zum Cihuacoatl begab. „Man soll das Gewand der Erdgöttin bringen! Und ihre schwarz-weiße Tilma!", rief er laut. „Auch einen Sitz für den Hohepriester des Huitzilopochtli! Die Ordnung muss wiederhergestellt werden!" Mit eigenen Händen breitete er dann den Adlerbalg, an dem die scharfen Klauen hingen, über den Sitz und legte dem Cihuacoatl den schwarz-weißen Umhang um. Als dieser sich setzte, stellte der Ixiptla sich hinter den Adlerthron.

Die Beratung hätte jetzt beginnen können, aber dem Oberpriester stieß etwas am Ixiptla auf.

Es hatte ihn schon länger irritiert, doch jetzt erst, als der Ixiptla stillstand, wurde ihm bewusst, dass ihm das leise Klingeln gefehlt hatte, das seine Schritte zu begleiten pflegte.

„Da das Gottesabbild von der Ordnung spricht ..." Er unterbrach sich, denn er war beim Sprechen schmerzhaft mit der malträtierten Zunge am Gaumen angestoßen, „wo issei Goschmuck", nuschelte er weiter, „wo is er viere Wächer, Schä-e-wa?" Er schluckte einen Klumpen geronnenen Blutes herunter und zwang sich zu wiederholen: „Schädelwand", bevor man noch begann, ihn auszulachen.

„Der würdige Yaopol-tzin hat euretwegen ein Ritual abgebrochen", half ihm ausgerechnet der Ixiptla.

„Und was ist dir passiert?", fragte Tlacotl, der Herr-Des-Schwarzen-Hauses, der längst unterrichtet war.

Der Ixiptla ging wieder in die Mitte. Jeder sah, dass ihm die Schellen an den Waden fehlten. „Unsere wilden Gäste ...", fing er an. Er kam nicht weiter. Erhitzte Zwischenrufe aus den Reihen der verdienten

Krieger unterbrachen seinen Bericht. Ein Tumult brach aus: „Das wird der Fremde büßen!" Ein paar Geschorene sprangen auf, zogen Kurzschwerter unter ihren Umhängen hervor. Einer stolperte, und plötzlich pfiff die Waffe durch die Luft, sauste funkensprühend in die Runde. Die beiden Frauen duckten sich weg. Das Kurzschwert landete eine Handbreit vor ihnen. „Idiot!", schrie einer ins Hohngelächter.

Maisblüte hob das Kurzschwert auf. Es war schwerer als erwartet. Der Griff trug ja das lange Schlagbrett mit den breiten Seitenklingen. Sie fuhr mit dem Finger das Holz zwischen den beiden Reihen entlang, berührte die unterste der Schneiden. Schon starrte man ihr auf die Hände. Quetzalmatte sagte: „Leg es weg." Aber Maisblüte stand einfach auf und brachte es dem Cihuacoatl. Sie schaute dabei weder ihn noch den Ixiptla an, der wieder hinter dem Thron der Erdgöttin stand.

Baumleguan saß wie ein Klotz. Er ließ die Hände auf den Knien liegen. Wie konnte er von einem Mädchen die Waffe eines Mannes empfangen? Da legte Maisblüte das Kurzschwert vor dem Adlerthron auf den Boden.

Der Ixiptla rettete die Situation. „Die Mutter unseres Kriegsgottes Huitzilopochtli, die alte Göttin der Erde, handelt durch sie."

Es verhielt sich so, dass ein Cihuacoatl für die Erdgöttin Weibliche Schlange regierte, deren Namen er als Titel trug. War es nicht ohnehin ihr Gewand, das da auf dem Adlerthron lag?

„Vielleicht ist es an dem, Ixiptla-tzin", lenkte der Cihuacoatl ein.

„Ja! Bald wird Huitzilopochtli geboren! Bald kommt sein Fest!", schrie ein Krieger.

„Willst du so lange warten?", rief ein anderer zurück.

„Das ist noch über einen Monat hin!"

„Dreißig Tage, um genau zu sein! Dann richten wir die Fahnen auf dem Tempel unseres Kriegsgottes auf!"

„Viel zu lange!" Ein Geschorener sprang in die Mitte: „Der Fremde gibt uns unseren Herrscher wieder – oder er ist tot!"

Ein Zweiter sprang hinzu: „Bei Sonnenaufgang stellen wir ihn vor die Wahl!"

„Das wird vergebens sein!" Der Oberpriester Yaopol war aufgestan-

den. „Tezcatlipoca zeigte mir im Traum Motecuzomas Leichenbündel."
„Was sagst du da? Der Fremde hat unseren Herrscher ermordet?!"
„Nein doch – noch nicht, aber er wird es tun. Er wird ihn seinen Göttern opfern."
„Das sollen wir ihm gestatten?", brauste der erste der Geschorenen wieder auf.
„Er hat das Recht dazu."
„Und wieso?"
„Weil Motecuzoma sein Gefangener ist und ihm wie jedem anderen gefangenen Krieger der Opfertod bestimmt ist."
Tlacotl, der Herr-Des-Schwarzen-Hauses, erhob sich: „Ist das so? Ein Mann, den unser Großer Sprecher reich beschenkt und zu sich eingeladen hat, der darf sich durch gemeinen Verrat der Person seines Gastgebers bemächtigen? Und du, Yaopol-tzin, heißt gut, dass er ihn tötet?"
„Das kann nur einem Priester einfallen!", sprang ihm Atlixca, der Erste-Des-Kriegsrats, zur Seite.
„Es ist Tezcatlipocas Wille!"
„Ach ja?!"

Als der Tumult, der hierauf folgte, sich ein wenig gelegt hatte, meldete sich der Hohepriester des Huitzilopochtli zu Wort, und dank seiner Autorität kehrte augenblicklich Ruhe ein: „Der würdige Yaopoltzin hat recht. Jeder muss sich dem Gesetz des Krieges fügen, jeder muss mit seinem eigenen Blut die Götter ernähren. Jetzt kommt die Reihe an den Großen Sprecher. Das ist traurig, aber nicht zu ändern."
Die Versammelten blickten zu Boden wie gescholtene Kinder. Etwas milder führte der Hohepriester nun aus, dass nach Motecuzoma selbstverständlich auch der Gesandte seinen Blutzoll zahlen würde; schließlich könne niemandem verborgen geblieben sein, dass Motecuzoma ihn zum Abbild des Gottes Quetzalcoatl gemacht habe, und als dieses Abbild werde er auch sterben.
Das versöhnte die meisten Krieger wieder mit dem Schicksal.
Nur der Herr-Des-Schwarzen-Hauses gab noch nicht auf und wandte sich noch einmal an den Oberpriester. „Yaopol-tzin, verstehe ich

dich richtig? Du meinst, der Fremde wird Motecuzoma seinen Göttern opfern? Wie kann das sein? Erinnerst du dich nicht daran, wie wir ihn an der Küste empfingen? Gab er uns nicht deutlich zu verstehen, dass er das Menschenopfer verabscheut? Er setzte dir das Messer auf die Brust und verbot dir, für die Götter zu töten."
„Für unsere Götter, nicht für seine."
„Und dennoch handelt er nach dem Willen von Tezcatlipoca?"
Der Oberpriester nickte. „Der fremde Gesandte ist das Werkzeug Unseres Herrn."
„Und Unser Herr Tezcatlipoca will alle unsere Städte vernichten? Tenochtitlan, Tetzcoco, Tlacopan? Tlatelolco, Xochimilco, Itztapalapan …"
„Vielleicht wendet das Opfer des Großen Sprechers dies ab."
„Muss der Fremde denn nicht alle Gefangenen opfern?"
„Gewiss."
„Also auch Cacama von Tetzcoco, den alten Tepaneken-Fürsten von Tlacopan, Cuitlahua, den Herrscher von Itztapalapan, die Könige von Xochimilco und Coyoacan, von Azcapotzalco, Colhuacan, den Statthalter von Tlatelolco, der Obsidianadler heißt?"
Der Oberpriester schwieg irritiert. Jetzt erst begann er zu begreifen, dass nicht allein Motecuzoma in der Hand des Gesandten war.
Die Aufzählung der Gefangenen heizte die Wut im Saal wieder an:
„Das ist der Untergang des Fremden!"
Aufgebrachte Krieger drängten in den Kreis. „Machen wir ihm klar, dass er nicht in Chololan ist!" Schon wieder fuchtelten sie mit den Waffen, und der Hitzkopf, dem das Kurzschwert vor dem Adlerthron gehörte, streckte die Hände danach aus.
„Halt!" Baumleguan sah sich gezwungen, von der Befehlsgewalt des Cihuacoatl Gebrauch zu machen. „Wenn wir den Krieg erklären müssen, werde *ich* das Kurzschwert aufheben. Bis dahin wird es hier, an dieser Stelle, liegenbleiben! Niemand fasst es an!"
Die feste Stimme, die gegen Ende immer lauter und mächtiger wurde, bändigte die Geschorenen. Sie trollten sich auf ihre Plätze.
„Gut!", befand der Herr-Des-Speerhauses knapp, und auch Atlixca, Der-Erste-Des-Kriegsrats, willigte ein. „Lassen wir das Fleisch noch schmoren. Umso besser wird es schmecken."

Baumleguan fuhr ruhig fort: „Wir dürfen jetzt nichts übereilen; sonst könnten wir auf einen Schlag alle drei Großen Sprecher verlieren und außerdem auch noch die Könige der meisten Uferstädte. Auf das Chaos, das dem folgen würde, sind wir auch nicht im Ansatz vorbereitet. Wir werden also warten, was der Fremde uns zu sagen hat. Er wird sich ja erklären müssen."

„Du willst verhandeln?", sagte der Oberpriester ungläubig.

„Ich muss wissen, was er will."

„Was, bei den Göttern, könnte er denn wollen?"

„Kann ich dir sagen", warf Tlacotl ein.

„Und das wäre?"

„Göööotterdreck, Yaopol-tzin, Götterdreck."

Lag es an dem prononciert überdehnten Vokal oder an dem konsternierten Blick des Oberpriesters? Der Saal brach in Gelächter aus.

„Wohl wahr, für Gold tut der Gesandte alles."

„Stopfen wir ihm doch mit Gold das Maul!"

Es war nicht leicht, die Ruhe wiederherzustellen. Der Cihuacoatl blitzte Tlacotl an: „Hast du sonst noch etwas beizutragen?"

Tlacotl entschuldigte sich.

Der Cihuacoatl griff seinen Gedanken aber gleich wieder auf. „Gold also, hm, das wäre möglich. Was haltet ihr davon?"

Baumleguan erntete Zustimmung von allen Seiten. Jeder schien vorauszusetzen, dass der Gesandte dem gelben Metall nicht widerstehen konnte. Was aber nutzte dieses Wissen? Er blickte in die Runde: Wer galt noch als besonnener Kopf? Sein untrüglicher Instinkt führte ihn zum Schatzverwalter. Der war ein kluger Mann, ein kühler Rechner – und er enttäuschte ihn auch nicht.

„Für Gold können wir die Fürsten auslösen", schlug der Schatzverwalter vor. „Und wahrlich sollten wir das tun. Denn ohne unseren Großen Sprecher werden sich die Speicherhäuser leeren. Die Provinzen werden uns verlachen und den Tribut verweigern."

Baumleguan nickte. Der Schatzverwalter hatte ihm gegeben, was er brauchte: Zeit. Die Verhandlungen, so sie zustande kamen, würden dauern.

Bevor der Oberpriester protestieren konnte, beendete der Cihuacoatl die Sitzung:

„Was jetzt bei uns in Tenochtitlan geschieht, betrifft uns nicht alleine, es betrifft die ganze Welt im Ring des Wassers. Das Bündnis wird folglich gemeinsam entscheiden. Die Prinzen und die hohen Räte von Tetzcoco und Tlacopan sind schon auf dem Weg hierher."
Der Saal applaudierte.
Baumleguan ließ die Blicke schweifen. Er hatte sich nicht nur durchgesetzt, er hatte fürs Erste einen Konsens erreicht. Jetzt versah er auch nicht mehr nur das Amt des Cihuacoatl, was schon für sich allein Autorität und Macht genug war – nein, er übernahm zudem die Pflichten eines Großen Sprechers. Er musste Motecuzoma ersetzen – und zwar so lange, bis auf dem Jaguarthron im Königspalast wieder ein Herrscher saß. Wenn dies, falls er freikam, nicht Motecuzoma selbst sein würde, ach, wie könnte es das wohl, auch wenn es sicherlich das Beste wäre – ein Herrscher, den Tezcatlipoca hatte fallen lassen, gewann die Macht nicht mehr zurück, er war nicht Feuer, sondern Asche – wenn also nicht Motecuzoma, wer dann? Wen würde er, Baumleguan, der Ratsversammlung vorschlagen, wen würde man am Ende wählen?
Der Herr-Des-Speerhauses und der Erste-Des-Kriegsrates hatten gleich gute Chancen. Wie würden sich die beiden Heerführer in Zukunft verhalten? Es war schon schlimm genug, dass sie nicht eingeschritten waren, dass sie die Gefangennahme des Großen Sprechers zugelassen hatten. Vor allem Motecuzomas Halbbruder Tepehua, dachte Baumleguan. Er schielte aus den Augenwinkeln zu ihm hin, und wie es der Zufall wollte, fing er einen Blick des Oberpriesters auf. Den mochten ähnliche Gedanken bewegen. Schluss, entschied er. Noch war kein ganzer Tag seit jener schicksalhaften Tat vergangen, und schon verdächtigte er einen guten Krieger des Verrats, schon stahl sich Argwohn in sein Herz. Er verbot sich jenen Zweifel.
„Öffnet die Vorhänge!" befahl er den Dienern. „Das junge Licht des Tages will herein."

Die Versammlung löste sich auf. Auch Der-Herr-Des-Schwarzen-Hauses wollte gehen, aber Baumleguan hielt ihn zurück: „Ich wünschte, jemand wüsste, jemand fände heraus, was den Großen Sprecher und den Oberpriester des Tezcatlipoca entzweit hat."

„Ist das noch wichtig?", fragte Tlacotl scheinbar desinteressiert. „Der Oberpriester kann dir mächtig schaden. Er hätte beinahe alle deine Mühen um eine Lösung zunichte gemacht."

„Ja, eben."

„Du hast recht. Aber wer könnte es schon wissen? Der Priester-Weise Sternfinder vielleicht..."

Baumleguan seufzte: „Schade."

„Nun, auch wenn er nicht mehr der Alte ist – an das eine oder andere mag er sich erinnern. Ich werde zu ihm gehen."

„Ich danke dir." Baumleguan fragte sich, was Tlacotl damit bezweckte. Mehr, als er jetzt schon wusste, würde er von dem alten kranken Mann wohl kaum erfahren. Dann dämmerte es ihm. Tlacotl hatte ihm einen versteckten Hinweis gegeben. Baumleguan lächelte überlegen: Sternfinder ... natürlich ... heiliger Rauch!

29

Motecuzoma saß in einem Raum im ersten Stock mit dem Rücken zur Wand. Seine Füße steckten in harten metallenen Ringen. Wo die anderen Fürsten waren, wusste er nicht. Er wusste nur, wo sich der Feind befand. Unerträglich hallte das Gelächter der Fremden in den Sälen wider, er hörte die Patrouille auf der Galerie, die Kriegsgesänge der Tlaxcalteken, die, vom Gebell der wilden Hunde unterbrochen, aus dem Hof aufstiegen. Er roch den Rauch des Lagerfeuers. Irgendwann kehrte Ruhe ein, und er vernahm die Nacht. Wind strich durch die Kletterpflanzen am Gemäuer, eine Drossel gluckste im Schlaf, unruhige Flügel flatterten kurz. Wie spät mochte es sein? Von der Doppelpyramide kam kein Signal. Endlich stürzte sich das Heer der Vögel wieder auf die Lagune. Ihr Geschrei, so laut wie immer, stellte sein Zeitgefühl wieder her.

Er lauschte: Etwas war im Gange. Die Caxtilteken rannten überall herum, sogar auf dem Dach. Eins-Gras schrie etwas, es klang wie: „Wasser! Mais!"

Der Cihuacoatl ließ aber nichts bringen, denn Eins-Gras stellte die Forderungen noch mehrmals. Von draußen, von der Stadt war nichts zu hören. Dennoch war sie in Bewegung, und die Leute des Gesandten wurden nervös. Bald schwirrte Angst mit in den hohen, angespannten Stimmen; auch mehrten sich die verstohlenen Blicke, die die Wächter vom Eingang her auf ihren Gefangenen warfen: Motecuzoma spürte, dass sein Volk da draußen versammelt war. Es schloss sich wie der muskulöse Körper einer Boa lautlos, aber unaufhaltsam um den Feind.

Noch während er das dachte, brach es los wie ein Orkan: „Wir wollen unseren Großen Sprecher sehen!" Erst war es einer, dann die ganze Menge: „Wir wollen unsern Großen Sprecher sehen!" Immer wieder. Der Gesandte kam: „Sag deinen Leuten, dass sie mir gehorchen sollen!"

Motecuzoma wurde aufs Dach getragen. Während sie ihn oben in einen Lehnstuhl setzten, zogen sie ihm seinen blauen Umhang über die Füße, damit man seine Fesseln nicht sah.

Motecuzoma blickte hinab. Hinter der Schlangenmauer des Tempelbezirks hatte sich viel Volk versammelt. Beim Speerhaus wartete ein Zug verdienter Krieger, und auf dem Speerhaus standen Tenochtitlans höchste Würdenträger. Er erkannte den Cihuacoatl, die Kronräte und die Prinzen von Tetzcoco und Tlacopan. Ein Siegesruf ertönte. Wie aus einer Kehle wurde sein Name skandiert: „Mo-te-cu-zo-ma-tzin!" Dann stieg das Blumenlied des Tezcatlipoca hell und klar empor. Dem Gesandten blieb nichts weiter übrig als zu warten, bis es verklungen war.

„Der Große Sprecher!", verkündete Eins-Gras, als würde dieser jetzt eine Rede halten. Aber statt seiner sprach nur sie: „Der Große Sprecher wünscht, dass ihr eure Gäste versorgt. Bringt Lebensmittel, Futter für die Hirsche ..."

„Holz und Steine könnt ihr kriegen!", rief es aus der Menge.

„Das ist ein Anfang. Aber schickt auch Mais und Bohnen, Truthühner und ..."

Der Rest der Forderungen ging im Hohngelächter unter. Der Gesandte sah Motecuzoma misstrauisch von der Seite an: Was stimmte ihn so heiter?

Eins-Gras war inzwischen ihr Lapsus klargeworden. Holz und Steine standen für die Strafwerkzeuge der Justiz. „Was? Ihr wollt den Richter spielen? Nehmt Vernunft an! Oder wollt ihr, dass eurem Großen Sprecher etwas zustößt?"
Das Volk ballte die Fäuste: „Ihr seid hier nicht in Cholollan!"
Die Atmosphäre heizte sich auf. Der Cihuacoatl wollte etwas sagen, drang aber nicht durch. Niemand achtete darauf, denn alle schauten auf Motecuzoma. „Gib sofort den Großen Sprecher frei!", forderte die Menge.
Der Gesandte wurde ungehalten: „Wenn sie nicht parieren, lasse ich schießen!" Längst hatte er seine Schützen postiert: tlaxcaltekische Bogenschützen, Caxtilteken mit langen schmalen Rohren, die Bolzen und Kugeln verschießen konnten – auch zwei große Feuertrompeten schoben sich über die Brüstung.
Motecuzoma musste etwas tun. Es durfte hier kein Blutbad geben. Auch musste er den Oberbefehl über die Truppen und die Regierungsgewalt abgeben, denn es sah so aus, als würde das aufgewühlte Volk dem Cihuacoatl die Gefolgschaft verweigern. Wie gut, dass der Gesandte sich darauf besann, dass er ihn brauchte. „Sag deinem Volk, dass es mir dienen soll! Du wirst doch dafür sorgen?"
Motecuzoma nickte.
„Nun, dann sprich!"
„Mexikaner! Ihr habt mir immer treu gedient. Von jetzt an folgt ihr meinem Stellvertreter, dem Cihuacoatl Baumleguan! Alle, auch die Krieger, werden ihm gehorchen ..."
Weiter kam er nicht. Er spürte eine Klinge an den Rippen. Eins-Gras schrie:
„Motecuzoma ist und bleibt euer Gebieter! Aber künftig wird er euch seine Befehle durch Hernán Cortés verkünden, und eure Schlange wird sie erfüllen!"
„Du hast wohl taube Ohren?", rief es aus dem Volk. „Gib unsern Großen Sprecher frei!"
Die Bewacher packten Motecuzoma. Er wurde wieder fortgebracht. „Er ist erzürnt!", rief Eins-Gras. „Er wird nie wieder zu euch sprechen, wenn ihr ihm nicht gehorcht." Motecuzoma hörte noch von ferne ihre Forderungen.

Motecuzoma wurde bald klar, dass das Spektakel auf dem Dach seinen Zweck erfüllt hatte: Der Cihuacoatl schickte die gewünschten Lebensmittel. Allerdings waren diese offiziell für den Großen Sprecher bestimmt. Sie wurden unter der Bedingung geliefert, dass Motecuzomas Diener ihren Herrn bewirten und anschließend wieder gehen durften. Im Thronsaal des alten Palastes wurden ihm bald die gewohnten Speisen serviert. Motecuzoma wählte, so wie früher – hinter einem Wandschirm sitzend – davon aus, durfte aber kein Wort mit den Dienern wechseln. Was übrig blieb, ging an die Fremden. Zwar reservierte er das Beste für die anderen gefangenen Fürsten, doch erfuhr er nie, was sie davon erhielten. Dunkel ahnte er, dass nur ihm allein eine einigermaßen erträgliche Behandlung zuteil wurde. Der Gesandte nahm wohl an, dass sein eigenes Leben von dem Motecuzomas abhing.

Er fing auch an, mit ihm zu reden. Er wollte wissen, wie die Welt im Ring des Wassers beschaffen war, wie hoch die Berge und wie tief die Flüsse waren; er fragte nach dem zweiten Meer, das, in dem die Sonne unterging, nach dem Verlauf der Küste, nach Untiefen und Riffen, er erkundigte sich nach den Völkern, die Motecuzoma Tribut zollten, vor allem aber – und dann atmete er schneller – interessierte ihn der gelbe Götterdreck, der Goldstaub, den man für Motecuzoma aus den Flüssen im Wolkenland wusch. „Wie viel Gold hast du?", fragte er gierig. „Füll mir diesen Saal bis an die Decke, und ich gebe euch alle frei."
Motecuzoma nickte. „Wir könnten uns am Ende noch verbünden. Doch wenn du mich betrügst, dann wirst du merken, dass man Gold nicht essen kann."
„Du kannst gleich beginnen", sagte der Gesandte nur. Er führte Motecuzoma ins Erdgeschoß. Vor einer Wand, an der Motecuzoma die frischen Spuren eines notdürftig verschlossenen Durchbruchs bemerkte, blieb er stehen. „Dahinter liegt eine Kammer voll Gold! Wir klopften die Wände ab, und da fanden wir sie."
Motecuzoma wurde kalt: der Grabschatz seines Vaters!
Der Gesandte ließ die Wand erneut aufbrechen und ging mit seiner Geisel die verborgene Treppe zur Kammer hinab.

Es war nicht eigentlich eine Gruft. Die Asche der verstorbenen Großen Sprecher wurde auf dem Haupttempel, vor dem Altar des Huitzilopochtli, ins Fundament gesenkt. Auch Motecuzomas Vater war dort bestattet. Zusätzlich aber gab es die geschnitzten Laden, in denen man die Haarlocken der Verstorbenen verwahrte, und darin lebten ihre Seelenschmetterlinge fort. Die Lade mit der Locke seines Vaters befand sich in eben der Kammer, die der Gesandte aufgebrochen hatte. Ängstlich tastete Motecuzoma mit den Blicken den Boden an der Stelle ab, wo er die Lade eingebettet wusste. Doch eine beruhigende Staubschicht deckte sie ab, und Motecuzoma wandte sich dem Gesandten wieder zu, der schon in den Truhen wühlte. Steinkisten voller Schätze! Statuetten und Masken von Göttern, Zepter, Zierat, Geschmeide, Tafelgeschirr, Tanzstäbe, Trachten, Federmäntel, Musikinstrumente, Kopfputze und Standarten, Kriegerhelme, Waffen. Wahllos ergriff er einen Fisch mit beweglichen goldenen und silbernen Schuppen, dann einen Papagei. Vom Luftzug hoben sich die Flügel, öffnete der Schnabel sich, begann die kleine Zunge auf- und abzugehen. Vor Freude hüpfte der Gesandte wie ein Kind. Doch bald warf er den Papagei beiseite, um sich den Prunkschild von Motecuzomas Vater mit seinen klingenden, goldenen Plättchen vor die Brust zu halten.

Dann drang sein Rudel ein. Es schleppte alles aus der Kammer, um es draußen zu sortieren, warf Gold und Silber auf den einen, Federn, Stoffe, Jade und Türkise auf den anderen Haufen, staunte, jauchzte „oh" und „ah". Die Räuber beschnüffelten jedwedes Ding, sie stülpten alles um und um, damit auch nicht das kleinste Körnchen Gold verlorenginge. Auch der Gesandte glühte wie im Fieber.

Danach war er bester Laune. Er bedankte sich für das „Geschenk" und verlieh seiner Überzeugung Ausdruck, dass es Motecuzoma gelingen werde, den ganzen Thronsaal mit Gold auszufüllen.

Doch dazu benötigte er das Stillhalten der Stadt, und für Motecuzoma ergab sich endlich die Gelegenheit, mit einem der Kronräte zu sprechen. Zunächst ließ der Gesandte seine Geisel wieder auf das Dach des Palastes tragen, während er selbst auf den Hof hinausging. Dort stand Tlacotl, der Herr-Des-Schwarzen-Hauses, und blickte

nach oben. Langsam vollzog er die Geste des Erdessens, als aber Motecuzoma verneinend den Kopf bewegte, drehte Tlacotl sich um. Daraufhin rief der Gesandte etwas. Tlacotl blieb stehen. Motecuzoma wurden die Fesseln gelöst. Er wurde zum Tor des Palastes geführt.
„Wollt ihr ihn wiederhaben?", fragte der Gesandte.
„Was forderst du?"
„Füllt den Thronsaal dieses Palastes bis an die Decke mit Gold."
„So viel Gold gibt es in ganz Cemanahuac nicht."
„Dann bringt, was ihr habt."
„Und du gibst uns die Herrscher wieder?"
„Alle."
„Welche Garantien haben wir?"
„Mein Wort."
Tlacotl maß den Gesandten von oben bis unten. „Hast du nichts Besseres zu bieten?"
„Das Gold ist der Tribut, den ihr bezahlen müsst, damit ich euch verschone. Ihr tut dasselbe, wenn ihr eine Stadt erobert habt und ihr erlaubt, sich freizukaufen."
Motecuzoma tauschte einen Blick mit Tlacotl. Die Dolmetscherin sprach schon zu lange für die kurze Äußerung, die der Gesandte hatte fallen lassen. Indes schien dessen Geduld noch kürzer zu sein. Ohne eine Antwort abzuwarten, bedrängte er Tlacotl, das Gold herbeizuschaffen, und als Tlacotl nicht reagierte, fuhr er Motecuzoma an:
„Befiehl es ihm! Er ist dein Untertan und muss gehorchen!"
„Ich habe nicht mehr die Regierungsgewalt. Wende dich an den Cihuacoatl."
Der Gesandte wurde ungehalten. „Wenn das so ist, kehrt der Bote nicht zurück."
„Noch kannst du wählen: den Tod oder ein Bündnis. Der Tod ist aus Asche, das Bündnis aus Gold."
„Ich lasse mich nicht erpressen. Schafft her, was ich verlange, oder ich töte euch alle."
„Dann hast du bald Salz im Brunnen", sagte Motecuzoma schroff.
„Und es wird jemand kommen, der dich zum Zeichen des Krieges mit Kreide bemalt."

„Wie kannst du mir den Krieg erklären, wenn du nicht mehr regierst?" Der Gesandte lachte gezwungen.
Motecuzoma kümmerte sich nicht darum. Er bemerkte das fadendünne Lächeln um Tlacotls Mund – dasselbe Lächeln, in dem er den alten Tlacaelel erkannte. Motecuzoma nickte: Man würde dem Gesandten seinen Glauben lassen.
Dieser seinerseits verlangte jetzt von Tlacotl eine Bestätigung für seine Sicht der Dinge. Er wollte hören, dass Motecuzoma noch das Sagen hatte.
„Das kommt auf seinen Status an", erklärte Tlacotl unverfroren. „Der Oberpriester meint, dass Motecuzoma ein Gefangener sei, den du den Göttern opfern willst. Er würde nicht das kleinste Körnchen Gold für ihn bezahlen."
Er unterbrach, damit Eins-Gras dem Gesandten den Sinn dieser Worte klarmachen konnte. Der Gesandte tippte sich an Stirn und Brust.
„Ich muss doch bitten! Ich? Motecuzoma opfern? Der Große Sprecher ist mein Gast!"
„Nun, wenn das so ist ..."
Wieder nickte Motecuzoma. „Du siehst, ich bin hier eingezogen ..."
Mochte Tlacotl zusammen mit dem Cihuacoatl eine Fassade errichten. Vielleicht war die Stadt dann leichter zu regieren, brachen keine gefährlichen Kämpfe um seine Thronfolge aus, bezahlten die Provinzen den fälligen Tribut. Der Cihuacoatl, in seiner Eigenschaft als Motecuzomas Stellvertreter, würde zu gegebener Zeit das Richtige tun. Er würde den Gesandten zu den Göttern schicken, ohne auf ihn, Motecuzoma, übertriebene Rücksicht zu nehmen. Vielleicht konnte er dabei sogar ein wenig behilflich sein. Er konnte Dinge in Erfahrung bringen, die helfen würden, den Feind zu besiegen. Dann würde sein Tod nicht nutzlos sein. Denn sterben würde er – so oder so. Das glaubte er, seitdem der Fremde ihn gefangengenommen hatte. Dieser bekundete nun wieder seinen Durst nach Gold, und Motecuzoma bot ihm an, ihn selbst zu den glitzernden Schätzen zu führen. Was blieb ihm auch übrig?

Am nächsten Morgen öffnete Motecuzoma dem Gesandten das Vogelhaus. Dort arbeiteten die besten Kunsthandwerker. Aber der Ort, der ihm bislang als Ort der Wunder erschienen war, verlor in der Präsenz des Fremden seinen Zauber. Wo war das mystische Blau der Cotingas, die ihr Gefieder spreizten? Es erschien ihm so stumpf wie in einem von Dunst beschlagenen Spiegel. Und die vielen Vogelstimmen unterschied er nur noch nach der Art. Nicht sang der Zacuan so wie früher ein gelbes Blumenlied, er war nicht mehr die Seele eines Kriegers aus dem Haus der Sonne, sondern nur noch ein trällernder Vogel. Und was war er, Motecuzoma? Er war ja auch nicht mehr der Große Sprecher. Er war nur noch ein stummes Abbild seiner selbst, wie jene Puppe, die man für Opossums Bestattung geschnitzt hatte – wenn überhaupt. Denn diese hatte einen Zweck erfüllt; sie hatte dafür gesorgt, dass Opossums Seelenschmetterling nicht verlorenging. Motecuzoma hingegen?

Der Fremde riss ihn aus den Gedanken. Ungehalten hob er eine fast fertige Standarte von einer Bank hoch und schüttelte sie, als wären die Federn wertloses Stroh. „Was soll das? Warum zeigst du mir kein Gold?!" Dabei löste sich eine noch nicht befestigte Quetzalfeder heraus. Als sie auf dem Boden auftraf, gab es ein klickendes Geräusch, ein Blitzen. Endlich kapierte es der Gesandte: „Oh!" Er bückte sich sogar und zog den Kiel aus der goldenen Hülse. Sein Blick glitt zu den Vögeln. „Hättet ihr nur ihrer aller Federkiele schon in Gold gefasst! Wahrlich, ihr hättet sie rupfen sollen!"

„Das ist nicht nötig. Vögel mausern sich."

„Ihr kämet schneller an die Federn. Warum arbeitet hier eigentlich keiner?"

Die Federkünstler hatten sich versteckt.

Motecuzoma führte den Gesandten weiter. Im Hof des Vogelhauses trockneten Papiervorlagen und Figuren. Der Gesandte beschwerte sich wieder: „Was soll ich damit? Sie sind nicht aus Gold!"

„Tonerde und Holzkohlepulver. Es sind nur Formen."

„Wozu?"

„Man wird sie mit Wachs überziehen und dann mit einer zweiten Schicht Ton. Dann gießt man Gold hinein, Malin-tzin."

„Und es entsteht, was du mir gestern schenktest?"

„So ist es."

Der Gesandte strahlte. „Dann wird doch irgendwo ..."

„Auch Gold sein?" Motecuzoma ließ den ganzen Goldvorrat der Kunsthandwerker bringen, darunter auch die schönen Dinge, die sie in den letzten Tagen gearbeitet hatten.
Der Gesandte gab seinen Begleitern ein Zeichen. Bald war das ganze Vogelhaus voller Caxtilteken. Motecuzoma spähte nach einem Fluchtweg aus, aber der Gesandte wich ihm nicht von der Seite. Der Gefangene spürte sein Messer im Rücken.
Sobald das Vogelhaus geplündert war, sprach der Gesandte: „Zeige mir mehr!" Er packte Motecuzoma am Handgelenk und zog ihn vorwärts, in Richtung des Königspalastes.
Dabei kamen sie durch seine Gärten und einen Teil des Zoos. Vor dem Käfig eines weißen Jaguars hielten sie an. Der Gesandte wechselte einige Worte mit Eins-Gras.
„Das Raubtier des Herrschers", sagte Eins-Gras. „Es heißt, der Große Sprecher könne seine Gestalt annehmen."
Der Gesandte rief etwas, und einer seiner Männer schob seine Lanze durch die Stäbe. Der Jaguar fauchte.
„Du kannst dich in ein wildes Tier verwandeln?", spottete der Gesandte.
„Wünschst du es zu sehen?"
„Führe es mir vor!"
Motecuzoma hob die Hand, und aus den Büschen traten Krieger. Der Caxtilteke zog die Lanze aus dem Käfig.
„Der weiße Jaguar soll frei sein! Bringt ihn in die Wälder bei Huaxtepec!", bestimmte Motecuzoma. Er hatte den Befehl kaum ausgesprochen, als ein Krieger zum Vorsteher des Hauses der Raubkatzen eilte. Man würde das Tier in einem Lattenkäfig nach Huaxtepec tragen. Die Gegend war viel tiefer gelegen als Tenochtitlan. Es war wärmer und feuchter. Ein Jaguar konnte dort gut leben.

Wie der kurze Zwischenfall bewies, hatte der Gesandte weniger Kontrolle über Tenochtitlan, als er geglaubt hatte. Motecuzoma konnte wohl jederzeit etwas befehlen, sogar den Krieg, ohne dass er eingreifen konnte. Darum ließ der Gesandte Motecuzoma in sein Gefängnis zurückschaffen. Das Plündern ging nun ohne ihn weiter. Um die Feinde von seinem eigenen Palast und von den Tempeln fernzuhalten, bot Motecuzoma an, in die alte Stadt Azcapotzalco zu senden, deren Kriegsruhm verblasst war, deren Goldschmiedekunst jedoch nicht ihresgleichen besaß. Fast alle ihre Kunsthandwerker arbeiteten ausschließlich für den Hof des Großen Sprechers. Motecuzoma stellte dem Gesandten eine stattliche Anzahl an Körben, randvoll gefüllt mit erlesenem Goldschmuck, in Aussicht. Außerdem gelang es ihm auf diese Weise, wieder mit dem Herrn-Des-Schwarzen-Hauses in Kontakt zu treten, der als Unterhändler kam.

„Schick einen Boten nach Azcapotzalco. Schick ihn auch in die anderen Städte", sagte die Zunge Eins-Gras für ihn.

„Auch zu dem legitimen Kronprinzen von Tetzcoco?"

Zu Vanilleblume? Wollte der Cihuacoatl mit dem Rebellen verhandeln? Motecuzomas Nasenflügel blähten sich im Zorn. Er durfte aber selbst nicht sprechen, und Eins-Gras herrschte Tlacotl gleich an: „Schweig! Du bist nur hier, um die Befehle zu empfangen."

Tlacotl wagte nachzufragen: „Was für Befehle? Ich habe nichts gehört."

„Du hast schon verstanden. Geh zu jedem, der Gold besitzt!"

Die Städte bezahlten. Der Gesandte ließ das Gold im Hof auf einen Haufen schütten und Tag und Nacht bewachen. Der gelbe Berg, der wuchs und wuchs, machte seine Leute verrückt. Sie sangen lauthals, hüpften mit ihren Stiefeln über das Pflaster, dass sich der Schall in den Mauern fing. Schließlich wurde Motecuzoma dorthin gebracht, und der Gesandte sprach: „Ich bin zufrieden."

Motecuzoma sagte nichts. Der Gesandte gab ein Zeichen. Neben dem Brunnen wurde ein großes Feuer entfacht. Die Caxtilteken kamen mit Tiegeln, Töpfen und Wannen und warfen die Kunstwerke achtlos hinein, um sie der Hitze auszusetzen. Auch der kleine Papagei, den der Gesandte wie ein Kind bestaunt hatte, zerfloss. Dann wurde die Schmelze in Ziegelformen gegossen.

„Ja, ich bin sehr zufrieden", wiederholte der Gesandte. „Ich weiß nicht, wie ich dir danken soll. An deiner freundlichen Gesinnung hege ich nun kaum noch Zweifel."

„Dann sind wir frei?"

„Natürlich, wenn das Lösegeld genügt. Der Haufen dort wirkt größer als er ist. Die hohlen Formen, Moteczuma, werfen nicht viel ab.

Und dann sind da noch andere Metalle. Silber lasse ich noch gelten, aber weder Kupfer noch Zinn."

Motecuzoma kniff sich in den Finger. „Wenn du den Saal mit goldenen Ziegeln füllen willst, musst du vielleicht sehr lange warten – länger als ich leben werde", sagte er schließlich mit Bedacht.

Der Gesandte hatte seine Antwort schon parat: „Ich glaube auch, dass ich dir einen Teil erlassen werde. Was ich hier sehe, sagt mir, dass wir uns verbündet haben. Lass es uns feierlich besiegeln."

Darunter verstand er, dass Motecuzoma und die anderen Fürsten des aztekischen Bundes auf Callox von Caxtillan schwören sollten. Er versammelte sie alle im Thronsaal und stellte hinter jeden einen Krieger.

„Ihr müsst Callox dienen und ihm euer Land übergeben."

„Setzt er sich auf den Jaguarthron?", erkundigte sich Motecuzoma.

„Er hat die Oberhoheit, doch er bleibt in seiner Hauptstadt in Caxtillan. Du wirst für ihn regieren, solange du Tribut entrichtest."

Motecuzoma verständigte sich mit den Anderen mit einem Blick: Callox war weit. Seinen Gesandten konnte unterwegs das Meer verschlingen. Und falls er wiederkäme, würde er die Küsten gut befestigt finden. Trotzdem scheute Motecuzoma vor dem geforderten Schwur zurück. Eins-Gras sprach immer zu lange; er wusste nicht, was der Gesandte wirklich sagte.

„Was will Callox noch von uns?", fragte er, um Zeit zu gewinnen.

„Das, was ihm zusteht. Wie man mir sagte, werdet ihr bald wieder Gold erhalten – im Monat des Aufrichtens der Fahnen. Empfange die Tribute in meiner Gegenwart, und Callox wird von mir erfahren, was für treue Verbündete ihr seid. Anschließend seid ihr frei."

„Die Entgegennahme der Tribute obliegt mir nicht", sagte Motecuzoma.

Eins-Gras beriet sich kurz mit einem Tlaxcalteken. „Erweise den Provinzen Ehre, indem du sie vor die drei Throne von Tenochtitlan, Tetzcoco und Tlacopan treten lässt. Sage es deiner Schlange."

Motecuzoma blickte zu den Mitregenten des Bundes. Cacamas Pupillen sahen wie Pfeilspitzen aus. Fast unmerklich kniff er die Lider zusammen, bevor er nickte. Auch der Tepaneken-Fürst von Tlacopan war einverstanden.

„Der Empfang beginnt in dreizehn Tagen."
Wieder durfte Motecuzoma einen Unterhändler sehen, und wieder kam Der-Herr-Des-Schwarzen-Hauses.
„Schickt die Tributzüge in den Thronsaal des alten Palastes", sagte Eins-Gras.
„Mit allen Waren?"
„Nur mit den Listen. Und mit dem Gold. Das andere stapelt ihr im Hof."
Motecuzoma hatte das Gefühl, dass dies nicht alles war. Der Gesandte würde noch mehr fordern – etwas, das er noch vor ihm verbarg.

Seine Sonderwünsche ließen in der Tat nicht lange auf sich warten. Noch am selben Tage, kurz nachdem er Motecuzoma in seinen Raum zurückgebracht hatte, erschien er in Begleitung eines Bilderschriftenmalers aus Tlaxcallan und seiner Dolmetscherin. Er stellte gute Laune zur Schau und führte Motecuzoma auf die Galerie zum Innenhof. Unten stand, bewacht vom Herrn Sonne, einer der beiden gefangenen Könige von Chalco, ein Schwager Motecuzomas.
„Ich lasse ihn jetzt gehen", sagte der Gesandte, „als Zeichen unseres Bundes. Er wird eurer Schlange eure Botschaften überbringen. Die Papiere von Cacama und dem alten Tepaneken-Fürsten hat er schon, es fehlen nur noch deine."
Motecuzoma schwieg, er ahnte nichts Gutes.
Sie gingen in den Raum zurück. Jetzt erst offenbarte der Gesandte, was er wollte: Bürgen. Motecuzoma sollte seine Frauen und Kinder als Pfänder holen lassen. Sie sollten alle dem Tributempfang beiwohnen. Anschließend wären die Könige frei.
Motecuzoma weigerte sich.
„Dann eben nur die Söhne. Den, der in Chololłan war. Wie heißt er?"
Als Motecuzoma schwieg, sagte der Tlaxcalteke: „Glänzt-Mit-Dem-Schild."
„Dieser. Dein Thronerbe."
„Ich sehe, du bist wirklich gut informiert", bemerkte Motecuzoma ironisch.
In Tlaxcallan wie auch in den meisten Städten des aztekischen Bundes, so in Tetzcoco und Tlacopan, ging der Thron vom Vater auf den

Sohn, nicht jedoch in Tenochtitlan.

„Ich habe meine Quellen."

Mochte der Gesandte glauben, was er wollte.

„Nenne mir nun also deine Bürgen, damit der Schreiber sie aufmalen kann."

Motecuzoma schwieg weiter beharrlich.

Dennoch begann der Tlaxcalteke, einen Bogen Papier zu bemalen. Als er damit fertig war, ging er auf den Hof. Der Gesandte aber trat mit seiner Geisel wieder auf die Galerie hinaus. Jetzt sah Motecuzoma seinen Schwager nur noch von hinten. Er durchschritt die Pforte in die Freiheit mit den Papieren in der Hand.

30

In der Priesterschaft ging etwas vor. Die religiösen Führer Tenochtitlans saßen schon den ganzen Tag in Klausur bei der Grünfederschlange des Huitzilopochtli. Sie hatten offiziell verbreiten lassen, dass sie über das anstehende Fest für den Kriegsgott berieten, doch mochte das nicht der einzige Grund für ihr Treffen sein. Seitdem der Fremde Tenochtitlans Gold für sich erpresste, überlegte man fieberhaft, wie man die Tempelschätze retten konnte. Motecuzoma hatte diese zwar nicht angefordert, aber der Fremde gierte danach. In den Tempeln wurden darum die wertvollsten Reliquien versteckt. So hatte der Oberpriester des Tezcatlipoca den Schmuck der Statue mit eigenen Händen irgendwo in die massive Wand der Pyramide eingemauert, und die meisten anderen Gotteshüter trafen ähnliche Vorsorge. Dennoch würden aus den Tempeln mehr als nur symbolische Abgaben an den Fremden fließen, wenn dieser es über Motecuzoma befahl. Und das würde er sicher. Er stellte ständig neue Forderungen. Nur der Cihuacoatl konnte dem ein Ende setzen oder aber, und dann gnadenlos, Motecuzomas Tod herbeiführen. Und darauf würde der Oberpriester des Tezcatlipoca wohl dringen; er würde all seine Möglichkeiten ausspielen, dachte Baumleguan. Und dann? Wenn Yaopol seine Vorgesetzten, den Hüter-Aller-Götter und den Hohepriester, überzeugte, wenn man in allen Tempeln für den Tod des Großen Sprechers zu beten begänne, dann würde der Gesandte merken, dass er auf verlorenem Posten stand, und die Situation klären müssen. Das wäre gut, einerseits, dachte Baumleguan. Aber die Krieger waren aufgestachelt durch die Golderpressung. Wenn sie erfuhren, was der Fremde jetzt schon wieder wollte, was Motecuzoma jetzt angeblich angeordnet hatte, was hier auf dieser Liste stand – einer Liste voller Namen –, dann würde er, Baumleguan allein, sie kaum noch von einem Angriff abhalten können. Mit den Gebeten für den Tod Motecuzomas in den Ohren würden viele keine Rücksicht mehr auf die Gefangenen des Fremden nehmen.

Das würde gar nicht gut sein, andererseits. Baumleguan seufzte leise in sich hinein: Es war nicht so, dass er nicht selber liebend gerne zu den Waffen greifen würde, doch würde das mit großer Sicherheit mehr schaden als nützen. Es würde Chaos bringen. Tenochtitlan – ja, das ganze Bündnis – würde vielleicht unregierbar werden, und das mitten in der Trockenzeit, in der die Heere ungehindert durch die Widrigkeiten von Regen und Schlamm operieren konnten. Heere von Tlaxcallan konnten auf dem Südweg über das zerstörte Chollollan und weiter über die Tributprovinz Chalco, die ohnehin zu Aufständen neigte, bis nach Itztapalapan, also fast bis an die Festung Xoloc, vorrücken, während Vanilleblume von Norden durch das ebenfalls führungslose Tetzcoco marschieren würde. Baumleguan wog Für und Wider ab und beschloss, auf Zeit zu spielen. Er begab sich zum Tempel des Tezcatlipoca. Er schuldete dem Gott der Götter noch seinen Antrittsbesuch.

Unterdessen verabschiedete sich der Oberpriester Yaopol in bester Laune von der verehrten Grünfederschlange des Huitzilopochtli. Tenochtitlans religiöses Oberhaupt hatte ihn wohlwollend angehört und bereits für den nächsten Tag die Priesterversammlung einberufen. Endlich konnte er, Yaopol, zum letzten Schlag gegen Motecuzoma ausholen. Als er aus der Doppelpyramide trat, schaute er kurz hinüber zum alten Königspalast, wo der Verhasste gefangen war. Das Gebäude glühte im Feuer der untergehenden Sonne, die jetzt noch groß und rot über dem Vogelberg stand. Von diesem Anblick seltsam befriedigt wandte sich Yaopol nach links zu seinem eigenen Tempel, und kaum, dass dieser in sein Sichtfeld rückte, da führte ihm der Zufall, nein, die Vorsehung, Tezcatlipocas Ränkespiel, den Herrn-Des-Speerhauses über den Weg. Der machte gerade seine Runde durch die vier Waffenarsenale, die in die Umfassungsmauern des heiligen Bezirkes eingebaut waren. Aus dem Speerhaus am Adlertor kommend, kürzte er sich den Weg zu dem an der Pforte des Schilfrohrs über die Tempelhöfe ab. Von ihm erfuhr der Oberpriester, dass der Fremde einen seiner Gefangenen mit einer Botschaft – sicher einer neuen, ungeheuerlichen Forderung – zum Cihuacoatl geschickt hatte.

Der-Herr-Des-Speerhauses hatte die Entsendung des Chalco-Fürsten vom Dach des gegenüberliegenden Waffenarsenals verfolgt, ihn wenig später in Empfang genommen und zum Cihuacoatl begleitet. Er hatte nicht sehr viel aus ihm herausbekommen, nur dass der Fremde seinen Abzug plane. Es musste aber sehr viel mehr dahinterstecken.

Der Chalco-Fürst hatte der Baumleaguan drei Rollen übergeben, nach deren Studium er in eine Art Kältestarre verfiel, wortlos auf dem Adlerthron verharrend, ohne ihm, dem Herrn-Des-Speerhauses, auch nur das Mindeste zu befehlen. Der Freigelassene aber war im Badehaus verschwunden. Nun blickten beide unwillkürlich, der Herr-Des-Speerhauses und der Oberpriester des Tezcatlipoca, in Richtung von Cihuacoatls Palast. Sicher würde man noch heute Nacht Genaueres erfahren.

Der Oberpriester nahm sich vor, sich mit den Pflichten zu beeilen. Rascher als gewöhnlich stieg er die Innentreppe ins Heiligtum hinauf, um für Tezcatlipoca zu räuchern. Er hatte sich inzwischen daran gewöhnt, dass Er verhüllt war. Denn war Er das nicht immer, selbst wenn man Ihn sah? Die ewige Flamme knisterte leise, wie zur Bestätigung.

Als er jedoch mit dem Gebet beginnen wollte, bemerkte er den Andern im Raum. Der Ixiptla tauchte immer zur Unzeit auf. Und er hatte auch noch einen weiteren Besucher mitgebracht – einen, dem gewiss kein Einlass gebührte, denn nur der Herrscher hatte hier noch

Zutritt, und der konnte es ja wohl nicht sein, oder doch? Das verwirrte den Oberpriester.

„Yaopol-tzin", flüsterte es vor ihm im Dunkeln, „du fragst dich sicher, ob dir da etwas entgangen sein könnte. Ist etwas passiert, von dem du nichts erfahren hast, als du dich so geflissentlich bei der Grünfederschlange für deine Absicht eingesetzt hast?"

„Welche Absicht?"

„Es ist kein Geheimnis, dass du den Tod des Herrschers betreibst."

An der Stimme erkannte Yaopol den Cihuacoatl. Er war demnach vom Adlerthron heruntergekrochen, um sich hier heimlich einzuschleichen.

Ohne Umschweife kam Baumleguan auf den Grund seines Hierseins zu sprechen. Als ob dies im Nachhinein sein Eindringen legitimieren könnte. Einzig die Anwesenheit des Ixiptla hielt den Oberpriester davon ab, Baumleguan des Heiligtums zu verweisen. „Nun", sagte er tastend, „du vertrittst ja jetzt den Großen Sprecher."

„So ist es."

Der Cihuacoatl erhob sich, um dem Oberpriester ein Geschenk für Tezcatlipoca zu übergeben. Es bestand aus einer Räuchergabe und neuem Goldschmuck für den Ixiptla. Dann hatte Baumleguan wohl gar nicht alles abgegeben? Er hatte Motecuzomas Befehl, alles Gold an den Fremden auszuliefern, nicht bis ins Letzte ausgeführt. Mehr noch: Er schien zu wünschen, dass sich der Ixiptla mit dem zurückgehaltenen Gold in der Öffentlichkeit zeigte. Das versöhnte den Oberpriester ein wenig. „Lass uns reden", schlug er vor.

Sie verließen das Heiligtum und gingen in die Hinterkammer. Der Oberpriester zündete wie üblich eine Fackel an, bevor er sich, noch immer misstrauisch, auf seiner Matte niederließ. In seiner schwarzweißen Tilma sah Baumleguan wie eine Elster aus. Ja, wie eine Elster streckte er ihm eine weiße Brust entgegen. Er hockte da, mit angezogenen Knien, die unter dem schwarzen Teil seines Umhangs verschwanden, und mit Zehen, die sich wie Vogelkrallen über den Rand der Sandalen krümmten. Die Arme lagen seinem Körper an wie Flügel, und die Nase ragte ganz wie ein Elsterschnabel aus seinem Gesicht.

Sie tauschten ein paar Redeformeln aus, dann kam der Cihuacoatl zur Sache.

„Motecuzoma soll also sterben? In allen Tempeln soll man seinen Tod erbitten?"

„Es ist Tezcatlipocas Wille, ja."

„Wann tritt die Versammlung der Priester zusammen?"

„Morgen, denke ich."

„So, denkst du."

„Das hängt von der Grünfederschlange des Huitzilopochtli ab."

„Natürlich. – Und sie werden alle kommen?"

„Gewiss."

„Dann wird man auch den Priester-Weisen Sternfinder einladen müssen."

Der Oberpriester zuckte zusammen. Aus dieser Richtung hatte er keinen Angriff erwartet. Wie viel wusste Baumleguan? „Geht es ihm besser?", wagte er zu fragen.

„Gut genug", sagte Baumleguan, ohne sich eine Blöße zu geben.

Der Oberpriester musste etwas sagen, wollte er ihm nicht die Führung überlassen. „Der Wille unseres Herrn Tezcatlipoca ist unumstößlich", rettete er sich.

„In der Tat. Doch bedarf er keiner Deutung? Liegt er immer klar zutage?"

„Ich weiß, was Tezcatlipoca mir zeigte."

„Motecuzomas Leichenbündel, im Traum – das hast du uns erzählt. Kann es nicht sein, dass du noch etwas verschweigst?"

Wie meinte Baumleguan das? Er spielte doch nicht schon wieder auf Sternfinder an? Der Oberpriester erschrak bis in die Knochen: Der Cihuacoatl wollte ihn doch nicht vor das Gericht der Priesterschaft bringen? Er ging zum Gegenangriff über: „Was unterstellst du mir? Was sollte ich verschweigen?", fragte er barsch.

„Denk einmal nach. Erinnere dich: Was genau hast du im Traum gesehen?"

„Du versuchst doch nicht, dich dem Willen unseres Herrn zu entziehen?"

„Ich möchte ihn nur richtig verstehen. Also: Was hast du gesehen?"

„Nun gut, noch mal von vorn, wie in der Schule. Ich sah Motecuzo-

mas Leichenbündel unter einem grauen Himmel."
„Hat es geregnet?"
„Meine Güte! Ja! Es hat geschüttet wie aus riesengroßen Töpfen!"
„Und wie sah die Landschaft um das Leichenbündel aus?"
„Grasgrün. Bist du zufrieden?"
Baumleguan nickte. „Ich frage mich, wie lange du wohl beten willst. Das Land um uns ist gelb und trocken, und das wird noch ein halbes Jahr so sein."
„Du meinst …" Der Oberpriester brachte den Satz nicht zu Ende.
Der Cihuacoatl war unerbittlich: „Bete nur. Mach dich nur zum Gespött der Leute."
Dem Oberpriester war, als ob die ganze Welt sich gegen ihn verschworen hätte. Aber so leicht gab er nicht auf. „So lange dürfen wir Motecuzoma nicht mehr gehorchen, Baumleguan. Ich werde eine weitere Vision erbitten, noch diese Nacht."
„Meinst du, Tezcatlipoca ändert seine Pläne? Er lässt den Herrscher deinetwegen früher sterben?"
„Meinst du, der Gesandte lässt Motecuzoma frei, weil du es hoffst?" Der Oberpriester machte eine absichtsvolle Pause. „Er hält dich hin, Baumleguan", sagte er dann. „Nur um dich zu täuschen, um uns noch etwas abzupressen, hat er den Chalco-Fürsten freigelassen."
Woher wusste der Oberpriester jetzt schon davon? Wer hatte ihm die Nachricht zugetragen? Kaum dass er ein paar Schritte draußen machte, zwitscherte ein Vöglein es ihm zu.
„Dann weißt du ja auch, was er will."
„Was er will, ist unerheblich."
Der Cihuacoatl dachte an das Bohnen-Würfelspiel Patolli. Mit einem einzigen glücklichen Wurf hatte der Oberpriester seinen Rückstand wettgemacht.
„Willst du mir die Krieger aufwiegeln?"
„Das liegt mir fern."
Der Cihuacoatl musste etwas anbieten. Langsam zog er etwas unter der Tilma hervor – einen zusammengerollten Bogen. „Wir sollen Bürgen für Motecuzoma schicken."
„Der Fremde wird ihn niemals gehen lassen."
„Mag schon sein."

„Was willst du dann von mir?"
„Das halbe Jahr aus deinem Traum."
„So lange willst du warten? Du musst kämpfen, Baumleguan. Nimm deine Bürde auf dich! Bringe das Göttliche Wasser, das Feuer über den Fremden! Weiße sein Gesicht mit Kreide, beklebe seine Stirn mit Adlerdaunen!"
Baumleguan nickte. „Der Krieg wird ihn ereilen. Es ist nur die Frage, wann."
„Sofort. Bevor sich Schlimmeres ereignet."
„Möglicherweise hast du recht." Baumleguan senkte die Stimme. „Vielleicht retten wir Motecuzoma auf diese Weise doch noch aus der Hand des Feindes."
Dass Motecuzoma durch einen Angriff befreit werden könnte, war dem Oberpriester bislang nicht in den Sinn gekommen. Er wollte ihn nicht wiedersehen, nicht auf das Leichenbündel verzichten. „Motecuzoma wird nicht überleben. Tezcatlipoca vernichtet ihn. Warte nicht länger." Mit seinem wiederholten Ratschlag wappnete er sich jetzt wie mit einer Zauberformel. Die Worte nehmen die Zukunft vorweg, es wird geschehen, weil ich es immer wieder sage. Das klang auch Baumleguan in den Ohren.
„Was hat Unser Herr gegen Motecuzoma?"
„Der Große Sprecher ließ es an der Achtung vor Tezcatlipoca fehlen."
„Willst du mir mehr darüber sagen?"
Der Oberpriester schüttelte den Kopf.
„Was willst du dann?"
„Ich will Tezcatlipoca nur Sein Fest ausrichten, wie Er es erwartet, und den Ixiptla führen, wie es sich gehört."
„Das ist recht und billig", sagte Baumleguan, der zwei und zwei addierte. „Oh, wenn du doch noch einmal Unsern Herrn anflehen wolltest, uns zu schonen. Oh, dass nicht noch die Stadt zu Seinem Spielball werde. Die Stadt, Yaopol-tzin, die Stadt – nur sie allein ist wichtig."
Der Oberpriester wusste, dass er sich mit dem Cihuacoatl einigen musste. Er musste ihm das halbe Jahr, das er erbeten hatte, geben; er kannte nur noch nicht den Preis dafür.
„Das Fest wird vor der Regenzeit gefeiert. Bis dahin also, sagst du?"

„Wie in deinem Traum."
„Willst du mir sagen, was du da in deinen Händen hältst?"
„Das ist die Liste mit den Namen der Bürgen – wahrscheinlich eine Fälschung."
„Sag das nicht. Motecuzoma ist zu allem fähig. Willst du sie mir zeigen?"
Der Cihuacoatl besann sich nicht lange.

31

„Maisblüte, mein Täubchen ..." Ihr Onkel sah bekümmert aus. „Du musst ein großes Opfer bringen. Den Großen Sprecher, deinen Vater, verlangt es nach dir." Er entrollte eine Liste. Maisblüte erkannte ihre Namensglyphe neben der ihres Halbbruders, der nach ihrer beider Großvater Axayacatl, Wassermaske, hieß. Von den Zeichen gingen Fußspuren aus, die in den Alten Palast hineinführten. Maisblüte war verwirrt. Warum hatte der Cihuacoatl nur sie gerufen? Wo war ihre Mutter?
Baumleguan seufzte. „Wir werden es ihr schon noch sagen. Ich kenne Quetzalmatte, schließlich ist sie meine Schwester. Sie ist wie ein Adlerweibchen. Um dich zu schützen, würde sie den Gehorsam verweigern. Lieber sähe sie das kleine Mädchen, das Maisblume heißt, also beinah so wie du, in das Haus der Feinde gehen."
„Motecuzoma schickte auch nach Maisblumes Bruder Wassermaske." Leise wisperte in ihr ein Zweifel. Konnte das Namenszeichen nicht die kleine Maisblume meinen?
„Du weißt doch, wer sie ist?"
„Sie ist Motecuzomas einzige Tochter mit seiner Ersten Hauptgemahlin; sie ist die Prinzessin, die das Thronrecht vererbt."
„Ja. Und sie ist noch ein kleines Kind. Motecuzoma hätte nie nach ihr geschickt." Baumleguan rief nach dem Jungen: „Bist du bereit?"
Der Fünfzehnjährige nickte ergeben.
„Was für ein Jammer", seufzte Baumleguan wieder. „Ich lasse euch

nur ungern gehen."
Maisblüte fühlte sich benommen. Sie konnte weder denken noch sich wehren. Ihr sonst so wacher Geist ließ seine Flügel hängen. Wenn der Große Sprecher etwas wünschte, gehorchte man ihm unverzüglich.
„Was soll ich mitnehmen, o Gebieter?"
„Schmücke dich nur fein. Dem Gesandten aber, der die Freundlichkeit besitzt, euch zu eurem Vater gelangen zu lassen, gib dies."
Maisblüte nahm das Goldgeschmeide, ohne es anzusehen. „Er verdient es nicht."
„Behandle ihn wie einen Herrn. Es ist nicht nötig, seinen Zorn zu wecken. Ich will euch alle wiederhaben. Und nun geh und bade dich. Meine eigenen Töchter werden dich umhegen."
Geputzt wie eine Blume stand sie schließlich wieder vor ihrem Onkel, der sie und Wassermaske im kurzen Dämmerlicht des Abends zum alten Königspalast brachte.
„Deine Dienerinnen werden deine Kleider holen, deine Bücher, deine Pinsel, deine Farben, dein Papier. Deinen Papagei."
„Danke, o Gebieter. Alles lass mir bringen, nicht aber meinen gelben Papagei. Kein fühlendes Wesen soll um meinetwillen dort hinein."
„Maisblüte, meine Nichte", Baumleguan zog sie an sich. Eine Träne fiel auf ihr Haar.
Er umarmte auch Wassermaske, obwohl er nur entfernt mit ihm verwandt war. „Passt beide aufeinander auf. Nehmt euch bei der Hand."
Als Bruder und Schwester wurden sie vor den Gesandten geführt. Und war Maisblüte etwa nicht Motecuzomas Lieblingstochter? Stolz überreichte sie dem Fremden das Geschmeide. Der nahm lächelnd ihre Hand und presste seine Lippen darauf. Zum Glück ließ er gleich wieder von ihr ab. Nur der feuchte Abdruck seines Mundes klebte unangenehm auf der Haut. Aus Furcht und eingedenk der Worte ihres Onkels wagte sie es nicht, ihn abzuwischen. Erst als sie hinter dem Gesandten zu ihrem Vater gingen, rieb sie die Hand an ihrem Überwurf.
Motecuzoma empfing sie mit einem langen, entgeisterten Blick. Maisblüte begriff, dass er weder sie noch Wassermaske gerufen hatte.

„Du siehst, dass ich kein Unmensch bin", sagte der Gesandte. „Hier sind deine Kinder."

„Kommt näher", brachte Motecuzoma zustande. Er zog sich das Gewand um die Füße. Maisblüte sah es einmal kurz silbrig blitzen.

„Jetzt werden wir uns noch besser verstehen", mutmaßte der Gesandte. „Wir werden uns mit dir verbünden wie mit Tlaxcallan. Deine Tochter ist sehr schön." Der Gesandte griff nach ihrer Hand.

Motecuzoma begann sich zu wehren: „Maisblüte ist schon jemandem versprochen."

Der Gesandte tat erfreut: „Das kann nur Callox sein! Ich werde sie für ihn behüten."

„Nein."

„Nun, wenn sie nicht für Callox ist, dann wohl für mich." Er legte seinen Arm um ihre Schulter. Maisblüte erstarrte: Das passierte nicht ihr!

Motecuzomas Antlitz erstarrte zur Maske. „Malin-tzin! Überlege, was du tust. Du könntest mich noch einmal brauchen."

„Du willst sie mir nicht geben?"

Motecuzoma hörte einen spöttischen Ton heraus und blickte stumm vor Wut über den Gesandten hinweg. Da sah er im Hintergrund ein rot-weißes Kordelband leuchten, das den Feldherrn Xicotencatl den Jüngeren verriet. Vielleicht konnte er ihn gegen den Gesandten lenken.

„Malin-tzin", sagte er so sanft er konnte, „du hast schon eine Frau; dein Glaube untersagt dir eine zweite."

„Was soll das heißen?"

„Das waren deine Worte, als du die Tochter des Ersten der vier Könige Tlaxcallans, die Schwester von Xicotencatl dem Jüngeren, abgewiesen hast."

Aber der Gesandte, der nichts von dessen Anwesenheit wusste, zog Maisblüte noch enger an sich. Zudem mischte sich sein tlaxcaltekischer Berater ein:

„Motecuzoma, der Herr Malin-tzin nimmt sich, was er will."

Motecuzoma ignorierte ihn. „Malin-tzin!", sagte er eisig, „Es hat Tezcatlipoca gefallen, mich zu vernichten. Wie Er mit dir verfährt, wird sich noch zeigen."

Das erboste den Tlaxcalteken. „Willst du uns jetzt noch drohen? Du, König in Fesseln, fauchst wie ein Tier?"
Maisblüte biss sich auf die Lippen, Wassermaske ballte die Fäuste, um auf den Tlaxcalteken loszugehen. Motecuzoma reagierte. „Mein Sohn, meine Tochter, dieser Mensch entwürdigt sich durch sein Verhalten selbst. So eine Szene!"
„In der Tat." Endlich gab Xicotencatl der Jüngere seinen Lauschposten auf. Er vollzog die Geste des Erdessens vor Motecuzoma und sagte, an seinen Landsmann gerichtet: „Du besudelst die Ehre Tlaxcallans." Der Gerügte schlich sich hinaus.
Dann wandte er sich an den Gesandten: „Malin-tzin, du erinnerst dich an unseren Verbündeten in der Stadt der Grünfederschlange?"
„Gewiss."
„Und du", fragte der tlaxcaltekische Feldherr Motecuzomas Sohn, „habe ich vorhin richtig gehört? Deine Schwester heißt Maisblüte?"
Der Junge nickte.
„Dann können wir die Schuld bei Sechs-Tod Feuerpfeil begleichen."
„Er hat doch schon den Thron erhalten", sagte der Gesandte.
„Ja, und dazu gehört die Braut. Maisblüte ist dem Thronfolger Nachtjaguars bestimmt."
Der Gesandte drehte Maisblüte zu sich herum und sah ihr in die Augen: „Ist das wahr?"
Maisblüte erkannte die Gelegenheit, ihn loszuwerden. „Ja! Dem legitimen Prinzen von Cholollan!"
Das verstand zum Glück nur Motecuzoma. Xicotencatl der Jüngere mochte etwas ahnen, aber da kein Name fiel, sagte er nichts.

Die Auseinandersetzung war indes noch nicht zu Ende. Der tlaxcaltekische Berater des Gesandten kam mit seinem Herrn zurück. Das war ein Feldherr wie Xicotencatl der Jüngere, nur ohne das rot-weiße Kordelband. Er glaubte, Xicotencatl maße sich eine Befugnis an, die er nicht hatte. Cholollans neuer König Sechs-Tod Feuerpfeil war mit Maxixca, dem zweiten der vier Könige, verbündet – nicht mit den Azteken!
Xicotencatl grinste: „Ich hörte schon, dass er nun doch noch deine Schwester nimmt. Doch darf er darum keine Konkubinen haben?

Und willst du leugnen, dass er sich das Mädchen ausbedungen hat?" Er ließ Maisblüte Gemächer anweisen und stellte seine Wachen davor. Der Gesandte verbarg seinen Ärger.

Am nächsten Morgen fand Quetzalmatte endlich heraus, wo ihre Tochter war. Sie heulte auf und raste in den Palast des Cihuacoatl. Sie baute sich vor ihrem Bruder auf wie ein Gewitter: „Wie konntest du Motecuzomas Kinder ausliefern?!"
Baumleguan entgegnete nichts. Er ließ ihr jenen Bogen reichen, den er auch Maisblüte gezeigt hatte. Sie interessierte sich aber nicht für die Interpretation der Namenszeichen, sondern einzig für den Kopf des Huitzolopochtli, Motecuzomas blaues Siegel. Schon auf den ersten Blick erkannte sie, dass dieses Blau zu dunkel war und dass der feine Glimmer fehlte.
„Eine plumpe Fälschung! Und du fällst darauf herein!"
„Er wird keinen Türkissand zur Hand haben."
„Auch kein Indigo."
„Offensichtlich nicht."
Quetzalmatte verschlug es die Sprache. Sie bemerkte, dass sie nicht allein mit ihrem Bruder war. Scheue Blicke streiften sie. Sie erkannte einige Nebenfrauen Motecuzomas mit deren Töchtern und – ihren eigenen Sohn Glänzt-Mit-Dem-Schild.
„Da komme ich wohl gerade richtig!"
„Der Fremde fordert Bürgen. Wir warten nur noch auf die Geschwister von Cacama."
„Du willst sie alle in den Alten Palast schicken? Weshalb?"
„Der Fremde lässt im Gegenzug unsere Fürsten frei. Nach dem Tribut-Empfang."
„Bisher stellt er nur ständig neue Forderungen."
„Es ist der Wille Tezcatlipocas."
„Ach, daher weht der Wind! Der Oberpriester ..."
„Der würdige Yaopol-tzin hat mich beraten." Leise setzte er hinzu: „Was soll ich denn machen? Er bändigt mir die hitzköpfigsten Krieger. Ein einziger Steinwurf könnte alles verderben."
„Das wundert mich. Der Oberpriester redet doch andauernd von Motecuzomas Leichenbündel."

„Glücklicherweise nur von seinem. Die von Cacama und dem Tepaneken-Fürsten hat er nicht gesehen."

„Und du hoffst ..."

„Ich muss verhandeln, Quetzalmatte, damit der Fremde nicht die Nerven verliert. So kurz vor einer Lösung ..."

Quetzalmatte sah, dass sie nichts ausrichten konnte. Sie entschied sich, mitzugehen.

„Mein Platz ist bei Motecuzoma und unseren Kindern."

Baumleguan sagte: „Verzeih mir. Verzeiht mir alle. Möge unser Herr euch sicher bewahren."

Das Letzte sagte er schon mit erstickter Stimme. Noch ehe Quetzalmatte mit den Anderen den Saal verlassen hatte, brach der Kummer aus ihm heraus. Sie aber durchschritt erhobenen Hauptes die Pforten zur Unterwelt. Gleichmütig ließ sie sich nach Waffen durchsuchen und einen goldenen Armreif stehlen. Die Caxtilteken ließen sie passieren, dann wurde sie von Xicotencatl dem Jüngeren persönlich zu ihrer Tochter geführt.

Elftes Kapitel

Glänzender Adler

32

Tlacotl war zu Vanilleblume unterwegs – alleine, in geheimer Mission – und hatte darum seine Amtsabzeichen in seinem Boot am Ufer gelassen. Noch lag ein langer, leicht ansteigender Weg in die Berge vor ihm – Zeit, um sich vorzubereiten. Der Auftrag war heikel. Motecuzoma hatte keine Erlaubnis dafür erteilt, aber auch kein Verbot ausgesprochen – wie auch? Nur durch eine Geste hatte er Tlacotl sein Missfallen ausdrücken können. Trotzdem wollte der Cihuacoatl mit dem Rebellen verhandeln. ‚Wenn einer Erfolg haben könnte, dann du', hatte Tlacotl noch im Ohr. Er hatte aber gar kein gutes Vorgefühl. Das mochte mit am schlechten Leumund von Vanilleblume liegen. Alle schlimmen Geschichten fielen Tlacotl gleichzeitig ein, angefangen bei den Meuchelmorden, die schon der Knabe an den Beratern seines zu nachsichtigen Vaters verübt haben sollte, bis hin zu ... Tlacotl verbot sich, weiter daran zu denken. Er hatte schon die Berge um Teotihuacan, die alte Stadt der Götter, zu seiner Linken und würde bald die unsichtbare Grenze zum Gebiet des Rebellen erreichen. Zeit, sich zu verkleiden. Wenig später empfingen Vanilleblumes Wachen einen Adligen aus Chalco. Sie führten ihn durch unwegsames Gelände, durch ausgetrocknete Schluchten bergauf in das zerklüftete Gebirge, dann in das Tal, in dem die kleine Stadt Otompan lag – kaum mehr als einen Pfeilschuss weit von der Grenze zu Tlaxcallan entfernt.

Vanilleblume saß auf einem mit einem Pumafell bekleideten Thron. Wie schon in Tlaxcallan trug er die blau-schwarz gewürfelte Tilma der Herrscher Tetzcocos und – was für ein Widerspruch in sich –

auch immer noch den rot gefärbten Leguankamm, der seine Glatze krönte. „O Geschorener, o König", nahm sich Tlacotl heraus zu sagen, schlossen die beiden Titel einander doch aus; nirgends hatte ein Geschorener jemals auf dem Thron gesessen. Was aber konnte Tlacotl dafür, wenn das Gegenüber die Frisur eines geschorenen Kriegers zur Schau trug?

Vanilleblume erkannte Tlacotl sofort. „Du hast Opossums Amt geerbt? Schau an, der Fall des einen ist der Höhenflug des andern. Es lebe der Krieg!" Er betrachtete seinen Besucher mit einer Mischung aus spöttischer Neugier und dem eingefleischten Misstrauen eines Wildtiers. „Seit wann nennt mich ein Herr-Des-Schwarzen-Hauses aus Tenochtitlan *König*?" Er erlaubte ihm zu sprechen.

„Dein Großvater Nezahualcoyotl und mein Urgroßvater Tlacaelel stürzten gemeinsam den Tyrannen von Azcapotzalco ..."

„Das weiß jedes Kind."

„Es ist das vierte Jahr, dass du, o König, deine Stadt verlassen musstest ..."

„Auch das weiß jedes Kind. Was willst du?"

„Es ist Zeit für deine Rückkehr."

„Ich hörte, dass ihr Gäste habt."

„Wir haben den Gesandten des Callox von Caxtillan in der Stadt."

„Er war auch in Cholollan, hat man mir berichtet." Vanilleblume bedachte Tlacotl mit einem spöttischen Blick. „Nun ist er in Tenochtitlan, und eure Jaguare fürchten sich vor ihm wie die Vulkankaninchen."

„Wir besitzen die Feuertrompeten!"

„Könnt ihr sie auch benutzen?"

Tlacotl ließ sich nicht irritieren. „Wir haben in sie hineingeschaut", sagte er, ohne den Zwang zu erwähnen, der dabei auf den Ixiptla ausgeübt worden war. „Es sind nur riesige Blasrohre, und man schießt damit auf mannsgroße Vögel."

Vanilleblume lächelte amüsiert. „Es heißt, dass eure lieben Gäste gerade eure Könige für Gold verkaufen. Wie viel habt ihr für euren Großen Sprecher geboten?"

„Du bist schlecht unterrichtet. Es handelt sich um ein Geschenk für Callox von Caxtillan."

„Soll auch ich ihm etwas spenden? Vielleicht stimmt meine Gabe den Gesandten gnädig, so dass er eure Könige in ihre Paläste zurückkehren lässt."

Vanilleblumes Schadenfreude war kaum noch zu ertragen. „Es fragt sich nur, ob er so frei ist, selbst zu gehen", gab Tlacotl zurück."

„Du willst mir weismachen, ihr haltet ihn fest?"

„Womit sollte er denn fahren? Er hat seine Wasserhäuser versenkt."

Vanilleblume beugte sich nach vorn. Die Zacken seines Leguankamms schienen auf Tlacotl zu zielen. „Es heißt, er riss den Bauch der Schiffe auf, so dass sie voll Wasser liefen. Sie taumelten zum Grund des Meeres. Ist das wahr?"

„Er schlug sie leck. Wie sollte er wohl sonst ein Schiff versenken."

„Benutze deine Fantasie." Vanilleblumes Hand schloss sich um den goldenen Knauf eines langen caxtiltekischen Schwertes, das neben dem Thron bei den Pfeilen im Köcher steckte. Er zog es heraus, und das Metall blitzte auf. Tlacotl sah, dass es viel länger und schmaler als ein Obsidianschwert war und vorne spitz zulief. „Ich kann es an dir ausprobieren."

„Von dieser Heldentat wird leider kaum ein Mensch erfahren", entgegnete Tlacotl.

„Man wird ein Lied darüber machen."

„Was für eine Verschwendung von Talent, denn hier, gewissermaßen auf dem Dorf, hört es kaum jemand."

„Wie du willst. Wir werden etwas warten."

„Darum bin ich nicht gekommen."

Vanilleblume ließ das Schwert wippen. „Der Gesandte schenkte es mir." Er ließ Tlacotl die Schneide prüfen, dann nahm er das Schwert zurück und hielt es mit der Spitze schräg nach unten, so dass es fast den Boden berührte. „Also – was willst du?"

„Wir brauchen einen starken Herrscher in Tetzcoco. Der Krieg um die Thronfolge muss enden. Motecuzoma hat nichts mehr dagegen, dass du dich in Tetzcoco niederlässt."

„Motecuzoma? Du meinst nicht etwa euren Cihuacoatl Baumleguan?"

„Sie sind einer Meinung."

„Du solltest nicht versuchen, mich für dumm zu verkaufen. Aber

egal. Ihr wollt dafür doch etwas von mir."
„Zieh deine Truppen von der Grenze ab."
Vanilleblume war nicht überrascht. „Sag deinem Cihuacoatl, dass ich mich in Tetzcoco auf den Thron meines Vaters setzen werde. Cacama will ich dort nicht sehen. Falls es der Gesandte nicht für euch erledigt, müsst ihr ihn verstecken."
Dem Botschafter stockte der Atem: Vanilleblume forderte einen Königsmord.
Dieser rief nach seinem Kerkermeister. Dem erstaunten Tlacotl wurden zwei aztekische Adlige vorgeführt. Motecuzoma hatte sie noch vor der Ankunft des Fremden entsandt, um den Fürsten Cuauhpopoca, Glänzender Adler, nach Tenochtitlan einzuladen. Weil er die Totonaken unterworfen hatte, wollte Motecuzoma ihn beim Fest des Aufrichtens der Fahnen zum Statthalter der gesamten Provinz der Totonaken ernennen. Wie war Vanilleblume der Boten habhaft geworden? Waren sie nicht über den Süden gegangen?
Vanilleblume verzog ein wenig spöttisch den Mund. „Jetzt dürfen sie Motecuzomas Einladung überbringen. Glänzender Adler sitzt noch in der Garnison. Er hat freies Geleit durch mein Land."
Die Boten blickten Tlacotl fragend an. Dieser nickte. „Wenn er will."
Vanilleblume ließ die Boten frei. Tlacotl erhielt ein würdiges Quartier, aus dem er allerdings erst spät am nächsten Tage abgeholt und zur Grenze zurückgeleitet wurde.
Glänzender Adler reiste tatsächlich durch Vanilleblumes Gebiet. Er wollte pünktlich zum Fest erscheinen. Er wollte Motecuzoma sehen, die Anerkennung, selbst wenn er noch gefangen war, selbst wenn er kein Wort sagen würde, in seinen Augen lesen. Dafür hatte er gekämpft. Er hatte seine besten Krieger und seine Söhne an der Seite, darunter seinen Jüngsten, ein Knabe noch und glücklich, voller Stolz auf seinen Vater, der nicht nur die Totonaken unterworfen, sondern auch dem ganzen Land die Sterblichkeit der Caxtilteken bewiesen hatte. Es waren seine Trophäen, die an der Grenze zu Tlaxcallan ausgestellt waren. Wer immer jene Schädel sah, dem fiel sogleich der Name Glänzender Adler ein. Der Knabe würde seinen Vater tanzen sehen, am Festtag des Gottes Huitzilopochtli würde dieser den Kriegstanz anführen.

Selbst der Rebell Vanilleblume, der ihn kurz empfangen hatte, zollte ihm Respekt. Er stellte ihm einen Trupp Krieger als Begleitung. Es waren Otomi. Jeder hatte sich um die Stirn eine Steinschleuder gewunden und trug ein Netz über der Schulter. Wen wollten sie fangen?

„Unsere Feinde", kam es zurück. Die Feinde, daran konnte kein Zweifel bestehen, waren derzeit die Caxtilteken mit dem Gesandten an der Spitze, der vielleicht nicht Wort halten würde. Besser wäre es, die Könige gewaltsam zu befreien. Ein paar Waffen – Kurzschwerter und Lanzen – brächte man im Bauch riesiger Trommeln in den Saal, in dem die Herrscher den Tribut empfingen. Glänzender Adlers Auftritt, ganz am Schluss des Zeremoniells, könnte das Signal zum Angriff sein.

Glänzender Adler fühlte sich beflügelt – und der Knabe erst! Schon sah er seinen Vater wieder siegen, schon saß dieser dem Gesandten im Nacken, drückte er ihm die Stirn in den Boden, riss ihm den Helm ab, ergriff ihn am Schopf.

Glänzender Adler schickte einen Späher, um die Lage zu erkunden, und, wie dieser meldete, gab es tatsächlich ein Zeremoniell im Alten Palast. Der dreifache Thron war dort aufgestellt worden. Die Großen Sprecher empfingen die Abordnungen der Provinzen. Alles sah sehr würdig aus. Über dem Thron schwebte eine riesige Federstandarte wie eine goldene Sonne mit blaugrünen Strahlen. Aber hinter Motecuzoma stand der Gesandte, hinter Cacama der Herr Sonne, und auch hinter dem betagten Tepaneken-Fürsten stand jeweils einer – einer, dessen Namen man nicht kannte. Den Eingang bewachten zwei Feuertrompeten. Von dort ausgehend bildeten die Männer des Gesandten eine Gasse, die zum Thron hinführte. Durch sie zogen die Abordnungen feierlich ein, durch sie verließen sie den Thronsaal wieder. Jedes Mal stieß der Herold den Stab auf den Boden, wurde eine Trommel geschlagen. Die Resonanz war gut, berichtete der Bote. Dann waren die Waffen wohl schon woanders. Es wäre ja auch dämlich, auf eine gestopfte Trommel zu hauen.

Der Tributempfang zog sich hin. Glänzender Adler langweilte sich. Er schickte einen zweiten Späher. Der berichtete dasselbe wie der erste. Nur türmten sich jetzt Töpfe voller Goldstaub vor dem Thron.

Die Blicke des Gesandten ruhten mehr auf diesen als auf seiner Geisel. Er wirke schläfrig, sagte der Späher, wie narkotisiert.
Endlich kam die ersehnte Meldung vom Abzug der letzten Delegation. Glänzender Adler machte sich bereit. Er nahm das reiche Goldgeschenk der Totonaken für Motecuzoma, die Abbitte des Dicken. Es mit ausgestreckten Händen vor der Brust hertragend, ging er zwischen den Geschützen hindurch, hinter ihm sein würdiges Gefolge mit Ausnahme seines Jüngsten. Der Heroldsstab rasselte, die dunkle Trommel tönte stark und voll, jemand nannte seinen Namen: „Glänzender Adler!"
Als er die lange Gasse der Caxtilteken durchschritten hatte, verneigte er sich vor Motecuzoma, der auf dem mittleren der Throne saß wie angegossen und wie der Kriegsgott persönlich aussah. An seiner Nase funkelte die Feuerschlange aus Türkis, mit der Huitzilopochtli all seine Feinde zerstückelt hatte; auf seiner Tilma prangten ihre Schädel, Hände, Arme, Füße, Herzen. Glänzender Adler schöpfte Mut. Er hob das Haupt. Motecuzoma sah ihn voll des Lobes und voll Trauer an. Es dauerte nur einen Augenblick, doch lag darin die Fülle eines Lebens. Glänzender Adler hatte immer davon geträumt. Er war bereit, für ihn zu sterben. Als er sich rückwärts zurückzog, spähte er schon nach dem Kurzschwert, das ihm jemand zuspielen würde. Die Otomi in seinem Gefolge nestelten an ihren Netzen. Ein Surren, ein Peitschen durchschnitt die Luft, gleich würde der Gesandte zappeln. Aber dann zappelte Glänzender Adler. Er verfing sich im Netz wie in einer gigantischen Spinnwebe, und so erging es auch seinem Gefolge.
„Glänzender Adler!", schrien die Fänger. „Der sechs Caxtilteken und einen Hirsch getötet hat! Vanilleblumes Geschenk für den Gesandten!"
Sie zogen das Netz um ihn zusammen und rollten ihn wie einen Ball vor den Thron. Die Schnüre schnitten in die Haut. Blut floss ihm in die Augen. Er hörte nur ein dumpfes Rauschen, als hielte man ihm beide Ohren zu. Plötzlich aber lockerten die Otomi die Zugschnur, der Gesandte wollte seinen Tod noch nicht; er erhob sich, und da sah er neben sich noch jemanden stehen – eine kleine zitternde Gestalt, von einem Otomi am Schopf festgehalten. Es war bestimmt nicht

schwer gewesen, einen Jungen hereinzulocken, um ihn vor den Gesandten zu zerren!

„Feiges Pack!" Glänzender Adler spuckte aus.

Die Antwort ließ nicht auf sich warten. Sie zogen wieder an der Schnur. Doch auf ein Zeichen des Gesandten ließen sie von ihrem Opfer ab und eilten durch die Gasse der Caxtilteken aus dem Saal.

Cacama von Tetzcoco ballte die Faust. Auch Motecuzomas Unmut war nicht mehr zu übersehen. Schon wurde ein Blick von ihm weitergereicht, von seinem Schatzverwalter an der Seite über dessen Diener, von diesem zum Hüter der goldenen Töpfe, dann zum Trommler und zuletzt zum Herold am Saalausgang: „Ergreift die Verräter!"

Der Gesandte unternahm nichts dagegen. Er ließ Glänzender Adler aus dem Netz befreien. „Er kann gehen", ließ er Eins-Gras sagen, „auch die Fürsten, wie wir es vereinbart haben. Morgen oder übermorgen, wenn mit den Tributen alles stimmt. Bringt mir die Listen!"

Der tlaxcaltekische Berater des Gesandten zählte die Töpfe voll Goldstaub für ihn. Es fehlte nichts. Dennoch studierte er die Listen noch einmal von vorn.

„Die müssen doch Waffen erhalten haben. Mindestens Sechzehntausend Speerschäfte, achttausend Pfeilschäfte, achttausend Schwertbretter, dazu die Steinspitzen und Schneiden. Das hat uns Vanilleblume gesagt."

„Wo sind die?"

„Stehen gar nicht auf der Liste."

„Will man mich zum Narren halten?" Der Gesandte gab sich entrüstet. Er verließ seinen Platz und stellte sich vor den dreifachen Thron: „Ich will alles haben, Mutezuma! All eure Waffen."

„Du siehst es doch: Sie wurden nicht geliefert."

„Vielleicht kommen sie ja noch. Und dazu will ich alle Waffen, die ihr in euren Speerhäusern habt."

„Meinst du, ich werde dergleichen befehlen?"

Der Gesandte stutzte. Dann sagte er: „Ich brauche deine Hilfe nicht. Die Stadt wird meine Forderung auch so erfüllen."

Er ließ die Großen Sprecher von Tetzcoco und Tlacopan wieder ins Gefängnis bringen. Glänzender Adler und den Jungen übergab er seinen Wachen.

Aus irgendeinem Grund wurde Motecuzoma zurückgelassen. Die Tlaxcalteken schleppten dem Gesandten die Goldtöpfe hinaus, dann war er alleine in dem riesigen Saal. Er fühlte sich in eine absurde Traumwelt versetzt. Alles erschien ihm vertraut und war doch bar jeder Bedeutung. Er saß noch immer auf dem Thron, der aus dem Schilf des Sees geflochten war – so wie die leeren Sitze neben ihm; sie unterschieden sich nur durch die auf ihnen liegenden Felle. Das auf seinem hatte selbstverständlich einem Jaguar gehört, das auf Cacamas einem Puma und das auf dem des Tepaneken-Fürsten einem Kojoten.

Noch sah er den Abdruck der Gesäße, aber beängstigend schnell saugten die Tierhaare den Schweiß auf, und es blieb keine Spur zurück – als hätte niemand dort gesessen. Und von ihm? Wie lange würde wohl ein Fleck von ihm erhalten bleiben? Er stand auf. Er hatte heute keine Fesseln an den Füßen, das hatte der Gesandte nicht gewagt. Anfangs gehorchten ihm die Beine nicht, er knickte ein und musste sich am Sitz hochziehen. „Beschissener Rauschpilz!" Leise fluchend stellte er sich auf. Wo war sein Stempel? Ah! Voll grimmiger Genugtuung begutachtete er die feuchte Stelle, die rasch trocken wurde. Jetzt war der dreifache Thron endlich verwaist, so wie es sein sollte, wenn keiner regierte. Er blickte hoch: Da wiegte sich noch immer die Quetzalfederstandarte. Sie steckte auf einem vergoldeten Stab. Man hatte sie vergessen – so wie man ihn vergessen hatte. Motecuzoma lachte schallend.

Die Wachen steckten ihre Köpfe durch den Eingang.

„Ich will in meinen Raum zurück!"

Stattdessen räumte man die beiden Seitenthrone weg. Dann stellte man ihm seinen Wandschirm und seine Speisetafel auf. Draußen setzte Lärm ein. Es hörte sich an, als würden Stöcke über das Pflaster geschleift; es klapperte und krachte, als würde Holz auf einen Haufen geworfen. Motecuzoma wollte es nicht glauben, aber der Cihuacoatl kam der jüngsten Forderung des Gesandten nach und ließ im größten Innenhof des Alten Palastes Tenochtitlans Waffen auftürmen. Er hoffte, dass es wirklich nur die zurückgehaltenen Pfeile und Speere aus der Tributlieferung waren.

Am nächsten Mittag war der Spuk vorbei. Im Hof lastete Stille. Doch in der Nacht vernahm Motecuzoma Trommeln aus der Ferne, einen provokativen Takt: „Der Fremde, er hat sein Wort gebrochen, der Fremde, er hat sein Wort gebrochen ..." Die Trommeln wurden immer lauter. Gellende Rufe mischten sich hinein: Das viertägige Fest des Kriegsgottes Huitzilopochtli hatte begonnen. Vor der Doppelpyramide wurde getanzt und gesungen. Sicher wurden auch Opfersklaven geschmückt.

Motecuzoma stellte sich das auf dem Tempelplatz wogende Menschenmeer vor: Jeder will einen Blick auf den Herold erhaschen, der die Geburt des Huitzilopochtli ankündigend vom Tempel gerannt kommt und dann um das ganze Seenland läuft. Und während er noch läuft, da kämpft der junge Gott schon gegen seine böse Schwester, den Mond, und gegen seine Sternenbrüder. Auf dem Ballspielplatz fallen zwei Parteien Opfersklaven mit Knüppeln und Vogelpfeilen übereinander her. Blut tropft auf den Boden, färbt ihn rot. Der Herold läuft und läuft. Bald ist der Mond ein Totenkopf – ein Knochen, blass und bleich, der als Trophäe auf der blauen Brust des Gottes hängen wird, sobald die Sonne aufgegangen ist.

Der Gesandte wurde nervös. Als könnte es sein Schädel sein.

Auch unter seinen Verbündeten wuchs die Anspannung. Würden Opfersklaven aus Tlaxcallan auf der Pyramide des Huitzilopochtli sterben wie früher so oft? Durch die Wände drang Gesang. Cacama und Motecuzomas Bruder Cuitlahua schmetterten das Kriegslied Huitzilopochtlis: Versammle meine Feinde für mich. Sie wurden bald zum Schweigen gebracht, aber Motecuzoma trommelte den Rhythmus mit den Fingern weiter.

Seine klammheimliche Freude erstarb indes bald. Der Gesandte fühlte sich bedroht und wollte seine Macht beweisen. Er beschloss, das Opferfest mit eigenen Gefangenen zu krönen. Gericht halten nannte er das. Glänzender Adler sollte sterben und mit ihm sein gesamtes Gefolge.

Im Hof wurden die Waffen umgestapelt. Motecuzoma hörte wieder das Klappern und Schleifen. Dann schleppte der Gesandte ihn aufs Dach. Er zeigte ihm den Opferplatz. Mehrere Pfähle ragten aus dem von Schwertbrettern und Speeren aufgeworfenen Hügel heraus. Vorn aber erkannte Motecuzoma ein Gerüst, wie es die Tlaxcalteken für das Ritual des Gottes Xipe zu errichten pflegten.

Sechs Caxtilteken kamen auf ihren Hirschen heraus. Fußvolk, bewaffnet mit Lanzen und Handfeuertrompeten, stellte sich in Reihen auf, gefolgt von einer Abteilung tlaxcaltekischer Bogenschützen.

Der große Sessel des Gesandten wurde herbeigeschafft, und neben diesem bauten sich bald Xicotencatl der Jüngere und der andere Kriegsanführer der Tlaxcalteken, der Mann des zweiten der vier Könige, auf. Motecuzoma blieb das Herz stehen: Maisblüte und Wassermaske wurden auch hinausgeführt.

„Wenn du auch nur den Finger hebst, lasse ich sie beide mitverbrennen", drohte der Gesandte ihm, bevor er in den Hof hinunterging, wo er sich in den Sessel setzte.

Eine Flöte ließ sich hören. Maisblüte hob den Kopf. Auf der Schlangenmauer vor dem heiligen Bezirk stand der Ixiptla. Bald erkannte Motecuzoma auch seinen Kronrat: Tepehua, Atlixca, Tlacotl und den Cihuacoatl Baumleguan. Überhaupt war sehr viel Volk versammelt. Eine caxtiltekische Trompete erschallte. Sie übertönte die Blumenflöte. Dann kam der Gefangenenzug. Voran schritt der caxtiltekische Priester. In seinem wallenden Umhang sah er genauso aus, wie Tlacotl ihn beschrieben hatte. Er trug einen langen Stab mit einem Querholz feierlich vor sich her und blieb dann bei den Stapeln stehen, während Männer des Gesandten die Opfersklaven mit Händen und Füßen an die Pfähle banden, darunter auch den jüngsten Sohn des Fürsten. Glänzender Adler aber wurde von den Tlaxcalteken zwischen die vier Ecken des Gerüstes gespannt. Motecuzoma wusste, was jetzt folgen würde: Bogenschützen traten vor und schossen dem Opfer Pfeile in Arme und Beine. Sein Blut sollte die Erde benetzen, ihr Fruchtbarkeit verleihen. Jetzt, in dieser Jahreszeit, was das natürlich nur blanker Hohn. Es war die Rache für die eigenen Toten.

Auf ein Zeichen des Gesandten setzten die Caxtilteken den Holzstoß in Brand. Flammen züngelten auf allen Seiten. Motecuzoma sah das Feuer wachsen. Der ganze Haufen loderte auf. Bald griff das Feuer auf die Pfähle über und begann, die Opfersklaven zu erfassen, zuletzt Glänzender Adler. Eine rotgelbe Garbe schoss in den Himmel.

Dann drehte sich der Wind, mit den Schreien Qualm und Asche auf Motecuzoma zutreibend.

Endlich erhob sich der Gesandte: „Ihr habt meinen Zorn erfahren. Jedem, der mich angreift, wird es ebenso ergehen. Eure Großen Sprecher, eure anderen Fürsten und die Bürgen wird das gleiche Schicksal ereilen, solltet ihr euch gegen mich, den Gesandten von Callox, erheben!" Dann stieß er sein langes Schwert senkrecht in den Himmel.

Der Ixiptla hockte auf der Schlangenmauer und starrte zum Alten Palast hinüber. Der große Innenhof war menschenleer, und aus dem Aschehaufen qualmte es kaum noch. Dünne Fäden kräuselten sich hier und da, wehten mit dem Wind nach Westen, wo hinter dem Vogelberg die Sonne versank. An sich müsste er jetzt gehen, das Gefolge erwartete das. Aber er konnte nicht. Ihm war, als ob der dunkle Haufen sich bewegte – und tatsächlich: Aus ihm erhob sich eine Gestalt! Da war ein gebeugter Rücken mit einer Huipilli-Bluse und einem Rock. Eine alte Frau … mit etwas, das dem gebogenen Wanderstab der Fernkaufleute glich, stocherte sie in dem Haufen herum. Dann und wann bückte sie sich, las in einen hohen Topf, was übrig war von Glänzender Adler. Wer war sie, dass sie das wagte? Unwillkürlich suchte Jadefisch nach ihrer Begleitung. Sie konnte unmöglich alleine dort sein. Doch er entdeckte niemanden weiter. Niemand beschützte sie. Blieb wohl nur er selbst. Er war das Abbild des Tezcatlipoca. Aber er hatte Angst. Auf dem Hof erschienen Caxtilteken, und er schaffte es nicht die Mauer hinunter, während die alte Frau sich nicht einmal mit ihrer Arbeit beeilte.

Man ließ sie unbehelligt. Im letzten Licht der kurzen Dämmerung verließ sie, auf den Stab gestützt, den Hof. Endlich kam Bewegung in Jadefisch. Er ließ sich von der Mauer gleiten, lief an ihr entlang zur Kleinen Pforte und auf die Straße nach Westen hinaus, zum Haupteingang des Alten Palastes. Die alte Frau bog vorne um die Ecke; er hörte ihren Stab aufs Pflaster klopfen und folgte ihr wie ein Dieb in der Nacht.

Am Palast des Cihuacoatl hatte er sie eingeholt. Sie gingen in den Ratssaal, der sich langsam füllte.

Kleine Gruppen hatten sich gebildet. Es schien kein Zentrum mehr zu geben, obwohl doch der Cihuacoatl auf dem Adlerthron saß. Als hätte Baumleguan die Führung aufgegeben, verwirrt, betrogen von dem Fremden, zum Werkzeug eines Verbrechens gemacht, zum Verräter an Glänzender Adler, an Motecuzoma, ja, der ganzen Stadt, die seinetwegen jetzt zu wenig Waffen hatte – und die Waffen, die sie noch besaß, lagen ungenutzt herum, so wie die zu seinen Füßen. Das Schlimmste war, dass niemand darauf schielte. Als läge jenes Kurzschwert gar nicht da. Die Leute waren wie in einem bösen Traum gefangen – gefesselt wie der Große Sprecher im Alten Palast, unfähig, sich zu rühren, unfähig, sich klar zu artikulieren, viele dabei voller Scham, weil sie nicht eingeschritten waren, was sie sich aber nicht eingestanden. Die Gedanken kreisten um den Feuertod von Glänzender Adler, den sie mitangesehen hatten. Jadefisch fing den Rest eines Gespräches zwischen zwei Kronräten auf:
„Der Gesandte hat uns eingeladen – oder nicht?", vergewisserte sich der Herr-Des-Speerhauses des Geschehens, als wäre er sich dessen nicht ganz sicher.
„Und wir sind hingegangen", sagte der Erste-Des-Kriegsrats kopfschüttelnd.
„Der Gesandte – möge er uns in die Hände fallen – hatte das Recht zu tun, was er tat."
„Wie das, Tepehua-tzin?"
„Es war das Opferritual der Fremden."
„Du redest wie der Oberpriester", verwahrte sich Atlixca.
Tepehua schluckte eine Entgegnung hinunter: Der Ixiptla, der da mit einer alten Frau vor dem Adlerthron stand, ließ sich nicht mehr übersehen.
„Was um alles in der Welt ...?" Fragend und ein wenig missbilligend sah der Cihuacoatl Jadefisch an. Was hielt er sich da vor die Brust? Konnte sein Gefolge nicht für ihn den Tontopf tragen? Und überhaupt: Was wollte er damit?
Die alte Frau kam ihm zu Hilfe: „Mexikaner! Hier sind die Gebeine unserer getöteten Krieger. Ein Jadestein ist auch dabei. Glänzender Adler hatte ihn im Mund. Bestattet sie, so wie es üblich ist. Im Hof des Adlerhauses senkt die Urne in die Erde! Schnitzt ihr hölzerne To-

tenfiguren! Verbrennt diese nach den achtzig Tagen des Wachens, damit sie im Jenseits Aufnahme finden. Sie sind als Krieger gestorben und haben sich den Himmel der Sonne verdient."
Der Ixiptla überreichte Baumleguan die Urne.
Das war zu viel für einige Krieger, die sich bislang im Hintergrund gehalten hatten. „Was haben wir doch für tapfere Weiber!", fing einer an. „Lasst dieses Mütterlein den Adlerthron besteigen!", höhnte ein Zweiter mit Seitenblick auf Baumleguan. Auch Atlixca hielt es nicht mehr aus. „Ja! Es ist an der Zeit, das Kurzschwert aufzuheben!"
Plötzlich scheute niemand mehr vor dem Anblick der Waffe zurück. Junge Krieger fingen an zu singen. „Versammle meine Feinde für mich!" Der Ixiptla griff schon nach der Flöte, als das Nein von Baumleguan erschallte und die gemäßigte Fraktion sich hinter ihn stellte. Der Herr-Des-Speerhauses wollte beschwichtigen: „Wir haben nicht genügend Waffen."
„Die hast du ja auch abgegeben", rief einer.
„Weil Baumleguan es ihm befohlen hat", höhnte der Nächste.
„Und was hast du selber gemacht? Warst nicht du es, der im Hof die Lanzen aufgestapelt hat?"
„Schluss!", gebot der Cihuacoatl. „Der Gesandte hat sein Wort gebrochen. Wir werden kämpfen, aber nicht sofort. Bewegt die Dinge noch einmal in euren Herzen. Wer von euch hat Verwandte im Alten Palast? Schwestern, Brüder, Nichten, Neffen, Vettern?"
Darauf waren sie nicht vorbereitet. Die Mehrheit schwieg betreten, während die Kriegspartei nach Gegenargumenten suchte.
„Ich höre", beharrte Baumleguan. „Keiner von euch hat Verwandte da drin?"
„Doch, ich."
Nun wurden auch die Hitzköpfe still. Der Kronprinz von Tlacopan – woher kam der so plötzlich? – trat vor den Adlerthron. „Baumleguan, ich danke dir für deine Besonnenheit. Mein Vater und mein älterer Bruder sind Gefangene des Fremden." Es hörte sich wie eine Bitte an.
„Wir sitzen alle in der Scheiße", sagte Atlixca. Jeder wusste, dass Motecuzomas Sohn Wassermaske sein Neffe war.
Nahezu ein jeder hatte jemanden, um den er bangen musste. Jeman-

den, dessen Lage sich verschlimmern würde, griffe man den Gegner an. Jemanden, den der Gesandte seinem Feuergott opfern könnte. Am Ende mochte es sogar den Herrscher treffen.

Dennoch: Durfte man sich so erpressen lassen? Verstohlen schauten sie zum Cihuacoatl. Oh, wie dankbar sie auf einmal dafür waren, dass er die Last der Entscheidung trug. Oder gab es sonst noch einen? Einen – nicht verwandt mit einer Geisel, einen, dem das Herz den Arm nicht lähmte?

„Ixiptla-tzin!" Das Gottesabbild sollte sprechen.

Alle Blicke ruhten auf Jadefisch. Die Fraktionen würden sich ihm fügen, selbst Baumleguan. Auch er bedurfte einer Stütze und nickte dem Ixiptla aufmunternd zu.

Jadefisch verwünschte diesen Augenblick. Wie konnte er denn für die Stadt entscheiden? Maisblüte war ja in der Hand des Fremden. Er sah sie wieder neben dem Gesandten stehen, Glänzender Adlers Schicksal konnte auch ihres werden.

‚Verzeiht mir meine Schwäche', dachte Jadefisch. Langsam bewegte er sich hinter den Adlerthron. Da war es ihm, als verstecke sich ein wissendes Lächeln in den Mundwinkeln des Cihuacoatl. Er fühlte sich benutzt.

Zwölftes Kapitel

Das Ultimatum

33

Dem Gesandten stieg der Sieg zu Kopfe. Er hielt sich jetzt für unangreifbar und warf den letzten Rest an Rücksichtnahme über Bord. Maßhalten entsprach nicht seiner Natur, und so ließ er es zu, dass ihn die rohe Kraft, die in den Eingeweiden lebt, regierte. Alles Schöne musste er befingern und beschmutzen; was ihm verweigert wurde, nahm er mit Gewalt, und was er übrig ließ, verteilte er an seine Meute. Er beschlief Cacamas jüngste Schwester und … Motecuzoma schloss die Augen, von einem dunklen, zerstörerischen Taumel erfasst. Die Fratze des Gesandten, brünstig, gierig, fiebrig glänzend, war dann das erste, das er wieder sah. Fauliger Atem schlug ihm entgegen: Der Fremde wollte noch mehr Götterdreck. Es war, als hätte er Stechapfel getrunken. Die Sucht nach Gold verbrannte seinen Geist und fraß sein Herz. Noch das letzte Quäntchen wollte er dem Land entreißen.

Seine Kumpane zogen vor die Paläste, sie nahmen je zwei Geiseln und die Befehle der Fürsten mit, die diese malen und siegeln mussten, weil die Königshäuser sonst nicht zahlten. Für die Erpressung der Dokumente war der Herr Sonne zuständig. Der Gesandte schätzte ihn, denn er besaß die Fähigkeit, in leeren Truhen Gold zu finden. Dazu verhalf ihm ein am Boden durchlöcherter Topf, gefüllt mit Fichtenharz und kienigem, brennendem Holz. Sein erstes Opfer war Cacama. Motecuzoma erfuhr davon durch jenen Tlaxcalteken, der den Gesandten beriet. Nach außen drang das nicht. Die Geiseln des Herrn Sonne durften unterwegs nicht sprechen. Wer dies missachtete, wurde erhängt. Dies widerfuhr einem Bruder Cacamas an einem

Tag Eins Hirsch. Und was erhielt der Gesandte anstelle des Göttlichen Wassers, des Feuers? Agavenbier. Die Stadt versorgte ihre Feinde weiter, niemand verbot es ihr.

Motecuzoma wurde während all der Zeit, da dies geschah, jeden Morgen zur Schau gestellt. Er musste in der blauen Tilma auf dem Thron seines Vaters Platz nehmen; dann gab der Gesandte ihm das Zepter in die Rechte und setzte ihm das Türkisdiadem auf. Er verwandelte den Großen Sprecher in das stumme, bewegungslose Abbild seiner selbst, bevor er den Boten der Stadt empfing. Dieser durfte dann von fern, außer Hörweite stehend, einen kurzen Blick auf ihn werfen. Motecuzoma fragte sich, ob dies wohl alles war, was Baumleguan als Garantie für sein Leben verlangte. Wie lange würde sich die Stadt die Farce noch gefallen lassen? Baumleguan verhandelte doch wohl nicht mehr? Er musste etwas planen, er wiegte den Gesandten nur in Sicherheit, um ihn zu überrumpeln, um ihn plötzlich anzugreifen, oder er verdiente den Titel des Cihuacoatl nicht. Doch Tag um Tag verstrich, ohne dass auch nur das mindeste geschah. Vergeblich schien die Sonne Huitzilopochtlis auf Tenochtitlan herab. Motecuzoma musste selber etwas unternehmen.

Und die Gelegenheit ergab sich. Motecuzoma wusste, dass es den Gesandten auf die Doppelpyramide zog. Er wollte Tenochtitlan von oben betrachten, doch wurde ihm der Aufstieg von den sturen Priestern verwehrt, und nicht einmal der sonst so behilfliche Cihuacoatl Baumlegaun konnte oder wollte vermitteln.
Motecuzoma blickte den Gesandten scheinbar mitleidig an: „Eine Weibliche Schlange ist eben doch kein Großer Sprecher, sie vermag nichts gegen das Veto der Priester. Du wirst nie dort oben stehen."
Das pikte den Gesandten. Das konnte er nicht tolerieren. Motecuzoma wurde in seine Sänfte gesetzt und in den heiligen Bezirk getragen, flankiert von zwanzig Caxtilteken.
Sie zogen gerade auf die Doppelpyramide zu. Motecuzoma hörte das Klackklack der Stiefel auf den Fliesen, sah unter sich die Helme gleißen und vor sich die Pyramide wie ein aus dem blauen Himmel ausgeschnittenes, bemaltes Bild. Sie stand so einsam, wirkte so verlassen. Überhaupt schien niemand weiter hier zu sein. Die Priester

auf den benachbarten Tempeln wirkten wie zum Inventar gehörig, wie dort aufgestellte Stelen, aber dennoch registrierten sie jede Bewegung des eindringenden Trupps.

Der Gesandte war inzwischen an die Umfassung des eingesenkten Tanzplatzes gestoßen. Er erstieg die Mauer, um den Platz in seiner ganzen Ausdehnung zu ermessen. Dann stieg er herab. Beim Überqueren zählte er die Schritte. Als er am andern Ende Halt machte, musste Motecuzoma aus der Sänfte steigen. Der Gesandte packte ihn am Handgelenk und nötigte ihn auf die Treppe, die zum Heiligtum des Huitzilopochtli führte. Sonne und fünf Männer folgten, die andern blieben als Wachen zurück.

Die ersten Stufen gehörten aber nur zum Fundament des gewaltigen Bauwerks. Dort war die von Huitzilopochtli in die Tiefe gestürzte Mondgöttin aufgeschlagen, Glied für Glied, nachdem ihr Bruder sie im Kampf besiegt und dann zerstückelt hatte. Sie lag noch immer an derselben Stelle, deutlich sichtbar schon von Weitem. Ein Künstler hatte jene tödliche Sequenz in Stein gemeißelt, und wie manch anderer vor ihm, kam der Gesandte bei dem Anblick aus dem Tritt. Er hielt abrupt. Motecuzoma spürte eine kantige Bewegung der Schulter, als er ihn zu der großen, runden Scheibe drängte, auf der die Göttin sich noch immer wie im Fall zu drehen schien, Arme, Beine, Kopf und Rumpf im Kreis wirbelnd, getrennt und dabei doch seltsam vereint.

„Du musst dir also keine Sorgen machen, Malin-tzin", bemerkte Motecuzoma. „Die Priester werden schließlich alle deine Knochen wieder richtig zusammenfügen."

Nun fehlte dem Gesandten aber jegliches Verständnis für die Welt, in die er ungebeten eingedrungen war. „Was ist das, Mutezuma?"

„Ein Altar, Malin-tzin. Auf ihm zerteilen die Priester die Opfer für Huitzilopochtli."

„Wie abscheulich."

„Die Priester töten sie oben auf dem Opferstein und rollen sie dann die Treppe herunter."

Der Gesandte legte den Kopf in den Nacken.

„Möchtest du immer noch dort hinauf?"

„Ich kehre niemals um."

Motecuzoma warnte ihn: „Der Aufstieg ist steil. Vielleicht solltest du dich tragen lassen."

„Pah", lachte der Gesandte, „wir Männer aus Caxtillan ermüden nie!"

Motecuzoma lächelte leise. „114 Stufen!" Von hier an ging die Treppenrampe ohne Unterbrechung über die vier Terrassenkörper der Pyramide hinweg bis ganz nach oben. Er selbst war dieser Strapaze zwar durch die Gefangenschaft entwöhnt, doch er war leicht gekleidet. Der Gesandte aber würde in der Rüstung kochen. Motecuzoma blickte aus den Augenwinkeln auf ihn, als er ihn Stufe um Stufe neben sich hinaufschreiten sah. Bald war sein Gesicht rot angelaufen. Er blickte stur geradeaus. Die Hand, mit der er Motecuzoma umklammerte, schwitzte. Er atmete schnell, sein Puls musste rasen. Dennoch machte er keine Pause. Nie verlangsamte er den Schritt, gab er sich eine Blöße.

Endlich erreichten sie die Plattform mit den Heiligtümern. Der Gesandte stützte sich mit einer Hand an der Skulptur des Bannerträgers bei der Treppe ab und wandte Motecuzoma sein krebsrotes Gesicht zu. Er schnappte nach Luft wie ein Fisch im Sand.
In der Mitte vor den beiden Heiligtümern stand der flache Opferstein. Motecuzoma gestattete sich eine kurze Fantasie mit dem Gesandten rückwärts darauf liegend, von vier Priestern festgehalten, bevor er die riesige Pauke dahinter sondierte. Er sah sich unauffällig um. Er brauchte einen tapferen Krieger oder Priester für seinen Plan. Aber leider war da keiner. Die Priester hatten Angst vor dem Gesandten, oder sie zürnten Motecuzoma, weil er ihn hierher geführt hatte. Niemand verteidigte das Heiligtum, als der Gesandte dort eindrang, als er den Vorhang zur Seite schlug und den Altarraum mit der Statue des Kriegsgottes Huitzilopochtli betrat. Tageslicht fiel auf den linken, den Vogelfuß des Gottes. Motecuzoma verneigte sich, so gut er konnte. Auf dem Altar brannte die Flamme. Sie spiegelte sich in dem mit Türkisen besetzten Wurfbrett, der schrecklichen Feuerschlange, mit der Huitzilopochtli alle seine Gegner getötet hatte. Die Waffe funkelte, und süßer Rauch von weißem Kopalharz erfüllte die Luft. Also war vor kurzem noch ein Priester hier gewesen.

Der Gesandte hatte inzwischen das steinerne Opfergefäß entdeckt. „Das ist die Adlerschale, Malin-tzin", erklärte Motecuzoma stolz, „sie nimmt die herausgeschnittenen Herzen unserer Feinde auf."
Der Gesandte schluckte. Einer seiner Männer rief etwas aus, was Motecuzoma nicht verstand, und daraufhin vollzogen die Fremden alle eine merkwürdige Handlung. Sie tippten sich erst an die Stirn, dann an den Bauch oberhalb des Nabels, anschließend links und rechts an die Brust. „El diablo!" stieß der Gesandte hervor. Verwundert sah Motecuzoma die Dolmetscherin an, aber auch sie begriff das Ganze nicht. Der Gesandte fing an, auf sie einzureden. Endlich erhellte sich ihre Miene. Mit dem Zeigefinger auf Huitzilopochtli weisend rief sie aus: „Der Herr des Mictlan!"
Motecuzoma schüttelte den Kopf. „Das ist nicht der Herr der Totenwelt, sondern unser Kriegsgott, das Herz der Stadt!"
Aber der Gesandte wollte ihm nicht glauben. „Er ist ein abscheulicher Menschenfresser, den ihr nicht anbeten dürft!" Er war so mit dem für ihn Unfassbaren beschäftigt, dass er nicht sah, wie jemand seinen Kopf aus dem Schacht der Innentreppe steckte und gleich wieder einzog.
Darauf hatte Motecuzoma gehofft: Jemand hörte ihn. Jemand empfing seinen Befehl.
„Dieser Gott erklärt dir den Krieg! Er gebietet, auf der Stelle die Brücken von den Dämmen zu ziehen und dich mit allen deinen Spießgesellen im Alten Palast einzuschließen!"
„Das wagt ihr nicht!" Der Gesandte eilte mit Motecuzoma hinaus und schaute nach dem Dammweg, der vom Herzen Tenochtitlans aus nach Tlacopan führte. Deutlich zeichneten sich die Brücken im klaren Licht ab. Sie lagen alle auf den Stützpfeilern auf. Ohne Unterbrechung lief die Straße in gerader Linie über das Wasser. Von hier oben hätte man ein Seil über das Westtor und am Alten Palast vorbei bis nach Tlacopan spannen können.
Der Gesandte zog Motecuzoma weiter. Die Häuser Tenochtitlans lagen ausgebreitet in der Sonne wie die Waben eines Bienenstocks, darin eingebettet die zahlreichen Kriegerschulen und die kleinen Tempel, in denen man sich verschanzen konnte. Der Gesandte bemerkte sie wohl, sagte aber nichts. Er interessierte sich hauptsächlich für

den nächsten Damm. Auch zur kleinen Landzunge von Tepeyacac im Norden spannte sich eine breite, schnurgerade Straße über den See. Ein Seitenblick verriet, dass der Gesandte sie nach den Brücken absuchte. Als er sie alle aufliegen sah, begann er zu spotten. Wie sollten sie sich wohl allein durch ein Wort des gefangenen Motecuzoma von der Stelle bewegen? Er ging nun hinter das Heiligtum. Im Osten leuchtete Tetzcoco wie eine Perle in der Sonne. Dorthin führte keine Straße.

„Wir sind schon dort gewesen", griente der Herr Sonne.

„Die Stadt kann euch den Hafen blockieren. Unsere Kriegsboote sind schnell und wendig."

„Was soll das", zürnte der Gesandte. Instinktiv zerrte er Motecuzoma hinter den Heiligtümern vorbei, wo der Weg am schmalsten und die Pyramide am steilsten war. Hier konnte man das Gleichgewicht recht schnell verlieren. Damit hatten sie die Plattform fast umrundet und waren an der Südseite angelangt. Rasch entdeckte der Gesandte die intakte Straße, die aus der Stadt Itztapalapan kam.

„Hier also sind wir eingezogen!"

Die Brücken lagen immer noch auf. Motecuzomas Blicke streiften den Tempel des Tezcatlipoca. Er ließ alle Hoffnung fahren. Der Gott war nicht gewillt, zu ihm zu sprechen. Er bestrafte ihn. Ja, Er wollte ihn vernichten. Motecuzoma konnte gar nichts ändern, keinen einzigen Befehl mehr erteilen.

Der Gesandte wollte seinen Sieg auskosten. Er ergriff Motecuzomas Handgelenk noch fester und machte einen Schritt nach vorn. Motecuzoma nutzte das, um mit ihm noch ein wenig weiter dem Rand der Plattform zuzusteuern. Ihm blieb nur noch eins zu tun.

Der Gesandte reagierte schnell. Er setzte ihm sein Messer an die Rippen. Motecuzoma drückte sich dagegen, das Messer ritzte seine Haut, und der Gesandte zog es zurück. Motecuzoma spannte jeden Muskel an, um den Gegner abzudrängen. Bevor er sich mit dem Gesandten aber in den Abgrund stürzen konnte, wurde er von hinten ergriffen. Motecuzoma lachte bitter. Nicht einmal den Tod gewährte ihm Tezcatlipoca.

In dem Moment erdröhnte die große Pauke, die zwischen den Heiligtümern aufgestellt war, und der Gesandte blieb wie angewurzelt stehen. Die Pauke wurde zweimal hintereinander geschlagen. Dann folgte ein noch längerer Ton, der die Welt in dunkle Schwingungen versetzte. Dieser Rhythmus wiederholte sich dreimal, und dann verschwand die Brücke vor der Festung Xoloc. Wo noch eben die Straße gewesen war, glitzerte Wasser.

Motecuzoma zeigte seine Freude unverhohlen, während der Gesandte auf die Wasserfläche vor der Festung starrte. „Das machst du rückgängig", sagte er drohend.

Unterdessen war der Herr Sonne mit zwei Leuten zur Pauke geprescht. Er fing einen jungen Krieger. Es war Motecuzomas Neffe Schädelwand, der die Signale kannte. Auch den Ixiptla stellte er, als er versuchte, über die Innentreppe zu flüchten. Seinen Schopf also hatte Motecuzoma im Heiligtum gesehen. Er hatte sicher nur die Flöte in die vier Himmelsrichtungen blasen wollen, wie er es mittags manchmal tat.

„Welcher hat getrommelt?", fragte der Gesandte.

Die Männer zeigten auf Schädelwand.

„Gib das Signal zum Auflegen der Brücken!"

Ängstlich blickte Schädelwand erst Motecuzoma, dann den Ixiptla, schließlich den Gesandten an. Der innere Konflikt war seiner Miene deutlich abzulesen.

„Wird´s bald?!", drängte Sonne.

Schädelwands Wadenmuskeln zuckten. Seine Beine strebten wie von selbst zur Trommel, nur sein bedingungsloser Gehorsam gegenüber dem Großen Sprecher hielt ihn zurück.

„Befiehl du es, Mutezuma!", verlangte der Gesandte.

„Was könnte dir das nützen?"

Der Gesandte starrte Motecuzoma an. „Das wird dir leidtun."

„Sieh dich um, Malin-tzin. Die Trommel hat die Krieger gerufen."

Ein Caxtilteke bestätigte das: Atlixca stand mit seinen Jaguaren schon am Fuß der Pyramide.

Der Gesandte insistierte: „Gib den Befehl!"

Motecuzoma weigerte sich.

Jadefisch spürte seine Entschlossenheit. Er selber fühlte sich auf einmal klein. Nie hätte ein würdiges Abbild des Tezcatlipoca vor dem Krieg zurückgescheut. Langsam begriff er, dass Nachgiebigkeit die

Geiseln nicht schützte. Ein Teil von ihm hatte es geahnt, der Teil, der die Pauke hatte schlagen lassen, der andere aber, der verzagte und besorgte, hatte insgeheim gehofft, dass Schädelwand nur prahlte, dass er das Signal nicht wirklich kannte. Dass nichts passieren würde. Deshalb scheute er sich jetzt, Motecuzomas stolzen Blick zu erwidern. Er wusste aber, dass er eine Wahl zu treffen hatte. Motecuzoma brauchte seine Unterstützung. Er dachte daran, was der Fremde ihm genommen hatte.

Das alles dauerte nur einen Atemzug. „Malin-tzin", sagte der Ixiptla, „Der Befehl des Großen Sprechers ist der Wille Tezcatlipocas. Selbst wenn er dir nachgeben wollte, könnte er es nicht, weil ich es verbiete."

Der Gesandte fing an zu lachen: „Mutezuma, wer ist der schwarz bemalte Clown?"

„Er ist nur ein Flötenspieler."

„Dann soll er um sein Leben spielen." Dem Gesandten dämmerte nun langsam, dass er nicht der unumschränkte neue Herrscher Tenochtitlans war, für den er sich gehalten hatte. Er konnte sich hier oben nicht sehr sicher fühlen. Etwas sagte ihm, dass noch der kleinste unbedachte Schritt ihn ins Verderben führen könnte. Er lenkte ein, fürs erste: „Du erlaubst doch, dass er spielt?"

Motecuzoma willigte ein. Er wollte noch einmal das Blumenlied des Tezcatlipoca hören. Der Ixiptla wischte seine Flöte mit seinen Händen blank und spielte die vertraute Weise. Die Melodie stieg auf, fiel ab, stieg auf. Tezcatlipocas Musik wurde dabei immer voller. Motecuzoma sah im Geist die Reihe seiner Vorfahren, wie sie einer um den andern den Thron im Herzen der Welt bestiegen hatten. Sie hatten Ruhm und Größe erlangt, sie hatten das Ansehen Tenochtitlans gemehrt. Sein Vater Axayacatl, sein Onkel Tizoc, den er nur als Schatten sah, weil seine Zeit zu kurz gewesen war, um sich seiner recht zu erinnern, sein Onkel Ahuízotl.

Dann sah er sich selbst. Der Ixiptla blickte ihn an, und mit wildem Schrei stieß die Flöte nach oben. Jetzt bestieg er, Motecuzoma der Jüngere, den Jaguarthron, und die Musik Tezcatlipocas umkreiste ihn. Sie befreite ihn von seiner Schuld, sie gab ihm seine Kräfte wieder.

Der Ixiptla hielt den Ton sehr lange. Er ließ die Flöte vibrieren, dass es kaum noch zu ertragen war. Dann ließ er den Ton abreißen, mit voller Absicht, eine Panne war das nicht. Aus schmalen Augen sah er den Gesandten an. Er ließ ihn aus der Höhe stürzen. Ja, er zerfetzte den Gesandten, indem er ihm zerhackte Töne vor die Füße warf. Motecuzoma dachte an Chololan und Glänzenden Adler.

Unwillkürlich zog sich der Gesandte bis zur Wand des Heiligtums zurück. Ihn schwindelte doch nicht? Der Große Sprecher und der Ixiptla aus Chololan lächelten befriedigt.

Noch mehr als den Gesandten selbst schien das den Herrn Sonne zu ärgern. „Was für ein Gemetzel! Kann man so sein Leben retten?"

Doch der Gesandte hatte längst begriffen, dass er mit dem Ixiptla nicht verfahren konnte, wie er wollte, nicht hier oben, und der Ixiptla wusste das auch.

„Es ist nicht schwer sich vorzustellen, was unsere Krieger mit dir machen werden, wenn du nicht bald unser Land verlässt."

„Ein Flötenspieler stellt mir ein Ultimatum?"

Motecuzoma zuckte die Achseln: „Du kannst gern bleiben. Die Priester warten schon auf dich. Dein Herz wird in der Adlerschale liegen, dein gelber Schädel auf der Stange stecken."

„Ich würde abziehen, wenn ich Schiffe hätte."

„Das lässt sich regeln."

„Ich darf auf Callox´ Schiffe warten?"

„Wir bauen dir welche. Unsere Zimmerleute sind geschickt und lernen schnell."

„Mutezuma … ich danke dir."

„Es wird nicht möglich sein, mich hinzuhalten. Du hast 80 Tage Zeit."

Der Gesandte akzeptierte und trat den Rückweg an. Schädelwand und der Ixiptla durften gehen, Motecuzoma nahm er wieder mit.

Nachdem sich der Gesandte in sein Quartier zurückgezogen hatte, umstellten Tenochtitlans Krieger den Alten Palast. Sie kappten seine Kommunikation nach außen und zwangen ihn, tagtäglich einen Boten vor Motecuzoma gelangen zu lassen. Dieser saß jetzt ohne Fesseln auf dem Thron seines Vaters. Er durfte sprechen, alles, was er sagte, nahm der Bote mit hinaus. Dem Gesandten blieb nur noch die

Hoffnung, dass es kein Befehl zum Angriff war. Denn Cacama rang mit dem Tod. Seine Wunden hatten sich entzündet. Motecuzoma schickte ihm zwei Ärzte, von denen er sich dreimal täglich berichten ließ.

Endlich sah er auch seine Kinder wieder. Die Söhne waren Adler mit beschnittenen Flügeln. Sie gaben vor, sich nicht zu fürchten, wollten vor dem Vater große Krieger sein, Hass und Ohnmacht in den Augen. Sie schworen Rache: an den Fremden, an den Tlaxcalteken, am Cihuacoatl Baumleguan. Die Töchter wollten sich unsichtbar machen. Sie hatten ihren Glanz verloren, waren keine reinen Jadesteine, keine Quetzalfedern mehr, mindestens zwei von ihnen waren schwanger. Nur Maisblüte suchte seinen Blick. Quetzalmatte nickte: Sie waren beide unversehrt geblieben, und das war allein dem Feldherrn Xicotencatl dem Jüngeren zu danken.

Eilfertig kehrte der Gesandte seine hellere Seite heraus. Er wies den Mädchen eigene Gemächer neben dem von Maisblüte an. Die Schwestern von Cacama und die Töchter der anderen Fürsten bezogen auf Motecuzomas Befehl ebenfalls Räume dort, und Xicotencatl der Jüngere ließ den gesamten Flügel bewachen.

Motecuzoma sah ihn manchmal von der Galerie aus im Hof. Er saß auf einem caxtiltekischen Hirsch, den er lenken lernte. Dabei half ihm sein Schwager, der Herr Sonne. Einmal warf der Feldherr den Kopf in den Nacken und grüßte den Großen Sprecher. Er suchte aber niemals eine Unterredung mit ihm. Der Krieg schien unabwendbar. Der Gesandte hatte keine Sicherheiten für Tlaxcallan ausbedungen. Nach seinem Abzug würde die Welt im Ring des Wassers ins Chaos stürzen.

Sie würde neuen Schiffen aus Caxtillan dann nichts mehr entgegensetzen können.

Motecuzoma machte sich deswegen nicht geringe Sorgen. Er brauchte eine Lösung für die Welt im Ring des Wassers und eine Flotte, stark genug, den Feind bereits auf See zu stellen. Darum lernten seine Zimmerleute vom Schiffsbaumeister des Gesandten, wie man große Bootsgerippe mit einer Haut aus Planken überzog, wie man sie wasserdicht verfugte, wie man einen Mast aufstellte und daran Flügel aus Stoff hochzog. Wie man Feuertrompeten im Bug anbrachte und dann mit dem Boot die Lagune befuhr. Darum zogen seine Leute schließlich mit dem Meister an die Küste, um das Holz für die gewaltigen Wasserhäuser zu schlagen, mit denen die Feinde heimkehren sollten. An das entfernte, andere Ufer.

Motecuzoma suchte sich das Königreich Caxtillan vorzustellen. Wie sah es aus? Wie viele Untertanen hatte Callox? Wie viele Krieger? Wie viele Hirsche? Wie viele Schiffe? Wie viele kleine und große Feuertrompeten? Der Gesandte musste ihm davon berichten, auf die Gefahr hin, dass er log. Und weil Motecuzoma es gewohnt war, alles aufgemalt zu sehen, gab er ihm Pinsel, Farben und Papier. Die fremde Welt erhielt Konturen. Sie lag im Wasser so wie Cemanahuac, sie hatte Flüsse, Berge, Städte. Die Metropole ihres Großen Sprechers war ihr Nabel, wie es sich gehörte. Callox wohnte herrschaftlich in einem dreistöckigen Palast. Er hatte einen großen Hafen an der Mündung eines Flusses, dort lagen Schiffe an der Mole, dicht an dicht, mit dicken Bäuchen voller Krieger. Das Material für seine Waffen gab ihm die Erde. Er ließ danach schürfen wie Motecuzoma nach Obsidian. Tiefe Schächte trieb er in die Berge und schmolz dann aus den Erzen Kupfer, Zinn und Blei und ein Metall, das der Gesandte Eisen nannte. Das Eisen war das graue, stumpfe, unansehnliche Kind des Feuers, dennoch schätzte Callox es sehr. In großen, unvorstellbar heißen Öfen trieb er es aus seiner steinernen Bastion. Erstaunt vernahm Motecuzoma, was er dann alles daraus schmieden ließ.

Nicht nur für den Großen Sprecher nahm sich die Welt jenseits des Meeres eigenartig aus. Maisblüte verbrachte jetzt viel Zeit bei ihrem Vater und lauschte, an einem Wandteppich webend, den Geschichten, die er an sie weitergab. Manchmal, wenn der Gesandte unangemeldet erschien und sie sich nicht mehr zurückziehen konnte, hörte sie sie auch direkt, hinter Motecuzomas Wandschirm wie ein Reh ins Dickicht gekauert.

Sie war froh, dass Motecuzoma nicht wünschte, dass er sie sah. Er war so klebrig. Wenn er sie entdeckte, würde er darauf bestehen, sie wie eine Dame von Caxtillan zu begrüßen, das hieß, ihr ins Gesicht zu sehen, sie beim Sprechen anzuatmen, ihr die Lippen auf den Handrücken zu pressen. Dabei war es schon schlimm genug, der

Stimme ausgesetzt zu sein. Auch wenn die jetzt nicht mehr so herrisch klang, so war sie doch unangemessen laut. Für einen Mann, der nur versuchte sich zu retten, der Motecuzomas Zorn mit Geschichten besänftigen wollte, hörte der Gesandte sich einfach viel zu selbstsicher an. Aber seine Märchen waren lustig, und Maisblüte ertappte sich bei dem Wunsch, noch mehr davon zu hören.

Caxtillan war ein wundersames Land. Baumwolle wuchs dort nicht an Sträuchern sondern an Tieren, die in großen Herden auf kargen Ebenen und Hügeln grasten. Dafür gab es keinen Mais. Die Leute bauten Gräser mit langen Ähren an. Sie gingen nicht mit einem Grabstock aufs Feld, sondern ließen ihre Hirsche einen Hakenstab durch die Erde ziehen und säten dann die kleinen Samen in die Furchen. Ohne die Hirsche schien in Caxtillan nichts zu funktionieren. Ein Hirschbesitzer musste weder laufen noch schwere Lasten tragen. Er konnte alles auf einen Kasten mit Holzscheiben laden, die sich um einen Rundstab drehten, und davor den Hirschen spannen.

Als sie das hörte, hätte Maisblüte beinah laut gelacht. Übersetzte Eins-Gras auch richtig? Die schaute manchmal selber so verwundert drein. Erst als Motecuzoma ihr die Bilder zeigte, die der Gesandte gemalt hatte, begriff Maisblüte, dass es die rollenden Truhen tatsächlich gab. Und sie funktionierten, sie ersetzten die menschlichen Träger, sagte Motecuzoma, wobei er die Stimme senkte wie ein Verschwörer. „Auch wir besitzen solche Dinge, aber sie sind klein, man kann nichts Praktisches damit beginnen. Mir selbst gehört ein kleiner Hund aus Ton. Er sitzt auf einem Fahrgestell, das sich bewegen und lenken lässt. Mein Feind, der alte König der Michuaken in der Stadt des Kolibris schenkte ihn mir."

„Haben wir niemals größere gebaut?"

„Wir haben keine Tiere, die sie ziehen könnten. Auch kommt man nicht über die Berge damit, und man benötigt feste, ebene Straßen. Und das graue, harte Metall von Caxtillan, um die Räder zu bereifen, damit sie nicht brechen."

Sie schwiegen. Mit jenen Rädern verhielt es sich so wie mit den Schiffen. In Caxtillan war alles größer, härter, heißer, schneller als das jeweilige mexikanische Gegenstück. Callox' Waffen trugen weiter, seine Schwerter, seine Lanzen, seine Spieße waren länger, die Rüstungen schützten besser, die Stiefel hallten lauter durch den Saal als Motecuzomas Sandalen. Wahrscheinlich waren auch die Pfefferschoten schärfer, wuchs das Gras, von dem die Leute lebten, dreimal höher als der Mais. Caxtillan war ein Land der Superlative. Wen wunderte es noch, dass es die mächtigsten Götter besaß? Wenn der Gesandte von ihnen sprach, vergaß er seine Höflichkeit dem Großen Sprecher gegenüber. Motecuzoma wurde zum Schüler, in den der Fremde drang, seine Belehrung anzunehmen. Motecuzoma wusste nicht, ob er eher verärgert oder belustigt war, und ließ den Redner auch nichts davon spüren. Scheinbar wohlgefällig zählte er Caxtillans Götter: einen alten, einen jungen, dessen verehrte Mutter und den Wind – fing von vorn an, es wurden nicht mehr, lehnte sich, nach außen höflich, im Innern indigniert, zurück, weil der Gesandte schwor, es sei nur einer; bitte sehr, er musste es ja wissen.

Die göttlichen Vier wurden in eigentümlich geformten, brütenden Truthennen nicht unähnlichen Tempeln verehrt, vor denen keine Opfersteine standen. Angeblich standen auch keine Opferblutschalen darin – angeblich starben keine Menschen für die Götter.

Das taten sie draußen, dachte Motecuzoma. Selbst dem größten Haus Caxtillans mochte ein Scheiterhaufen wie der für Glänzender Adler nicht zuträglich sein. Man würde viel zu oft die Wände und die Decke weißeln müssen. Und man hätte kein Spektakel, könnte seine Feinde nicht in Furcht versetzen. Nein, Caxtillan bot ihm eigentlich nichts Neues.

Aber der Gesandte ereiferte sich: Glänzender Adler sei kein Opfer für seinen vielfach einen Gott gewesen. Er schwor mit rotem Kopf und flammenden Blicken, sein Gott lebe nicht vom Blut der Menschen. Im Gegenteil – er habe ihnen sein eigenes Blut gegeben.

„Wie das?", erkundigte Motecuzoma sich, weil er nicht streiten wollte und weil er insgeheim die Möglichkeit erwog, dass der Gesandte doch die Wahrheit sagte. Maisblüte spürte das verborgene Zugeständnis in der Frage und dachte an das Jadeherz.

„Er ist für uns gestorben", erklärte der Gesandte. Wie er dabei strahlte! Er machte zwei aus seinem einen Gott und ließ den jüngeren, er nannte ihn den Sohn und dazu noch einen Menschen, den Opfertod sterben. Nur rissen ihm die Priester nicht das Herz heraus, sondern schlugen ihn an ein Holz. Der caxtiltekische Ixiptla opferte sich also für die Menschen ebenso wie die Abbilder Tezcatlipocas – und dies geschah alljährlich einmal in jedem Tempel in Callox' Land.

Motecuzoma wechselte das Thema: „Wann sind die Schiffe fertig?" Es wurde Zeit, dass der Gesandte die Welt im Ring des Wassers verließ.

Dreizehntes Kapitel

Toxcatl

34

Wann würde der Gesandte endlich gehen? Motecuzomas Frist hatte den Scheitelpunkt überschritten. Doch es sah nicht so aus, als würden jene Wasserhäuser fertigwerden; ihr Bau ging viel zu langsam vonstatten. Genau genommen hatte er noch gar nicht recht begonnen. Die Stämme lagen träumend in der Küstenfestung des Gesandten – markiert, doch nicht geschält, geschweige denn in Bretter geschnitten. Sie flüsterten einander zu: „Wozu hat der Fremde uns aus unserem Wald holen lassen?" – „Um zu sterben, Bruder. Motecuzoma hat noch niemals ein Ultimatum verlängert. Wenn er ihn vertreibt, dann wird sich der Gesandte an uns klammern, wird sich in unsere Rinde krallen. Aber wir werden ihn nicht tragen, so wie wir sind."

Der Gesandte beachtete ihr fernes, hämisches Gerede so wenig wie die Stimmen in seiner Nähe. Vor seinen Füßen lagen immer noch die Überreste des Brandgerichtes, und der Feldherr Atlixca blickte Tag für Tag von der Schlangenmauer auf sie herab.

Am Tag passierte nichts weiter damit, aber unter dem Sternenzauberspiegel flüsterten die Nacht, der Wind mit dem geschmolzenen Obsidian, dem Kind des Blitzes und der Erde, sprachen die eingeäscherten Schäfte mit den verwaisten Feuersteinspitzen. Sie nannten sich bei ihren Zaubernamen, sie machten ein Geräusch wie Schleifsand beim Polieren von Türkis. „Der Fremde – hat er vielleicht kein Herz und keine Eingeweide, keine Leber und kein Blut?" Sie lachten, leise glucksend. „O doch, er hat das alles. Er wird uns Freude machen. Suchen wir es auf, sein Herz! Fahren wir in seine Eingeweide,

seine Leber, lecken wir sein Blut!"
‚Erhebt euch schon!', wünschte Atlixca.
Der Gesandte merkte noch nichts. Unter dem flammenden Spiegel der Sonne taten die verzauberten Schäfte, die verzauberten Feuersteinspitzen, das verzauberte geschmolzene Obsidian immer so, als ob sie schliefen. Da griff es sich der Wind. Armlange Stöcke trieb er in den Gang und vor den Saal des Fremden, zerschlug sie an den Säulen und der Wand. Steinspitzen rollten dem Gesandten vor die Füße, und eine scharfe Klinge schnitt ihm seine Federn vom Hut. Die Caxtilteken flohen ins Gebäude. Erst als der Sturm sich legte, kamen sie, um eine Grube auszuheben, in der die bedrohlichen Dinge verschwanden. Atlixca ging zum Cihuacoatl Baumlegaun. „Heb das Kurzschwert auf!"
„Die Frist ist noch nicht abgelaufen."
„Du solltest den Gesandten daran erinnern!"
„Nicht bevor die letzten zwanzig Tage anbrechen."
„Baumleguan, er hält uns hin. Du wirst ihm schließlich doch Kreide und Federn schicken müssen."
„Wir werden sehen."
Wie meinte er das? Wollte er Motecuzomas Befehl missachten? Baumleguan zog sich auf das Recht zurück. Mit wohlgesetzten Worten wies er den Feldherrn darauf hin, dass eine Kriegserklärung erst am Schluss ergehen konnte. Atlixca fühlte sich ihm unterlegen. Er als Herr-Des-Richterhauses hätte das schließlich selber wissen müssen. Dann folgte auch noch ein verbales Schulterklopfen: Der Erste-Des-Kriegsrats mache seine Arbeit gut. Seine Besorgnis sei registriert. Frustriert zog Altixca ab.
Baumleguan schien darauf zu bauen, dass dem Gesandten schließlich doch die Luft ausgehen würde. Früher oder später musste er ja abziehen, oder er würde langsam verrotten. Verfaulen wie das absterbende Schilf, das sich zersetzte, das in der Algenbrühe vor sich hin stank, das zu Schlick wurde und das schließlich an den Stellen, wo das Wasser ganz verdunstet war, als schwärzlich-grüne Kruste liegenblieb.
Der Atem der Lagune kam und ging. Die Zugvögel vereinigten sich zu riesigen Schwärmen. Jeder Grashalm hatte eine Stimme. In dich-

ten Wolken stoben sie aus Brachen, abgeernteten Feldern und Wiesen, sie flatterten als Bänder und Spiralen durch die Luft, sie drehten sich wie große, dunkle Wirbel vor der Sonne. Dann bildeten sie ihre Formationen und verließen die Welt im Ring des Wassers, um unter nördlichen Himmeln zu brüten.

Alles auf der Welt folgte den ihm eingeschriebenen Lebensrhythmen. Den kleinen Zyklen der Lagune entsprachen die großen wiederkehrenden Strömungen des Meeres, mit denen nun, ein Sonnenjahr nach Ankunft des Gesandten, neue Schiffe die Küste erreichten.
Ihr Kapitän erkundigte sich überall nach einem gewissen Fernando Cortés. Er zeigte ein Papier mit einer fremden Schrift und hielt ein Paar metallener Ringe in die Höhe – solche, wie sie der Gesandte Motecuzoma angelegt hatte. Zweifelsfrei, er war ein hoher Richter. Was nun aber den Gesandten betraf, so dachte sich der Cihuacoatl, dass dieser vielleicht gar kein richtiger Gesandter war. Voller Absicht ließ er einen Caxtilteken aus der Küstenfestung in den Alten Palast gelangen.
In den Gesandten kam endlich Bewegung. Er erklärte, Tenochtitlan verlassen zu wollen. Nun galt es, die Bedingungen des Abzugs und der Freilassung der Gefangenen auszuhandeln. Der Cihuacoatl schickte seinen besten Diplomaten.
„Callox' Schiffe sind eingetroffen, um mich abzuholen", begrüßte ihn der Gesandte mit jovialem Lächeln.
Der Herr-Des-Schwarzen-Hauses lächelte hintergründig: „Wie wahr!"
Und hier endeten die scheinbaren Gemeinsamkeiten auch schon. Der Gesandte weigerte sich rundheraus, Motecuzoma freizulassen, bevor nicht jeder seiner Männer in Sicherheit wäre. Er sprach von der verzwickten Lage, in der sich beide Parteien befänden – er so wie die Stadt, die ihre Fürsten immer noch verlieren könne. Unentschieden nannte er das Spiel, für keine Seite zu gewinnen. Dann aber korrigierte er sich. Eine neue Runde sei eröffnet worden, und in dieser werde es nur Sieger geben. Allen Ernstes bot er an, Motecuzoma mitzunehmen. Der Große Sprecher sollte Callox' Stellvertreter selbst begrüßen, ihm den Goldschatz überreichen als Zeichen seines

Bundes mit Caxtillan – als wäre dies sein innigster Wunsch. Tlacotl hörte scheinheilige Worte, der falsche Gesandte malte ihm ein Bild der Harmonie, was Tlacotl mit Ironie quittierte.

Der Gesandte reduzierte seine Wünsche. Nur noch zwei Drittel seines Heeres sowie ein kleiner tlaxcaltekischer Hilfstrupp unter Xicotencatl dem Jüngeren sollten mit ihm an die Küste ziehen, um Callox' Stellvertreter nach Tenochtitlan zu geleiten. Motecuzoma sollte diesen jetzt in der Hauptstadt erwarten und nur eine Abordnung schicken. Tlacotl erhielt eine Liste, die aus den Namenszeichen von Söhnen und Brüdern der Herrscher bestand. Den Abschluss bildete der Name eines Mädchens: Maisblüte.

„Es ist Motecuzomas Wille", schloss der Gesandte.

„Ich möchte mit ihm reden."

Seitdem die Brücken fortgezogen worden waren, hatte Tlacotl ihn nicht gesehen, denn der Gesandte hatte ihn als Boten nicht akzeptiert. Er wirkte aber wohl so unnachgiebig, dass der Gesandte einwilligte. Tlacotl musste eine Weile warten und wurde dann in den Thronsaal geführt.

„Totecuiyo, 18 Schiffe aus Caxtillan sind gekommen. Sie unterstehen einem Herrn-Des-Richterhauses, der nach dem Gesandten fragt."

Motecuzoma schmunzelte. Er wusste Bescheid. Tlacotl fuhr fort: „Der Gesandte will sich mit ihm treffen. Er möchte an die Küste ziehen, um ihn nach Tenochtitlan zu holen."

„Callox' Herr-Des-Richterhauses ist mir willkommen", sagte Motecuzoma.

Der hohe caxtiltekische Richter war dem Gesandten militärisch überlegen, verfügte er doch über ein weitaus stärkeres Heer. Er hatte dreimal so viele Männer, doppelt so viele Hirsche, eine beachtliche Zahl von Geschützen – und er stand auf der Seite des Rechts. Er war legitimiert durch seinen König, was ihm eine zusätzliche Stärke verlieh. Denn wo es Richter gab, gab es Gesetze, und mancher von den Männern des falschen Gesandten mochten sich dazu bekehren – sei es aus Furcht vor Strafe, sei es, weil in ihnen das feine Stimmchen der Moral doch noch nicht gänzlich erstorben war. Kurzum, der Gesandte lief in sein Verderben. Auch Tlacotl war dieser Ansicht. Er spürte aber dennoch einen leisen Zweifel, denn der Gesandte war ein Meister des Verrats.

Motecuzoma sprach weiter. „Xicotencatl der Jüngere ... wird mit dem Gesandten abreisen."

„Wir sollen sie also ziehen lassen?"

„Ja."

Tlacotl gab ihm die Liste: „Alle?"

„Alle. Xicotencatl ... bringt meine Tochter nach Chololan, zu dem Verräter." Das letzte Wort hatte Motecuzoma förmlich ausgespuckt.

„So wird sie wenigstens am Leben bleiben", nahm er Tlacotls Frage vorweg.

Tlacotl erschrak: Glaubte Motecuzoma gar nicht an eine friedliche Lösung? War dieses eine Leben das einzige, das er verlangen konnte? Und um diesen Preis? In seinem Gehirn wirbelten die unterschiedlichsten Gedanken durcheinander.

Motecuzoma sagte: „Der heikelste Moment steht noch bevor, denn Sonne wird in Tenochtitlan auf Callox' Abgesandten warten. Ihr werdet gegen ihn nichts unternehmen."

Tlacotl nickte besorgt.

„Das will ich hoffen", mischte der Gesandte sich ein.

„Wann brichst du auf?", fragte Motecuzoma.

„Morgen!"

Ein Schatten glitt über Motecuzomas Gesicht. „Dann will ich meine Tochter jetzt ein letztes Mal sehen."

Tlacotl war damit entlassen. Aber ihm kam eine aberwitzige Idee. Maisblüte musste doch zu retten sein? Er verletzte die Etikette und sah Motecuzoma in die Augen: „Das wird den Priestern nicht gefallen."

„Was hätten die Priester damit zu tun?"

„Maisblüte muss erst noch ein Ritual vollziehen. Sie wurde von den Priestern eigens dafür ausgebildet."

Gespannt beugte Motecuzoma sich vor: „Das war mir entfallen."

Tlacotl wandte sich dem falschen Gesandten zu: „Am letzten Tag des Monats des Großen Wachens, bevor der Monat Toxcatl beginnt, weiht der Große Sprecher unseren Ixiptla. Seine Tochter geht ihm zur Hand."

„Lässt sie sich nicht ersetzen?", knurrte der Gesandte.
„Nein. Es sind nur noch fünf Tage bis dahin. Warte noch so lange – gib uns ein Zeichen der Versöhnung!"
Der Gesandte sah Motecuzoma an: „Ihr könnt das Ritual in diesem Saal durchführen. Ich bin doch eingeladen?"
Motecuzoma nickte. „Du und Xicotencatl der Jüngere."
Tlacotl ging. Er hatte viel zu organisieren.

Am dritten Tag nach Tlacotls Treffen mit Motecuzoma kam eine Frau zum Alten Palast. Sie hatte Geschenke für den Gesandten und für Xicotencatl den Jüngeren, die sie persönlich überreichen wollte, und das lockte die beiden heraus.
Die Alte griff in ihren Korb: „Für eure Mühen. Weil ihr meine Enkeltochter zu ihrem Bräutigam bringt." Dabei ließ sie eine goldene Kette vor den Augen des Gesandten pendeln. „Ein Erbstück. Ich habe es in einer vergessenen Truhe gefunden. Hier ist noch mehr." Sie förderte Ringe und Armreife zutage. „Für dich, Malin-tzin."
Der Korb barg ungeahnte Wunder. Für Xicotencatl fand sich edler Jadeschmuck und eine fein gemusterte Tilma. Auch der Gesandte erhielt einen Umhang. Das Stück glich jenem schwarzen Überwurf, den er bei festlichen Anlässen trug, war aber mit goldenen Fäden durchwirkt. „Willst du es nicht anprobieren?" Ohne seine Antwort abzuwarten, warf ihm die Alte die Tilma um, knotete sie aber nicht über der Schulter, sondern steckte sie über der Brust mit einer Goldfibel zusammen. „Du siehst prachtvoll aus, mein Sohn", lobte sie ihr Werk, während der Gesandte auf die Fibel schielte. „Trag es, wenn du meine Enkeltochter ihrem Bräutigam übergibst."
Es stellte sich heraus, dass sie noch weitere Geschenke hatte. „Für meine Enkelin – ein Amulett und ein paar schöne Kleider. Sie soll sich für ihren Bräutigam schmücken."
„Zeig her!"
Die Alte winkte ihren Dienerinnen. Eine Truhe wurde gebracht. Das Amulett war eine Schildpatt-Arbeit, daran hatte der Gesandte kein Interesse. Auch einen Nasenschmuck, ein halber Mond aus Türkismosaik, ließ er gutgelaunt passieren. Er lag auf einem rot-gelben Tuch, darunter Röcke, Frauenhemden. Der Gesandte achtete nicht

weiter darauf, und Xicotencatl der Jüngere ließ die Truhe in Maisblütes Zimmer tragen.

Dort wurde Quetzalmatte aktiv. „Maisblüte möchte noch einmal ihren Vater sehen."

Xicotencatl nickte. „Sie sieht ihn morgen. Bei dem Ritual. Sie weiß doch, was sie zu machen hat?"

„Selbstverständlich!" Quetzalmatte seufzte: „Und dabei wird sich leider keine Gelegenheit für einen Abschied finden."

„Ach so. Ich werde sehen, was ich tun kann."

Als Xicotencatl weg war, rätselten sie beide, was für ein Ritual das sein mochte, bei dem Maisblüte assistieren sollte. Sie packten alle Sachen aus, und Maisblüte erkannte die Kleidung der Liebesgöttin Xochiquetzal.

Es war nun etwa hundert Tage her, dass Jadefisch das Blumenlied des Tezcatlipoca vom ersten bis zum letzten Ton mutwillig zerstört hatte. Wie er dazu gekommen war, das konnte er dem Oberpriester und auch sich selbst bis heute nicht erklären. War er vom Hass überwältigt worden, oder hatte ihn der Gott beseelt? Das Volk indes, von solchen religiösen Skrupeln völlig frei, hatte ihn auf der Stelle zum Helden erhoben. Er hatte großen Mut bewiesen und so den Gesandten symbolisch besiegt. Dessen physischer Tod würde folgen. Als sich nun herumsprach, dass ein Richter aus Caxtillan ihn ins Mictlan senden wollte, feierten sie den Ixiptla noch mehr. Es war vorbei mit dem falschen Gesandten, und das Gottesabbild hatte es vor allen anderen gewusst.

Wo immer dieses in der Stadt erschien, verbreitete sich Zuversicht. Tezcatlipoca mochte ja den Großen Sprecher preisgegeben haben, Tenochtitlan verließ Er nicht.

In Jadefisch vollzog sich eine Wandlung. Er machte seine Runden mit vollendeter Ruhe und Würde. Wie ein Gestirn bewegte er sich still und feierlich auf seiner Bahn, scheinbar entrückt von allem, was die Welt in Atem hielt. Er gab jetzt den Ixiptla ab, den sich der Oberpriester wünschte. Er hatte sich mit seinem Schicksal abgefunden: Durch seinen unvermeidlichen Tod würde die Ordnung wiederhergestellt werden.

Doch war sein neu erworbenes Gleichgewicht fragil. Der-Herr-Des-Schwarzen-Hauses brachte es auf einen Schlag ins Wanken. Tlacotl hatte sämtliche Dienerinnen, die noch im Königspalast wohnten, auf die Suche nach einer Doppelgängerin von Maisblüte geschickt. Alle Mädchen, die ihr ähnlich sahen, ließ er in den leeren Thronsaal bringen. Jetzt bat er den Ixiptla, Maisblütes Ebenbild zu bestimmen.
Er wählte eine Fischerstochter. Dann kam ihm eine Ahnung. „Was hast du vor? Ich werde sie doch nicht dem Tod ausliefern?"
Tlacotl beruhigte ihn. „Wenn sie es gut macht, wird sie deinen Bruder Sechs-Tod Feuerpfeil ehelichen. Und ihre Familie wird fürstlich belohnt."
„Wenn sie dazu bereit ist ..."
Das war die Fischerstochter zum Glück. Der Ixiptla fand langsam Gefallen an dem gefährlichen Spiel, das Tlacotl ihm Zug um Zug erklärte. Sechs-Tod Feuerpfeil, der Verräter, sollte Maisblüte nicht besitzen. Dann begriff er, dass er sie zurückerhalten konnte, und ihm sprang das Herz in den Hals. Nur zwei Tage trennten ihn von ihr! Wenn nur ja alles klappte! Wenn nur der Oberpriester nicht zu früh dahinterkam! Der durfte nichts davon erfahren, obwohl er mittun musste bei der Maskerade. Das war der Haken an Tlacotls Plan.
Um Jadefischs Ruhe war es geschehen. Es fiel ihm schwer, auch nur für einen Augenblick am selben Ort zu bleiben; es trieb ihn um, er konnte kaum noch essen und schon gar nicht schlafen. Glücklicherweise maß der Oberpriester dem nur wenig Bedeutung bei. Immerhin würde der Ixiptla bald vier Frauen auf einmal erhalten. Das mochte ihn schon etwas durcheinanderbringen.
Als der große Tag dann anbrach, war er gar nicht mehr zu gebrauchen. Von einem Fuß auf den anderen tretend stand er in der kleinen Kammer, wo Eins-Affe ihm zum letzten Mal die schwarze Götterfarbe bereitete.
„Was ist da drin?"
„Das Gleiche wie sonst."
„Schwör bei den Göttern, dass du keine Ackerwinde reingemischt hast!"
„Wie werde ich?! Du sollst doch deine Hochzeit nicht verschlafen. Jetzt setz dich hin."

Eins-Affe drückte ihn auf seinen Sitz und begann, ihn zu bemalen. Er rutschte dabei aber ständig mit dem Pinsel aus, weil Jadefisch so zappelig war.

Endlich war die Bemalung komplett. Nun noch der Netzumhang, der Schmuck...

„Warum dauert das so lange?!" Der Oberpriester kam, um das Erscheinungsbild des Ixiptla zu überprüfen. Er korrigierte ein paar Kleinigkeiten, und als er damit fertig war, hielt er ihm jeden Schritt vor Augen, den er heute machen würde. Dann überließ er ihn Eins-Affe, der mit ihm noch einmal jedes Wort und jede Geste üben musste und ihn schließlich sogar noch im Flötenspiel examinierte. Alles nur, damit er das Gleichgewicht zurückgewann. Und nach und nach gelang ihm das tatsächlich.

Heimlich aber lauschte er nach draußen. Er hörte ständig nach dem kleinen Priesterschüler rufen. Der Knabe sollte dies und jenes bringen – alles, was in dem Saal, in dem man den Ixiptla trauen wollte, noch fehlte. Dann, endlich, erschallte Tlacotls Stimme: „Wo ist der Oberpriester?!"

Alles lief sofort in den Hof. Auch der Gerufene kam herbei: „Was brüllst du so?"

„Der Große Sprecher wünscht dich zu sehen."

„Ach? Sitzt er etwa auf dem Jaguarthron?"

„Er sitzt auf dem Thron im Alten Palast! Und du wirst dich dorthin bemühen, um ihn um den Ixiptla zu bitten!"

Dem Oberpriester verschlug es die Sprache.

„Anschließend gibt er ihm die Frauen", sagte Tlacotl ihm weiter.

„Dem Ixiptla?"

„Wem denn sonst?"

„Das heißt, der Große Sprecher gibt sein Einverständnis für die Hochzeit und das Opfer ..." Der Oberpriester wirkte plötzlich überaus befriedigt, als hätte er soeben den Kampf mit Motecuzoma gewonnen.

Tlacotl versagte sich jede Ironie. „Begib dich also mit deinen Helfern und mit dem Ixiptla in den Thronsaal im Alten Palast."

Den Oberpriester beschlichen Zweifel: „Motecuzoma will doch nicht persönlich ... dort bei den Feinden im Alten Palast ..."

„Das ist leider unumgänglich – die Mädchen sind schon alle drüben."
„Schon drüben?", echote der irritierte Oberpriester.
„Ja."
„Wie konnte das passieren?"
„Motecuzoma hat es angeordnet."
Der Oberpriester verkniff sich einen Fluch.
„War es nicht seine Pflicht?", fragte Tlacotl scheinheilig.
„Ich kenne seine Pflichten. Aber die Umstände – ich meine, der Gesandte ... können wir das denn riskieren?"
„Der Gesandte kann sich keinen Übergriff mehr leisten."
„Wie du meinst ... Aber wer wird die Verantwortung übernehmen, falls dem Ixiptla doch etwas zustößt?"
„Du natürlich. Weil du die Entscheidung triffst. Schließlich kannst du den Ixiptla lassen, wie er ist – schwarz bemalt und ohne Frauen."
„Ich könnte aber auch ..."
„Das Ritual verändern?"
Jadefisch, der ein paar Schritte entfernt die Szene belauschte, freute sich diebisch: Der strenge Wächter steckte im eigenen religiösen Regelwerk fest. Somit ging die Entscheidungsmacht auf ihn als Gottesabbild über. Majestätisch näherte er sich: „Ich möchte meine Bräute sehen."
Der Oberpriester fügte sich. Er legte sein Zeremonialgewand an und folgte Tlacotl und dem Ixiptla zum Alten Palast.
Im Innenhof blieb Tlacotl stehen: „Da wäre noch etwas, Yaopol-tzin."
„Ich höre."
„Es könnte sein, dass der Gesandte unseren Großen Sprecher in seinen Handlungen behindert."
Der Oberpriester funkelte ihn an: „Ich hatte es dir ja gesagt!"
Tlacotl fuhr ungerührt fort: „In so eine peinliche Situation darf der Große Sprecher gar nicht erst geraten. Wir haben uns mithin ein wenig anzupassen."
„Was soll das heißen?"
„Dass es allein ums Wesentliche geht, auch wenn das eine oder andere Detail mit der Gewohnheit nicht auf den ersten Blick vereinbar erscheint. Wenn du also etwas siehst, was dich befremdet, dann be-

halte es für dich. Verdirb dem Fremden nicht die Laune! Das gilt auch für euch!" Tlacotl meinte das Gefolge des Ixiptla. „Von euch – kein Wort, nicht mal ein Hüsteln!" Stellvertretend blickte er Schädelwand durchdringend an. „Du als der geliebte Neffe des Großen Sprechers haftest für die Anderen!"
Schädelwand nickte beflissen, und auch der Oberpriester nahm alles hin. Die Caxtilteken hatten sie entdeckt. Sie durchsuchten sie nach Waffen und führten sie dann die Freitreppe hinauf zum schwerbewachten Thronsaal im Alten Palast.

Motecuzoma saß unter der Quetzalfederstandarte auf dem Herrschersitz seines Vaters. Er wurde vom Gesandten rechts und dem Herrn Sonne links flankiert, als wären diese sein Gefolge. Mit unbewegter Miene nahm er die Huldigung des Oberpriesters entgegen.

„Totecuiyo", musste dieser mehrfach sagen, immer wenn er sich auf seinem langen Weg zum Thronpodest niederwarf und so verharrte, bis der Große Sprecher ihm erlaubte, sich zu erheben. Als er dann vor ihm stand, ersparte er ihm keine einzige der Redeformeln. Auch Motecuzoma selbst ließ keines der vorgeschriebenen Worte aus. Dann erst durfte der Oberpriester um den Ixiptla bitten.

„Du erkennst an, dass ich der Große Sprecher bin?"
„Du bist die Mutter und der Vater Tenochtitlans, du bist die große Schirm-Akazie, die schützende Zypresse, du bist ..." Der Oberpriester kam ins Stocken, mehr wollte ihm nicht über die Lippen kommen. Motecuzoma saß und schwieg.
Der Oberpriester gab sich geschlagen: „Du bist die Krallen und der Fang Tezcatlipocas, du bist die Flöte unseres Herrn."
„Dann vernimm, dass wir das Fest für Tezcatlipoca auf eine neue Weise begehen."
Der Oberpriester sah Motecuzoma an, als hätte dieser den Verstand verloren. „Wie lauten deine Wünsche?"
„Nicht länger soll die kleine rote Pyramide am Chalco-See der Ort des Opfers sein. Das Abbild des Tezcatlipoca wird hier in Tenochtitlan, im Zentrum der Welt, den Haupttempel besteigen."
„So wird es sein." Der Oberpriester war sichtlich erleichtert. Motecuzoma hatte nichts von einem Jadeherzen gesagt.

Auf Motecuzomas Zeichen hin ließ Tlacotl den Saal herrichten. Vier Feuerbecken wurden zu einem großen Quadrat aufgestellt und darum Matten und Sitzkissen im Kreis ausgelegt. Die äußere Begrenzung bildeten mit schwarzen Federteppichen drapierte Wandschirme, die das Licht weiter dämpften. Dem verwunderten Gesandten erklärte Tlacotl nur, dass die heilige Hochzeit des Gottesabbildes ein einziges Mysterium sei. Hilfesuchend blickte der Gesandte Eins-Gras und die tlaxcaltekischen Berater an, aber keiner von ihnen hatte je an einer Zeremonie für einen Ixiptla teilgenommen.

Tlacotl holte die Federstandarte. Daraufhin stieg Motecuzoma vom Thron und folgte ihm durch eine Öffnung in den Kreis. Er nahm genau dort Platz, wo Tlacotl die Standarte aufpflanzte, und wurde auch gleich wieder vom Gesandten und dessen rechter Hand eingerahmt. Dann kamen Eins-Gras, Xicotencatl der Jüngere und der Mann des zweiten Königs von Tlaxcallan. Das Gefolge des Ixiptla und der Oberpriester gingen auf die linke Seite, während der Ixiptla selbst sich in die Mitte zwischen den Feuerbecken begab, wo er sich mit gekreuzten Füßen auf einer Matte niederließ. Schließlich trugen vier Priesterinnen die Bräute des Ixiptla auf dem Rücken herein. Ängstlich sortierte Jadefisch die Mädchen, die ihm ihre bemalten Gesichter wie gelbe Blumen zuwandten. Sobald er die Fischerstochter erkannte, beruhigte er sich. Er musste sich jetzt konzentrieren wie niemals zuvor. Er kontrollierte seinen Atem, und dann saß er so erhaben da wie früher immer beim Empfang der Würdenträger. Nichts an ihm verriet, dass er Maisblüte kannte, als sie dann endlich hereingeführt wurde. Auch sie war gelb bemalt. Es brachte sie die tlaxcaltekische Gemahlin des Herrn Sonne, der zur Seite rückte, so dass sie beide zwischen diesem und Xicotencatl dem Jüngeren Platz nehmen konnten.

Motecuzoma eröffnete die Zeremonie und übergab gleich an den Herrn-Des-Schwarzen- Hauses, der für die Gäste das Geschehen erläutern würde.

Tlacotl begann, dem Oberpriester winkend: „Der Gott des Herrschers legt den Schmuck ab!"

Langsam entledigte sich der Ixiptla zuerst seiner Blumengirlande und seines Blütenkranzes. Der Oberpriester half ihm dabei. Er nahm ihm die vertrockneten Gebinde ab und legte sie sorgsam nebeneinander auf einen großen Bogen Papier. Dasselbe geschah mit den goldenen Ketten und Ringen. Der Ixiptla zog sich seine Ohrpflöcke aus, den Nasenstab, das Lippenornament, er band sich die Glöckchen und Schellen vom Fuß. Schließlich löste er den funkelnden Türkis aus seinem Nabel und legte ihn auf die noch freie Stelle auf dem Papier. Maisblütes Blicke hefteten sich gleich daran. Er tat, als würde er es nicht bemerken. Dann trat der Oberpriester zwischen ihn und das Mädchen. Er verstellte ihm die Sicht. Er zupfte ihm die Adlerdaunen aus dem Haar, und dabei ziepte es gemein. Der Oberpriester hatte ihm ein Haar ausgerissen.

Die nächste Prozedur folgte. Der Oberpriester wusch dem Ixiptla die schwarze Farbe ab. Maisblüte war dabei geschickter und sanfter gewesen. Endlich wurde er fertig. Er musste nur noch den Netzmantel aufknoten und die Sandalen von den Füßen streifen. Der Oberpriester stand wieder vor ihm und half, seine prachtvolle Schambinde gegen eine neue, nur wenig einfachere zu tauschen.

„Der Gott des Herrschers hat den irdischen Besitz verloren", verkündete der Herr des Schwarzen Hauses.

Jetzt hatte der Ixiptla den Schmuck zu verteilen. Er schenkte einem jeden in der Runde etwas von seinen Juwelen. Dabei achtete er streng darauf, dass Motecuzoma und die Tlaxcalteken Jade und Türkise, die Caxtilteken Goldschmuck erhielten. Maisblüte aber empfing von ihrem Geliebten den blauen Stein der Würde, der seinen Nabel bedeckt hatte.

In der Zwischenzeit hatte der Oberpriester den Umhang zusammengelegt, die Adlerdaunen in die Schambinde eingewickelt, damit sie nicht durch einem Lufthauch aufwirbeln konnten, und die trockenen Blüten auf dem Stapel angeordnet. Die Sandalen stellte er daneben. Der Ixiptla aber griff nach den goldenen Glöckchen und Schellen, die er noch nicht verschenkt hatte. Der Herr Sonne starrte ihm auf die Hand, und seine Lippen formten das runde O des caxtiltekischen Wortes für Gold. Feierlich hielt der Ixiptla den Schatz in die Höhe. Dann versenkte er ihn in den gelben Blumenschnüren. Sonne entfuhr ein Überraschungslaut.

Tlacotl schickte nun den Oberpriester an seinen Platz zurück.
„Dem Gott des Herrschers werden die Haare geschnitten! Motecuzomas Tochter bindet ihm die Steinpfeilerfrisur!"
Maisblüte durfte den Ixiptla in einen Krieger verwandeln. Damit wurde ihre Anwesenheit gerechtfertigt, und der Oberpriester hütete sich zu intervenieren.
Maisblüte erhob sich und ging auf den Ixiptla zu. Von vorne beugte sie sich über ihn, um ihm das lange Haar zu glätten. Sie kämmte es ihm gleichmäßig vom Scheitel weg. Es fiel ihm über die Augen, so dass er kaum noch etwas von Maisblüte sah. Dann teilte sie eine Partie ab und legte sie wieder nach hinten. „Schließe die Augen, Ixiptlatzin!", sagte sie ihm laut mit ihrer hellen Stimme. „Ich schneide dir jetzt das Stirnhaar und dann die Partie über den Ohren." Ihre Finger berührten sein Gesicht und seinen Kopf. Sie stand so dicht bei ihm, dass ihre Körper sich berührten. Ein wohliger Schauer durchrieselte ihn. „Jetzt binde ich den Haarschopf auf dem Scheitel!", kündigte sie an. Sie teilte sein Nackenhaar. Die oberen Strähnen band sie auf dem Scheitel zu einem dichten Busch zusammen. Damit er auch hielt, umwickelte sie ihn fest mit einem rotgefärbten Streifen Kaninchenfell. Diese erhabene Struktur nannte man den Steinpfeiler. Darin verknotete Maisblüte zum Schluss noch einen Gabelbusch aus weißen Reiherfedern und blaugrünen Quetzalfedern.
Das war das Zeichen für den Ixiptla. Der Tochter des Großen Sprechers stand eine Belohnung zu. Die Beobachter hielten den Atem an, vor allem die Caxtilteken, denn der junge Krieger wies mit der Hand auf den Stapel, der seinen Schmuck beherbergte. Alles, was da lag, gehörte Maisblüte. Mit glänzenden Augen betrachtete sie die Reliquien. Niemand besaß jetzt so viele davon wie sie. Aber sie wusste, was sie schuldig war. Beim Frisieren hatte der Ixiptla ihr eine Anweisung zugeflüstert, und so gab sie jetzt mit einer großzügigen Geste den ganzen Stapel frei. „Wenn der Ixiptla auf der Pyramide seine Flöten zerbricht, dann kämpft man in der Menge um alles, was herunterfällt. Jeder versucht, ein Stück zu erhaschen. Auf denn! Holt euch, was ihr haben wollt!"
Sogleich sprang man von allen Seiten auf den begehrten Haufen zu. Sogar Motecuzoma spielte mit und zwang dadurch den Gesandten,

es ihm nachzutun. Während jedoch die Caxtilteken eifrig nach den goldenen Schellen wühlten, nahmen sich die Azteken die Blumen und Sandalen des Gottesabbildes. Das Durcheinander war perfekt, und als auch noch das Feuerbecken umgestoßen wurde, konnte Tlacotl den Austausch vollziehen. Als endlich alle wieder an den Plätzen waren, da saß die Fischerstochter neben Xicotencatl dem Jüngeren, Maisblüte aber bei den anderen Mädchen. Niemand bemerkte etwas. Die Fischerstochter hob den Kopf und lächelte den Ixiptla an. Sie spielte ihre Rolle ganz vortrefflich.

„Der Gott des Herrschers erhält seine Frauen!", rief Tlacotl aus. „Die Göttin des jungen Maises!" Das erste Mädchen erhob sich und setzte sich neben dem Ixiptla auf die Matte. Er sah schaute an, und gleich senkte sie die Lider.

„Die Göttin des Salzes!"

Die weiß gekleidete Schönheit kam zu ihm. Als sie sich niedersetzte, streifte ihn ihr Schultertuch, und sie wagte einen verstohlenen Blick auf ihn, den sie aber gleich wieder artig abwendete.

„Die Göttin des Wassers!"

Diese war in Blau gekleidet und setzte sich neben die Göttin des gelben Maises.

„Xochiquetzal, die Göttin der Liebe, des Pflanzenwachstums und der Webkunst!"

Maisblüte! Endlich hatte er sie! Sie setzte sich ihm gegenüber, damit sein Federbusch ihr Gesicht vor prüfenden Blicken verbarg. Er reagierte: „Bildet einen Kreis um mich", flüsterte er. Sie taten es sofort. Der Große Sprecher hob die Hand: „Ich habe die vier Mädchen selbst ausgesucht. Jedes ist das Abbild einer Göttin – würdig, mit dem Abbild des Tezcatlipoca vermählt zu werden."

Maisblüte und Jadefisch blickten einander an. „Verknotet man denn neuerdings nicht mehr die Kleider?", flüsterte das schlaue Mädchen. Schon hatte sie den Zipfel ihres roten Schultertuches in der Hand. Im selben Augenblick griff Jadefisch den Zipfel seines neuen Umhangs.

„Schsch ..., was tut ihr?", fragte das Mädchen, das die Salzgöttin darstellte. „Dein Mantel hat nur *zwei* freie Ecken!"

Damit sagte sie, was Jadefisch natürlich wusste: nämlich, dass das Ritual des Verknüpfens der Umhänge gar nicht geplant war. Es gehörte in die Welt der Menschen, die sich für länger als für zwanzig Tage miteinander verbanden. Aber sie waren zu schnell gewesen. Kaum hatten sie den Knoten zugezogen, da stieß der Blick des Oberpriesters wie ein Habicht darauf nieder; schon legte Schädelwand sich die Hand vor den Mund.

Tlacotl rettete die Situation. „Was habt ihr doch für ein löchriges Gedächtnis!"

Motecuzoma lachte, und dann lachte Xicotencatl der Jüngere, dann auch die Priesterin der Xochiquetzal, die bei dem Austausch mitgewirkt hatte, schließlich lachten auch die Caxtilteken. Der verräterische Knoten wurde damit zu einem harmlosen Fehler erklärt. Es war ein Lapsus, den man nicht bedenklich finden musste.

„Nimmst du die Mädchen für den Ixiptla an?", fragte der Große Sprecher.

Der Oberpriester akzeptierte. Er bestätigte noch einmal die Verbindung zwischen dem Abbild des Tezcatlipoca und den vier Göttinnen. Die rituelle Ehe war geschlossen.

Die Wandschirme wurden nun wie ein Spalier zum Ausgang des Thronsaals hin aufgestellt. Mit dem Großen Sprecher und den Caxtilteken an der Spitze verließ der Hochzeitszug die Stätte. Vor dem Ausgang blieb Motecuzoma stehen und ließ den jungen Krieger, der immer noch Tezcatlipoca war, mit den vier Göttinnen passieren. „Behüte sie, Jadefisch", sagte er, einer Eingebung folgend. Er meinte seine Tochter, die er jetzt ansah, als wolle er sich ihre Züge unauslöschlich einprägen. Ihr schossen die Tränen in die Augen. „Geht jetzt", flüsterte er, „dreht euch nicht um!" Jadefisch berührte Maisblüte am Handgelenk. Dann nahm er die Flöte. Das Lied vom Raub der Xochiquetzal spielend, führte er sie aus dem Alten Palast, während die drei anderen Mädchen um sie lachten und tanzten. Und das Gefolge hinter ihnen bildete einen Puffer zwischen ihnen und den Caxtilteken. Wie Tlacotl gefordert hatte, sagte keiner etwas. Auch Schädelwand, der Maisblüte erkannt hatte, wagte kein Wort und starrte stumm und stur geradeaus.

Tlacotl, der noch den Abzug des Gesandten regeln musste, schaute ihnen von der Freitreppe her nach. Xicotencatl der Jüngere trat zu ihm: „Ein Meisterstück!"

„Wann hast du es mitgekriegt?"
„Als ich Maisblütes Abbild sah."
„Du stehst auf der falschen Seite."
Sie gingen beide in den Saal zurück, in dem sich außer Motecuzoma und dem Gesandten auch immer noch der Oberpriester aufhielt.
Dort kam es, in beinahe absoluter Stille und von dem scheinbar vergessenen Gesandten peinlich genau beobachtet, zu einer letzten Begegnung zwischen dem Herrscher und dem Oberpriester.
Die Kontrahenten fixierten einander, Motecuzoma vom Thron seines Vaters aus, der Oberpriester knapp drei Schritte vor ihm stehend.
„Walte deines Amtes, Totecuiyo!", sagte schließlich der Oberpriester.
„Räche dich an mir. Sprich schon das Urteil."
Motecuzoma blickte ihn eisig an. „Wir reisen alle in die Unterwelt."
Der Oberpriester nickte. „Heute ich und morgen du."
Er wagte es, Motecuzomas Vorbild zu zitieren. Das hatte Tlacaelel, die legendäre Weibliche Schlange, bei der Besiegelung des Vertrages über die Blumenkriege gesagt. Nein, dieser Oberpriester wich nicht um Haaresbreite von seinen überholten Vorstellungen ab.
„Ich habe dich geschätzt", sagte Motecuzoma. „Du hast mir lange treu gedient. Ich wünschte mir, du wärest ein Stück weiter mit mir gegangen."
„*Der* Weg führt in den Abgrund, Totecuiyo." Nein, dieser Große Sprecher würde sich nie aus dem Netz seiner Hybris befreien. Er leugnete noch immer, dass er in der Falle saß, hier auf dem Thron im Alten Palast, als Geisel eines falschen Gesandten.
Motecuzoma sah die Iris seines Gegenübers zur Seite des Gesandten abdriften. Die unwillkürliche Bewegung löste ihn aus der Umklammerung mit seinem Feind. Er wusste, was der Oberpriester dachte. Zugleich begriff er, dass er jetzt, da dieser ihm hilflos ausgeliefert schien, weniger Macht über ihn hatte denn je. Er konnte sich nur noch lächerlich machen.
„Mögest *du* dem Gott gefallen." Motecuzoma gab den Oberpriester frei, bevor es der Gesandte hinter seinem Rücken täte. Brüsk, ohne den Erstaunten auch nur eines weiteren Wortes zu würdigen, wandte er sich seinem Hauptfeind zu: „Ich möchte deinem Abzug keinesfalls im Wege stehen." Im selben Atemzug begann er, den hohen

Herrn aus Caxtillan zu loben, dem der Gesandte bald entgegenziehen werde. Unabhängig davon aber sollte Tlacotl, derzeit Herr-Des-Schwarzen-Hauses, in diplomatischer Mission mit an die Küste reisen – nicht im Gefolge des Gesandten, sondern separat, als offizieller Vertreter des aztekischen Bundes.

Dem Oberpriester kam die Wendung wie der wundersame Eingriff seines Gottes vor. Tezcatlipoca selber hatte ihn gerettet – und mehr noch: Er hatte ihn zudem von Tlacotl befreit. Der würde ihm nicht wieder in die Quere kommen, nicht in den zwanzig Tagen, die das Jahr des Ixiptla beschlossen. So dachte er denn auch nicht lange über Motecuzomas Sinneswechsel nach. Er machte, dass er in den Tempel kam. Im Monat Toxcatl gab es unendlich viel zu tun. Er musste Tezcatlipocas Statue neu ausputzen, um sie dem Volk zu präsentieren. Seine Untergebenen wurden immer träger. Nicht einmal der Korb mit dem göttlichen Schmuck stand für ihn an der Treppe bereit; er musste ihn wohl selber aus dem Speicher holen. Eben noch rechtzeitig fiel ihm ein, dass er ihn ja eigenhändig eingemauert hatte, damit die Caxtilteken keinen goldenen Ziegel daraus machen konnten. Seufzend stieg er in die Dunkelheit des Heiligtums hinauf; dort, neben der letzten Stufe, war die Nische mit dem Schatz. Dort kam ihm auch sein Fehler zum Bewusstsein: Er durfte die Statue ja gar nicht enthüllen, solange kein Großer Sprecher auf dem Jaguarthron saß! Sein einziger Kontakt zu Tezcatlipoca blieb der Ixiptla; wenigstens war mit diesem jetzt alles in Ordnung. Er hatte seine Göttinnen, er vollzog die heilige Hochzeit. Der Oberpriester war zufrieden.
Ein Hauch von Zuversicht umwehte ihn. Entgegen seiner sonstigen Gewohnheit ließ er das zu, und als am nächsten Morgen der falsche Gesandte die Stadt verließ, da schaute er ihm siegessicher hinterher. Da zog er fort, Malin-tzin – den Weg zurück, auf dem er hergekommen war –, passierte, auf der falben Hirschkuh sitzend, erneut die Festung Xoloc. Er würde nichts mehr durcheinanderbringen – und auch der schlechte Herrscher nicht. Denn dessen Tochter reiste mit. Maisblütes Sänfte wippte auf und ab, dem Bräutigam in Chollollan entgegen; welche Ironie, dachte der Oberpriester nicht ohne Schadenfreude.

Er schöpfte erst Verdacht, als es zu spät war. Weil er sich die ganze Nacht im Heiligtum befunden hatte, weil er mit niemandem gesprochen hatte, war sein Auge und sein Ohr im Gefolge des Ixiptla nicht zu ihm durchgedrungen. Weil er dann am Abend nach der Rückkehr des Ixiptla aus der Stadt nur wissen wollte, wie sich dieser in seiner neuen Würde präsentierte. Weil er zu müde für die allzu detaillierten Schilderungen Schädelwands war, weil er sich für dessen Eifersucht nicht interessierte, dessen allmählich in kalte Wut umschlagendes Gekränktsein nicht spürte. Maisblüte würde Sechs-Tod Feuerpfeil heiraten, Nachtjaguars ältesten Sohn – das ließ sich nicht ändern.

Erst am nächsten Morgen schöpfte er Verdacht, dass die Dinge nicht so lagen, wie er geglaubt hatte. Der Ixiptla zeigte eine beunruhigende Präferenz für die Göttin Xochiquetzal. Der Oberpriester sah genauer hin. Die beiden waren miteinander so vertraut – und sie, nun, sah sie nicht Motecuzomas Tochter ähnlich? Und wie sie lachte ... Zwar war es noch zu dunkel, als dass der Oberpriester sie ohne Zweifel wiedererkannte; die Stimme aber narrte ihn nicht. Motecuzoma hatte ihm Maisblüte untergeschoben.

Wie konnte er nur?! Sie war nicht ausgebildet worden! Sie beherrschte die Tänze nicht! Am liebsten hätte der Oberpriester Maisblüte aus dem Tempel gejagt. Er rauschte in den Saal des Ixiptla und starrte sie an.

Auf der Stirn des Ixiptla kräuselte sich Wolkendunst. Dem Oberpriester wurde bange. Verlor das Gottesabbild seine Heiterkeit? So kurz vor dem Fest? Das wäre ein schlechtes Omen. Auch fragte sich der Oberpriester plötzlich, woher er wohl das vierte Mädchen nehmen sollte. Die echte Darstellerin der Xochiquetzal, daran bestand für ihn nicht der geringste Zweifel, war schon bei Sechs-Tod Feuerpfeil. Blieb nur, Maisblüte das Nötige zu lehren. Schließlich hatte er, der Oberpriester, sie ja auch rituell getraut.

„Ixiptla-tzin, ich wünschte, ihr würdet noch einmal die Tänze üben", bat er honigsüß.

Der Ixiptla rief sogleich nach all seinen Frauen. Sie gingen in den Hof, um dort zu üben. Maisblüte lernte schnell. Sie schaute sich die Schritte von den andern ab, und so beschloss der Oberpriester, den Dingen ihren Lauf zu lassen.

35

Über den Alten Palast hatte sich eine unwirklich anmutende Stille gesenkt, nur durchbrochen von Hundegebell und Hufgeklapper, wenn man die Hirsche zum Brunnen brachte. Der Herr Sonne, der die verbliebenen knapp über 80 Caxtilteken führte, ließ sich nicht blicken. Der Gesandte war acht Tage fort, als er zum ersten Mal zu Motecuzoma kam. Die Tlaxcalteken hatten ihm von dem Toxcatl-Fest erzählt, und der Gedanke an die vielen Krieger, die zum Tanzen kommen würden, beunruhigte ihn. Er wollte von seinem Gefangenen wissen, wie weit die Vorbereitungen für das Fest gediehen waren. Als ob dieser durch die Wände sehen könnte! Motecuzoma beschied ihn mit Auskünften, die ihm nichts sagten. Er sprach von den Gebeten der Priester, vom Zurechtlegen der Tanztrachten, vom Einüben der Gesänge, bis Sonne die Geduld verlor.

„Und was tun die Krieger? Üben sie etwa Kampfhandlungen ein? Ihr werdet uns doch nicht angreifen wollen, weil wir nur noch so wenige sind?"

„Du fürchtest dich?" Motecuzoma sah den Herrn Sonne unbewegt an. „Der Gesandte hat dich alleingelassen?"

„Die Krieger sollen ohne Waffen kommen!"

„Wenn es dich beruhigt: Das tun sie ohnehin. Sie tanzen immer ohne Waffen."

„Nun denn, man rühmt eure Krieger als die besten Tänzer. Mögen sie es uns beweisen!"

Nun wollte Sonne einen Boten der Weiblichen Schlange sprechen. Dieser musste ihm bestätigen, dass kein Angriff vorbereitet werde.

„Ihr legt uns keinen Hinterhalt?"

„Wie sollten wir? Du hältst noch immer unseren Herrscher fest!."

„Dann wollen wir die Tänze betrachten."

Das Ansinnen löste Streit aus. Die Priester wollten keine Caxtilteken auf dem Tanzplatz sehen, die Krieger aber fühlten sich in ihrer Ehre

verletzt: Eine Ablehnung bedeutete in ihren Augen, dass sie kniffen, dass sie vor ihren Feinden versagten. Sie wollten ihre Tanzkunst zeigen, wie balzende Vögel das Gefieder spreizen, die Besten der Besten sein. Den Caxtilteken würde das gehörig imponieren. Solch gewandte Körper waren auch zu anderem fähig; es war nicht ratsam, sich mit ihnen, Tenochtitlans Kriegern, anzulegen. So ging es fort. Warnende Stimmen – und die gab es – drangen nicht durch. Die Erinnerung an die Ereignisse in Cholollan wurde mit Hohngelächter quittiert. Tenochtitlan war nicht Cholollan! Undenkbar, dass sich hier dergleichen wiederholte. Und was den Herrn Sonne betraf – hatte den nicht Furcht befallen?
Der Cihuacoatl gab den Kriegern nach. „Der falsche Gesandte ist vielleicht schon im Bauch eines der Schiffe angekettet. Seine Füße stecken in metallenen Ringen – jenen gleich, die er Motecuzoma anlegen ließ."
„Hat Tlacotl schon Nachricht geschickt?"
„Noch nicht. Und bis das Schicksal des Gesandten nicht geklärt ist, wird sich sein Stellvertreter nicht rühren."
So kam es, dass drei Caxtilteken den großen Tanzplatz vor der Doppelpyramide in Augenschein nehmen durften, wo emsiges Treiben herrschte. Es wurde nicht allein das Fest des Tezcatlipoca begangen, sondern auch das des Kriegsgottes Huitzilopochtli, und von diesem wurde eine Statue gebildet, die man später essen würde. Die Frauen zweier auserwählter Stadtbezirke rieben Amaranth zu feinem Mehl, das sie mit dunklem Honig mischten. Daraus formten sie den Leib des Huitzilopochtli, und die Caxtilteken schauten dabei zu. Sie setzten sich den Frauen gegenüber und betrachteten ihre Gesichter. Dann gingen die Frauen weg. Junge Krieger kamen, um die Statue zum Trocknen auf ein Podest zu stellen.

Die Zeit rann. Wenn sie ihn von ihr geschnitten, sie wie eine Agave aufgehackt haben würden, dann konnte jene Wunde allenfalls verholzen; besser wäre es, daran zu sterben. Was sollte sie mit ihrem Leben machen? Maisblüte wusste es nicht. Sein Kind aufziehen, falls ihr eins gegeben würde und die Priester es ihr ließen. Was passierte überhaupt mit den Frauen eines Ixiptla? Niemand sprach davon, doch war es nicht zwingend, dass man sie opfern würde? Nachdem sie ihn geopfert hatten? Was sonst? Diese Überlegung barg allerdings keinen Schrecken für sie.

Maisblüte lächelte Jadefisch zu. Er brauchte nicht zu wissen, wie es in ihr aussah, er konnte nichts dafür. Zehn Tage noch, zehn Nächte, sich zu lieben, was aber leider nicht ganz ohne Zugeständnisse an die anderen drei möglich war. Er hatte Pflichten ihnen gegenüber, und der Oberpriester achtete darauf. Die Frauen ebenfalls, zumindest die Weiße, die Göttin des Salzes. Die reklamierte ihn für sich, als könnte er ihr irgendwas bedeuten. Jetzt hockte sie schon wieder hinter ihm und drückte ihm die Brüste an den Rücken, flüsterte ihm etwas ins Ohr. Er lächelte und ließ sich leicht nach hinten sinken. Ob er seine Frauen wohl noch unterscheiden konnte? Er hatte ständig so ein Leuchten im Gesicht, er schien vom Glück wie überflutet.

Maisblüte sagte zu der Weißen: „Komm! Ich schmücke dich für ihn. Du sollst das Lager mit ihm teilen."

So behielt sie ihre Würde – und die Kontrolle. Sitte war es auch. Wie oft hatte Maisblütes Mutter früher Reiherfeder geschmückt.

Die Weiße indes kannte die Tradition im Haus des Großen Sprechers nicht. Sie blitzte Maisblüte wütend an. „Du hältst dich wohl für was Besonderes? Eine Königstochter oder so!"

Maisblüte mochte sich nicht streiten. Sie blickte die andere nur an. Es war derselbe souveräne Blick, mit dem ihre Mutter Quetzalmatte immer jeden Widerspruch im Keim erstickte.

Jadefisch fühlte sich durch den Blick an seine eigene Mutter erinnert. „Auch sie hat immer Nachtjaguars Konkubinen geschmückt."

Die Weiße wusste nicht, wovon die Rede war. „Wer denn? Sie?"

„Erdsonne", erklärte Maisblüte, „die geliebte Mutter unseres Gemahls."

„Nicht wahr! Ihr nehmt mich auf den Arm."

„Es ist nicht wichtig, ob du das verstehst", sagte Jadefisch.

Der Weißen dämmerte, dass sie sich schon von früher kannten. „Wenn das der Oberpriester merkt ..."

„Was sollte er dagegenhaben? Er ist ein Mann der Tradition. Maisblüte wird mir fortan meine Auserwählte bringen."

Die Weiße musste sich gefallen lassen, dass Maisblüte ihr die Haare mit Indigo färbte, sie nach dem Baden mit Duftölen einrieb, sie ankleidete, frisierte und zum Schluss mit gelber Farbe schminkte. Und falls sie auf den Oberpriester hoffte, so war das vergeblich. Der Oberpriester schritt nicht ein. Im Gegenteil – er lobte das Verfahren, weil es eine wunderbare Ordnung in das Leben des Ixiptla brachte.

Noch etwas geschah, das Maisblütes Ansehen bestärkte, weil es ihren Einfluss auf den Ixiptla neuerlich zeigte und zugleich dem Oberpriester aus einer Verlegenheit half.

Es war der dreizehnte Tag des Monats Toxcatl. Seit dem Vormittag strömte Volk im Tempelhof zusammen. Still stellten sich die Menschen vor der Pyramide auf, die Gesichter hoch zum Heiligtum erhoben. Sie warteten auf ihren Gott, der ihnen die Verfehlungen des ganzen letzten Jahres verzeihen sollte. Sie hofften, dass Er ihre Missetaten nicht offenbaren und sie friedlich weiterleben lassen würde – als dieselben fehlerhaften Menschen, die sie leider nunmal waren. Ihre Herzen – wer kann sagen, ob mehr vor Hoffnung oder mehr vor abgrundtiefer Furcht – zitterten dem einen Augenblick entgegen, da sich Tezcatlipoca ihnen zeigen würde. Da in Seinem glänzend schwarzen Leib die Mittagssonne flammen, sich das Firmament der Nacht zum Tageshimmel wandeln würde.

Genau dies konnte heute nicht passieren. Tezcatlipoca würde nicht erscheinen. Selbst wenn der Oberpriester, wie sonst auch, den Vorhang vor dem Allerheiligsten aufzöge – die Statue, gehüllt in Stoff, kein Spiegel, der die Sonnenstrahlen reflektierte, sie bliebe stumpf und unsichtbar. Die Menschen mussten glauben, dass Er ihnen nicht vergab. Die Schuld des Königs war so groß, dass Er sich auch vom Volk abwandte. Bald würde Er die ganze Stadt, den König und das Volk, zerschmettern. Der Oberpriester seufzte. Das wünschte er sich wahrlich nicht.

„Was sollen wir den Leuten sagen?", fragte Eins-Affe.

„Nichts. Sie werden von alleine gehen."

Doch auch dies passierte nicht. Als die Sonne den Zenit erklommen hatte, warf das Volk sich nieder und verharrte schweigend. Dann, später, hörte man Wehklagen, aber niemand ging.

„Jemand muss es ihnen sagen."

Der Zufall wollte es, dass der Ixiptla eben die Pyramide betrat. Während das Gefolge draußen ihn vor den Blicken der Menge abschirmte, zog Maisblüte ihn an der Hand hinein. „Ist er nicht das Abbild des Tezcatlipoca? Kann der Gott sich nicht durch den Ixiptla offenbaren?"
„Wenn es Sein Wille ist ..." Der Oberpriester stieg mit dem Ixiptla die Innentreppe empor. Bevor der Vorhang aufgezogen wurde, blies der Ixiptla mit ganzer Kraft viermal nacheinander in die Blumenflöte, als schrie aus dem Himmelsrund ein Adler – schrill, es drang durch Mark und Bein. Dann trat er vor die Menge. Er trug genügend Schmuck, in dem das Licht sich fing, und einen großen, dunklen Spiegel aus Obsidian, den ihm der Oberpriester im letzen Moment noch zugesteckt hatte. Er hielt den Spiegel hoch, und er begann zu leuchten und zu strahlen.
Der Jubel ließ sich nicht beschreiben.

Jetzt endlich durften auch die Priester aus dem Tempel treten. Sie verteilten sich mit ihren Räucherkellen in der ganzen Stadt, um noch die letzte ärmliche Behausung mit dem Duft Tezcatlipocas zu weihen. Nichts Böses sollte in den Räumen bleiben. Nur den Alten Palast ließen sie aus. Erst als der Ixiptla es befahl, wagte sich ein alter Priester dort hinüber, doch der Herr Sonne ließ ihn nicht ein. In der Hoffnung, dass der reinigende Rauch in das Gebäude eindringen werde, schwenkte der Priester seine Kelle auf der Schlangenmauer des Tempelbezirks.

So kamen die letzten fünf Tage heran. Es war die Zeit der Tänze und des Abschiednehmens. Die Tänze mussten sie an vorbestimmten Orten in der Stadt aufführen. Die Göttinnen umschwirrten den Ixiptla wie Schmetterlinge, dann stellten sie sich nach den Himmelsrichtungen um ihn auf und bewegten sich nach einem komplizierten Fünfertakt, bei dem die Betonung auf den linken Fuß fiel; immer, wenn sie mit dem linken Fuß auftraten, klapperten die Rasseln an den Waden besonders hell und laut, während der Ixiptla die Flöte überblies oder pausierte. Da kam viel schaulustiges Volk zusammen. Falls Maisblüte irgendwelche Fehler unterliefen, war das nicht schlimm.

Nach den Tänzen suchte der Ixiptla immer jene Stellen auf, mit denen ihn besondere Erlebnisse verbanden. Zuerst den Markt, denn dort, am Stand des Amulettverkäufers, hatte ihn das Schicksal Reiherfeder treffen lassen, und Glück wie Unheil hatten angefangen. Mit einem schillernden Vögelchen. Zwei Leben hatte es gekostet, zwei Liebende zusammengeführt, die es bald trennen würde, weil in dieser Welt nichts lange bestand. Jetzt sprach Maisblüte mit der Frau des Amulettverkäufers. Sie kaufte eine Silbernadel, griff sich unters Hemd und löste jenen zauberischen Kolibri vom Gürtel. „Steck ihn mir an."

Das tat die Frau. Geschickt versteckte sie den Winzling in Maisblütes Frisur. Nur die Schnabelspitze und ein Türkisauge leuchteten daraus hervor. Jadefisch schielte immer wieder danach. Die Weiße neckte ihn deswegen, und Schädelwand, der immer noch der beste Wächter des Ixiptla war, zischte böse: „Schau an."

Jadefisch blickte durch ihn hindurch, als wäre er Luft. Er führte sein Gefolge zum Schilf, wo seinetwegen der Mattenflechter mit dem Boot gekentert war. Der Findling lag noch da, doch die Lagune hatte sich so weit zurückgezogen, dass er trockenen Fußes dorthin gelangte. Er setzte sich und ahmte wieder Vogelstimmen mit der Flöte nach, und wieder kam ein neugieriger Taucher geschwommen, nur der Mattenflechter zeigte sich nicht. Jadefisch spähte durch die Büsche nach der Pfahlhütte aus.

„Es wird nicht regnen", sagte Schädelwand. Absichtsvoll ließ Jadefisch ihn daraufhin die Begebenheit erzählen. Wie nicht anders zu erwarten, setzte Schädelwand sich gleich in Szene. Jadefisch ließ ihn geduldig reden. Als er endlich fertig war, sagte er: „Du hast etwas vergessen."

„Was, Ixiptla-tzin?"

„Dass du dem Oberpriester jede Kleinigkeit verraten hast."

„Das ist nicht wahr, Ixiptla-tzin!"

„Verzeih. Du hast erst später damit angefangen."

Das saß. Und es erfüllte einen weiteren Zweck. Zwei Wächter im Gefolge erinnerten sich plötzlich an Goldfasan. Sie nahmen Schädelwand in die Mitte: „Warte nur, du Petze, ein paar Tage ... und wenn du noch irgendetwas weitertratschst ..." Sie fingen an, ihn hin- und herzustoßen wie einen Ball. Jadefisch beendete das. „Gehen wir zum Speicherhaus."

Der Schatzverwalter konnte unbesorgt sein, denn diesmal rauchte der Ixiptla nicht. Er erzählte bloß, welchen Schabernack er hier getrieben hatte. Maisblüte, die Gefallen an den Geschichten fand, wollte alles bis ins Kleinste wissen. Was waren auf den Tüchern für Muster? – Die Auskunft „weiße Schneckenhäuser auf rotem Grund" genügte ihr nicht. Es gab verschiedene Arten von Rot, verschieden große Schneckenhäuser – und dann, wie hatte wohl die Borte ausgesehen? Der beflissene Schatzverwalter kam ihrer Bitte zuvor und zeigte sie ihr. Jadefisch staunte: Was für ein tiefes, beinahe purpurfarbenes Rot das war! Vier große weiße Schneckengewinde wie gezackte halbe Monde prangten darauf, und dabei gab es doch in seiner Erinnerung nur ein einziges genau in der Mitte! Die gestreifte Borte hatte er schon gar nicht wahrgenommen. Er schüttelte den Kopf. Wie sollten andere sich später recht an ihn erinnern, da schon er selbst es nicht vermochte?

„Was ist, Ixiptla-tzin?"

„Ach, nichts."

Es ging ja gar nicht um die Decken. Deren Muster spielte keine große Rolle, solange man die richtige Geschichte dazu kannte. Solange es genau genug war, um den Vorgang des Erinnerns auszulösen. So lächelte er nur nachsichtig, als Maisblüte fragte, wie hoch jener Stapel gewesen sei.

Der Ixiptla erzählte ihr noch viele Geschichten – alles, dessen er sich, mehr oder weniger genau, entsann. Was sie kompromittieren könnte, ließ er aus – etwa, wie er die Wand zu ihren Gemächern erklommen hatte. Doch wenn sie in der Stadt an einem berankten Gemäuer vorbeikamen, fragte er schon mal, ob dies wohl eine Pfeifenwinde sei. Manchmal war es wirklich eine, häufiger aber eine Drillingsblume voller Dornen, in der nicht gut zu klettern war.

Einmal strich Jadefisch um das Haus der Blasinstrumente, wo ein Gefangener das Blumenlied des Tezcatlipoca erlernte. Jadefisch lauschte: Spielte der Neue gut? Schloss Eins-Affe auch bei dessen Spiel die Augen? Er besuchte ihn, so wie er selbst besucht worden war, nur um verwundert festzustellen, dass es ihm nichts bedeutete, wie gut der Nachfolger war.

Am letzten Nachmittag besuchten sie den Priester-Weisen. Sternfinder befand sich immer noch in der Obhut von Sieben-Regen. Jadefisch fand ihn auf dem Hof vor seiner Unterkunft sitzend. Er sah aus, als hätte er ihn gestern erst verlassen, als wären seither nicht all die vielen Wochen vergangen. Er saß auf dem letzten Flecken Sonne. Auch damals, erinnerte Jadefisch sich, hatte der alte Mann in der Sonne gesessen. Die einzige Veränderung an ihm war ein großer, wunderlicher Federbusch auf dem Kopf, der ihn vor zu viel Hitze schützte.

Der Ixiptla gebot dem Gefolge, zu warten, und nahm nur Maisblüte mit. Zu seiner Freude erkannte der alte Mann ihn sofort. Er schien völlig klar im Kopf zu sein, denn er erriet auch, dass die Frau an seiner Seite Motecuzomas Tochter war.

„Er hat sie dir schon jetzt gegeben? Das ist weise", sagte Sternfinder.

„Und das große Zeremoniell?"

„Die ist morgen." Jadefisch verschwieg Motecuzomas Niederlage.

Sternfinder wusste aber zu gut Bescheid: „Morgen ist erst das Toxcatl-Fest."

„Es gibt nur dieses."

„Dann reist ihr gar nicht nach Chololan?"

O je, Sternfinder hatte die Zerstörung der Stadt der Grünfederschlange vergessen.

„Was ist passiert?"

Jadefisch erklärte es ihm schonend. Er schaute zu dem Gebäudeflügel hinüber, wo sein Freund Ayo gestorben war.

„Dann haben wir jetzt Krieg? Motecuzoma liegt mit den Truppen im Feld?"

„Er ist im Alten Palast, dem seines Vaters Axayacatl."

Sternfinders Gedanken verwirrten sich. „Axayacatl, regierte der nicht nach Motecuzoma?"

„Nach dem Älteren Motecuzoma. Wir haben jetzt den Jüngeren."

Der Priester-Weise ließ sich nicht belehren. „Motecuzoma, Axayacatl, Tizoc..."

Jadefisch ergänzte: „Ahuizotl, Motecuzoma."
„Aha." Sternfinder beschrieb mit der Hand einen Bogen in der Luft. „Die Zeit geht im Kreis. Alles kommt wieder."
Jadefisch hatte das unbestimmte Gefühl, der alte Mann trete in diesen Kreis ein.
„Yaopol hat den Kampf gewonnen", versuchte er ihn in die Gegenwart zurückzuholen. Doch Sternfinder war wohl zu weit fort, der Name des Oberpriesters sagte ihm nichts.
„Yaopol hat dich niedergeschlagen."
Sternfinder starrte ihn erstaunt und erschreckt zugleich an. „Mein Vater schlug mich, weil ich vergaß, die Truthühner zu füttern."
„Yaopol hat dich auf den Kopf geschlagen."
„Mein Vater hieß nicht Yaopol. Und er schlug mich nicht auf den Kopf."
„Nein. Aber Yaopol."
„Yaopol ist nicht mein Vater."
„Nein. Er ist der Oberpriester."
„Aha. Der Priester hat mich auch geschlagen. Weil ich vergaß, das Brennholz zu stapeln. Aber auch er hieß nicht Yaopol."
Offenbar erinnerte sich Sternfinder an seine Kindheit. Darin kam Yaopol nicht vor.
Jadefisch unternahm einen letzten Versuch, ihn aus der Vergangenheit zu holen: „Weißt du jetzt noch, wer ich bin?"
„Du bist das menschliche Abbild des Tezcatlipoca, Unseres Herrn, des Einen Gottes."
Das sagte Sternfinder mit der ganzen Autorität eines alten Priester-Weisen. Es hörte sich vernünftig an. Ja, es hörte sich an wie das Ergebnis eines langen Lebens.
Aber Jadefisch war damit überfordert. Man hatte ihn den Glauben an viele Götter gelehrt. Außerdem war Sternfinders Gehirn noch immer nicht ganz in Ordnung. Wer konnte wissen, was er sagen wollte?
„Du meinst, es gibt nur einen ... Gott?", fragte er dennoch.
„Siehst du die Sonne?"
„Ich sehe sie."
„Was siehst du? Beschreibe mir die Sonne."
„Sie steckt hinter einem Haufen roter Wolken. Ich kann sie nicht

sehen."

„Sieht sie immer gleich aus?"

„Nein", sagte Jadefisch verwundert. „Morgens ist sie rot wie Blut, dann wird sie gelb, dann wieder rot. Sie färbt den Himmel bunt. Nachts ist sie gar nicht am Himmel zu sehen."

„Was, glaubst du, tut sie nachts?"

„Sie wandert durch das Mictlan."

„Also wandert sie auf einem Kreis?"

„Ja", gab Jadefisch mit einem unguten Gefühl zu, denn jetzt würde Sternfinder ihm wieder entgleiten, würde in jenem Kreis verschwinden, in dem man die Dinge und die Zeiten nicht voneinander unterscheiden konnte, weil alles gleich war.

„Und ist es trotzdem dieselbe Sonne?", fragte Sternfinder auch schon. Es war beängstigend. Allerdings musste Jadefisch zugeben, dass es immer dieselbe Sonne war.

„Mit den Göttern ist es genauso."

Jadefisch blickte ihn verständnislos an. Dann dämmerte ihm etwas.

„Stimmt", sagte er, „die Götter haben jeder viele Farben. Jeder ändert auf seinem Weg sein Erscheinungsbild – so wie die Sonne, die morgens rot und mittags gelb ist. Darum gibt es zum Beispiel den roten und den schwarzen Tezcatlipoca, die weißen und die blauen Regengötter."

Sternfinder schüttelte den Kopf. „Du hast mich nicht verstanden. Es gibt nur einen Gott. Denke darüber nach."

Jadefisch war jetzt noch verwirrter. Er verstand das Gleichnis nicht wirklich.

„Ich bin erschöpft. Besuch mich später wieder."

Jadefisch nickte traurig. Er wollte sich erheben, aber Maisblüte hielt ihn zurück.

„Wie kann er wiederkommen, Sternfinder? Er hat doch nur noch einen Tag zu leben." In ihrer Stimme lag ein Flehen – als könne er, der alte, kranke Priester-Weise, Jadefischs Schicksal ändern.

Natürlich konnte er das nicht.

Er ignorierte es einfach. „Er wird nicht sterben, meine Tochter", sagte er zu ihr. „Denn er ist der letzte Tezcatlipoca."

Für Jadefisch war das ein weiterer Beweis seiner Verwirrtheit, aber

Maisblüte fand Zuversicht in seinen Worten, die sich so unerschütterlich anhörten. Sternfinder hatte seine Weisheit nicht verloren.
Der Fleck, in dem der Priester-Weise sich gesonnt hatte, war inzwischen verschwunden. Der Greis stand auf. Er nahm sein Sitzkissen und die Decke, die neben ihm lag, und begab sich damit an eine Stelle, von der aus er das letzte Licht am Himmel sehen konnte. Dort ließ er sich nieder. „Leg mir die Decke um die Schultern, meine Tochter."
Er begann, vor sich hin zu murmeln. Seine Stimme wurde dabei immer leiser, bis sie sich im Zwielicht des Abends verlor.

36

Am nächsten Morgen erwachte Jadefisch mit einer Empfindung von Unruhe. Von seinem ganzen Körper hatte dieses Gefühl Besitz ergriffen. Es vibrierte in seinem Magen, im Bauch, im Brustkorb – als wäre er selbst eine riesige Pauke. Er lauschte: Draußen wurde tatsächlich getrommelt! Die Pauke auf dem Haupttempel rief die Krieger zum Tanz.
Er musste wohl kurz eingenickt gewesen sein. „Wie lange habe ich geschlafen?"
Maisblüte beugte sich über ihn. „Nur einen Augenblick ..."
Schlagartig wurde ihm bewusst, was dieser Tag für ihn bereithielt. „Ein letztes Mal ..." Er küsste sie. Ein Mal noch vergessen. Dann fasste er sich. „Nimm diese Eulenfüße." Er zog sie aus einer seiner Flöten hervor – einer, die er darum niemals spielte. „Hör mir zu: Das ist ein Pfand. Wer es dem Besitzer wiederbringt, hat seinen Schutz. Die Menscheneule gab sie mir, weil ich sie freigelassen habe. Der Herr Uhu, er lebt in Otompan, am Hof. Er dient Vanilleblume."
„Muss das sein?"
„Er wird das Pfand erkennen und dir helfen."
„Jadefisch, du kannst es besser brauchen ... Lassen wir das Boot doch kentern. Wenn es wie eine Kürbisschale über euch liegt, tauchst du weg, versteckst dich im Schilf. Ich behindere Schädelwand."

„Und was machst du mit den anderen? Schluss damit. Versprich mir: Wenn du in Bedrängnis kommst, dann gehst du zu der Menscheneule. Am besten noch heute."

Maisblüte blieb nichts weiter übrig, als es zu versprechen.

„Du bist das Beste, was mir in meinem Leben begegnet ist."

Maisblüte. Blinzelnd, schluckend konnte sie nichts mehr sagen.

Der Oberpriester rief: „Wo bleibt ihr?"

Jadefisch ging als Erster hinaus. Seine drei anderen Frauen warteten auf ihn. „Wie schade, dass wir dich verlassen müssen", klagte die Weiße. Sie zupfte hier und da an ihm herum. „Wo ist denn dein schöner Reiherfederschmuck?"

„Du hast ihn versteckt."

Er spürte ein Kitzeln von Federn im Rücken.

„Mach ihn schon am Steinpfeiler fest."

„Was für ein Steinpfeiler?"

„Himmel ..."

„Ach, meinst du deine Häuptlingsfrisur? Wenn du auch nur etwas Ähnliches hättest ... da ist nur Wirrwarr."

„Soll ich helfen?" Maisblüte näherte sich strahlend. Wie schaffte sie das? Sie hatte sich wieder ganz in der Hand. Die Weiße wich zur Seite. Mit ein paar Griffen war der Steinpfeiler rekonstruiert und der Gabelbusch darin befestigt.

Der Oberpriester gab die letzten Instruktionen. „Ixiptla-tzin, steig in dein Boot und fahre auf den See hinaus. Bring deine Frauen auf die kleine Felseninsel Tepetzinco. Wenn du die Sonne schon fast im Scheitelpunkt des Himmels siehst, dann kehre um. Ersteige die Große Pyramide. Spiel deine Flöten und zerbrich sie, eine nach der andern, auf den Stufen."

Jadefisch schaute dem Oberpriester auf die Hände. In seinen Eingeweiden begann es zu rumoren.

„Komm mit." Der Oberpriester nahm Jadefisch ein letztes Mal mit in den Tempel des Tezcatlipoca. Er ging mit ihm in das kleine Gelass, wo Eins-Affe früher die Götterfarbe bereitet hatte. Auf der Steinbank standen ein Krug und eine Kürbisschale.

„Ixiptla-tzin, es heißt, Eins-Affe habe dir keine Ackerwinde in die Farbe getan. Er erfüllte den Wunsch Motecuzomas. Heute aber", der

Oberpriester nahm den Krug in beide Hände, „an deinem Festtag, sollst du glücklich sein." Er goss etwas in die Schale und reichte sie Jadefisch.

„Du kannst das Wasser ruhig trinken. Eins-Affe hat es bereitet."

Jadefisch lehnte dennoch ab. Der Oberpriester starrte ihn an, als wollte er sein Innerstes erkennen. Dann winkte er die Diener herbei und füllte ihnen einen Flaschenkürbis voll. „Gebt dem Ixiptla davon zu trinken, falls er seine Meinung ändert – spätestens jedoch, wenn ihr das Adlertor durchschritten habt."

Aber auch das schloss Jadefisch aus: „Es ist mein letzter Tag. Ich möchte ihn bewusst erleben."

„Du achtest deine Pflichten höher, als ich glaubte", sagte der Oberpriester versöhnlich. „Ich werde dich immer im Herzen behalten."

„Wo ist Eins-Affe, Yaopol-tzin?"

„In seiner Unterkunft. Er fühlt sich nicht wohl."

Jadefisch ging zu ihm. Eins-Affe kam ihm schon entgegen. „Ich bin nicht wirklich krank. Ich will nur nicht zu diesem Ritual gehen ... na ja, wie du zum Gott wirst, das will ich nicht sehen."

Jadefisch schenkte ihm eine Flöte. Er dankte ihm dafür, dass er sein unnachgiebiger Lehrer und ein guter Freund gewesen war. Eins-Affe schloss die Augen. Als Jadefisch sich zum Gehen wandte, sagte er verschmitzt: „Ach, übrigens – du bist der Beste! Der beste Flötenspieler, den wir jemals hatten."

Der Ixiptla trat aus dem Tempel. Die Sonne sah aus wie geschmolzenes Gold. Den Bannerträgern auf der Doppelpyramide wurden eben bunte Fahnen in die steinernen Fäuste gesteckt. Junge Mädchen klebten sich rote Papageienfedern an Arme und Beine, drei alte Priester hielten sich an den Trommeln bereit. Die ersten geschmückten Krieger erschienen, erprobte Truppenführer, die zur Blüte des Adels gehörten. Sie trugen ihre Ehrenzeichen, die sie im Kampf erworben hatten. Nie hatte Jadefisch prächtigere Gewänder und reicheren Federschmuck an ihnen gesehen. Sie fieberten dem Tanz entgegen. Stolze Rufe flogen durch die Luft: „Zeigen wir den Feinden, wer wir sind!"

Jadefisch bedauerte ein wenig, dass er das nicht erleben würde. Es war Zeit zu gehen. Sein Gefolge lenkte ihn nach Süden, zu Motecuzomas Palast. Dort sprang er in sein Boot und überließ sich seinen Hütern.

Es war ein angenehmer Tag. Das Wasser schwappte an den Einbaum, in dem das Gottesabbild fuhr. Der Wind sang im Schilf, und allerlei Vögel tummelten sich auf der Lagune. Stetig kletterte die gelbe Sonne am blauen Himmel empor. Nicht eine einzige Wolke verstellte die Sicht. Die Luft war klar, man konnte weit über das Wasser blicken. Die Frauen lächelten ihn an und summten leise vor sich hin, während die Uferstädte an ihnen vorüberglitten. Coyohuacan, Itztapalapan – der Einbaum drehte ab. Sie fuhren in einem weiten Bogen auf eine Insel zu. Felsig und mit Weidengebüsch bewachsen tauchte sie vor ihnen auf.

„Wir müssen dich verlassen", sagte die Weiße.

Die Krieger paddelten so nah wie möglich an den steinigen Strand, und die Frauen kletterten hinaus. Sie rafften, bis auf Maisblüte, die Röcke. Das Wasser schwappte ihnen um die Waden, während sie an Land staksten. Nur Maisblütes Rock wurde nass.

Auf der Insel angekommen, gingen sie im Gänsemarsch landeinwärts. Allein Maisblüte, die den Schluss bildete, drehte sich um. Er schaute ihr nach – sie wurde immer kleiner, erst ein Tupfen, dann ein Punkt, bis sie hinter den Felsen verschwand.

„Die Welt ist der Ort des flüchtigen Augenblicks", murmelte einer von Jadefischs Kriegern. Sie tauchten ihre Paddel jetzt kräftiger ins Wasser. Sie drehten ab. Die Insel war nicht mehr zu sehen.

Dafür kam Tenochtitlan wieder in Sicht. Das heißt: Tenochtitlan und Tlatelolco, aber die Schwesterstädte waren so eng zusammengewachsen, dass Jadefisch sie nicht auseinanderhalten konnte. Er sah die Pyramiden mit ihrem weißen Stuck und ihren bunten Friesen. Sie wirkten so erhaben, dass die kleineren Gebäude, die doch entschieden in der Überzahl waren, kaum auffielen. Erst bei näherer Betrachtung nahm der Ixiptla die Fischerhütten am Ufer überhaupt wahr. Dorthin wäre er lieber gefahren. Ein wenig ängstlich suchte er nach seinem Ziel. Er fand es rasch. Der hohe Tempel mit den beiden Heiligtümern war nicht zu übersehen. Auch nicht der Damm, den sie durchfuhren. Waren sie schon da?

„Das ist erst Tlatelolco", beruhigten ihn seine Diener.
Er hatte einen kurzen Aufschub erhalten.
Sie umrundeten die Doppelstadt entgegen dem Lauf der Sonne. Vor ihnen tauchte wieder ein Damm auf, dann, nach einer Zeit, ein zweiter – der Damm nach Tlacopan, an dem er damals, auf der Flucht, beinahe gestrandet wäre. Jetzt konnte man schon Tenochtitlan sehen. Beklommen suchte der Ixiptla nach seinem Ziel. Er erkannte das Band mit den riesigen Kreisen über dem Eingang zum Heiligtum des Regengottes und das mit Schädeln und Knochen bemalte über dem von Huitzilopochtli. Die Krieger stießen die Paddel ins Wasser, so dass es nur so spritzte. Sie hatten es plötzlich sehr eilig.
„Die Sonne hat schon fast den Scheitelpunkt erklommen!", spornte Schädelwand sie noch mehr an.
Rasch erreichten sie den breiten Kanal entlang der großen Prachtallee. Auf demselben Weg, auf dem sie den heiligen Bezirk verlassen hatten, kehrten sie zurück. Gleich würden sie Musik und lautes Singen hören. Gleich würden die Krieger den Einbaum vertäuen, und der Ixiptla würde, auf seine vier Diener gestützt, aus dem Boot aussteigen. Er würde seine Blumenflöte nehmen und anfangen zu spielen. Dann würde sein Gefolge ihn verlassen. Alleine würde er den heiligen Bezirk betreten, allein den Weg zum Großen Tempel gehen. Das hatte man ihm unzählige Male vorgesagt, und so würde es sein.
Die Fahrt des Bootes verlangsamte sich. Behutsam tauchten die Paddel ins Wasser. Dann kam der Einbaum zum Stehen. Der Ixiptla blickte auf. Die Paddel lagen über der Wandung. Schädelwand stand aufrecht im Kiel des Bootes und hielt die Hand hinter die Ohrmuschel. Die Stadt erschien merkwürdig still – ohne Musik, ohne Singen. Menschen waren auch nicht zu sehen. Waren die Tänze schon beendet? Wartete die Menge schweigend darauf, dass der Ixiptla des Tezcatlipoca erschien?
Nein. Irgendetwas stimmte hier nicht. In der Entfernung, am anderen Ufer des Kanals, begann ein altes Weib zu lamentieren. An der Fassade des Königspalastes blitzte es auf: Ein Caxtilteke in seiner Rüstung rannte in Richtung des Singhauses, gefolgt von einem zweiten. Ihre Schwerter hieben durch die Luft. Aztekische Krieger griffen sie an.

Der Ixiptla sprang an Land. „Holt euch Waffen!"
„Zum Speerhaus am Adlertor!", rief Schädelwand.
Der Ixiptla hielt sie zurück. „Wir wissen nicht, was dort vorgeht!" Er entsann sich des geheimen Gangs, der von den Frauengemächern zur Pyramide des Tezcatlipoca führte. Schädelwand erkundete einen sicheren Weg durch die Palastanlagen, und der Ixiptla brachte das Gefolge in den Tunnel. So schnell war er damals nicht hier hindurchgekrochen. So leicht hatten sich die schweren Steine damals nicht von ihren Plätzen schieben lassen.
Als sie die Gruft unter der Pyramide erreicht hatten, kam ihnen ein wimmernder Eins-Affe entgegen. „Sie sind tot. Die Tänzer, die Trommler, die Priester, die Mädchen, sogar die Zuschauer – alle tot!"
„Was ist passiert, Eins-Affe?"
„Wenn ich das wüsste! Das Trommeln hörte auf, und Menschen schrien wie von Sinnen. Ich wickelte mich aus der Decke, schlich mich aus der Unterkunft, von Säule zu Säule – und da sah ich, wie die Caxtilteken ..."
„Ist schon gut."
Der Ixiptla wollte weiter, aber Eins-Affe hielt ihn zurück:
„Sie sind überall. Sie suchen in den Priesterhäusern und den Pyramiden nach Überlebenden und töten auch sie."
Der Ixiptla schlug die Warnung in den Wind, schlich sich zum Ausgang des Tempels und riskierte einen Blick nach draußen. Vor den Säulengängen gegenüber lagen Tote. Der Ixiptla wagte sich durch den Hof des Priesterhauses. Dort entdeckte er, wie in einem bösen Traum, den abgeschlagenen Kopf des kleinen Priesterschülers. Er schloss die Augen, riss sie aber gleich wieder auf.
Schädelwand, schon vor dem Ausgang des Priesterhauses, rief: „Sie sind weg!"

Das Abbild des Tezcatlipoca lief zur Doppelpyramide. Auf dem Tanzplatz drehte sich ihm der Magen um. So musste es in Cholollan ausgesehen haben! Der Ixiptla bahnte sich den Weg durch ein Leichenfeld, stieg über einen Toten nach dem andern. Er erkannte Tepehua, den Herrn-Des-Speerhauses, halb auf seinem Tanzschild liegend, mit einer klaffenden Wunde im Bauch. Glitt auf dem schmie-

rigen Pflaster aus, erhob sich, stolperte weiter. Abgehackte Hände auf einer Trommel, daneben Eingeweide. Seltsam, dass die Teigfigur des Huitzilopochtli noch intakt am Treppenaufstieg lehnte.
Der Ixiptla ging an ihr vorbei. Dann, auf der Plattform stehend, erblickte er sie von oben. Von der Plattform der Heiligtümer aus war natürlich auch Tenochtitlan zu sehen. Er schaute auf den Alten Palast. Dort verschanzten sich die Caxtilteken, denn aus der Stadt liefen Leute herbei. Sie hatten Knüppel in den Händen, Pfähle aus den Umfriedungen der Häuser. Was immer ihnen brauchbar erschien, hatten sie bei sich. Es waren Handwerker, Händler, Fischer und Bauern.
Der Ixiptla trat einen Schritt zurück. Wo stand denn die große Trommel? Sie war der größte Tonkörper der Welt im Ring des Wassers. Mannshoch! Um sie zu schlagen, musste der Ixiptla zuerst auf die Steinbank neben ihr steigen. Wo hing denn der Schlegel? Er lag nicht auf der aufgespannten Schlangenhaut. Aber der Ixiptla suchte nicht lange. Es fiel ihm wieder ein, dass er die Trommel mit der Hand bedienen musste. Er zögerte nicht. Mit beiden Fäusten schlug der Ixiptla aus Cholollan die große Trommel. Dreimal schlug er sie, dann hielt er inne, dann wiederholte er die Folge, allmählich seinen Rhythmus findend. Langsam baute sich das Beben auf. Die dumpfe Welle nahm ihren Ausgang, brandete auf und rollte wie schwerer Donner über den See. Zuerst vibrierte die Luft um den Ixiptla, dann wurde sein ganzer Körper in Schwingung versetzt. Er konnte sich nicht länger von der Trommel unterscheiden. Dann schwangen auch die Steine im selben Rhythmus mit. Das ganze Land wurde von der Trommel erfasst. Ganz Cemanahuac war diese Trommel. Die Landtiere flohen in ihre Verstecke, die Wasservögel stoben ins Schilf.

Maisblüte stieg auf den Felsenberg der Insel. Sie wusste tief im Herzen, wer die Pauke schlug – und auch, dass etwas Furchtbares passiert sein musste.
Der Oberpriester verließ die Pyramide. Er hatte, auf der Innentreppe versteckt, überlebt. Seine Hand umklammerte ein Opfermesser. Vor ihm geriet ein Leichenhaufen in Bewegung. Er ließ das Opfermesser fallen und zerrte an den Leibern. Da lag Atlixca, der Erste-Des-Kriegsrats. Er barg ihn – schwer verletzt, doch lebend.

Der alte Priester-Weise schaute zum Himmel. Die Sonne hatte den Zenit verlassen. Sie schlug ihm dreimal an die Stirn. Sie hieb ihm ihre Strahlen an den Kopf.

Schädelwand führte das Gefolge des Ixiptla vor den Adlerthron. Der Cihuacoatl beugte sich nieder und hob das Kurzschwert auf.

Motecuzoma legte die Hand an die schwingenden Wände des Alten Palastes. Die Vibration trat durch die Finger in ihn ein. Er klopfte dreimal im Takt an die Mauer; dann hielt er inne, lauschte hinaus und wiederholte: kurz – lang – kurz, kurz – lang – kurz. Wie seine Tochter auf der Felseninsel spürte er, wer Tenochtitlans Krieger rief. Obgleich er ihn nie hatte trommeln hören, erkannte er ihn an der Art, in der er sonst die Blumenflöte spielte. Wie er den einen langen Mittelton hinauszog und dann den letzten Ton der Folge jäh abbrechen ließ – so, wie er auch das Wort für Krieg, ya–o–yotl, aussprechen würde. Er wurde eins mit jenem Willen. Der Rhythmus dominierte seine Lungen und sein Herz. Er fühlte sich ins Freie versetzt – er – Motecuzoma der Jüngere – erlebte es, dass sich die Wände vor ihm beugten. Dass ihm die Ringe von den Füßen fielen. Dass der harte Stoff, aus dem die Welt besteht, in einen anderen, einen feinen, dunstgleichen Zustand überging, in dem sich das Licht brach. Alles, was er fortan sah, war von einer Aura umhüllt. Sogar die Luft begann zu schimmern, als wäre sie von goldenen Fäden durchwirkt.

So blieb nicht viel, was ihn vom Jenseits trennte. In einer Galerie der Toten – ähnlich jenem Gang, der zu dem Höhlengrab von König Huemac führte, nur dass sie im Gegensatz zu diesem im Bogen verlief – begegnete er seiner eigenen Urne, in einer Nische stehend, und in den Nischen rechts und links daneben sah er die Urnen von Cacama von Tetzcoco, des alten Tepaneken-Fürsten von Tlacopan, des Adler-Sprechers von Tlatelolco, auch die der anderen Könige der Uferstädte, selbst die Urnen seiner zweiten Hauptgemahlin Quetzalmatte und seiner beiden Söhne, Glänzt-Mit-Dem-Schild und Wassermaske, der noch ein Junge war, befanden sich dort. Für jeden der Gefangenen gab es eine Nische mit einer Urne. Motecuzoma schritt sie ab, sie zählend, und während er das tat, bemerkte er, dass eine fehlte: Eine einzige Nische war leer. „Cuitlahua", dachte er verwundert.

Sein Bruder, Herr von Itztapalapan, verwehrte der Architektur des Todes die Perfektion. Eine kreisrunde Halle mit einem vollendeten Bogengang, und dennoch würden alle Blicke sich für immer in der einen leeren Nische treffen. Einer hatte überlebt, einer würde es den Feinden zeigen!

Die Zeit kristallisierte. Gestern, heute, morgen – alles war ohne Unterschied eins. Aus der Mitte dieser zeitlosen Zeit wuchs ein Baum empor – mächtig, majestätisch, ohne Eile. Seine Zweige durchbrachen das Dach, streckten sich einem durchscheinend blauen Himmelsgewölbe entgegen. Sie trugen kleine weiße Blütenknospen, dicht an dicht, die sich bald öffnen würden – bald. Ach, wenn es doch schon so weit wäre! Motecuzoma sehnte sich nach ihrem Duft. Und nach den Vögeln in den Zweigen und nach den Liedern, die an jenem schönen Ort für seinen Herrn Tezcatlipoca, den Lebensspender, erklangen. Motecuzoma war nun sicher, dort Aufnahme zu finden. Tezcatlipoca hatte ihn nur hier auf Erden fallen lassen, im Himmel aber würde Er ihm wieder seine Gunst erweisen. Wenn Motecuzoma, wenn er nur ... wenn er was noch täte?

Das konnte nicht Sein Ernst sein ... Langsam näherte Motecuzoma sich der leeren Nische. Zumindest hatte er geglaubt, sie wäre leer. In Wahrheit aber lag darin ein dunkler Spiegel. Als er hineinsah, brach die Zukunft über ihn herein. Das aschefarbene Gesicht des falschen Gesandten grinste ihn an. Der Herr Malin-tzin war nicht an der Küste festgenommen worden. Er hatte vielmehr mit den Mitteln des Verrats den rechtschaffenen Richter seines Königs betrogen und dessen Männer mit Gold gekauft. Diese, ahnungslos wie Kinder und gierig wie Diebe, folgten ihm in eine Märchenstadt aus gelbem Götterdreck, die darauf wartete, dass er – Malin-tzin – ihr den Frieden wiedergab. Er würde also wiederkommen. Mit einem sehr viel stärkeren Heer – stärker an Männern, an Waffen und Hirschen – würde er sich abermals direkt ins Zentrum Tenochtitlans wagen, borniert wie er war. Obwohl er wissen musste, was ihm blühte ohne Mais und ohne Wasser, eilte er herbei, um seiner rechten Hand den Arsch zu retten. Er setzte auf sein Glück, er täuschte aller Welt – sich selbst womöglich eingeschlossen – den Nimbus eines Unbesiegbaren vor, denn nur auf diese Weise hielt er seine Männer und seine Bündnispartner, Tlaxcallan und Vanilleblume, bei der Stange.

Es würde viele Krieger brauchen, um diesen Feind endgültig zu bezwingen. Krieger, die es nicht mehr gab. Deren Leichen man demnächst verbrennen würde. Motecuzoma würde bald den Herold die Namen der Toten ausrufen hören, darunter die der besten Kriegsanführer. Wer also sollte die Kämpfe leiten? Wer die geeignete Strategie bestimmen? Wer das Chaos in der Stadt beenden? In Tenochtitlan musste endlich wieder jemand auf dem Jaguarthron sitzen, und es war Tezcatlipocas Wille, dass dieser Jemand Cuitlahua hieß.

Motecuzoma verstand vollständig: Er musste dem Bruder zur Freiheit verhelfen. Er musste ihm den Amtsstab übergeben, ihn in seine Pläne einweihen, ihm einen geeigneten Cihuacoatl an die Seite stellen – Tlacotl, den Herrn-Des-Schwarzen-Hauses, sobald er von der Küste kam –, und dafür musste er das Unsägliche, Fürchterliche tun, das ihm Tezcatlipoca abverlangte: Er musste seine Ehre, seinen Ruhm und seinen guten Ruf hingeben. Er musste tun, was er bislang verweigert hatte, damit im Tausch Cuitlahua gehen konnte. In aller Klarheit sah Motecuzoma diese Szene vor sich. Wie er dort oben, auf der Dachterrasse stehend, in seiner Kehle den Kriegsruf erstickte und sein Volk zum Frieden mahnte. Wie er ihm auftrug, seinem Bruder Mais und Wasser für den Feind herauszugeben. Wie Cuitlahua dann glücklich in der Menge untertauchte. Und auch, wenn der neue Große Sprecher dann die Dinge richtigstellte, würde dieses letzte Bild Motecuzomas in den Köpfen bleiben. Er hörte, wie das Volk ihn eine Memme nannte, eine Hure der Caxtilteken; das würde an ihm hängenbleiben, was immer auch Cuitlahua dagegen unternahm.

Kurz – lang – kurz, kurz – lang – kurz ging die Pauke noch immer. Seit wann schlug der Ixiptla sie? Die ersten Pfeile trafen an die Mauer, begannen aufs Dach zu regnen. Bald würden das Cuitlahuas Pfeile sein. Sie würden den Gesandten selbst im Dunklen finden, wenn er im Schutz der Nacht die Flucht aus Tenochtitlan wagte – Hals über Kopf, aber mit all seinem Gold. Motecuzoma sah den Untergang des Feindes, herbeigeführt von seinem Volk, vom Regen und der ansteigenden Lagune. Vor seinem inneren, wissenden Auge vollzog sich eine gewaltige Schlacht; es war, als würden sich die Sterndämonen auf das Heer der Invasoren stürzen, während der See die Caxtilteken mit ihrem schweren gelben Götterdreck, von dem sie sich auch jetzt nicht trennen mochten, in die Tiefe zog.

Vorher aber würde er, Motecuzoma, von der Hand des Feindes sterben. Der falsche Gesandte, Malin-tzin Cortés, würde vor seiner Flucht noch seinen Tod befehlen. Der weiße Baum im Zentrum würde seine süßen Puffmaisblüten öffnen. Durch seinen Stamm bewegten sich die Kräfte, die die Welt erhielten. Zwei einander umschlingende Winden – eine grün, die andere gelbrot, doppelte Spirale zweier Ströme, der eine Jadewasser, das uns überflutet, der andere Feuer, das uns verbrennt. Motecuzoma sah das Zeichen aus dem Himmel fahren, als der Zorn der großen Stadt sich am Alten Palast entlud.

Er pochte mit ganzer Kraft an die Mauer: Ya-o-yotl – Krieg!

Personen, Orte, Begriffe

Alvarado, Pedro de	Offizier des Cortés (↓). Wegen seiner gelben Haare Tonatiu, Sonne, genannt
Atlixca	Feldherr von Motecuzoma. Titel: Herr-Des-Richterhauses
Axayacatl	1. Vater von Motecuzoma und früherer Herrscher von Tenochtitlan; 2. Sohn von Motecuzoma
Azteken	Sammelbegriff für die Ethnien des zentralmexikanischen Hochbeckens
Baumleguan	Cihuacoatl (↓) und Stellvertreter von Motecuzoma
Blumenkrieg	ritueller Krieg, in dem es darum ging, Gefangene für den Opferkult zu nehmen
Cacama	Herrscher von Tetzcoco
Calmecac	Priesterschule
Cemanahuac	Welt, Wortableitung umstritten
Cihuacoatl	Weibliche-Schlange, Stellvertreter des Herrschers, der die Erdgöttin verkörperte
Cholollan	Die heutige Stadt Cholula im Bundesstat Puebla. Eines der bedeutendsten religiösen Zentren Alt-Mexikos. Schutzgott war Quetzalcoatl (↓)
Cortés, Hernán	Konquistador, Anführer des spanischen Invasionsheers

Cuitlahua	Bruder von Motecuzoma und Herrscher der Stadt Iztapalapan
Dolmetscher	Gerónimo de Aguilar, spanischer Schiffbrüchiger, der lange bei den Maya gelebt hat und zwischen Spanisch und Maya vermitteln konnte
Dolmetscherin	siehe: Marina (↓)
Eins-Affe	Liedmeister im Tempel des Tezcatlipoca
Erdsonne	Jadefischs Mutter
Goldfasan	junger Krieger aus Jadefischs Gefolge
Huitzilopochtli	Stammes-und Kriegsgott von Tenochtitlan
Ixiptla	Abbild, Jadefischs Titel
Jadefisch	Sohn von Nachtjaguar (↓) und Abbild des Tezcatlipoca (↑)
Maisblüte	Tochter von Motecuzoma und Jadefischs Geliebte
Malin-tzin	Aussprache des Namens der Marina (↓), der durch das Dolmetschen auf Cortés übergehen konnte (↑)
Marina	Die Dolmetscherin, auf Marina getauft, hieß eigentlich Malinalli, Drehgras, war als Kind an die Maya verkauft und von diesen Cortés (↑) geschenkt worden. Sie vermittelte zwischen Maya und Nahuatl, der Sprache u.a. der Azteken, sowie der Einwohner von Cholollan und Tlaxcallan

Motecuzoma	Der Wie-Ein-Herr-Zürnt. Herrscher in Mexico-Tenochtitlan (↑) und wichtigster Herrscher des aztekischen Bundes
Nachtjaguar	Jadefischs Vater, Herrscher eines Teils von Cholollan (↑)
Nahuatl	Sprache, die in weiten Teilen Zentralmexikos gesprochen wurde, darunter Tenochtitlan, Cholollan, Tlaxcallan
Obsidianadler	Regent von Tlatelolco, der Schwesterstadt Tenochtitlans
Opossum	Herr-Des-Schwarzen-Hauses, Diplomat und Ratgeber des Herrschers
Painal	Der-Schnelle-Läufer, Jadefischs im Blumenkrieg gefallener Bruder
Quetzalcoatl	Grünfederschlange oder Kostbarer Zwilling, einer der Schöpfergötter, Gott der Künste, des Wissens, des Handels; Titel der beiden Hohepriester
Quetzalmatte	zweite Hauptgemahlin von Motecuzoma, Maisblütes Mutter
Reiherfeder	Nebenfrau von Motecuzoma, Schwester von Cacama
Sechs-Tod Feuerpfeil	Halbbruder von Jadefisch
Sonne	Alvarado, Pedro de (↑)
Sternfinder	Der Priester-Weise im Tempel des Tezcatlipoca (↓)

Tenochtitlan	Erste Hauptstadt des aztekischen Bündnisses auf der Insel im Tetzcocosee
Tepehua	Motecuzomas Bruder und Feldherr. Titel: Herr-Des-Speerhauses
Tepeyacac	Marktstadt im heutigen Bundesstaat Puebla, heute: Tepeaca
Tezcatlipoca	Rauchender Spiegel, einer der Schöpfergötter, Gott der Gerechtigkeit, der die Einhaltung gesellschaftlicher Normen erzwingt, Gott, an dessen Stelle der Herrscher regiert, Gegenspieler des Quetzalcoatl (↑), häufig Zerstörung bewirkend und deshalb besonders gefürchtet
Tetzcoco	Zweite Hauptstadt des aztekischen Bündnisses, am Ostufer des gleichnamigen Sees gelegen
Tizoc	Onkel von Motecuzoma und ehemaliger Herrscher von Tenochtitlan
Tlacopan	Dritte Hauptstadt des aztekischen Bündnisses, am Westufer des gleichnamigen Sees gelegen. Heute: Tacuba
Tlacotl	Speerschaft, um übertragenen Sinn auch so viel wie Tapferer Krieger, rechte Hand des Herrn-Des-Schwarzen-Hauses und dessen Amtsnachfolger
Tlaloc	Regengott

Tlaxcallan	Eines der Gebiete, gegen das die Azteken die sogenannten Blumenkriege führten, vom aztekischen Bündnis unabhängiger Staat, der von vier Königen regiert wurde. Heute: Tlaxcala
Totecuiyo	Unser Herr, Anrede des Herrschers
Tolteken	Einwohner eines im 12. Jahrhundert untergegangenen Reiches, dessen Hauptstadt Tollan (heute Tula) im heutigen Bundesstaat Hidalgo liegt
Totonaken	Volk an der mexikanischen Atlantikküste
-tzin	Suffix für die Höflichkeitsform, Adeligen vorbehalten
Tzompan	Schädelwand, Sohn des Fürsten von Xochimilco und Neffe von Motecuzoma
Vanilleblume	nahuatl:Ixtlilxochitl, Bruder und Rivale von Cacama
Weibliche Schlange	Cihuacoatl (↑)
Xicotencatl	Feldherr von Tlaxcallan
Xochimilco	Stadt am gleichnamigen See: „Bei den Blumenfeldern"
Yaopol	Großer Feind, Oberpriester des Tezcatlipoca (↑)

www.traumfaenger-verlag.de

Die Geschichte ist frei erfunden. Jedwede Ähnlichkeit mit tatsächlichen Ereignissen oder Personen wäre rein zufällig.

Aktionsgruppe Indianer & Menschenrechte e.V.

Die Aktionsgruppe Indianer & Menschenrechte e.v. (AGIM) ist eine Organisation, die sich im Rahmen der Menschenrechtsarbeit der politischen und kulturellen Unterstützung indianischer Völker in Nordamerika widmet. Von indianischen Organisationen ausdrücklich beauftragt, unterstützt AGIM diese Völker in ihrem Kampf um Selbstbestimmung und Anerkennung als souveräne Nationen. Die Aktivitäten der AGIM erfolgen in enger Zusammenarbeit und gegenseitigem Austausch mit den indianischen Völkern selbst.

Seit Jahrhunderten wurden die indigenen Völker ihrer Lebensgrundlagen und ihrer Rechte beraubt – bis heute. Wir müssen uns daher unserer Verantwortung gegenüber diesen Völkern stellen. Die Tätigkeitsfelder der AGIM umfassen politisches Engagement, kulturelle Unterstützung sowie Öffentlichkeitsarbeit. Wichtiges Instrument ist dabei die 2007 verabschiedete UN-Deklaration der Rechte der indigenen Völker, die diesen erstmals auf höchster Ebene Anerkennung gewährt.

Das von AGIM herausgegebene Magazin „Coyote", das vierteljährlich erscheint, ist die einzige Periodika, die sich im deutschsprachigen Raum ausschließlich nordamerikanischen Indianern widmet. Die Aktionsgruppe Indianer & Menschenrechte e.V. (1986 gegr.) ist ein anerkannt gemeinnütziger Verein.

Aktionsgruppe Indianer & Menschenrechte e.V.
Frohschammerstr. 14, 80807 München
Tel. 089 / 35 65 18 36
E-Mail: post@aktionsgruppe.de
www.aktionsgruppe.de

WINTERPROJEKT Pine Ridge Reservat, Süd-Dakota USA

Jedes Jahr kehrt der bitterkalte Winter wieder nach Süd-Dakota zurück und jeder sollte ein warmes Zuhause haben!

Der Wintereinbruch in Süd-Dakota bedeutet für viele Familien im Pine Ridge Reservat einen neuen Kampf ums Überleben. Die letzten Winter mit Temperaturen von unter minus 20 Grad waren extrem. Die meisten Familien auf dem Pine Ridge Reservat leben weit unter der Armutsgrenze, deshalb wird es auch in diesem Winter vielen Familien nicht möglich sein, Heizmaterial zu kaufen, wie z. B. Holz oder das am meisten verwendete Propangas. Leider kommt die Gasfirma erst zu einer Familie, wenn diese für mindestens 120 Dollar Gas bestellt. Und das haben viele Familien nicht zur Verfügung. Deshalb sterben jedes Jahr im Winter viele Menschen – unter ihnen sehr oft alte Menschen – an Unterkühlung.

Über die Gesellschaft für bedrohte Völker (GfbV) werden Spenden entgegengenommen. Jede noch so kleine Spende kann sehr hilfreich sein. Die weltweit anerkannte Organisation GfbV leitet die Spenden zu 100 Prozent weiter und das Geld wird nur für Heizmaterial wie Propangas oder Holz verwendet.

<u>Repräsentantin des Winterprojekts in Deutschland</u>:
Andrea Zwack
E-Mail: andrejka2@gmx.de
Weitere Infos unter:
<u>https://www.lakota-indianer.com/projekte/winterprojekt</u>

Spendenkonto in Deutschland:
Förderverein für bedrohte Völker (GfbV)
IBAN: DE89 2001 0020 0007 4002 01
BIC: PBNKDEFFXXX
Postbank Hamburg
Verwendungszweck: „Winterprojekt" (bitte immer mit angeben!)

Lila Pilámaya – Vielen Dank

WEITERE ROMANE

Comanchen Mond Teil I
In den Plains

Historischer Roman
von G.D. Brademann

16,90 € ISBN 978-3-941485-77-8

Comanchen Mond Teil II
Der letzte Sommer
in den Plains

Historischer Roman
von G.D. Brademann

16,90 € ISBN 978-3-941485-87-7

Comanchen Mond Teil III
Verwehte Spuren
in den Plains

Historischer Roman
von G.D. Brademann

16,90 € ISBN 978-3-941485-88-4

Die Sioux und der Kampf um Neu-Ulm

Sachbuch
von Armin M. Brandti

19,80 € ISBN 978-3-941485-76-1

Kee

Der lange Marsch der Navajo

Nancy M. Armstrong

14,50 € ISBN 978-3-941485-89-1

Goodbird

Die Welt der Hidatsa

Gilbert L. Wilson, überliefert von Edward Goodbird

12,50 € ISBN 978-3-941485-90-7

Besuchen Sie unsere Homepage:
www.traumfaenger-verlag.de

WEITERE ROMANE

Die Tränen der Rocky Mountain Eiche

Historischer Roman
von Charles M. Shawin

16,90 € ISBN 978-3-941485-72-3

Donnergrollen im Land der grünen Wasser

Historischer Roman
von Kerstin Groeper

14,90 € ISBN 978-3-941485-55-6

Als der Mond zu sprechen begann

Rückkehr zu den Ojibwe

Historischer Roman
von Tanja Mikschi

16,90 € ISBN 978-3-941485-78-5

Besuchen Sie unsere Homepage:
www.traumfaenger-verlag.de